逝去的蝴蝶胸针

梁　玲◎著

당신에게 가는길

아침 햇살보고 출발했는데
어디쯤 계시는지 알고 가는 길인데도

어이 이리 멀기만 합니까...

陕西新華出版
陕西旅游出版社

图书在版编目（CIP）数据

逝去的蝴蝶胸针 / 梁玲著. — 西安 : 陕西旅游出版社，2016.6（2024.1重印）

ISBN 978-7-5418-3377-9

Ⅰ. ①逝… Ⅱ. ①梁… Ⅲ. ①短篇小说－小说集－中国－当代②中篇小说－小说集－中国－当代 Ⅳ. ①I247.7

中国版本图书馆 CIP 数据核字(2016)第 130358 号

逝去的蝴蝶胸针　　梁 玲 著

责任编辑：晋枫森
出版发行：陕西旅游出版社（西安市唐兴路 6 号　邮编：710075）
电　　话：029-85252285
经　　销：全国新华书店
印　　刷：盛大（天津）印刷有限公司
开　　本：787mm×1092mm　1/16
印　　张：24
字　　数：312 千字
版　　次：2016 年 6 月　第 1 版
印　　次：2024 年 1 月　第 2 次印刷
书　　号：ISBN 978-7-5418-3377-9
定　　价：96.00 元

目录 mulu

序

爱情的葬礼

一

从西方罗密欧与朱丽叶的悲剧爱情到东方梁山伯与祝英台的悲剧爱情,我们为人类的悲剧爱情故事的发生与演绎绝望地哭泣。如果,经典的悲剧爱情故事给我们传达的是一种爱情与婚姻的价值悖谬,让人给出困惑的质疑,那么,普通的悲剧爱情对我们诉说的则是爱情与生活的文化悖论,令人发出绝望的叹息:爱情啊,你到底怎么了?看啊,在《梁祝》凄婉的小提琴曲中,从作家梁玲笔下美丽绽放而又悲伤飘落的一朵朵爱情玫瑰,就为普通女性的爱情在中国舞台与现实生活的毁灭,举行了一场场无声的葬礼,一场场爱情的葬礼……

二

我几次去陕南旬阳,深感陕南旬阳的青山秀水是养育美女与才女的摇篮,我见过面的女作家梁玲就是其中的一位佼佼者。那时候我只知道她从事文学创作,但是并不具体知道她写小说,当然更不知道她一直写爱情小说,当我读完她的中短篇小说集《逝去的蝴蝶胸针》以及创作经历,我才了解了她创作一系列爱情小说的初衷与目的。

她说,在 2007 年春天,她写的讲述纯美爱情的微型小说《月夜》在《太极城》发表,当奇花异卉在祝尔慷广场竞相绽放,她在欢悦文字变成铅字的时候,不由得感慨人生充满玄机,女主人公文轩的情感故事在花事正盛的时候面世,就注定了女人将成为她文字的抒写中心,就是说,她从这时候开始就关注女人的生活与爱情的命运。

她说,自从“爱情”进入人类意识后,人们对爱情的寻找一直没有停止,她引用王安忆所说的“无论时代环境怎么变,爱情的本质还是一样的。只是处境不同,面临的问题也不同”。她认为支持纯粹爱情的一个是情欲,一个是审美,我以为这样的认识是深刻的,因为一位诗人说过,爱情就是在人性欲望的蛋糕上插上鲜艳美丽的花。

她说,一晃十年将过去,她远离现实纷扰,以旁观者的姿态,冷静、客观地审视自己的同类,审视她们在情感世界的沉浮起落、悲欢离合,于是就有了现在我看到的这部关于爱情的中短篇小说集。那么,她笔下究竟绽放出怎样的爱情花朵?让我们走进她的小说吧,看她在文学世界里,如何演绎一朵朵爱情玫瑰的凄美飘落!

三

这部小说集,有九个短篇小说,五个中篇小说,全部都是以女性为最主要人物,叙写一个个女性爱情、婚姻、生活遭遇不幸的故事。小说从不同的视角,在不同社会背景、文化背景、生活背景、时代背景、家庭背景下,表现各类女人与各样爱情,在社会、生活、现实中的困境、遭遇、挫折所构成的悲剧,揭示背后存在的隐秘、复杂、阴暗的人性意识、文化观念、道德伦理的诸多因素。

短篇小说《桂枝》以辛亥革命为社会背景,叙写桂枝与阮贵堂凄美的爱情故事,表现桂枝追慕爱国男儿的爱情观,但是由于主人公处在复杂混乱的社会背景下,因而经历了生活曲折、爱情不幸的悲剧命运。这篇小说深刻揭示了错误的文化意识、狭隘的政治观念以及自私的社会人情正是导致人物悲剧命运的深刻根源。

中篇小说《芝兰》描写了芝兰与甄文斌的爱情故事,写出了甄文斌的男儿情怀、英雄气概与悲惨结局，写出了芝兰的不幸身世、痴情爱恋与醇厚品性，反映了两个普通人在特殊的社会环境下的生活命运，揭示了社会背景与人物命运的关系。小说告诉我们，爱情从来都不是单纯的两个人的事情，与社会生活有千丝万缕的联系。

《静静的鸳鸯河》叙写了两代人的爱情故事。秀莲代表了中国新婚姻法实行时期追求爱情失败的典型形象，宝文代表了爱情自由时代追求爱情失败的典型形象，前者是受封建婚姻意识笼罩而失败的，后者则是纠结于情感与利益失败的。小说告诉我们，爱情作为人类的人性需要与美好梦想，一直苦苦挣扎在文化观念、权力支配、利益驱使、欲望诱惑之中，难以纯粹、美好地实现。

叙写凤儿曲折的爱情的婚姻故事是短篇小说《凤儿》。凤儿与赵明礼产生真挚的爱情，却嫁给了平庸的柱子，因柱子偷情，凤儿离婚嫁给了马云山，马云山死后，最后才嫁给赵明礼，却在迎亲的路上出了车祸……两人的爱情婚姻生活经历了太多的苦难，小说告诉我们，爱情之花之所以难以美好地开放，除了文化的愚昧与人情的世俗的原因，更与社会环境对人的制约有关。

《逝去的蝴蝶胸针》叙写发生在陈果、蒋梅、乐文智在青春时期动人的爱情故事，表现出爱情的痴迷、情感的动人，然而结局却是那样的悲惨。小说反映了在一个不健全的社会里，原本美好的爱情却屡遭伤害，我们看到人性的自私、文化的晦暗、价值的悖谬，是导致女性悲剧与爱情悲剧的深刻根源，令人唏嘘。

发生在李跃明、沈耀祖、谢雅丽之间的情感纠葛是人们熟悉的三角恋故事。自私的爱情欲望让沈耀祖用不光彩的手段，破坏了李跃明与谢雅丽的美好爱情，也毁了两人辉煌的前途，并且让谢雅丽付出了惨重的生命代价，负罪的沈耀祖虽然最后良心发现，向李跃明忏悔自己的罪过，然而却无法挽回谢雅丽的生命。《爱在心灵深处的祭奠》告诉我们，爱情的自私性与排他性也是产生罪恶的根源。

沈亚楠爱慕陶哲之，却被莫东升使用卑鄙的手段追求到手，花落别家，酿成苦果。真正的爱情之花总是在复杂的感情世界里难以开放，真正的爱情都是悲惨的结局,这是《夫子庙的苍松劲柏》中叙写的悲伤故事。这篇小说既道出了女人对爱情的认识总是被外在的东西所迷惑,也道出了男人对爱情的追求总是被性所诱惑。

《静宜的烦恼》叙写一个女人与两个男人的故事。谷逸生与静宜结婚后,由于兴趣不同情感渐渐淡漠,失去了爱情的新鲜劲儿,没了共同的语言和生活的激情。张立仁企望静宜遭遇情感冷落以占有她而遭到拒绝。当静宜走到了情感的边沿,谷逸生深感愧疚而欲与之和好时,谣言风起,俩人情感再起波澜……这个故事告诉我们,爱情需要文化、激情、诗意的沐浴,爱情之花只有开放在共同的事业之树上,才能永葆鲜活的生机。

《夏雪的小年》叙写的"爱情故事"在夏雪、贾偲琨 、艾剑峰之间展开,其实这是一个"爱情案件",因为爱情没有精神基础,夏雪的漂亮、清纯、温柔令人欣赏,艾剑峰的狭隘、小肚、无情令人厌弃,贾偲琨的虚伪、卑鄙、无耻令人憎恨。小说告诉我们,生活中缺乏优秀的男人,这常常让女人失望,男人何以庸俗不堪,应该检讨我们的人情、爱情、世情观与我们的政治、文化、生活环境。

《余淑媛的无奈》叙写商人余满堂在捞第一桶金的时候,采取非法手段,犯下致人死命的罪恶,其女余淑媛保持清纯品质,却遭遇王扬的情感背叛,最后又不得不舍弃热爱的新闻事业,转而经营家族企业。小说囊括了丰富的社会内容,南方开砖窑的人的死,余小军的死,王扬的背叛,顾晓菲与副市长的关系……告诉我们,在中国初期经济发展过程中,丑恶的权钱交易、无耻的肉体交易、复杂的人际关系以及错误的观念,也会造成对女性与爱情的伤害。

省历史博物馆里,妖艳风流、妒忌心强、官欲膨胀的董艳琳,为了达到竞聘馆长的目的,抛出了本能的花裙子与造谣的杀手锏,性诱仕林,中伤周鼎,伤害王瑶,在众多男人之间周旋。尽管她如愿以偿当上馆长,然而良知不安失去快乐。小说《竞聘》表现女性一旦被名利所诱惑,就会以毁灭爱情的方式走火入魔,令人悲叹!

乡下女子朱秀屏漂亮而纯真,她与贪官城建局局长孟成林,从偶然相遇到发生关系，从沦为二奶到梦幻破灭，《古城情事》告诉我们，在当代中国极其复杂的社会环境中，一些纯真的女性，由于幼稚单纯，由于渴望奢侈生活，由于缺乏价值理想，选择了不劳而食的物化生活，终究会付出让青春与爱情陪葬的代价。陈梅对朱秀屏说的话，就是对怀抱生活梦想的青年人的警示。

《闺蜜》叙写安蓝、吴虹、陆明、龙宇飞等一系列男女之间的情感纠葛与性格冲突，让我们看到，爱情，这个来自生命本能的非理性的东西，确实让人难以自持、难以把握、难以分享，情同姐妹的闺蜜相互嫉妒，真情相约的夫妻各自背叛，同室工作的同事朋友关系暧昧，都是因为爱情的欲望在燃烧，小说告诉我们，要把握好爱情的尺度，需要理性的介入与道德的约束。

在小说集中，最精彩的是《月落桂园》，这是一个读来令人情感尴尬、纠结、窒息的故事，小说叙写蒋兆祥因为儿子逃婚离家另娶，而与儿媳云彩霞因为相互怜惜、日久生情、坠入爱河的故事。我们在小说中看到，传统的伦理道德在两人的偷情与性爱中轰然倒塌，人性真情与伦理道德，在人物的内心世界构成的合理性与矛盾性的冲突，形成了小说最具冲击力的思想焦点。

在描写过程中，作者将人物的性情紧张与心理冲突演绎得十分生动，形成了人物典型化的特点。作者利用对自然风景与生活情景的描写来烘托人物，人物的心理刻画真实细腻，传达出作者对两人的同情。如果我们纯粹地以伦理的视觉来评价人物，就会错误解读两个人物在特殊的生活情境下人性的需要与性爱的渴望，伤害了人性，然而反之，又会有将忤逆人伦道德的乱伦行为美化之嫌。

我们知道，在以往所写的关于乱伦的故事中，作者总是站在伦理道德的立场上，以批判的思想锋芒将人物的性爱视为龌龊的行为，然而在这部小说中，作者则站在人本主义的立场上，写出了生活的裂变与境遇的特殊，写出了人性的需要与精神的关怀，在不偏不倚的叙写过程中，渗透着理解与同情的人性关怀，这样一来，就将思想批判的锋芒指向造成悲剧的现实，这是非常值得赞赏的。

总之，作者站在人本主义的立场上，以关注女性及其爱情、命运为目的，在不同社会、文化、生活、时代、家庭背景下，从多个视角观察、思考、表现女性的爱情梦想、不幸遭遇与生活命运。小说告诉我们，爱情本来是美好的、单纯的、甜美的，但是在复杂的社会、现实、生活之中，爱情从来不单纯，女性与爱情之所以遭遇不幸，是因多变的人性，错误的人生观、爱情观、价值观以及复杂的人情共同导致的。

四

鲁迅先生说，悲剧就是将美撕毁给人看，从而引起人对社会、现实、生活的反思与批判，可见文学也承担了表现生活悲剧、爱情悲剧、命运悲剧并揭示导致悲剧的社会、文化、政治、观念、时代、家庭、教育根源的责任，梁玲正是心存悲悯、胸怀使命，以小说形式叙写一系列女性的爱情悲剧，承担关注女性的生活命运的文学责任。

作者说，“当代社会的爱情，无论是情欲、审美、性都不严肃了，品格大大下降了，正因为如此，爱情中的女人，她们情感的纯美、恬静、伤感，她们精神的无奈、挣扎与沉沦，就成了我抒写的中心，于是我写爱的美好，爱的坚守，爱的脆弱，爱被欲望毁灭，在写作的过程中我充满忧伤”，正表明作者叙写爱情悲剧的目的。

作者说，她在一次获奖发言时说，“此刻站在这儿的不仅仅是我，还有那个在时空隧道里渐行渐远的哀怨的少妇——蒋云氏，以及桦树湾、竹筒河——这养育了我小说主人公的旬阳山水，是我的家乡给了我源源不断的写作素材，是那片土地上的清风、明月、山川、河流给我的文学世界注入了源源不断的生机与活力。”

这段话表明，作者叙写的爱情故事来自对社会、现实、生活的观察，来自对两性爱情悲剧的思索，来自对女性生活命运的关注，这是符合文学源于生活、审视生活、表现生活的逻辑的。我们看到，作者以小说这一文学形式，思索爱情悲剧，关心女性命运，揭示社会根源，从而自觉地承担起关注女性爱情与生活命运的文学责任。

五

哦，在古希腊悲剧戏剧家的笔下，从《俄狄浦斯王》到《美狄亚》，家庭、爱情、命运悲剧的发生，具有不可破解的神秘性与不可把握的宿命性，而在莎士比亚的笔下，《罗密欧与朱丽叶》则揭示家庭、爱情、命运悲剧的发生是人为的结果，是社会推动的结果，《梁山伯与祝英台》也一样，那忧伤的小提琴协奏曲《梁祝》令人深思，令人警醒……看啊！从作家梁玲笔下美丽绽放而又忧伤飘落的一朵朵爱情玫瑰，为普通女性的爱情在中国舞台与现实生活的毁灭，举行了一场场无声的葬礼，一场场爱情的葬礼……

鹿志峰

2015 年 10 月 9 日

桂　枝

一

阮贵堂从后院出来了。看他的样子,像是要出远门,一身白色西服替代了平日一袭蓝色长衫,一双白皮鞋替换了脚上常穿的呢帮响皮底气眼鞋,一手拎着一只藤条箱,一步一步走过穿堂向前院走来。

正是初夏时节,阳光很明媚,有些荡漾,似乎还有些恍惚,像梦一般。寒食节时插在门上的柳枝虽已干枯,但四月熏风来袭,院中草坪和树叶绿得明亮而快活。两株西府海棠盛开,花团锦簇,像一片粉红色的浮云,浮云里暗香浮动。正在海棠树下摘花瓣的桂枝,一回头便看见表哥阮贵堂,她的心突突乱跳,忙低下头,像是在寻找什么。

"枝儿,你在找什么?"阮贵堂的声音和缓、低沉,却带着一股刚武之气。

桂枝勉强转过身子,涨红着脸嗫嚅着:"我……我……"

"我有事要回省城了,舅舅、舅母回来,你告诉他们。"

"你要走?"桂枝抬起头看着阮贵堂,脸上的胭脂色一下子褪去,渐渐有些发白。

阮贵堂是佟桂枝住在省城的姑家表哥。这年春节刚过,阮贵堂给舅家拜年来了。在桂枝的记忆中他还是十年前来的,那时她才六岁,像个跟屁虫一样成天黏着他。阮贵堂无事,也乐意和她说话,虽然他说的许多话她都不懂,比如鞑虏、亡国灭种等等,可她喜欢听他说,喜欢他说话时脸上那无比生动的表情。他和她身边的大人是多么不同啊!

一晃十年过去了,桂枝已在岁月里悄悄发育成一个十六岁的少女,浑圆了肩膀,白皙了脖颈,胸部臀部显出曲线,再也不是那个成天粘着表哥讲故事的小不点，是一个懂得羞涩、含蓄的小姑娘，平添了一种神秘和妩媚。再次见到阮贵堂，他已是而立之年的男子，梳着整整齐齐的四六分头，戴着夹鼻铜框眼镜，白皙的皮肤，清瘦的脸颊，眼睛如深湖，似清澈却不能见底，身材颀长，玉树临风一般。阮贵堂改变了许多，少了慷慨激昂，多了沉稳和缄默。看见桂枝的刹那间，眼里几丝惊诧，瞬间复归如常。捕捉到这稍纵即逝的神情，桂枝不禁怦然心动，脸上泛起红晕，这红晕甚至爬上了她裸露的脖颈、耳垂。

她悄悄垂下眼皮，退到客堂门外，听父母亲和他说话。从他们的谈话里，桂枝知道了，十年间，阮贵堂去过许多地方，在北京读过书，在日本留过学，辗转来往于省内外，写得一手好文章，见多识广。

阮贵堂住在佟家后院，一住就是三个多月。三个月里，阮贵堂不是出去拜访朋友，就是朋友拜访他，有时三三两两结伴出游，寻芳探幽，待在家的时候倒是不多。桂枝每天早晨去给他整理房间，适逢阮贵堂在家的时候，他总在写着什么，看见她，微微一笑，笑意淡然如翦翦风，掠过平静的湖面，牵动粼粼波光。桂枝的心就像一泓静水倏然泛起微澜。

有时，她也在他有客人时送茶进去，于是，正说着的话戛然而止，大家一起看着她。她红了脸，看一眼表哥，他微笑着，接过她手中的茶壶，然后送她到门口。如此几次后，桂枝隐隐约约感觉，表哥来金城不是为了走亲访友、游山玩水，为了什么，她不得而知，总觉得他正干着一件大事，一件不为人所知的大事。于是，每当阮贵堂有朋友来访的晚上，桂枝便在院里徘徊、转悠，直到他送走客人。

这样的时候，阮贵堂总是深深看着她，眼睛温润柔和，低沉的声音也带着些许温柔，说："夜深了，回去睡吧。"她低低应一声，顺从地离开。躺在床上，桂枝难以入眠，看月光从窗格纸过滤进来，疏疏落落的，淡薄得似天上的云彩，伏在地面上，像春闺少女一个幽若的梦，欢喜、迷惘……

初夏的阳光依旧在海棠花间荡漾，掠过脸颊的微风依旧熏然欲醉，可桂枝觉出空气中有胶凝的冰凉，海棠花的幽香也如凝固了一般失了轻灵之气，只觉得黏得沉溺。桂枝呆呆看着阮贵堂颀长的背影消失在大门外，却茫然不知所措。

二

阮贵堂来了又走，像一枚石子投进静水一般的佟家大院，激起微澜，渐渐复归如常。只是桂枝在他走后几个月里，心心念念要去省城看姑母。

母亲说："未出嫁的女子在外抛头露面不成体统。城里几家大户的闺女谁读过书，可你已在家塾读完《四书》、《礼记》、《诗经》、《尚书》、《易经》。女子无才便是德。女孩子终究要嫁人的，要在女红上多用心才是正事，读那么多的书干什么？今儿反倒越发任性，要大老远地跑去省城，岂不是让人笑话佟家家风不严，佟家小姐不懂规矩吗？"

好在佟先生思想开明，又爱女心切，便劝太太答应桂枝去省城住段日子，散散心。

九月，桂枝带着小丫头春儿去省城。离开金城登上马车的瞬间，她回头看了看，滨水小城在晨雾中静立，远处的梅岭峰突兀耸立，云雾缭绕，峰顶临崖古刹像海市蜃楼一般飘渺、神秘。桂枝陡然惊心，没来由的。于是，回转身子，一任马车朝北而去，只听得帘外秋风簌簌，马蹄声嘚嘚。

时光易逝。秋天已随着街上槐树的落叶悄悄逝去，冷风从街头呼啸而过。桂枝在姑母家迎来这一年的冬天。

极好的冬夜。窗外雪光如水，寒露凝香，姑母一家已沉入梦乡。桂枝斜倚床头，翻看《诗经》。她对《诗经》情有独钟，每次读来，都觉诗句警人，余香满口，心里还默默记诵。此刻，她默默记诵的是《郑风·风雨》：

风雨凄凄，鸡鸣喈喈。既见君子，云胡不夷？

风雨潇潇，鸡鸣胶胶。既见君子，云胡不瘳？

风雨如晦，鸡鸣不已。既见君子，云胡不喜？

渐渐地，桂枝的心思恍恍惚惚，白纸黑字竟也无法使心神平静。虽说桂枝住在姑母家几个月了，可阮贵堂常常一走就是十天半月的，她仅仅见到他几次，且都是匆匆忙忙打个招呼而已。此时，雪光澹澹，微风掠过，窗前梧桐树摇曳的影子倒映在窗户纸上，仿若阮贵堂颀长的身影。心神游曳，书上的黑字渐渐变成他深邃的瞳仁，隐在粉红的海棠花影里若隐若现。

有大门开关声传来，随即，院里响起一阵杂沓的脚步声，在这寂静的深夜显得格外清晰。桂枝一愣，细细倾听。脚步声越来越近，在她的房门前停住，接着有轻轻的敲门声响起。桂枝轻提脚步过去，打开门。

来人是阮贵堂和一个二十六七的女子。"枝儿，这是玉珍，晚上在你房子住一宿。"阮贵堂让来人坐在椅子上，说："玉珍，这就是我的表妹佟桂芝。"来人握住桂枝的手，轻声说："早听贵堂说他有个才貌俱佳的表妹，果然名不虚传。我叫刘玉珍，是你表哥在日本读书时的同学，若不嫌弃，你叫我刘姐吧。"刘玉珍握住桂枝的手，亲热地看着她。

阮贵堂已经离开，桂枝渐渐从愣怔中清醒，也明白因了表哥阮贵堂，眼前这陌生女子和自己是有关系的。关系？她和表哥只是同学关系吗？她细细打量着刘玉珍。她长得不是很漂亮，可是眉眼清秀雅致，眉宇间皆是说不出的温柔婉约，像宋词，像水墨画。此刻，刘玉珍含笑望着她，在美孚灯昏黄的灯光下，那淡淡的微笑在幽暗的空间闪亮起来，恍若云霞如霭笼罩。桂枝不得不从心底为她倾倒、折服。

这一夜，是桂枝人生中非常特殊的一夜。两个人整整说了一夜话，事实上，桂枝只是听，说的是刘玉珍。从刘玉珍的谈话中，桂枝知道了近些年的风云际变，八国联军入侵、义和团运动、《辛丑条约》、革命党人发起的一次次起义……"桂枝，你知道《辛丑条约》规定我国向列强赔款多少吗？四亿五千万两白银，而我国当时人口是四亿五千万，也就是说无论老弱病残，每人须拿出白银一两。《辛丑条约》单是赔款一项，就在每个中国人身上刮了一层皮。亡国灭种之祸迫在眉睫啊！这便是革命党人不惜以鲜血为代价，要推翻丧权辱国的满清政府的原因。"

"刘姐，你和表哥是革命党吗？"黑暗中，桂枝轻声问道。"你说呢？面对满清统治下国家的腐败没落，面对身处灾难中的四万万同胞，一个有良知的国人如何能置身其外？"刘玉珍声音轻柔，可桂枝听出话语中蕴含的责备。

她蓦然一惊，刘玉珍眼中的她如此渺小、不明大义，表哥阮贵堂也是这样看她的吧，这样的她有何资格对表哥怀有痴念？只有她，只有眼前的刘玉珍才配得上他。他们有同等的学识、容貌，有共同的经历、信仰和追求，是天作之合的一对。仿佛自己的痴心妄想被人看穿，桂枝只觉得脸颊如火烧一般，直烧得耳根也如浸在沸水之中。终于，羞耻感退却，心中充满女儿家深重的委屈，虽有一种怆然的明澈，终究难消心头之痛，泪珠惨然落下来，紧咬住被角，以防哽咽出声。

三

从戏园子出来，桂枝和姑母走散了，便独自回去。

下了几日的雪终于停了，可气温仍很低，空气中弥漫胶凝的冷冽。桂枝身穿蓝格细布厚棉袍，围一条白色绒线大围巾，仍止不住瑟瑟颤抖。不远处的十字街口，围了一大堆人，人声喧响，却听不清说什么。

渐渐地近了，只见刘玉珍站在高高的铺子台阶上演讲，言辞犀利悲壮，荡人心魄。台下众人多动容愧疚，不胜唏嘘。突然，桂枝在人群中看见一个人，那个人多么像他，那挺拔的腰身、清瘦的侧影，多么像他！可一眨眼又不见了，她便觉得刚才所见是自己的幻觉。

一阵马蹄声传来，桂枝循声望去，远处的大街上，一队官兵骑马疾驰而来，所过之处扬起一阵尘土，在阴沉沉的天幕下，只有官兵帽子上狗血一般的璎珞随着马的奔驰上下起伏。人人惊慌，四散奔逃。纷乱中，马队冲了过来，桂枝惊骇得瞪大眼睛，脸也像纸一样白，站在那儿索索发抖，却不知移动脚步。这当儿，一个人仿佛从天而降，夹着她就跑，一直跑到一条偏僻的巷道，才将她放下来。

“表哥！真是你！怎么是你？”惊魂未定，抬眼一看，惊喜的、疑惑的、伤感的、委屈的、劫后余生的诸多情感，杂糅一起，使桂枝思维紊乱，语无伦次，泪水盈眶。

阮贵堂微笑着，那淡淡的笑意像拂过脸颊的微风，轻柔、温煦，只是此刻，那深邃的眼里，盛满疼惜。“枝儿，现在还觉得是梦吗？”阮贵堂轻轻将她揽进怀里，柔声说："别怕，我一直在你的身边，和你在一起。"

桂枝突然想起那个雪夜，那个将凄凉、委屈强压在心底的雪夜，便幽幽地说："你也和刘姐经常一起？"

"嗯？"正轻抚她背的手停下来，只短短的瞬间，便欢畅地更轻柔地摩挲她，似不经意说："玉珍是我的同学，她的丈夫我见过，人不错，也很爱她，他们已经有个可爱的小女孩。"

眼泪滚落下来，心上有蓬勃的喜悦轰然开放，如春日里满园梨树在她眼前灿然绽放，开出无数雪白的梨花，如日光晓映，皓月当空，于无尽的黑暗之中骤然照耀在她心上。桂枝伏在阮贵堂的怀里，沉溺在盛年男子那种陌生而浓烈的气息里。好一会儿，她才不舍地离开他的怀抱。她知道还有重要的事在等着他。看着他瘦削的身影在乌沉沉的巷子迅速移动，桂枝觉得她的心生生被他牵引，怕是得等到再见他才能回到自己的身体。

四

桂枝在春节前回到金城。

靠着祖上留下的田产，衣食无忧的佟先生淡薄、超然、与世无争。平日里侍弄侍弄花草，读读三国、水浒，时不时地，与上门来的廖老先生谈古论今。日子过得安适、闲逸。

一日，廖老先生与之谈起时事。老先生说，最近金城地面上流传着省城传来的"彗星东西现，宣统两年半"的谶谣，另有"不用掐，不用算，宣统不过两年半"这样引车卖浆的市井之徒都能明白的大白话，这世道怕是要变了。

从古到今，每一次改朝换代都要经历一场大乱。看来，省城不安宁啊！佟先生这样感慨着，心里便牵挂起做客姑家的桂枝。

年前，佟先生亲到省城接回桂枝。内心里，桂枝不想离开省城，可她无法说服父亲让她继续留在省城，只好回金城过起佟家小姐的安适生活。省城生活如昙花一现，又如长河里泛起的一朵浪花转瞬即逝，消逝得无影无踪。

夏末秋初的一天,桂枝带着春儿上街。

站在东门前阔大的场子上,可以看见无比晴好的天空,蓝莹莹的如一块碧玉,没有一丝云彩,偶尔有成群大雁飞过。几个穿得破烂的卖艺人在场子一角唱汉调二黄,悠扬婉转的曲调听来悦耳动听,渐渐地,引来街上许多行人前来听戏。唱戏的小姑娘不到十岁,虽说穿得破旧,脸上呈现菜色,可长得眉清目秀,楚楚动人。桂枝顿生怜意。

一曲唱罢,小姑娘端着盛钱的钵子走向围观的人。小姑娘走到桂枝面前了,扬起脸怯生生看着她。桂枝伏下身子,轻轻抚摸那张因胆怯而变苍白的脸,问:"和你一起唱戏的是你什么人?"

"他们是我的爹和娘。"小姑娘垂下眼皮,声细如蚊。

桂枝叹口气,将包里的钱全拿出来,想了想,又摘下耳上的翠玉环一起放进去。

"环儿,给小姐跪下。"小姑娘的爹娘过来了,拉着女儿一起跪下。

一阵酸涩。桂枝抹去眼角的湿润,叫上春儿悄悄离去。

从街上回来,桂枝拿起程乙本的《新镌全部绣像〈红楼梦〉》,却心浮神躁,眼前的一个个黑字像一个个的小蝌蚪在游荡。吩咐春儿点燃安息香,一会儿,闺房里弥漫着安息香淡淡的香气,渐渐的,心神合一。看到黛玉气绝时"香魂一缕随风散,愁绪三更入梦遥……只听得远远一阵音乐之声,侧耳一听,却又没有了。探春李纨走出院外再听时,惟有竹梢风动,月影移墙,好不凄凉冷淡。"泪珠便断了线一般滚落,渐渐地哽咽出声。

春儿回头看见,吃了一惊,"小姐?"

桂枝抹去眼泪,说:"看到伤心处,忍不住落泪。"然后叹一声,说:"自古红颜多薄命。容貌才情惟有青女素娥可媲美的黛玉,竟也小小年纪做了北邙乡女。这世间,有几人能遂心如意,终得善缘呢?"

春儿愣了愣,说:"太太要是问起你的翠玉环,我怎么说呢?"

"据实说吧。除了捐出耳环,我能做什么呢?我成不了他那样的人。"

最后一句话,桂枝压得声音很低,春儿问她:"小姐成不了谁?"

桂枝埋头看书,再不吭声。

五

离新年越来越近了，城里的年味越来越浓。佟家大院忙着祭祖、扫尘、剪窗花、蒸年糕、做豆腐、杀猪、宰羊。父亲忙着写春联。一到年下，街坊邻居们上门请父亲写春联，常常写到腊月二十九晚上，才能停下笔。

佟家上上下下忙得沸反盈天的，桂枝坐在梳妆台前，看着菱花镜里的自己，手指轻轻划过柔嫩的脸颊，眼睛水波流动，双唇粉嫩，肤色白皙润洁。多么青春美丽的容颜，此刻，因了阮贵堂的到来，那双晶亮的眸子闪烁着幸福的光彩。

阮贵堂是腊月二十五那天到的。那天午后，桂枝站在窗前，看着漫天大雪在空中飘落，天地间银装素裹一般。周围万籁俱寂，只听得风吹落树枝上积雪的簌簌轻声，还有脚踩积雪的咯吱咯吱的响声。谁踏雪而来？没来由的，心咚地跳一下。咯吱咯吱的声音越来越响，在她的窗前停下，一个雪人，一个个子高高的雪人对她微笑，淡淡的笑意如四月的风拂过她的心头，吹开心间的万紫千红。桂枝拉开门，欢快地迎了出去……

阮贵堂仍住在佟家后院。

桂枝送一壶滚烫的茶到他房里时，他正坐在桌前写着什么，看她进来，他站起来接过茶壶放下。一身竹青棉袍的他站在那儿更显得姿态闲雅，他睁大一双深邃的眼睛，定定看着她。她仰起头看他，俩人的脸离得那样近，她能看见他深邃瞳仁里的自己。渐渐地，他眼里有了一丝笑意，带着些许情意，像晴日里一道划破流云浓雾凌于满园春色之上的耀眼阳光，直刺她的心。

桂枝的心急剧跳动起来，脸也烧灼得厉害，她抬起头闭上眼睛。好一阵儿不见动静，她睁开眼睛，看见阮贵堂只是拥着她，轻轻抚摸着她长长的黑发，深沉地凝视着她。看着他消瘦、苍白的脸，她的心中升起无限的怜惜和爱恋。像他一样的公子们，哪一个不是养尊处优，容颜光鲜？她多么希望他不再颠沛流离、出生入死，像那些大户人家公子一样，安适地过着与友人诗词唱和的生活！可是，她知道他不会过那种平凡日子的，他是一只鹰，注定要在阔大的天地间翱翔。她因此更爱他，这爱中又融入敬仰和担忧。

此刻，他暂时远离危险、恐怖，来到她的身边了，她要尽她所能安慰他，让他疲惫的身躯得到休憩，给他最荡人心魄的柔情，让他享受别的男人没有的最动人的爱情。一时间，桂枝眼里柔情万种，她双手搂住他的脖子悄声说："表哥，知道看不见你的日子，我多想你？"

"我知道。"阮贵堂轻声说。他何尝不想她？多年的职业革命生涯，他无暇将目光停留于某一异性，更未奢想与某一女子恋爱结婚。可是，乍见枝儿的瞬间，他情不自禁地惊诧不已，频频以眼睛的余光扫视她，目如秋水，肤如凝脂，含羞带怯之态，雪净聪明之致，令他心醉神迷，而为之怜惜不已，让他恍若远离现实，牵着她如柔荑之手，漫步在桃花源的落英缤纷中……

那一刻后，他猛然警醒，大任压身，如何能这般心猿意马？阮贵堂硬下心肠，不再让眼光追逐她，将全部心思集中在建立金城同盟会组织机构上。可无论阮贵堂作何想法，枝儿美丽的倩影已深深烙在他的心里，时时浮现于眼前，无论他跋涉于乡野的山间小道，还是奔走于都市的大街小巷，都给他安慰和力量。

"枝儿，我爱你，可是，身负重任的我，能怡然自得享受爱情，与你花前月下卿卿我我？那样的我，配得到你的爱吗？"阮贵堂仿佛被枝儿眼中的火焰灼痛般移开双目，低声说道。桂枝轻声叹口气，更紧地依偎着他。不知不觉地，甜蜜中夹杂了丝丝忧虑和怅惘……

一连几天，阮贵堂一大早出去，很晚才回来。晚上，阮贵堂一进大门，看见桂枝在院里徘徊，他知道她在等他。从他到来的那个晚上开始，只要他一踏进这座大门，就能看见她脸上如释重负的欣慰。在寒冷的风雪夜，在对随时都会来临的被捕、砍头的恐惧里，一个美丽的少女为他担心，给他奉献出似水柔情，阮贵堂常常心里一暖。可是，残酷的环境，容不得他更多的儿女情长，只是深深看她一眼，在心中许愿，等革命成功后，他一定好好爱她、弥补她。

"枝儿。"阮贵堂紧走几步。

桂枝刚要开口，看见阮贵堂身后紧跟着刘玉珍和几个陌生人，便说："你请几位进屋。"然后快步走到门口，左右看看，关上大门。

桂枝沏壶热茶，送往后院。刚到门前，听到阮贵堂低低的说话声，"二十支枪明日运到，得藏在一个稳妥之处。""藏在我家的阁楼上吧，离县衙远，不会引起怀疑。"一个声音沙哑的男人说。"好，枪的藏匿点就按鲁继琛说的办。李宏宇，策反县衙三班总管贾德仁的事进展如何……"

茶壶的水有点凉了，桂枝回厨房换壶滚烫的热茶送进房里后，悄悄在前院来回踱步，不时走到大门前，听听外面的动静。冷月高悬，寒意如水蔓延，桂枝双臂抱紧自己，瑟缩成一团。

六

正月的一个晚上，阮贵堂从外面回来，一进门就闻到一股清香，若有若无，却又满屋萦绕。细细查看，方看见五斗橱上一支一尺来高的红梅插在一个定窑花瓶里，一横枝纵横而出，约有二三尺长，间杂姿态各异的小枝，正艳艳地恣肆怒放，红得似乎要燃烧起来。

"疏影横斜水清浅，暗香浮动月黄昏。"阮贵堂吟诵出声。

"表哥，这可是林逋的咏梅名句啊！"声音刚落，桂枝端碗银耳莲子羹进来，"不过，这是瓶中梅，倒是张道洽的'寒水一瓶春数枝，清香不减小溪时。横斜竹底无人见，莫与微云淡月知'合了景致。表哥，喝碗莲子羹，晚饭你吃得太少了。"

"我一向于诗词上不上心，哪儿像你六岁就能吟诗作词。哪来的的红梅？"阮贵堂接过羹碗放在一边，拉她坐在椅子上，看看红梅又端详她。

大过年的，桂枝穿戴一新，穿一件款式时新的浅绿色缎子长罩衫，发上攒一支碧玉簪，越发衬得一张脸粉妆玉琢，玲珑剔透。"好看吗？前院东北角那么一大片红梅盛开，云蒸霞蔚，你竟然视而不见！我想到你肯定忽略了它，所以专为你折了一支，让你赏赏。"桂枝撅起一张樱桃小口嗔怪着。

"哦，是这样。你知道我是粗人，向来不太留意花儿草儿的。不过，这支红梅倒是很好看，可再好看，也比不上枝儿杏花含雨的容颜动人。”阮贵堂声音绵软得似天上的云朵。细细摩挲她的手，葱白一般的手指细软如绵，在他的掌心里渐渐缠绵起来，与他的交缠一起，十指交缠，久久缠绵着。桂枝双颊潮红，眼光如梦寐般，似有所待。阮贵堂的心狂跳起来，心中的渴望一下子涌出来。他一把抱住她，紧紧的，只想与她合为一体，以解压抑心中多日的相思之苦。

突然，院子传来人语声。感情的滔天巨浪骤然退去，理智回到心里，阮贵堂松开手，推开桂枝。桂枝愕然地看着他痛苦、矛盾而决绝的表情，脸色由红转白，转身跑了出去。

看着桂枝黯然的背影，阮贵堂心里一阵疼惜，却自责不已。阮贵堂啊阮贵堂，汝之心思竟全被桂枝占据，为她意志薄弱至此！想当初，汝与同仁从日本回国，刺杀陕甘总督未果，亡命日本，险些丧命，何曾为一己私欲忘了将举大事而葬送多年为之奋斗之伟业？今日汝竟如此沉迷枝儿的花容月貌，险些忘记将举大事……

可是，革命为什么？不就是为了国家强盛、百姓安居乐业吗？对他而言，没有为伟大理想而奋斗的人生，是没有价值的人生，可没有枝儿，人生又有何趣？

汝之奈何？汝之奈何？阮贵堂啊阮贵堂，不可留恋枝儿美丽的姿容！不可忘却将举之大事！

门开了，桂枝带来鲁继琛、刘玉珍二人。等她端来一壶热茶，走到门前，正听见鲁继琛说：“这几天我们那条街上，总有一个陌生人转悠，不知是谁家来的亲戚还是……”鲁继琛犹豫着不往下说。“你怀疑是官兵暗探？无论是否，我们都要做最坏打算。这样吧，玉珍通知李宏宇，今晚后半夜，我们把枪转移到他家去……”

门开了，阮贵堂和刘玉珍、鲁继琛走出来。“枝儿，我有事出去，晚上不回来了。”阮贵堂看着桂枝，柔声说：“最近我可能离开一段时间，你不用担心我。”

桂枝愣愣地看着阮贵堂离开，才醒转过来，急急追上去：“表哥，你，你们要小心。”桂枝端着茶壶站在那儿，直到春儿从她手上接过茶壶，才回到屋里。

七

眨眼间，春节过去，元宵节来到。

晚上，吃完汤圆，桂枝陪父母亲闲话。父亲问她可知古人写汤圆的诗。桂枝说：“爹要考我？”沉思片刻，吟出“今夕知何夕？团圆事事同。汤官寻旧味，灶婢诧新功。星灿乌云里，珠浮浊水中。岁时编杂咏，附此说家风。”突然，心里掠过一个影子，谈笑安然的声音再无，表情也变得疏离。

春儿说：“想去街上玩花灯。”

“枝儿，让春儿陪你看灯去。”母亲说。

桂枝神情怏怏，说不去了，让春儿去看，她陪父母亲。接着问母亲：“吃过赵大夫配的药，昨夜睡得好不好？”

母亲说：“那药还顶用，吃过后一个时辰就睡了。”

“这么灵？我看看。”桂枝从母亲房里拿出一包药。

母亲说那药不是混吃的，每次只能吃一包，吃多了，睡得醒不来。

一家子正东一句西一句说着话，忽然院外人语喧响，步履杂沓，大街上，小巷里，到处都有人奔跑。脚步声和嘈杂的人语声像巨大的漩涡，嗡嗡的，从四面八方汇聚而来，又向周围散开去，噼里啪啦的关门声后，便归于寂静，像一座无人的城。

父亲说：“出事了。”

“大过节的，能出什么事？”母亲不以为然。

“不好了，官兵打死好几个玩灯的人。”春儿一头撞进来，惊魂未定。

父亲正色肃声说：“怎么回事？官兵为什么打死人？”

春儿定定神说：“官兵说革命党借玩灯发动暴动，他们是乱党分子。花灯刚玩到东门前广场，耍绣球和舞龙头的两个人猛不丁倒在地上。开始，人都不知怎么回事，等近前一看，才知死了。好吓人，血溅得到处是，脑浆子都喷到房墙上。”春儿心有余悸，战战兢兢，“坐彩船的人刚钻出来，就被人开枪打死。有人认得他，叫他先生。”

桂枝一惊，刹那间脸色变得煞白，没有一点血色，大声问道：“快说，他叫什么，长得什么样？”

春儿吓了一跳，赶紧说：“有人说是李先生，灯下看不真切，只觉得个子不高，顶多算是中等个儿。”

桂枝背心一凉，眼前一黑，无力地靠在椅背上，脑袋一片空白，眼前唯有血花四溅，脑浆迸裂。桂枝明白，春儿说的李先生就是来过她家几次的李宏宇。可是，他在哪儿？在金城，还是回到省城？

回到房里，躺在床上，一颗心仍旧狂跳不已，桂枝捂住胸口，一遍一遍告诉自己，还好，还好，不是他，不是他。可眼泪却不住地往下流，打湿了绣花枕头一角。

第二天，天空昏黄昏黄的，像黄疸病人的脸一样。屋外，大风悲号，沙尘漫天，树摇枝舞。春儿上街回来，说全城戒严，官兵在街上抓人，城里的罗家、阮家、魏家几家铺子被翻了个底朝天。昨晚死的人家里，丧事过得冷冷清清，城门关闭，城外的亲戚进不来，只有住在城内的亲戚来奔丧。桂枝默默听着，不发一语。

原本正月十六，家家携儿带女，出城游玩，祛除百病。往年，枝儿都和父母一起出城，坐船渡河，登梅岭峰，到临崖古刹敬香，在香烟缭绕中，为父母祈福，祈求全家上下康泰平安。可今年丧葬的气息弥漫全城，家家关门闭户，街巷空旷、静寂，谁还记得游百病，即使记得谁还有那个心思呢？

惶惶不安过完一天。晚上回到房里，掩上门，桂枝坐在桌前，看着美孚灯昏黄的光发愣。火苗摇曳几下熄灭了，她走到门外，天上不见月亮，一颗星星也没有，四周一片漆黑，没有一个人，只有寒冷的风呼啸着刮过，她害怕极了。突然，远远的山上闪烁着灯光，在无边的黑暗中，显得格外明亮。灯光意味着平安、亲人和现实。她凝望着那闪烁的灯光，心里安宁下来，然后，抬腿就跑。脚上的鞋跑丢了，路边的野枣刺挂破了身上的棉袍，她什么都不管，只是拼命地跑，只想尽快靠近那温暖、明亮的光源。

跑近了才看清，原来是寺院中熊熊燃烧的篝火。阮贵堂站在篝火旁，看见她微微一笑，眼里柔情似水。那微笑又牵动她心湖的粼粼波光，刚才的恐惧、惊惶、失措、迷茫一下子消失，她欣喜地叫了声表哥，朝他扑过去。

突然，他脸上的笑容凝固了，殷红的血从他头顶往下流，身上的长袍破成一绺一绺的，结着血痂。他慢慢转过身去，背上没了遮体的布片，一块块黑疤嗞嗞冒着烟往下淌油。他回过头无限哀伤地看她一眼，神情凄厉绝望，渐渐消失在山峰的绝壁下……

"表哥！"桂枝撕心裂肺地大叫一声。

"枝儿，我在这儿。"桂枝睁开眼睛，看见阮贵堂俯下身子关切地看着她，喊一声表哥，扑到他怀里，心抖个不停，身体也抖个不停。"枝儿，枝儿……"阮贵堂一声接一声喊着她的名字，搂着她，轻拍她的背。可是，她无法止住身心的颤抖，那流淌的血，那淌油的黑疤，那凄厉绝望的神情，在她的心中越来越清晰，她感到深入骨髓的冷，在阮贵堂的怀抱里蜷成一团。"枝儿，做噩梦了？"阮贵堂俯下头，柔声问道。她更紧依偎着他，不说话。他也不再说话，只是用力搂着她，亲吻着她的头发安抚她，使她安静。

八

两人紧紧相拥着，好一会儿，桂枝慢慢安静下来，突然想起什么，挣出他的怀抱，凝视着他。只见他眼眶发青，脸色青白，往常整整齐齐的头发湿漉漉的，成一绺一绺的贴在头上，身上的竹青棉袍被剐了一条长长的口子。才几天啊，他竟然憔悴了许多。桂枝又急又痛地问："怎么成这样子？为什么还在金城，为什么不走？"

阮贵堂深深吸了口气，一把将她拉进怀里，沉痛地说："省同盟会派我来金城，与金城同盟会的革命党人组织正月十五晚起义。可恨贾德仁嘴里答应与之里应外合，杀了知县等县吏，一举占领县衙，光复金城，暗里却将起义计划全盘密告于知县。他们暗中调兵遣将，使得尚未起事即告失败。已有许多人被捕或被害，更多的革命同志处于危险中。"阮贵堂停了会儿，说："刘玉珍已被捕,被秘密关押着。”

“天啊!”一声惊呼,桂枝煞白了脸。刘玉珍,刘姐,那个清秀雅致、温柔婉约的女子,那个站在高高台阶上慷慨激昂,痛斥清廷腐败无能、卖国求荣的女侠,她如何能被束缚住手脚,囚在不见天日的牢里?春儿说的在街上都能听见的犯人受刑时的惨叫声是她的吗?桂枝抓着阮贵堂手臂的手簌簌直抖,身子发颤,上下牙齿磕碰出声。

阮贵堂凝视她的眼睛,疲惫地说:“我没有走,就是想救出玉珍和其他的革命同志,减少损失。城门关闭,我从后城崖攀爬回来的。”

桂枝挣扎着站起身,往铜盆兑上暖壶里的热水,拧一条热毛巾为他擦脸,替他梳理纷乱的头发,脱下沾着枯草、灰土的长袍,牵着他的手到床边,扶他躺下,轻柔地抚摸他的脸,说:“先睡一会儿,我去给你弄点吃的。”等她端一碗卧着荷包蛋的面条回来,阮贵堂已熟睡。她将饭碗放在炉火边,坐在床边看着他。即使睡梦中,他也眉头紧锁,脸色苍白。她一阵心痛,握住他的手放在自己的脸上,仿佛他知道她在守护着他,他的眉头舒展了,呼吸也变得平稳。

远远的,谁家的公鸡拉出了一声长长的鸣叫,阮贵堂从沉睡中醒来。黑暗中,炉里的炭火温暖而明亮,映得炉边杌凳上的瓷碗泛着青釉的光芒,屋里弥漫着安息香的气息,阮贵堂明白了自己好睡的原因。起身走到窗前,朝外望去,四围黑沉沉的,寂静无声,所有的一切都沉睡在冬夜里,他明白这表面的静谧下掩盖着血光剑影和刽子手霍霍的磨刀声。

一声轻微的咳嗽伴着细小的脚步声传进来,阮贵堂轻轻拉开门,悄无声息走到门外,他看见一个纤弱、熟悉的身姿在院里徘徊,他猛地跑过去,伸出双臂抱住她,哽了一声,“枝儿……”浑身冰冷的桂枝被阮贵堂抱回房子,放在床上,他蹬掉鞋拉拢被子,把她紧紧抱在怀里。“为什么这么傻?”

被阮贵堂热烘烘的身子慢慢暖热了的桂枝,轻声说:“我想护着你,守着你,你在我这儿好好的,我才能安心。”突然紧紧搂住阮贵堂,泪流满面,“表哥,我不想失去你,我要你好好地活着,永远不离开我。”

“枝儿,枝儿,我不会离开你。”看着如受惊的小鹿一样的心爱姑娘,阮贵堂的心尖锐地痛起来，他强力抑制住痛感，在她耳边说着令她安心的话。

她仰起头看他，几天风云变幻，他的眉梢眼角带着些许风尘沧桑，却丝毫未损他的气度。此刻，他眼里的悲怆被绵绵情意覆盖，她心头一热，白皙的脸上飞上两朵红云，温柔似水的目光在纤长的睫毛后滤出丝丝缕缕。他怦然心动，亲吻她的樱桃小口，轻舔她嘴唇上的小绒毛，温柔地抚摸她，把脸埋在她的腋窝里。他多想就这样闻着她的味儿，和她心贴心，一直睡下去，直到地老天荒……怀里的枝儿粉面桃花，目光迷离，娇喘微微。他周身骤然热起来，却伸出右手扣紧她的小衣纽扣。桂枝一抬头就看见他拧紧的眉毛、紧紧咬住的嘴唇、痛苦而坚毅的眼神，一下子全明白了，她红了眼圈，一种母性的柔情骤涌心头，心疼地抚摸他的眉毛、脸颊，愿能安抚他。

晨曦透过窗格纸渗进屋内，盛开的腊梅，尚还明亮的炉火，怀里柔情缱绻的枝儿，这一切多么温馨美好。可是，天亮后，他要去虎狼窝，救他的同志，也许他一去不回，镣铐锁住手脚，在阴暗的牢笼磨蚀掉他的青春、才华，也许流血牺牲，与这一切永别！无论如何，他再也看不见枝儿美妙的双眼和那盆云霞一般的海棠花，温暖、明亮将远离他而去，而他的枝儿、正当青春妙龄的枝儿，没了他，将会如何的凄惨、悲凉？

“表哥！”是桂枝的叫声，慵懒、娇柔的声音，忘却了现实的小娇娘的声音。阮贵堂敛起哀容，脸上浮现暖意的笑容。暂且抛却门外的血雨腥风吧，给她最温柔的爱情，与她一起在这温柔乡里沉醉。

九

桂枝看见鲁继琛的第一眼，就感觉不妙。他印堂发暗，眼睛黯淡无光，脸色苍白充满抑郁之气，像从坟墓中走出来的人。他是来找阮贵堂的。后院，阮贵堂的屋内，一灯如豆，光影飘忽。此夜，月色迷离，夜寒如冰。桂枝立于院中，不觉思绪萦怀，纷乱不堪。

送走鲁继琛，阮贵堂和桂枝相对而立，良久，俩人不约而同伸手搂住对方。

“什么时候动手?”

“凌晨两点。”

“你非去不可吗?”

“我必须去。”阮贵堂说,“你放心,我们拟定的行动方案很周密,鲁继琛联络了城里、乡下一些同志,营救行动一定会成功的。”

默默相拥,好一会儿,桂枝长叹一声说:“在我心里,你是一个叱咤风云的英雄。我自知,在精神上,我够不着你的高度。虽然你爱我远远不及对你为之奋斗的事业的挚爱,可我还是这么爱你,如爱自己的性命一般,为你欢笑,为你痴傻。你好,我就好,你不好,我也不快乐。这一生,我是为你而活,因为有你,我的人生缤纷绚丽;没有你,我生不如死。表哥,无论我做了什么,你记住,都是为了爱你。你意已决,我不再说什么,就让我们好好待一会儿吧。”

桂枝再次进来,端来两杯茶,不知道是否太过忧虑,递给阮贵堂茶时,手竟然抖了一下,好在茶水不太烫,没有伤着。

阮贵堂接过茶杯,凝目注视她,那幽深的眼睛流露出依恋、忧伤和诀别的神色。

“表哥,我以茶代酒,为你一壮行色!”桂枝双手捧杯轻轻碰了碰他的杯身,看他喝干杯中茶。

依偎在一起,俩人说着话。渐渐的,阮贵堂觉得眼皮沉粘,头也重如千钧,枝儿的影子渐趋模糊,便一任她搀着躺到床上,不多时便沉沉入睡。

等到阮贵堂醒来,已是翌日午后。头在隐隐作痛,床前站着枝儿,似乎有什么不对。突然,他黑了脸,急忙穿衣下床出门。桂枝扯着他的袍子一角跪下,“表哥,事已了结,鲁继琛被当场枪杀,其余人死的死,伤的伤,没人逃出。事情早已被官兵鹰犬知晓,他们布了个局,为的是一网打尽,刘姐早被他们转移到梅岭峰顶的灵岩古刹。”

阮贵堂身子一抖,晃悠着跌坐在身边的椅子上。他疑惑地问:“我为什么睡得那样沉?为什么到现在头还痛?枝儿,你知道的,对吗?”

桂枝哆嗦着身子,一句话也说不出来。

阮贵堂脸色一紧,问道:“是昨晚的茶?”

桂枝心如刀绞,愧疚悲愤溢满全身,仍旧哆嗦着不说一句话。

“你还知道什么,都说出来,我承受得住。”阮贵堂铁青着脸说。

“听说刘姐在灵岩古刹受尽折磨。他们用炭火烤得她全身没一处好肉,还让她背装满开水的煤油桶。打得她昏死过去,又用水浇醒她。她忍住一句话不说,只求速死。”眼泪汩汩而落,桂枝终于泣不成声。

“受尽折磨。”阮贵堂重复着,然后,捧着桂枝的脸,看得入神,那迷离的眼光,直叫桂枝想一头扎进去。“枝儿,你昨晚说我爱你不够,你错了,我很爱你。你美丽的容颜,晶亮的眸子,白皙纤长的脖子,差一点让我忘却在日本横滨发过的誓言及为之奋斗了多年的宏伟大业!我是多么爱你!因为有你,再苦再累再危险的环境我都能挺过来。我一直相信,我爱的和爱我的枝儿,与我声气相通,理解、支持我对理想信念的坚守与追求。可是,没想到你的爱将我变成贪生怕死的小人。枝儿,你让我以何面目见我活着的、死了的同志?我又如何坦坦荡荡行走天地之间?这样活着的我如同行尸走肉,你还爱吗?”

阮贵堂仰天长叹一声。

桂枝泪流满面,心碎裂成粉末,怯生生欲伸手抱他,被他一把推开,只有他的衣袖从她指尖滑过。目送他一步一步远去的清瘦背影,桂枝绝望地瘫坐在地上。

十

阮贵堂直至踏上梅岭峰山路,才清楚他是去救刘玉珍的。

金城起义失败,清廷鹰犬日日盘桓在街巷和乡野的阡陌之间,金城革命党人无人躲过这一劫难。刘玉珍被囚在梅岭峰顶,受尽磨难却坚贞不屈,李宏宇、鲁继琛却再也不会活生生出现在他眼前……起义一次次失败,数不清的革命党人倒在血泊中。还要多少人的鲜血才能换来中华民国的建立?难道真要血流成河吗?

山路弯曲、陡峭，悲哀和孤独无边蔓延，压得阮贵堂无法呼吸。寒风呼啸着掠过耳边，带来刘玉珍受刑的惨叫声，他揪心地痛。正在遭受酷刑的女子，是与他一起在横滨加入同盟会的革命同志。她是丈夫温柔的妻子，是女儿慈爱的母亲，是徜徉在唐诗宋词里的才女，这样的女子在敌人的淫威面前，却是不惧牺牲的“竞雄女侠”！越往上行，那惨烈的叫声越清晰，他攀行的速度越快。他也知道，他救出刘玉珍的可能性微乎其微，他的这一行为在后来的史学家看来简直愚蠢透顶，近乎送死。可是，他只想舍命一拼，救得了救不了已不重要，重要的是，在他的同志受难时，他没有束手无策地弃她于不顾，重要的是，他的死可以号召更多的人将反清斗争进行到底！除此之外，他还有更好的选择吗？

桂枝跌跌撞撞地追了出去。刚追到梅岭山半腰，听见“嘭”的一声枪响。她一惊，是谁，是刘姐还是他？接着继续追赶。她终于攀上山顶，追上阮贵堂。看见她，阮贵堂微微一笑。他眼里的柔情让她恍若回到从前，回到两年前在家里的客堂看见他时的怦然心动。

一群拖着枪的清兵簇拥着他，从她面前走过，朝梅岭峰绝壁前的小路走去。桂枝怵然心惊，眼前的一切和梦中所见十分相似。她惊骇异常，撕心裂肺地叫一声：“表哥！”

阮贵堂回头看她一眼，目光中有视死如归的坚毅和义无反顾的决绝，还有爱恋、不舍和一丝责怨。

桂枝扑向阮贵堂，她要抓住他。可是，枪响了，他像一片树叶无声消逝在深不见底的山涧。

此时，暮色四围，天色越发晦暗。从此，在桂枝心里，这个阴云密布的黄昏就被冰封起来，冻结起来。

天色昏暝，风势越来越强劲，吹在脸上有尖利的痛感。桂枝长长的发辫散开了，在风中飞舞。她呆呆站在前院海棠树的枯枝下，痴痴地望着大门外，谁也劝不动她。四周的一切，巍峨的梅岭山峰、喧嚣的街巷、行人和车轿，包括父母锥心的痛苦，似乎突然之间都消失了，世界只剩下了无垠的阳光，明净到虚无，照耀着一个静静等待的女子，等待一个身着蓝色长衫的人，从那明亮的虚无中穿过岁月朝她走来，一脸淡淡的笑容，如掠过湖面的微风，牵动这女子心湖的粼粼波光。

补　记

阮贵堂死后十个月，即一九一一年十月十日，武昌起义取得成功。次年，中华民国成立，阮贵堂的骸骨迁葬革命烈士公墓。

三十九年后，佟家田产被政府没收，佟先生夫妻前后相隔一天去世。佟家大院住进来十几户人家，院里的花草被挖掉，种上了各种蔬菜。两株西府海棠也被砍掉，做了灶膛里的柴火，烧成了灰。

西府海棠被砍掉后的第二天，桂枝从家里走失。有人说在梅岭峰顶见过佟家那个脑子有毛病的老闺女，嘴里念念叨叨，听不清说什么。另有人说，在省城西安看见过她，街上人多，一眨眼就不见了。佟家亲戚上梅岭峰顶找过，也去西安寻过，终未果，便作罢。

月落桂园

一

蒋晓月十六岁那年暑假，从金州师范学校回到桦树湾的蒋家大院，无意中知道了一个天大的秘密。

吃过中午饭，爷爷蒋兆祥、母亲蒋云氏各自回房睡午觉去了，丫鬟、奶妈收拾完碗筷，打扫完厨房、餐厅，也回各自的房间歇晌去了。蒋晓月没有睡午觉的习惯，便拿了一本《李清照词集》走出闺房，穿过母亲的门口，越过渔池、花园，到了后院的一片竹林边。

竹林边有一个亭子，亭中安放着晚清名匠雕凿的石桌、石凳，大片的竹林遮住了热辣辣的阳光，洒下一片竹荫。蒋晓月坐在石凳上，打开书读起来。清风徐徐，带给她凉爽的惬意。

太阳高悬着，四周非常寂静，院子后翠云山上的树林、门前后院竹林里的蝉"知了知了"地叫着，愈显午后的静谧。

突然，竹林里有窸窸窣窣声传来，接着传来俩人说话的声音。

"少玩会儿，免得老爷、少奶奶醒来找不见人做事。"

蒋晓月听出说话的是妈身边的丫鬟莲娣。

"再玩会儿嘛。莲娣姐，你说少爷为啥不回家？他是不是在外面又娶了一房？我都来了半年，还没见过他。"蒋晓月又听出是厨房的使女茶花不解的声音。

"这话你说在我这儿就行了，别再问别人。"莲娣小声警告。

"莲娣姐，到底咋回事？"

"你得发誓，即使有人要你的命也不能说出去！"莲娣的声音带了一丝颤栗。

“我发誓!”

“这是蒋家大院天大的秘密……”

二

民国八年仲春的一天,八抬大轿将云彩霞娶进了蒋家大院。

这一天,暖风徐徐,春和景明,三十二只唢呐、十六面锣鼓的吹吹打打声,引得田里做活的,道上赶路的,村道里晒暖暖的老头儿老太太们,像看西洋景一样看着这支规模空前的娶亲队伍。“这排场,只有当年康熙爷下江南才有啊!”一位柱着拐杖的鹤发童颜的老者说。

这年刚满十八岁的云彩霞在众人的艳羡目光中成了蒋云氏。

蒋云氏是娇艳漂亮的。虽然她的个头并不高挑,可天生一副艳入骨髓的风韵柔情。一张小巧的鹅蛋脸,白皙细腻的肌肤像绷紧的绸缎似的,有种半透明的丝织感。平日里,她略微潮湿的细眉杏眼总是半眯着,长长的眼睫毛便遮住了眼珠,顾盼有神,充满谜一般的神秘。

充满羞涩做了少奶奶的蒋云氏,在洞房花烛夜并没有完成从姑娘到女人的根本转变。她的新郎蒋子奇在被迫完成婚礼所有程序后,在众亲友还未完全散去时,就悄无声息地离家出走,连夜回到省城。蒋云氏在顶着盖头坐到天亮后,对自己的命运有了清晰的感知,才一夜功夫,艳若春花的脸颊上便笼罩上一层若隐若现的阴影,眉目间有一丝幽怨流动。

蒋云氏的娘家云家在当地方圆百里也是有名的大户人家,祖德淳厚,家风严谨,业资殷实。在明洪武年间,家里曾有人在翰林院做官,到清晚期时,家道中落,父亲云老爷在家坐堂行医,悬壶济世。云老爷膝下无儿,只有彩霞一女,夫妇俩视若掌上明珠。云家族规是不允许女儿读书识字的,女孩从小要接受的是“三从四德”“三纲五常”恪守妇道的教育,平时只能由母亲教她们学做各种女红。可开明的云老爷闲遐之余,也会教女儿读书写字,吟诗作词。蒋云氏还常常陪在云老爷身旁,看他给人诊病,时间长了,竟了解了许多医理知识。读书识字的云家女儿自然和别人家的不同,能娶云家的女儿做媳妇,也是蒋家一件值得骄傲的事。

早晨,一夜未曾合眼的蒋云氏,收拾起满心的惶惑、寂寞、无奈、忧伤等等她无法理清的情绪,梳洗妆扮后,去问候爹早安。这是新媳妇过门后每天早晨的必修课。

蒋家大院是中国古典式的园林建筑,由三进院落组成,前客厅,中楼房,后花院。客厅是五间厅,一律古典红木椅案,中堂悬挂着范宽的山水画,两边是吴昌硕的书法联:道德持家荫子孙,清廉行事济苍生。

蒋兆祥住在中楼的二楼,一楼是他的书房。自从他辞掉省教育厅副检查司长的职务后,就一直过着隐居生活。儿子蒋子奇和云彩霞的新房设在后院。后院也是两层楼房建筑,一溜儿五间,底下是他们的新房,上边是历代家藏古董、名家字画。

蒋云氏走到中院,进到蒋老爷的书房时,蒋兆祥正坐在书桌前看书。他是个严谨的人,不苟言笑,有些地方也显出几份愚拙,唯其书生气,使他脱俗得明澄、透亮。他虽待下人很宽厚,可蒋家上上下下仍然对他充满敬畏。

这时,头发花白的李妈递上茶碗。他接开盖儿,轻轻啜口茶水。

李妈说:"老爷,少奶奶来了。"

蒋兆祥抬头一看,儿媳蒋云氏已站在面前,叫声"爹",接过他手中的茶碗放在宽大书桌上。一夜未眠,蒋云氏的眼圈有些发青,眼睛半眯着,长长睫毛将眼珠遮盖住。蒋兆祥看不见她的眼睛,但他清楚儿子连夜离家,带给这个儿媳妇的是什么伤痛。

他自然想到,当年,媒人来提亲,儿子就极力反对。"都民国了,还要实行封建包办婚姻不成?"蒋子奇气急败坏地说。蒋兆祥铁青着脸说:"你别以为学校那套恋爱自由的思潮会蔓延到我蒋家大院?无论什么时候,蒋家儿女的婚姻,都是父母之命,媒妁之言!"从那以后,父子提起婚事就有争执。婚期临近,蒋兆祥几次三番捎信让蒋子奇回家,回信只有四个字:恕不从命!一气之下,蒋兆祥亲自去学校带他回来。结果新婚之夜,还是无人掀开新媳妇的红盖头。

此刻，看着儿媳蒋云氏不怒不恼的平静，蒋兆祥默叹一声，“我的儿，我给你娶了房多好的媳妇，你以后会知道的。”

蒋兆祥心里云翻浪涌，瘦削的脸颊上却风平浪静，有些凹陷的大眼睛冷峻地看着蒋云氏，声音低沉而不无关切地说：“子奇家的，过了门你就是蒋家的媳妇。子奇妈去世后，家务事都是子奇的奶奶在操心张罗。从今以后，你就是这个家的主妇，家里家外大小事你要多费心，该让奶奶歇歇了。”蒋兆祥顿了顿，说：“子奇在省城的学校里学业重，为成亲已落下许多功课，他不能再耽搁，你要多担待些，体谅忍让一二。”

“爹，我记住了。”蒋云氏垂下长长的眼睫毛说。

看着儿媳轻轻走出去，蒋兆祥又在心里轻叹了一声。

繁花落尽，夏木葱茏。算起来，蒋云氏嫁进蒋家大院两个月了。现在，她已能熟练地管理、操持家务。她的勤谨、宽厚，她的仁爱、善良，她的赏罚分明，让一家上上下下为之折服。蒋兆祥虽未形之于色，却是在心里赞赏、认同的。

然而，闲下来，守着空旷的豪宅大院，出出进进，只有身边的丫鬟伴着她，蒋云氏的心里不免发慌。日头走得那么慢，几乎是一寸一寸挪动着沉重的脚步，放眼望去，日光遮天盖地的，望不到尽头。这么多的时光，要怎样才能过得完？蒋云氏内心轻叹着，外面竹林、树林里的蝉，“知了知了”叫得让人空虚。

三

书房弥漫着煤油味，美孚灯黄色的光打在蒋兆祥单薄的身躯上，稍许有些暖意。他左手持一本《聊斋》，右手撑头，似在看，又似在思考。蒋云氏手端盖碗，悄悄推门进来。她把盖碗放在桌上，轻声说：“爹，趁热吃啊！”随即，退出门外。

蒋兆祥是在京城读过书的，从政几年，因不屑官场逢迎之道，所以弃官隐居。他的书房摆满了书柜，把五间房占得满满当当。他对古典文学作品很有兴趣，多年来，他一直保持着晚上读书的习惯。

蒋云氏嫁进来，知道他有夜读习惯后，就每天晚上为他做宵夜，有时一碗参汤，有时一碗桂圆汤。她知道桂圆有滋补强体、养心安神、补血壮阳、益脾开胃的药用价值，人参更有大补元气、宁神益智、益气生津、补虚扶正、延年益寿的功效，因而她首选这两样。

蒋兆祥这年40岁。40岁的他，太太已过世两年。太太在世时，对他的照顾体贴、细微。太太逝去后，他再也没有享受过精致的照顾。他知道“寡妇门前是非多”，而他这样的鳏夫门前又如何没有一双双窥视的目光呢？他虽闲云野鹤，但却中规中矩，不越乡规民俗、道德风化一步。两年多了，不少人建议他续弦，他总是笑着说，以后再说。在偌大的蒋家大院，他只要当年的奶妈——年过六十的李妈照顾他。李妈的老伴是他家几十年的花工，老两口与他一起生活。他的上房成了别的女人的禁地。漫漫长夜，灯光如豆，映在窗户纸上影子，有些孤独，有些凄凉。

蒋云氏当然知道蒋兆祥的禁忌，她做好宵夜，由李妈端给他。

一个有风雨的晚上，蒋云氏煮了瘦肉粥端到书房门前，低声叫李妈，却不见回应，便端着碗站在檐下。雨丝在风中飘荡，不时有雨点落在身上，凉丝丝的。院子静悄悄的，忙碌了一天，佣人们也都歇下了。书房内，蒋兆祥抬起一双困倦的眼睛，借着昏黄的灯光，看见歪在椅子上打盹的李妈，才知道已经很晚，便起身开门，叫人送李妈回房。

一道黄色的光从门里泻出。

“爹。”低低的叫声让蒋兆祥一愣，端着碗的蒋云氏站在面前，刘海湿湿地贴在额头上，长衫的下摆被风吹得裹在腿上，越发显得身子单薄、羸弱，暮春的雨夜，她就像秋风中的一片落叶。

李妈醒来，一边说老了不中用了，一边伸手接碗，不经意触到蒋云氏的衣服，很是吃惊，衫子都湿了，一边道少奶奶来了有些时辰了吧，一边絮絮叨叨地说自己老了老了，真是不中用了。

“粥凉了，我去热热。”蒋云氏说着便转身。

“你回去歇着，让李妈去热。”稍后，蒋兆祥又说：“以后不用等李妈，你径直送进来就是。”虽是冷着脸说，可看着蒋云氏的身影消失在雨中，一丝疼惜油然而生，半天回不过神。

中院左边围墙开了门，走出去，是一个长着几棵桂花树的园子。园子荒废很久了，野草长得齐膝深，成了野兔、鸟雀的家园。蒋云氏过门不久，便吩咐几个下人将荒芜了多年的园子整理出来，掏干净鱼池的泥土，注满清水，放入鱼苗，又给大的空地补上十几棵桂花树，种上牡丹、玫瑰、月季、芍药和榆叶梅，牵牛花给搭上架，围墙根下，撒下四季常绿的草籽。

“这里就叫‘桂园’吧，等到桂树开花，满园都清香呢。”蒋云氏满意地对大家说。

第二年，桂园花红叶绿，蜂舞蝶飞，清香四溢。这里成了蒋云氏常来的地儿，不光赏花，也修剪花枝，拔去杂草，为花草浇水施肥。有了这些事占去她的空闲时间，她不再有抓握光影的空虚。

暑期刚刚结束，却来了秋老虎施展淫威。晚上有月亮，洗浴后的蒋云氏缓缓走到园子乘凉。月色撩人。月光如在乳中浸润过一样，园子里的月季、芍药、榆叶梅等浴在月光中，越发得温润、滑腻。空气中弥散桂花的清香，还有一种异香——卷烟的香气。

蒋云氏抬头四顾，一身白色宁绸裤褂的蒋兆祥正向着一丛花弯下身，似乎去嗅它的香气，又似乎触近欣赏花瓣。

“爹，您也在这儿?”蒋云氏小声叫道。

蒋兆祥有些吃惊地看她一眼，“你在这儿?”然后又说:“这园子让你盘成了，不错!”

虽说声音冷冷的、干巴巴的，可毕竟得到赞赏，蒋云氏害羞地垂下眼睛。月光下，她的侧影美如仙子，蒋兆祥觉得身体最深处，有什么东西被触动一下。这种感觉很奇怪也很陌生。空气中依然涌动着燥热的气流，不知怎的，蒋兆祥的身体却似掠过一股寒流，他哆嗦了一下。

蒋兆祥快步走出园子。

中秋过后，天气转凉。古镇周围田地里的庄稼都收割光了，光秃秃一片。蒋家庄园假山背后，桦树林变黄的叶子在秋风中打着旋儿，风从远处呼啸而来，在竹林的竹叶间颤抖，然后吹到渺茫的地方去。除此之外，没有任何声响。

晚饭过后，蒋云氏又走进园子。可是，热热闹闹花开一个夏季的园子，在秋风的吹拂下，悄无声息地落尽繁华，香销魂散，一派虬枝裸露、黄土突显之状。蒋云氏站在残花前，痴了一般，泪珠儿从眼里滚落下来，渐渐成一条河在脸颊上蜿蜒流淌。

直到躺在床上，蒋云氏的脸上还是泪痕斑驳。这晚上她做了个梦，梦见天下起大雪，细碎的雪花在煤油灯前飞旋，又一片片跌碎在她的脸上。突然醒来，便再也无法睡着。雪打在脸上，暗示她什么？蒋云氏的心灰了许多。天亮去给爹问早安，蒋兆祥盯着她看了看，说："哪儿不舒服？让丫鬟扶你回去躺着。"

蒋云氏心里一酸，有泪花盈出眼眶，侧转身背过蒋兆祥抹去眼泪。这个小小的、小小的动作，那么深地感动了蒋兆祥，他再一次觉得灵魂最深处有什么东西又一次被触动，又仿佛有寒风拂过，他的身体再次哆嗦一下。蒋兆祥急速转过头，眼光的冷峻足以让人联想起闪电或是舞动着的剑影。

四

一夜北风带来了冬天的严寒，冬日的寒冷凝固了蒋家大院的寂寥和四野的冷落。蒋云氏不再去桂园，她怕看见满园凋零的花枝徒增伤感，尤其在晚上，她总觉得盘根错节的枯藤、枯枝背后隐匿着鬼魅。她变得胆怯、敏感而多疑。

冬天昼短夜长。蒋云氏料理完家务，为爹送去夜宵，便回房躺到床上。闭眼，却睡不着。在黑暗中伸手抚摸自己的肌肤，同穿在身上的绸缎小衣一样光滑冰凉的皮肤，因为绝望而像花瓣一样干涸着。整整一个冬天，她习惯了每晚双手在自己的身体上蛇一样地游走，冰凉光滑的肌肤因此而灼热，一种强烈的渴望伴着灼热从小腹渐渐升至腰腹至双乳间，直至将她严严实实包裹起来。她把嘴唇扑在绣花枕头上，以防在寂静冷酷的夜里呻吟出声……

然而,她依然早起,勤谨地料理家务,从不疾言厉色地呵斥下人,每天早晚两次去爹的上房问安。可是,谁都看出,她的饭量减了许多,她在不可遏止地消瘦下去。

蒋兆祥到省城去了。他说是想见见当年的同窗好友陆云帆,顺便托他关照关照在省政府做事的子奇,再接子奇一起回家过年。

时间仿佛一下子过得很快,一眨眼就是小年了。蒋家大院忙碌起来,祭灶、扫尘、剪窗花、写春联,小年过后,蒸年糕、做豆腐、杀猪、宰羊等等,紧紧张张忙到腊月二十九,过年的一切才准备停当。

蒋兆祥在天黑前回到蒋家大院。他告诉一家老老小小,子奇忙得很,今年过年不回家了。他又给蒋云氏说:“你陆叔——我当年的同窗好友陆云帆过了年就来咱们滨江县当县长,不定什么时候会来家做客,你让厨子提前做准备。再有,子奇问你好,子奇说让你别牵挂他,他在省城什么都好,还说,等忙过这阵儿再回家。”蒋兆祥说完转过头去,从行李包拿出一块粉红底色点缀小白花的绸料,说:“这是子奇买给你的,到了夏季做件长衫。”

蒋云氏接过来说:“难为他惦记着。爹,我去做点吃的,你吃了早点歇着。”目送蒋云氏离去,蒋兆祥仿佛一下子使尽了力气似的,眼神变得涣散而呆滞。

大年三十,蒋云氏早早起来,吩咐下人贴福字、贴窗花、贴年画、贴对联。蒋家大院不说打扫院落、请神祀祖,单就这贴对联一件事,也要费好些时辰,从大门二门、前门后门、书院门、厨房门、花园门等一路贴来,得贴多少?院门的对联一律是蒋兆祥写的。你看那“喜居宝地千年旺,福照家门万事兴”写得龙蛇飞动,力透纸背,且字面涂金,自是富丽堂皇,大气磅礴。中院书房贴的是“文章江海,书籍林泉”,倒也合了屋子主人身份、修养。

蒋云氏的后院房门用了李义山的“云母屏风烛影深,长河渐落晓星沉”诗句,用隶体写成,显得娴静淑淡。只是身边的丫鬟彩珠念了一遍,说是不懂,彩珠是跟着少奶奶识了一些字的。蒋云氏笑笑说:“你不懂,可我喜欢。”

除夕,祭过祖之后,蒋家上上下下围了几桌子吃年夜饭守岁。大门两边以及廊檐下挂上点亮的红灯笼，各房间的炭火也已烧旺。午夜交正子时，蒋兆祥跟前的旺儿带了几个人到大门外燃放鞭炮。在这“岁之元、月之元、时之元”的“三元”时刻，屋内是通明的灯火，庭前是灿烂的火花，屋外是震天的响声，除夕的热闹气氛到了最高潮。

蒋兆祥兴致勃勃，脱口吟出王安石的《元日》诗：“爆竹声中一岁除，春风送暖入屠苏。千门万户曈曈日，总把新桃换旧符。”蒋兆祥环视左右，说：“除夕是新旧交替之时，‘一夜连双岁，五更分二年’，一年里只有这样的时候，一家人要围炉团聚守岁。”

“老爷，为啥过年要守岁？”或许是蒋兆祥出奇地健谈吧，旺儿大着胆子问。

蒋兆祥呵呵一笑，说：“好，我给你们讲一个民间流传很久的故事吧。”说罢，喝一盅酒润润嗓子，娓娓道来。

“太古时期，有一种凶猛的怪兽，散居在深山密林中，人们管它们叫‘年’。‘年’面目狰狞，生性凶残，专吃飞禽走兽、鳞介虫豸，一天换一种口味，从磕头虫一直吃到大活人，让人谈‘年’色变。”

看看大家紧张地看着他，蒋兆祥端起酒盅喝下一口，接着说：“有一年，一个英俊后生名叫大牛的人在山上打猎时被‘年’吃掉，他刚过门的媳妇腊梅悲痛之余，决心为丈夫报仇，决不让‘年’再得逞。”

“腊梅花了很长时间掌握了‘年’的活动规律，它是每隔三百六十五天窜到人群聚居的地方尝一次口鲜，而且出没的时间都是在天黑以后，等到鸡鸣破晓，便返回山林中去了。算准了‘年’出动的日期，腊梅和乡邻们便把这可怕的一夜视为关口来熬，称作‘年关’，并且想出了一整套过年关的办法，每到这一天晚上，每家每户都提前做好晚饭，熄火净灶，再把鸡圈牛栏全部拴牢，把宅院的前后门都封住，躲在屋里吃‘年夜饭’。由于这顿饭具有凶吉未卜的意味，所以置办得很丰盛，除了要全家老小围在一起用餐，表示和睦团圆外，还须在吃饭前先供祭祖先，祈求祖先的神灵保佑，平安地度过这一夜。吃过晚饭后，谁都不敢睡觉，挤坐在一起闲聊壮胆。

“此后，‘年’再也没能伤人，腊梅却终因‘年’太凶猛也未能了却为大牛报仇的意愿，抑郁而终。可年关躲避‘年’的法子流传开来，逐渐形成了除夕熬夜守岁的习惯。”

“哦，原来是这样啊！以前只知道过年就是吃好的，穿新的，放鞭炮，没想到过年是这么回事。”旺儿憨憨地点头，“老爷懂得真多。”

蒋兆祥呵呵一笑，接着说：“其实，点起蜡烛或油灯，通宵守夜，是象征把一切邪瘟、病疫照跑驱走，期待着新的一年吉祥如意的意思。”

座上已经有人在打盹，蒋兆祥估摸着四更天了，说：“差不多了，大家散了，都回去歇着吧，明天还要早起。”

于是，众人起身离去，热热闹闹的厅堂一下子冷清下来。唉！一声长叹，蒋兆祥散了架般靠在圈椅上，一会儿，酒劲儿冲上来，一阵晕眩，他闭起眼睛，睡着了般。外面传来零星鞭炮声，院子里红灯高照，灯火通明，却寂静无声。厅堂一片狼藉，是热闹后的冷落，繁华后的凋零。恍恍惚惚中，子奇妈慢慢地走来，弯下身子，为他盖上一件棉袍，几根发丝触在他的脖子上，痒痒的，久违了的女人的体香将他笼罩，一种渴望女人温情抚慰的冲动使蒋兆祥呢喃低语：“儿子叛逆不孝，停妻另娶，误了人家女子终身……多好的女子……造孽呀，我心力交瘁，你帮帮我……”呢喃中将那个温软的身体搂住……

“啊！”一声低叫，昏迷醉梦中的蒋兆祥从混沌中睁开眼睛，傻了一样，眼前羞红了脸的人分明是儿媳蒋云氏。

五

正月里，不是打发人出去拜年回节，就是在家里迎来送往。无论是打点拜年回节礼，还是安排酒席待客，打发来人，蒋云氏料理得井井有条，一样儿不差。

虽说蒋家上上下下忙了一个正月，可还是没有多少新鲜事好记。倒是云家，因蒋云氏忙得脱不开身，差人带着厚礼代她拜了年，所以，家里父母已经有些日子没见到这个女儿，正月过完，特意让人来蒋家接她回去团聚。

蒋兆祥连连自责，说："只顾自家的事，没能体谅亲家想念女儿的心情。"于是，急忙打发蒋云氏上路，又吩咐她多住些日子，不急着回来。

回到云家，蒋云氏又成了父母的掌上明珠。她与父母有说不完的话，彼此间浓浓的思念之情得到最大限度的释放。可是，在欢乐中，蒋云氏的眉宇间偶尔会笼上一层淡淡的忧伤，虽然瞬间即逝，但却被细心的母亲捕捉到了。面对母亲的询问，蒋云氏将忧戚深埋心底，显出快乐和幸福。她别无选择。她能告诉母亲，蒋子奇新婚夜离家出走，已近两年不曾回家么？她能告诉母亲，自己的丈夫、他们的女婿，已在外面另娶妻室么？不能，她不能让年迈的父母为了她而生活得不快乐。

在娘家的一个多月里，是蒋云氏结婚以后最快活的日子。她无忧无虑，尽情享受云家大小姐的尊贵和闲适。但她近日不断梦见蒋家老爷吃不上饭，生活起居无人照料。她开始坐立不安。

一天，蒋家的旺儿来云家接她。"家里要来客了，老爷让我接少奶奶回家。"旺儿说，"老爷让我给亲家老爷亲家太太说对不起。"

与父母告别，蒋云氏忍不住落泪，伏在母亲怀里，只说舍不得离开。母亲千叮咛万嘱咐，终是牵肠挂肚。

上了路，蒋云氏愈加牵挂起蒋家大院，她不在家，家务谁在安排料理，来了客会不会怠慢人家？快开春了，家里上上下下该添单衫，得吩咐人去县城布庄买布料，好分派家里人赶做，要不，开春换不了季。除了这些之外，蒋云氏最牵挂的还是蒋家老爷蒋兆祥，他是不是每天晚上还看书到深夜？有人为他做宵夜么？身上的衣服是不是勤换洗？年前年后多宴席，他喝酒多吃饭少，醉酒后谁照顾他？

最难忘的是除夕四更，蒋云氏知道外表冷峻的蒋兆祥其实心里很苦，为自己的中年丧妻苦，也为她的不幸婚姻苦。那天夜里，从蒋兆祥的嘴里听到蒋子奇已停妻另娶，她并不震惊。她在自己亲手揭开红盖头的那一瞬间，就已经清晰地感知到，蒋子奇不是她这一生的男人！可她也知道自己生是蒋家人，死是蒋家鬼。这是她的命。

太阳落山前，蒋云氏回到蒋家大院。这时，一轮鲜红的日头垂挂在翠云山顶，映衬着竹林、刚刚绽出绿芽的桦树、以及这座幽深的大宅院，竟透出一片氤氲的柔光来。旺儿告诉她，客人是刚刚上任的滨江县县长陆云帆。老爷说，陆县长一到滨江县就来看他，这份同窗情谊难能可贵，一定要盛情款待。蒋云氏顾不得歇息，径直走进蒋兆祥的书房。

书房静悄悄的，没有客人，只有蒋兆祥在伏案读书。读书时的蒋兆祥，面部线条比平时柔和了许多，一袭灰色的长夹衫使他看来更像一位教书先生。他一直专注于书上，直到蒋云氏叫了声爹才抬起头来。

蒋兆祥在抬起头的那一瞬间，凹陷的大眼睛竟有一丝温柔的光闪烁，“你回来了。可你陆叔又因要紧公务来不了了。”蒋兆祥有些遗憾地说：“早知道这样，我就不让人接你回来，你可以在娘家多住些日子。”

蒋云氏想说自己该回来了，再住下去，自己不放心家里。又觉得不妥，不放心什么，难道爹不能管好家么？欲说还休间，脸一下滚烫起来，脸颊上似乎还滚动着夕阳的光晕，又飞上两朵红云，她垂下眼睑，让长长的睫毛把眼珠覆盖住。

蒋云氏羞答答潮红了两腮，让阅尽人间沧桑的蒋兆祥突然心跳加速，一向冷峻、从容的他竟有些失措。

日子在不动声色中缓缓走过三月、四月，到了五月，清朗恬静的五月，白天是茫茫长空匀净地碧悠悠，只有一片白云仿佛在轻轻飘浮，又似乎在袅袅融散，微风敛迹，天气暖洋洋的，空气就像刚刚挤出的还冒着丝丝热气的奶水一样新鲜。田地的麦子、蔬菜茁壮成熟。桦树湾散开了它的发辫，变成了一片碧绿。翠云山上各种植物在林子里茂盛地生长起来，红的、粉的、黄的、白的野花在树丛和荆棘丛中探出头来，桦树披上崭新的绿装，恢复了强盛的生命力。一切都呈现出勃勃生机，充满无限的希望。

然而，伤寒悄悄潜进蒋家大院，袭击了蒋兆祥。

蒋兆祥是在五月初觉得浑身乏力、心慌头晕的。先是低烧不退、咳嗽、恶心，吃了几副镇上郎先生开的药，症状没有缓解，却烧得更厉害，每天不吃不喝的昏睡。

看着躺在床上的蒋兆祥苍白、瘦削的脸，守在床边的蒋云氏心里掠过一阵恐惧。“旺儿，快去县城请大夫，快去啊！”蒋云氏失声叫喊。

旺儿连声说：“好好好，少奶奶，您别急，我马上去。”说完，他失急慌忙地跨出了蒋家的大门。

旺儿请来了城里的赵大夫。赵大夫已经从旺儿描述中估摸出几分，现在看看蒋兆祥的情形，又伸手为他把脉，肯定地说：“蒋老爷得的是伤寒。”

“伤寒？”蒋云氏身子晃了晃，站住了，有些晕眩。

赵大夫说：“先开几副药吃着，过几天我再来看看。”

送走赵大夫，蒋云氏急忙吩咐丫鬟熬药。

因为不放心下人，蒋云氏日夜守在上房。大夫开的几副药已经吃下三副，可是，人依然烧得糊涂。到了发病的第十天晚上，蒋兆祥突然浑身打颤，嘴里不断叫着：“冷，冷……”蒋云氏急忙吩咐人拿出几床棉被加盖在他身上，可是他仍然冷得发抖。蒋云氏又痛又急，泪水哗地淌下来，情急之下，俯下身，将盖着被子的蒋兆祥紧紧抱住，试图多给他一些温暖。

也许真是多了温暖，到了后半夜，蒋兆祥不再有那种瘆人的颤抖，渐渐地，安静地睡着了。黎明时分，他睁开眼睛，看见伏在他身上的蒋云氏泪痕犹存的脸，他似乎明白了什么，一种强烈的不可抑制的感情冲破他心中的森严壁垒，一种血肉之情在他心里激荡。一种什么情感呢？父女抑或别的什么？一刹那间，蒋兆祥情不自禁伸出手抹去她脸上的泪痕。

蒋云氏醒了，看着蒋兆祥那双柔和的眼睛，泪水渐渐从眼角渗出。

“彩霞”，是蒋兆祥微弱的声音，“我吓着你了。”

“是，你差点要了我的命。”蒋云氏的眼泪如夏天的竹筒河发洪水一样，奔涌而下，“你不能这样，蒋家大院不能没有你，你要是有个三长两短，我……”因为压抑着不哭出声，蒋云氏伏在蒋兆祥身上的身子不停地发抖。

蒋兆祥凹陷的双目泪光闪闪，用尽力气将蒋云氏的头抱在怀里，“再也不这样了，为了你……你们，我也要好好地活着……”

天亮后，旺儿去县城请赵大夫。

赵大夫把过脉，又仔细看了看蒋兆祥的面相，说：“伤寒病人出现持续十多天的高烧，并出现昏睡、精神错乱、腹痛、腹泻、便血等表现，这都是正常现象。但是,出现急骤高热、寒战等症状,则是伤寒重症的表现,治得不及时,是会出人命的。依你们说起来,昨天夜里,蒋老爷的那种表现就是伤寒重症的表现,能挺过来,应该是蒋老爷福大命大！我再开几副药,吃了应该慢慢好转。约莫再有十天半月的,就会痊愈。”赵大夫一边开药单,一边叮嘱说:“即使体温下降,也千万不可大意,要按时服药,细心调养,以免复发。”

蒋云氏自是不敢大意,病人一应大小事她都亲力亲为,尤其吃的喝的,更是不放心别人操持。她小心服侍、照料着蒋兆祥。

蒋子奇接到家信,在一个黄昏时刻赶回到蒋家大院。此时,蒋兆祥的病情已经明显改善,体温已接近正常。蒋子奇在父亲身边住了三天四夜。有好事的下人说,后院厢房出奇的安静,只有第三天时上房传出压低的争吵声,老爷大发脾气,少爷没有吭声。

夕阳蹲在桦树林顶上了,蒋云氏还没从娘家回来。蒋兆祥心里有些不安,走出家门,走到镇外。

田野上,野花开得热热闹闹,红的、白的、粉的、紫的,姹紫嫣红,浸润在西天橘红的霞光里,呈现出奇异的美。夕阳落得很快,只一会儿功夫,花上的、云上的、天上的橘红全都消失了,天渐渐暗下来,透出越来越深的宝石蓝色。地里做活的人已向炊烟袅袅处而去,路上已少行人,通向蒋云氏娘家路的远方却杳无人影。云家托人捎信说蒋云氏日落前到家,咋会到这时还不见人影？蒋兆祥越来越不安,便加快脚步朝前走去。

四野空旷,万籁俱寂,夜幕降临,初升的月亮洒下一片清辉。远处,一个人影蹒跚而来,渐渐的,蒋兆祥看清是蒋云氏一瘸一拐的。“彩霞……”蒋兆祥迎上前,伸出手却又放下。“脚……咋啦?”声音里有掩饰不住的焦急、关切。

“摔了一跤。”蒋云氏抬起头说,却没说一不小心掉到塄坎下崴了脚。月光下,她额上细小的汗粒清晰可见。

"赶得太急了吧,所以摔跤。今天赶不回来就明天再回来嘛。"低低的抱怨声里没了平日的冷峻,绵软得像天上的云朵。

蒋云氏痴了一般站在他的面前,她想说她只想回到蒋家大院,所以,不顾母亲不舍的脸色,硬着心肠上路。可她什么都没说,只用梦一样的眼神望着他,刚刚经历的崴脚的痛苦、独行旷野的惧怕,在见到他的刹那间烟消云散。

蒋兆祥别转过脸,说:"回家吧。"他嗓子发干,声音飘得像羽毛。蒋云氏相跟着往回走。

蒋兆祥彻底康复,又能像生病前一样吃饭、睡觉、读书、写字、走亲访友、料理田庄事务了。蒋云氏仍然在早晨、晚上到他的上房去,仍然为他送去她亲手做的夜宵,只是现在不仅仅是简简单单的问安,还有刹那间的四目温柔地相对。现在的蒋兆祥在蒋云氏云彩霞的眼里还是年轻的,一点都不老。瘦削的脸颊,有一种让人醉心和心疼的沧桑感,凹陷的大眼有忧伤更盛满睿智、成熟的光芒。他个儿高,清瘦、笔直,玉树临风一般。他是她眼里最英俊的男人。她不再和他单独相处时叫他"爹",而是叫他"哎",而这样的时候,她和他都会因这声"哎"而红了脸。他和她在那个生死攸关的一夜后,不再有肌肤接触,尽管他们已心意相通。她愿意这样,只在对方的心里。

月亮已升得很高,快到中天了,周围没有一丝云彩,明净极了,让人担心没遮没拦的它会突然掉到地上。蒋云氏不声不响跟着蒋兆祥,心里快乐极了。她真想这样,这样一直走下去。可是,蒋家大院到了。蒋兆祥回头看她一眼,深邃的眼光,似乎能穿透她的心。蒋云氏只来得及向他绽出一丝微笑,他已消失在大门里。那丝带着腼腆的微笑便定格在她唇边。

蒋云氏崴了的脚肿得像发面馒头,蒋兆祥让旺儿请来郎先生为她诊治,忙了几个时辰,众人才得以安歇。

半个多月,蒋云氏躺在床上静养,蒋兆祥多守在她的身边。他们无论如何都没想到崴脚的事被演绎成一则香艳的绯闻,像长了翅膀一样不胫而走。

蒋氏门里辈分最高也最年长的蒋老先人蒋宗治,在两个族人的搀扶下,颤巍巍地来到蒋家大院。蒋兆祥迎到大门口,将他搀扶进上房坐下。蒋云氏亲自奉茶。

“子奇家的,你不用忙乎了,回去歇着吧。”蒋宗治和颜悦色地说。蒋云氏应了一声,退出门去。

“我和兆祥很长时间没见面了,今天要听他聊聊《三国演义》,你们先回去吧,回头让兆祥送我回家。”蒋宗治对俩族人说。

没人知道上房里的谈话内容。上房门紧闭着,直到晌午饭时,门才打开,蒋宗治一脸严肃地走出来,搀扶他的蒋兆祥铁青着脸。送走蒋宗治后,蒋兆祥便把自己关在书房里。下人请他吃饭,被他厉声斥退。蒋云氏来过几趟,看着关闭的门,默默走开。她不知道发生了什么,可她猜得出来,这事对他打击很大,没人帮得了他。

直到天黑,蒋云氏做碗馄饨送过来,才敲开书房门。书房弥漫着煤油味,美孚灯黄色的光打在蒋兆祥单薄的身躯上。他眉头紧锁,额上挤出深深的川字纹。他看着她,一双憔悴的眼睛流露出的无奈、不舍、疼惜、爱恋刺痛了她。她的心满溢着对这个男人的心疼。她和他长时间对视着,所有说不出的话在眉目间传递着。

终于,蒋兆祥长叹一声,避开眼睛。他将要说的话压回心底,那样的话,那样众人嘴里最不堪的公爹和儿媳深夜野合的话,他怎能对着这双澄澈得像水晶一样的眼睛说出来呢?他又怎能忍心让这双明亮的双眸再次蒙上忧伤?那样的话,他知道他会心疼的。一切都让自己一人承受吧。

蒋云氏把碗递给他,轻声说:“吃吧,别和自己的身子骨过不去。”声音里有着母性魔力,蒋兆祥不由自主地伸出手。

日子水一样滑过,无声无息。蒋兆祥依然严肃,不苟言笑,依然在只有他俩时,看她一眼,然后紧绷着脸转过头。蒋云氏依然早晚两次去上房问安,感受与他独处时刹那间心的欢快跳动,从而使她的日子在希望中缓缓走过。

一个有月亮的晚上,蒋云氏来到园子里。正是满园紫的、红的、白的、粉的花儿放出晚香时,即使看不真切花的色彩,可五月的花香扑鼻而来足以使她心神俱醉。蒋云氏抬头看一眼天上的月亮,然后低头看看浴在月色中的花呀、草的，觉得她能整夜流连在这园子里，享受这份清静而快乐的感觉。

晚风送来一股香味，一股奇妙的香味，不是榆叶梅、芍药、玫瑰的香味，也不是牵牛花藤和牵牛花的香味，蒋云氏知道这是蒋兆祥的卷烟香味。对蒋兆祥来说，这初夏的园子同样是他喜欢光顾之处啊！香味愈来愈浓，已有他的脚步声在不远处响起。蒋云氏屏住呼吸，她怕心的急骤跳动声从胸腔扩散出来，弥漫在夜空，她因此脸颊发烫，呼吸也短促起来。

月光下，身穿白色宁绸衣裤的熟悉身影，在月色中徜徉着，一股带着卷烟味的陌生的阳刚气息向她逼来。恍恍惚惚中，除夕夜里被这个男人裹在怀里酥软的感觉，此刻又回到心间。她怀念这个男人强有力的胳膊，怀念他要猛烈狂吻却无法理解她拼命挣脱的嘴唇。她感觉她的血因为强烈渴求而燃烧起来。此刻，她觉得自己的一切都是为了接受一种甜美的幸福的情感，为了既给予他又从他那儿得到极大的欢乐。她向他走过去。可是，内心狂放的激情使得她脚步踉跄。脚步踉跄中，被脚下的花藤一绊，她柔若无骨的窈窕的身子便不可遏止地朝前扑去。蒋兆祥疾步上前，双手托住她迅速倒下的身子。蒋兆祥的怀抱，让她神志恍惚、温润迷乱，也让她战栗、痛苦。她觉得像做梦一样，身子软得没了一丝劲儿，只得使劲儿抓紧他，像落水人抓住一根救命稻草一样，眼前是一片混混沌沌的雾，这雾浓极了，像烟，呛得她怎么也睁不开眼睛，便在雾里飘游、坠落，俯仰沉浮。

蒋云氏窈窕的身子落在蒋兆祥怀里，他本能地欲推开她，逃离这儿，然而，怀里女人哀怜而又充满渴望地看着他，他的心一下子像被重物击打了似的痛起来。“彩霞。”他痛楚地叫了一声，声音低微却又温柔得像春风舔抚着竹筒河边冬雪消融的土地。蒋云氏颤抖着伸出手臂搂住他的脖子，他体内的血迅猛燃烧起来，他猛地抱紧她，惟愿自己温暖的怀抱能驱散她心底的凄凉。怀里柔软的躯体即刻变成一团炽热的火球，这团火球点燃了他，焚毁他心里的道德藩篱。一个声音对他说：“说什么伦理纲常，讲什么族规训诫，清清白白还不是被妄加非议么？与其白白受辱，不如遂了俩人的心。”于是，情欲如肆虐的洪水在他体内奔涌、激荡。他极力抑制着自己，温柔、深情地吻她，成熟男人应有的沉稳、经验和对怀里女人的疼爱，让他小心翼翼地循序渐进，他不想让她的第一次有明显的不适。然而，怀里艳入骨髓的女人越来越急迫起来的呻吟声和他心中残存的乱伦的罪恶感，使得他只求在这刻将自己完全焚毁。在疯狂的冲撞中，他身上的汗粘在她的身上，炽热得很，似沸水一般，两个人也快被熔化。

从梦里醒来后，蒋云氏成了真正的女人。

绝好的仲夏早晨，鸟雀嘴里噙着露珠在桦树林里婉转地鸣叫，空气像用牛奶洗过一样，和煦的轻风携裹着各种花草的甜香，一轮桔红色的太阳慢慢地从翠云山后升起来，蒋家大院沐浴在和煦的朝阳中，一切都是那样美妙，一切都充满了无限的生机！

蒋云氏换上一件粉红底色点缀小白花的夏衫（蒋兆祥从省城带回的那块绸料，她明白，绸料并非蒋子奇买给她），鲜嫩、亮丽，烘托得她越发娇艳，风情万种。她走出房间，朝上房走去。

李妈告诉蒋云氏，老爷一大早就出去了。

去哪儿了呢？蒋云氏满心疑惑。

蒋家坟地里，蒋太太坟前，蒋兆祥默然而立，声音抑扬而哀戚：

"冷月冥冥，空室寂寂。思妻念德，辗转难眠。卿归黄土，四载有余。春去英落，花开两地。黄泉路上人不归，爱到深处人孤独。碧云天，黄叶地，乱云飞渡悲情凄。卿离尘世正青春，吾失爱妻心如焚。娇儿子奇陪夜读，常念举案齐眉时。自卿驾鹤归西天，奇儿陷入孤独地。闭门谢客，深居简出，素装慎言，独往独来，两耳不闻窗外事，一心只读圣贤书。吾原以此是短痛，谁料四载皆如故。每及念此，寸断肝肠。

"奇儿学成从政，新锐从简，正直清廉，有口皆碑。儿俨然伟丈夫也！吾即为儿娶云女，伊贤能淑慧，品行一流，聪慧伶俐，貌美非凡，工巧绝伦，性善情温，矜持自爱。然，奇儿人大心大，自主婚姻新潮。洞房花烛夜，闻鸡离家欢，唯留新人独自眠。儿伤天害理，停妻另娶，负妻之心，坚如磐石。花样女儿，不日形销骨立。呜呼！吾自负天文地理，无一不通，竟教此一儿，悲哉！哀哉！

"今岁五月，吾染伤寒，九死一生。奇儿远在省城，惟伊长守榻前，拥被喂药，送茶端饭，看无常来而复还，独自栗栗惊惧。漠漠人世，唯伊同生共死，相依为命。吾何以对情如骨肉之伊？道德文章，人情世故，陷我于两难之境。吾妻教我，如何是好？

“今奇儿不归，卿自逍遥，伊孤影彷徨。吾惟以槁木之身，与伊结连理，以慰伊心。‘千古艰难惟一死，伤心岂独息夫人！’吾冒天下之大不韪，罪孽深重，诚惶诚恐。望妻在天有灵，唯怜吾形单影只，恕吾负卿之情！”

深沉哀戚的声音渐渐消失，写着祭文的纸片在焚烧的纸钱中化成灰烬。蒋兆祥泪流满面，久久地俯伏在亡妻坟头。

没有见到蒋兆祥，蒋云氏心里有些不安。晌午饭前，她又一次走进上房，悄悄站在蒋兆祥的身后，“哎”字还未出口，手就被蒋兆祥一把抓住，抱她入怀，默默无言。过了很长时间，用他修长的手指轻轻地把蒋云氏的手蜷起来，放在自己的手心里，十指交缠在一起，久久地缠绵着，摩挲着。蒋云氏温顺地伏在他怀里，感受着这深沉的爱意。

七

又是一个月色撩人的深夜。月光透过窗棂漫进屋子，将床照得泛出梦幻般的白光，也使屋里正在行着的房事有了异样氛围，浴着月光的蒋云氏就有了腾云驾雾的曼妙感觉。

完事后，蒋兆祥躺在蒋云氏身旁，软绵绵地握住她的一只手。

“哎，晌午，孙婆子来了。”蒋云氏说。

“她来干啥？我们家又没人说亲。”蒋兆祥闭着眼问。

“她来给你提亲。”蒋云氏一手撑起身子看着他继续说，“她说桃树沟的张老爷愿意将女儿许配给你。”

“你舍得把我让给别人？”依旧闭着眼问。

蒋云氏爱恋地把蒋兆祥额前湿漉漉的一绺头发向后捋去，小声说：“我舍不得。”

蒋兆祥伸手把蒋云氏揽进怀里附在她耳边说：“有你，我不续弦。”

俩人拥抱在一起，半天不说话。

“哎，你身上怎样？要是还懒得动的话，就找大夫来看看。”蒋兆祥突然想起来问。

“不用，肯定是天热，没胃口吃饭，所以精神不济。”蒋云氏已是似睡非睡的，软着声音说。

俩人不再说话。夜晚的蒋家大院静得很，只有他俩一粗一细的呼吸声在屋里弥漫，而夜色就在他们此起彼伏声中深沉起来。

太阳升上翠云山顶几竹竿高了，蒋云氏才醒来。蒋兆祥是早已离开的，在大家都还在熟睡中。阳光透过窗棂照进来，在红木架子床上镂刻的瓜瓜蔓蔓间闪烁金色的光斑，蒋云氏睁开眼睛，慵懒地看着。

“哎，你说，床架上为啥不刻些花鸟虫鱼，却刻些瓜瓜蔓蔓？”一次缠绵后，蒋云氏不解地问。

“这你就不懂了，听我慢慢说给你听。做了我的女人，就要跟着多喝些墨水。嗯？”蒋兆祥捏捏蒋云氏小巧的鼻头，端出先生的架子说：“架子床上雕刻瓜瓜蔓蔓，是有典故的，应该是取材于《诗·大雅·绵》中的一句‘绵绵瓜瓞’。你该读过吧？”不等蒋云氏开口，他接着说：“这句诗比喻古代一个名为‘周’的国家，国人由弱小而强盛。‘绵绵瓜瓞’中‘瓞’是小瓜，‘绵绵’，指由瓞成瓜又生瓞，绵延不绝。在床架子上镂刻瓜蔓，它的寓意就是祈求家族人丁兴旺，世代延续。”

想起蒋兆祥当时说话的得意劲儿，看着闪闪烁烁的光斑在瓜蔓间跳跃，蒋云氏抿嘴一笑。可她依旧懒懒的，不想起身。最近一段日子，不知咋回事，整天懒懒的，浑身没劲儿。饭也不想吃，早晨睡得醒不来，刚吃过晌午饭，眼睛就困得睁不开，许多事只好指望下人们张罗着。

快到晌午饭时，蒋云氏强行打起精神，起来梳妆打扮。身边的丫鬟彩珠端一托盘进来：“老爷说少奶奶不舒服就不用过去吃了。”彩珠边说边给蒋云氏盛饭。蒋云氏舀了口鸡汤喝下去，胃里一阵恶心，翻江倒海一般，急忙放下调羹，不等走到痰盂跟前，一滩秽物已脱口而出。“少奶奶，你怎么了？”彩珠吓得脸都变了色。蒋云氏愣愣的，好半天才回过神，说：“我没事，可能吃了不该吃的东西，消化不了。你把这里收拾一下，吃饭去。”又叮嘱彩珠，不用给老爷说，也不要告诉别人。

蒋云氏已经明白，在她身上发生了什么事。有些事在出嫁前，母亲都是悄悄告诉了她的。可是，蒋云氏还是为这样的事发生在她身上而感到不可思议和惶恐。于是，她背着人开始了折腾，从高高的坎上往下跳，一次又一次，在夜晚的园子里，绕着花丛跑圈，吞吃巴豆、蓖麻油。可是，她体内那块血团依然紧紧依附着她，无论怎样都撼他不动。

一个月色朦胧的晚上，当她在园子里跑得身上像泼了水似的，无力地躺在草地上时，蒋兆祥找到她，一把将她抱起来，凹陷的大眼睛冷峻地看着她，说：“不要试着拿掉他，别再折磨你、折磨我。”

“可他是不该来的啊！”蒋云氏哽咽着，脸上，泪水和着汗水一起往下流。

“谁说他不该来？傻女子，他来了就是我们的，我会疼他的，就像疼你一样。”蒋兆祥抹去她脸上的泪水，柔声说。谁知蒋云氏的眼泪越抹越多，越流越快，最后竟似滔滔而下的泪河。蒋兆祥边为她抹泪边深情地说：“傻女子，都快要当妈的人了，还哭天抹泪的。也好，现在哭够，往后不许再哭。我要让你天天笑着过，做我幸福、快乐的小女人。”说着，捧起蒋云氏的脸，认真地问，“假如有一天，你们娘儿俩一起哭，我是安抚你还是哄他？”

蒋云氏一愣，接着扑哧一笑，娇俏的脸就像一朵带露的玫瑰了。

立秋已过多日，可暑热仍未退去，薄的绸衫已遮不住蒋云氏渐渐凸起的肚子。她不再刻意掩饰。她会在早晨和太阳将要落山时，在院子里、园子里走动。有时也会在彩珠陪伴下，漫步在竹筒河边，看西天那轮鲜红的落日，把博大的天宇点染得壮丽无比，看翠云山脚灰瓦白墙的蒋家大院，在夕阳下泛出的凝重和橙色的温暖。这样的时候，莫名的不安也会像一缕阴云偶尔从她明净的心的天空飘过，但不会影响她对美好未来的憧憬。因为，这时候的蒋云氏是幸福的。

八

已是三月了，却春寒料峭，可蒋家大院的人如身处夏日般，额上渗出细微的汗珠。蒋云氏的分娩极不顺利,她已发作一天两夜,还在生死边缘挣扎。接生婆倒是见多了这场面,可蒋家上上下下的心却揪成一疙瘩。

终于,在大家心里的那根弦绷紧得快到极限时,一声婴儿响亮的啼哭声传出。蒋云氏得救了,蒋兆祥也得救了!一天两夜呐,蒋云氏在生死边缘挣扎,蒋兆祥同样忍受着生死煎熬。当响亮的啼哭声传来,几近崩溃的蒋兆祥心里涌出对上天的感恩之情,是上天的好生之德让她们母女平安!

蒋兆祥虔诚地望着天空。天快亮了,那蛾眉形扁扁的下弦月,在一点一点地低下去,沉下去。天是青色的,像蟹壳青。再过一个时辰,太阳就会从翠云山后升起来。此时,正是夜与昼交接的时刻,也是一天中最美妙苍茫的时刻。

蒋兆祥给孩子取名晓月。蒋云氏抱着女儿,看着她粉嫩的小脸蛋,一遍遍轻声叫着:“月儿,月儿……”看着蒋云氏潮湿动情的眼睛,蒋兆祥知道,他给女儿取名月儿的用意她已完全明白,也合了她心意。蒋兆祥在心中起了一阵感动:这个冰雪聪明合人心意的女人啊!

晓月人见人爱,见风儿长。她会笑了,会爬了,会咿呀学语了,会蹒跚学步了。蒋云氏为女儿每一丝细微变化、每一点小小进步而欣喜若狂,她的喜悦、兴奋也同样传给了蒋兆祥。

蒋兆祥虽然不喜形于色,但他愉快的心情却是显而易见的。他说话明显增多,瘦削的脸颊时不时绽露出笑意,他会在处理完一件事,或读完一章节书后,踱步至蒋云氏的房门外,静听一会儿大人、孩子的笑语声,然后再轻轻离开。夜深人静,怀抱着生育后的蒋云氏丰腴、性感的身子,蒋兆祥心中涌动绵绵爱意,他一遍遍轻唤,“我的傻女子,我的小娇娘……”蒋云氏在醉心的幸福中,祈求上天,保佑她一辈子拥有这份幸福,保佑女儿无病无灾、健康长大。

然而,这种隐秘的、醉心的幸福在一个早晨被打碎。

早晨,蒋云氏照例抱着月儿到蒋兆祥的上房去。从月儿出世,蒋云氏都会在早晚两次带她去,让蒋兆祥看看女儿,享受和女儿在一起的欢乐。当然,也是以礼问候早安的意思。晓月快一岁了,已经学会叫妈、奶妈这些她身边最亲的人,听到晓月奶声奶气吐字不清地叫自己,蒋云氏和奶妈都会高兴地亲一下她粉嫩的脸蛋。

“月儿,到我这儿来。”蒋兆祥伸手去接月儿。“爷,爷……”月儿嘴里叫着朝蒋兆祥的怀里扑。蒋兆祥像遭雷击了似的,脸上的微笑冻结了,伸出的双手停在半空,因为痉挛而紧紧握在一起。“爷,爷。”月儿还在叫着,还在从蒋云氏的怀里努力地往外挣。“月儿在叫我,是吧?”他把脸转向蒋云氏,他的脸色在瞬间变成了灰白色,他想给蒋云氏挤出一个笑脸,可是那张脸却因努力而扭曲成痛苦的表情。

蒋云氏同样被女儿叫出“爷”的称呼惊呆了,她没有想到月儿会一口叫出“爷”,她是无师自通的?或许是奶妈教的吧。可是,不管怎样,该来的还是来了,只是来得早了些,在她和蒋兆祥全身心沉浸在隐秘的幸福中,而把现实撇在一边,完全没有接受这一称呼的心理准备时,女儿给了她和蒋兆祥重重一击!看着蒋兆祥由灰而白的脸,蒋云氏的心也灰了。

旺儿来报,老爷请少奶奶到他的书房去见一个客人。“客人是谁?”蒋云氏边走边问。

“是县长大人陆老爷。”蒋云氏知道了,是蒋兆祥在省城读书时的同窗好友,上次要来而没能来的陆云帆。

此刻,陆云帆正和蒋兆祥在书房品茶、聊天。书房里,两张摆满书的书柜占了一面墙的位置,靠窗的一面是一张书桌和两把高背椅子。书房最醒目的墙上是一副对联:一元复始三材发,两袖清风五车书。

陆云帆背着双手站在对联前,对蒋兆祥说:“兆祥兄,你还是没变,只是隐居田园的生活让你更像一个老夫子了。”

“我闲云野鹤一个,用几句先贤的话装点装点门面,比不得你云帆老弟,有鸿鹄之志,也有治世惠民之才,瞧,你不就做了县太爷了么?我早就想去拜访你,可你衙门的门槛高,我怕进不去。”蒋兆祥说。

陆云帆接过话头说:“看看,你呀,还是不为五斗米折腰,是不是茅厕的石头,又硬又臭?”说罢,俩人会心地一阵哈哈大笑,蒋兆祥热情地邀陆云帆入座喝茶。

陆云帆端起茶碗，揭起盖儿，喝口茶，说："还是你老兄活得悠闲、滋润，哪像我成天忙于事务，像一只鸵鸟。早该来拜访老兄，可就是抽不开身。"

"云帆老弟最近忙什么？"蒋兆祥问。

"我来滨江已将近五个月，通过明察暗访，基本上掌握了县情。我觉得应从民风着手治理滨江。"

"嗯，云帆老弟高明。"蒋兆祥拱手称赞，接着说："可以将梁启超的'民主立宪'、严复的《天演论》、胡适的自由新思想以及一些先贤的经典言论加以注释，编辑成册发放。"

陆云帆拍手称赞，"妙！老兄接着说。"

蒋兆祥忙起身致歉道："献丑了，我知道云帆老弟已谋划妥当，成竹在胸了。"

"老爷，少奶奶来了。"是旺儿的声音。

随之，蒋云氏从门外进来，蒋兆祥说："来，见过你陆叔。"

"陆叔好！"蒋云氏微笑问好。

蒋兆祥又对陆云帆介绍，"这是我儿子奇媳妇。"他觉出，说这句话时他的心突突地跳起来，顿了顿，说："子奇不在家，家里事就靠她打理。"

陆云帆打量一番蒋云氏，心里不禁暗暗称赞，好一个绝色佳人！那半眯的眼睛，掩不住天生的艳丽风情，窈窕却不失丰腴的身段更生出女人的绰约风姿。陆云帆对蒋兆祥说："子奇侄儿不光风神俊逸，而且是省政府最年轻的处长，前途不可限量，今天又见到侄媳妇。老兄，你有福呀，有一对佳儿美媳。"

蒋云氏垂下眼睑，有些害羞地为陆云帆续上茶水。一抬头，和陆云帆注视她的眼睛相对，忙移开眼睛，待为蒋兆祥续好茶水抬头，又与陆云帆注视她的探究的眼神相对。蒋云氏的心突突地跳起来，难道陆老爷已知隐情？心里一慌，神情更加不自在，便退出书房。

一直望着蒋云氏走出房门，陆云帆才掉转回头，看着蒋兆祥，又一次由衷赞叹，"好一个绝色佳人！老兄，你真是有福。"

蒋兆祥的心又突突地一阵跳动，面上是一脸的谦逊，"村姑俗妇的，让老弟见笑了。”

吃过饭后，陆云帆离开蒋家大院回县城。他的到访，让蒋兆祥、蒋云氏彻夜难眠。

九

园子里传来闹哄哄的声音，从中院经过的蒋云氏好奇地走进去。

彩珠在修剪花枝，旺儿在修剪过的花丛边用小竹棍编篱笆，月儿一边在花丛间跑着追蝴蝶，一边喊叫奶妈帮她。

“月儿，乖，慢点跑，小心摔倒了。”奶妈急得大叫。彩珠放下手里的活，也急急忙忙去追月儿。月儿看见奶妈和彩珠追来，跑得更快，一个趔趄，摔倒在地上，哇地一声大哭起来。奶妈抱起月儿，看看没有伤着，才放下心。

月儿哭个不停，彩珠逗她：“你再不去看，旺儿就用篱笆把花儿全给围起来了，那些芍药啊，玫瑰啊，你想看就可看不着啦。”正哭得泪人一样月儿，赶紧从奶妈的怀里挣出来，牵着彩珠的手就走。

“我不让你把花儿围起来！”一进园子，蒋云氏就听见月儿的声音。“月儿哎，花儿胡乱长，把走的道儿都挡住了。我给它们编个篱笆，好让它们规规矩矩地长在该长的地方。你说好不好？”旺儿一边编篱笆一边哄着月儿。“我也来编。”月儿还说些什么，蒋云氏已经听不见，她的耳边只响着旺儿的声音，恍恍惚惚中，她从园子里走出，走进中院的书房。

蒋兆祥不在，两把高背椅空空的，可蒋云氏似乎看见陆云帆坐在那儿，那双探究的眼神正在她身上逡巡，耳边似乎响着他的声音，“我知道你们的隐情，那是该修剪掉的孽情！兆祥兄，《礼记·郊特牲》中有这样一段话：男女有别，然后父子亲，父子亲然后义生，义生然后礼作，礼作然后万物安。无别无义，禽兽之道也。你满腹伦理道德文章，没想到竟干出此等有违人伦之事！”

“圣人的话不全都是对的，他没娶，我是没有丈夫的，为什么我们不能成为夫妻？”蒋云氏在心里喊了起来。定定神，没有陆云帆，没有蒋兆祥，只有午时的风从开着的窗户悠悠吹进来。

“彩霞。”蒋兆祥走进来,望着她的眼睛有关切,也有探询。

蒋云氏看着他,渐渐地,眼睛蒙上一层雾。“我想你了,过来看看。”

“傻女子。”一把揽住蒋云氏,蒋兆祥的声音有些异样。

拂过面颊的风中,送来园子里清醇的桂花香,漂浮在蒋云氏和蒋兆祥的屋子里。蒋云氏伏在蒋兆祥的怀里,闭着眼,她知道桂花期即将结束,这样的醇香也将随之而逝,因而任由这桂花的清香将自己湮没,浸透五脏肺腑。

晚上,蒋兆祥、蒋云氏度过了一个刻骨铭心的夜晚。搂抱住蒋云氏丰腴的身子,蒋兆祥便觉出异样,怀里心爱的女人一反往日的温柔、顺从和腼腆,变得火热、疯狂,她像一条蛇紧紧地缠着他,一次又一次的,仿佛要掏空他似的。

蒋云氏疯狂的爱抚感染了蒋兆祥,他对她的激情也如火山一样迅速爆发。那天作地和的做爱后,蒋兆祥才发现蒋云氏泪流满面。原来伴随巨大欢乐的是同等程度的痛苦,她是因为痛苦而感到欢乐,因为欢乐而加倍痛苦!蒋兆祥更紧地抱住蒋云氏,心里充满疼惜和隐隐的不安。

不知过了多久,蒋云氏双手搂住他的脖子,在他的耳边说:“我把你刻在我心里了。”

蒋兆祥在她嘴唇上吻一下,柔声说:“我的傻女子,你也在我心里。”

第二天,太阳还未升起,蒋云氏就带着旺儿出了门,晌午饭时,才回到蒋家大院。

“我去见孙婆子了。”蒋云氏告诉蒋兆祥。

“嗯?”蒋兆祥一脸的疑惑。

“桃树沟的张家还愿意把女儿许给你,我请她去桃树沟,和张家老爷商量一下,看看能不能早点完婚。”蒋云氏平静地看着他说。

凹陷的眼睛紧紧盯住她,她觉得好像盯进她的心灵深处,在探索、感觉,渐渐变得冷峻,进而喷出火来,手里的茶碗被掼在桌上,又滚在地下,天女散花般,碎了一地,蒋兆祥一字一顿地说:“我——不——续——弦!”甩手走出去。

蒋云氏呆愣愣的，一动不动地站在那儿，耳边、心里，只响着他的声音，“我不续弦，我不续弦……”温柔的、愤怒的声音交织在一起，越来越大，在整个书房回旋、震荡。蒋云氏逃一般跑了出去。

半夜里，蒋云氏突然发病，脸通红，额头烧得滚烫，浑身大汗淋漓，贴身小衣也湿透。请来郎先生诊治，郎先生把过脉后，对蒋兆祥说：“少奶奶是积劳成疾。加上人太聪明好强了，就有许多不如意的事，就会太过忧虑，终究忧虑伤脾，肝火过旺，酿成症候，偶感风寒便会引发病症。这个病，除了药物治疗，要紧的是宽心、静养。”说着，开了药单，旺儿拿过便去药铺抓药。

几副药吃下去后，烧是退了，可蒋云氏时不时头晕，四肢酸软无力，精神也倦怠不堪。于是，终日躺在床上，家里大大小小、里里外外的事都由蒋兆祥打理。

一天，晌午饭后，蒋兆祥来到蒋云氏屋里。这会儿，奶妈带月儿到园子里去玩儿了，彩珠服侍蒋云氏吃过饭后，也提着一竹篮脏衣服到竹筒河去洗，屋里只有蒋云氏躺在床上。

才多长日子啊，蒋云氏瘦得变了样儿，脸颊的轮廓小了一圈儿，半眯的眼睛跌了一个坑，伸在被子外的手苍白而筋骨裸露着。蒋兆祥的心底潮起一阵酸楚，凹陷的眼睛也有些湿润。

昏睡中的蒋云氏隐约觉得床前有人，便睁开眼睛，与蒋兆祥望着她的眼睛相对，久久没有说话，渐渐地，泪花在蒋云氏的眼里泛起。“你也不要作践自己的身子，我知道你的心思，往后我照着你的心意做就是。我会好好疼月儿……这个孙女。”蒋兆祥低沉的声音哽咽着，顿了顿，说：“只是你也别勉强我续弦。”说完转身走出屋子，带上门。

门哐地一声响，蒋云氏忍不住大哭，放纵的、无助的、软弱的、绝望的、悲伤的哭声，穿过门框的缝隙，一路追着蒋兆祥踉跄的脚步，直到钻进他的心里，搅得他肝肠欲断。

等到蒋云氏能在院里走动，已经是两个月后的一天了。大雪下了好几天，地上已积了厚厚的雪，桦树林的雪被风吹着，像要埋了这依山的蒋家大院似的。风在林子间号叫，风雪向蒋家大院遮蒙下来。一株山边歪着的大桦树，倒折下来。太阳早被风雪吓得退缩到天边去了！

穿戴厚厚的蒋云氏，怀里笼着手炉，从屋里走出，小心地在雪地上走着，到了中院朝园子走去。园子同样是一片惨白世界，没有了花红叶绿、蜂舞蝶飞，也看不见花落枯枝香消魂散，一切被大雪覆盖，了无痕迹。蒋云氏在园子里摸索着走，脚下一拌，她打了个激灵，蹲下身子，用手摸到拌她的枯藤，刹那间，清风明月一下映现脑际，热泪滚滚而落。花藤是在的，只是被埋在了雪下。也是，深植地下的它咋会轻易绝根而去？

“少奶奶，天太冷，我扶您回屋去。”彩珠找来了，将落了一身雪花的蒋云氏搀扶着离开园子，回到后院。

不一会儿，园子里，院子里，她们的脚印就被雪抚平，不留一点痕迹了。

十

蝉依旧在林子间知了知了地鸣叫，午时的风悠悠拂过面颊，惬意得很，蒋家大院还未从小睡中醒来，只是竹林里没了梦魇般的声音。蒋晓月睁开眼睛，起身回院里。可是，身子却软得很，两只脚也像踩在棉花上一样轻飘飘的，心里乱纷纷的，像纷乱射出的炽热的箭，带着灼热的倒钩直钻进她的脑子，脑子里便覆盖上无边的羞辱和绝望恐惧的乌云。她晃晃荡荡地到了母亲的房间。

蒋云氏正坐在梳妆台前梳头，镜子里映出走进来的月儿，惨白的脸，直愣愣的的眼神，竭力抑制却仍不时抽动的唇角。“妈，我的……父亲……父亲……”蒋云氏手里的梳子掉在地上，屋里一片肃静，空气粘稠起来了，想流动却不能。

蒋晓月点点头，说：“我明白了。”转身朝门口走去。

“月儿，月儿……”惊醒过来的蒋云氏伸出手想搂抱女儿，蒋晓月却已飞奔出门外。

谁也没想到蒋晓月乘着月色离开家里，提前回金州。待蒋云氏追出大门，只见竹影婆娑，哪儿还有女儿的影子？急忙回到晓月的房间，换洗的衣服、带回来的书整整齐齐摆放着，花边书包也挂在墙上。女儿只身离家，一时间，蒋云氏心里酸甜苦辣，五味杂陈，终究还是悲苦占了上风。含泪凝视闻讯赶来的蒋兆祥，正与他凝视她的那双凹陷的眼睛相对。四目相对，蒋兆祥也红了眼睛。

半夜，莲娣哭着跑到上房，说："少奶奶晕倒了。"蒋兆祥听了，神情凄然，强忍住涌上心头的酸楚，使唤人去请郎先生。

已经白了头发的郎先生，给蒋云氏把过脉后，说："到城里请个大夫吧，兴许还有希望。"郎先生的话，让蒋兆祥刹那间大恸，十九年的时光，竟像不可抗拒的浩荡长风，从他面前呼啸而过，刮得他站不稳当，也睁不开眼睛。

城里的赵大夫请来了，看过蒋云氏后，到了蒋兆祥的上房，一边开药单一边说："少奶奶的情形不太好，先吃几副药看看，若是好些了，这病就回头了。反之，就不好说了，那是天意，天意难违。"一脸肃然的赵大夫走了，蒋兆祥觉得自己半条命也被他带走了。

蒋云氏的病越来越重，咳出的痰带血，昏睡的时间也越来越长。蒋兆祥站在她的床前，凄然望着她，形容枯槁的躯体，塌陷的两颊白得阴冷，紧闭的双眼，没有一丝生气透出的鼻翼。这还是那个充满活力和激情的鲜活女人么？哀恸攫住蒋兆祥，他猛地抱起这个生命渐行渐远的身子，一如十五年前那样。

蒋云氏醒来了，努力睁大眼睛，看着蒋兆祥，仿佛要把他的形象牢牢记住似的，说："我把你刻在我心里了。"

"你也在我的心里，我的傻女子。"蒋兆祥哽咽着。

"还有，月儿……"蒋云氏艰难地说。

"月儿会回来的，我替你等着她。"蒋兆祥泣不成声。

当天夜里，蒋云氏永远地闭上了眼睛。

送蒋云氏上坡那天，莲娣戴重孝，长跪在蒋云氏坟前，哀哀恸哭，几次昏倒在地。送葬的人很多，见莲娣哭得伤心，也都陪着落泪，感叹莲娣这丫鬟重情重义，不枉蒋家少奶奶生前待她厚道。

五十九岁的蒋兆祥，在蒋云氏上坡后，一头黑发全白了。

十一

许多年过去了。

这一年，正是新中国历史上的土地改革时期，后来的地方史志也记载了滨江进行的民主建政、反霸减租、三反五反、土地改革等等事件。这场声势浩大的革命浪潮，对所有人都影响重大，可对蒋兆祥而言，却无关痛痒。土地和房子分给大伙，他留下后院三间房子——蒋云氏当年住过的房子，和旺儿、莲娣一家搬了进去。（莲娣后来和旺儿成了亲，一直跟在蒋兆祥身边照顾他）除此之外，桦树湾人没有为难蒋兆祥，他们是善良、厚道的，也是记恩的。他们没有忘记民国二十三年大旱，地里颗粒无收，家家户户断了炊烟，是蒋兆祥开仓放粮，救了全镇老老小小的命。

又一个静谧而美丽的傍晚。夕阳还没有坠落，河水、竹林、树林，还有掠过河面的鸟，山坡上晚归的牛，包括拄着拐杖的蒋兆祥，全都融入在令人心颤的金色中。这时，通往县城的路上，一个陌生而熟悉的身影向这里走来。一定还记得那个美丽、活泼而又任性的蒋晓月吧。当年，蒋晓月一气之下，愤然离家，回到学校。紧张的学习生活让她淡忘了那种激愤的情绪，然而，在心理上却不愿原谅妈和……爷。

毕业后，蒋晓月留在金州师范附小做了小学教师。又过了几年，结婚成了家。生活似乎像一条小溪缓缓而欢快地向前流淌，蒋晓月似乎已忘了蒋家大院。

一天晚上，蒋晓月做了一个梦，梦见妈一边凄然地叫她，一边往后退去。她哭着叫喊妈，可妈却渐渐远去。醒来后，心里有种不祥之感。第二天，便接到家信，当“母病重，望儿速归”几个字跳进眼眶时，蒋晓月一阵晕眩，进而怵然心悸。难道昨晚的梦……她不敢想下去，此刻，她真想生出一双翅膀，飞到母亲身边。可是，一想到妈，想到蒋家大院，那深埋在心底的耻辱和怨恨即刻跃上心头。不！我没有那样的母亲，没有那样的父亲！蒋晓月抹去脸上恣意流出的泪水，心一下子从柔软变得坚硬。

等她再次从梦中哭醒，明白自己是多么爱他们——爷和妈时，悔恨就像毒虫日夜噬咬着她的心。

蒋晓月踏上归途。

这一年，是蒋兆祥搬进后院厢房的第二年。

一身风尘的蒋晓月，迎着蒋兆祥走来。夕阳坠落，暮色苍茫。暮色涂在蒋兆祥的脸上身上，使他的一切都变得模糊了。那曾经笔直、玉树临风一般的身子，佝偻得像一座石刻的雕像，而拄着拐杖的瘦骨嶙峋的手则像一团枯老的树枝。蒋晓月哪儿知道，面前的蒋兆祥在此之前已呈弥留状态，躺在床上昏睡好几天了，今天却突然神清气爽，好人一样。如果她知道了会怎样呢？即使这样，蒋晓月的心还是在绞痛中感到了时间，十几年的时光啊，竟像一阵风，迅疾而无情地呼啸而过。

蒋晓月跪在蒋兆祥的面前，良久，一声长叫："爷……"

"月儿，是你么？"蒋兆祥苍老、木然的脸上有了一丝疑惑，渐渐地，悲喜交集，"我终于把你等回来了。去看看你妈吧，她在等你。"蒋兆祥朝祖坟那边示意。

蒋晓月一愣，突然发疯般地朝坟地扑过去。

"妈，我苦命的妈，是女儿害死了你……"蒋晓月哭得昏倒在蒋云氏的坟前。

旺儿背回了蒋晓月，却再也找不到蒋兆祥。

"园子。"莲娣突然朝园子跑去。蒋晓月和旺儿随着跑去。一根枯藤上，蒋兆祥靠在上面，身子已经僵硬。

"他再也不用受苦了。"莲娣泪流满面地说。

此时，天将破晓，一弯残月正慢慢沉下西山。幽暗中，一大片似乎望不到头的衰草地，荆棘丛生，老鸹在枯藤和枯了的桂花树上不住声地叫着。记忆中，那明月高悬、桂树吐香、姹紫嫣红的园子，已不复存在。蒋晓月跪在地上，欲哭无泪。

三天后，蒋兆祥被抬上坡，与蒋太太合葬一墓。

芝　兰

一

民国二十七年，芝兰十六岁那年冬天，不谙世事的她嫁给了国民党军官甄文斌。

确切地说，单纯幼稚的芝兰是被自己那个穷怕了的父亲——攀龙附凤的李富贵连哄带骗地卖给甄文斌做妾的。因为是买卖婚姻，所以，出嫁之前，不要说芝兰和她的母亲，就连财迷心窍的李富贵也不知道甄文斌是光脸还是麻脸，只听媒人说甄文斌是城外甄家庄院的少爷，国军的大官，在整个南新地区都是赫赫有名的大人物，出入都有勤务兵跟着，想来有的是银钱。

芝兰出嫁这天，下着雪。在漫天飞扬的大雪中，芝兰无声地哭着，泪水在她红肿的眼睛里像断线的珠子往下掉。这绝望可怜的模样让李富贵也动了怜惜之情。他伸出鸡爪一样的手，颤巍巍地拽着就要上轿子的芝兰的袖子，说：“别记恨爹，但凡有别的法子，你爹我也不会选择走卖了自己亲闺女的这条路。”那张被大烟熏得发黄的瘦脸，因为羞愧而略略泛出红晕，满是眵目糊的眼睛努力睁着，睁出一条缝隙，乱蓬蓬的胡子像一把干枯的草。芝兰回头看了看这个将家业败光了的大烟鬼，唯一一次表达父爱竟是因为愧疚，恨与嫌恶之余，心里突然生出一丝怜悯。

芝兰出生的李家曾经也是高门大户。乡下有一百多亩土地，城里还有钱庄、染坊、绸缎铺子。祖父娶了三房妻妾，到他六十岁时，他最后一个小老婆才给他生下一个宝贝儿子李富贵。这百亩田地一棵苗的李富贵，便肩负着延续家族历史的使命及光耀门庭的希望。三岁前的李富贵是由三个太太和三个奶妈轮流经管的，每月一轮换，三房太太都很尽心，谁都不敢有丝毫怠慢和闪失。李富贵生活在被千般呵护,万般疼爱的蜜罐子里。

可谁知被父亲寄予厚望的李富贵,却生生将这一切碾成齑粉。不知从什么时候开始,终日里,他不是躺在烟榻上吞云吐雾,就是出入窑子和酒馆。虽说娶了媳妇安分了些日子,可蜜月未度完,形情依旧。十年间,百十亩良田和钱庄店铺被他吃喝嫖赌挥霍一空。“你！你！你……”父亲手指着李富贵,两眼一翻,一头栽倒,再也没醒来。几声干嚎后,李富贵涕泗滂沱,烟瘾上来,他只好回到烟塌上,过足了瘾,才草草办了丧事。

三进三出的豪宅大院、亭台楼阁的花园,神不知鬼不觉地改为城里张姓富商的府邸,李富贵一家只留下后院一间储物室安身。芝兰祖父的三房太太分别跟着三个管家跑了,她们一揽多年私藏的金银细软,远走他乡,过自己的好日子去了。芝兰与母亲的衣服变了色,有了一块又一块补丁。李富贵倒是无所谓,只要能抽上烟,哪里还管体面不体面。终于,米缸净尽,她们连照得见人影儿的面糊糊也吃不上了,母亲带着五岁的芝兰到东街头去,像许多进城打零工的乡下人一样,找活儿干。

什么脏活儿、苦活儿、累活儿都干,只要能挣到糊口的钱,缝补衣服、做饭、洗衣、伺候月婆。别人三个钱不干,她两个钱也干。曾经有多少次,由于想多挣钱,忘了时间,干完活儿后,天已经黑了,街巷皆空,分外吓人,她们母女俩却孤单地行走在黑夜中。

一个寒冷的冬日,母亲干活又忘了时间,夜黑人静才和芝兰回家。夜黑如墨,飞雪飘飘,冷风贴着地皮顺街飕飕吹来,在芝兰母女俩这儿打一个旋儿,毫不留情地将她们身上那一点点温暖卷走。母女的脚步声在空旷的街巷回响,不由得让芝兰想到这幽僻的街巷,仿佛每一条街缝都有鬼魅出没,吓得芝兰扑在母亲怀里。母亲紧紧搂住芝兰,柔声说:“别怕,有妈呢。哎呀,头发都湿了,冷不冷啊,乖?”说着,用手揉搓芝兰的头发和双手。夜里,芝兰发起高烧,烧得说胡话。李富贵照例是不在家的,母亲抱着芝兰急得落泪,最后,咬咬牙,抱着她冲出门,到西街请赵大夫给治病。

慢慢的,芝兰大了,出落得像花儿一样,为了不让她抛头露面,母亲租了一间临街的小房子,既住人又作铺面,不大,仅能容两个人转身,但收拾得干净、整齐。生意还算不错,每天都能接一些缝补、修改衣服的活儿……

一乘轿子将芝兰从后门抬进甄家大院。在后院的西厢房,芝兰见到国民党某战区司令部直属医院院长——她的丈夫甄文斌。这是一个身穿黄绿色毛呢军装的四十多岁的男人,身材高大,身段笔直,起坐之间,自有一股堂皇的英武气在周身弥漫。他给了芝兰一种严谨的、一丝不苟的、脱离了俗世烟火气的印象。尤其是他那双眼睛,那双比常人大了许多,眼仁也黑了许多的眼睛,冷峻地闪着寒光。此刻,这双眼睛有了些许温情,一种能让女人拼了命去爱的温情。在四目对视间,芝兰被这个男人震慑得分不清东南西北了。

二

娶芝兰做小老婆是甄太太一手操办的,甄文斌连想都没想到要再娶一个女人做妾。

这并非说甄文斌与甄太太感情笃深,不愿移情别恋,只是因为他从小接受的是"国家有难,匹夫有责"的教育,日本早稻田国立军医大学外科专业毕业后,立志回国救死扶伤,实现人道主义的人生价值,从未将传宗接代当作人生大事。加之回国初,军阀割据,混乱的社会秩序曾使他理想陷落,生命价值追求动摇,他的人生一度处于最黑暗、最阴冷、最孤独的时期,他更无心考虑传宗接代的问题。

当年,甄文斌是抱着救国救民的思想留学日本研习医学的,是为了寻求一条科学救国的道路。学成归国,信仰了孙中山先生的三民主义,加入了国民党,成了身着戎装的大夫。抗战伊始,他已是国民党某军团所属医院院长。烽火连天,狼烟四起,大好河山陷入了日本侵略者的铁蹄之下。他是医生,也是军人,有过抢救军团司令的荣耀,也有过紧急转移途中,警卫连连长倒下后,他带着残余部队和医院的全体医护人员奉命阻击敌人的辉煌。

那是一九四三年鲁西南战场上的一天,他受任于危难之时。在打退了敌人一次又一次进攻后,双方伤亡惨重,战地死一般的寂静。他从战壕里出来，拍了拍身上的尘土，到隐蔽在松柏林中的战地医院检查伤员救助情况。散布在林中的帐篷，躺满了伤员，医护人员紧张地忙碌着。谁也没想到，危险正一步步逼近，一支日军潜进了松柏林。

正当甄文斌回到自己的帐篷，洗完手，聚精会神看战地伤员情况报告时，一把冷冰冰的枪口对准了他。随后他看到了一双狰狞的眼睛正对着他。日本人占据了医院？他们有多少人？有多少装备？我们的人员发现了没有？甄文斌的心剧烈地跳动，但却面不改色，异常镇静。

帐篷里的空气凝滞不动了，帐篷外传来风吹树叶的沙沙声。甄文斌背靠椅背，面朝帐篷顶，哈哈哈地大笑。这一串朗朗的笑声，使持枪的鬼子毛骨悚然，不知如何是好。甄文斌又猛然站起来，两眼紧紧地盯住日本兵的双眼，在这冷森森的瞬间对峙中，他的眼仁从黑色变成黄色又变为血色，同时，放射出严酷而冷峻的仇恨之光。

这一刻，日本兵的眼神渐渐变得涣散、紊乱和惶恐了，如同一只闯入鸡圈被主人逮住的黄鼠狼。突然，从帐篷外射来一梭子弹，日本兵应声倒下。警卫连的士兵救了他。甄文斌冲出帐篷，令一部分士兵保护伤员和医护人员，一部分随他继续阻击敌人。战斗打得很激烈，不断有卫兵伤亡，直到司令部派出的增援部队赶到，才扭转不利局势，结束战斗。

鲁西南阻击战以中国军队胜利告终。

不久，甄文斌母亲去世，司令部特许他回家守丧百日。

于是，有了芝兰与他结为夫妻的情缘。芝兰也就有了一个另类人生。所以说人生充满玄机，当不可能成为可能，谁能否认冥冥中神灵早已安排好每个人的前世今生呢？

甄太太乳名金桂，娘家姓董，董家湾那座有三十多间雕梁画栋的琉璃瓦房，有一个十多亩地的荷塘花园的院子就是她家。方圆几百里一提起湖北襄南董家湾的董家大院，无人不知，无人不晓。董家在襄南有自己的皮货店、当铺、码头，在汉口开有珠宝店，也算是当地的名门望族。董家父母有三个儿子，却只有金桂一个女儿，自然对她疼爱有加，哪怕她要天上的星星，父母也会搭架通天的长梯为她摘的。锦衣玉食的生活，父母的百般呵护，养成了金桂雍容华贵、趾高气扬、唯我独尊的作派。

转眼间,金桂到了谈婚论嫁时。媒人上门提亲,董家选中了五十里外甄家庄老甄家的儿子甄文斌。"大户人家,门当户对,先不说良田百亩,城里两处钱庄、三家绸缎庄,单是他家那前庭房、后楼房、亭台楼阁的后花园——站在八里外的县城都能看见的护院炮楼,就能想见,那家势与您家相当啊!"媒人唾沫四溅,口吐莲花,"要紧的是甄家少爷相貌堂堂,现在正留洋读书,回来后的前程那是不可限量的。"

定亲后一年,甄文斌东洋留学归来,在志得意满中迎娶了金桂。洞房花烛夜,看着身着古典淑女嫁衣的金桂那张青春而美丽的俊脸,望着她那双清澈动人的眼睛,甄文斌生出了无限的喜悦和得意。而心强性高的金桂,从揭开红盖头那一瞬间起,她就陶醉了。豪门望族,家底殷实,仪表堂堂、前途无量的丈夫,使得金桂心满意足地做起了公婆满意的儿媳妇。

或许太完美了吧,婚后十年,甄太太不孕,后来在甄文斌的医院,经妇产科医生检查,说甄太太子宫狭窄、后移,不能受孕。他们又辗转多家医院,求治多个名医,三年过去,仍不能怀孕。不孝有三,无后为大,甄太太是懂得的。何况,那偌大的家业将来谁继承呢?一番锥心彻骨的疼痛后,甄太太擦干眼泪,决心为甄文斌再娶个能生育的小妾,减轻她心头的压力。忙于医疗救助事业的甄文斌倒不在意这事,随甄太太折腾。

一次偶然的机会,甄太太发现了芝兰。

那是甄太太随甄文斌回家守孝的一天,十六岁的芝兰,把母亲刚刚为甄太太改缝好、熨好的一条旗袍送到了甄家大院。听见动静的甄太太看见一个腰细胸挺、眉清目秀、身材苗条、胯大腿长的漂亮姑娘站在门前台阶上,轻声细语地和勤务兵说着话。冬日淡白的阳光下,甄太太的眼里只有她低眉顺眼的温驯。只这一眼,甄太太就认定了,丈夫的姨太太就是她。

腊梅迎雪。守孝百日后,甄太太为甄文斌把芝兰娶进门。

四

西厢房生了火。火盆的白灰里卧着几根红炭,因为覆盖一层薄薄的炭灰，显出隐隐的红。屋里响着木炭轻微的爆炸声，弥漫着糯米酒的甜香，那是上霜的柿饼在炭火上烤出的味儿。

吱呀一声响，西厢房的门被人推开了。芝兰抬头一看，一下子绯红了脸，两只幼鹿一样受惊的大黑眼睛，在失措中含着顾盼，嘴唇分外红润鲜艳，像颗汁水饱满的红樱桃。这浑身鲜嫩，一脸稚气的新娘，让走进来的甄文斌陡然生出无限的怜惜和疼爱。

一个腊月，甄文斌足不出户，整天和芝兰待在婚房里。

归队前的一个午后，甄文斌带着芝兰在甄家庄院外转悠。

甄家庄院在青龙山下天鹅湖畔的一片白杨林中，庄院东边是一偌大的荷塘，甄家后花园就连着这个荷塘。

沿着荷塘边，甄文斌和芝兰相携相拥着，走到了田野外的白杨林深处。林木萧疏，草枯叶黄，寒风瑟瑟。踏着枯草落叶，沿着一条小径，两人来到一个古柏茂密、占地三亩多的陵园。几十个坟墓组成沉寂的一大群，在冬日惨淡的阳光下，透露出一种不可名状的凄冷和生命的空虚。

“这是甄家祖坟，十几代人都埋在这儿。”甄文斌给芝兰说。他领着芝兰走到一座新坟前，手指紧挨的那两座坟说：“这两座相连的坟就是我的父亲和母亲的坟。八年前，父亲患脑溢血仙逝，终年七十三岁，今年春天，母亲也随他而去，终年七十七岁。”芝兰心里掠过紧张，便往甄文斌身边靠了靠。

甄文斌伸手揽住她，“坟地里，稍微靠前的那座碑高龟大的坟，是我祖父甄嘉欣的坟，你看那碑文就知道，他是清朝的一个二品太医。”甄文斌注意到芝兰的疑惑和惊讶，解释道：“到我父亲手里，家道中落，到了我手上，完全是一个靠手术刀吃饭的人。”然后，他牵住她的手，两人一起跪在那座新坟前磕头。“娘，我带媳妇芝兰看您来了！”甄文斌神色庄重地说。

鲁西南阻击战胜利后，为了更好地打击日军，战区部队向南转移，甄文斌的战区司令部直属医院也要随军转移。转移途中，突然接到命令，医院就地在滨江驻扎，不再前进。

滨江在陕南境内，是一座四面群山、一条江水流向山外的城。上级要求战地医院在此落脚，是暂时决定还是长期计划？甄文斌一时弄不明白。因暂时没有新伤员入住，医院的所有人员获得了一段相对闲遐、轻松的时间，这使甄文斌能在周日带着芝兰到城外走走。

出东城门乘船过江，是高入云端的梅岭山，在松涛云海的山巅，有一占地面积有十多亩大的唐代寺院——梅山寺。唐时，佛诞日，善男信女从四面八方涌来，香火旺盛至极。这种胜景达至千年。

这里飞瀑清流，花木葳蕤，百鸟鸣啭，一派世外桃园的景象。

相传两件事使这座梅山寺名垂天下：一是鸠摩罗什与唐玄奘在这里辩经论佛九天九夜，日月同天，东土佛家弟子数万人夜宿山林，谛听精妙博深的阐释；二是明弘治四年，皇帝微服私访夜宿寺院，深夜子时，电闪雷鸣，山崩地裂，寺院大雄宝殿摇摇晃晃。皇帝走出临时寝宫——禅房，在大雄宝殿上了一柱香，口中念念有词：大仙有何指教，请明示。话音刚落，一方锦绣小楷状子飘然落到皇帝脚下。皇帝拾起状子查看，即刻龙颜大怒。原来是告兵部尚书在此私铸钱币、山林练兵、图谋造反之事的状子。第二天清晨，朗朗乾坤，大好河山恢复宁静，一位县衙教头携着他的两位太太来寺院敬香。皇帝为之公开身份，教头欣然告之所知。通过教头提供的线索，皇帝一举粉碎了这起谋反阴谋。事后，拨付巨资修葺寺院。

此是传说？是史实？成千上百年的口口相传，历朝历代的滨江人宁愿相信那是实实在在发生过的事。

甄文斌和芝兰是在大清早登上梅山寺的。山上的早晨，雾很浓，很纯粹，在雾里探头探脑的太阳也和城里不同，很清纯。因此，芝兰和甄文斌在雾蒙蒙之中，通过近距离的接触，领略寺院的风貌。也可能是战乱年代，也可能是清晨太早，这儿没有游人，没有香火，没有和尚，没有雕梁画栋，没有晨钟暮鼓。歪斜的门窗，虫蛀空了的柱子，断了横木的廊檐，吊着蛛网的墙角。寺院内，树影迷离，有飞鸟从院子深处惊起，鸟翅扇动的回声传到他们的耳畔。有蛇遁入草丛，掠过地面的声音如急雨洒落。所有的一切，都在诉说着它末路的惨状。这世上有什么是永恒的呢？芝兰模模糊糊地意识到却无法形成明晰的思想，她困惑地抬起头，望着甄文斌。

此刻，甄文斌站在寺院前一个高台上，一脸凝重，双眉紧锁地望着山下浩荡东去的江水。波涛汹涌，泥沙俱下，一条条运物的船只顺流而下，苍凉浑厚的号子声响彻云天。远处，几只飞鸟在水天接壤处翱翔。不知站了多久，当他猛一回头，看见芝兰有些迟滞、困惑的眼神愣愣地盯着他时，他不知如何对她表达地微微一笑，说："想不通千年古刹怎么就变得如此破败！昔日的皇家气象哪儿去了？难道善的壁垒也无法抵御恶的战火，爱的力量也树立不起时间的永恒？"他看着芝兰自言自语，最后，无可奈何地摇了摇头，说："这些你不懂，以后有时间，我教你读读书，认认字，读的书多了，你就会明白了。"

太阳升高了，晨雾散去，早春的阳光下，沧桑古刹旁，身穿浅黄色小碎花绒旗袍，外披白色绒线披肩的芝兰，显得格外鲜活、生动，尤其仰视他的又黑又亮的眼睛，让甄文斌生出万般柔情。他爱怜地拍拍她的头。

也许甄文斌对芝兰真的动了怜爱，也许读书人对待情感有其纯真达观的一面，甄文斌没有忘记自己在梅山寺院对芝兰的承诺，生下祖明之前，甄文斌用了近一年的时间教会了芝兰读书写字。他教芝兰日、月、山、土；教她田地、牛羊、男女；教她读"杨柳岸，晓风残月"，也教她读"大江东去，浪淘尽，千古风流人物"……

那一段消闲的日子，甄文斌也会带芝兰去百里外的省城游玩、定做衣服。西装的样式、颜色是甄文斌定的。旗袍的料子和样式是芝兰选的。芝兰选的料子多是小碎花的。喜欢小碎花图案的女人，大部分是性情柔弱、内敛、忍辱负重的，有点一根筋，是一条路走到黑的人。这样的女人比别人会更多地遭遇人生困苦。

只是芝兰的现在是快乐的。"多做几件时髦衣服，打扮得漂亮些。"甄文斌对正在选衣料的芝兰说。

"嗯。"芝兰轻声答应着，那双黑亮的眼睛闪着光彩，脸颊也飞上两片红云。

晚上，甄文斌带芝兰去回坊转。那儿是回民聚居地，街道两边是浓郁的伊斯兰教风格的建筑，各色回族风味小吃店一家挨着一家。要一份老马家腊羊肉、老何家的卤汁凉粉，再来一份老刘家的粉蒸肉、老林家的柿子饼，两人面对面坐下享用。有时，安排好芝兰坐下吃，甄文斌在附近转，慢悠悠的，感受着一个市井男人带给自己女人欢喜的得意与喜悦。这样的时候，他是不带勤务兵的。

冒着热气的腊羊肉，带着诱人的膻腥味，吃一块又软又香的粉蒸肉，吞一口滑溜溜的卤汁凉粉，咬一口又香又甜的柿子饼，挑一条酸溜溜的酿皮……芝兰样样爱吃，这份吃得惬意，是否还因为不远处，那个不烦不躁转悠着的男人呢？

最后，再带几包芝兰爱吃的炒花生和甑糕回去。

五

如果说芝兰看见甄文斌的第一眼，就被他通身透出的气魄所震慑，是一种少女对具有英雄气概的男人的敬仰、爱慕的话，那么，亲眼目睹甄文斌忘我地救助伤员，从而油然而生出的情感，则是一个女人对一个男人深深的爱恋和疼惜。

甄文斌的医院刚在长江边一个小镇安顿下来，前方打了胜仗，但伤亡人数过万，战区所属部队的医院都参与救治伤员。甄文斌的医院也参与这次行动。

甄文斌已三天三夜没回家了。他累不累？可有时间吃饭？芝兰有些担心，想去医院打听，又怕影响甄文斌工作，让人笑话，再说太太那儿……几次走到门口，又退回来。

"小太太，太太请您过去。"勤务兵小董在门外说。

"我让厨子炖了只鸡，你让小董陪着，给文斌送去。"甄太太瞥一眼走来的芝兰，不满地说："人都几天没回来了，也不知问候一声，没心没肺的。"

芝兰低头答应着，接过饭盒，走出门外。

租住在一大户人家三重大院的司令部直属医院里，到处是断腿断脚满身血污的官兵。正房、厢房、厅房躺满伤员，院里院外排满等待救治的伤员的担架，空气中弥漫着浓烈的血腥味，时不时地，耳畔响起让人不忍的哀嚎声。震惊之余，芝兰的眼眶盈满同情的泪水。她小心翼翼地绕着担架走，生怕碰到谁的伤处，引发更大的痛苦。

甄文斌正在为伤员做手术。他冰冷而犀利的目光专注于双手，娴熟而迅疾的动作，让站在门外的芝兰，不由得屏住了呼吸。她的目光追随着他的双手，她的心跟着他的手的动作而起伏。她知道，他正在救治的，是抗击侵略者的前方将士，是保家护国的民族英雄。他手上的动作快一些，就可以多从死神那儿争夺几条生命。

手术做完，甄文斌一抬头看见芝兰，"你怎么来了？""太太让我给你送鸡汤。"芝兰捧起手中的饭盒向他说。甄文斌转身朝她走来，可抬起的脚还没落下，他的身子晃了晃，便朝后倒下……

"文斌！"芝兰的声音突兀而惊恐，手中的饭盒掉在地上……

甄文斌醒来，看见哭得泪人一般的芝兰，安慰她说："没事，我躺会儿就好了。""我知道，你是累成这样的，大夫说你三天三夜都没合眼了。"见他醒了，芝兰的泪水又涌出眼眶："文斌，你太辛苦了。"伸手抹去她脸上的泪，甄文斌深沉地说："与那些死了、伤了的官兵比，我这点辛苦算什么。"说着，他挣扎着起身，芝兰急忙按住他，"你要干什么？大夫说你需要静养。""院里院外那么多的弟兄正等着救命，我能静养吗？"甄文斌一把推开她，起身朝门外走去。

芝兰嘴巴张了张，又闭上，什么都没说，退后一步，目送着他离开。那匆匆而去的男人，此刻，在芝兰眼里，像山一样伟岸、坚实，像佛一样圣灵、慈悲，他同前方千千万万浴血奋战的将士一样，是她心目中的英雄。这一瞬间，芝兰真正爱上了这个男人，而不仅仅是此前的敬重和"嫁鸡随鸡"式的倚靠。

救治行动持续了十多天，甄文斌一直待在医院。十多天里，芝兰不再等甄太太吩咐，便每天炖锅鸡汤，送到医院，看着甄文斌喝下。然后，帮着护士给伤员换药，洗脏了的绷带、床单，为手脚不能动的伤员喂水、喂饭。这样的时候，她便觉得她是与甄文斌并肩从事着抗战救国的伟大事业，这让她的内心充满一种全新的愉悦感觉。

芝兰恋爱了。

同所有恋爱中的女人一样,芝兰的声音变低带着甜蜜,眼里的水分也增加了。她是一个安于命运的女子,嫁给甄文斌,没想过与太太争宠。可现在不同了,甄文斌到太太房里过夜,她会整晚睡不着,用心谛听来自太太房里的动静,想象着他与她如何恩爱缠绵,心中便有尖利的痛感。早晨起来,眼圈发青。甄文斌看见,问她缘由,不等张口,她先红了眼圈,似乎受了大委屈一般。阅人无数的甄文斌明白了,这个一向温顺的小女人,心中正被嫉妒之火炙烤着。他看着她说:“兰子,人生有许多责任,不是想放下就能放下的。做我的女人,要学会宽容、厚道。”芝兰懵懵懂懂地点点头,过后回味,她便明白,甄文斌看穿了她,他是在规劝、教导她。

这个理性、严谨的大男人!芝兰片刻也离不了他。甄文斌上班的时间,在她看来是漫长的,每次都是在她等得心里发烦时,他才回家。当他的脚步声在院子响起的时候,她的心咚咚地跳起来,她简直承受不了冲击得使她头晕眼花的心跳。她热切地站在西厢房门后,侧耳倾听着他的脚步声从太太的东厢房出来在西厢房外响起,然后迅速转身,回到椅子边,做出刚站起来的样子,只是脸颊胭红,又黑又大的眼睛亮晶晶的。“今天过得还好吧?”甄文斌一边脱军装外套,一边看着她。她接过他的外套,挂在衣钩上,背着他嗯了一声,再没多余的话。那折磨得她坐卧不宁的思念,全都因为他的回家而化作烟雾飞走了。

一次,甄文斌因公外出,一走就是十多天。这十几天,对芝兰来说,简直就是阴霾笼罩的日子。她像回到五岁那年的冬夜,感到恐怖、寒冷。不,这次和过去不一样,那时虽有母亲在身边庇护着,可母亲的力量是微弱的,不像甄文斌的庇护那样强大,给她绝对的安全感。因而,此刻,她更像个被丢弃的孩子,有一股突然到来的孤独感束缚着她。这种孤独感,像柚子的皮,是苦的。

十多天里,芝兰的日子过得颠三倒四,每天睁开眼睛,满眼是甄文斌。晚上一闭上眼睛,又全是他。生活的内容多么庞杂,然而,芝兰的生活好像就变成一个点,那就是与他重逢,其他的日子都是虚空。

十六岁嫁给甄文斌，过了年，芝兰才十七岁。十七岁少女的爱情是纯粹的，没有算计，没有理性，没有装饰。终于，院子里响起甄文斌的脚步声，这足以让她失魂落魄，失去听觉、视觉和思维能力，世界立刻变成一片空白。一会儿，她清醒了，一阵风般跑出去，站在甄文斌面前，不等开口说话，就红了眼圈，眼泪也跟着掉下来。跟着甄文斌一起回家的勤务兵知趣地走开。

"当着外人哭哭啼啼的，成什么样子？"站在一边的太太皱着眉头呵斥道，"好像受了多大委屈似的。"芝兰一哆嗦，赶紧退到甄太太的身后。"好了，少说两句吧。"甄文斌对太太说，又看着芝兰，"回房洗洗脸，帮太太收拾收拾带回来的东西。"说完，和太太一起进了东厢房。

这是仲春的晚上，下着毛毛细雨，空气里弥漫着各种植物新鲜的气息。多么美好的夜晚，潮湿而温馨。雨滴滴落屋顶的声音，清晰而丰满，衬托得四周更显寂静。芝兰和甄文斌轻轻说着话，声音和屋外的雨声融合在一起，声声入耳。芝兰第一次和甄文斌说起她的家，说起被父亲活活气死的祖父，说起五岁时的那个冬夜，说她心里从来没有过的父亲，说起她对他的鄙视……她再一次流了泪，她已经很久没有为苦难的过去流泪了。如果说这之前她对甄文斌是仰慕、敬畏，现在她已经把他当做至亲的可以生死相依的亲人了。

暗夜里，甄文斌——这个喜怒轻易不外露的大男人，竟深深地叹了口气。他的小太太，竟有一个比他想象的更苦难不堪的童年，而她对这苦难的感觉又如此敏锐！这让他心疼。他紧紧抱住芝兰，在她耳边深沉地说："一切都过去了，跟了我，再不会让你挨饿受苦、孤苦伶仃。"芝兰在他的怀抱又一次淌下泪水，不过这是欣慰的、幸福的泪。

在这春雨淅淅沥沥的晚上，芝兰在心里做了个决定：一辈子与身边这个男人同生死，共患难，生是甄家人，死是甄家鬼。

六

仲秋，两棵桂花树上一簇簇小黄花绽放，院子里便弥漫着浓郁的桂花香气。

芝兰在甄文斌的医院分娩，诞下八斤重的儿子。刚出生的婴儿，粉嘟嘟、白嫩嫩，长着浓密的黑发。年过不惑初为人父的甄文斌，心里充满喜悦。他抱起自己粉妆玉琢的骨肉，手竟有些微颤。是感觉离开母亲了？抑或感觉不舒服？小人儿哭起来，哭声高亢、嘹亮，紧接着，一股尿液冲出他的小鸡鸡，呈弧线射出，将甄文斌的衣袖浇得透湿。“哈哈哈！小家伙的劲儿倒挺大。”甄文斌朗声大笑，将孩子递给太太。

“哼！总算没白给她吃那么多好东西。”甄太太接过婴儿抱着，撇了芝兰一眼，在心里嘀咕道。

分娩后的芝兰，显得疲乏无力，被汗水濡湿的头发凌乱地堆在枕头上，几根发丝贴在她的额头，脸上也散披着几根。甄文斌坐在床边，为她拂去额上、脸上的发丝，握住她的手，看着她说：“谢谢你，兰儿！”叫她什么？兰儿？这可是他第一次这样叫她啊。一股温润的液体在体内涌动，她的眼圈红了，“文斌……”侧过头看一眼太太，她吞下要说的话，只给他绽出一丝微笑。

芝兰对太太是畏惧的。

比甄文斌小一岁的甄太太，看上去要老得多。养尊处优的生活，使那张年轻时富态的脸，今天看上去多肉而有些下垂，腰身也像水桶一般了。她的青春已逝，年轻时的雍容华贵和骄矜已演变成高高在上的冷漠与倦怠。她对芝兰是不屑的，芝兰的出身，芝兰的贫弱，芝兰在人前的卑微和她自觉做小的奴性……可芝兰所有让她轻视的却正是让她选中芝兰为甄家传宗接代的特质。于是，芝兰在甄家既像是下人，又像是主子。不光不做家务，太太还让家里的厨子变着法儿给做可口的吃，人参、燕窝、莲子、桂圆的给她补。谁让穷家小户的她娶进门好长一段时间都显出一张菜色的脸？她可不想甄文斌的儿子天生营养不良。除此之外，芝兰就是下人了。在甄家，芝兰的地位和勤务兵们一样，见了她要低下头，恭敬地称她“太太”，侧身一边，让出路给她走。她一张胖脸时时耷拉着，不见一丝笑容，看芝兰的眼光像刀子一样，有时又是一副嫌弃样儿。每当芝兰看见她，就紧张得无措，手脚都不知往哪儿放了。

可能让甄太太如何呢？她的肚子不争气，不能为甄家生下一男半女，夫妻已到中年，却难享天伦之乐。难道真让甄家断子绝孙，她百年之后，无颜面对甄家列祖列宗？将一个花蕾初绽的女子送进自己丈夫的怀抱，让她夜夜独守空房。一个女人，尤其像她这样的女人，需要磨折多少心性，才能按住那妒忌的花皮毒蛇向西厢房喷吐毒信？还能让她如何呢？眼看着身子纤弱的芝兰越来越水灵，越来越丰腴，看甄文斌的眼神越来越情意绵绵，而甄文斌——一个轻易不动感情的男人对芝兰越来越体贴，这让她如何不怕？甄文斌不是一个喜新厌旧的男人，甄太太本也不怕为他娶小老婆，可是，她怕的是他对芝兰萌生感情，如果他们有了情，有了儿子，那她在甄家还算什么？不敢深想。一个年老色衰又生不出儿子的女人，能让她如何呢？

甄太太瞟一眼芝兰，对甄文斌说："行了，照顾月母是女人的事，你托人找个女佣来，其他事就不用管了。医院事多，你忙你的去吧。"芝兰赶紧抽出被甄文斌握住的手。

月子里，乌鸡汤喝着，炖猪蹄啃着，芝兰的两只乳房就饱满得像两朵盛开的葵花，乳汁在里面翻江倒海，养得祖明，哦，就是芝兰和甄文斌的儿子，白白胖胖，可爱得很，也养得芝兰成了一个丰满的少妇。她真年轻啊，健康的体魄，结实的牙齿，乌黑的头发，没有一丝褶皱的青春，潭水般的明澄心境，没有启封也没有揭下保护膜的灵魂……让她散发出迷人的魅力。

甄文斌一回到家，就去芝兰房里看儿子。"儿子对我笑了。"甄文斌对芝兰说。

"哪儿会呢？他还不到一个月。"芝兰说："你太性急了。"

勤务兵在门外说。"太太请院长过去吃饭。"

甄文斌问："小太太什么时候吃饭？"

"太太说小太太的饭菜一会儿就送来。"

"告诉太太，让她自己吃，我和小太太一起吃。"

甄太太直愣愣地看着桌上的饭菜，胖胖的脸蛋直哆嗦。她没了胃口，起身回房里去。

七

芝兰的身板真是好，年轻、肥沃、多情，甄文斌撒下种子就有收获。甄文斌的医院随战区司令部驻防长江边一个小镇的六年间，儿子祖明，女儿元君、香君、子君接踵而至，只是子君一岁时夭折。甄家现在已不是先前的冷清，而是烈火烹油般的红火、热闹了。吃饭时，满满坐一桌，一桌的菜吃得精光。

一日三餐的，家里的厨子已经忙不过来，芝兰便下厨帮忙。终于，有一天吃饭时，甄太太漫不经心地对甄文斌说辞了厨子让芝兰掌厨，因为她的饭菜做得更好吃，这样还能省下一笔开销。"现在不比从前，一大家子人呢。"甄太太夹了块红烧肉放在祖明碗里。

"家事你做主就行了，不必问我。"甄文斌舀了一勺汤送进嘴里，看着太太说："别太宠着祖明，他是妹妹们的哥哥。"

甄太太的提议征得甄文斌许可，芝兰默不出声，算是默许。不默许难不成就能留下厨子？本来太太就不是与她商量。在这个家里，连勤务兵都看得出关于家事，院长一概听太太的。何况太太辞去厨子的理由冠冕堂皇：芝兰饭菜做得好；节省家庭用度。也是，一大家子呢。再说，芝兰亲眼看见厨子炒一个菜，竟舀了一大勺油放进炒锅。那可是盛饭用的勺子啊！菜出锅，锅底留下一大滩油，一点不心疼地放在水龙头下冲掉。芝兰看得直了眼。真把别人的家不当家，再大的家业哪儿禁得起这样折腾。这个家毕竟也是她和孩子们的。

一日三餐，洗洗涮涮，一家大大小小的衣服要洗净晾干熨烫，忙完这些，芝兰困软得眼睛都睁不开，可她还不能睡觉，还得招呼祖明、元君、香君洗漱、上床，为甄文斌准备第二天要穿的衣服。忙完一切，一头躺下，一下子放松了身体，松弛和舒展的快乐使她发出惬意的嘤咛声。夜里，正当盛年的甄文斌有时身体亢奋得不行，想与她行床第之事，可她睡得太沉了，他百般抚弄她也不得醒时，只好扫兴躺倒睡去。

头发不再烫成大波浪的时髦发式，随便在脑后盘个发髻；衣服不再讲究款式、色泽，出门不再讲究鞋、包与衣服的搭配是否恰当，随意换一件干净的即可。这样的有违结婚伊始甄文斌对她衣着精致的设计的做派，不光因为无暇顾及形象，还因为她已并非十六岁的新鲜、初为人母的玉树临风了。一个接一个地生孩子，她的身体开始发胖、走形，她的腰不再是少女的纤腰、屁股也不再是少女紧凑的屁股，它们沉甸甸松弛地坠在她的身后，使她原来修长的腿看上去也短了一截。从柜子里拿出以前那些衣服，那些雅致精致的旗袍，那些洋溢着青春气息的洋装，一一在身上比着，仿佛它们不曾属于她似的。芝兰咧开嘴角笑了，那笑有些无奈，也包含一丝"最是人间留不住，朱颜辞镜花辞树"的况味。

闲下来，芝兰也偶尔在家里的花园流连。在这个江边小镇，甄家仍是租住一所带花园的院子。一年四季，花园里都是热热闹闹的，没有萧索、落寞的时候。梅花谢了，是金黄的迎春花；接下去是牡丹、芍药、玻璃海棠。玫瑰败了，红红白白的夹竹桃开了，广玉兰也慢慢绽开丰腴的雪白花瓣，栀子花放出清雅的香。最后，开在飞雪飘飘季节的是腊梅，淡淡的黄色的花，透明得似蜡制品，满园幽香。这么多美丽多姿的花，多像她那几个可爱的儿女。芝兰最爱草丛中不为人注意的小黄花，星星点点，如秋夜的天星。它绝没有其他花的艳丽、芳香、迷人，它清丽静穆，端庄沉静，观之，似乎有圣洁的光环笼罩。芝兰觉得她就像小黄花，隐在甄文斌身后，靠着他遮挡风雨，得以存活并开花结果。

芝兰对甄文斌的感情，不仅仅是热爱、依恋和敬重，还有感恩戴德。嫁给甄文斌前的那些年，除了母亲，无人在意她的存在，她什么都不是。甄文斌娶了她，给了她一个身份，虽然她只是他的姨太太，但足以让她欣慰、满足了。为了甄文斌和几个孩子，她有什么事不愿做呢？何况，她以前就是为人缝缝补补的下人，现在为什么不能做甄文斌和儿女的下人？

《尚书大传·大战篇》有"爱人者，兼其屋上之乌"，说的就是芝兰。甄文斌在他的家乡是赫赫有名的，都知道甄家庄出了个大人物，那些没饭吃的、不愿在地里刨食吃的乡亲成群结队前来投奔他，后来，属于甄家庄所在地区的别的县乡的人也来投奔他，他都给予安排。这些人，刚来时吃、住在甄家，为他们做饭的自然是芝兰。没等前一批人吃完收拾，又来人了，芝兰赶紧洗刷锅碗，再做饭。来人最多时，芝兰一天做了六顿饭。一天下来，累得她腰都直不起来了。

对甄太太，芝兰又何尝不是"爱人者，兼其屋上之乌"？甄太太爱吃鸡蛋韭菜馅饺子，她便隔几天就做一顿。芝兰包的饺子，皮薄、馅多，下锅煮，锅里泛起水花即可捞出装盘。咬一口冒热气的饺子，满口鲜嫩嫩的香。一向爱挑剔的甄太太也不得不在心里称好。因着甄太太的这一嗜好，一家大大小小的都好了这一口。

八

当芝兰突然渴望与甄文斌温存时，她才想起她已有多日没在晚间见到他了。从什么时候开始，他不再来她房里过夜？她记不起来了。

晚上，听见院门响，芝兰迎了出去，对甄文斌说："我给你煮了碗莲子羹，你吃了再睡。"

"你不知道我不爱吃甜食吗？"甄文斌不满地说。

"哦，那我给你煮碗混沌，一会儿就好。"看着甄文斌走进她的房子，芝兰匆匆向厨房走去。

这是五月的夜晚，空气中浮动着微风、梧桐花香和即将来临的夏日的气息。那是对随之而来的季节充满憧憬的时刻，有种心知肚明的惬意感。就像和情人共度春宵，俩人在晚餐时光特有的愉悦心情。只是这愉悦属于芝兰。

芝兰温柔地问："味道怎样？是不是咸了点？"甄文斌抬头看了看她。此刻，在他眼里，芝兰脸上的笑是笨拙、讨好的，可怜又可厌，那张颧骨稍稍突起的脸也因殷勤、卑微，变得丑陋了。以前那个温柔、可爱的小女人哪儿去了？是她变了，抑或是他对她的感觉变了？

"我吃好了，你收拾了，早些睡吧。"他把碗一推，起身走出房门。他怕再待下去,他会将对她的嫌恶表现出来。甄文斌知道,那会伤了她的心。

芝兰在他站起时,上前一步,想拉住他的衣袖,可最终退后一步,垂下眼睛,"嗯"地应了一声。芝兰不会也不敢在他面前撒娇弄气。在一起生活了这么多年,她是了解他的,他是不苟言笑的,因此他的不理不睬,极具威慑力。即便在他最呵护她的日子里,她也不敢因他的宠爱而失去对他的敬畏。甄文斌,天生是君临于女人之上的男人啊!

甄文斌的脚步声渐渐消失在太太的房子里,芝兰顿感流年似水,一切也都随之而去,然而,还有被流光遗落在岸旁的丝丝缕缕。可还是有些悲伤,那悲伤是流动的,也流动在她的身体里,汹涌着,慢慢地变得坚硬,硌得她的心痉挛了一下,接着又抽搐了一下。她感到一阵头晕,两边太阳穴突突地震着。

芝兰读过梁山伯和祝英台的故事,她为那可歌可泣的爱情传说感动得流了泪。在她最快乐、幸福的日子里,她相信她与甄文斌的爱情是能够天长地久的。怎么不会呢?那些寻芳探幽、凭吊古迹的步履,那些挑灯夜读、恩爱缠绵的夜晚,那些埋头于热气腾腾的回坊小吃的惬意时刻,还有那个春雨淅淅沥沥的夜晚他的承诺……有过这些刻骨铭心的记忆,如何叫她不信呢?

芝兰哪里知道爱情是有期限的。影响爱情的因素很多,有家势、门第、学识的,也有容貌、个性、爱好等,其中最根本的原因是男人与女人对感情的态度有着本质的区别。爱情对女人来说是一种奉献,是圣洁至上的一件事,因而,女人是将爱情当做终生的事业经营的。于男人而言,爱情只是人生的一部分,更不用说,优秀如甄文斌之类的男人,看重的永远是理想的实现,国家、民族的前途。爱情,在他们心里永远退居其次。

芝兰又哪儿懂得,所谓爱情,其实是一种感觉。新婚时,芝兰给予甄文斌三月江南的新鲜感,如今早已味同嚼蜡。可她却不懂得爱是需要时时注入新鲜血液,两人间的欢爱是需要激发、激活的。梁山伯与祝英台的爱情故事千古流传,是因为俩人过早地殉情化蝶,如果像甄文斌、芝兰那样,经年累月地复制生活中的庸常,或许梁山伯也会转身离去。反过来说,如果甄文斌与芝兰情深意浓时也如梁山伯与祝英台一样化蝶,他们的爱情也许会成千古绝唱,哪里会形同陌路?

芝兰懂得的,是她爱他不够,如此出色的男人,她却因为孩子、家事忽略了他,他如何不对她恼羞成怒呢?站在镜子前,芝兰看着不施粉黛、不修边幅的她,简直就是一个终日为生计奔波的市井妇人。她调转身子,不愿再看。她都不愿多看自己,还怎么让甄文斌面对她?

房子里,一灯如豆,一抹清寂聚聚散散、分分合合,如几缕沉香在房间缭绕不息,散淡着风息浪止的安妥。

九

院子外,车声、杂沓的脚步声,从中午开始,一直响到黄昏方停息。平日的热闹、嘈杂的声音没有了,连风吹过江面的声音也带着恐惧的颤音。小镇没入大难临头前的沉寂。

芝兰蜷缩在一大堆行李中,在黄昏的余光里,睁大一双眼睛,用力捕捉来自院墙外可能有的声音。可是,没有声音,连一声狗叫都听不见,即使夏夜聒噪得令人发烦的蛙鸣声也销声匿迹,更不消说车声。芝兰双手紧紧抱住双膝,拼命抵抗着身体不由自主的痉挛。

突然,空中传来飞机沉重的轰鸣声、凄厉的尖啸声伴之以炸弹的爆炸声。一轮声音传过,又一轮响起,飞机的轰鸣声和爆炸声连绵成震天撼地的轰响,似乎要把小镇撕裂成碎片。

那可怕的声音似在头顶不远处,芝兰恐惧极了,尖叫着从房里跑到院子,声音凄厉、绝望。“小太太,快进客堂,藏到桌子下。”小董从大门边的过道冲过来,扯起她朝客堂跑。来不及了,一发炮弹落在院墙外,天崩地裂一般,小董大叫一声,将她扑倒在地……

芝兰醒来,从小董身下钻出,将覆盖在他身上的碎砖瓦片和尘土拨开,叫着他名字,没回应。她又拽他的手臂,却已变得冰凉、僵硬。死了?芝兰不相信地又触碰一下他的手臂,冰凉、僵硬的手臂确凿地告诉她,他死了!她骇得冲进客堂,钻进桌子底下,浑身颤抖如筛糠一般……一块七、八寸长的炸弹片插在他的背心,要了年仅十九岁的小董的命……

午间,甄文斌派人到家,告诉甄太太和芝兰,上峰通知,日军敌机将于夜间空袭小镇,让她们尽快将家里要紧的金银细软收拾一下,晚饭前派车前来搬到郊外去。说时简单,做起来哪能那么容易?装车时,才发现,行李多得一车装不下,还不说另有大人孩子一帮人。于是,甄太太吩咐分两次走,她和几个孩子、一部分行李先走,留下芝兰和小董看管余下的行李,等车回来接。"这么多的东西,没有自家人不放心呢。"甄太太说。

芝兰追着车跑了几步,想再看一眼她的孩子们,她怕这是她们母子、母女的最后离别。为什么不会呢?战乱年月,时时在将不可能演绎成可能。

小镇郊外的一片农田中间,是甄文斌用茅草搭盖的一所院子。搬来的东西还没整理,堆在房中。返回镇里接芝兰的车还没回来。祖明小大人一般问甄太太:"大妈,我妈什么时候回来?"听见哥哥问妈妈,元君眼巴巴看着甄太太,香君哇一声哭着要妈妈……

小的哭,两个大的也泪汪汪,甄太太哪里遇过这样的情景。打又打不得,骂也骂不得,只好抱起香君哄着,又让祖明安抚元君。

突然,"轰隆隆,轰隆隆"的似雷声响,便有一道闪电划过,将窗外的院子照得通明。接着,又一阵"轰隆隆,轰隆隆"声响过,窗外又是一片亮光。

几个孩子也吓得止了哭声,祖明和几个妹妹紧紧偎在甄太太跟前。这突然的异象,让甄太太的心不安地跳起来。

派去的车返回来,司机老李告诉甄太太,空袭提前了。还没等他的车抵达小镇,敌机临空,往小镇扔炸弹,一轮又一轮……"太太,车进不了镇子,小太太和小董怕是……"老李哽咽着说不下去了。

甄太太的不安得以证实。虽然白日里安排芝兰留下,她并非没想到万一,可她还是狠心地留下她。莫非潜意识里她是有意而为之?甄太太予以否决。此时,她极度惊惧,让老王去找院长设法救人。祖明似乎明白点什么,大声哭起来,元君、香君也跟着大哭。甄太太对芝兰有了负罪感。

小镇被毁了。店铺林立、商贾云集、五方杂处、经济昌盛,素有"襄郧要道,秦楚通衢"之称的千年古镇,一片断壁残垣。尚未烧透的建筑物还在燃烧，噼里啪啦的响声令人心悸。一个个黑洞洞的窗户仿佛一群人张开着的嘴，将临死前的呼救和悲愤定格。幸存的墙垣上，每一个弹坑，每一处焚烧的地方，都是劫难的印记。所有的一切，赤裸裸地诉说着侵略者的暴行。

黎明时分，甄文斌在客堂的桌子底下找到芝兰时，她满面蒙尘，只有两只眼睛惊恐地瞪着他，沾满灰土的衣服血迹斑斑。“兰儿。”甄文斌哽了一声。也许男人天生有怜弱、救弱情结，也许面对废墟中的芝兰那惊恐地瞪着他的眼睛，她那一抬头受惊的神情顿然从记忆深处倏忽而至。此刻，他悲愤而大恸，抱起芝兰走出去。

甄文斌厚葬了小董。

棺木下葬的那刻，一直痴呆呆的芝兰突然清醒，扶棺恸哭，让所有在场的人闻之落泪。

对这次轰炸，地方史志如是记载：民国三十三年（1944 年）农历六月二十八日晚，敌机二十余架从东北方来犯，投弹无数，计死一百三十人，伤五十一人，房屋尽皆炸毁，始建于西晋的古刹灵秘寺也成废墟。第二营学兵队百余人为帮助全镇百姓撤离悉被炸死，惨酷之状，莫可言喻。

十

世事难料。甄文斌怎么也没想到，在共同打败了入侵强敌之后，国共纷争又起，以至内战全面爆发；他更没想到，全副美式装备的国军竟兵败如山倒，蒋介石退至台湾岛，李宗仁远走美利坚合众国。曾经的战区司令部直属医院也不复存在，众人栖栖遑遑作鸟兽散。

十一

夏日清晨，江城市医院沐浴着金色的阳光，夹着黑色公文包的甄文斌走进办公大楼。

甄文斌花白的头发一律朝后梳去，白色衬衣扎在熨烫得笔挺的黑色西裤里，脚蹬一双黑得发亮的皮鞋，精神矍铄，一点儿不减当年的英武，却也不失医学权威的气度。“院长早！”经过身边的医护人员恭敬地打着招呼。甄文斌一一颔首回应着，走进院长办公室，穿上白大褂，和科主任、主治医师、住院医师们一起去查房。

一群年轻的住院医师、实习医师跟在后面，兴奋而紧张。每周一次跟着甄文斌查房，分析病例，确定医案，都是一次学习过程。可每次跟着他查房，心情却是惶恐、紧张的。他认真听取住院医师简明扼要地介绍患者病情、诊断结果、治疗方案，稍有疏忽、遗漏、不妥，他的眼睛便会射出寒光，进而严厉斥责，“你的一点点疏忽，就会给患者制造无谓的痛苦，甚至牺牲其生命。同志，要对人的生命负责。”最后他总会这么说。

被甄文斌斥责过的医护人员对他又敬又怕，可也有人对他面上敬畏，背地里恨得牙根痒痒，因此，当反右运动开始时，这些人便成为揭发、批判右派分子甄文斌的先锋人物。这是后话，暂且不提。

刚刚建立的新国家，百废待兴，各行各业急需人才，尤其是有知识懂技术的知识分子。甄文斌感受到新政府对各个阶层的人的尊重，尤其对许多临近解放投诚过来的国民党高级将领、曾多年服务于国民党军队的技术人员的不计前嫌，让他感慨万端：国民党若能如此大度、宽容，何至于今天偏安于一小小的台湾岛？

解放战争后期，甄文斌所在的部队溃败至广西，他的医院也随之不复存在。带着一家老小，离开大陆，去台湾？甄文斌无法想象他能否承受隔海思念故土的痛苦。于是，一身中山装替换了身上几十年不离身的戎装，到了江城，进了市医院，做了一名外科医生，以极大的热情投入到新的工作中，希望为新中国尽绵薄之力。一年后，以精湛的医术和高尚的医德备受推崇，做了院长。

医院家属院里，并排三间房子外带一间小厨房，就是他现在的家。门前一架紫藤，蓊蓊郁郁，葳葳蕤蕤。每当午后，炽烈的阳光炙烤大地时，紫藤架下一片绿荫。微风拂过，芳香四溢。芝兰将饭桌摆在紫藤架下，一家人在晚风里，在紫藤的芳香中吃饭，倒是别有一番情致。

祖明、元君、香君已上学，只有不到一岁的晓君开销不大。家里用度增加了，甄文斌的薪水却不比从前了。芝兰拿着甄太太交给她的一点钱到市场，却不够买一家人一天吃的肉、蛋和蔬菜。于是，她在近中午时去菜场，可以买到便宜得多的东西。只是，买的肉肥的多了些，菜也晒蔫了。

终于，甄太太把家庭财权——甄文斌的薪水交给芝兰。拿着薄薄一沓钞票，芝兰颇有些奉命于危难之时的味道。她在心里筹划着：除去米、面、蔬菜的开支，甄文斌每月的烟钱不能少，甄文斌、甄太太和几个孩子每天早餐的一杯牛奶、一个鸡蛋也不能少，一家人换季的衣服、几个孩子的校服都是必须要开支的。这样算下来，也就所剩无几了。还得省下一些，以备不时之需。

生活真是算计不得。秋天，甄文斌做了阑尾手术，在医院住了十多天，不光没了结余，芝兰还卖掉一只金戒指，才算了事。出了院的甄文斌，身子虚弱得很，脸色苍白，脸颊的轮廓也小了一圈，整个人看上去，显得憔悴了许多。芝兰看得心疼，便给他补一补。买一只鸡，分两次炖给他吃。每次，满满地给他盛一碗，多余的，给太太盛半碗，几个孩子分一碗。一碗红烧肉，一半拨到甄文斌碗里，剩下的，太太和几个孩子吃。“妈，你吃。”祖明夹一块给她。她又拨给晓君。“我不爱吃肉。”她笑眯眯地看着儿子说。大大小小吃得那么香，她看着，舒心得很。都是她至亲的人呐。

如此节俭，也处处捉襟见肘。无奈之下，取消了早餐的鸡蛋，牛奶只给甄文斌、太太和晓君各订一份。晓君还小，不能营养不良；太太享惯了福，不能不喝牛奶；甄文斌身体尚未复原就上了班，工作又辛苦，不能缺了营养。一礼拜只吃一顿肉。只吃一顿肉，芝兰也不见荤。

当一对金耳环也卖了后，芝兰做了个决定：带元君和香君、晓君回老家甄家庄生活，太太和祖明留在江城和甄文斌一起过。

“你带三个孩子回老家，我真是不忍心。”晚上，甄文斌对躺在身边的芝兰说：“可不这样又如何？太太从小就没过过苦日子，现在年事已高，我怎能忍心让她回去？只好委屈你了。”芝兰侧过身面向甄文斌说：“从做了你的姨太太那天起，我从没拿自己当回事。只要为你好，为这个家好，做什么我都愿意。老家毕竟有你的亲人，他们会关照我们的，你放心好了。”

甄文斌伸手搂抱住芝兰，心中大不忍。他如何想不到她回去后的种种艰难？

十二

芝兰母女住在大堂屋——一座面阔三间、高大的黑漆门窗房子里。

天没亮就起床，往灶膛塞一把秫秸杆，将冷馍切片放在锅里，两边烙得焦黄。喊醒元君、香君，洗漱后，两姐妹拿上馍片，边吃边上学去。打发走了两个大的，又把晓君送到村里的幼儿园，然后，急急忙忙拎起锄头去上工。

刚回来时，在没过脚踝的麦地锄草，芝兰一点不敢大意，生怕踩到麦苗，生怕将麦苗当做野草锄掉。现在，她不会了，可她依旧埋着头、弯着腰，一下一下地将锄头伸向野草，而不会向旁人那样，时时拄着锄头，嘻嘻哈哈，聊个没完。“歇歇吧，别那么老实。”紧挨着她的堂哥小声说。“我不累。”芝兰擦一把脸上的汗。

芝兰像庄子里的女人一样，除了在生产队干活挣工分，还喂了一头猪和几只鸡。白天上一天工，晚上还要到大队部开会。开会时，她坐在靠后的角落纳鞋底。其实，她是过于小心了，其他女人都是大大方方地一边说笑一边飞针走线的。可她也有和她们不一样的。她几乎天天收工后在水塘边洗衣服。她的三个女儿每天都穿得干干净净、整整齐齐。即使三夏大忙时，她也不让她们身上的衣服发出汗腥味。而那些婶娘、嫂子、弟媳妇、侄儿媳妇们，农闲时倒还好，农忙时，却是蓬头垢面的。

没有甄文斌在身边，芝兰既当男人又当女人，辛苦的程度不可言喻，可她从不怨他，也没写信告诉他。唯一一次伤心，是为了几个女儿。

一天晚上，她到邻村开会，回家时快十点。乡里的夜晚来得早，晚上十点已经显得夜很深了。远远望去，甄家庄黑魆魆的，沉浸在静谧中。大堂屋的门敞开着，煤油灯微黄的灯光下，偎依在一起的三个女儿的影子纤长而伶仃。元君怀抱睡着的晓君坐在门槛后的椅子上，香君靠在元君身上也已睡着。深秋的夜晚,西风从白杨林中穿过,呼啸出她的孩子说不出的孤单和对她的倚靠。芝兰的眼泪一下子涌出来。“妈,晓君和香君非要等你回来才睡。”“妈知道,不怪你。”芝兰抱住三个女儿泣不成声。这唯一的一次,芝兰也没写信告诉甄文斌,只在信中告诉他,女儿们都很懂事,读书也用功,让他别牵挂。她也想祖明,可她知道,儿子在他那儿,比跟着她好。

庄子边上的白杨林叶绿叶落,不觉间,芝兰母女回来快两年了。天天出工,日日辛苦,芝兰的日子却是越过越紧。她看得明白,几十甚至上百个不同姓的人集中在一起干活,一些懒汉偷奸耍滑、磨洋工,工分却不少记。长此以往,能有人不照着学样?常言道:“人勤地生宝,人懒地生草”。以大锅饭形式种庄稼,能有好收成?

一天三顿干的是不行了,可即使吃面条,也是一半面条,掺一半红薯丝。买肉拣别人不要的肥肉买,为的是炼成油,不至于烧干锅做饭。一月、俩月不见荤,孩子们的脸都瘦了一圈。即使这样,芝兰也没想动一块甄文斌给她说的银元。

离开江城的最后一晚上,甄文斌告诉她,父亲在土改前,藏了些银元在祖坟。甄文斌说,万不得已时,拿出点贴补家用。

现在是万不得已之时吗?芝兰摇摇头,不,不能动,谁知日子还会成什么样。

直觉告诉芝兰,生活将会更难。

十三

“……生活用品的价格涨得厉害,薪水已不够支付家用开销,月月需预支……近日,胃时感不适,太太的气喘病又发作一次……望暂将香君、晓君托于妻舅看顾,速至江城,有事相商……元君已上中学,此次可带至江城读书,以免误其前程……”

一阵心痛。芝兰收起甄文斌的来信,一边嘱咐元君收拾自己的衣物,一边走出门。正值五月时节,一望无际的平原上,麦子成熟了,翻滚着金黄的麦浪。地畔上，各色野花盛开，白杨树披上碧绿的新装，恢复了旺盛的生命力。好一个恬静、迷人的五月啊！可芝兰无心观赏美景，匆匆赶往太太娘家董家湾。

甄太太不能生养，她的父母兄长就把芝兰和甄文斌的儿女，看得如同自家姑娘生的。虽说父母已逝，可董家兄嫂对几个孩子的感情依然如故。芝兰上门求他们，哪里会有不应之理？

看看年轻而异于村妇的芝兰，董家大嫂叮嘱她："甄家庄到江城好几百里，你一个年轻的妇道人家带个半大孩子，路上要多加小心。"

回到家，等到夜黑人静，芝兰带着元君到了甄家祖坟。摸索着找到甄文斌祖父坟前的碑石，挪开碑座下那块大石板，拨开厚厚一层土，拿出甄文斌说的那个装银元的瓷罐，再将土填回，盖上石块，才抱着瓷罐和元君悄悄回到家。

安排好香君、晓君，芝兰便带着元君上路。临行前，对着镜子看看，两年的劳作，竟然没使阳光在她的脸颊上留下多少印迹，又黑又大的眼睛还是水汪汪的。不能这样上路，带着一包银元呢。脱下腰身收得恰到好处的碎花单衫，换一件肥大的褪了色的黑色大襟上衣，穿一条带补丁的裤子，一双不新不旧的带袢布鞋，又给元君换上一身旧衣服，才挽着一个印花大包袱上路。

从甄家庄到江城有五百里地，最初的百余里，不通车，靠步行。到了南新市，搭乘长途客车，路上再颠簸十来个小时，才到江城。百余里地，芝兰和元君走了两天，期间在溧阳庄一户人家住了一宿，第二天天黑前才到南新。百余里路，走得元君脚底打泡，芝兰肩上的包袱越来越沉，压得她背都直不起来。

途经一个不知名的村子，母女俩站在一家开着的院门前，芝兰拍着门板高声叫人。话音未落，一阵瘆人的风的呼啸声中，一只体型硕大的黑色狼狗，竖着两只耳朵，从院里扑出来，低低地吼一声，芝兰还没反应过来，小腿就被一口咬住。元君吓得一声惨叫，引出这家的主人，一声断喝，狗松了口。被咬破的小腿在渗血，脸上的惨白还未褪去，芝兰挣出一张笑脸，对主人夸了他家狗的忠于职守，又说明意图，想讨杯水喝。主人是善良的，喊了主妇，烧开水给她们喝。“生水喝了闹肚子。”这善良的人如是说。

这场遭遇，让芝兰母女以后的行程中，即使渴得喉咙冒烟，也再不轻易到人家院里讨水喝。然而，以后的几十年，芝兰才觉得狗并不是最可怕的。因为和有些人比起来，狗要良善得多。它不轻易攻击人。除非它饿了，或者你侵犯了它的领地。不像有些人，你不知道他什么时候，在什么地方，以什么方式发起攻击。你也不知道因为什么遭受攻击。或许你拥有他没有的东西，比如财富、地位，比如才气、智慧，比如宽阔的胸襟、令人折服的人格魅力等等；或许什么也不是，只是因为践踏你，可以让他心生快感。

终于到了江城。芝兰在候车室的玻璃窗上，看见一个满身风尘的邋遢的乡下女人在呆愣愣地瞪着她。蒙面的风尘遮住了她白皙、清秀的脸庞，松垮垮的黑布大襟短衫让她依旧丰满的身材隐去。回过头看元君，本是容貌极秀雅、洁净的女儿，现在却成了脏兮兮的柴火妞。拉起女儿走进女厕所，在水龙头下洗干净手和脸，理顺一头乱发，换上装在包袱里的干净衣服。

此时，芝兰母女才往家奔去。

十四

芝兰走进家门，便一刻不停地干活。

收拾屋子，拖地板，将桌、柜和窗玻璃擦洗得一尘不染；将一家人换下来的衣服洗净、晾干，整整齐齐叠放在衣柜里；拆洗、晾晒被褥，又缝起来；将四个人过冬的棉衣拆洗后缝好。

她不在的两年，家里没开伙，一家人在医院食堂吃饭。吃得不可口，甄文斌才生了胃病。三天里，她买菜、变着花样给他们改善伙食。接到甄文斌的信，就心疼着他，一到家，便去市场买回花胶、猪肚、胡椒，给甄文斌炖花胶猪肚养胃汤喝。

三天里，只要下班在家，甄文斌的目光便追着芝兰忙碌的身影，芝兰一回头，总能看见他目光里的爱怜、疼惜，心里一暖，唇角便绽放一朵羞涩而甜蜜的微笑。只是,芝兰没看见他眼睛深处更多的不舍和痛楚。

时间飞速过去,终于到了第三天晚上。关上卧室门,甄文斌立刻把芝兰抱入怀中,紧紧地紧紧地抱着她。他吻住她的唇,那么有力,那么缠绵,那么心痛,那么深情,那亲吻像是灌注了他几十年的激情……然后,他抬起头来,看她依然黑亮的眼睛,她醉酒般的目光,她眼角细细的皱纹,她少女般羞红的面颊。甄文斌心痛如绞。

他多少年没有这样热烈地亲吻她?芝兰原以为她和甄文斌的后半辈子会像许多年老的夫妻那样,平静而温馨地过日子,再也没有新婚时的激情。是因为明天她要离开吗?她抬起头,诧异地望着甄文斌。他的表情是那样怪异,热情而悲哀,仿佛她得了绝症,他正在亲吻一个将死的爱人似的!芝兰打了个冷战,一种不祥的感觉攫住了她,她的脸色变得纸一样白。一定有大事发生,是她或他得了重病,一种治不好的绝症?她是健康的,不是她,一定是他,他说过胃不舒服。她浑身冰冷了。

“文斌。”芝兰颤声说,“发生什么事了?不管多大的事,你都告诉我,不要瞒我,我是你的女人,是你孩子的母亲啊!”

甄文斌更紧地抱住她,把脸埋进她的头发,一声不吭。芝兰双手捧起他的头,却见他脸上淌下大颗的泪水。他哭了?这个从不流泪的大男人哭了!她的心掠过恐惧,身体也抖个不住:“文斌,文斌……”她一叠声叫着他。

“兰儿,”甄文斌终于开了口,声音苦涩、痛楚,“还记得你嫁给我那年多大?”

“哪能不记得?我十六岁嫁给你,看到你的第一眼,我就喜欢上你。”芝兰轻声说。

“多年轻啊,像一朵还没开的鲜花。嫁给我—— 一个老男人,后悔吗?”甄文斌声音低沉。

芝兰凝视着他,说:“在我心里,你是一个顶天立地的、值得女人舍命去爱的男人,你说我会后悔吗?”

“对不起,兰儿,我辜负了你。”甄文斌哽了一声,“我没给你幸福,却让你跟着我颠沛流离,吃苦受累。你为我生儿育女,我却要让你忍受孤单和寂寞。”

“什么意思?”芝兰的脸更白了。

“政府不允许一夫多妻。”甄文斌终于说出口。“什么?”芝兰惊愕地张大嘴。“你和太太必须有一个人和我离婚。太太年老体弱,又没子女,离开我,她晚景定是凄凉惨淡的。可是,你这么年轻,我又怎么忍心半道丢下你?”甄文斌一脸凄然。

芝兰从惊愕中惊醒,她明白他心里已经做了决断:他不要她了!她一心扑在他身上,为他生儿育女、操持家务,人生路上,他却要弃她于不顾!悲哀掠过心头,委屈、不平的泪像决堤的洪水淌下来,她无声地哭着,身子颤抖不止。甄文斌哑声说:“对不起!”透过迷蒙的泪光,芝兰看着他,这个她爱不够、离不开的男人,这个即将不是她丈夫的男人,衰老了,憔悴了,鬓发皆白,额上、脸上皱纹密布。可是,他高大的身材依然笔挺,周身依然弥漫着当年震慑她的英武、刚烈之气。只是此刻,他一向冷峻的眼睛笼着一层忧伤,这让她心疼不已。

对面屋里传来甄太太的咳嗽声,还有隐约可闻的喘气声。芝兰满腹的委屈、不平,在这一瞬间逝去。她懂了甄文斌,让她离开他,是他能做的最好的唯一决断。毕竟她还年轻,毕竟她是健康的。抬起泪水涟涟的眼睛,芝兰哽咽着说:“你要和我离婚,是吧?你能舍得离开我吗?我是拿命在爱你啊!”她泣不成声了,将头抵在他胸前,用手捶打着他,“文斌,你真蠢,为什么留下的是她而不是我?”甄文斌一把握住她的手,将她整个儿抱在怀里,呢喃自语:“对不起,对不起。”“你没有对不起谁。”芝兰捂住他的嘴说:“你的选择,也是我的选择。如果你真选择了我,你也不是我豁出命爱的男人。你说过,人生有许多责任和义务,不是说放下就能放下的。选择她,你更多的是责任和义务,并不是你看重她、珍惜她,而视我为草芥,是吗?”

“兰儿,我知道你能明白我。”甄文斌更紧地抱住她,惨然落泪,“跟着我的这些年,你吃够了苦。离开我以后,找一个对你好的人结婚吧。”“你真愿意我改嫁别人?”芝兰轻声说,睁大一双泪眼,看着他,看得出神而入神,“文斌,我发过誓的,生是你的人,死是你的鬼!离了婚,我还是你的女人,死了,还要进甄家祖坟。”

甄文斌大恸，抱起芝兰朝床上走去。

生离死别的伤痛，让甄文斌和芝兰的最后一夜，既忧伤缠绵又销魂荡魄。他让她最后一次领略一个伟岸男人的阳刚而温柔、雄健而细腻的迷人魅力。他像以前老家里那个熟悉土地上耕作的长工头，一分一分地开垦着身下这块熟悉而即将失去的土地，又一点一点地精心耕作。销魂蚀骨的感觉很快淹没了她，她觉得自己就像正在滴下她眼角的一滴泪落在宣纸上，慢慢在晕开。她如坠深渊，濒临死亡般的急促的呼吸抚在甄文斌的脸颊、耳畔，使他不能自已。这真是烟花、三月、江南，让甄文斌最后一次想起《忆江南》这样的词牌名，或柳永这样的婉约派词人。回肠荡气之间，卧室里雄风浩荡，芝兰似乎从深渊一跃而起，伴着甄文斌飞上云端……

风息浪止后，甄文斌发现芝兰泪流满面，他一把抱住她，哽咽出声。

十五

甄太太和祖明、元君浑然不知家里将要发生的巨变，酣睡着。

等到一家人起床，芝兰已经做好了饭菜，为甄文斌炖好一锅养胃汤。

不得不走了。

望望甄文斌和一双儿女，想想老家的香君、晓君，芝兰的心像被撕裂成两半。

三天里，一直高高兴兴的元君，在芝兰出门时，要跟芝兰回甄家庄。“我不回去，谁帮你干活？谁帮你带晓君？”元君哭得泪人一般。

“妈，带上水壶，路上别到有狗的人家找水喝。”祖明递过他上小学时芝兰买给他用的水壶，红了眼圈，“元君都告诉我了。”已经十七岁的祖明，长成一个俊朗、高大的小伙子。方方的下巴，棱角清晰的脸盘，整整齐齐的眉毛直直伸向太阳穴，眉尾稍稍上扬，这让他即使不动声色，也给人一种神采飞扬的感觉。眼睛像芝兰一样黑大，显得目光凝重，又给人一种深刻的感觉。他也像他的父亲一样不苟言笑。

芝兰放下手里的东西，将兄妹俩搂在怀里，用她绵厚、粗糙的手摩挲着一对儿女的头，勉强笑着说："香君能帮我带晓君，再说，庄子里的叔叔、伯伯、婶婶都能帮我。你俩听你爸你大妈的话，好好读书，不用操心我。"

一旁的甄文斌忍不住说："兰儿，你要不要再住几天？总是要走的，早走晚走都一样。"芝兰回头看着甄文斌凄然一笑。离别的哀伤让她忽略了甄文斌眼底的重重秋风，她以为他脸上的哀戚仅仅因为他与她的离别。芝兰后来许多次地回想起这次离别，他一定对一年后的灾难有所预感。芝兰自语着，他是那样的睿智、深刻，怎么会看不出大难来临的种种征兆？

可是，当时的芝兰哪里想到，这三天是她和甄文斌最后相聚的日子。如果她知道一年后他魂归天国，她宁愿犯法，也要留下来，陪着他——此生最爱的人，走完人生最后一程，又哪里会抱憾终生？

一年后，甄文斌被打成右派，不堪侮辱、折磨，一月后，乘看守人员松懈之际，从厕所窗户跳楼自杀。

接到祖明来信的那天，天气恶劣，湿漉漉、冷飕飕、不清不楚的，让人沮丧。吹过白杨林的风也似呜咽一般，像诉说心中无尽的哀伤。芝兰将一挑红薯挑到家就看信。

如同天倾西北、地陷东南、洪水泛滥的大灾难骤然降临，无论漫无边际的草地，还是漫无尽头的森林，顷刻间都被这巨变吞噬，再也看不到生命的绿色。信还拿在手里，人却朝后倒去，不省人事……

……爸爸一生救死扶伤。他医术精湛，治学态度科学严谨，对医护人员要求严格。可他们——那些被爸爸批评过的不负责任的医生、护士携怨报复，贴出大字报，说他是右派，并说他隐瞒他反动军官的身份，就是为了达到长期潜伏的目的……他们批斗爸爸，给他戴上右派帽子，还因为他不愿低下他高昂的头，用脚踢他，他们整夜审讯他，不让他睡觉……

我被获准去给爸爸送换洗衣服，看见他寂然枯坐在凳子上，眼圈发黑，脸色像雪前的天空般阴白……花样翻新的折磨，毫无遮拦地直面世情之炎凉，这大起大落的反差，一定让爸爸反思：他一生奋斗的意义、人生的意义究竟何在？他终其一生孜孜追求的难道是一场虚浮喧嚣？我想，这样的反思，一定断了爸爸活着的意念……

那天，爸爸和我说了许多话，这是从来没有过的。他说得最多的是您，说您是柔弱的、顾惜的、温驯的、怕伤害别人的，是最善良的女人，说您为了他和我们兄妹，豁出命都愿意，让我别告诉您他的事。爸爸还说他这辈子最对不起的人是您——妈妈，他说他当初答应过您，不会让您挨饿受苦、孤苦伶仃，可他没做到，而且，还和您离了婚，让您的后半生孤单寂寞、无依无靠……他说，他从不相信来世之说，可现在他希望有来世。来世，他一定只和您做夫妻，让您得到快乐和幸福，偿还他今生欠您的……他让我——家里的长子，一定要替他为您分担家庭重担，教导三个妹妹，要照顾您、孝顺您……

醒来的芝兰疯了一般，一路踉踉跄跄、跌跌撞撞地到了江城。悲愤能使柔弱、温顺的女人变得无所畏惧，而她惨白、哀伤的面容使得铁石心肠的办案人员也不禁生出怜悯，他们辗转找到焚烧了的甄文斌的骨灰，装进一个简陋的盒子，交到她手里。

将头抵住骨灰盒，芝兰仿佛回到十八年前那个春雨淅淅沥沥的夜晚，她依偎在甄文斌的怀抱诉说衷肠。顷刻间，热泪滚滚而落，如决堤之洪水。

十六

芝兰将甄文斌的骨灰带回甄家庄，埋进白杨林深处的甄家祖坟。同时带回来的，还有甄太太。

甄文斌下葬那天，天空飞雪，华北平原寂寥而苍茫。甄太太悲伤过度躺在床上，芝兰和她的四个儿女披麻戴孝，送甄文斌到另一个世界——天国。除了董家兄弟，再没别人前来送甄文斌最后一程，包括甄氏族里的人，包括当年前去投奔他的众多“乡亲”。

唢呐的声音尖利高亢，撕天裂地般的惨烈，像是宣泄着甄文斌的弥天冤屈和芝兰母子心中的悲愤与不平。

甄文斌五七过后，芝兰催促祖明、元君回江城，却出乎意料听见祖明说他不上学了。芝兰明白，儿子是要回来帮她。可他哪里知道，他做出的这个决定，让母亲又伤心又生气。“祖明，你不读书简直是绝了我的希望，也让你爸在地下不得安生。”

“一大家子人，您一个人挣工分怎么养得活?”祖明扭过头去，不让母亲看见他落泪，“无论您说什么，我是不会再回去的。”

芝兰气得浑身颤抖，拿起门后的笤帚，劈头盖脸打下去，一直打得手臂无力，才扔下笤帚，放声大哭。祖明没想到母亲竟如此伤心动怒，噗通一声跪在她面前：“妈，我答应您回去上学。”说完，嚎啕大哭。

繁重的劳作，静寂的乡村，让芝兰的悲伤慢慢沉潜心底。她又笃定又祥和，只在午夜梦回时，泪水打湿枕头。

芝兰与甄太太的关系，自甄文斌去世后，发生了逆转，变得既像母女又像姐妹。甄文斌去世后，甄太太的身体每况愈下，气喘病不时发作。芝兰小心侍奉汤药，精心调制饮食。而甄太太也会在她挨完批斗回家的深夜，为她端一盆热水，烫站肿了的双脚。

可再怎么精心调制，也是粗粮多细粮少。芝兰和女儿则以红薯为主。上顿下顿，不是蒸红薯，就是煮红薯，吃得香君、晓君见饭愁，祖明、元君放假回来，嘴上不说，可吃了两口就放下筷子。芝兰便将红薯切片晒干，磨成黑色的红薯面，加水揉成面团，擀成薄片。然后，将嫩嫩的韭菜切碎，再加上几滴芝麻油，调上盐、花椒粉，拌匀，厚厚地均匀地摊在薄如纸的面片上，卷起来，放进蒸锅蒸五分钟出锅。甜丝丝、鲜嫩嫩的“菜蟒”就做成了。出锅后的“菜蟒”，被切成一段一段的，每人吃一段还不够，还得吃好几段。

儿女吃得可口，鼓励了芝兰，她便琢磨出了红薯粉烩饼的做法。将红薯磨成粉，过滤掉渣子，制成红薯粉，摊成薄饼，出锅后，切成菱形块装碗。然后，烧一锅葱花汤，浇在碗里，香喷喷的烩饼做成了，一家大小吃得更开心。芝兰的心里满足极了，一回头，与甄太太满是笑意的眼睛相遇，俩人相视一笑。

不管怎么设法，一家人还是缺乏营养，得了浮肿病。捏着几张毛票，芝兰在肉摊上徘徊，她拿不定主意，是买几两肉，还是买几根棒子骨？直到摊主瞟了她几眼后，才狠了狠心，买了两根棒子骨。回到家，将棒子骨上的瘦肉刮下来，给甄太太做了几顿肉末面片汤吃。骨头剁成块，砸出骨髓，熬成汤，再炖些萝卜块，一家人吃，增加点油水，也可消肿。

于是，隔三差五的，芝兰便做顿烩饼，一月俩月的，买一回棒子骨炖汤。每逢这样的日子，一家大大小小像过年一样兴奋。

日子在苦难中一天天过去。

祖明大学毕业那年，甄太太气喘病发作去世。弥留之际，她一手拉着芝兰，一手拉着祖明，看看芝兰，又看着祖明，含笑说："我可以去见你爸了。"说完，撒手而去。

芝兰将甄太太与甄文斌合葬一墓。

十七

甄太太丧事结束，祖明去单位——南新市一家小企业上班，几个女儿回学校上课。

没了甄太太，偌大的大堂屋显得空荡荡的。尤其夜阑人静时，门外总有声音响起，仓促、试探、犹豫、践踏等等。她知道这是庄子里那几个老光棍制造的声音。都是些孤独怕了的可怜人。芝兰悲悯地望着大门，一点儿不恨他们。他们哪儿知道，她的心她的情欲早已随着甄文斌埋进他的坟墓，留在世上的只是一段枯木罢了。

相当长的一段时间，时不时的有女人来串门。一番家长里短或单身女人艰难的议论之后，便切入正题。"老李头人不错，壮得像牛，要是你们在一块过活，他肯定不会让你受累。""莫老蔫媳妇能做得很，盖了三间大瓦房，她却死了。你要是愿意，嫁过去就享福……"女人们说得唾沫四溅，口干舌燥，回头看见芝兰的眼里却是一片荒漠——几千里没有人烟，一望无际的荒漠。于是，讪讪出门，出了门，呸的一声，装什么装呀，不就是老右派的小老婆嘛。

渐渐的，没有女人再上门聊天，夜晚的声音也销声匿迹了。深夜，一灯如豆，罗帐低垂，芝兰在梦里与甄文斌相见。"文斌，你去哪儿了，我到处都找不见你。"芝兰抱住他的手臂，生怕他跑了。"我和太太在另一个世界等你，等你将儿女的事安排妥当，来与我们团聚。”甄文斌抽出手臂，边说边朝后退去。“别走，等我……”叫喊声中，芝兰醒来。

日出而作，日落而息。白杨林几番叶落叶枯，门前的水塘也干涸了。芝兰老了，背驼了，腰弯了，满头黑发变得花白，又黑又大的眼睛，不再水灵，因为瘦得厉害，眼窝深陷，像那口干枯的水塘。因为太瘦，高高的颧骨，像峭立的山峰。

祖明已娶妻，生有两子一女，每逢周末，一家五口便回来看芝兰。他们劝她和他们一起生活，她摇摇头。出嫁了的元君、香君回来接她，她也摇摇头。直到晓君捧回一张江城市医学院的入学通知书，她才跟着祖明去他的家住几天，回来后，又去了元君和香君的家。

祖明和三个妹妹要到最后才明白，母亲这是在抽丝一般，缓缓地、渐渐地告别她的儿女们。

从香君家回到甄家庄的大堂屋，芝兰病倒了。她轻易不生病，谁知这一病竟来势凶猛，吃药打针都没用，渐呈弥留状态。

祖明在她身边坐着，看着她，他看见他的母亲从内到外被死亡笼罩着。他知道，药物对她已没用了，她决定要赴死，是谁都挡不住的。想到这儿，祖明伏在芝兰身上放声大哭。

两天后，芝兰离世，遵她生前意愿，祖明和他的妹妹们将她葬在甄文斌、甄太太合葬墓一旁。

芝兰入土这天，本来阴云笼罩的天空，此时，在白杨林的上空裂开一条缝，有阳光斜斜照下来，白杨林如佛出世，呈现一派光明。

静静的鸳鸯河

一

天还没亮，顺德爹到镇上赶集去。

鸳鸯镇三六九逢集，他是每集都要赶的。吃不完的麦子、苞谷，驴驮肩挑到集市卖，冬天的白菜、萝卜，夏天的豆角、茄子，也一趟趟地运到集市出售。圈里的牲口，收割用的镰刀，犁地的铁犁铧，老婆要的灯芯绒布料，闺女出嫁前绣花用的花线，儿子小时候脖子挂的长命锁，都是他从集上淘来的。

一连下了几天大雪，鸳鸯河两岸白茫茫一片，鸟兽绝迹，也少有人走动，就连鸳鸯河也失去了往日的灵动，没了哗哗的流水声。可这难不住顺德爹，他家祖祖辈辈住在这儿，他对偌大的鸳鸯河坝子了如指掌，闭着眼睛也能找到自家十亩地中的任何一块。

直到现在，顺德爹还清楚记得小时候祖父告诉他的流传久远的故事。

很久很久以前，谁也说不清什么年月，秦岭山深林密，生活着成群的小兔小鹿、虎狼豺豹。秦岭南坡下，秦巴山地少有的平坝子，土地肥得流油，河水丰沛，坝子里的人过着亦耕亦猎的生活。

坝子里的穷苦人都租种地主的土地。地主有一个聪明伶俐的女儿，相貌俊俏如仙子，唱得一口好山歌。

村里有个英俊少年，父母早逝。这个孤苦贫穷的少年，是英勇无比的猎手。他骑一匹栗色的马，吹一支紫竹长笛。他吹奏的笛声，能让百鸟和鸣。他呼啸一声，能让豺狼虎豹浑身抖个不停。

少年美妙的笛声让地主女儿着迷，她舍不得他乌溜溜的眼睛，更离不开他的勇猛。少年也爱上地主女儿的美丽，迷上她百灵鸟一样的歌声。鸳鸯河岸上两个人尖子相爱了。

可是，地主怎么能让宝贝女儿嫁给一个穷娃子呢？就在女儿十六岁那年，他软硬兼施，让她断了嫁给少年的念头，可她哪怕挨饿受冻，也要嫁给他。地主一气之下，将她锁在家里，又逼得少年离开鸳鸯河，远走秦岭深山，以捕猎为生。

然而，少年美妙的笛声夜夜响在心上人的窗前，她的歌声飞出窗外，温柔地抚慰着情郎的心。

地主恼羞成怒了，他将女儿聘给下游一家财东的儿子。可他怎么也没想到，出嫁那天，一身新嫁衣的女儿乘人不备，纵身跳进波涛滚滚的河里，闻讯赶来的少年大喊一声："妹妹，我来了！"跟着跳进去。

人们惊得目瞪口呆，就连地主也忘了悲恸，呆呆地看着河水吞噬了女儿和少年后又恢复平静。紧跟着河面现出奇异的景象，无数鸳鸯成双成对在水面上嬉戏、欢叫，引来数不清的百灵鸟清脆悦耳的鸣叫。

人们都说鸳鸯是这对情人的精魂幻化而成，于是，人们把流过坝子的这条河叫鸳鸯河。这个故事有多少真实成分？没人说得清，可鸳鸯河的叫法一直流传至今。

只是现在的鸳鸯河上没有鸳鸯戏水了。顺德爹看了一眼因为严寒显得空旷、寂寥的鸳鸯河，将棉帽护耳掀起。

集市并没有因为严寒而萧条多少，反倒因为春节将至而格外繁华。人群熙熙攘攘，不断有熟人和顺德爹打招呼。他嘴里应着，眼睛盯着一街两行的摊位，寻找着要买的东西。

"掌柜的，来碗热热的臊子面驱驱寒吧。"是女人的莺声软语。随着声音，一股香气扑面而来。顺德爹禁不住转过头，一张笑盈盈的脸盘和一锅红红绿绿的臊子同时映入眼帘。他的肚子突然咕咕地叫起来。也是，一大早到现在，就吃了四个荷包蛋，哪能不饿？他在长凳上坐下。不一会儿，一碗冒着热气的臊子面放在他面前。

顺德爹真饿了，他将头埋在那碗热气中，一气吃下去半碗面，才抬起头，突然看见一双眼睛紧紧盯着他面前的碗。那是一个八九岁的小姑娘的眼睛，一双饥饿的眼睛，充满渴望。小姑娘穿了件开花棉袄，光脚穿了双没有后跟的鞋，冻得瑟瑟发抖，越发显得一张小脸青白得失了血色。他吃不下去了，他朝小姑娘招招手。小姑娘胆怯地看看蹲在地上一个腰扎草绳的男人，又怯生生地看看他。

顺德爹又要了两碗面，起身走过去，“去吃面吧。”他对蹲着的男人说。

草绳男人感激地冲他作揖，然后，拉着小姑娘去吃饭。

小姑娘饿坏了，端起碗就吃面。不一会儿，面吃完了，汤也喝了。因为吃得太急，额上渗出细密的汗珠。

“这是你闺女？”顺德爹问草绳男人。

男人点点头。他告诉顺德爹，他姓卢，住在秦岭山地，那儿的土地薄得很，播下种子却打不下多少粮食。他家人口多，小姑娘头上还有五个哥姐，靠种别人几亩地，吃了上顿没下顿。男人一脸恓惶地站起身，给顺德爹作揖：“你是个好人，行行好，救她一命吧，把她带回去，做闺女也好，做儿媳也行，随你。”

“秀莲，给恩人大叔磕头，求他收留你，跟着他，你就不会挨饿了。”男人对小姑娘说。

叫秀莲的小姑娘连忙跪在地上，给顺德爹磕头，仰着小脸，叫了一声，“叔！”

看着秀莲祈求的眼神，顺德爹心疼地落下泪。虽说秀莲饿得面黄肌瘦，可还是能看出她面容的清秀，这会儿，因为吃饱了饭，眼睛显得又大又水灵。

眼前浮现儿子顺德的影子，顺德爹有了主张，他一把拉起秀莲。

二

几度冬去春来，花开花落。

春天又来到鸳鸯河。杨柳泛出新绿，麦苗铺一层绿毡，河岸上青草茵茵，坝子里弥漫着幽幽的清新爽朗的气息。

太阳快落山时，村东头顺德一家在吃饭。

“秀莲！秀莲！”隔壁槐花在门外喊叫。

“哎！我刷完锅就走。”秀莲急忙喝下半碗汤，收拾空了的盘盘碗碗，端进厨房洗。

“又上夜校？姑娘家认字念书有啥用？有这功夫，还不如在家做针线。”顺德妈看着秀莲的背影，不高兴地嚷嚷着，因为皱着眉，显得皱纹叠摞，一张脸像一块揉皱了的布。

“瞎嚷嚷啥？老娘儿们家家的，知道啥是幺三四五六？头发长见识短，拿着白糖当面碱。她能念进去，就让她去，难道一家子都当睁眼瞎？”顺德爹瞪了老婆一眼。

“要念书也该是顺德，一个姑娘家在外跑还不让人笑话死？”男人一发话，老婆的声音低了一些。

“我不是那块料。”蹲在一旁的顺德瓮声瓮气地说，“再说，庄户人学会念书有啥用？”

“妈，你的老脑筋该换换了，现在是新社会，男女都一样，没人笑话的。”秀莲说完又向顺德说：“哥也是个老脑筋。”然后，拿起花布书包跑出去，和门外的槐花急急走了，留下一串银铃般的笑声。

这时，太阳坠入西山，一片玫瑰色的霞光腾起在鸳鸯河上空，映得两张少女的脸红扑扑的，尤其俊俏的秀莲更像门前正在绽放的桃花，脸庞白里透红。女大十八变，当年瘦弱的小姑娘长成了一个漂亮姑娘。十六岁的秀莲，有着正在成长的少女的曼妙身材和可爱而又天真的气质。两只小巧的乳房硬硬的，紧紧崩在花衣衫里面。一双晶亮的杏核眼腼腆而又带着活泼。两条大辫子垂在胸前，红绒发梢犹如一朵鸡冠花。

夜校设在祠堂，秀莲和槐花走进去时，老师已经在上课，秀莲拉着槐花赶紧在教室后边找了地方坐下。

秀莲是个聪慧的姑娘，当别人还分不清人和入时，她不仅会读写老师教的所有字，而且能写一段简单的话。这让槐花和其他姑娘后生小媳妇们钦佩不已，也让老师对她另眼相看，常常放学后为她开小灶。现在，秀莲已经能写一般的应用文，完整记叙一件事，正确进行加减乘除运算。

夜校老师姓章名鸿宇，是县上派来的一个二十多岁的斯文书生，脾气温和，个头中等偏高，身材很好，穿一套只有县里干部才穿的蓝色中山装。在秀莲眼里，他是那么新奇的一个人，跟周围的人有着根本的不同。他纯净的肤色，洗得干净的黑发，以及他整个人，都像透过水晶折射的阳光一样在闪烁，没有任何做作的痕迹。他对学生充满热情，一心要教会他们读书识字，摘掉文盲帽子。

秀莲学习上的进步，让章鸿宇由衷欣慰。为了鼓励其他学生，章鸿宇常常在课堂上赞扬秀莲，这更激发了她学习的热情。在田里做活时，晚上睡觉前，甚至吃饭时，她都捧着书本，嘴里念念有词。

顺德妈不满地皱眉，说她念傻了。顺德爹和顺德闷声不响。

秀莲认的字越来越多了，老师课堂上讲的内容已不能满足她，章鸿宇便借书给她读。开始，是民间故事、童话故事等等一些短小的文章，渐渐的，章鸿宇给她读的书越来越长。

那些趣味横生的民间故事，那些美丽的童话故事，秀莲一看就懂。小人鱼多好啊，为了小王子的幸福她情愿化成泡沫。秀莲情不自禁地对章鸿宇讲述小人鱼牺牲的情节：

"……她把这刀子远远地向浪花里扔去。刀子沉下的地方，浪花就发出一道红光，好像有许多血滴溅出了水面。她再一次把她迷糊的视线投向这王子，然后她就从船上跳到海里，她觉得她的身躯在融化成为泡沫……"

这时，她眼里含着泪水，秀美的脸盘上笼着忧伤。章鸿宇被深深感动了，多么善良、质朴的姑娘！她对美好情感的感觉是多么敏锐！

"这是你看的书？"秀莲拿起一本砖头一样厚的书问章鸿宇。

"是啊，这是一部很有名的苏联小说，书里写的保尔成了成千上万青年喜爱的人物。他有句名言，被许多人抄在笔记本上，当做自己人生的座右铭。"章鸿宇摩挲着书的封面，轻声朗诵："人最宝贵的是生命，生命每个人只有一次。人的一生应当这样度过：当他回首往事的时候，不会因为虚度年华而悔恨，也不会因为碌碌无为而羞耻。临终之际，他能够说：'我的整个生命和全部精力，都献给了世界上最壮丽的事业——为人类的解放而斗争。'"

秀莲惊异地看到，一向斯斯文文的章鸿宇，眼里亮光闪闪，一股超越他性情的激动，在他俊朗的脸上着了火似地来回滚动。那么神圣、庄严的神态，让秀莲看得入迷，她少女的心第一次为一个男人荡起涟漪。

六年前，顺德爹从集上带回秀莲。陈家家境殷实，吃喝不愁。几个月过去，又黄又瘦的秀莲便养得白白嫩嫩，显得漂漂亮亮，而她活泼的天性也充分表现出来，喊爹妈喊顺德哥的声音甜丝丝的。小秀莲干活勤快，手脚麻利。晚饭后，冬闲时，她欢快的笑声与顺德妈摇转纺车嗡嗡吱吱的声音互相重合，像一曲古老悠远而又新鲜活泼的乐曲，弥漫在三间瓦房、两间偏厦的每一个角落，一改陈家以前的沉闷气氛。在这和谐稳健的气氛里，顺德爹心情舒畅地坐在堂屋的椅子上，吧嗒吧嗒地吸水烟，顺德不声不响地修理坏了的农具。

顺德是个粗壮的黑脸后生，不爱说话，人也老实本分，可做得一手好庄稼活。村里人常常当着大家的面，叫秀莲顺德媳妇。小时候，秀莲不怎么在意，可渐通人事后，她不愿意别人这么叫。潜意识里，她更愿意顺德是哥，而不是自己的小女婿。至于她要嫁的男人是什么样的，她也不清楚。

现在她明白了，她要嫁的是章鸿宇这样的男人。这样想时，一向大大方方的少女，第一次羞涩地低下头，用手指缠着发梢。

“这本书你拿回家读，读完这本书，你就知道，人要怎样活着才有意义。”章鸿宇把《钢铁是怎样炼成的》递给秀莲，却看见红晕飞上她的脸颊，神情里浮着一抹笑，轻柔得像一小片光影在岁月中飘游。章鸿宇第一次感到，羞涩的少女那么动人，有着无与伦比的美。没来由的，他的心一颤。

秀莲接过书，扭头就跑。

章鸿宇不光教学生读书识字，还教唱新歌。刚开始，许多人害羞，不敢张口，只有秀莲大大方方地跟着唱。学会了，便歌不离口，做饭时唱，在田里干活时也唱。渐渐的，秀莲唱歌时，一帮姑娘媳妇也跟着唱起来。

村里的活动，秀莲样样带头，她成了年轻姑娘媳妇们的榜样，大家选她做了妇救会主任，不久又被村党支部批准为预备党员。

秀莲忙了，像所有农村基层干部一样忙着学习、开会，忙着组织妇女参加各种活动,带领秧歌队扭秧歌。她愉快地忙着公家的事,脸上终日挂着微笑。那微笑,像冬日温暖的阳光,像夏日拂面的轻风,是万紫千红,是天边彩虹。这动人心魄的微笑,让秀莲越来越明艳,充满迷人的魅力,甚至与她擦肩而过似能听见她体内花瓣次第开放的声音。生活的扇面在秀莲面前铺开,呈现满眼鲜花。

三

顺德妈收拾一篮脏衣服到河边去洗。隔着一大片柳树林,就听见河边女人们嘻嘻哈哈的笑闹声和棒槌捶打洗衣石的声音。

隐隐约约的,有锣鼓声传来,那是秧歌队在扭秧歌。女人们的话题转到秀莲身上。

“太大方了,没有一点儿媳妇样儿,像后生一样,成天在外面跑。”

“两只眼睛本来就大,还骨碌碌乱转。一点不害羞,胸脯子挺得恁高地走路。”

“眼睛看人都是飘的,那胸脯子饱满得像是七月的柚子,扭秧歌时,动荡得让人看了都替她感到害臊,她倒一点儿都不难为情,扭得欢实。”

“心跑野了,怕是看不上陈家黑脸后生了。不过,话说回来,陈家后生恁老实,恁木讷,又土得掉渣渣,咋配上又漂亮又聪明能干的秀莲?还是老话说得好,女人不能太漂亮,太漂亮了心飘犯傻。”

“陈家两口子恁精明的,咋想不到早点给俩人圆房?他们就不怕鸡飞蛋打?”

……

顺德妈眼前一黑,身子打了个趔趄,稳住神,转身离去。回到家就和顺德爹商量给顺德和秀莲圆房的事。

日落时分,秀莲从外面小跑着回来了。晚霞的余晖,从门前大槐树浓密枝叶的缝隙间钻出来,轻盈地伏在翠绿色的野草尖上、蝴蝶的翅膀上,还有秀莲的身上,她跳跃的影子,留在烁烁闪动的余晖中。

“妈,饭熟了吗?”秀莲人还没进门,声音就传了进来,“晚上,我还要开会。”

“开会！开会！当了多大的官,比县太爷还忙?”顺德妈黑着脸,端着两碗饭从厨房出来,“没见过一个大姑娘成天在外面疯疯癫癫,你去听听自己挣了多好的名声。”

“又是哪一个长舌妇给你搬弄是非？老脑瓜,老封建,别理她们。”秀莲到厨房端出一碗油泼辣子,放到顺德爹面前的方桌上。

“不理人家就行了？陈家几辈子的脸面都让你丢尽了。”顺德妈用筷子敲着碗沿。

“吃饭!”顺德爹阴沉着脸说。

一时间,一家子都不说话,悄然吃饭。

饭后,顺德妈叫住要出门的秀莲,说有话对她说。

秀莲收回脚步。

像三伏天的一声惊雷突然在耳畔炸响,秀莲怎么也没想到,顺德妈竟然让她和顺德圆房！她有些晕眩,眼里迸出无数颗闪亮的金星,像夏季飞在眼前的无数飞虫。

“妈,我不能和哥结婚。”秀莲回过神说。

“咋不能？把你养大了,长本事了,想拣高枝飞?”顺德妈气得喘着粗气。

“我还小,不想这么早结婚。爹,妈,给哥娶别人吧,让我做你们的闺女,孝敬你们。”秀莲的眼泪哗哗地往下掉,又拉着顺德的衣襟说,“哥,你给爹妈说,让我一辈子做你妹子。”

秀莲哭得梨花带雨的模样,让顺德心疼。他是木讷的人,对秀莲的喜爱从没说出口,只是默默对她好。刚到陈家时,瘦弱的秀莲像小猫一样让他怜惜、疼爱,他把爹赶集买给俩人的好吃食,全给她吃。到村后的树林捉蝈蝈给她玩。长大后,和爹一起赶集时,偷偷省下钱,给她买发卡,买扎头发的红红绿绿的绒线。

秀莲慢慢长大了,长成一个漂亮的大姑娘。村里人夸奖秀莲好看时,顺德高兴得两眼亮闪闪的,黑红的脸膛也闪着一层光。他喜欢秀莲活泼、大方的性格，爱听她唱歌，喜欢看她穿着红衣服扭秧歌。如果下地回家，听不到她的欢笑声，他就心慌，直到她云雀一样的声音在屋里响起，他的心才安定下来。尽管他心里如同发洪水的鸳鸯河一样惊涛拍岸，可他面上一点也没显露出来，不光秀莲，就是顺德爹两口子也没觉察。

秀莲入了党，当上妇救会主任，成了村里头面人物，于是，只知道在地里忙活的顺德，在一些人眼里成了落后分子，是想吃天鹅肉的癞蛤蟆。也有人揶揄他，秀莲是一朵鲜花，小心旁人采了去。十九岁的顺德，虽然有些木讷、老实，可他心里明白，秀莲一直当他是哥，从没当他是她的男人。他也知道，他配不上秀莲，若强娶了她，她一定不快乐，这让他心里很不好受，可一想到别的男人娶她，一股冲顶的愤怒，撞击得他脑袋要爆炸。

秀莲还在嘤嘤哭泣，顺德心乱如麻，拉开门走出去。

顺德爹沉着脸吸完水烟，对顺德妈说："行了，这事先不提。"又对秀莲说："别哭了，洗把脸，忙你的去吧。"

"你就惯吧，等她做下丑事，有你后悔的一天。"顺德妈看着走出去的秀莲，狠狠地说。

"强扭的瓜不甜，总得她愿意才行。"顺德爹说着，起身出了门。

四

忙完手头事已是傍晚，秀莲才离开乡政府回村。

初秋梦幻似的忧郁的蓝天抹上一层苍茫的暮色，笼罩着村庄、鸳鸯河、坝子尽头的山峦，以及鸳鸯河两岸隐没在紫色烟霭中的树林。田野蒙上了一层玫瑰色的晚霞。秋收后富足的村庄，蜿蜒在鸳鸯河岸上，沐浴在晚霞中，像一条横在大道上艳丽的长蛇。

秀莲被选拔当乡妇女主任，正值新《婚姻法》颁布时。在废除包办买卖婚姻，争取婚姻自主的妇女翻身运动中，她成了全乡妇女的代言人。许多陷入苦海中的妇女，在她的帮助下，解脱了不幸婚姻的束缚，争取到婚姻自主的权利。几个长期虐待媳妇的男人，被她组织的妇女会斗得低头认错，颜面扫地。一时间,秀莲俨然成了妇女的保护神。

秀莲绽出一丝欣慰的微笑,接着,又想起四个月前,她告诉章鸿宇要到乡政府工作的情景。

那天,上完课,她一直磨蹭到别人都离开,才对章鸿宇说:“我要去乡政府工作了。”

“我知道。”章鸿宇平静地看着她。

没有预想的惊讶,更没有期望的喜悦,隐隐的失落浮现在她脸上。

“是我向组织推荐了你。”章鸿宇补充一句。

“是你?”惊愕替代了失落,进而喜悦的神情出现在她青春洋溢的脸上。

“为什么不能是我?我是看着你成长进步的,你聪明、热情、活泼,觉悟高,有组织群众的能力。新成立的政府急需有文化、有觉悟的人承担领导工作,你就是这样的人。”这番话,章鸿宇说得一点也不激昂,可是却很真诚、动人。

“我行吗?”秀莲站在比她高了许多的章鸿宇面前,仰着头,热切而又胆怯地望着他。

“你一定行。”章鸿宇俯视着秀莲,黑得乌亮的眼睛,白瓷一样的脸盘因为激动透着嫣红,两片红唇给人一种灵敏绵软的感觉。突然,他的心掠过一种全新的情感,迫使他温柔地说:“你是我见过的最聪明、最纯朴、最好的姑娘,我……”

章鸿宇后悔说的话急了,吞下要说的话,不觉就红了脸,调开眼睛,看向别处。

秀莲听章鸿宇的话说得这样温柔、亲切,突然咽下不说,脸又红了,一下子想到他要说的话,一种从未有过的欣喜和柔情,一种复杂而明确的情感漫过了她心灵的河床,浇灌着她,滋润着她,在她的心底,留下温馨阵阵。

秀莲把《钢铁是怎样炼成的》递给他,说:“我喜欢书里的保尔,要是冬妮娅不爱打扮多好啊!”

章鸿宇把书又递给秀莲:“你要走了,我也要回县里上班。这本书送你做纪念。”

“你还有什么要叮嘱我?”秀莲期待地看着章鸿宇。

章鸿宇想了想,说:“努力工作,争取进步。”

“嗯。”秀莲用力点点头……

“章老师,我在努力工作,你知道吗?”秀莲望着暮色下的鸳鸯河喃喃自语。

秀莲到家时,天已黑尽。屋里点着煤油灯,顺德妈在纺线,看见她进门,告诉她,给她留的蒸饭在锅里,又嘟囔着说:“天天这么晚回来,天不亮就走,又没工钱,瞎忙啥?”

秀莲边吃边说:“干工作就不能讲究报酬。咋不见爹?”

“你大姐的闺女病了,你爹去看看。哦,今黑你和我睡,给我锤锤腰,这几天腰疼病又犯了。”

“好的,你歇着吧,别纺了。听说就要给我们工资了,等我有了工资,我带你到县里医院治一治。”秀莲刷了碗,到顺德妈两口子的卧房睡下。

一会儿,顺德妈也进来躺下,秀莲坐起身给她锤腰。

“黑子媳妇又生了个儿子。”顺德妈说:“黑子比你哥小一岁,黑子媳妇和你同岁,人家都俩儿子了。”

“妈,我要忙工作,不想考虑个人问题,让哥找个人结婚。”

“瞎说啥?你不是你哥的媳妇?”顺德妈抓住秀莲的右手说:“歇歇手,不捶了。莲儿,从你到家来,我和你爹就拿你当闺女疼,我可不想把你嫁出去,让人亏待你。”

“嗯,我知道。”困意袭来,秀莲口里应着,上下眼皮已粘在一起,不一会儿,沉沉睡去。

“莲儿,莲儿。”顺德妈小声喊。看秀莲睡死了,顺德妈吁了口气,爬起身,轻轻褪掉秀莲的贴身衣服,然后,拉开门出去。

顺德被推进门。

卧房传出秀莲一声痛苦的尖叫,顺德妈突然难过起来。白天,打发顺德爹去大女儿家后,晚上,偷偷将买回的中药——加了淫羊藿、香附、菟丝子、驴鞭等很有名的乱性药进顺德碗里的蒸饭时,她心里很坦然,觉得自己所做的，都是为了陈家，为了儿子顺德。再说，鸳鸯河两岸，谁家儿女的婚事不是媒妁之言，父母之命？老辈传下来的规矩，谁敢破？过得好是命，过得不好，跳了鸳鸯河做屈死鬼，也是命。

可是现在，顺德妈的心像被钝刀子划了似的隐隐作痛。毕竟叫了她七年妈、像亲生的一样恋着她的闺女，自己却对她做了不是当妈的做的事。可这能怨自己吗？几次提起圆房的话题，秀莲都不接茬。还说新社会不兴老一套，提倡恋爱自由，婚姻自主，谁都不能干涉。看看细皮嫩肉、秀眉重眼的秀莲，那通身的气派简直就是乡里、县里下来的干部，又看看黑脸儿子顺德，那拙嘴笨舌的闷葫芦，能让顺德妈怎样呢？情急之下，只能生出生米煮成熟饭的主意。

"莲儿，别怨恨我，我得为你哥着想，毕竟他才是我亲生的。"顺德妈的心硬起来。

二更时，一道闪电掠过纸糊的窗子，紧接着，滚过一阵雷声，下起大雨。

黑暗中，秀莲仰面而卧，大睁着眼睛木然地看着看不见的天花板，什么也看不见，什么也听不见。顺德无言离开的身影，打在石阶上炒豆般的雨声，全都隐匿在遥远的看不见听不见的角落。只有翻身时，下身撕裂般的痛，才提醒她刚刚发生的事，已经彻底改变了她。她不再是花一样洁净的女儿，她的身子不再散发出像玫瑰花香一样温馨的气息。她脏了，臭了，再也不能站到章老师面前，听他动听地朗诵"人最宝贵的是生命……"

想到章鸿宇，她的心痛起来，她哆嗦着闭上眼，给自己说，她得拿剪子或一把刀，将那刚刚透出一点朦胧的光的还未展开的情缘剪断。

这人世间的情缘，怎么这么薄，薄如蝉翼，使一根头发丝就能划破？

秀莲的心像被人遗忘了的、长满了荒草的场院，变得空虚又荒凉。她紧咬着嘴唇，哭声在喉咙里直往上冲。泪水、痛苦涌进头脑里一片黑洞洞的空虚，憋得她喘不过气，她放开喉咙大哭起来，哭得声嘶力竭，直到哭累了，昏睡过去。

门外，顺德抱着头蹲在门口。刚刚过去的一切，像梦一样不真实。他也不知道今晚怎么了，吃过饭后，就感到晕眩，额头发烧，整个人亢奋得难以入睡，像是体内有一头困兽在左冲右撞。当他被妈推进秀莲的房里时，总觉得在干见不得人的事，而且还是对秀莲。可是，当床上那具雪白的、他在心中想象了无数次的美妙身体横陈眼前时，他再也无法控制自己，他咻咻地喘着，在那黑的背景下，秀莲一白到底的身子简直就是一捧猎猎燃烧的火焰，引爆他体内积聚巨大的生物本能的能量。惊醒了的秀莲惊恐地推他，可怎么能推得动被情欲控制了的他呢？他在秀莲痛得抽搐的身子上使着蛮劲，像牛一样急促地喘着气。终于，他紧绷的身体疲软了，从秀莲的身上滚下来，他才觉得汗湿的胸膛痒得要命，从额上流下的汗珠滴进眼睛，生疼生疼的。他胡乱抓起一件衣服擦了身上和脸上的汗，给秀莲擦时，才感觉她像死人似的僵冷，两眼空洞神情漠然。他突然意识到什么，逃一般出了房门。

房里，秀莲绝望而痛苦的哭声撕天裂地般，让顺德鼓荡着欢愉的胸腔一下子变得冷寂，滋生起一缕愧悔羞耻的灰败气。

五

月亮还没落，月光在鸳鸯河上斜铺了一条谁也不能走的路。河面上晨雾弥漫，天上却是一片繁星。

吱呀一声门响，秀莲从家里出来，走上去乡政府的路。

秀莲走了一会儿，天就大亮了，周围的景致清晰地呈现眼前。田野上斑斓驳杂的色彩脱光褪尽荡然无存了，院坝上、塄坎上堆着苞谷杆和稻草垛。雨前播下的麦子已长出嫩绿的幼叶。漫长的雨季已结束，弥漫在鸳鸯河和村子上空的阴霾和沉闷已全部廓清。坝子里现出一种喧闹后的沉寂，原野简洁而素雅，天空高远而开阔。

清晨的冷空气使秀莲感到周身清爽。她有些微微喘气，额上也渗出毛毛汗。身子真是笨了，走得急了些，就成这样儿。她放慢脚步，带些哀怨看了看已经凸出很高的肚子，那个电闪雷鸣的雨夜留下的孽障，深深叹了口气。

那夜后不久，顺德妈提出给她和顺德办喜事，她想也没想就答应了。她不答应能怎样呢？被人破了身子，她还能嫁别人吗？现在，对她来说，嫁不嫁、嫁给谁，都一样。秀莲心如死水。

办喜事那天，来贺喜的人很多，屋里屋外挤满了人，可新媳妇秀莲的脸上没一点喜气，也没羞涩之气，站在顺德身边一言不发，漠然地看着来贺喜的人，仿佛她是再嫁之妇，又仿佛新媳妇不是她，而是另一个与她毫不相干的陌生人。

新媳妇的淡漠让前来贺喜的亲戚、村人感到无趣，便纷纷告辞，三三两两结伴离去，一路走一路品评着陈家喜事：

"席面丰盛得很，顺德爹妈今儿要牌子了。"

"娶了个乡干部当儿媳妇，能不好好办一场？"

"他们父子、母子倒是随心可意了，可秀莲咋想？你看她那张脸，冷得像一块冰，一看就是心里不乐意。"

"给她个下马威，打她一顿，打掉她心里的念头。性子再烈的马一打就驯服，好女人都是打出来的……"

顺德妈虽然没听见村里人的谈论，可秀莲的冷漠她看得清清楚楚，这让她觉得在远亲近邻面前失了面子，也让她很生气，她对秀莲的情分减了许多，出来进去的，说话夹枪带棒，而且见不得顺德在秀莲面前低声下气的样子。

刚成亲那会儿，顺德全然不顾他妈话里话外恨他没出息，一味黏着秀莲，枕头边还劝说秀莲别太在意他妈的话。可三个月后，他对秀莲没了体贴，他妈再对秀莲言三语四，他也不吭声。那个雨夜后，秀莲对他一直淡淡的，在男女事上，更是冷冰冰的，让他觉得寡味儿得很。何况男女这事儿，就像吃红烧肉，好吃是好吃，也架不住天天吃，吃多了，就起腻。种种原因，顺德待秀莲就大不如前。

一路想着事儿，秀莲走进乡政府大院，一眼就看见章鸿宇坐在钟书记的办公室。章鸿宇一扭头看见了她，四目相对，她的心咚咚咚地跳起来，耳朵有一阵子什么都听不见，呆愣愣地看着他。有人叫她一声，她才醒过神，进了自己的办公室，一屁股坐下。心在擂鼓似的跳，脸也像着了火似的发烧。

原来,她没有忘了他,原来她没有心如死水。可是,没有忘又能怎么样?她已是残花败柳,已为人妻,不久为人母。这一辈子,她与他没缘分。

章鸿宇进来了,如霜打过的树叶一般,没了往日的精神。他带着欢喜来这儿,一半为工作,一半为了见秀莲,却没想到自己的初恋竟无声无息夭折,萦绕心头的初恋情人已为人妻,即将为人母。他沉默地久久地站在秀莲身后,心中五味杂陈。终于他对着秀莲的背影说:“你结婚的事我知道了。这么大的事,你也没告诉我,来之前没准备,这个就当我的贺礼。”他放下十块钱,转身走了。

秀莲泥塑一般挺直背坐着,慢慢地,慢慢地,弯下身子,头搁在桌上,拱起的背一耸一耸的。

傍晚,秀莲从从乡政府走回柳林村,累得气喘吁吁的,到家就躺在床上。才六个月,腿脚就肿得发亮,鞋都穿不进去。

顺德妈端着饭菜从厨房出来,拉着脸说:“你媳妇又躺着?叫她出来吃饭。”

“她说累了,不想吃。”顺德低着头吃饭。

“她累了?我从早忙到晚,还要伺候你们吃喝,我不累?哦,她是乡干部,身子金贵?”顺德妈冲着秀莲的房子大声说,“一个女人家,哪怕当了县太爷,也要伺候公婆,给男人煮鸡蛋。”

“吃饭!”顺德爹低沉着声音说。

顺德妈不再说什么,端碗吃饭。堂屋响起咀嚼饭菜的声音。

泪水滑下秀莲的眼角,打在绣花枕头上,湿了一大片。夜里,顺德回房睡觉,摸到湿漉漉的枕头,说:“妈就说了几句,值得你流一河滩尿水?”

“她见天儿这样说,谁受得了。”秀莲哽咽着说。

“受不了也得受。谁家媳妇不是老老实实在家养鸡喂猪,伺候一家老小?也就是你,当个乡干部,家里一大摊子事都扔下不管。”顺德生气地拿起一只枕头睡到另一头。不一会儿,鼾声便响起来。

这日子没法过了。黑暗中,秀莲的眼泪汹涌而出,像决堤的洪水。

六

儿子宝文三岁时，秀莲提出离婚。

土改中，顺德家定为中农成分，虽然没有像贫雇农那样分得土地、浮财，但没有苛捐杂税和兵匪祸害的忧虑，顺德一门心思在田里劳作，只盼风调雨顺，多打粮食。他像那些固执的老人一样，对所有新鲜事物持排斥态度，游离在火热的新生活之外。顺德爹死了后，他每天早晚坐在爹生前坐的黑椅子上吸一袋水烟，像他爹一样沉默，可少了他爹的精明、通达。他不满秀莲早出晚归地在外忙活，更不喜欢罩在她头上的炫目光环。他像他妈一样看不惯秀莲在家里和他平起平坐的态度，更受不了村里人看他的眼光，那种同情及隐在同情里幸灾乐祸的眼光，让他很不舒服。

一天，村里有人从镇街回来，告诉顺德，看见秀莲了，和一个乡干部在镇街上逛。说这话时，那人眼睛流露出不安的神色，补充说，那个男的长得相貌堂堂。

“老话说娶来的老婆，买来的马，任我骑来任我打。现在不时兴老规矩，可男人还是女人的天，总该夫唱妇随吧，没听说妇唱夫随的。”又有人说。

牝鸡司晨，天下大乱。这道理顺德懂。他家不就失去往日的安宁了？秀莲忙得不着家，宝文也不带，他有老婆却夜夜守空房，弄得心浮气躁的，将一股斜火发泄在宝文身上。宝文哇哇大哭，引得心疼孙子的奶奶哭天抹泪，骂他没本事，降不住媳妇，拿娃娃出气。

和众人分手后，顺德回家就看到秀莲。“你还知道回来？”顺德冷着一张黑脸，没好气地说。

正在给宝文洗脸的秀莲，回头看他一眼，见他气儿不顺，没搭理他。

“我问你呢，为啥不理我？你真把自己当成大人物？”秀莲爱理不理的样儿，更激怒了顺德，心里积攒的怒火直冲上头顶，他瞪着血红的眼珠，一把揪起秀莲，用手指着秀莲，手指都快指到秀莲的眼里。秀莲抬手挡开他的手，转身拿毛巾给宝文擦脸。啪！秀莲脸上挨了一耳光，头发被打散了，脸上红了一大块。

空气凝滞，俩人同时愣住。秀莲捂住发红的脸颊，像看陌生人一样看着顺德，好一会儿，才点点头，说："好，好，你终于开打了。"秀莲抱起宝文，对他说："离婚吧，我在乡政府等你。"

顺德妈一直在房里听动静，听秀莲说要离婚，急急忙忙追出来，从秀莲怀里夺过宝文，气急败坏地说："这婚不能离！"

"我已经想好了，这婚非离不可。"秀莲拿起包走了。

第二天，红肿着眼睛的秀莲，跟随钟书记到北边一个村子处理民事纠纷。钟书记一见她，便惊讶地问："你眼睛怎么了？"

秀莲想谎称自己得了眼病，转念一想，干脆趁此机会，探探书记对她离婚的态度。于是，她就把自己与顺德的婚姻基础、现状及昨天发生的事说给钟书记，并说要解除自己的包办婚姻。

秀莲见钟书记脸上越来越阴沉，心中便忐忑不安。果然，她刚把话说完，钟书记很不高兴地盯着她说："秀莲呐秀莲，我真想不到，你怎么也起了离婚的念头？说起来，顺德是老实些，但他没有吃喝嫖赌的坏毛病，你有什么理由蹬掉人家？"

秀莲分辨道："我们是包办婚姻，我和他没有感情基础，当时我不愿意，是他们母子……"说到这儿，她顿住了。当时那种痛苦难堪，怎么好对外人说呢？

钟书记断然说："感情不合就能成为离婚的理由？你和顺德没有感情吗？没感情能有孩子？不行，你不能提出离婚，因为你不是普通农村妇女，是党员干部。你如果闹离婚，别人会说你是因为地位提高了，嫌弃农民丈夫，这不是典型的现代陈世美？这不光对你，还会对党组织、对我们的政府带来不好的影响。你考虑没考虑这个政治后果？考虑没考虑你的政治前途？"

钟书记的话，犹如兜头一瓢冷水，浇灭了秀莲心中那刚刚燃起的解除枷锁、追求美好爱情婚姻的微弱火苗。但她怎么也想不通，为什么她政治上获得了解放，而且帮助不少姐妹获得了婚姻自主，她却被一条无形的绳索捆住了手脚，陷在无爱的婚姻中不得解脱？婚姻法没有当了干部的妇女就不能和农民丈夫离婚这一条啊！可是，钟书记代表党组织，违背他，就是违背党组织。个人服从组织，这可是党的重要原则。

秀莲抑制住内心的郁闷，协助钟书记处理完纠纷，回到乡政府大院。刚一进门，就惊呆了。院子里，顺德、怀抱宝文的顺德妈以及四五个柳林村的婶子嫂子看见他们，一窝蜂围了过来：

“钟书记，宁拆十座庙，不毁一门亲，您可不能判他们离婚呐。”

“一日夫妻百日恩。过日子哪有不磕磕碰碰的？不能一吵架就离婚。”

“秀莲啊，离了再嫁人，二水货不值钱。女人嫁错了，就得忍。我那死鬼男人在世时，哪一天不打我骂我？我还不是跟他过了几十年。忍着吧，忍忍就过去了……”

“百年修得同船渡，千年修得共枕眠。秀莲，你和顺德能成亲，也是前世修来的缘分，不能当了公家人，就扔下顺德娘儿们不管。”

“莲儿，昨儿顺德一时糊涂打了你，是他的错，你走后，我骂了他，他肠子都悔青了。看在宝文的份上，你别记恨他。”顺德妈把宝文推到秀莲面前，又扯扯顺德的衣襟，顺德涨红了脸低着头，嘟嘟囔囔地说：“只要你不离婚，我保证再不打你。”

“我已经批评了秀莲，她肯定不和陈顺德离婚。”钟书记说：“秀莲，你给大家表个态吧。”看她没反应，又眼神犀利地看了她一眼。

眼前一张张嘴巴吐出一片嗡嗡声，钻进秀莲的耳朵，也钻进她的脑子。离婚是顺德和她俩人的事，碍着他们什么了？秀莲有些茫然，直到钟书记剜了她一眼，她才回过神，才明白她想追求婚姻幸福的想法多么幼稚！

顺德母子和一帮媳妇们回村了，带着如愿以偿和心满意足。

离婚事件似乎没给秀莲带来影响，生活似乎回到以前，秀莲还是忙个不停，没时间回家，偶尔回去也是看看孩子，放下些吃的、玩的、穿的就走。可实际上离婚事件不仅让秀莲和顺德的夫妻关系名存实亡，而且彻底断了她的升迁之路，让她的仕途定格在乡妇联主任的位置上，几十年不动，直到退休。

秀莲是全县最年轻的妇女干部，是县里重点培养对象。可是，就在县里准备提拔她做县妇联主任、征求她所在乡政府领导的意见时，钟书记的一句话，让县里组织部门放弃了她。“怎么能把一个家庭不稳固的干部调进县城，放在更高的领导职位上？”

宝文要上学了，秀莲便接来身边。那天后，她再没回过柳林村。

七

秀莲做梦都没想到，她到槐树埡陪同在那儿检查工作的县委宣传部副部长竟是章鸿宇。

在一块菜地边的小路上，俩人目光刚一相撞，就碰撞得他们的心咯噔响了一下，接着又觉得周围的一切没了声息，一种奇异的安静笼罩了午后的田野。所有的声音都远去了，老人吆喝牛羊的声音，树上鸟儿叽叽喳喳的鸣叫声，一切一切，如退潮的水一样渐行渐远。他们什么都没听见，什么都没看见，木呆呆地，你看着我，我看着你。

旁边，是一片竹篱笆围着的菜园，开着白色花朵的绿油油的洋芋，一片黄色的、迎着太阳的向日葵花朵。

“你好吗？”章鸿宇打破沉寂问她，话一出口，他就觉得多余。看着眼前这个明显衰败的女人，他岂能不知她好不好？眼前的她，瘦了，下巴尖了。女人过了三十岁，再瘦，脸上隐隐就有了枯寡相。眼睛更大，盛着寂寞，脸色依旧白皙，可泛着青光，不像他在柳林村时看见的她。那时的她，像身边的向日葵花和洋芋花一样新鲜，满月似的脸白瓷般细致，透着血气。眉目清澈，顾盼流转。嘴唇柔软鲜红，一张开嘴，一口细密的糯米白牙，神秘地一闪，又神秘地躲在嘴的深处。

可是，他比她又好了多少？当年得知秀莲成家后，他心灰意冷，后来经别人介绍，与现在的妻子结婚。婚后的生活像一杯温吞吞的白开水，没滋没味。章鸿宇将落寞藏在心底，将心中澎湃的热情寄托在工作上，这样反而成全了他，不到三十岁，就做了县委宣传部副部长，而且，有知情人士透露，老部长升迁后，他将是继任者。可是，在生活与情感上，老天似乎一点也不眷顾他，再次降临不幸。结婚第五个年头，妻子一病不起，后来竟瘫痪在床。章鸿宇既要工作，又要照顾生病的妻子和五岁的女儿，生活一下子乱成一锅粥。

"她好吗？"秀莲一仰脖子，闭上眼睛，心里酸楚起来，喉咙堵得像是只有一条缝了。十几年的光景像过电影一样在脑子闪过。那午夜难眠时静听雨打梧桐的寂寞，那难以自抑的生理冲动的瞬间，那累了、病了无所凭依的凄凉，她给谁说呢？她能告诉他吗？他是她的什么人？他什么也不是。秀莲唇角稍稍往上一扯，现出一个哀怨的微笑。可是，在无数孤寂难捱的时刻，他却从她心的最深处走出来，捧着那本《钢铁是怎样炼成的》，给她朗诵保尔和冬妮娅相爱的情节，和她说话，给她最亲切的安慰。

有泪花在秀莲的眼眶打转，慢慢地，慢慢地，顺着她的脸蜿蜒流下。章鸿宇的心被揪了似的一痛。

十年多了，他时不时想起鸳鸯河畔那个少女，他怀念她银铃般的笑声，怀念她带些调皮的活泼，怀念她睁着一双大眼睛倾听他朗诵"人最宝贵的是生命……"时的虔诚与感动。这份怀念酿就了他的别样闲愁，那种茫然的仿佛思念却没对象可思念，仿佛沮丧又毫无现实理由去沮丧的低落情绪。这份闲愁似满城迷雾，亦花非花雾非雾，无关利害，无处不在，不可逃避。

现在那惹起闲愁的人就在眼前，一脸泪痕，楚楚可怜。章鸿宇不由得伸出手，却在将要挨近她的脸颊时收了回去。秀莲脸上的泪，却越来越多，最后竟汹涌而下，成一条泪河。他的心越发痛起来，因为痛苦脸扭曲得变了形。"别哭了。"他掏出手绢递过去。

秀莲接过手绢放声大哭。那无助、软弱、委屈、悲凉的哭声，像一把利剑，钻进章鸿宇的心里，搅得他肝肠欲断。他猛地将她拉进怀里，用他的手轻拍她的背，安抚她。渐渐地，秀莲止住了哭声，温馨的感觉像一股暖流，在她疲惫、冰冷的身体里流动。

秀莲的衰败本是男人欠出来的，现在因为深藏心底的爱人的温情抚慰，失神的眼睛灵动起来，苍白的脸透出红晕。她从章鸿宇的怀里仰起头，眉毛上扬着，嘴唇稍稍嘟起，这突如其来的造型，竟弥漫着三十岁女人的娇气。

章鸿宇的胸腔充满爱怜，沉睡的身体苏醒了。他血脉喷张，身体紧绷得难受。妻子瘫痪两年了，他心理生理的饥渴怎么说都到了极限，绝不比在沙漠里迷路几日的滋味好受。秀莲就更不用说了，她的身子变得滚烫，她用一只女人小巧的手颤抖着抚摸章鸿宇，让他觉得，每一根筋骨都生出了嫩芽似的新鲜感觉，整个人就像被如莲的云朵托起，轻盈得飘飘欲仙。

突然，章鸿宇的脑子蹦出一个人——躺在床上的妻子。奔突到头顶的血液汩汩回流，紧绷的身子软了下来，紧抱着秀莲的双臂也无力垂下。

"嗯？"秀莲疑惑地望着他。陷入情感的女人是没有理智去想情感之外的事情的，面对将要降临的让人头疼的问题更不会未雨绸缪。可是，作为男人，即使平日闲愁缠身，即使这一刻欲火焚身，章鸿宇也能理性去考虑现在的所作所为，意味着什么。他无法给她任何承诺，无法给她幸福的未来。既如此，为什么要纵容自己超越理智防线，享受这短暂的人生情乐？

"对不起，我太冲动了。"章鸿宇痛苦地看着她，"我们不能这样。"

秀莲的脸慢慢变得苍白，她明白了。明白后，她有些恨他，他为什么不能苟且一些？

事后，她也想到这份情感可能会给两个人带来什么。她已心灰意冷，什么后果落在头上都无所谓，可对他来说，打击将是致命的，这是她不愿看见的。他是她情窦初开时的恋人，是她灰暗人生的一抹彩虹，她怎么忍心看见他羽翼折断、跌落深渊？

秀莲又回到与章鸿宇重逢前的状态。也不完全一样。午夜梦回，再没有人从心底走出来，和她说话，陪她度过漫漫长夜。她显得颓唐、黯然，还有些潦草。从此，她的心里只有儿子宝文，她把全部希望寄托在宝文身上，盼着他长大成人，前程似锦。

八

"妈，我走了。"已经长成大小伙子的宝文朝秀莲挥挥手，便走上回柳林村的路。

仿佛一眨眼般，宝文高中毕业了。这一年是一九六六年，这一届及随后两届的毕业生们在中国历史上有一个共同的名字——老三届。老三届是饱经磨难、心灵倍受创伤的一群人，老三届也记录了我们民族一段让人难忘的历史。这是后话，暂且不提。

宝文就要拐过乡政府的院墙，他又回头看看秀莲。阳光下，高大的宝文，俊朗得眩目。这个不是爱情结晶的儿子，却继承了父母身上的全部优点，他像顺德一样高大体壮，又像秀莲一样白皙、漂亮，眼睛大而深邃，方方的下巴，棱角清晰的脸盘。

宝文朝秀莲咧开嘴角一笑，便拐过院墙走了。这一抹微笑，在秀莲眼里是那样无奈、不甘，她不禁怅然若失。宝文从上学起，就是学业优秀的孩子。几乎是单亲的家庭背景，让他早熟。秀莲独自抚养他的辛劳，他都看在眼里，小小年纪就立志发奋读书，将来考大学，为她争光。可是，再过几个月就要高考时，一场风暴席卷全国，高考取消了，他不得不背起背包，告别母亲，回柳林村参加生产。

知子莫如母。确实，宝文的内心充满不甘与无奈，可是，跟在身后的母亲的心思他又怎能不知呢？他是她精神与情感的寄托，他与她息息相通，他了解她的孤苦，懂得她的寂寞。他知道母亲对他的期望，那期望也是他的理想，他与她共同期待着他实现理想的那一天。可是，这一天不会来了，他沮丧极了，他想母亲也是。

宝文回头看母亲，她的脸仍然漂亮却已显出衰老，红颜褪尽，肤色憔悴发黄，乌黑的头发里已银丝闪闪，眼睛失去了灼人的光芒，露出空茫的倦意。他的心骤然一痛，他极力抑制着内心的酸楚，咧开嘴角，给母亲绽开微笑，希望能给她慰藉，随后拐过院墙，消失在母亲的视线之外。

宝文到家时，顺德还没收工，他坐在门前大槐树下的石墩上等着。

晴朗的天气，天蓝得像水洗了一般，雪白的云朵飘浮在天空。坝子里连片的苞谷绿毡似的一直铺到山边。矮矮的绿豆秧苗结满丰腴的绿豆荚。遥远的天边弥漫着淡蓝色的雾霭。麦地已经翻过，呈深棕色。门前，菜地里，绿莹莹一片，不远处的鸳鸯河水蒸腾着热气。打麦场上，堆着密集的麦秸垛，远远望去，像一朵朵黄色的蘑菇。

当农民也不错。眼前秀美的风光，让宝文的心情慢慢好起来。

儿子回家劳动，顺德很高兴，除了生活上照顾好他，锄草、耕地、播种、收割、送粪这些农活，他也手把手教他。几年过去，宝文也像年轻时的顺德一样，做得一手好农活，人晒黑了，壮实了，更有一种阳刚之美。

一大早，队长分派宝文和七八个壮劳力，往水田送粪。

太阳升到一竹竿高了，阳光驱散了春日早晨的凉意，变得暖和起来。天空湛蓝得像一块绸缎。槐树上浓密的新叶闪闪发光，闪烁着沙滩上蚌壳一样的光。金黄的油菜花在鸳鸯河两岸艳艳开放，旱地里小麦正在抽穗，水田的土已翻松，灌了水，空气中蒸腾着沤烂了的人畜粪肥味。

“宝文哥！”队长的闺女改兰跑到水田边，告诉宝文，“秀莲婶托人带信，让你今儿到她那儿，有话给你说。”

“知道了。”宝文将一铲粪扬到水田，答应一声。

“你早点去，别误了事。”改兰不放心，又叮咛一声。

宝文回头看看她，点点头。

改兰满意地走了。改兰长得很漂亮，像白杨树一样颀长的身材，一双大眼睛闪着动人的光芒。她穿一件翻领的白底红花短袖衫，一条毛蓝布裤子，一双白色塑料凉鞋，从外表上看，一点都不像农村人，比宝文那些高中女同学都漂亮。她对村里几个向她献殷勤的小伙子不冷不热，可是，看到宝文就高兴，还时不时去宝文家给他们父子洗衣服、做饭。可是，宝文不想和她好，他要出去工作的想法一直没改变。如果和改兰好了，那就意味着他要一辈子当农民，这是他不想要的，所以，他对改兰的态度就像她对别人一样不冷不热。

晚上收工后，宝文去了秀莲那儿。

“我能到公社中学当民办老师？”这天大的喜讯让宝文发懵，他不相信地看着秀莲。

毕业六年了，宝文眼巴巴地看着那些插队知青、他过去的同学一个个招工回城，进了工厂、银行、国营商店，而他们当年在班上的学习成绩远远落后于他。招工无望，上大学、当民办教师或公社半脱产干部，也只有大队、公社的干部子女才轮得上。秀莲虽说是公社干部，却无权无势，加上宝文大姑的公公在旧社会当过保队副这样的社会关系，这类好事根本就轮不到宝文。看着那些小学文化水平的人都当了民办教师、半脱产干部，或被推荐上了大学，宝文的胸腔憋屈得要炸了，夜晚，在无人的鸳鸯河边翻滚，把头杵在沙滩上像狼一样吼叫着发泄一番。更多的时候，他用读书驱除烦恼和愤懑不平。

“妈，我真的要当老师了？”宝文还在疑惑。秀莲再次郑重点头，他终于相信老天开了眼，降下福祉。“妈，我一定好好工作，争取早日转正。”他兴奋地围着秀莲打转转，像小时候一样。

看着高高大大的儿子像孩子一样高兴，秀莲却高兴不起来。“儿子，我不知道这是好事还是坏事。”秀莲忧心忡忡地看着宝文，轻轻叹口气。

九

“卢主任，最近身体好些吗？”公社革委会副主任贾恒才微笑着走进秀莲的办公室。

“好多了。亏了贾主任在会上提议，谢谢啊！”秀莲感激地说，人也从椅子上站起来。

刚进四十岁，秀莲的身体就出现种种不适，失眠多梦、心悸心慌、头晕、经期紊乱、胃胀腹痛，腿也常常痛得不能走路。她已然成了一个衰老多病的女人，身材臃肿，皮肤松弛垮塌，而且，仔细观察，便会发现那种从身体深处自然流露出的憔悴与哀怨。

一次公社革委会会上，贾恒才提出秀莲身体不好，公社革委会应给她配一名年轻女干事，协助她工作。贾恒才分管财务工作，实权在握，他的话没人不重视，会后，公社便安排一名年轻的半脱产干部协助秀莲。这样一来，秀莲便很少往下边跑，吃药、打针也方便多了。

秀莲感激之余，也心存疑惑，虽说是同事，俩人一向没来往，更谈不上交情，他怎么会帮她？

贾恒才是个很会来事的人，处事圆滑，见风使舵，只要有机会，哪头的好处都捞取。秀莲到乡上当妇联主任时，贾恒才是村会计，凭着心眼活，会笼络乡长、书记，后来调到乡上当了信用社会计。文化大革命开始后，他一面在经费上给造反派大开绿灯，一面偷偷给挨批斗的当权派们通风报信。成立公社革委会时，他顺顺当当地做了副主任，成了紧握财权的实力派人物。

“最近咋没看见宝文？”贾恒才关切地问她。

“队里忙，他没时间来。”贾恒才的声音把秀莲跑出很远的神思拽回来，她带些歉意看着贾恒才。

“宝文是高中生，让他在队里劳动，真是委屈了。”贾恒才认真地说，“我想想办法，让宝文到公社中学当老师，你看咋样？”

“嗯？”秀莲似没听清，一脸的疑惑。

“我做做工作，让宝文当老师。”贾恒才又重复一遍。

贾恒才理解秀莲听见这事反应的迟钝。几年了，公社干部的子弟上大学的上大学、当半脱产干部的当半脱产干部，最不济的，也当了民办教师，可秀莲的儿子却依旧和土坷垃打交道。眼看宝文的年龄一天天大了，工作没着落，个人问题也不得解决，秀莲着急得上火。秀莲的焦虑，贾恒才看得清清楚楚，可是，若不是为了宝贝闺女，贾恒才也不会给她帮忙。

贾恒才的闺女秋云，比宝文小一岁，在公社农技站当出纳，不过也是半脱产干部。她皮肤黝黑，葵花般的大脸盘上点缀着一双细小的眼睛，有些不太协调。可她体态丰腴，高耸的胸部将衣衫的纽扣快要挣开，臀部像放了发酵粉，充满活力和喧腾感。她长相不怎么样，脾气也坏，说话尖酸刻薄，动不动给人甩脸子，可找对象的标准还不低，挑挑拣拣好几年，还没遇上个合适的。庄稼汉，她自然不考虑；脱产干部呢，好的看不上她，差的她不愿屈就。她成了“高不成、低不就”的老大难，她着急，贾恒才更着急，在村里，像她这样大的，早都嫁人生孩子了。

“云儿，你看宝文怎么样？”一天，贾恒才突然问秋云。

“他？”秋云一愣，父亲怎么想起问宝文？她和宝文是在公社大院一起长大的，怎么会不知道他。可他现在在农村，她从没想到要和他怎样。父亲怎么啦，是不是着急要将她嫁出去，不管香的臭的贵的贱的，都给她拉来？"他再好，也是修地球的。"秋云没好气地白了贾恒才一眼。

"傻闺女，我能让你嫁一个农二哥？"贾恒才说："如果我能让他当公社中学的老师，你愿意考虑他吗？"

秋云心里一动。宝文高大英俊，要是他能当民办老师，那再好不过。凭着他的聪明劲儿，他一定是个好老师，过几年遇上机会，转公办肯定没问题。退一步说，就是不转正也可以考虑，她不也是个合同工嘛。

秋云点点头，算是默许。

"好，那我就去运作这件事。"贾恒才满意地说。

贾家父女的这一番谋划，秀莲怎么会知道？她在确认贾恒才是真的帮她、帮她儿子后，久病的苍白的脸上，一下子闪烁亮光，"贾主任，你帮了我大忙，让我怎么感谢你？"

"谢什么？都是当娘老子的人，都是为儿为女嘛。"贾恒才摆摆手说："中学就在隔壁，宝文当了老师，照顾你也方便。我是看着宝文长大的，他懂事、孝顺，比我那秋云强多了。以后，让宝文多和秋云谈谈，改改她坏脾气。"

秀莲突然明白了，她心里的喜悦一下飞走，脸色也黯淡下来。

"卢主任，你怎么啦？脸色这么难看。"贾恒才知道秀莲心里想什么，他也知道，秀莲终究不会拒绝他的安排。可是，宝文会怎么样，他心里没底。于是，他的话点到为止，再也不往下说。

"头有些晕，一会儿就好。"秀莲无力地说。

"你不舒服，我就不打扰了。"贾恒才走了出去。

秋云怎么配得上宝文？论才学、品貌，她都远远低于宝文。怎么办？难道为了工作就以儿子的婚姻做交换？秀莲内心矛盾、挣扎着。可是，拒绝贾恒才，等于堵死了儿子以后工作的路。想象着儿子一辈子在农村受苦，到老累弯了腰的样子，秀莲心里一颤。以后的事，走一步看一步吧。秀莲想，再说贾恒才并没明确提出宝文和秋云的婚事。

秀莲看着高兴的儿子，不忍说破。

十

秋云来找宝文时，他正被学生们簇拥着从教室出来。

宝文教初一语文，还有全校各年级的音乐、美术、体育课。站在讲台上，看台下一双双渴求知识的眼睛，老师的尊严油然而生，青春的激情像火山一样喷发出来。他把激情灌注到整个课堂，使课堂像一条奔腾向前的大河，时而蓄势待发，时而汹涌澎湃，时而舒缓有致，学生们仿佛和他一起登上他的激情之船，开始了激情之旅。

他把学校那架坏了的风琴修好，脚踏风琴教学生唱"让我们荡起双桨……"；在油菜花盛开的田野，教学生写生。一学期还没结束，宝文的课成了学生最喜欢上的课。

走在校园里，年轻的宝文，周身散发着青春的活力。他热情、礼貌，关心学生。不光学生和家长喜欢他，老师们也喜欢他。

下午放学后，学校篮球场上会经常举行学校教职员工之间或学校教职员工与外单位的友谊赛，场外站满观众，除了本校师生，还有公社及公社下属单位的人。一身天蓝色运动衣的宝文，显得英姿勃发，加上他高超的投篮技术，立刻就吸引了围观的球迷。一会儿，外单位的人知道了那个速度又快投篮又准的前锋是公社中学教书最好的老师，是公社妇联主任的独生子。已经有人在悄悄打听他的年龄和婚姻状况。

他去公社唯一的一家国营商店买东西，刚一进门，年轻的女营业员就热情地迎上来，问他买什么。吃饭时，炊事员给他打得饭菜总比给别人的多一些。放学后，总会有年轻姑娘来找他，那些姑娘要么是公社卫生所的，要么是农技站的，当然还有学校那个教数学的年轻女教师。

宝文正被人们喜爱着，这很正常。毕竟在公社所在地，有才能又长得潇洒的青年如凤毛麟角一般。

可是，秋云坐不住了。

宝文到中学报到后，秀莲陪他去贾家道谢。贾恒才很高兴，一再夸宝文懂事，有礼貌，让宝文没事了就去他家玩。我和你妈是多年同事，关系处得像兄妹，今后，你们年轻人也要多来往，走动得多了，我们两家就成了世交。

对贾恒才的话，宝文没多想更不会想到亲事上去。秋云原本自视甚高，宝文的工作又是贾恒才给解决的，所以，她对宝文又多了施恩惠与人的心理。当宝文听了贾恒才的话，微笑着对她点头时，她一声不吭，一脸的矜持。

宝文没像秋云想象的那样，经常到农技站找她，反倒不时听见有人称赞他。她怀着好奇心去看他打篮球，立刻被他潇洒的姿态吸引。她对他加了关注，知道有姑娘有事没事就去找他，而且，卫生所的赵云，要模样有模样，要身材有身材。

秋云急了，再也不能安稳地坐等宝文主动上门。

柳林村常给人保媒的李德才家的说："一个男人在一个女人面前，就像一块鸡肋，但在两个女人面前呢？那就是天下。"对秋云来说，没有别的女人，宝文什么都不是，可现在有别的女人惦记着，他就是天下。虽然这天下只是巴掌大，可对秋云来说，却是胜者王，败者寇。

她愤愤不平，有人要和她抢桃子。更让她气愤的，贾家栽了桃树，可这棵桃树竟不懂感恩戴德。"没良心的东西！"秋云心里骂了一声。

骂归骂，宝文依旧没来找她。

一天中午，农技站的人都在午睡，秋云睡不着，坐在窗前的椅子上，看着空空的院子发呆。午后的阳光暖暖的却不灼人，黄澄澄的却空阔透明，周围飘荡着似有似无的草木清香，浸润其中，仿佛被融化了一般。这一刹那间，秋云感到很孤单。她已二十六岁，别人在她这年纪早已结婚成家，可她连对象都没有。伤感的情绪蔓延开来，像外面的草木清香一样将她笼罩……

秋云坐在宝文宿办室，远远看着被学生围绕的宝文。

"你来了。"宝文看见秋云稍稍有些吃惊，可是瞬间恢复常态，笑着打招呼。

"我来找你借本书。"秋云脸一红，继而有些气自己贱，主动给人献殷勤。这样一想，脸上现出羞恼之色。

宝文给秋云倒了杯水，问她："想看什么书？"

秋云看了看他的简易书架，抽出一本《艳阳天》说："就这本吧。"

"浩然的代表作是《金光大道》，我还有柳青的《铜墙铁壁》、曲波的《林海雪原》等。你想看就来取。"宝文看她脸色不自然，便热情地说。

"真是个怪人。"宝文看着秋云离开的背影，摸摸后脑勺，有些不明白。

一周后，秋云来还书，又带走《林海雪原》。这次隔得时间短，三天后就来还书了。《林海雪原》写得真好。秋云说："曲波一定是小说里的少剑波，要不，他怎么能把杨子荣、高波、少剑波、白茹写得活灵活现？"

"少剑波不一定就是曲波，不过少剑波这个人物有曲波的经历。曲波当年参加过东北剿匪，杨子荣和高波就是曲波的战友。"宝文认真说。

"哦，我说嘛。小白鸽真可爱，少剑波把她写得多好啊！"秋云热情背诵：

万马军中一小丫，
颜似露润月季花。
体灵比鸟鸟亦笨，
歌声赛琴琴声哑。
双目神动似能语，
垂髫散涌瀑布发……

宝文吃惊地看着秋云，没想到她竟然把少剑波雪夜抒怀的诗背下来。他看她的眼神带了探究的神色，以前可没听说她喜欢读书，现在怎么突然喜欢？而且，以前见到他爱理不理的，现在为什么对自己的态度也变了？就因为他当了老师？

不管宝文怎么想，秋云来他这儿更频繁。走的时候，不光带走借的书，还有宝文的脏衣服。有时，宝文去看秀莲，也顺带到农技站取秋云给他洗净熨平的衣服。在学校老师们的眼里，他们有了交往。公社附近就那几个单位，青年男女也不多，宝文的母亲、秋云的父亲又是当地显赫人物，俩人交往的事，一下子就传开了。卫生所、农技站和学校那几个姑娘也不再来找宝文。大家见了他们就开玩笑："什么时候吃喜糖？"

秋云暗暗得意。宝文百般解释他与秋云只是普通朋友，可根本没人相信。“男大当婚，女大当嫁，你俩都二十六七了，不说谈对象，即使做点什么，也不为过。”听的人理解一笑。宝文百口莫辩，便有被设计了的感觉。

他不再去农技站，尽量回避秋云。可是，秋云像什么都没发生似的，依旧到他这儿借书、还书，顺手带走他的脏衣服，态度端庄、自然。反倒让宝文觉得他是以小人之心度君子之腹。心里有些愧疚，对秋云的态度就好了许多。

秋云不仅为他洗衣服、收拾办公室，偶尔还将家里做的好吃的给他带来。宝文拒绝了几次，可她该怎样还是怎样。宝文无奈之余，便在商店买些大白兔奶糖啊饼干什么的，送给秋云，作为回报。

事情的性质在一个周末发生了逆转。这是宝文始料不及的，也是他后悔不已的事。

秀莲的身体越来越差，宝文放了学就去帮她做饭、洗衣服、打扫卫生。一个周末，他拆了秀莲床上的被褥、床单、枕套和枕巾，拿到鸳鸯河洗。秋云知道后，便来帮他。

宝文选择远离大家洗衣服的地方，在一个河流拐弯处，一片长满水菖蒲的沼泽边，支了块平整的大石头洗衣服。正是五月，菖蒲花开了，暗红色的，花间飞舞着许多蝴蝶，黑色、紫色、宝蓝色的，把朴素的河岸装点得风花雪月。天气晴朗，太阳升得很高，河边的气温也升得很高。宝文脱掉长袖衬衣，只穿一件背心站在水里，把床单漂洗干净。秋云高高挽起衣袖，用棒槌使劲捶打洗衣石上的被里子。因为热，她的脸红扑扑的，嘴唇也红润着，就连细小的眼睛也亮晶晶的，看起来有些动人。她将被里子放进水里漂洗时，浑圆的屁股高高撅起，两只饱满的乳房颤巍巍的，挣开的纽扣处，显出一道诱人的乳沟。

五月的阳光照得河水蒸腾着热气，也把他们身体里一些东西蒸腾得膨胀开来，身体中一种神秘的力量出现了，生命中想要开花结果的愿望瞬间抬起头，并且强烈得不可抑制。秋云手里的被里子掉进河里，顺水漂了，她来不及脱鞋，跳进水里去追，慌慌张张中，踩到光滑的鹅卵石上，身子一歪就要倒进水里，宝文急速迎上去，一把拉住她，可她仍不可逆转地往下倒。情急中，宝文张开双臂，迎接倒向他的这具热烘烘的身子。

她一动也不能动，过了几分钟，或许只有几秒钟，她用手去掰他的手，可她的手软绵绵的，没了一丝力气。宝文腾出右手，一把抓住她的一只乳房，揉捏着。秋云喘不过气，只觉得晕，天旋地转似的晕，任凭他抱着，倒在河边的沙地上。后来的事，秋云能想起的，只有头顶的蓝天白云，和身边暗红色的菖蒲花。

十一

完事后，宝文就后悔，就像一条花皮小蛇在他心里腾挪跳跃，搅得他痛苦不堪。他闭着眼睛躺在沙滩上，颓然而疲倦。

“你说咋办。”秋云穿好衣服说。

“什么咋办？”他闭着眼睛问。

“哦，提上裤子就不认账？”秋云身体钻心地痛，宝文问都不问，还像什么都没发生似的，她一下子火了。

宝文睁开眼睛，看见秋云发怒的脸黑得乌青，一双细小的眼睛像要喷出火焰似的死死盯住他，一缕乱发披在前额。刚刚显出的那点动人颜色荡然无存。他闭上眼睛悲哀地想，他能咋办。碰了人家的身子，就得负责，否则，他就是强奸，就得坐牢，就算秋云能饶他，贾恒才怎么会放过他？

像猛地揭开蒙在窗户上的纸一样，宝文突然醒悟，原来他真是被人设计了。工作、借书都是预先设计的环节。一时间，他恨不得扇自己耳光，他恨自己太冲动，竟将二十七年的清白断送在这样一个女人身上。

婚期一天天临近，宝文却没有一丝一毫的兴奋和喜悦，而秋云前段时间为争得宝文隐藏的坏脾气，一一表现出来。

一天，俩人说起结婚的相关事宜，宝文说摆两桌酒席，请两家人一起坐坐，勤俭办婚礼嘛。

“不行！一辈子只结一次婚，你就得风风光光把我娶进家门。不大操大办，总要摆三五十桌才像样，要不然，还不被人笑掉大牙？”秋云变了脸。秋云好面子，爱热闹。贾恒才掌握公社财政大权多年，认识的人多，想要结交他的人也多，每逢他家有红白喜事，人们趋之若鹜。秋云习惯了家里办事的红火热闹，根本不能接受宝文低调办婚事的想法。

“结婚是我们俩人的事，用不着管别人说什么。再说，我没积蓄，借钱装体面，那是虚荣。”宝文耐心劝说秋云。

“你没钱，让你妈拿啊！四五十岁的人了，身体又病病殃殃的，说不定哪天……她要钱干什么？”

宝文一巴掌抡出去，立刻，秋云的半边脸红了一大片。他实在气坏了。他可以忍受她们父女联手设套让他跳进去；他可以忍受她逼得顺德腾出东屋，给他们做新房，可是，他不能忍受她用轻慢的口气，诅咒秀莲、他含辛茹苦的母亲。

秋云愣住了，她捂住红肿了的半边脸，死死地瞪着他，然后，一头扑过去，将头抵在宝文的胸前哭叫着，“你打啊，打死我算了。”宝文恼羞成怒，一跺脚走了。

秀莲知道后，狠狠说了宝文一顿，又拿出 500 元钱，给他们办酒席。秋云满意了，可宝文却一点也高兴不起来。他逐渐看清了秋云，一个任性、偏执、脾气暴躁的女人，自负而愚蠢，他隐约看见他未来的生活潜藏着的暗影。

她把宝文当成她的私有品，她到哪儿、干什么，宝文都得无条件跟随，否则，小则斗嘴，大则哭闹不休。逛街、送礼，甚至穿衣吃饭等一些生活琐事，都是引发她吵闹的导火索。

婚后不久，秋云娘家堂哥为儿子摆满月酒，秋云让宝文陪她一起去。那天是周一，区文教组组织全区中学老师，在公社中学观摩宝文的课堂教学，宝文说他去不了。

秋云不以为然地说：“你把观摩课往后推推。”

“你谁啊，我又是谁？你堂哥家的满月酒能和区里的教研活动比吗？”宝文哭笑不得之余，为她的狂妄无知感到费解。她也算是初中毕业生，也在农技站上了几年班，怎么和没见识的村妇一般？即使村妇，人家也能看出眉高眼低,也能分个轻重缓急吧。宝文说:“你去吧,我要上课。”

秋云勃然大怒,继而嘴角一撇,不屑地说:“我娘家的事,你就这么不上心?也不想想,你这老师咋当上的?”

“是,我当老师是你的好父亲给安排的。不光工作,就连你,都是他施舍给我的。我立刻辞职,免得让你说嘴。然后,我们去离婚。”宝文气冲冲推车走了。

秋云意识到话说得太重,伤了宝文的自尊心。可她是个说话不会拐弯的人,又在气头上,眼睁睁看宝文离开,却不说一句软话,她又急又悔,趴在床上大哭。

类似这样的争吵,在他俩结婚初期频繁发生,每一次争吵,都在宝文心里留下一点怨恨,这样琐屑微末的恨积攒起来,就成了腐心断肠的毒药,任你情比金坚,也禁不住它天长日久的销蚀,何况,宝文与秋云哪有什么比金坚的情!

虽然在秀莲、贾恒才的劝说下,宝文没辞职,也没和秋云离婚,可是,他们的夫妻关系发生了变化。他们不再为一些琐事吵闹不休;以前,尽管宝文对秋云有许多不满,可她的丰乳肥臀对年轻的、荷尔蒙分泌旺盛的宝文来说,还是有着强大的诱惑力,俩人在床上还是和谐的。现在,他对她的身体不再有强烈的兴趣,十天半月做次爱,也是应付了事,了无趣味。一种冷漠的东西横在了俩人中间。

女儿英子出世了。这个小生命的诞生,像是润滑剂,使宝文和秋云名存实亡的夫妻关系得以维持。他们像众多感情不合的夫妻一样,将各自的情感寄托在英子身上。如果生活像一条蜿蜒流淌的小溪,不发生变化,那么他们将同许多人一样将日子凑合着过下去。

可是,一场巨大的社会变革到来了,改变了许多人的命运,包括宝文和秋云。

陈宝文做梦也没想到,1977 年秋,在他近而立之年时,命运突然补偿他十年前应该享有的高考权利。

他像千千万万的老三届一样,兴奋、激动后,积极备考,凭着扎实的基础，他的高考成绩超过分数线，被陕西师范大学中文系录取。

十二

过完春节，宝文走进大学校园。

宝文所在的班，百分之八十的同学都是老三届。相同的经历，共同的遭遇，让他们惺惺相惜。晚自修后，他们躺在床上，海阔天空地神聊，聊得最多的是各自的婚姻生活。大刘因家里拿不出彩礼钱，被大队支书的儿子乘机抢走心上人；右派儿子的唐明借房成亲，大喜之日被房东从部队回乡探亲的儿子赶出家门，不得已栖身牛棚度过新婚之夜；因没有姑娘愿意嫁给地主儿子的沈立，不得已娶了父母荒年收养的长相丑陋的姑娘……几乎人人都是一部情节曲折电视剧的主人公。宝文感慨着，原来，这世上，不仅仅只有他与母亲不幸。

他们是恢复高考制度后的第一届大学生，他们珍惜这来之不易的学习机会。大学四年，宝文的学习成绩一直稳居班里第一名。同时，文学被推崇至尊贵，创造文学作品的作家享受着无与伦比的尊荣，多少青年，怀着圣徒般的感情，像当年投奔革命一样投奔文学。这是文学的时代，宝文和他同时代的佼佼者们命中注定要遭遇这个时代。

宝文的短篇小说《鸳鸯河的呜咽》，被一家晚报发表。小说写解放初期，一个十六岁的美丽童养媳、一个前程远大的乡妇联主任，因要解除婚约，反被童养婆婆、未婚夫合谋糟蹋，最后跳鸳鸯河自杀被人救起，终究精神失常误食老鼠药凄惨死去的故事。女主人公的原型是秀莲，宝文只是对故事结局做了改动。其实，也算不上改动，秀莲惨淡的人生能比疯了后死去的女主人公好多少？小说虽然不成熟，可充满惨烈的激情。中文系一个教授读了后，这样评论道。那段时间，不仅中文系、其他系的学生也都在传阅《鸳鸯河的呜咽》。

我们怎么能没文学刊物呢？那就办一个吧。于是，以宝文为首的一群人跃跃欲试，摩拳擦掌，于是，《绿风》诞生，大家推举宝文为主编。

《绿风》出刊了，在这尚还沉闷的、似乎还在徘徊等待着什么的校园里，带来一股春的清新气息。油印的《绿风》，在成百上千的学子们手中传递着，有人抄下里面的诗句和经典的哲理性段落。陈宝文的名字被人谈论着，他的诗、散文、小说也被人谈论着。“看，那个高个儿男生就是中文系的大才子陈宝文。”走过校园，不时有人指着他给别人介绍。宝文俨然成了陕师大校园一颗冉冉升起的明星。

宝文和他的同学们会在星期天，到郊外的小树林聚会。他们这群浪漫的年轻人怎么能不喜欢树林这样美丽的地方，草地上铺几张报纸，放上豆腐干、酱牛肉、花生米等，还有西凤。一瓶西凤在男生手里转着喝，他们对着瓶口喝，一点儿也不觉得有什么不妥。女生们用手捏花生米、酱牛肉吃。然后，他们唱歌、读诗。唱那些童年时代的歌曲，“让我们荡起双桨”“小鸟在前面带路，风儿吹着我们”，还有“生产队里养了一群小鸭子，我每天早晨赶着它们到池塘去”，也唱“雪绒花，雪绒花，清晨迎着我开放”“正当梨花开遍了天涯，河上飘着柔曼的轻纱”。

他们朗诵诗歌，读自己的，也读北岛、顾城的，普希金的，还有泰戈尔的，读了一首又一首。轮到宝文了，他读了一首舒婷的《呵，母亲》：

你苍白的指尖理着我的双鬓
我禁不住象儿时一样
紧紧拉住你的衣襟
呵，母亲
为了留住你渐渐隐去的身影
虽然晨曦已把梦剪成烟缕
我还是久久不敢睁开眼睛
……

宝文低沉着声音诵读着，忧伤而深情。他由诗里的母亲想起他的母亲秀莲，想起她孤苦的一生，禁不住落泪。他的情绪感染了大家，没了喧闹声，只有几声清脆的鸟鸣从头上掠过。

一只纤细、白皙的手递过折成方块的花手绢。“谢谢!”宝文擦去泪痕，竭力恢复常态，将手绢递给主人、十九岁的阮文丽，幽默地说:“我知道，你们这些小姑娘有洁癖，这漂亮的花手绢算是让我玷污了。”

“沾上大作家的泪，这花手绢更有价值。”大家哄然笑闹。阮文丽害羞地退到大家身后，将手绢展开重新折叠，有宝文泪痕的那面折到里面。没人注意这个细节，在《绿风》历史上，这个细节可以忽略不计。

当然，这样浪漫的聚会也不是经常有的，他们学习任务很重，宝文就更忙了，他是班长，还是学生会主席，社会活动多。他还去图书馆，只要有时间就去，周末更以图书馆为主。大量的阅读，使他博古通今，积淀深厚，也使他英气勃勃的外表平添了几丝儒雅风度，走过校园，总有女生的目光追随着他的身影。

宝文忙碌着，快乐而充实。如果不是数学系发生那件震惊全校的事件，他或许将他不幸福的家庭生活一直压在心底，起码在四年大学期间不会触动那块神经，因为他知道，一旦触动了那根神经，他会陷进烦恼、痛苦中，不得自拔。

大三那年，一个姓王的老三届，神不知鬼不觉与农村妻子离了婚，与班上一位小他十多岁的姑娘建立了恋爱关系。俩人形影不离，很快成了学校的新闻人物。有人羡慕，有人嫉妒，有人夸他们是勇敢追求理想爱情的斗士，有人骂姓王的是典型的现代陈世美。无论人们说什么，两个当事人依然卿卿我我，当他们甜蜜恩爱地走过校园时，不光夸他们的，就连骂他们的人，心里也只有对他们的艳羡了。

宝文平静的心情被搅乱了。他佩服王姓同学的勇气，羡慕他从旧的婚姻生活中解脱，获得心仪的爱情。与秋云缔结婚姻的屈辱、痛苦和烦恼又从他心底浮出。

十三

秋云对宝文报考大学，态度十分矛盾。一方面希望他考上，将来出人头地，她在娘家和单位有面子，另一方面又怕他考上，他身价提高，与她之间拉开距离，俩人位置互换，她低他一头，这是她很难接受的。因而，他能不能考上，她便无所谓了。何况，宝文并未征求她对他报考的意见，这深深地刺伤了她的自尊心。原来她赞同也罢反对也罢，根本影响不了他的决定，原来他根本就无视她和她娘家的影响力。秋云愤怒了，她不光不给他创造安静的学习环境，反而故意生事和他争吵，含沙射影地讽刺、挖苦他。为了息事宁人，宝文忍气吞声不与她计较。谁知他的忍让，更激起秋云的怒气："八字还没一撇，眼里就没人？"

宝文上学走了，秋云没觉得难受，也不像别的年轻夫妻那样，盼着他三天一封信，两天一封信。一月两月的，宝文来信了，信里也只问英子的情况，连她提都不提，她心里有点不舒服，可很快过去，毕竟，她与他的情分寡淡得很。

三十年河东，三十年河西，风水真是轮流转。宝文大二那年，贾恒才作为"三种人"，被撤销副主任职务，成了一般干部。不久，农技站又以压缩非生产人员为由，辞退秋云。一向仗恃父亲权势目中无人的她，突然遭遇沉重打击，人一下子蔫了，像被霜打过的叶子一般。宝文知道后，心情很复杂。贾恒才造反起家，被撤职固然在情理之中，但秋云没有过错，受牵连就太不公平。都什么时代了，还能像封建社会那样一荣俱荣、一损俱损吗？他给秋云写了封信，劝她想开些，不要太生气，以免伤了身体。

秋云接到信，看也不看，揉成一团丢掉。她知道她与他是怎样结的婚，她也明白她对他的言语伤害、那些刻薄的侮辱性话语是怎样伤害了他，他现在春风得意，而她落魄了，失意了，她能想象到，他将以怎样恶毒的语言回击她。

整个寒假，秋云对宝文更不如以前，可以说是冷若冰霜。她变化很大，丰满的身子瘦了一圈，人倒比以前好看了一些，先前的蛮横、霸道被一副凛然的面孔代替。宝文猛一见秋云，心里生出了怜悯，待她温柔了很多。主动和她一起干活，她擀面，他坐在灶前烧火；她去洗衣服，他陪她一起去；她冷着脸不和他说话，他就和她说一些学校里的逸闻趣事。尽管这样，秋云仍然不为所动。这不能怪她，一个被父母宠坏了的女儿，一个从来没看过别人冷眼的幸运儿，突然，背靠的山倒了，她从小到大拥有的一切都没了，这种失落和无所适从的感觉，不是宝文温言软语所能化解的。况且，她明知他是由于怜悯而放低姿态温和待她，这让一向骄傲的她如何受得了。

可是，宝文哪儿知道这些，他只是一味体贴她，希望能安抚她。夜里上了床，他伸手搂抱她，她冷冰冰躲开他，拿起枕头睡到另一头。

"你觉得这样有意思吗？"宝文说，"'文化大革命'十年，运动不断，风云人物走马灯似地升沉起伏，这种事你见得不少，应该能想开。再说，这种升迁沉浮的事，我一个大学生有啥办法？那十多年，我不也无法主宰自己的命运，工作没了无所谓，在家种地也不错，过几年毕业了，我的工资养活一家人没问题。"

"你是说，那十年是我爸主宰了你的命远吗？狼心狗肺的东西，不是我爸，你能风风光光地当老师？你能轻轻松松地复习考上大学？现在，我们家倒霉了，你出息了，有资格站在一边说风凉话。陈宝文，我告诉你，贾家就是倒霉了，你也别想小看我们！"秋云忽地坐起身，指着宝文说。

"这日子过得真没劲。"好一会儿，宝文郁闷地说。

"没劲？你觉得没劲？"秋云狠狠地说，"没劲也得过。别以为大学里有人当了陈世美，你也想把我当抹布一样扔掉吗？做梦！"

窗外，严酷的冬风呼啸而过，似乎透过窗户纸钻进屋子，屋里似冰窖般，比先前更冷，宝文和秋云裹紧被子，不再说话。不光夜晚，白天他们也很少说话。每天吃过饭，宝文带英子到秀莲那儿去，英子和奶奶玩，他到学校去和老师聊天、下棋。晚上，秋云带英子睡觉，他在堂屋看书，直到夜深才睡。

本来是带着和解的心情回家，没想到事与愿违，宝文与秋云的关系反而更冷淡。

回到师大，宝文变得沉默，只是学习更刻苦，工作更努力。一天晚自修后，大刘约他到校园西北角的香樟林散步。大刘是班上团支书，虽比宝文大几个月，可显得成熟得多，俩人在工作上互相支持，配合默契。宝文像对兄长一样信任、敬爱他，什么烦恼、痛苦都告诉他，也总能从他那儿得到安慰。

“有心事?”大刘打破沉默。

“唉!”宝文长叹一声。

“寒假过得不愉快?”大刘问。

“从结婚那天起,我就不知道愉快是什么感觉。”宝文苦恼地说,“文学作品中的美好爱情,难道全是作者的杜撰?现实生活根本就没有所谓的爱情吗?我的婚姻没有爱情,是阴谋和冲动的结晶。”

“这么尖锐?说来听听。”大刘深深看了他一眼。

这个仍然寒冷的早春夜晚,两位有着相同命运的年轻人,长久漫步在香樟林间的石径上。一个叙说,一个聆听,聆听的那个适时加进简短的评论。

“保加利亚爱情婚姻问题专家瓦西列夫认为,‘爱情是一种复杂的、多方面的和内容丰富的现象。爱情是生物关系和社会关系、生理因素和心理因素的综合体,是物质和意识的多方面的和深刻的生活辩证法。它把人的自然本质和社会本质结成一体。’我们这代人有几人能有这样的爱情?”大刘深沉地说,“我们更多的是遭遇婚姻的不幸。”

“你打算怎么办?”大刘问。

“能怎么办,离婚吗?那几乎就要打一场没有硝烟的战争。虽然离婚对某些人来说,是轻而易举的一件事,可对我来说几乎不可能。综观新中国成立后三十年的离婚案,一方是干部或知识分子,另一方是农民,而离婚又由有工作的一方提出的最为艰难。往往一拖几年、十几年,甚至几十年,把人一生最美好的时光都搭了进去。就像我母亲。”宝文顿了顿,接着说,“可是,不离婚,和一个没感情的女人凑合着过下去,我不知道这种漫长的痛苦我能否忍受。”

“既然如此,那就慎重对待吧。”大刘说,“我们是不幸的,我们又幸运的在将而立之年时,赶上好时代。宝文,让我们放下生活中所有的痛苦与烦恼,将精力投入到学习和未来的工作中。培根说过‘一切真正的伟人(那些英名长存的古人今人),我们可以发现,没有一个因爱情而发狂犯癫,伟大的事业抑制住了这种软弱的感情。’我们没有幸福的婚姻,岂不正好成就一番大丈夫的伟业。”

宝文慢慢舒展紧锁的眉头，苦笑着点点头。

十四

再有小半年就毕业了，所有人忙得四脚朝天，忙于应付各门功课的毕业考试，忙毕业论文，忙毕业去向的关系打理。对分配去向的关注，几乎占了每个人多半注意力。这可以理解，它关系到每个人大半生的命运。十二月初，几乎每个人都知道了自己的去向。“文化大革命”造成的人才断裂，使这届毕业生成为抢手货。学校留一批，省文教部门也将择优录用一批。按宝文的成绩和能力，已内定为留校对象。

一天，宝文正在教室写毕业论文，系秘书突然找到他，说党总支郑书记有事叫他。“是落实他的分配去向吗？”跟在秘书身后的宝文很兴奋，走到郑书记办公室门口，秘书通报后离开，宝文进去，郑书记让他关上门。这样郑重其事，宝文有些不安。

“陈宝文，你是不是曾向你妻子提出离婚？”宝文刚坐下，郑书记严肃地问他。

“没有。”宝文一愣，踌躇了一会儿，低声说，“我们的婚姻没有感情基础，经常闹矛盾，我产生过结束婚姻的念头，可我从来没有提出过。”

“你们最近一次闹矛盾是什么时候？”郑书记又问道。

“去年寒假。”宝文想起那个寒风呼啸的夜晚，心情一下子沮丧起来，他简略地说了那个寒夜发生的事。

“以后会离婚吗？”一丝怜惜在郑书记的眼里闪过。

“没想过。”宝文低声说，“先凑合着过吧，实在过不下去再说。”

“唉！你这娃子呀！”郑书记长叹一声，从办公桌抽屉里取出一封信，望着宝文，遗憾地说，“你妻子给学校党委写了一封信，说你想要离婚，还说你们现在关系很僵。因此，她强烈要求把你分回老家。她说假如让你留在西安，就等于破坏你们的夫妻关系。昨天，学校刘书记把我叫去，让系里郑重考虑你的分配去向，他建议最好还是把你分回陕南老家。一则那儿更需要人才，二则你这种特殊的家庭状况也不宜留在西安。系里研究后，也是这个意见，希望你能正确对待。”

宝文懵了。突如其来的打击，让一向沉稳的他失去判断力，他弄不清此刻是梦还是现实。然后，他明白了，秋云使出最狠毒的招数，断了他通向辉煌前途的路径。“贾秋云，算你狠！这样也好，我再也不心存内疚而迟迟下不了决心和你离婚。”

毕业后，宝文被分到县群艺馆搞创作。到单位报到、安排好行李物件后，他去看秀莲。

看宝文进门，秀莲从椅子上艰难地站起来，久病、苍白的脸上有了笑模样。

“妈！”秀莲的衰老让宝文心里一酸。她还不到五十岁，好像被衰老和沧桑吸干了。枯瘦的嘴角耷拉着，布满皱纹的眼皮肿胀而又沉重，眼神昏暗，颧骨高高凸起，脖子上也爬满细碎的褶子，像过得艰难的家庭老妇。秀莲对着儿子看了又看，宝文心里更难过，他是母亲唯一的安慰，除此之外，她还有什么呢？一日复一日的无望叠加至死亡，就是她全部的人生——她的人生一眼就看到头了，一眼看到头的人生是多么荒凉。

听宝文说了工作分配和离婚的决定，秀莲长叹一声，泪水溢出眼眶，想不到儿子重蹈她当年覆辙，这难道是命运对她们母子的无情捉弄吗？

宝文写了长达万字的离婚诉状，递到县法院民事法庭。

“写得太长了。”老书记员翻了翻诉状，皱了皱眉头，又问宝文，“你和你妻子的职业是什么？”

“我刚毕业分到县群艺馆，贾秋云在家务农。”宝文认真答复。

“哦。”明显的厌恶浮现在书记员的脸上，他又皱皱眉头，说，“年轻人，不要地位变了，就嫌弃糟糠之妻。再说，打离婚官司，要先经村乡两级政府调解，调解不成，法院才受理。”

对书记员的指责，宝文默不作声，他清楚这将是他今后经常要面对的，再说，其中的曲折又不是一句两句话说得清楚的。于是，他默默拿过诉状回到单位，重新写了诉状，然后回柳林村。

宝文怎么也没想到，他还没回到村里，可他要与秋云离婚的消息像长了翅膀似的早就飞了回去。

乍暖还寒的早春，鸳鸯河岸那片柳树林刚刚绽开几丝绿芽，野草还没露头，成群的鸟儿还在从南方飞回的路上。春天的脚步太慢太慢了，村里的婶子、嫂子们实在等不及了，相约着从家里出来，到鸳鸯河边洗衣服。

“听说了吗？顺德家的宝文要打离婚。”支书媳妇神秘地说，“我家老陈从区法庭听说的。”

“听说这小陈世美，考上大学没多久就闹离婚，真不是东西。”

“啥蔓蔓儿结啥蛋蛋儿，有啥妈就有啥儿子，宝文他妈年轻时闹离婚闹得可凶呢。”

“听说秀莲当年和县里一个大干部不清不楚的，要不她能豁出命地闹。”

“秋云也来洗衣服啊！”有人招呼道。

秋云提一篮衣服，正走出柳树林，向一块洗衣石走去。

“秋云，你要想开些，看看，你都瘦成啥样儿了。”三婶子同情地说。

“宝文是不是外边有人了？他相貌堂堂，又在省城念过大学，保不准跟人约好了，跟你离完婚就娶别人。”

“秋云，可不能答应他，让他和别的女人在城里享福，你在村里受苦。这太便宜他了。”

“他不让我好过，我也不让他好过。他想抛下我们娘儿俩过好日子？还是等下辈子吧！”秋云举起棒槌狠劲儿槌衣服。

“是啊是啊，这就对了。”婶子、嫂子们赞同地点点头，满意地举起棒槌捶衣服。

村里总有这样一群善良的人，她们的善良决定了她们总是同情弱者。她们把同情当做医治痛苦的中药，加了水熬了给人随随便便地服用。以前她们同情顺德。顺德无奈腾出东屋，她们在鸳鸯河边同声谴责秋云，同情宝文找了个蛮不讲理的丑媳妇。秋云没了工作回到村里，她们又开始同情秋云。虽然她们的同情只限于感叹一番，从不越雷池一步，可是却能使被同情者的感觉麻木，从而缓解痛苦，更使被谴责者在舆论氛围上处于劣势。

河边洗衣声、说话声还在继续，宝文此时正在支书家，和他说离婚的事。

支书是宝文的本家长辈，在村中威望很高，而且，是法院民庭多年的陪审员。昨天，秋云找他，说宝文要起诉离婚，求他做主。“甭急甭慌，一切有我撑着。他小子本事再大，也翻不过我这如来佛的手掌心。”支书朗声说。

支书没说大话。他当支书几十年，在村里，没有他摆不平的邻里纠纷，父子、兄弟间的矛盾纠葛。只要他出面，哪怕双方打得头破血流，也立刻熄火停战。在柳林村，他就是法官，他的话，没人不听。

“叔，请您在上面签意见。”宝文简要说明离婚请求，将诉状递给支书。

“宝文呐，你要离婚的事，我听说了。秋云现在是配不上你，过去你们之间也有些矛盾，但那时你从未提出过离婚。现在，她落难回村，你当了干部提出离婚，你让秋云、村里人咋看你，你到村里听听，大家是咋说你的。”支书端起茶缸，慢悠悠喝口茶水，又继续看着宝文说，“娃子，做人要堂堂正正，要不就会被唾沫星子淹死。”说完，把诉状推回宝文面前。

“叔，我当年结婚的事，你可能听说了。我是不得已结的婚，这也是我和她之间经常闹矛盾的原因。现在我要离婚，和她有没有工作、和我做人如何毫无关系，是我和她没感情。我不管村里人怎么说，这婚我一定要离！请您在上面签意见！”宝文不卑不亢地把诉状又推回去。

从没有被人这样当面顶撞，支书气得把茶缸墩在桌上，拿过诉状，在最后一页写上“村上调解无效，请法院受理”，便推给宝文。

宝文谢过支书，拿上诉状到法院，交给民庭书记员。

“等候通知吧。”书记员说。

半年后，法院受理宝文离婚案件。办案人员按例行程序，询问当事人：

“陈宝文，你和贾秋云是什么时候开始恋爱、什么时候结婚的？”

“1973 年开始恋爱，74 年结婚。”

“婚后闹没闹过矛盾？”

“闹过。”

“主要有哪些矛盾？”

宝文叙说了他与秋云婚前婚后的不和，包括因酒席规模、送满月礼的争吵等。

办案人员又问:“你是什么时候提出离婚的?”

“1982 年 4 月。”

“陈宝文,你这是典型的喜新厌旧,陈世美式的嫌弃糟糠之妻。希望你今后加强道德修养,放弃离婚要求。”办案人员严肃地说。

宝文不服,便详细叙说他们的婚姻基础和现状,坚持离婚。办案人员不耐烦地让他等候公开审判。

半个月后,法庭公开审理陈宝文、贾秋云的离婚案。那天旁听的人很多,宝文的本家支书正襟危坐在陪审员席位上。气氛明显对宝文不利,他申诉离婚理由时,冷嘲热讽不绝于耳。

轮到秋云反驳了。秋云还没开口,可她憔悴、黝黑的脸与高挑、白皙的宝文形成强烈反差,立刻赢得审判官和听众同情,现场一下子安静下来。“我和陈宝文是先恋爱后结婚,我们有一个可爱的女儿。我知道,我现在和他差距很大,我是农民,他是国家干部,我配不上他了。可是,这并不能成为他喜新厌旧,抛弃我和女儿的理由……”秋云哽咽得说不下去,现场响起一片嗡嗡声,审判员不得不宣布休庭。

三天后,判决书发下来,结论是“不予离婚”。宝文尽管有一定的思想准备,但真正面对这一严峻现实,仍十分失望。他的情绪很低沉。

春去春来,鸳鸯河边的柳树绿了又黄,黄了又绿。五年过去了,宝文又一次耷拉着头从中院回单位。五年了,他记不得在这条路上来来回回多少趟,可他的离婚诉求仍旧在起诉、上诉,起诉、上诉中循环往复。

五年前,他听从群艺馆同事建议上诉中院。他字斟句酌地写了上诉状,针对一审判决中的理由逐条辩驳,重点是反驳对他婚姻基础、离婚理由和动机的曲解。虽然中院法官给了他起码的理解与尊重,但仍旧维持原判。

一次次起诉、上诉,均以败诉告终,宝文内心几近绝望。这次又一次面对那些熟识的面孔,他引用恩格斯在《家庭·私有制和国家的起源》中的一段话,“在婚姻关系上,即使是最进步的法律,只要当事人双方在形式上证明了他们是自愿结婚,也就十分满足了。至于在法律幕后现实生活是怎样进行的，这种自愿的约定是怎样达成的，关于这些，法律及法学家都可置而不问”，说明他和秋云缔结的婚姻，正是这种表面看来自愿、其实不自愿的典型。他又举出他上大学前两个人之间的一系列矛盾冲突，说明并非是他“地位变化抛弃农民妻子”这个简单武断的评判。

他愤懑不平地说：“尽管在现实生活中走向破裂的婚姻，双方地位相同或相近的总占绝大多数，人们也很自然地将其看作性格、志趣差异的正常家庭矛盾。可是，一旦双方地位、文化差异较大，分手又是较强的一方提出的，人们马上会认为这不是感情问题，而是道德品质问题，这难道是客观公正吗？既然地位、文化素养相近的夫妻都有可能发生感情破裂，那双方差异较大的夫妻，不是更容易发生感情不和谐乃至走向破裂吗？”

审委会初步作出改判的决定，宝文终于看见云缝里透出一丝亮光。

然而，河南郑州发生了一桩震惊全国的离婚案件，让那点亮光像划过夜空的流星，转瞬消失。一对分居已近十年的夫妻，法院判离后，女方当庭服毒身亡。事情发生后，男方受到强烈的舆论谴责，法院办案人员受到组织处理。

中院以此为戒，要求谨慎判案，再一次调解无效后，维持原判。

宝文心里的失望、伤感、悲戚达至极限。他对通过法律解除这已名存实亡的婚姻已不抱任何希望。以后怎么办？与那个一次次庭审辩论中，恨不能将他置之死地的女人重修秦晋之好吗？这简直是天方夜谭。然而，背负婚姻枷锁，苦苦折磨他的精神和肉体，直到进入坟墓，这又让他多不甘心。

十五

离婚成了遥遥无期的幻影，宝文的心灰了，人显得很颓废。烟抽得很凶，酒也喝得很厉害。

一天，宝文又在宿舍喝酒，门被人推开。

宝文眯了眼睛朝门口望去，阳光簇拥着一个玲珑剔透的人、一个穿着碎花裙子的姑娘走进来，充斥烟味、酒气的房子，立刻有了太阳的味道，有了清爽的玫瑰的芬芳。

“班长!”来人叫了一声。

“阮文丽!”这熟悉的声音,唤醒了宝文,他喜悦地说:“你长成漂亮的大姑娘了。”

是的,站在宝文面前的姑娘就是阮文丽——那个躲在人后,细心折叠手绢的小姑娘。不过,现在的她不再青涩、腼腆,浑身散发出成熟女性迷人的韵味。她娇小玲珑,肤色白皙,一双迷人的大眼睛透出灵气。她依然娇嫩,几乎是如花似玉,神态也极其迷人。

宝文看看乱糟糟的屋子,不好意思地说:“太乱了,我收拾收拾。”他手忙脚乱地收捡着,却怎么也收拾不整齐。

“我来吧。”阮文丽先打开窗户,然后动手收拾。她洗干净杯盘碗筷,盖上酒瓶,放进橱柜,抹了桌、柜,扫了地。她像拥有一双神奇的魔幻手,一间凌乱不堪的房子,眨眼间变得干净整齐。开了的门、窗,不断地拥进空气和阳光,替代了长久盘踞在房子里混合了烟酒气的霉味。

“好了,我先出去,你也讲讲个人卫生。”阮文丽调皮地眨眨眼,“你快馊了,班长。”

“你从哪儿来?你要去哪儿?”宝文追出去。

“你先忙,待会儿我找你。”

宝文看看镜子里的他,头发脏了,胡子长了,他便拿了香皂和毛巾去了县城中街的公共澡堂。

阮文丽调到县文教局工作,这是宝文请她在西关外的小餐馆吃饭时知道的。“在地区文教局待得好好的,为什么到这儿?”宝文兄长般的责问阮文丽。

阮文丽夹块红烧肉放进他碗里:“你多吃点。听你馆里人说,你常常喝酒不吃饭,这不好,容易得胃病。”

“别打岔。还是说说你为什么不待在地区?你不知道待在那儿比待在县上更有利于你发展吗?”宝文停下筷子,轻声责备。

为什么?难道不是为了他吗?不是他——师大校园那个风流倜傥的翩

翩青年、那个才气横溢的儒雅书生，让她——一个情窦初开的少女迷恋他至今吗？她爱他，这种爱经常热情地来骚扰她的神经。她想关心他却不能。她写了一首又一首的情诗，将自己感动一下，却不敢拿到《绿风》上发表。看着校园里相爱的情侣，她很伤感，躲在无人的角落，哭一阵儿。没有什么能消解她的心理需要，也无法找到一个可以肆无忌惮挥洒情感的方式，于是她的感情就向内心发展了。她觉得内心深处好深，夜有多深，情有多深，时间有多长，情有多长。为了心中这隐秘的爱，她拒绝了许多异性的追求，其中不乏青年才俊。可是，这能告诉他吗？不，她不会告诉她。她爱他，是她的事，和他无关。她只想离他近一点，能感受到他的存在，时不时看他一眼。

“不为什么，想来就来了。”阮文丽莞尔一笑。

“你发在地区报上的作品，我都读了。写得好，可是数量不多。”阮文丽说：“你曾经那么辉煌，你不应该是这种近乎沉寂的状态。”

“唉。”宝文刚刚神采飞扬的脸阴沉下来，继续伤感地说，“十年了，我失去的太多了。你要愿意听，我告诉你。”

这十年宝文发生了什么，阮文丽是知道的，可是，她还是愿意听他说，愿意他将心里的苦楚倾吐出来，那样的话，他会好受一些。“我愿意听。”阮文丽期待地看着他。

于是，两个毕业后第一次见面的老同学，在这个远离闹市区的小餐馆，一个不远处有着河流、柳树林的地方，倾心长谈。他第一次给人讲他十年离婚历程，他内心的希望、挣扎、绝望。他讲啊讲啊，啤酒喝了一瓶又一瓶。餐馆吃饭的人走光了，只剩下他们两人。餐馆老板坐在吧台后，无聊地将吧台擦了一遍又一遍。宝文从来没说过这么多的话，他像要把后半辈子的话都要说了似的，一直说到最后一次上诉结果，维持原判。他说他绝望了，他这辈子注定不能拥有心仪的爱人和甜美的夫妻生活。他看着阮文丽，忧伤地说。

“怎么没有？你有啊。”阮文丽此时已经泪流满面了。眼前这个男人，她十九岁时就暗恋着的男人，十年来承受的身心折磨，让她心疼不已。她忍不住说出藏在心里的隐秘。

“嗯?”宝文看着阮文丽,怔住了。渐渐的,他头脑清晰了,他想起师大读书时的一些事,那些看似不重要的一些细节,现在想起来,却觉得暗藏玄机。那时,她一见到他脸就红,他还笑她小姑娘怕羞;毕业聚餐时,他喝高了,她用白开水悄悄换掉他的白酒。他还想起大学最后一个元旦联欢晚会,教室的天花板上挂着彩纸剪的纸饰,双卡录音机播放着《友谊地久天长》《雪绒花》《蓝色的多瑙河》《草原上升起不落的太阳》等等经典名曲。一队队舞伴翩翩起舞,人人跳得很投入。午夜将至,宝文和阮文丽共舞,他们的舞步带了惜别之情,渐渐的,她的眼里有泪光闪现。

此时此刻,他全明白了。十几年了,她默默地爱着他,不为人知地、以她的方式爱着他。宝文深深被感动了,他觉得身体最深处,他的灵魂被触动了。这感觉很奇怪,如电流从身体掠过一般,他有些晕眩。他躲开那双深情凝视他的眼睛,极力压抑着内心的惊涛骇浪,平静地说:“我是没有资格获得幸福的人。”

“你有。再说,爱你是我的事,和别人无关。”

宝文把阮文丽送回去后,躺到床上,怎么也睡不着。阮文丽哭泣的、害羞的、调皮的、深情的脸庞交替着出现眼前,让他有喘不过气的感觉。多么美丽的姑娘,多么痴情的姑娘!可是,他有什么值得她爱?他比她大了十岁,他人到中年,却碌碌无为,而她那么年轻,正是女人最美的时候,却把最好的青春年华都用来爱他。

宝文突然不安起来,为他荒废了十余年的时光,为这个美好的姑娘爱上甘愿沉沦的他。他再也不能安睡。他起身坐到桌前,铺开稿纸,写下他已经构思好的一篇小说标题。

这是一个温和、柔美的夏夜,凉爽的风轻轻吹打着群艺馆老式的木格子窗框,夜空中弥漫着远处河水的湿气和柳树树叶的清香,隔壁睡着了人的鼾声也在夜色里起起伏伏。这一夜,宝文房里的灯一直亮着,早起锻炼的同事奇怪地跑来看,看见桌上散乱着一沓稿纸,宝文爬在桌上睡得正香。

十六

秋云越来越不快乐。

她再也没有当初胜诉的感觉，那种看着宝文霎时灰白了脸的快感。

起初，两级法院判决不予离婚时，秋云沾沾自喜。她听说过像她和宝文这种情况，只要她不同意，法院不可能判离。她想宝文碰过两次壁后，也许就会像不少人那样屈服于现实，回心转意与她将就着过下去。然而，宝文屡次败诉却不死心，依然一次次上诉，与她离婚的态度越发坚决。她也越来越能言善辩，一次又一次的庭审辩论，她已揣摩透了法官和听众的心理，她娴熟地使用那些最能打动人心、也最能打击宝文的言辞，把一次次庭审变成对宝文的声讨。

然而，离开法庭，没有人陪在她的身边，特别是夜里，她一个人躺在床上，孤独感油然而生。渐渐的，她迷惘了，越来越苦闷。最近一次庭审，秋云听到审判员宣判结果，却没了以往的喜悦，人也木木的。

英子被她奶奶接到身边上学，家里只有秋云和公公顺德。顺德本来话少，几十年形同于鳏居的生活，更让他变得哑巴一般。在家里，她几乎连个说话的人都没有，变得越来越孤僻，性情越来越差，英子不在身边，她又不能朝顺德撒气，长久压抑，便内分泌失调，月经紊乱，还添了痛经的毛病。

这年顺德不到六十岁，背着和秀莲的夫妻名分，他独自过了三十多年。父母活着还好，下地回家有饭吃，衣服破了有人缝补。后来，老两口相继过世，顺德就恓惶了。出门一把锁，进门冰锅冷灶，有个头疼脑热，也没人嘘寒问暖。更让他难以忍受的是和秀莲徒有夫妻名分，却无夫妻之实，这对正值盛年的男人来说，实在难以忍受。他也曾想过与秀莲离婚，找一个和他年龄相当的农村女人过日子，可是，他怕村里人说他窝囊，没本事，便断了这念头。

秋云带着英子回家种地，给这个沉闷的家一度带来欢乐。以前顺德自己做饭、洗衣，现在这些活全让秋云揽去，他只照管庄稼和菜地。下地回来，能吃到现成的饭菜，空闲了就背着小英子逛街，或在村里转悠。谁知儿子和媳妇闹起离婚，一下子打乱了家里短暂的和谐气氛。背过秋云面，顺德不停叹气，当着她的面，他却不知道怎么说。

秀莲接走英子，家里只剩下他们翁媳，尴尬之余，互相都意识到了彼此互为依靠相依为命的现状。顺德便尽力消除尴尬心理，秋云也不再无端呕气折磨自己。顺德下地干活时，她把家里收拾得干干净净，做好饭菜，等他回来一块儿吃。农忙时，她和顺德一块儿去地里干活，抢收抢种，两个人倒也过得平静安然。

秋云每月经期，肚子都痛得厉害，急得顺德又是拉车子送她上医院，又是买药，还包下全部家务活，不让秋云插手。这让秋云很感动。顺德有个头疼脑热的，秋云也总是尽心尽力服侍照顾他。

近乎耳鬓厮磨的生活，让这对翁媳彼此成为对方最亲近的人，终于，这种感情在特殊环境下，演变成不伦之情。

那是麦收不久，中午还是艳阳高照的晴日，午后，突然乌云翻滚，狂风大作，紧接着，铜钱大的雨点哗啦啦落了下来。忙了十多天的翁媳二人正在午睡，顺德先听到风雨声，赶紧翻身下床，一边抄起家具往外跑，一边大声喊，“秋云，快起来收拾麦子。”

酣梦中，突然被顺德喊醒，秋云听到外边噼哩啪啦的雨点声，便顾不得穿胸罩、背心，抓起短袖衬衫穿好，冲到院子里，和顺德一起收麦。

一阵紧张忙乱，总算把一千多斤麦子收进堂屋，俩人都松了一口气，这才互相看了看。顺德上身没穿衣服，雨水顺着胸膛一直往下流。秋云的短袖已湿透，紧贴在身上，成熟女人丰腴的躯体凹进去、凸出来的部位十分显眼。忙乱中，白短袖上面的两颗扣子已松开，硕大的乳房显露无遗。突然看到这些，顺德像喝醉酒似的浑身燥热，他身子哆嗦着，双腿颤抖。秋云见顺德有些异常，低头一看，脸刷地一下烧得发烫。她想回屋子换衣服，脚却不听使唤地僵在那儿，痴痴地盯着顺德那健壮的古铜色胸膛，浑身的血液似乎都冲向大脑，头有些眩晕。

突然，轰隆隆一声震天响后，门前传来大槐树被雷击断的声音，吓得秋云尖叫一声，扑到顺德那厚实的胸脯上。立刻，一双有力的臂膀便紧紧箍住了她，紧接着，两个焦渴的嘴唇，抖抖索索而又十分急切地黏在了一起……

乱伦的羞耻感和强烈的罪恶感控制了秋云和顺德，使得他们在获得性的巨大快感后，反而像陌生人一样，好几天都不说话，也不互相看一眼，只默默地做着该做的事。秋云后悔不该一时糊涂，做下被人不齿的事。但是，当欲火烧得她心烦意乱时，又会恨恨地想，要不是陈宝文狠心绝情，她咋会走到这条路上来吗？于是，生理上的饥渴和心理上的强烈报复欲，促使她又禁不住偷偷摸进顺德的房门，与顺德再一次陷进那埋葬过多少人的欲海深渊，再也难以自拔。

人的道德心、羞耻心，在压抑不住的生理欲望面前，是多么不堪一击！他们像久旱的庄稼逢甘霖一样，恣意沉浸在这畸形而泛滥的爱河之中。只是，在别人面前他们却比过去更庄重、更严肃，因此，两人的私情多年没有被村里人发现。

十七

秀莲在六十三岁那年，油枯灯灭，撒手离去。

这是一个冰雪覆盖鸳鸯河流域的日子。天真冷，大地仿佛要冻裂了似的。太阳冻得躲在云里不敢出来，天空便显得灰突突的，好像刮了大风之后，呈现出混沌沌的气象，而且连日飞雪，地上已经积了一尺厚的雪。鸳鸯河边的村庄、菜园、麦田都被雪盖得严严实实。野兔越过顶上被大雪覆盖着的篱笆，留下一圈圈梅花形的趾印。饿急了的乌鸦飞到有人烟的地方，在路旁的灰堆里徘徊着觅食。

天空飞雪，田野寂寥而苍茫。想到母亲一生短暂风光终生悲苦，再想到他尴尬的处境和默默爱她的阮文丽，宝文哀痛不止，悲凉的心情久久不能平复。

处理完秀莲的身后事，已是阴历小年后，宝文送英子回柳林村去。

“英子，过完年，我来接你到城里上学。”宝文将英子的书包放在门前台阶上，摸摸英子的头。

“嗯。”英子看着宝文离开后，用手敲门，大声喊妈开门。

严寒的日子，正是庄户人躺在被窝里歇气的好时光。土地承包到户了，人人都豁出命地干，一年三百六十五天，日日将太阳从东背到西，没人舍得用半天时光躺到床上，只有在这冰雪缚住手脚的日子，才能舒展舒展疲累至极的身子，心安理得地酣睡。陈顺德在睡梦中满足地咂吧着嘴，臂弯里的秋云也睡得正香。

“妈！妈！”英子还在大声喊着。顺德突然被惊醒，他摇醒秋云，低声说：“快，快起来，英子回来了。”秋云惊出一身冷汗，赶紧穿衣起床，蹑手蹑脚地从西厢房出来，走到堂屋中间咳嗽了一声，才去开门。

“妈，你要冻死我了，我敲了那么久你才开门。”门开了，英子一头钻进来，一边抱怨一边夸张地耸肩缩头。

“你一个人回来的？”秋云转移了话题。

“我爸送我到门口。”英子边说边往东屋走，不小心碰上堂屋中间的小饭桌，上面的碗盘哐啷响了一声。秋云又是一惊，昨晚几杯酒下肚，热血沸腾，来不及收拾碗筷，她和顺德便上了床，本想早晨起床后收拾，没想到英子回来了。

不等秋云解释，英子已进东屋，拉亮电灯后，秋云向床上一望，脸色刷地一下白了，床上的被子整整齐齐靠墙放着。英子睁着大眼睛，疑惑地问：“妈，你昨晚没……”英子突然闭了嘴，她看见秋云棉袄领口的纽扣没扣，脖子露出两排清晰的红色齿痕。她的脸一下子变得惨白，眼睛直愣愣地瞪着秋云，嘴唇颤抖着，却说不出话来，转过身，跌跌撞撞地朝门外跑去。

“英子，你回来！”这突如其来的情况，让秋云的脑子一下子懵了，等她回过神来，英子早已跑出门。

“我不在家过年了，我找爸去。”远远的，传来英子抖抖索索的声音。

秋云没追英子。追上能怎么样？做下这种被人不齿的荒唐事，还能捂住她的嘴？这一天迟早会来的，只是没想到来得这么快。秋云慢慢地在门前晃悠着，不一会儿身上便落满了雪，她却毫无知觉，任思绪飞扬。

她一会儿恨宝文无情无义，否则她咋落到今天这人不人鬼不鬼的下场，一会儿又后悔，既然忍受不住情欲的煎熬，何苦拼死与宝文赌气。要是十多年前宝文刚提出离婚那会儿，就毫不痛惜地把他像剔除坏疽那样扔掉，然后，靠她新鲜的血脉养好伤口，找一个条件相当的男人，像普通夫妻那样过日子，该多好啊！十几年来，那么多亲戚、邻居为她撑腰打气，两级法院一次次支持她，不判离婚，她却对不住他们，做下这种事。突然，她想，那些一直支持她不离婚的人，真的是为她好吗？或许他们是为了显示自己高高在上的优越地位，站在岸上对溺水者表达适可而止的同情。或许陈宝文太耀眼，让他们黯然失色，他们不想他占尽天下好事。退一步说，就算他们真的为她好，他们可曾想过，她一个弱女子，在有名无实的婚姻里死撑死熬、守活寡苦不苦！

秋云终于醒悟。可是，遗憾得很，她觉醒得太晚。十几年了，她被仇恨、报复蒙蔽了眼睛，拜倒在某种超然的、貌似公正的虚幻的力量脚下，向它乞讨，求它做主，靠它活着，把她的人生交给它支配。没想到，它可以满足她，用无形的力量帮助她对一个男人实施报复；但它很狡猾，不动声色也毫不勉强地要她向它支付某种代价。这代价包括她的青春、幸福和人伦享受。一句话，她能把男人剥夺到何种程度，它也要她对自己剥夺到何种程度。

西屋传出嗵地一声响时，秋云已经到了鸳鸯河边。看到静静的鸳鸯河时，秋云一下子明白了，这儿是她最后的归宿，唯一的永久的归宿。她一头扑进河里，水面上荡起一圈圈涟漪，不一会儿，涟漪散去，河面恢复如常，水平如镜。

（注:本文与石水合著）

凤 儿

一

湛家湾的于桂荣已经发作一天一夜。

在阵痛的间歇睡着时，梦见一只火红的凤凰乘风凌空而来，绕梁盘旋、舞蹈，发出清脆悦耳的鸣叫。醒来后，女儿落了地。刚出生的婴儿，粉嫩的小身体，胳臂像鲜藕，眼睛睁得大大的，小小的指甲盖儿像透明的水玉，浓黑的头发披下前额。

“多好看的女娃。”接生婆说。

“我女儿就叫凤儿吧。”于桂荣望着粉妆玉琢的女儿，回想刚刚做的梦，对男人湛明远说，“我闺女就是凤凰——人中凤。”

于桂荣是读过书的，在湛家湾的媳妇、姑娘中，数她学历最高——初中毕业，比湛明远的高小水平高了一截。不仅如此，她差一点就成了公社大院吃商品粮的女干部，只因婚期临近，湛家催促娶亲（湛家可不想娶一个吃公家饭的人），生生错失了机会。因而，她的话在家里具有权威性，一家人，包括湛明远在内，从未有人想挑战这权威性，她给女儿取名凤儿，湛明远当然不会反对。

此时，正是村里吃晌午饭时，村东头大槐树下，一群人端着饭碗又围在五爷身边听他谝闲传。五爷说：“昨夜我亲眼看见一只狐从村前悠悠走过。”一阵哈哈大笑后，有人说：“五爷，你又要编排人了。”

五爷名叫湛富贵，在兄弟里排行老五，和哥哥们比起来，他长得矮小、瘦弱。一双罗圈腿，站在那儿就是一个标准的“O”。湛家湾没人叫他大名，长辈、平辈叫他五娃子、老五，晚辈叫他五叔、五爷。五爷自称能通阴阳两界，能预知将要发生而未发生之事。他用一碗清水为人治病，一边用两只手指头朝外洒水，一边口中念念有词，神态虔诚、认真、一丝不苟。可在一帮年轻人眼里，他的样子滑稽极了。他们对他的态度很是不屑。一碗清水能治病？纯属封建迷信。尽管如此，可还是有上了年纪的人找五爷治病。

月明星稀的夏夜，五爷给围在身边的侄儿、侄孙们说自己的故事："有一回，我从山上背柴回家，经过一根平放的水桶粗的树干旁，累了，便坐上去歇歇。谁知，屁股下的树干是软的，还在蠕蠕地动。哦，原来是条大蟒蛇。"五爷的声音一点也不夸张，不渲染，可一帮小毛头吓得大呼小叫。

"那是只九尾狐，九只蓬松的大尾巴像开屏的孔雀呈扇形竖起。细长的眼睛很妖媚，嘴巴又小又尖，火一样红。"五爷边吃边说，"这东西最迷人心性，最会祸害人世。殷商不就是苏妲己给亡了么？妲己就是九尾狐。"

"明远家的生了，是个女娃，粉嘟嘟，眼珠亮晶晶的。"有人端着饭碗走过来说。

正在听五爷说九尾狐的众人，便转移了话题，说起刚刚出生的女娃，又说到明远老婆于桂荣身上。突然有人说："五爷，你该不是说明远闺女是狐狸精托生的吧？"不等五爷搭腔，有人便说："你还真信五爷的话，啥年月了，还有狐狸精。"

"哪会呢？我跟你们谝淡话呢。"五爷一边喝汤一边慢悠悠说。

二

二十年前湛五爷的话，湛家湾人可听得真真切切，那湛美凤就是狐狸精托生的。明礼妈声音抖着，脸白得令人恐怖，在摇曳的灯光下鬼魅般触目："我的儿，听妈的话，离她远点，别让她祸害了你。"

"妈，你不请人提亲罢了，别作践她。明明是五爷逗乐子的话，你也信？她要真是狐狸精，我宁愿让她祸害！"赵明礼的声音缓缓的，低沉的，却像斧子砍在木头上一样有力。明礼妈心里的恐惧被这一斧子砍去，可望着从她的屋子走出去的儿子——已是大男人的儿子，一阵钻心的痛伴着一股恨意油然而生。

天黑下来了，蜷伏山坳深处的湛家湾悄无声息，这是一个天一黑透就要沉睡的世界，沉闷无奇。赵明礼长长吐出一口气，坐在院坝边的石墩上，抬头望天。瓦灰色的天幕上，无月，却有星星点缀，偶尔被游荡的浮云遮挡。一颗极大的星从浮云中探出头，很亮，还一闪一闪的，像女子眨着的眼睛。夜幕下，赵明礼无声笑了，他想到凤儿那双会说话的眼睛。那次放寒假回湛家湾的路上，赵明礼第一次发现凤儿的眼睛会说话。

凤儿在湛家湾的同龄女子中，形象最出众。粉嫩的团团脸，弯弯的柳烟眉，两只清水眼，天然一股幽怨在眉目间流动。她爹湛明远编得一手好竹器，是远近闻名的篾匠，他编的竹筐、竹笼、竹簸箕以及竹席、竹枕等，拿到市场上就一抢而空。因而家里的日子过得比谁家都好，一家大大小小吃的、穿的、用的自是与别人家不同。于桂荣是在县城读过书的，因而审美观趋于城里人，打扮女儿当然就摒弃了花红柳绿，这使凤儿除了好看外又多了份雅致。疼爱她的长辈说凤儿像画儿里的人一样好看，带着醋意的母亲们说凤儿像狐狸精一样，长大了不知要迷倒多少男人。这让女伴们无端生出不平之气，凭什么凤儿得夸奖？回家对着镜子反复看，终究觉得除了眉眼不周正外，比凤儿还多了土气。于是，赌气摔碎了镜子。无形中，就与凤儿有了隔膜，话里话外，总带着刺儿。

可是，新近发生了一件事，使她们郁积闷气的心胸舒畅许多，走资本主义道路的湛明远被批斗了，并没收其全部所得，湛家人终于敛眉低首，在人前没了光彩。湛美凤再也不能像城里人一样穿衣吃饭，受人夸奖。这是件多么大快人心的事！她们终于高昂起一向抬不起的头，向狐狸精表示轻蔑。大人说凤儿是九尾狐托生的，她不是狐狸精是什么。因而这次回家路上，她们干脆撇了凤儿，远远走在前头，勾肩搭背的做出亲昵样儿。

受了打击的凤儿，身子抖着，连嘴唇也在抖着，一时间，赵明礼动了怜悯之心，他握住她的手，她仰起头，用那双珠泪盈盈的眼睛望着他，那双眼睛无声地诉说着哀伤、屈辱和感激、信赖。赵明礼的心一痛，在这一刹那间，肌肤接触的刹那间，他听到一句谶语，它像山风，掠过山道，在他的耳畔轻轻说:“眼前这个女子,是你一生的伴侣啊……”从这天起,无论他坐着、躺着,无论他是砍柴还是下种、收割,总有凤儿的眼睛在他的眼前、心头闪耀。可生性深沉的他,至今没向心爱的人表明心迹。

“凤儿,明天,我就去你家提亲,你会答应吗?”夜幕下,赵明礼久久望着那颗眨着眼睛的星星。

这一夜,在赵明礼的记忆中,是漫长的,漫长得让他心生恐惧。他怕这夜成为永恒,他怕这永恒的黑暗将他同凤儿隔开。这痴情的、羞于表达的闷葫芦,绝望地在床上辗转反侧。此时此刻,他后悔莫及。

太阳刚刚照在河对岸那块白石上,家家户户的烟囱便开始冒烟,不一会儿,整个湛家湾便弥漫着饭香气。赵明礼就是此时,在湛明远家门前撞上大队妇女主任孙启娥的。

三

于桂荣一扭头看见孙启娥正进院门,这让她感到非常突然和紧张。三年了,大队干部走进自家院门只为将男人揪到批斗会场,只为通知一家大大小小参加批斗会。三年了,俊朗、聪慧的男人变得憔悴、衰老和木讷。难道又要……她不敢想下去,她看一眼埋头吃饭的男人木然的面孔,心揪成一团。

她放下碗,快步走到院子。

“孙主任,哪阵风把您吹来了?”于桂荣强颜为笑。

“嫂子,明远哥,给你们道喜了。”一脸春风的孙启娥拉着于桂荣的手,看着站在门口的湛明远说,“你家养了一只金凤凰,赵支书家栽了一棵梧桐树,我呀,就是要把金凤凰给引到梧桐树上去。”

于桂荣和湛明远明白了,孙启娥是来提亲的。

“凤儿还小,等几年再说吧。”湛明远低声说。

“不,定下来吧。”于桂荣看了一眼湛明远。

“你也不问问凤儿?还不知道娃咋想的。”更低的声音。

“不用问，我是她妈，我做主！”声音虽温柔，却毫无商量的余地。

……

“回屋吧，我去支书家回话，他们还等着呢。”孙启娥跨出院门时对于桂荣说。

“婶儿，你在这儿?”一夜无眠的赵明礼，眼圈虽有些发青，可神情是兴奋、期待和紧张的。

“明礼，你等着喝凤儿的喜酒吧。”孙启娥笑呵呵说，却没听见赵明礼轻轻发出了“啊”的一声。如果听见了，她一定会觉得，任何鸟儿飞回它离开时还充满啾啾鸣叫的小雏，现在却空无一物的巢里，所发出的悲鸣都比不上那声轻轻的“啊！”。孙启娥还在说，“哦，你和凤儿、柱子还是同学，喝完他俩的喜酒，是不是也该喝你的?”赵明礼什么都没听到，他的脸因这突变而显出绝望的灰败。

这几天，湛明远更沉默了，也不和于桂荣说话。他不是因于桂荣独断专行不把自己放在眼里而生气，于桂荣在家里一向独占话语权，家里的事一向她说了算。何况，他哪有什么尊严可言。他的尊严早就被人扔在地下当抹布践踏。他生气，是因为于桂荣竟答应将凤儿嫁给那样一个油头粉面、好吃懒做的人，生生将女儿送进火坑。这可是他们唯一的女儿啊！

湛明远凄凉地想，凤儿本应有好的生活、好的前程，都是因为自己连累了她，毁了她的幸福。还有于桂荣，一个多么出色的女人，湛家湾最好的媳妇，他却让她遭受厄运，给她带来灾难。他使她脸上无光，失去荣誉；他让她生活困窘，吃糠咽菜。一时间，他原谅了她，并设身处地地理解她，也许她为女儿选择了可以吃穿不愁的婆家，可以不遭人白眼的靠山吧。

晚上，当于桂荣往湛明远怀里靠时，湛明远不再拒绝，伸出双手搂抱住她。“明远，别恨我。”于桂荣抚摸着他花白了的头发，潸然泪下，“我怕你再遭罪！”

“可是，苦了凤儿了。”湛明远抹去于桂荣脸上的泪说。

有了谅解的湛明远夫妇絮絮叨叨说了大半夜，说话声断断续续传到隔壁。黑暗中，泪水无声淌下凤儿的脸颊，滴在枕头上。

堂屋传来于桂荣出来进去的声音，天亮了，赵明礼的影子从心里退去，像一朵花还没绽放就已凋谢。凤儿开始穿衣起床。

麦收后，凤儿嫁到了赵家。

四

凤儿婚后养成了早晨挑几担水后再上工的习惯。

婚后的第二天早晨，天还没大亮，凤儿在柱子妈喊柱子去挑水的声音中醒来。她急忙起身，却被柱子抱住不放，急得她涨红了脸，使劲掰开他的手，赶紧穿衣下地，凤儿挑起水桶就走出门。后来，凤儿明白了，婆婆哪儿是喊柱子挑水，明明是给刚过门的媳妇立规矩，柱子什么时候挑过水？

“妈，凤儿才过门你就让她挑水，你忍心？”柱子从枕头上抬起头冲着新房外埋怨一句。

“什么金枝玉叶的，我还不能使唤吗？刚娶回家就护上了，我养了你二十多年，还不如刚进门的她。”柱子妈恨声说。

“好好好，我不说，你愿咋做就咋做。”柱子把头又缩回被子里。

凤儿挑水的习惯一直到她小产那天暂时结束。那天早晨很冷，井台边结了冰，从井下打上水后，凤儿担起水桶，脚下一滑，连人带桶摔倒在地上。柱子妈闻讯赶来，看见煞白了脸的儿媳妇和地上一滩血水，一下子阴了脸。

于桂荣带了一斤红糖和一只母鸡来看凤儿。凤儿看见推门进来的娘家妈，泪水一下涌了出来。于桂荣红了眼圈，又很快绽出笑模样，说：“不是自己的，丢就丢了吧。你们还年轻，以后会有的。”又转过身对身后的柱子妈说，“亲家，娃遇到这事，啥都干不了，还要你照顾，让你受累了。”

“也没啥大不了的，不就跟隔月来红一样，凤儿也娇气了些。你放心，我不会亏了你金枝玉叶的闺女。”柱子妈没好气地说。

于桂荣张了张嘴，没说什么，神情有些黯然。

凤儿小产后，身上一直不大干净，稀稀拉拉地持续着，这让贪恋床第之事的柱子烦恼不已。柱子人长得清秀，身子稍显单薄，再加上五个闺女后才有了这个儿子，支书两口子就格外娇惯他，事事顺着他，就连娶凤儿这样的大事，支书都让了步，反过来做柱子妈的工作："啥九尾狐托生，那是封建迷信！这话传出去，你还让我咋当支书？"柱子妈勉强答应，可心里对凤儿就存了成见。柱子毕业后被安排到大队部做文书，肩不挑，手不提，很是自在。即使三夏大忙时节，他也不像别的湛家湾人那样整天灰扑扑的，他很注意自己的形象，梳成分头的头发抹了香油，穿湛家湾人很少穿的中山装，上衣兜里插了两支钢笔，迈着慢悠悠的步子，显得懒散极了。

虽说柱子身子单薄，可在男女事上却很威猛。刚结婚的那段日子，每晚都和凤儿折腾到半夜。凤儿小产，没成型的骨肉夭折，他倒不太在乎，他想得更多的是凤儿的身子近期怕是不能碰了。刚开始几夜，柱子老老实实躺着，可过了十来天，他再也忍不住。晚上，抚摸着凤儿白嫩、细滑的肌肤，他急得像热锅上的蚂蚁，身体随之坚挺。

"不行不行，你忍忍吧。"凤儿用力推开柱子的手。

"这事儿能忍么？"柱子越发急得连撞墙的心都有。

半个月后，柱子突然安静下来，凤儿长舒口气，终于消停了。

一个多月后，凤儿身体恢复正常，早晨起床后，依旧挑几担水再上工。生活沿着固有的轨道继续前行。

一个阴沉的春日午后，暝色昏昏，冷雨不住地敲打着窗棂，风在房后的林中哀号。坐在房中纳鞋底儿的凤儿刺破了手指尖，她懊恼地吮吸净手上的血，戴顶草帽走出门。她得出去转转，这样的天气，她实在不能独自待着。

其实，凤儿没想找柱子，可走着走着就到了大队部门前。门关着，窗户纸也黑着。凤儿刚要转身离开，突然，屋里传出女人的呻吟，接着一声尖叫，撕云裂帛一般，惊得她站在那儿不能动弹。一阵熟悉的男人的急速喘息后，归于寂静。过了一袋烟功夫，屋里有了动静，窸窸窣窣的，又过了会儿，窗户纸亮了，门开了，根生的女人低头走了出来，匆匆离开。

头上的草帽啥时掉在地上，凤儿不知道。她只知道她头上的天裂了缝。她闭上眼睛，身上淋得透湿，浑身冰冷，周身的血脉都像被冰封住了，凝结成了剔透的树挂。

五

凤儿病了，发高烧，烧得身子滚烫，不时说胡话。柱子叫来大队的赤脚医生打了一针，体温降下来，可低烧不断、厌食、不说话，动不动流眼泪，没几天，人就瘦了一圈，粉嫩的团团脸，变成了尖下巴。出不了工，水也挑不了，柱子妈的脸就不好看了，出来进去指桑骂槐。柱子倒是不说什么，可除了吃饭，整天见不到他影子，晚上回来倒头便睡。

晚饭后，柱子照例出去了，凤儿躺在床上，病恹恹的。有人敲院门，一声比一声大，极不耐烦的样儿。凤儿强撑着起床去开门。该是春和景明的三月了，可山里的春天来得晚，依旧春寒料峭。打开院门，一股刮骨的山风击得凤儿瑟缩成一团。

“睡死了么？磨磨蹭蹭的。”喷着酒气的赵支书被门槛一拌，直直扑进门内，凤儿急忙去搀扶，却被支书拖着一齐摔倒在地。“凤儿，是你！”支书的酒一下子摔醒了。

“不要脸的狐狸精，你连老阿公都不放过！”柱子妈一阵风似的从屋里扑出来，抡手就打。

支书一把抓住她的手，厉声说：“你没有调查就没有发言权！再胡说八道，小心我捶你。”

“打啊，打死我算了，反正这日子没法过了。当初我不让这狐狸精进门，你起劲儿劝我，原来你打这主意。你畜生不如啊！”柱子妈一头撞过去，支书被撞倒在地上。

院子外传来女会计喊支书的声音。柱子妈快速抹去眼泪迎到院门口。“支书，出事了，你快去大队部看看。”堂屋门敞开着，屋里的灯光照出来，女会计一脸的慌张，声音也是掩饰不住的慌张。支书大惊，可面上却是平静的，他平静地迈出院门，和女会计到大队部去。

柱子妈关上院门，看一眼面如白纸的凤儿，便把还要骂的话吞回肚里，扭头回屋去。

清冷的院子里，凤儿孤寂地伫立着。她清楚大队部出了啥事，这是迟早都要发生的，她并不为之惊诧。可心里依旧一阵阵绞痛，泪水便如蜿蜒的小溪顺着她秀美的脸颊淌下来。

柱子出了大事。

出事前没有一点预兆。湛家湾静悄悄的，偶尔只有几声狗叫和谁家娃娃的哭声，倒显出几分安详。一切同往日毫无两样。柱子在同样的时间等来了根生家的，同样的急迫，同样的贪婪，身下的女人一经他挨身同样的瘫软如泥、柔若无骨。就在他快活地冲上云端的那一刻，他们被人堵在了大队部。那时，他还不知道根生家的为了随军将会配合根生作伪证，会痛哭流涕地说他依仗支书父亲的权势强奸了她。这个在他最难耐时给了他快乐也享受了他的身体的女人，亲手把他送进监狱，罪名是破坏军婚。

柱子被警察带走后，支书家异样安静，可天黑后，柱子妈爆发了，她撕扯着凤儿的头发，抓破她的脸颊，不住声地骂着害人的狐狸精。凤儿渐渐苍白了脸色，连嘴唇也变得灰白，夜里便有血从下身渗出。闻讯赶到赵家的于桂荣、湛明远夫妻，将一腔愤怒强行压抑，急急忙忙将凤儿送到了公社卫生所。

出院后，凤儿和柱子离了婚。

出湛家湾，朝南走三十里，更深的山凹里，有个小村子叫水磨湾。水磨湾只有十几户人家，是个穷村子，女人们都是烧干锅炒菜煮饭，一年到头，一点油腥气都闻不到。山下没有人家愿意把闺女嫁到水磨湾，水磨湾的女子也不愿意留在村里。于是，除了穷，水磨湾还是有名的光棍村。

可是，水磨湾的憨疙瘩马云山却从山下娶回一个如花似玉的新媳妇。三十岁的马云山，黑黑瘦瘦的，小小的个子，发育不良的样儿，和新媳妇站在一起就是天壤之别。只是在水磨湾人看来，新媳妇的脸过于寡白了，而且大喜的日子里，脸上没一点喜气，也没羞涩之气，站在马云山身边一言不发，平静地看着前来闹洞房的村里人，仿佛新媳妇不是她，而是另一个与她毫不相干的陌生人。

新媳妇是凤儿。

离婚后，凤儿回到湛家，她陷入一种麻木而空洞的状态。除了干活，她就呆坐着，不说话，也看不出来伤心。尽管于桂荣和湛明远用悉心的爱和温暖的怀抱抚慰她，可她再也不是以前的她了。

赵明礼托人来提亲，凤儿木然地摇摇头。

于桂荣说："明礼这娃不错。"

"可他是湛家湾人。"凤儿说。

凤儿知道，她不再是那个含着泪信赖地看着赵明礼的女学生了，人世间的风雨已将她击打成一个饱经风霜的小妇人。在湛家湾，她是啥？她是狐狸精啊！她害得柱子进了牢房，她让支书丢了乌纱帽、柱子妈没了往日的威风。哪个男人还敢娶她？赵明礼敢娶吗？可又咋知他是不是第二个柱子？新鲜劲儿一过，怕是任你西施再世心里情分千斤也难留住他的心。其实，她是不忍心，他是她情窦初开时的初恋，是她苦难人生的一抹温暖的阳光，她惟愿他生活幸福，岂能因为自己让他的人生黯淡无光。

又有人来提亲，凤儿说她怀了别人的娃。来人说他会像对自己亲生的一样心疼。凤儿答应嫁了。

"凤儿啊！凤儿啊！"于桂荣抱着女儿一叠声地叫着，泪水哗哗地往下淌，这句没说完的话包含了做母亲的多少悔恨和不甘！

新媳妇的冷淡让水磨村人甚感无趣，便纷纷告辞离去。

晚上，吹灭了灯，马云山和凤儿并排躺在床上，静静的，谁都不说话。过了很久，马云山试着爬到凤儿身上，见凤儿不反对，便快速动作起来。整个过程，凤儿始终平静地看着漆黑的屋顶，不迎合，也不拒绝，仿佛置身事外一般。

这一夜，马云山的鼾声像水波一样拍打着夜的寂静。这一夜，凤儿看着漆黑的屋顶直到天明。

天亮了，马云山醒来，看见一夜没睡的凤儿，说："我会一辈子对你好。"

七

凤儿怀孕好几个月了,可反应仍然厉害,一到饭时看见马云山端来的饭碗,就干呕,就吐,人瘦得走了形。马云山嘴上不说,可心里着急上火,嘴唇上起了一圈燎泡。“女人怀孕都这样。”凤儿安慰说,“过几个月就好了。”

凤儿吃啥吐啥,可吃泡菜坛里捞出的酸萝卜却不吐,吃得胃里泛酸也不。晌午收工,马云山不急着回家,反而上了村后的山上,摘了满满两衣兜泛白的野枣才回家。“吃吧,酸酸的,还有点甜。”

“枣儿!”凤儿惊喜地睁大双眼,捡起一个塞进嘴里。

“不酸么?再过个把月才甜。”马云山憨笑着望着凤儿。

“酸的才好吃。”凤儿边吃边说。

“你爱吃,我就天天给你摘。山上多的是,你看在草丛里像星星一样亮闪闪的就是枣子。”马云山一高兴,第一次说了这么多。

凤儿笑眯眯看着他,这个憨人还会打比方呢。

马云山每天上山摘枣子。路边、近处的多让放牛娃摘了,他就去摘半山腰的,后来只有陡的崖壁才有,为了一两颗枣子,让枣刺扎伤是常有的事。村里人讥笑他是枣憨子,凤儿也不让他再去摘枣。他憨笑着啥都不说。

凤儿不再只想吃酸的,村后山上的野枣也熟透了。在陡峭的崖壁,在高高的山头,熟透的野枣白里泛红,在明艳艳的秋阳下发出诱人的光。终于有一天马云山站在一块突出的石崖,探着身子伸手够一颗红艳艳的枣时,摔下山崖,摔得面目全非,身上的衣服成一绺儿一绺儿,头上、面部血肉模糊。凤儿在看见马云山尸体的那刻,叫了一声憨疙瘩,就哭倒在马云山的身上。

这一天是秋季最好的天气,蓝天上飘着朵朵白云,村前村后的田地里黄一团青一团的秋色如此的静美,村后的山崖摔死了马云山后,一如既往的秋色浓郁,一派与它无关的样子。也是啊,不声不响三十年的憨疙瘩的离去,哪儿能引起它们的注意。可对凤儿来说,是天崩地裂了。

山里的夜晚是孤寂的,有时猫头鹰的叫声会吓醒熟睡中的凤儿,马云山在时，会伸出胳臂将她搂在怀里，那种毛骨悚然的感觉会慢慢消失，没了马云山，夜晚更黑暗、漫长，猫头鹰的叫声更阴惨凄恻，凤儿把头蒙进被子里，两手抚摸着高耸的肚子，泪就一下子涌出来："娃呀，我苦命的娃……"

冬月，凤儿生了个闺女。不足月的婴儿看上去像个小猫，凤儿又可怜又心疼。奶水不足，凤儿煮苞米面糊糊喂娃，怀里的闺女一天天胖起来，可凤儿却像害喜似的，吃不下东西，一天比一天瘦，整个人看上去非常憔悴。等出月后，她枯萎得像一片风中的落叶，伺候月子的于桂荣急得只有流泪的份儿。

八

凤儿像村里其他女人一样背着女儿出工。锄完一垄地的草，她会拄着锄头歇会儿，一抬头，就看见村后已绿了的山。风从河边吹上去，山上的绿草、荆棘在风中来回荡漾着，像极了海上起起伏伏的波浪，看久了，便有晕船的感觉。再抬头定睛看时，草、树枝、荆棘依旧在风中起起伏伏，可闺女囡囡已十岁了，放了学，提着竹笼在不远处拔猪草，凤儿也老了十岁。

十年间，于桂荣和湛明远前后相隔一年双双走上黄泉路。他们还不老，本来可以活得久一些，可是，世事难料，谁知道是不是阎王殿的生死薄里他们的名字被朱砂划了勾？

早晨，凤儿起了个大早到了苞谷地。当东边的山头被一抹云霓涂抹成橘红色，凤儿已锄完两垄地的草，别人才到了自家的责任田。有啥办法呢？人手少，比不得人家劳力多，再不起早贪黑点，地里的草窜得和苞谷一般高了。凤儿抹了一把头上的汗，又低头锄地。太阳照在对岸的白石上了，囡囡要放学了，凤儿急急忙忙回家去。

吃完饭，送走囡囡，喂了猪和鸡，凤儿扛着锄头又到了苞谷地。上午没锄完的那块地，已是草净土松。坎上的一亩三分地里，一个人正弓着背锄草。白灼灼的烈日下，蝉在山上的树林里知了知了地叫着，异常聒噪。正是中午歇晌时，偌大一块地里，只有凤儿和那个锄草的人。四周美丽而静谧，半人高的玉米成林，矮矮的绿豆秧苗结满丰腴的绿豆荚，菜地里，绿莹莹一片，不远处的小河水蒸腾着热气。

“傻子，你这个傻子。”汗从凤儿的头上、脸上渗出，落进眼里，一阵热辣辣的刺激后，眼里珠泪盈盈。

锄草的人抬起了头，一张熟悉的脸，赵明礼的脸转向凤儿，“我是傻子，这是命。”赵明礼又弓起身子锄地，手中的锄头一下一下地稳稳地向前移动，从背后看去，他结实、宽厚的脊背简直就是一座山。

太阳终于收敛了四射的锋芒，慵懒地蹲在西边的山头。凤儿不声不响地看着赵明礼擦一把满头满脸的汗，走向通往湛家湾的路。十年了，赵明礼在这条路上来来往往多少次？数不清了。数得清的是他十年间唯一一次向她提亲被回绝。

那是憨疙瘩死了三年后的一天，凤儿要上山砍柴，便把囡囡用一根绳子拴在桌腿上。等她从山上回来，囡囡在屋里哭得岔了气，两眼紧闭着，小脸憋得乌青。凤儿抱起女儿不住声地喊叫，好长时间后，囡囡才哭出声，搂着她的脖子再也不肯下地。凤儿紧抱着女儿泪流满面。赵明礼就在这时，背着一袋粮食踏进她的家门，母女俩的孤苦无依让他的心尖锐地痛起来。

“嫁给我，让我照顾你们娘儿俩。”声音低沉却不容置疑。

凤儿摇摇头。

“为什么？”赵明礼逼视她的眼睛。

“你找个黄花闺女结婚吧，不要打我们孤儿寡母的主意。”凤儿冷着脸说。

赵明礼定睛看着她，说：“我会等你嫁给我。”说完转身离开。

凤儿抱着囡囡追出门外，看着那个渐行渐远的身影，泪水又一次涌出来，“我已是残花败柳，娶了我，你会后悔的。”

赵明礼再没向凤儿提出亲事，可他依然在她最难的时候出现。青黄不接的二、三月，春种秋收、三夏大忙时，寒风肆虐的隆冬，烧柴将尽的时候，他不声不响地放下送来的粮食，一刻不停地干完活，然后拖着疲惫的身躯离开。十年了，赵明礼拒绝了媒人提说的一门门亲事，伤透了母亲的心。十年了，他做了一个男人为自己的女人该做的事。可凤儿没给他说过一句温柔的话语，甚至连一个笑脸都没有。她硬着心肠赶他走，没用。于是，她知道了他是说一不二认准了就一条道走到黑的人，是那种撞了南墙也不回头的人，明知前路是悬崖也要跳的奋不顾身，让人不忍。

太阳沉下去了，天地间一片苍茫，一种奇异的安静笼罩了黄昏的水磨村。所有的声音都远去了，大人呼唤娃娃回家声，晚归黄牛的哞哞声，鸟儿叽叽喳喳的鸣叫声，一切一切，如退潮的水一样渐行渐远。只有伫立田垄的凤儿和前行的赵明礼裸露着，像两块被岁月击打的山石。

九

赵明礼将最后一背篓苞谷穗倒进堂屋的门背后，转身就走。凤儿挡在他面前，弯下身从脸盆拧一块毛巾，为他擦脸上的汗，擦得那么轻柔而专注，她憔悴却依然清秀的脸充满柔情蜜意，一股久违的生气在她的眼睛和嘴角的微笑之间掠过。突然而至的幸福，让赵明礼晕眩，他站在凤儿面前，站在他日思夜想的女人面前，不能开口说话，喉咙被泪水堵塞住了。他一把将凤儿拉进怀抱，凤儿仰着脸看他，怜爱地仰视着他，她的脸在这刻明艳极了，妩媚极了，那贲张的鲜艳让他难以控制地抱起她，走进她的睡房。

赵明礼亲吻着凤儿，急迫地吮咂着，急迫而忙乱。凤儿难以自持地呻吟出声，在他的身下扭动着。赵明礼一下子狂野、激荡起来，想进入她，可无论如何也不能，情急之下，凤儿引导着进入，一阵奔突、冲撞后，他们终于安静地相拥相抱着闭上眼睛。其实，他们并没睡着，只是短暂的歇息。一会儿，他们又搂抱着亲吻，她掰开他搂着她的手臂，从他身子下溜下去，跪着爱抚他，这种敬仰般的爱抚，这种悄无声息的放荡，有着深不见底的欢快。赵明礼颤抖得不能自已，他翻身上去，再次进入她的身体。这一夜，两个人搂抱着，无穷无尽地缠绵，仿佛末日将至一般痛苦地欢乐着。

赵明礼和凤儿的婚期定在阴历十月份。两个多月的时间说到就到了。这天，水磨湾的女人们早早来到凤儿家，为她送行。穿戴一新的凤儿让她们在惊叹之余有着说不出的感慨，女人，还得有个疼自己的男人，没有男人疼的女人如同没有雨露滋润的花草一样耷拉着花盘、枝叶，没了精气神。看看凤儿就知道那个娶她的男人有多疼她，往日苍白的脸盘娇羞得像抹了胭脂，一向呆滞的眼睛此刻闪耀着让人心动的光，比起十年前刚嫁进水磨村时，她更好看更水灵了。

一群女人赞叹着，感慨着，娃娃们在大人们中间追逐、打闹着，喜盈盈的气氛在满屋飘散。终于，娃娃们疯累了，靠在妈妈们的怀里撒娇，女人们也没更多的话说了，屋里静了下来。

"哎呀呀，太阳都照在白石上了。"一个女人说着拉着娃急匆匆走了。恍然大悟一般，女人们纷纷起身，或拉着或抱着娃回了家。热热闹闹的屋子一下子空了，满屋的喜气也仿佛被她们带走。

凤儿站在院坝边朝通往湛家湾的路望去，远远的，目力所及处，没有那个该到了的人影。

正午的阳光暖暖地洒了一地，凤儿头晕目眩，眼里迸出无数颗闪亮的金星，像夏季飞在眼前的无数飞虫。囡囡端出一碗饭递给凤儿，凤儿疼爱地抚摸女儿的脸，摇摇头。

终于，有个人出现在路的远处，凤儿定睛望着他，虽然她知道那不是赵明礼。赵明礼是高大的、笔直的，那人是矮小的；赵明礼是大步流星的，那人是小碎步地跑动。

凤儿感刚要打招呼，来人说："婶儿，小爹出车祸了。"

凤儿听到消息后如晴天霹雳般，脸和手和裸露在外的皮肤一下子变得纸一样白，身上的血，一刹那间，被什么东西吸光了，整个人变成了晶莹剔透的冰雕，慢慢地，慢慢地，倒在地上。

来人是赵明礼的侄儿赵小山，看见凤儿昏倒在地，一声声喊叫，婶儿，婶儿……

十

赵明礼在迎娶凤儿的路上，被一辆失去控制的拖拉机生生挤下河里，头部遭重击。赵小山说:“小爹让人捞上来时,还叫了你的名儿,还说要把你接回家。可是,送他去医院后就昏迷不醒。医生说小爹虽然已经度过危险期,可他已成植物人。医生还说,除了治疗,家属要像对好人一样和他说话、讲故事,刺激他,也许会好的。”

凤儿带着囡囡赶到医院。病房挤满了人,看见凤儿,纷纷为她让开路。她看到白色病床上插满管子吸着氧的赵明礼,泪水一下子涌出来,滴在他的脸上,她抱住赵明礼的身子,轻轻说:“我的人,你醒来你醒来啊,你不会一直睡着的,你不会不睁开眼和我一起过日子的,是吗?”

一屋的人都红了眼圈。囡囡在人群外听着妈伤心的哭声,心里难过极了,她多想妈能想起她把她抱在怀里,像以前一样,可是,她明白,这时的妈眼里没有任何人,只有躺在那儿的那个人。

凤儿握住赵明礼的手,说:“十几年前放假回家路上,明礼,你记得吗?从那天起,我的心里就有了你……你不能不醒来,你要是一直睡着,五爷的谝闲传就成了真的,我就真是狐狸精托生的。”凤儿疑惑地说,“我真是狐狸精吗?世上真有狐狸精吗?若真是这样,明礼,我的人啊,就是我害了你,那么,你到哪儿,我就跟到哪儿,陪着你以赎自己的罪孽。再说,没了你,人世间的的岁月又长又凉……”

凤儿絮絮叨叨地说着,说走了朝霞,说走了夕阳,说走了冬天,说走了春天。

夏天过完的时候,凤儿的肚子高高隆起像一座山,在病房为赵明礼喂饭喂水擦身子已很吃力。看着凤儿挺着大肚子在病房忙里忙外,明礼妈终于不忍心了,劝说她回家歇歇,可她说啥都不。

“我得守着明礼。他知道我守着他,就会醒来。”凤儿握住赵明礼的手说。

一天,凤儿依旧为赵明礼擦完身子,坐在他的床前,握住他的手,说:“明礼,预产期就是这两天了,娃在肚子翻腾得更厉害了。”她将明礼的手搁在自己的肚子上,“你摸摸,他正在踢我呢,你感觉到了吗?”话音刚落,握在她手心的手指动了一下,她睁大眼睛,不相信地说,“明礼,你听见我说话了?”手指又动了一下。狂喜的泪从凤儿的眼里滚滚而落，“明礼，我的人、我的人啊，你还是不舍得抛下我们娘儿们……”她起身朝病房外跑，一边跑一边大声喊叫医生。突然，凤儿捂着肚子跪在地上，脸痛得扭曲变形，脸色也变得煞白……

产房传来婴儿嘹亮的哭声，明礼妈抱着刚落地的孙子喜极而泣。

几天后，凤儿抱着娃，在护士的搀扶下，走到明礼的病床前，伏下身子，微笑着，却止不住热泪滚滚，“明礼，你有儿子了。”同样热泪横流的赵明礼，伸出双手将妻儿抱在怀里。

这一天，正是一年中最好的仲秋时节，入秋开始的绵绵秋雨结束了，笼罩在县城、湛家湾和水磨湾上空的阴霾、沉闷已全部廓清。天格外蓝，云那么白，明朗、清澈的阳光，透过玻璃窗照进来，照着这对哭完了已经开始笑的恋人，他们怀里的婴儿正睁开一双黑葡萄般的眼睛，好奇地打量着这亮闪闪的陌生世界……

逝去的蝴蝶胸针

一

故事开始于 1992 年春节。

大年初一晚上,蒋梅邀陈果去唱歌。

蒋梅是陈果的中学同学,一个大大咧咧的女子,长相也少了陈果的精致、妩媚。如果是其他女子,和陈果在一起,一定很感自卑和压抑,可她因为是父母的独生女儿,家境不错,家人疼爱,便养成了豁达、豪气的个性,使本应有的自卑变成了对人对事的热情。从这点出发,她对于优秀的人,总是充满崇拜,全心全意地奉献。陈果在她的眼里就是出色的人。她不光漂亮、聪明、学习成绩好,还有着别的同学没有的娴静、雅致。陈果也欣赏蒋梅近于男子气的豁达性格,不要心眼,不矫揉造作。因此,一来二去,俩人做了最好的朋友。虽然陈果的漂亮、雅致凸显了蒋梅的庸常和粗糙,可是,蒋梅从未对她产生妒忌之心。俩人形影不离,直到陈果上了大学才少了来往。

今晚,蒋梅打来电话邀约,陈果还有一丝迟疑,可蒋梅不由分说挂了电话,让她没有拒绝的机会。为什么要拒绝?难道过去的友情不让人留恋吗?陈果边想着心事,边匆匆赶路。

街道没了平日的喧嚣、拥挤,即使偶尔有一两个人经过,也是步履匆匆。如果不是店铺关闭的门楣上高挂的红灯笼,以及时不时响起的零星爆竹声,这大年初一的夜晚,真是有些冷清。

陈果走进歌厅时,蒋梅和两男两女已在八号台就坐。除了蒋梅,其他几位都是第一次见面。蒋梅给双方作介绍。于是,陈果知道了,那几位都是蒋梅在市建设局的同事,其中一位是主管业务的乐副局长。他很年轻,在蒋梅介绍他时,陈果注视着他,脸上呈现出让陈果费解的表情,是腼腆？还是将某种情绪压抑而显出的不自然？还有那双眼皮下一双秀美的眼睛也似乎在哪儿见过。在哪儿见过呢？一刹那间,陈果来不及细想。蒋梅开始介绍陈果。她的介绍极尽热情,她说:“这是陈果,美女诗人,我高中时的同学。当年高考,我名落孙山早早进入社会,人家可是金榜题名。省里知名大学毕业后,是市里一所重点高中的知名老师,而且时不时有诗作在报刊发表。”于是,除了已恢复常态的乐副局长态度适中,蒋梅的同事对陈果表示出十二分的热情。陈果知道,这热情都是面上的情分,心里咋想又是另一回事儿。心里反倒对那位乐副局长有了一丝好感。

蒋梅在唱歌,是周冰倩的《真的好想你》。她唱得很投入,掩饰了音色不柔美的缺陷,听起来倒也觉得情真意切、感人。陈果想蒋梅不是在恋爱吧。仔细看去蒋梅倒变得比以前好看多了。

到底是大过年的,歌厅生意萧条了许多,空旷的大厅只有他们这几位客人。蒋梅的两个同事在跳舞。乐副局长走到陈果身旁请她,陈果便被带入舞池,随着音乐旋转起来。

“你——不记得我?”浑厚、低沉的声音在陈果的耳畔响起。

“嗯?”陈果抬起头,一双睁得很大的眼睛疑惑地看着他。

你总有爱我的一天,

我能等着你的爱慢慢长大。

你手里提的那把花,不也是四月下的种子,六月开的吗？我如今种下满心窝的种子,至少总有一两粒生根发芽,开的花是你不要采的……

不是爱,也许是一点喜欢吧。

乐文智一边轻声吟诵,一边望着陈果。那双美如女性般的眼睛,此时,笼着淡淡忧伤。渐渐的,陈果记忆复苏,她迎着他的眼睛,随着他轻声吟诵:

我坟前开的一朵紫罗兰……

爱的遗迹——你总会瞧他一眼

你那一眼吗?

抵的我千般苦恼了。

死算什么?

你总有爱我的一天……

“你是小刘老师的朋友,乐文智!”陈果欣喜地看着乐文智。去年元旦,陈果所在的学校举行晚会,除学校教职员工外,还邀请教工的家属参加。同事小刘带了朋友参加。小刘给陈果介绍了他的朋友乐文智。记得当时他那双眼睛给了她特别的印象。他的眼睛很美,像女性一般的秀美。双眼皮,眼睛很大,也很深,而且总是若有所思的样子。晚会上,陈果表演的是配乐诗朗诵,朗诵英国十九世纪诗人罗伯特·勃朗宁的《你总有爱我的一天》。聚光灯下,陈果银盘一样的脸庞笼罩着忧伤,美丽的眼睛有晶莹的泪光闪动,她柔美的音色朗诵这首忧伤的诗,格外令人感动。陈果的节目赢得满场喝彩。事后小刘说,乐文智很欣赏陈果的朗诵,小刘还说乐文智也喜欢文学,时不时的有一篇散文或一首诗歌见报。其实,陈果不知道,在她忧伤地朗诵罗伯特、台下响起掌声时,乐文智,一个偶然邂逅的人,正在用心谛听着一个声音,一个声音对他说,这个忧伤的女子是将与他共度一生的人。

“想起来了?我一直记得,一个忧伤的小姑娘——陈果。”那磁性、质感的声音有着不易觉察的喜悦。陈果心里一动,眼帘垂下来,脚步也有些乱。

“还喜欢诗?”乐文智关切地问。

“喜欢。可是,找不着灵感,很少写了。你呢?还写吗?”

“也不写了。每天沉溺俗务,早已没了激情。”

“你那么有才气,不写可惜了。”

一曲下来,陈果和乐文智有了故人的默契,而乐文智对陈果的凝视,在蒋梅看来也意味深长。蒋梅百思不得其解,二人的关系何以有了历史性的改变?一种莫名的不安在蒋梅心里弥漫开来。

二

陈果喜欢在有月亮的晚上,独自在十里江堤大道漫步。

又是一个月圆晚上，因为美丽的月色，陈果从家里出来，信步走向江堤大道。

十里江堤大道，十里柳树林。在这早春时节，柳树已经绽开嫩黄的柳叶。梦一般的月色下，依稀可见柳林氤氲着一层柳烟。微风拂过，有清香的味儿扑鼻而来，那是春的味儿。陈果闭着眼睛，深深地吮吸，吸进了早春的芬芳和柳林的汁液，吸进了花香、草香、柳叶的苦涩，只觉得一股气流惬意地贯通她的身体，而身体更加柔软起来。于是，她摆出一个奔放的拥抱的姿势，就像早春的柳树绽开新叶一样，那张精致的脸盘儿也在梦境般的月光下饱满起来，像一朵玫瑰，在时光中吮吸、孕育，然后在某一个早晨迎风怒放，花心里有一颗朝露在晶莹闪烁着。

也许过了很长时间，也许只有几秒钟，陈果将张开的身体收拢，睁开眼睛，随即身体一颤，心也像被鹿撞了般狂跳不已。

陈果看见了乐文智那双燃烧着火苗的炽热的大眼睛。

这双眼睛，从大年初一晚上后，一直在热烈地追随着陈果。无论是俩人一起参加的聚会，还是在路上偶遇，突然一个转身，便能看见一双来不及掩饰的眼睛。即使是他打到家里的电话，她都能感到他眼里的炽热和深情。

醉酒的晚上，乐文智以酒壮胆，说："我醉了，我想你。"

然后，不等陈果反应过来，突然挂断电话。

有时，铃声大作，拿起耳机，却半天没有声音。

陈果平静的心被打乱。

渐渐的，陈果倒有了期待，期待乐文智的声音从电话里响起，他秀美而深邃的大眼睛在她眼前出现。可是，她却从不主动打电话给他，也从不给他任何明示。少女复杂、缜密的心理男子如何猜得清呢。于是，乐文智在甜蜜、痛苦中遭受煎熬。

此刻，抑制着心的狂跳，陈果默默注视着乐文智。一头黑发四六分开，一绺自然卷曲的头发垂下，不经意一甩，显得那么洒脱，说不清道不明的魅力，便如洪水漫出堤岸一样扩散开来。

"陈果，接受我的爱吧。"乐文智低沉的期待的声音。

“可是,这种油然而生的感觉——你知道我说的是什么感觉,让我觉得好陌生。”心跳个不停,陈果的声音因此发抖。

“你接受我了?开始爱我了?谢谢你,陈果。”乐文智欣喜若狂,我们会让陌生的感觉消失,我会珍爱你一辈子,让你成为世上最幸福的女人。轻轻握住陈果的手,深情地凝望着她,“陈果,知道我爱了你多长时间吗?从你忧伤地朗诵罗伯特开始,我就知道你就是与我共度一生的人……”

看着乐文智,陈果的内心掀起惊涛骇浪。恍恍惚惚中,看见他黑色的加厚衬衣束在同色的西裤里。早春的夜晚,凉意像流水一般,他穿得太单薄了。“你怎么穿着衬衣出来了?会感冒的。”陈果急切的话语中有掩饰不住的担心。

“我知道你喜欢月夜散步,就想陪你看月亮,没顾上穿外套。没关系,为了你,即使感冒也值得。”乐文智低微、深情的声音,或许因为激动或许因为寒冷而再次颤抖起来。

“傻瓜,如果我今晚不散步呢?”陈果的声音有些哽咽。

乐文智轻轻将她拥在怀里,附在她耳边柔声说:“那我就在每个有月亮的晚上出来等你。”

夜色更深,月色更浓,四围一片寂静,天地间,只有这一对恋人在品尝爱的琼浆玉液。这早春的夜啊,因此不再寒冷,不再孤寂,充满温馨和甜蜜。

三

饮了爱的琼浆玉液,乐文智和陈果深深沉醉其中。

他们不再双双出现在集体聚会中,而把更多的时间用于俩人的独处。夕阳西下,美丽的黄昏来临,他们漫步江边的柳林。或牵手默默不语,任甜蜜在空气中流动;或停步拥吻,深情凝视,任激情在两人体内荡漾。

夏日的江边,暖风徐徐,一轮明月升上天空,温柔地望着他们在柳林缓步的影子。乐文智看看月亮,又看看陈果,说:“月亮是你,我是星星,星星永远围绕月亮转。”于是,这样的时候,他就称她“我的月亮”。一旁的江水,听见他们的柔情蜜语,感动于他们真挚的爱情,发出潺潺的响声。

有月亮的冬夜,微微的西风怕惊扰了这对恋人的幽期蜜语,只在柳林外面敛声拂过。有时走着走着,陈果会绕到乐文智的面前,偏着头含笑看着他,乐文智呵呵一笑,握住她有些冰凉的手,贴在自己的脸颊,一双大眼睛就那样盯紧陈果,直到陈果羞涩地低下头。

他们也会在晴朗的假日,登上梅岭山顶,俯瞰山水相依的滨江城,然后,陈果用她柔美的女中音唱一首歌,或者乐文智朗诵一首诗。他们也讨论小说,讨论共同喜欢的小说中的人物,比如《罗彻斯特》和《简·爱》的平等的爱;安娜死后,渥伦斯基怎样卖掉家业招募骑兵,准备去塞尔维亚送死,"一封信吗?不,谢谢你,去就死是用不着介绍信的,除非是写给土耳其人……"这痛苦的人最后在月台上这样说。

有一天,乐文智讲起了约翰·克里斯朵夫和奥利维。奥利维是克里斯朵夫真正的朋友,他们近乎爱情的友情,使得克里斯朵夫欣喜若狂,"找到了一颗灵魂,使你在苦恼中有所倚傍,有个温柔而安全的托身之地,使你在惊魂未定之时能够喘息一会:那是多么甜美啊!不再孤独了,也不必再昼夜警惕,目不交睫,而终于筋疲力尽,为敌所乘了!得一知己,把你整个的生命交托给他,他也把整个的生命交托给你。"他的声音很安静,不夸张,不渲染,可是却动人。

他们也说各自的工作及对未来的憧憬。更多的时候,乐文智站在陈果的身后,双手将她环抱在自己的怀里,静静地不说一句话,感受爱意在彼此间的空气中流动。

一个没有阳光的周末,在梅岭山顶上,乐文智环抱着陈果,为她唱了电影《冰山上的来客》插曲《怀念战友》:

"天山脚下是我可爱的家乡,
当我离开他的时候,
好像那哈密瓜断了瓜秧。
白杨树下有我心上的姑娘,

当我离开她的时候，
好像那都它尔闲挂在墙上。
……
当我永别了战友的时候，
好象那雪崩飞滚万丈
……”

他磁性、有质感的声音将这首来自高原雪域的歌演绎得极其动人和悲伤，使她热泪盈眶。从此，她不再听任何人唱这支歌了，这支世界上最好听最悲伤的歌是他的歌。她转身抱住他，说：“我爱你。”俩人默默拥在一起，直到忧伤的情绪被甜蜜驱逐。

欢乐的日子易逝。不知不觉，陈果的生日到了。和家里人一起吃过晚饭，陈果懒懒地回到自己的房间，心里只觉得委屈。梳妆台上，有一张邮递员送来的生日贺卡。贺卡翻开着，背景是晴朗的夜空，一轮圆月高悬，墨蓝色的天空点缀几颗闪亮的星星，一行刚劲有力的字写在月亮下：

亲爱的月亮，生日快乐！星

于是，陈果不再因为乐文智不在身边而委屈。其实，这怎能怪他呢？他一周前就去省城开会，明天才能回来。其实，她也不是因为他不在身边而委屈，她是想他了。俩人相爱以来，他什么时候离开她这么长时间。陈果趴在梳妆台上胡思乱想着。

陈果趴在梳妆台上怨着想着乐文智，乐文智此时正坐在出租车上匆匆朝滨江赶。这是他们认识以来，陈果过第一个生日，他不想陈果失望，他要赶在十二点前，亲口将祝福送给她。他归心似箭，不停催促司机开快点，却又叮嘱他注意安全。终于，乐文智在午夜前回到滨江。

陈果趴在梳妆台上睡着了。生日贺卡压在她的左脸颊下。她做了个梦，梦见自己在乐文智的怀抱，被他亲吻。酥痒难耐，陈果醒了，她果真看见了他，一身风尘，一脸倦容。见她醒了，乐文智温柔、欣慰地一笑。陈果忽地站起来，踮起脚尖，将自己吊在他的脖子上。乐文智用力抱起她，像抱一个被宠坏的孩子。

“是我不好，你过生日，我都没陪在你身边，你打我几下出出气。”他低声下气地赔不是，温柔地亲吻着。陈果所有的怨、所有的思念都化作对他前所未有的依恋。她黏在他身上。

“果，生日快乐！”绵软得像云朵一样的语调。

“有你，我就快乐。”更紧地黏在他身上，仿佛怕他再离她而去。

乐文智爱怜地紧抱着她，渐渐地，陈果纯洁的花蕾般的气息，通过她触着他的每一寸肌肤蔓延、升腾，如同一句魔咒，直抵他的内心。此时，她唇红如火，双靥如花，眼睛亮如宝石。他将她放在床上，吻着，开始解她的衣服，一件件丢在床下，连同他自己的。终于，乐文智眼前出现一道耀眼的强光，挟带着一声巨响，这一瞬间几乎使他窒息。

这一瞬间也同样点燃了陈果。

乐文智送给陈果的生日礼物是一枚象牙色的蝴蝶胸针。这是一枚小巧而精致的饰物，只有一厘米见方，蝴蝶的触须、翅膀却栩栩如生。

乐文智说：“你美得像花儿，我就像一只蝴蝶被吸引，所以，就选了这只蝴蝶做你的生日礼物。不知道你喜欢吗？”

陈果怎能不喜欢呢？她抚摸着蝴蝶胸针，两眼熠熠闪光。

四

自己所爱的人爱的是别人，这简直让人痛苦、难堪。蒋梅正忍受着这样的痛苦。

蒋梅暗恋着乐文智，从她踏进建设局的大门，看见乐文智的那天起，她就不可救药地爱上了他。

他年轻、英俊，沉稳、成熟，而且，周身散发着其他同事没有的气韵。到底什么韵味呢？当时蒋梅不太清楚，直到最后，她明白了，那是“腹有诗书气自华”的书卷气，是骨子里固有的浪漫情结。乐文智有，陈果有，唯独她没有。

如果蒋梅早明白这点，她就不会为这份一厢情愿的感情付出那么多。她盲目地被他吸引，他的敬业精神、处事的决断力、娴熟的业务能力，包括他习惯性的甩头动作，都让她着迷。她寻找机会接触乐文智，想尽方法引起他对她的注意。开会时，她抢先坐在没人坐的靠前位置；每天第一个走进办公室，打扫卫生、打开水；中午在食堂吃饭，她会端着饭盒大大方方地坐到他身边，而不顾忌被人说三道四；篮球场上，她和男同事一起腾挪跳跃，奔跑呼叫。她积极参加乐文智参加的所有假日活动，爬山、郊游、唱歌、跳舞。可是，所有这一切，只让乐文智认识到，她是一个热烈、奔放、活泼、大方、易于相处的同事，是一个能在一起聊天、说话，类似哥们儿的朋友，而没有她所希望的男人对女人的特别感觉。乐文智怎能对她有特别的感觉，他的心早在那个激情澎湃的元旦之夜，让陈果占据。因此，对蒋梅而言，这注定是一场无望的爱。

然而，蒋梅锲而不舍地爱着，她相信功夫不负有心人，只要乐文智了解她的爱，他一定会接受她的感情。直到大年初一的晚上，她心里的不安弥漫开来。

蒋梅越来越不安。也许在别人眼里，乐文智没有任何改变，可是，她觉得他变了，变得更俊朗，更快乐，眼里荡漾着动人的柔光。他没有注意到她改变了发型，换了服饰，他甚至很长时间没有和大家一起玩乐、聚餐。蒋梅当然知道，他的变化不是因她而生，她隐隐约约明白是谁让他发生这一系列的变化。

蒋梅不安着，烦恼着，也痛苦着。一天晚上，她漫无目的在大街上溜达，不知不觉走到一座住宅楼前，心里便觉得奇怪，怎会到这儿？心怦怦地跳起来，脸也热得烫手。乐文智住在这儿，以前她和同事一起来过。急忙转身离开，却瞥见乐文智、陈果说着话走进楼里。蒋梅像被施了定身法似的，直直站在那儿，看着三楼乐文智家的窗户。窗户透出了橘黄色的灯光，过了一会儿，灯光消失。不知道又过了多长时间，橘黄色的灯光又映在在窗玻璃上。不一会儿，俩人牵手从楼里走出，走过她身旁，走到大街上，拦下一辆出租车。蒋梅泥塑木雕一般，没了魂魄。

乐文智送走陈果后，径直回到家。环顾刚才温馨现在冷冷清清的家，心里真是觉得孤单。好在陈果已经答应和父母商量婚事，这样的日子不会太久，便释怀。

电话铃响起，乐文智拿起话筒。

“喂，哪位？”

“我恨你！”一字一字吐出的声音，在这夜深人静的时候，如同一只关在笼子里的虎狼发出的绝望的啸叫。

“你是谁？为什么……”电话突然挂断，听筒里传来嘟嘟的盲音。“神经病！”乐文智挂了电话。

乐文智和陈果欢欢喜喜地准备婚礼，却没想到一场风暴正在酝酿。

五

蒋梅病倒了，请了病假在家休息。

莫副局长带了水果来看她，让蒋梅感到非常意外和感动。

莫副局长名叫莫长生，正是年富力强的不惑之年。因为他没有分管她所在的科室，所以，平时也不常来往。可是，蒋梅尊重他。他热情、和蔼、平易近人，关心每一个人。即使刚分配进局里的年轻人，他也能一口叫出名字，嘘寒问暖，关怀备至。虽然有人私下里说他业务能力平平，但是，据说老局长马上退居二线，继任者的候选人除了乐文智，还有莫副局长。

“小蒋，咋不爱惜身体呢？年纪轻轻的，身体这么差，可不是小事。”莫副局长关切地问，一脸的疼惜。“告诉莫叔，哪儿不舒服？我有个朋友在市二院做副院长，让他给你好好检查一下。”莫副局长常常要局里的年轻人，工作之余不许称他莫局长，叫他莫叔。于是，一帮年轻人便莫叔莫叔的叫起来。

眼泪从蒋梅的眼眶涌了出来，渐渐的，从她的脸颊上往下流淌。几天了，蒋梅的泪水一直只在心里流淌，此刻，因为这几句暖人肺腑的话，眼泪如同决堤的洪水涌流不断。

莫副局长慈爱地劝慰着，像对小孩儿一样逗她：“傻丫头，有什么大不了的事这样伤心？是不是男朋友欺负你了？好小子，竟舍得让这么好的姑娘伤心。说给莫叔听听，莫叔给你做主。”

原本无声流泪的蒋梅，此刻大放悲声。莫长生好一阵劝慰，蒋梅才止了哭声。于是，蒋梅说出了对乐文智几年来不变的爱，乐文智和陈果的相爱。

蒋梅的叙述饱含绝望与怨恨。被怨恨和绝望击中了的蒋梅，在想象中抹杀了自己一厢情愿的单相思，她恨乐文智，更恨陈果。她恨乐文智的无情，恨陈果的半路杀出，恨陈果拥有的美貌、才智和学识，拥有自己所爱人的爱情。她诉说着，像对至亲的亲人一样，痛快淋漓地诉说着，却没想到，自己说出的每一句话都会成为伤人的利剑。

一缕阳光从门口斜射进来，光柱间飘荡着微尘，仿佛一个喜欢搬弄是非的长舌妇，要进来驻足片刻，搜集一些可供茶余饭后与别的妇人交换是非的谈资。阳光照着屋里的木质器具反射出金属的光泽，然而，却显得有些黯淡。阳光已趋于微弱，房间里的黑暗很快就会到来。

蒋梅终于说完了，莫副局长紧皱着眉头，说：“这个小乐局长，对感情咋能这么不严肃！其实，大家看在眼里，你和小乐处得不错，是很般配的一对。照你说的，因为陈果的出现，你们的感情才出了问题。”莫长生顿了顿，轻描淡写地说，“哦，小蒋，你可能不知道，陈果的父亲是市委办公室主任，那可是一个看着不显眼却有着无形魅力的位置。小乐人年轻，在政治上要求进步是好事，可是，咋能用个人感情换取政治前途呢？还有和陈果黑灯几个小时的问题，简直就是不正当的男女作风问题。我得找他谈谈，不能见一个爱一个，伤害了一个又一个姑娘的感情。尤其我们的小蒋，多好的一个姑娘，咋能说不爱就不爱了呢？”然后，他舒展眉头，慈爱地看着蒋梅，“说出来是不是好受多了？听你莫叔的不会有错，跟着你莫叔绝不会吃亏。好好养病，莫叔有时间再来看你。”

翌日早晨，乐文智刚走进办公室，莫长生就来了。

“小乐，婚礼准备得怎样了？”需要帮忙就吱一声。

“也没什么准备的，到时候请大家一起热闹一下就行了。”谢谢莫局长的关心。

莫长生正要走出门，突然想起什么似的，又转回来，“哦，蒋梅可能单方面对你产生了感情，这也是没办法的事，谁让你这么优秀。安抚一下蒋梅，尽量处理好关系，别让人误会。”

莫长生的话让乐文智一愣，但同时提醒他，莫非那个恶狠狠的电话是蒋梅打的？蒋梅对他有着不同于同事的感情，他隐约感觉得到，只是没往深处想。再说，即使蒋梅爱他，可自己爱的是陈果，随着时间的流逝，蒋梅对自己的感情也会消失的。今天，他才知道，事情正朝着糟糕的方向发展。乐文智对蒋梅有了愧疚。后悔没能及时与蒋梅沟通，打消她的想法，致使她产生不必要的心理负担。毕竟，爱是没有错的，应该给予尊重。

乐文智想，抽时间和蒋梅聊聊。

当滨江建设局的院子里流言四起时，乐文智和陈果正忙着装扮自己的婚房。

乐文智近百平米的三室一厅，装修一新。大件器物已搬至客厅、卧室和书房。现在要完成的是客厅需挂一幅名家画作，书房要摆几件小摆设，卧室更要两人的结婚照烘托甜蜜和幸福。两个幸福的人，只要有时间，就像两只勤劳的小鸟一样忙着筑巢。他们从不留意，也无暇顾及那些流言正在带着阴沉之气，朝着他们缓缓袭来。云遮雾罩又影影绰绰的流言，有一种蔓延、氤染的作用，它像总也下不完的绵绵秋雨，终日笼罩着城市的上空，让所有的衣物、被褥发潮发霉，让人出不去，进不来，无所适从。

笼罩在建设局上空的流言，让乐文智几乎在一夜之间，成了玩弄女性、作风败坏的伪君子，老局长痛心疾首。乐文智蒸腾而上的人望也跌入谷底。流言从建设局蔓延开来，弥散在城市的上空。流言袭击了陈果。

像一朵盛开的花朵突然遭遇风雨侵袭后枯萎了，陈果银盘一样丰润的脸变得灰暗，澄澈如孩子般的眼睛，蒙上纤尘，单纯、善良的灵魂，无法承载心爱的人刹那间成为恶魔的事实。她几近崩溃。她到了乐文智的家——她亲手装扮的婚房，她要乐文智亲口解释这一切，可乐文智不在家。她从客厅走到卧室，又从卧室来到书房。她在满屋子徘徊、流连，大大小小的物件，都在无声地诉说着俩人摆弄着它们时的快乐。

宽大的双人床上，铺着大红的床单，同色的绣花缎被闪耀着喜盈盈的光泽，一对鸳鸯戏水的枕巾罩在并排放着的枕头上。这张婚床已经留下她和乐文智爱的印记，那是相爱的俩人灵与肉的紧密结合，是爱的极致。

一定有人诬陷他，他怎么会是一个龌龊的人？陈果抹去眼角的泪痕，带上门走出去。她要立刻见到乐文智，听他说他只爱她，别人说的都是假的。她也要告诉他，她爱他，相信他。

马上下班了乐文智收拾好东西，准备去找陈果。已经好几天了，陈果躲着不见他，也不接他的电话。他知道那些流言对她打击有多大，他要向她解释这一切都是无中生有。乐文智不在乎别人把他描抹得多黑，只要陈果相信他是清白的就够了。

有人敲门，进来的人是蒋梅。

“是你，有事吗？”乐文智颇感意外。

蒋梅，这个流言中被他始乱终弃的角色，最近颇得众人同情。流言因她而生，乐文智本应恨她，可是他却只有同情。

“请给我点时间，我有话要说。”蒋梅走到乐文智身边。

“有话明天再说，现在已经下班，我还有事要去处理。”乐文智一边往门口走一边说。

蒋梅赶上去，拦在他的面前：“我知道你是急着去见陈果，我也知道陈果因为那些流言误会你了。对不起，乐局长，一切因我而起。我没想到，会对你造成那么大的伤害。”蒋梅的声音有些发抖，“我爱你，你是我喜欢的第一个男人，我从没想到要毁了你……”蒋梅呜咽着，泪水从眼眶汹涌而出，那张灰暗的脸越发得憔悴。

乐文智一时有些不忍，掏出手绢替她擦去泪水。蒋梅一下扑在他的怀里，放声哭起来。乐文智犹豫了一会儿，慢慢抬起右手，怜惜地拍了拍她的背：“别这样，我不怪你。我知道，你不是有意的。”

有人进来。乐文智抬头一看，顿时脑子如遭棍击一般，木了。

陈果站在门口，圆睁着双眼，浑身颤抖："原来别人说得都是真的，没有冤枉你。"

"果，你误会了，不是这样的。"乐文智推开蒋梅，一把抱住陈果，眼里心里都是疼惜。陈果挣脱他的怀抱，狂奔而去。乐文智愣了片刻，随之冲出门外。

陈果跑到乐文智的家，跑进卧室。大红色的婚床依旧透出喜气，结婚照上依偎在一起的俩人，卿卿我我，你侬我侬。一声惨笑，泪流满面，陈果扑上去，摘下镜框，扔在地上，双脚狠命地在上面踩。玻璃碎了，扎进脚心，陈果哭倒在地上。

陈果离开家，谁也不知道她去了哪儿。临行前，摘下从不离身的蝴蝶胸针，看了一眼，惨然一笑，随手从窗户扔了出去。

老局长退了下来，莫长生继任局长。对于这件改朝换代的大事，建设局的人却没有给与应有的重视与关注，他们把有些复杂的眼光聚焦在乐文智身上。那个神采飞扬的美男子，一下子变成了现在这样灰暗、破落和苍老的衰败样。才几天啊，头上、两鬓竟生出许多白发。

没人告诉乐文智陈果在哪儿，谁也不知道陈果去了哪儿。乐文智发了疯似的寻找陈果。他找遍滨江的大街小巷，敲开她能走进的所有房门，哪儿都没有她的气息和踪迹。她仿佛从这个世界蒸发了似的。乐文智躺在只有他一个人的婚床上，心里是死一般的绝望。

七

乐文智是在初秋的一天出事的。他出事那天，陈果的左眼皮剧烈地跳个不停，虽然她不停地告诉自己，左眼跳财，右眼跳祸，可心里仍就忐忑不安，慌得很。

蒋梅打电话告诉陈果，乐文智出了车祸。他伤得不轻，在医院救治，希望陈果回来看看他。蒋梅说，乐文智爱的人只有陈果，那年，陈果看见的，不是陈果心里想的那样，是自己一时的情难自禁，乐文智只是同情她而已。蒋梅说自己对不起乐文智，对不起陈果……

陈果从待了两年的一个县城中学回到滨江，可是，等她的是梅岭山上的一座新坟。其实，她一开始就知道蒋梅说了谎，只是没有戳破而已。车上无人生还，他如何能抗争过死神？两年了，陈果没回过滨江，可她却没忘了滨江。她无法忘了乐文智，他像烙在她的心里，无论上课、备课，无论吃饭、睡觉，他总是从她的心底走出，在她眼前晃悠。她恨他，可睡梦中她爱他想他。她在爱恨交织中艰难度日……

一抔黄土是她爱人的葬身之地，坟上还没来得及长出绿色，光秃秃的。抬头望，山顶绿树成林，就在那一片蓊蓊郁郁中，他将她环抱怀中，在她耳畔吹着温热的风……

陈果晕倒在乐文智的坟前。一阵山风拂过，她醒了过来。醒了的陈果，热泪滚滚，泪眼婆娑中，依稀感觉乐文智向她走来，一双秀美的大眼睛盛满笑意，轻轻一甩头，那绺自然卷曲的头发随风飞扬。

爱在心灵深处的祭奠

一

新中国成立后，滨江师大中文系首届毕业生，在滨江锦旗宾馆举行三十年同学聚会。

全班五十名学生，到了三十二位，八名在国外，两名已逝，六位任省部级的领导出差开会，两位有病不能参加，其余同学都到了。宽敞、豪华的中型会议室张灯结彩，鲜花簇涌。老班长肖林峰忙前忙后地招呼大家。在广东琛州市开发房地产的沈耀祖，身着白衬衣、米黄色夹克，闲适中不失持重，谁也看不出他是中国目前十大房地产商之一。这个不显山露水的成功男人，有个优雅、漂亮又贤淑、温柔的妻子，虽是琛州前任市长的女儿，却没有市府大院子弟惯有的骄矜与傲气。沈耀祖还有个懂事、上进的儿子，政法大学毕业后，又赴美攻读硕士学位。在大家眼里，拥有这样一个幸福、美满的家庭，竟能将志得意满隐藏，沈耀祖可真能沉住气。

老班长肖林峰1977年入学时三十六岁，比最小的谢雅丽整整大了十八岁，比李跃明、沈耀祖大了十四岁。当时他已结婚，是两个孩子的父亲。毕业后，老肖分回甘肃省岷县县城中学教书，从教师做到校长。而他的同学中，许多是县处级以上的干部。虽说老肖是这次参加聚会同学中社会地位低的同学之一，但还是被公推主持这次活动。

老肖头发稀疏而又花白，黑色短袖上衣扎在同色西裤里，花白的头发朝后梳去，精神矍铄而又书卷气十足。他走向昔日班上的才子李跃明，双手握住他的手，紧紧地握住，热泪在眼眶转动，却终究没有掉下。李跃明喜悦而安详地望着昔日兄长般的班长。已是滨海市市长的陆如海稳步走了过去，从肖林峰手里接过李跃明,紧紧地拥抱着,刚刚吵嚷叫闹声一片的会议室一下子肃静了。衣着朴旧,不修边幅的李跃明从陆如海的拥抱中挣脱,伸手摘去他西服领子上的一根头发丝,安然一笑,然后走动着,一一和同学握手。

周围更静了,连李跃明身体的行进,都跟空气发出轻微的摩擦声。沈耀祖"腾"地一下站起身,却在李跃明走近时,又慢慢坐下。

岁月不饶人。在座的男生已经腆出了啤酒肚,女生的手臂变粗,腰变水桶。李跃明却依然清瘦如竹竿一般,只是头发中夹杂着根根银丝,玉树临风的身姿不再挺拔,变得微驼。没有变的是他的眼睛,依然深邃、清澈。

"跃明。"副省长王俊明抱住李跃明,好一会儿才松开,又用左手握住李跃明的一只手,用他的右手轻轻地拍着,神情凝重,似乎有千言万语,又好像无从说起。李跃明双手握住王俊明的手,粲然一笑。

"跃明,跃明……"同学们都围了过来,关切地问,"这些年过得还好吗?"

"还好!还行!"他满脸堆笑地回答大家,"白天和一群山里娃在一起,晚上看看书,日子倒也过得清静。"

隔着人丛,沈耀祖看着李跃明清癯、瘦削的脸庞,脑子里翻来覆去的是三十年前在滨江师大中文系学习的日日夜夜……

二

三十年了,滨江师大的学习生活恍若隔世。沈耀祖感慨万端。那时候,他们时不时在晚自修后,买一些豆腐干、酱牛肉,还有花生米等,提一瓶三四块钱的城固特曲,回到宿舍后,在地板上席地而坐,边吃边喝边聊。更多的时候,躺在床上,海阔天空地神聊。聊上山下乡,回家务农的轶闻趣事,聊老师讲课的神态腔调,聊给女生取外号的机智与幽默,聊文学,聊秦始皇与吕不韦、嫪毐间的恩怨情仇,聊萨特与波伏娃令人娇舌难下的爱情生活。他们也聊流行歌曲,聊到兴奋时,有人会从被窝里钻出来,拿起喝水杯当作麦克风现场演绎。

沈耀祖至今还记得李跃明穿背心、短裤，唱罗大佑的《恋曲 1980》的情形：

亲爱的莫再说你我永远不分离
什么都可以抛弃什么都不能忘记
现在你说的话都只是你的勇气
春天刮着风秋天下着雨
春风秋雨多少海誓山盟随风远去
啦……啦……

他的音色很好，是那种有金属质感的男中音。他唱得很投入，惟妙惟肖的神态，倒颇有几分明星范儿。唱到“啦”时，他闭着眼睛，星味十足，晕黄的灯光下，依稀可见脸颊上细密的汗珠。最后，大家一起唱：

或许我们分手就这么不回头
至少不用编织一些美丽的藉口
啦……啦……

歌声从门缝挤出，在整座宿舍楼里飘荡，随着飘荡的还有他们嘻嘻哈哈的笑声。哦，一群“惨绿”少年啊！

李跃明是顶着地区文科状元的光环走进师大的，因此，不光在班里，在系里，他都算得上是知名人物。他个儿高，挺拔，斯文，眼窝深陷的大眼睛明亮而深邃，举止大方、得体，一副青年才俊的俊朗、洒脱样儿。他说话风趣、幽默，妙语连珠，因为读书很多，话语中常常迸射出思想的火花。在当时他的同学眼里，他无疑是最博学、最有才华、最有前途的人。他说话的声音很好听，但一点也不激昂、不张扬、不显摆。

记得大一开学后的第一周的班会上，每个人要作自我介绍。他在台上说：“我叫李跃明，木子李的李，跃进的跃，光明的明。我愿踊跃参加班上的集体活动，做一个遵纪守法、认真学习、团结同学的好学生。”这番话，换个人，一定说得慷慨激昂，激情四溢，可他却说得很沉静，而且诚恳。他刚一开口说话，声音就迷住了台下的女生们，那样清澈的声音，安静、空旷、晴朗。不光他的声音，他的眼神、他整个人都是通透、明朗的，像秋天陕北高原上的阳光，清澈得让人疼惜。

自然，开学不久，许多女生就迷上了他。男生们由衷地佩服他博闻强记，才华超群，经常问他问题，或找他聊天。沈耀祖就是其中之一。后来，中文系成立《绿叶》文学社，李跃明被推选为文学社负责人，做了《绿叶》月刊主编，沈耀祖做了副主编，谢雅丽等人做了编辑。渐渐的，三人小团体就固定下来了。

那些日子忙碌而快乐。

白天上课，晚上写稿、编稿，刻蜡版，推油印机，用订书机装订，常常忙到深夜。有时，也会因看一篇稿子产生分歧而发生争执，争得面红耳赤。有一天晚上，大家都在伏案工作，小小的编辑部静悄悄的。“啊！好凄美的小说。”是谢雅丽的忘情的兴奋的声音。此时，已近午夜，她的声音就有声震屋宇的效果，显得非常突兀，惊得李跃明、沈耀祖等一起抬头看她。谢雅丽不好意思地吐下舌头，红了脸。

谢雅丽是腼腆的，动不动就会红脸。

“谢雅丽，发现什么夜明珠了？”李跃明问。

“喏，你看。”谢雅丽将手中的稿子递给他。

沈耀祖也凑过脑袋去看。

“哦，是政教系一位同学写的小说。”

李跃明拿过去，认真地阅读着。4000 字的作品，他很快地读完了。他放下稿子，静静地看着谢雅丽，平静地说：“小说塑造了一个苦难的女人的形象，她在封建夫权、族权、神权的压迫下追求真爱的炽烈和执着，很感人，可读性强。可是，作品中有一种宿命论、悲观主义的思想情感，这样就大大地冲淡了小说的思想性。我认为这篇小说调子过于低沉、灰色，情感显得绝望，不宜发表。”

谢雅丽柳眉卧蚕，撅起小嘴，坚持这是一篇写人性的好作品。

李跃明用低沉而显得自信而坚定的语气说："文学要给人以生活的勇气和力量，给人以未来的希望。这篇作品太悲观，太消极。"

"可是在旧中国，在封建社会，这样的人，这样的事很多啊！文学作品不就是要表现生活的真实吗？"谢雅丽涨红了脸，小声反驳。

"文学作品的真实不是照搬生活，不是复制生活。优秀的文学作品不仅仅要反映生活，还要澄明生活，照亮生活，引领生活。一个有责任感的作者，不会把虚无与绝望呈现在读者面前……沈耀祖，你说呢？"李跃明望着沈耀祖。

"哦，我没看，不好发表意见。"沈耀祖看看谢雅丽，又看看李跃明，摇摇头。

最终，谢雅丽在李跃明耐心说服下，心悦诚服地撤了这篇小说。

争论归争论，他们依然相处得很愉快。有时，他们在晚自修后的校园散步，也会在校门外的小餐馆奢侈一顿，AA 制，三菜一汤，两荤一素。两瓶啤酒，一瓶汽水。汽水是谢雅丽的，她不喝酒。沈耀祖记得谢雅丽唯一一次喝酒，是庆贺李跃明的中篇小说《一朵凋零的花》在南方一家很有影响的报纸连载的聚餐庆贺时。

那是一篇伤痕小说。小说写十年浩劫期间，一个下乡女知青因不从大队支书的淫威，被不明真相的人们以道德、正义的名义凌辱，最后跳河自杀被人救起，终究精神失常的故事。有评论家后来评说，小说虽算不上成熟，但充满激情。那段时间，人们在办公室谈论的话题是《一朵凋零的花》，大中学校园的报架前，挤满课间十分钟阅读小说的学子。一时间，那家南方大报"洛阳纸贵"。李跃明，以他的惨烈激情搅动了正在复苏的校园和尚还沉闷的城市。

"祝贺你，滨江师大七七级中文系的骄傲，我们的未来大作家！"谢雅丽满怀深情，用温柔而又好听的女中音表达着她内心的爱慕之情。她的目光明亮而略带羞涩，一手端酒杯，一只手抱在胸前，小臂托在双乳下面，看上去丰满迷人。

这顿饭吃了两个小时，啤酒喝了十二瓶，两个男生有了酒意，谢雅丽也是微醺。微醺的谢雅丽格外柔媚动人。略宽的前额稍显高深，玲珑而挺直的鼻梁流露出几份秀气，满月形的脸庞洋溢着菩萨般的善意情态，与她的额头、鼻梁搭配在一起，显得纯洁、温柔、文静、清丽、娴雅。她的肤色好极了，恰似在白瓷上抹上了淡淡的腮红。小巧的嘴唇光滑而滋润，眼角上翘的大眼明亮而柔和，镶嵌在微长的眉毛下。她一点儿也不胖，但肩膀圆匀，露在短袖外的胳膊也是圆润的。她不是班里最漂亮的女生，可是在男生的心里，她是最有女性美的气质和风度的。她学习好，是班上的学习委员，为人正派、热情、善良。

像许多女生迷恋李跃明一样，有许多男生钟情谢雅丽，只是太羞涩，不敢表达罢了。沈耀祖便是他们中的一个，只不过他比他们幸运多了。时不时和她一起吃饭，经常和她一起说话、散步，这样的美事，别人只能白日做梦里有，在他却是极平常的事，虽然是三人同行。可是现在，沈耀祖有些不满了，有些小小的嫉妒了，谢雅丽怎能将她明亮的目光久久投向李跃明而不看他沈耀祖一眼呢？

正在沮丧间，谢雅丽朝他举起酒杯，“我也敬你，沈大哥！”明亮的眼睛带着一丝调皮，沈耀祖释然了，怨自己多心了，谢雅丽还是他和李跃明共同的小妹，虽然她只偶尔叫他大哥，而从不叫李跃明大哥。

正如历史学家记载的那样，1978 年的大学校园，百废待兴，却又充满蓬勃向上的氛围。恢复高考制度后的第一届大学生们，珍惜这来之不易的学习机会，对学习抱有狂热的激情。同时，文学被推崇至极致，多少青年像当年投奔革命一样投奔文学，期望自己像一颗新星在文学天空冉冉升起。《一朵凋零的花》的发表，让李跃明一夜之间成为滨江师大的风云人物，从而大大提高了《绿叶》的知名度。于是，《绿叶》文学社的巅峰时期到来了，投稿的范围由中文系迅速扩展至全校各系，稿件像雪片一样飞来，在那间被称作编辑部的斗室里堆积如山。李跃明、沈耀祖和谢雅丽兴奋地忙碌着，满怀热情地看稿、编稿，接待投稿的大学生作者，还得按时上课，完成学科作业。

终于，谢雅丽在高负荷的工作压力下昏倒了，昏睡两天两夜，第三天醒来后，身体依旧酸软无力，医生说是疲劳过度。在医院打了几天营养液后，医生准许她出院。谢雅丽住院的几天，李跃明和沈耀祖每天都来看她，她身体复原出院，俩人都很欣慰。

学校在远离市内的郊区，被农田、菜地包围着。谢雅丽和前来接她的李跃明没赶上最后一趟班车，只好步行回学校。此时，太阳沉下去了，暮色即将来临，有一种特别澄澈、寂静的天光笼罩了远山、原野、大江和河流般的公路。这是一天中最美妙、动人的时刻，也是最感孤独的时刻。处在这样的时刻，人会产生一种不知身处何方的飘零感觉，多想抓住一点真实的东西啊，抓住温暖的血肉东西，于是，爱情最容易在这样的时刻诞生。

此刻，谢雅丽又鲜活地走在李跃明身边，小鸟依人般。他们胡乱找些话题说着，说的话经常不着边际，有时，俩人还会莫名地沉默，可是空气中的快乐还是那么稠密。谢雅丽晕倒昏睡不醒，李跃明突然感到，仿佛自己的肋下有一条细小的丝线与她身体的某一部位连接着，她痛他也痛，他怕她不再醒来，隔着一道奈何桥，连接两个人的丝线会断裂，那么，他的身体会流血，他会痛不欲生的。那一刻，他知道了，他爱她。从什么时候开始爱上的？李跃明不得而知，也许看见她的第一眼吧，也许是看稿的夜晚她为他轻轻放下一杯清茶时，也许是她端着酒杯羞涩地说“我们未来的大作家”时。总之，在李跃明的感觉里，很长时间了，他暗恋她，像王子守护着他美丽、温柔的公主般暗恋着。

一团光明出现在夜色初降的前方，俩人不约而同地停下脚步，看着学校温暖的菊花般的灯光，默然无语。“到家了。”终于，谢雅丽仰着头看着李跃明说。就在这一刹那间，事情发生了，像玫瑰在暗夜突然绽放，像校园的桂花树突然放出清香，李跃明一把将谢雅丽拉进怀里，目光灼灼注视着她：“雅丽，将来的一天，你能跟我回家——回我俩的家吗?”谢雅丽慌乱地摇摇头，紧跟着点点头，最后又摇摇头。突然而至的爱情，让尚还虚弱的她心力交瘁，她失去了判断力和表达力。终于，幸福的感觉席卷而来，她的脸颊像燃烧着熊熊烈火，烧得发烫。李跃明，她倾慕已久的亲爱的人啊！谢雅丽幸福得颤抖不已，她将她灼人的、泪花花的脸埋进李跃明的怀里。李跃明心疼得紧紧抱着她。

三

一个人患上了单相思，他的鼻子就拥有了上天入地的敏锐，这是任何高科技都无法破解的秘籍。沈耀祖暗恋着谢雅丽，晚上失眠了，眼前总是谢雅丽柔媚、娇羞的样子。夜深了，六个人的寝室里，鼾声此起彼伏，像水波一样，一波一波地拍打着夜的宁静。沈耀祖听着李跃明沉稳、平静的鼾声，心里释然了，一切和平日没有两样，所有让他心神不宁的，都是自己的想象。自己过于敏感了，他自信谢雅丽对他有好感。

沈耀祖是有理由自信的，他是以全县高考文科第一名的成绩考进滨江师大的。在那个山区小镇，沈耀祖也算是风云人物，像今天滨江师大的李跃明一样。他长得说不上好看也说不上不好看，说不清楚，或许是五官长得欠精致，比如像金鱼一样鼓着的眼睛，比如矮塌的鼻子，还有厚厚的有些外翻的嘴唇，或许还有统筹分配上的问题，他显得成熟，这是客气的说法，不好听地说，他显老，像一块颜色暗淡的布料。才二十大几的小伙子，走在路上，被熟人问及有几个儿女。他的形象是一步到位了，后三十年几乎没什么大的变化，只是眉宇间多了一些沧桑，倒让他比年轻时更加动人，这是后话，暂且不说。

虽然他长得不能让人青睐，可他理想远大——走出山坳，做一个让人仰视的人。他因此刻苦学习，付出比别人多几倍的努力。他表面随和，内心冷峻，意志坚定，为达到目的可使出浑身解数。家境的寒微又让他早熟，他有着同龄人少有的沉稳和城府。在大山深处的镇中学，沈耀祖以优异的学习成绩，博得班上好几个女生的青睐。然而，他怎会与几个村姑有瓜葛，从而将自己的人生确立在深山小镇吗？他是鸿鹄，天生要展翅高飞的，至于飞多远，那个时侯，他还不能确定。他考入滨江师大后，似乎看到了自己的美好前途，目前，赢得谢雅丽的芳心是他最重要的人生追求，这关系到他人生目标的方向问题。沈耀祖兴奋了，谢雅丽柔媚、娇羞的影子出现他的眼前，他仿佛看到黑暗之后的黎明泛着耀眼的白光，为今后搭建了一条通天的神梯一样。沈耀祖开始了对谢雅丽热烈的追逐，他像一只嗅觉异常灵敏的猎犬，谢雅丽的行踪时常在他的视野之中，同时关注着李跃明的一举一动。沈耀祖不知道，其实潜意识里他是提防着李跃明的。虽然李跃明把他当作好朋友，就像他也愿意把李跃明当作好朋友一样，可李跃明从内至外放射出的光芒，让他自惭形秽。于是，嫉妒就像春天洒在泥土里的种子，在他心中生出嫩芽。他对谢雅丽更加关心体贴，时不时的买回“大白兔”奶糖放在她课桌抽屉，因为“大白兔”是女生的最爱，在小餐馆聚餐的次数也多了，因为谢雅丽抱怨学校食堂饭菜粗糙。虽然李跃明、谢雅丽坚持遵循 AA 制原则，沈耀祖总是争抢着自己买单。

日子像水一般滑过，又是金风送爽的十月了，李跃明倡议、组织了一帮同学到金城拍摄小城秋色，为《山南秋色》大学生摄影展准备参展作品，而拍摄其地貌的最佳去处是梅岭山顶。梅岭山兀立群山一侧，南山脚下就是山环水绕的金城。金河从秦岭一路奔来，在金城与滨江交汇处，环绕成横卧的“S”形，生生将县城分割成阴阳两岛，阳鱼岛的金河北、阴鱼岛的老城似两鱼岛首尾相逐，构成一幅惟妙惟肖、巧夺天工的山水太极图。另一侧的西山，刀砍斧劈般的绝壁下是浩荡东去的汉江，它的雄浑大气与南山脚下金城的秀气，形成强烈对比，阳刚与阴柔，坦荡与藏而不露，在这儿和谐共处，共纳天地之灵气。

山上散布着黄一块、青一块的秋色，还有十几个寻找秋色的天之骄子。山顶上，野草荆棘中，一棵巨大的银杏树孤立着。银杏树多是通直的，树冠不会太大。这棵银杏的三根巨干伞形闪开，树荫有少半个篮球场大。此时，满树暖暖的黄色，看着很舒服。一片黄的银杏叶落到沈耀祖的手腕上，他随手拂去，踩着一地厚厚的落叶，朝谢雅丽走去。

谢雅丽站在枝叶婆娑的银杏树下，看着崖畔山坡下将镜头对准她的李跃明，一脸的恬静、幸福，落日余晖把她脸上淡淡的绒毛涂成金色，把崖畔的野草尖儿涂成金色，就连空气中也浮动着金色的微粒。李跃明按动照相机的快门，咔嚓一声，拍下了这美好的瞬间。

沈耀祖走近谢雅丽了，很近的，低下头就能闻到她头发中海鸥洗发膏的味道，甚至能听见她体内花瓣次第开放的声音。“雅丽，我想和你照张相。”仿佛有什么东西卡在他的喉咙，沈耀祖颤抖着声音说。谢雅丽似没听见般，飞快地向李跃明跑去，从他脖子上取下挎着的相机，又飞快地跑过来把相机塞在沈耀祖的手里，笑着说：“沈大哥，给我和李跃明照张相。”她又像燕子般飞到李跃明身边，攀着李跃明的胳膊，头偎依在李跃明的肩膀上，笑盈盈地看着镜头。沈耀祖惨白了脸，不知怎样按下了快门，他轻轻地把相机放在地上，悻悻地走了。李跃明一脸茫然，谢雅丽兴奋不已。

山顶上，银杏树正沙沙地落着叶子，沈耀祖透过枝桠斜横的大树望去，天空像碎碎的破棉絮。一种挫败感，像丝袜上一道裂痕，阴凉地从腿肚子上往上爬。

从金城回滨江师大后，沈耀祖退出《绿叶》文学社，也淡出三人小团体，他说再有大半年就毕业了，得集中精力拿学分，保证顺利毕业。李跃明不相信，又不好追问。谢雅丽心里明白，却没说话。

转眼间，大学时期的最后一个元旦到了。元旦联欢晚会改舞厅的教室举行。天花板悬挂着彩纸剪的纸饰，双卡录音机播放着欢快、热烈的舞曲，比如《草原上升起了不落的太阳》，比如《雪绒花》，比如邓丽君的《月亮代表我的心》等。伴着震耳欲聋的乐曲声，一群青春勃发的年轻人，欢歌笑语，轻舞飞扬。沈耀祖跳了几曲后，在一个不显眼的角落坐下。

一曲《友谊地久天长》响起来，李跃明和谢雅丽共舞。这是慢三曲子，舒缓、深情。李跃明带得好极了，优雅、从容，谢雅丽配合得默契、天衣无缝。她的乐感、节奏感非常好，舞姿柔美，旋转起来轻盈得像一只翩翩飞舞的蝴蝶。她微仰着头，看着他的眼睛，他的呼吸渐渐显得粗重，像带电的风，拂在她脸上，刺激得她的脸鲜艳极了，妩媚极了，在李跃明眼里，她简直就像深夜潜入人家替人做好事的小妖精一样，妖冶逼人。他们忘情地跳着，深情对视着，仿佛如入无人之境。身边的一对对舞伴，看着他们会心一笑。谁都看得出来，他俩相爱了，谁都觉得，他俩若分开与他人相爱，那真是暴殄天物了。

坐在角落里的沈耀祖，阴沉着脸看着他们，内心烈火炙烤般痛苦。一丝嫉妒、一丝恨意细若游丝地蔓延着，在他的血液里渐成气候，散发着幽幽的气息。

“嗨，怎不跳舞?”李跃明带着舞伴经过沈耀祖身边。

“跳累了，歇一曲。”沈耀祖强颜一笑。

李跃明旋转到了舞场另一头。沈耀祖脸上的笑意，好比落日的余晖渐渐消失在黑夜的天际。

四

临近毕业，校园里的男女生大都谈起恋爱，大一时聚在一起喝酒聊天、唱歌的事少得多了，恋人们更加珍惜俩人独处的机会，只要可能，便躲在无人处卿卿我我。晚自修后的紫藤架下，香樟林深处，简直就是爱的伊甸园。唯独沈耀祖置身于如火如荼的恋爱氛围之外，没有一丝蠢蠢欲动准备恋爱的迹象。于是，他成了约会归来意犹未尽的男生倾诉的对象，从他们嘴里，他知道了，李跃明、谢雅丽也在频频约会。

七月初的一个晚上，沈耀祖去滨江医学院看一个中学时期的老同学，回来的路上，有温热的风吹过，惬意得很。于是，便不想太早回到蒸笼似的宿舍，就在大街上转悠。可是，事情却那么凑巧，巧得让人生疑，连沈耀祖也觉得仿佛是鬼使神差一般。在一条幽僻的小巷，沈耀祖突然看见，李跃明和谢雅丽走进一家名叫南苑的小旅馆。

沈耀祖猛地一愣，心里先是酸溜溜的，进而有了愤怒、妒忌，凭什么上苍那样偏爱李跃明，给了他漂亮女人、爱情、幸福，还有美好的前途。一时间，长久以来埋藏心底的恶劣情绪——因为自己得不到想要得到的东西而内心感到沮丧、不满，同虚荣心煽动起来的妒忌和仇恨联系在一起，使沈耀祖产生罪恶的念头：毁了这一切，让他和她不幸!

一钩残月的天空，不知什么时候黑云密布，使这幽僻的小巷，每一条墙缝仿佛都有魔鬼出没。沈耀祖在它们起起伏伏的呼吸中行走，这气息穿过他的皮肤，渗进他的血液和骨髓。在这一刹那间，那些魔鬼的唾液养育了他，他成了它们在人世间的替身。

沈耀祖尾随着走进旅馆大门。从旅馆出来，沈耀祖在公用电话亭拨通了派出所电话。

南苑旅馆的门在凌晨一点被敲响。寂静中，纷乱的敲门声在整条巷子回荡，突兀而瘆人。李跃明、谢雅丽从酣睡中醒来，惊恐地听见无数的脚步声纷至沓来，停在他们的房门外。急促的敲门声，像极了小鬼的催命声。谢雅丽吓得脸色苍白，身子抖索着，李跃明爱怜地揽过她雪白、丰腴的身子，亲了亲她的脸，说："宝，别怕，有我。"然后，松开手，给她穿上一件件衣服。

门被撞开了，小小的房间涌进了许多人，除了民警，还有旅馆老板、房客。所有人在走进房间的瞬间都默然不语，没有想象中的满地丢弃的衣服，没有淫邪，没有龌龊不堪。他们看见只来得及穿着裤子的小伙子，拥着穿戴整齐的姑娘坐在床边，虽然姑娘的脸色苍白了些，但和小伙子一样，目光平静、坦荡，似乎在说，我们是相爱的。人们退到门外，默默散开。两名民警把李跃明和谢雅丽带走了。

第二天上午，滨江师大学生处的辅导员老师从派出所领回了李跃明和谢雅丽。

一天后，学校公布了分配方案，李跃明分回他的家乡小镇，取代他留校的是沈耀祖。班长和同学们都陷入了一片茫然与惊愕之中。谢雅丽在李跃明怀里痛哭了一场后，便不知去向。李跃明发疯似地找遍校园的每一个角落、滨江的大街小巷，却再也找不到她——他最亲爱的人、他的宝。

当李跃明无望地在大街上，凄惨地叫喊雅丽时，谢雅丽正在开往金城的中巴车上。梅岭山顶满树墨绿的银杏树，让她想起了那个金色的十月和满树暖暖的黄叶，还有山坡下欢快奔跑的李跃明和幸福的自己。她的嘴角浮现笑意，多么美好啊！如果没有那个晚上，那个幸福而可怕的晚上，多好。谢雅丽脑子里翻腾着那晚上发生的一切，俩人的欢笑、亲密，渴望、挣扎和柔情缱绻……

毕业留校已成定局，李跃明、谢雅丽兴奋不已，俩人决定小小庆贺一下。晚上，在远离学校的一家餐馆，他们点了菜，要了啤酒。端起杯，两眼对视，眼神里盛满笑意。谢雅丽说:"说点什么吧。"李跃明说:"为了我们——你和我的美好未来,干杯!"

"为了美好未来!"谢雅丽的酒杯和李跃明的碰了一下。李跃明一饮而尽,谢雅丽喝了少半杯就呛得咳个不停。"少喝点。"李跃明递过一杯水,拍着她的背,怜惜地、疼爱地说。"我高兴嘛。"谢雅丽看着他的眼睛,心里鹿撞般跳起来,一抹红云飞上脸颊,小声撒娇,"我要陪你喝个够。"看着柔媚、娇羞的女友,李跃明心里荡漾着喜悦和爱意,他像欧洲中世纪的骑士般,豪爽地端起了酒杯,"我喝满杯,你小啜一口就行了。"

离开餐馆时,谢雅丽醉了,眼光迷离,脚步踉跄。有了醉意的李跃明伸手搂住她,爱怜地亲了亲她的脸颊,眼神温柔地看着她,那样的温柔,是让所有女人动心的男人的温柔。她抬头望着他,心里很潮湿,一股陌生的欲望像洪水涌进身体,她觉得快喘不过气,呻吟道:"跃明,跃明……"李跃明强压住心中的欲望,亲吻她的头发,想让她平静。他抚摸她微微发烫的脸颊,感到无数欲望的小鹿在皮肤下跳跃。李跃明心中的欲望之火腾地燃烧起来,呼吸中有了野蛮的粗鲁,手也渐渐狂乱。"晚上不回去?"他声音嘶哑、颤抖……

啊!都是她,是她放纵了自己,任情欲之火燃烧、蔓延,焚毁了她和他,焚毁了李跃明——她最亲爱的人的锦绣前程,焚毁了他和她的体面与尊严,唯余丑陋。如果她在激情难抑时多一点理智,对心爱的人的多一些劝慰,那么,她亲爱的、才华横溢的李跃明就将在滨江师大驰骋纵横,一展才华……可是,错已铸就,无力挽回。悔恨像一条喷吐着毒焰的花皮小蛇在她心里翻腾跳跃,噬咬得她痛断肝肠,泪水哗哗地流下她苍白的脸。

残阳如血。西天弥漫着令人惊心的血光,银杏树的上方,一朵血红的云慢慢降落,笼罩梅岭山,就连西山脚下大江的粼粼波光、飞翔的白鹭都被血色笼罩。

突然,传来呼喊雅丽的声音,遥远、细微的声音,细听,是李跃明的声音,他在呼喊她,凄惨、绝望地呼喊她。谢雅丽一下子回到现实。她还怎么有尊严地活着?还怎么好好爱他?还怎么心安理得地接受他的爱?江上那群白鹭翩翩飞来,在谢雅丽眼前旋转、上下翻飞,然后飞向大江。她回过头无限依恋地看一眼来路,哀婉地、爱恋地叫了声跃明,便张开双臂,纵身一跃,慢慢地,慢慢地,飘落大江。

五

从灰暗的簇叶下走来,
一身灰暗如同这座橄榄园,
他把盖满了灰尘的额头,
埋进满是尘垢的灼热的双手。
这是在一切之后。这是终点。
既然快要失明了,此刻我必须离开,
你为何像这样情愿,我得说,
你存在,但我不复能将你找见。
我再也找不到你,你不在我的心头,不在。
不在别人心头。也不在这岩石里面。
我再也找不到你。我孤独无依。
……

哦,那颓废诗人模样的人是李跃明吧,他在朗诵里尔克的《橄榄园》。在哪儿?在那间六人宿舍吗?不对,是编辑部,是《绿叶》编辑部的斗室。谢雅丽在哪儿?哦,她双手托腮听得入了神,她凝神不语的样子真美……血色黄昏中,谢雅丽张开双臂,在一群白鹭的簇拥中,朝大江飘然而落。"不,不,谢雅丽不要跳……"一声喊叫,沈耀祖从梦里醒来,吓出一身冷汗。他再也睡不着,睁大眼睛望着天花板,直到窗帘缝隙透进熹微晨光。

六年了,这样的情境反复出现在他的午夜梦魇中,搅得他整夜睡不着,心里一阵阵锐痛。白天,他振作精神出现在学生面前,讲授《外国文学史》。他比六年前显得黑瘦、憔悴,显得更有城府,更深沉、少言寡语。除了上课,除了和他的学生交流，他几乎不和人交往。除了教学，就是读书。他的大量阅读，让他博古通今，积淀深厚。他是学生喜欢的老师，他常常在大教室上课，因为要听他的课的学生很多。他的沉默、冷漠而又融汇中西、贯通古今的博学，让他充满谜一般的魅力，这魅力远非正流行的郭凯敏式的奶油小生可比，是女生眼里最具男人味的白马王子。有女生借着请教问题，到办公室找他，他拒之门外。"有问题等上课时解决。"他说。语气干巴巴的，近乎冷酷。正当婚娶年纪，便有好事者为他介绍对象，他一口回绝。惹得介绍人背过面就骂他不知好歹、冷血。

七月的校园，梧桐树、香樟树苍翠欲滴。月初的一天，那特定的一天，沈耀祖乘车去了金城。梅岭山依然苍黛浓绿，银杏树下的绿荫依旧硕大一片。跪在西山，焚烧纸钱，纸钱灰烬蝴蝶般纷飞，随着纸灰的纷飞，沈耀祖望着山下的大江，心又尖锐地痛起来。六年了，每年的今天，他都会来到这儿，盘桓半日，烧些纸钱，祭奠他曾经爱过的女子，忏悔他当年做的孽，以求心里安宁。可是，六年了，那件事总萦绕在他心头，折磨他，他觉得他快要承受不住这非人的折磨，他快要崩溃了。

从金城回到滨江，系里通知他出国进修的事取消，另派吴永生去。"谁？吴永生！"沈耀祖吃惊得扬起眉毛。吴永生是系主任的小舅子，他是滨江师大唯一被学生赶下《中国现代文学》讲台、狼狈逃出教室的教师。"他出国进修？他听得懂洋教授的讲课吗？系里要真为他考虑，先送他去国内哪所学校进修吧！"沈耀祖气得脸色铁青，不无嘲讽地说。

晚上，当沈耀祖又一次从梦中醒来，他做出了人生的重大决定：离开滨江，到南方那片热土去，忘掉这儿的一切，开始新的生活。

第二天，一封辞职申请交到系里，沈耀祖从滨江师大消失了。

六

太阳落山前，李跃明登上了梅岭山顶。西山，一堆没有燃尽的灰烬还在冒烟，六年了，每年的今天，他都能看见这样一堆灰烬，他知道总有一个人先一步来过，对此，他已不再感到奇怪。

李跃明一边烧纸钱，一边说："雅丽，我来看你了。你在那边还好吗？我今年带的这些学生，学得不错，学年统考成绩在全乡肯定名列前茅。我很好，就是……想你。"李跃明声音哽了一下，眼里闪过一丝泪光。

六年前，李跃明被分回家乡小镇的一个山村小学任教。学校被大山合围，离他家所在的小镇三十里，一条弯弯曲曲的山路通向小镇。学校只有他一个老师，教一、二、三年级学生。太阳从东边升起来，他走进教室，教一年级学生读写拼音，在黑板上画一幅画，指导二年级学生看图作文，教三年级学生计算四则混合运算题。放学了，煮碗面条，或搅一锅面疙瘩，就是他的晚饭。太阳仿佛害羞似的，刚一露头，就沉落西山。吃完饭才四点，黄昏似已降落。云雾升起来，将学校的五间瓦房罩住，然后顺着山梁冉冉舒卷成一个个云团。背阴的坡上铺满阴森森的绿，掰了苞谷穗只留苞谷杆的田地显出洗褪了色的黑黄，几只老黄牛在云团中出没。太阳无可奈何地迅速下沉，黄昏的第一阵山风就掩盖了它的光泽，像一只玩旧了的绣球。

李跃明像山里人一样，轻易不下山。头发长了，盖住了耳朵，他的眼睛更大了，人也更清瘦。于是，他打算下山到镇上去，买些米面、油盐酱醋等生活必需品。

在全县文教系统人的眼里，李跃明是被贬谪的另类，可山里人不这样看，他们知道李老师是省城毕业的大学生，他们把李老师当做最有本事的人。也是，以前的老师们教了几年，到头来，娃们连一句话都写不顺。可现在李老师才教了一年，上三年级的娃，过年时就能为家里和左邻右舍写春联，二年级娃会写一封句子通顺的信，连一年级的小不点，都能在赶集时帮大人算账。纯朴、厚道的山里人，把李跃明当神一样供着。谁家有婚嫁大事，必得请李老师坐上席。家里杀了猪，一定要给李老师提一块硬肋子去……李跃明冰冷的心慢慢变得温热。学生有了头疼脑热，他送去村医疗站吃药打针，并垫付药费；为中午不能回家的学生做饭吃；下雨天，送一年级学生回家……

山空夜寂，仿佛世外。结束了一天的工作，躺在床上。谢雅丽的影子便从心底跃出,思念和孤寂像一条口袋将他整个儿裹住,他几欲窒息。此时,解救他的只有书——古今中外的经典名著、教育理论专著。于是,如豆般的灯光伴着他度过一个又一个漫漫长夜……

太阳沉下去了,梅岭山一片苍茫。晚归黄牛的哞哞声渐次远去,归巢鸟儿的叽叽喳喳声也没了声息。老银杏树怜惜地注视着那个小伙子,那个泪痕满面的小伙子,轻轻舞动枝叶,让风儿吹拂他灼热的身体。

七

聚会的几天里,老肖和同学们重游了滨江的所有景点,最后一天的行程安排是游览太极城,即金城。

金城以其奇特的"S"形地貌,已成众多游客观光游览胜地。三十年前,沈耀祖和他的同学来时,金城还只是金城,不叫太极城,通往梅岭山顶的路还是一条黄泥小路。今天,大巴一直开到梅岭山广场才停下,一行三十人沿着宽阔的水泥台阶登上山顶。山顶上一片苍黛浓绿。近年栽植的蓊蓊郁郁的香樟树林,簇拥着那棵树冠硕大的银杏树。

蝴蝶般的银杏叶和三十年前一样苍翠,西山脚下的大江依然波光粼粼,可绿荫下再也看不见那个青春妙龄的女子、那个温婉美丽的谢雅丽在欢笑,在凝目沉思。气氛肃穆起来,哀伤的情绪在空气中弥漫。大家不约而同地走到西山,面向大江,低头默哀。

静穆中,老肖奠酒毕,李跃明从包里拿出一本书,低声说:"雅丽,我知道你还爱着我,我知道在另一个世界,你以另一种方式陪伴着我,牵挂着我,担心没了你我的人生会黯然失色。是,我痛不欲生过,也仇恨过,可在那个不知喧嚣为何物的沉寂、单调的山村,时间便是药,它以缓慢流逝的方式抚慰了我,让我在不知不觉中慢慢恢复神志,让苦痛与仇恨逐渐递减。"李跃明拿出打火机点燃手中的书,"这本《小语教法新探》是我多年的教学实践总结,你看了就放心了,我没有沉沦,没有蹉跎岁月。"书页烧着了,黑色的纸灰像蝴蝶一样在空中飘飘荡荡,飘向大江。一滴泪滚下李跃明清瘦的脸颊。

老肖和同学们下山了，梅岭山一下子空荡荡的。

该来的终于来了。沈耀祖长出一口气。二十四年了，他埋头在那座海滨城市打拼，再没回过滨江，他刻意要忘了滨江，忘了滨江师大，忘了曾经朝夕相处的老师和同学，忘了血红夕阳下的纵身一跃……可是，那件事却出现在他每一个午夜梦魇中，又像根植血液的癌细胞，在他体内蔓延、扩散，折磨着他，一刻也不得消停……二十四年了，还是没能躲过。看来，有些东西是躲不过的，包括一些人、一些事，包括一些感觉。与其躲着，不如直面正视着，酣畅淋漓地痛一场。也许从此便不再痛了。

苍黛浓绿的银杏树下，沈耀祖面如死灰，身子止不住微微抖索。终于，他迈着灌了铅似的腿，朝背对着他的李跃明挪去。白灼灼的阳光下，李跃明望着浪花翻飞的汉江，伫立着，像极了一座雕像，一动也不动。沈耀祖在他的身后，慢慢地跪下去，双膝着地跪下去，头也跟着垂下。“沈耀祖，是你吗？”

“你知道是我？”

“是，我知道，我什么都知道，我知道那天晚上是你做的事。”

沈耀祖放声大哭。压抑了三十年的痛苦、纠结，折磨了他三十年的负罪感，使他全身抽搐、颤抖。他紧紧地抱住李跃明的腿，呜咽着说：“对不起。”哭声像密林中野狼的嚎叫，在梅岭山上回旋荡漾。

夫子庙的苍松劲柏

一

谁都没有想到,风姿绰约的沈亚楠会出现在书生气十足的陶哲之的葬礼上。

那天很冷,云雾间显出大雪前的征候,铅灰色的云,暗沉沉地笼罩着天空。凛冽的寒风中夹着稀疏的雪粒,扑打在人脸上有几分冷,也含几分隐痛。渐渐地,雪粒随着飞扬的风越来越大,如鹅毛般纷纷扬扬,飘飘洒洒,不一会儿,大地白茫茫一片。在锣鼓唢呐和亲人的恸哭声里,枫城县文曲星——陶哲之的灵魂踏上去往天国的茫茫旅途。

沈亚楠是在送埋人群离去之后,出现在雪花飞舞的梅岭山上——陶哲之的墓地处。香火还在燃烧,纸钱焚烧后的灰烬被风吹起,在空中飞舞。身穿大红羽绒服,头戴白色绒线帽,苍白着容颜的沈亚楠,像一尊雕像跪在陶哲之的坟头,呢喃自语:“哲之,是我害死了你。我追慕虚荣的浅薄不光害死了你——我最爱的人,也毁了自己的人生!我好后悔!哲之,隔着一道长长的奈何桥,我比任何时候都清楚自己的心向着哪儿。在欲望红尘中,没有谁比你更纯粹、坚守,没有谁比你的精神更执着,人格更挺拔。我爱你!爱你超人的意志力,爱你理想点燃万丈豪情的诗人气质,爱你愤世嫉俗的纯洁傲骨!可我又恨你,你用这种残忍的方法惩罚一只迷途的羔羊,你让我生不如死!”

泪水无声滑过脸颊,悲语呢喃声依旧不断地像水一样的在漫卷的西风中流动。不知过了多久,西风更烈,雪片更大,沈亚楠的羽绒服上已落下厚厚的一层雪。天高地阔,天地间只有孤独的沈亚楠在风雪中哭诉。西北风卷着雪花，呼呼地刮着。

二

二十二岁的青春少女沈亚楠，从一个濒临倒闭的县办企业调到县文化馆上班，别提有多高兴了。可高兴归高兴，在人前还是得藏起喜悦，一脸的平静。报到那天，飘着小雪，吹着微微的西风，却一点儿也没影响沈亚楠兴奋而喜悦的心情，她迈着欢快的步子，燕子般跨进夫子庙的大门。

文化馆就设在古老的夫子庙中。

夫子庙占地面积五、六亩，庙里除了文化馆在这儿办公，图书馆、博物馆也在这儿，三馆部分职工住宿也在庙里，因而夫子庙被称为文化大院。沈亚楠在中学读书时曾和同学一起到夫子庙看过展览。建于北宋年间的庙宇，经历代拓建、重修、维修，成为现在这般模样，从后到前依次是三殿、二殿、大殿、一排排厢房，以及柏林、拱桥，拱桥下的泮池、长长的回廊、蓊郁葳蕤的花圃，这些美丽的景象，让一群青春勃发的少年为之肃然起敬。她们在古老而传统的文化氛围中，显得那么拘谨、慎言、沉静、庄重、静穆。博物馆展厅内，那些县境内出土的珍贵文物；图书馆内，那一排排书架上的中外名著；文化馆里，那些在省内外有影响的作家，都在沈亚楠的心中留下了深刻的印象。沈亚楠在跨出高高门槛的刹那间，回望院子中间那几棵粗壮挺拔、虬枝直指云霄的苍松古柏，心里突然涌上一股顶礼膜拜的情绪。

几年过去了，沈亚楠走进了向往已久的夫子庙，她是那样的喜悦和兴奋。她那鲜嫩如葱白、精彩得令时光也不敢停下脚步与之媲美的青春容颜，她那亭亭玉立、俊俏修长、女性特有的流线型身段，让一向黯淡的夫子庙顿然生辉。

当时，文化馆的文学创作干部陶哲之和儒商莫东生坐在院子里石桌边石凳上喝茶聊天，俩人正在讨论中国爱情悲剧的形式问题。沈亚楠的出现，让俩人几乎同时遭遇丘比特神箭的穿刺。两颗文化人的心灵被美融化了。

因为沈亚楠在原单位做过文书，搞过宣传，馆里便分配她到创作组，帮助整理全县文学创作的档案、资料。于是，文化馆的副馆长兼创作组组长陶哲之便顺理成章的成了她的直接领导。

陶哲之三十来岁，身材高挑笔挺，若不是眼睛稍微小点，算得上星眼剑眉，尽管如此，他还是夫子庙里公认的美男子。陕西师范大学中文系毕业的他，脑子里装满文史、地理、哲学、政治、经济学和荷马史诗、希腊神话、莎士比亚、托尔斯泰、曹雪芹、郭沫若、曹禺等。时不时地，他从脑子里喷射出一些经典名词和故事来，令周围的人投去敬仰与钦佩的目光。

他写的剧本几乎个个都能在省、市获奖，他的组诗曾在《诗刊》发表，县图书馆藏有他公开出版的小说集。他被誉为枫城第一才子，是县作家协会主席，省作协、剧协理事。沈亚楠对他简直佩服得五体投地，整天围着陶哲之呱嗒个不停。聪明玲利、很有悟性的沈亚楠在陶哲之的指导下，仅一年时间，将莎士比亚、王尔德、曹禺、田汉、老舍的代表作读了不少，她在陶哲之的帮助下写的小戏竟有两个在市里获了奖。

春花初绽的四月，陶哲之的剧本《油菜花开》又在省里获奖。从省城领奖回来，陶哲之打电话让沈亚楠到他办公室去一趟。她兴冲冲赶去，风风火火跨进门，却发现他没有她想象的获奖的喜悦，倒有些莫名的急迫、焦虑和烦躁，一改往日的从容、淡定、文雅、波澜不惊。看到他这副神情，沈亚楠不知所措地僵在那儿。

陶哲之看着她，脸涨得通红，眼睛里燃烧着火焰。“你坐下。”他指着沙发椅声音有些颤怯地说。

“嗯？”她怯生生地看着他坐下。

“亚楠，我有一句藏在心里很久的话想给你说。”陶哲之涨红着脸，嘴角紧张地抽搐着，说完了这句，他停了下来，仿佛在考虑该不该往下说。也许过了很长时间，也许只有几秒钟，他抬起头直视沈亚楠的眼睛，说，“你知道吗？那个飘着小雪的早晨，你走进夫子庙大门的那一刻，我就爱上你了。如果说，看见你的第一眼，我爱上的是你的美丽，你自然喷发的热情和逼人的青春气息，那么一年的朝夕相处，你的单纯、善良和聪慧，更让我着迷。我一刻都不能离开你。每天，睁开眼睛就想看见你的笑脸，听见你的声音。我像丢了魂儿似的坐立不安，无法安心做事……你笑，我为之高兴，你哭，我为之心疼不已……”陶哲之热切地看着沈亚楠，轻轻握住她的手。

沈亚楠惊慌地抽出手，迅速走到窗前，背对着他，心里咚咚地跳，耳脸发热。她把鬓发向后掠了掠，转过身来，语无伦次地说，“陶老师，太突然了，平时，我只是把您当老师、兄长看，从没想过要和您发展到这一层关系。您看看，我穷得叮咣响，您除了书啥都没有，我们怎么生活？”

陶哲之从背后抱住她，在她耳边轻声说：“亚楠，我会让你幸福的。你是我爱上的女人，我怎么能让你忍受贫穷呢？天生我材必有用，千金散尽还复来。相信我。”陶哲之看着她的眼睛，更温柔地说：“亚楠，你忍心折磨我、让我得相思病吗？”

他云朵般绵软的语调有着异乎寻常的作用，她的心在慢慢融化。她想起他为她讲《哈姆雷特》，讲《雷雨》，为她修改第一个小戏《杏树园的故事》，为她买来心仪已久的吊篮小狗，那种能发出逼真犬吠的狗仔仔，因为她第一次获奖了。她心安理得地享受着他为她做的一切，如同心安理得地享用他为她准备的各色小零食。而她呢，除了为他奉上一杯茶，就是把所有不良情绪倾洒给他，包括孤单、烦恼，包括大院里长舌妇私下恶意中伤带给她的愤怒，然后在他缓缓的劝说中，忘记所有的不愉快。他是她的什么人？她把他当成什么人？莫非一直以来，她当他是最亲近的人么？得好好想一想。沈亚楠在最后关头，突然挣脱出他的怀抱，快步走向门口。

他赶过来为她开门，将要按动门锁时忽然缩回手抱住她。她毫无防备地愣住，回头看着他。他猛地吻住她的唇，绵长地吮吸着。渐渐的，她感觉他粗重的喘息，像微风吹入心底，带来痒痒的惬意。不知不觉的，沈亚楠踮起脚尖迎合陶哲之的嘴唇，战栗地感受着那种陌生的温软湿润。她哭了。

竟然和他热吻了。陶哲之，她一直钦佩的男人，从未想和他发展爱情关系的男人，也从未痴念过他的心仪的男人，遭遇这突如其来的情感攻击，竟一下子闯进她心中。沈亚楠感到几份突兀，几份兴奋，几份失落。

三

沈亚楠坠入了情网，她沉浸在甜蜜的爱情之中。院子里的花草都似乎向她发出会心的微笑。看大门的张大爷也似乎少了过去的几份威严，多了许多慈祥。

陶哲之骨子里都是浪漫，枫城第一才子的浪漫是诗情画意的。早晨，沈亚楠一上班，办公桌上会有一束采自梅岭山带露的山花等着她；夕阳西下，他牵着她的手，登上梅岭山顶，看燃烧的晚霞将西边的天际氤染成橘红的彩绸，远远望去，落日熔金中，身披橘红光芒的那对璧人，简直就是一幅美好的画；下雨天，无处可去，人最易生郁闷，可陶哲之却让他心爱的小女人徜徉在文学长廊里，流连忘返。

等着我吧——我会回来的。
只是要你苦苦地等待，
等到那愁煞人的阴雨
勾起你的忧伤满怀，
等到那大雪纷飞，
等到那酷暑难捱
等到别人不再把亲人盼望
……

这首西蒙诺夫的《等着我吧》，被陶哲之略显沙哑的声音吟诵，更增添了打动人心的穿透力。沈亚楠热泪盈眶，唏嘘不已。

沈亚楠爱上陶哲之了。她感觉很奇怪，这个才华横溢的美男子，自己以前怎就没有发现？想到差点与他擦肩而过，她一阵后怕。

沈亚楠是个美丽的小女人。这样的女人是挚爱美的，爱开得灿烂的鲜花，爱绿草茵茵的草地，爱白云朵朵的天空，爱泛着浪花的江水，爱四季更替的时装，爱漂亮的女性饰品，爱在高雅的茶社、咖啡屋与文朋诗友谈文学。她时不时地喜欢掏出随身带着的小镜子，照照自己美丽的面孔。

每每看到她对着镜子陶醉，陶哲之都会充满爱意地感慨，“我的臭美的小女人啊！”在她所有的衣物里，他喜欢她穿着红色系列的衣物，尤其那件大红色的羽绒服，更让他钟爱，他说那是她的爱情在燃烧，这团爱情之火将永远照亮她和他的生命。他知道，沈亚楠爱美，却不奢华，她从不会勉强自己买商场里那些非常昂贵的衣服鞋帽。有时看见她盯着某件衣服时不舍的目光，他有些不忍，说：“喜欢就买一件吧。”她总是说这款不是自己最喜欢的。

这样的时候，他总觉得愧对于她。男人若真爱一个女人，就要给她想要的一切，包括华美的服饰，包括珠宝和房子。可是，自己有什么呢？和父母挤在一起的两居室，支付了水、电、电话、煤气和油盐酱醋茶就所剩无几的微薄工资。

沈亚楠却幸福、快乐着，并因此使陶哲之也幸福、快乐着。幸福的陶哲之，创作进入巅峰时期，小说《黑冰的农家乐》《烂滩沟的秋天》《沧浪沟的传说》依次发表在《当代》《十月》《收获》，30 集电视剧剧本《葫芦岛人家》、23 集电视连续剧剧本《爱在春花烂漫时》等作品在《剧本》《当代戏剧》《电视剧》等杂志发表。他的创作基地竹筒村，风景秀美如江南，那青的山，绿的水，还有水一样清灵的房东女儿，使他如有神助，文思泉涌。他在那儿创作了许多为读者所喜爱的作品。许多出版社的编辑，大刊、名刊的主编为索他的稿子，都纷纷涌向竹筒村。他的许多文友也去那儿与他探讨创作中的问题。每逢有客来，房东总要做几个菜招待他们。

为了创作《两地情恋》，陶哲之半年没回过枫城了，创作高潮时，整个身心投入其中，他不觉得什么，心里倒平静。初稿完成后，心里有一种被掏空的感觉。此时，他非常思念沈亚楠，他归心似箭，心里塞满对沈亚楠的渴望。中巴车在乡间的石子路上颠簸着，不时停下，上下乘客，每一次的暂停，都让他觉得中巴车有意拉长他与她重逢的距离。他因此生出莫名的烦躁与焦急。车终于抵达枫城车站，陶哲之下车后径直向夫子庙奔去。

正是上班时间，人们都如摆钟一样生活在程序化的工作中。美术班的学员们在教室里静静地画石膏象，群文组的老李在财务室报着差旅费，亚楠干什么呢？伏案写小戏？摆弄那盆叶片青葱的君子兰？还是吟诵西蒙诺夫的《等着我吧》？

想到西蒙诺夫，陶哲之嘴角绽出一丝宽慰的微笑。自从那个秋雨绵绵的黄昏，他为她吟诵《等着我吧》后，沈亚楠很快就通背全诗，时不时吟诵几句，并沉醉其中。她说她喜欢这首诗的情感，意绪，喜欢诗中等“他”的“她”。她说她愿意像诗中的“她”一样，无论他身处何时何地，无论他贫富贵贱，她都会苦苦等待。

陶哲之快步走着，急切与甜蜜的神色交替出现在他脸上。他恨不得一下子飞到沈亚楠身边，紧紧地拥抱着她。

四

“人与人的关系，真是充满无法捉摸的奥秘，时而风和日丽，时而暴风骤雨；时而春花秋月，时而酷暑严寒，令人费解。”沈亚楠无限感慨地说。

沈亚楠说这话时，刚刚和莫东生结束了一次突入其来的特别晚宴。

莫东生热烈地向她表白了。

沈亚楠久久地凝视着窗外，周围的一切显得那么寂静，窗外枝头鹊雀的喳喳叫声，她似乎没听见一般。她在想着她与陶哲之、莫东生的关系。有人说，人际关系像陆地上的季节河，枯水期断流，到了雨季，会有新的水流冲入，河又是水量充沛了。可莫东生这股情感的水流是什么时候冲进沈亚楠这条河的呢？沈亚楠细细地回味着她和莫东生认识的过程。

莫东生与陶哲之年龄相仿，形象却大相径庭，如果说陶哲之是文弱书生，温文尔雅，那么莫东生就是壮汉武夫，强悍刚健了。挺拔结实的身材，剃一头板寸，根根发丝直愣愣竖立，凸起的腹部，堆积着厚厚的脂肪，只是他与那些大腹便便的胖子不同，给人的感觉不是肥胖，是结实。他身上最有特点的是眼睛，他的眼睛很大，很有神，透着生意场上儒商的精明和狡黠。他是某大学中文系毕业的，先从政，后下海经商。他开了一家寿山石贸易商行，经营当地新发现的鸡血石，生意不错。贸易总商行设在北京，县城的贸易商行是他向全国各地发货的一个分店。

他没说他与陶哲之是怎么认织的，她也不好打听，再说，那时的她，不怎么关心他是谁，他是干什么的。等到后来，又懒得问了。

生意人好像和饭局有着千丝万缕的联系，沈亚楠和莫东生的交往就开始于他安排的饭局。那次吃饭名曰为了结交文化名人，因而陶哲之和沈亚楠都在被请之列，可她感觉在整个过程里，似乎自己成了主要人物。他一口一个沈老师，夸她有修养，有才华，夸她贤能淑慧，前途无量，郑重其事地表达他对她的敬重。而真正有修养，有才华，有成就，有影响的老师陶哲之，却被他有意地冷落一边。沈亚楠显得非常尴尬，当着馆里的领导、同事们的面，她绯红了脸，难以应对。

这次以后，莫东生又有几次邀请，沈亚楠婉言谢绝。他对她没吸引力，再说她不是什么文化名人，不在他交往之列。陶哲之倒是非常尊重她的意见，她不愿去，他也就自然不去了。

莫东生不因沈亚楠的婉拒而减弱安排饭局的热情，他依旧时不时的请文化大院的人吃饭喝酒，依旧不停地打电话，接电话，像只不停吐丝的蜘蛛将绵绵不绝的丝线搭在各种饭局上。有时，他一天到晚都奔波在酒店和农家乐之间，忙于吃喝，忙于应酬。他也不计较沈亚楠的态度，时不时打电话问候问候沈老师，当然也不忘捎代着问候一下陶哲之。

这种剃头挑子一头热的状态，持续到陶哲之下乡写剧本的时候。没有陶哲之的日子，沈亚楠一下子觉出生活的空虚、寂寞、无聊。她心无所系，情无所寄。文化馆的创作岗位，其工作量是有弹性的，可以不分上班下班埋头写作，白天黑夜有做不完的事，也可以袖起双手，前院转到后院，悠哉，乐哉，成日里无所事事。

其实，不光是创作岗位，其他岗位的工作人员同样如此。

沈亚楠一下子明白文化大院为什么绯闻不断，夫子庙里不断升级的明争暗斗的原因。人不可一日无事，更何况常常无事的文化人呢。

陶哲之刚离开的日子，沈亚楠心里空落落的，往日爱不释手的莎士比亚、曹禺也不能填补她的空虚，写作的灵感也似乎随着陶哲之的离开而飞到九霄云外。于是，上班时手撑下颌对着某一角落发愣，下班对着电视机看一部又一部的肥皂剧,成了她的生活常态。莫东生就在这时,一而再再而三地请她吃饭。沈亚楠就想,难为他了,这样的执着、锲而不舍,吃就吃吧,总比在家看肥皂剧强。吃了一次,就有了后面一次接一次的邀请。开始,是一大桌人吃饭,渐渐的,只有两三个人一起吃,到了最后,只有她和莫东生俩人吃。

沈亚楠收拾东西准备下班。电话铃声适时响起,"一起吃饭吧。"莫东生说。这次他请她在一家装修考究,陈设豪华的宾馆吃饭,他特意为她点了道木瓜炖雪蛤,说有润肤养颜的功效,属女士专用菜。他很会照顾她,替她揭开木瓜盅上的盖,加入鲜奶、冰糖,然后将汤匙递到她手上。"尝尝好不好吃。"他期待地看着她。

沈亚楠接过汤匙轻轻搅动,那白白的雪蛤像小云朵样坐在糖水中,然后舀一汤匙送入口中,慢慢品。糖水的甜渗入雪蛤的淡,慢慢地萦绕着,从原有的香滑顺口化为丝丝缕缕的清香可口,松软的雪蛤的弹性尽显出来,再顺着喉头柔柔地滑下,淡中带甜,软中带弹,滑中带润。她微笑看说:"好吃。"

莫东生开心地笑着说:"那就全吃掉。"

他俩吃饭的包间窗户对着县城最繁华的街道。此时,夜色降临,窗外,霓虹灯闪烁,三五成群的男女依次从她的眼前迈着悠闲的步子经过。沈亚楠好久没有这样慵懒地欣赏街景,好久没有酒足饭饱之后,坐在豪华的贵宾席上,俯瞰这茫茫人海中芸芸众生的一颦一笑、举手投足了,一种生活的优越感油然而生。她突然感到,这种丰裕的物质生活也是人生的一种幸福。

莫东生是善于察言观色的,他看出沈亚楠心情不错,便在饭后提出陪她转转。

一长串的服装店落在他俩的身后,沈亚楠在一家专卖店的橱窗前停下脚步。明亮的玻璃橱窗内,一具模特身上穿的桃红色的羊绒衫,吸引住沈亚楠的眼球。正是深秋,温暖的桃红色给人舒服的感觉。不用看吊牌,她也知道价值不菲,于是,看了一眼便离开。

再次吃饭时,莫东生变魔术般拿出一个衣袋,打开让沈亚楠看。正是那件桃红色的羊绒衫,吊牌标价四位数,果然价值昂贵,在沈亚楠眼里简直就是天文数字。她用手抚摸着，软软的、柔柔的质感，给人很舒服的感觉。“给你女朋友的？”她将羊绒衫推给他。

“给你买的，再说我没有女朋友。”他又推给她。

“这么昂贵，我不能要。”又一次坚决地推给他。

“这算什么，一点小意思，我做成一笔生意，就能买回好几百件呢。别那么看不起人，我们不是朋友吗？再说，已经买了，又不能退，你说咋办？”

她沉吟片刻，说：“衣服我留下，钱得还给你。”

“别提钱，提钱就是骂我。商人总是和铜臭联系着，是不是？亚楠同志。”他急赤白脸地说。

她不再做声。

将衣袋交给她，莫东生匆匆离开，两条修长的腿快速倒腾着，似要要逃离某种危险似的。

那天晚上，沈亚楠做了个梦，梦里莫东生背着她趟一条小河。刚一上岸，衣衫不整，头发蓬乱，穷愁潦倒的陶哲之站在了她的面前，她像做了贼一样跑步逃离。醒来，她觉得奇怪，陶哲之离开好几个月了，她只在他刚离开时梦见过他，以后再也没梦见。人难道真是世上最健忘的生物？

心里有事，便少了往日的好睡眠，早晨起来，便是一对熊猫眼。时间不早了，匆匆赶去上班。

刚迈进大院门槛，姚晓兰从后面追上来，“亚楠，帮我看看，这件衣服怎样？”

桃红色的毛衣裹住她窈窕的身子，更显出她身段的玲珑有致。“不错啊！”沈亚楠说。用手触摸即获得粗劣的感觉。服装批发市场买的，品质能好到哪儿去，夫子庙的人大都穿的是这种外表光鲜的廉价货，一水洗过，就会起皱、起毛球，档次一下就跌了两三级。像她放在家的那件羊绒衫，她和她的同事有几人舍得穿。

沈亚楠放慢脚步，边走边打量工作了两年的夫子庙。平日没注意到的细节，此时放大着呈现眼前。油漆剥落的柱子，彩绘斑驳的廊檐，长满瓦霜的房顶，裂了纹的铺地方砖，吊着蛛网的墙角，在阳光下，一副旧日王孙穿着虽上乘却千疮百孔的绸缎衣的破败样。原来，以往眼里飞檐斗拱、雕梁画栋掩饰的是这般落魄。这落魄的夫子庙不正象征了文化人形象的落魄吗？

沈亚楠蓦然有一丝心寒，也有几份自卑。

五

沈亚楠收下羊绒衫的举动，大大鼓励了莫东生。他更频繁地请她吃饭，隔三差五的送她礼物，小到发卡、发带、围巾、手套，大到时装、珠链、手镯等等。开始，沈亚楠只收他送的小礼物，渐渐的，手镯类的也不再拒绝。

秋末冬初的一天，俩人的关系有了质的突破。那天，在江滨酒店用完晚餐，莫东生将沈亚楠带回自己刚刚装修好的家——一套二百八十平米的大房子。宽阔的双阳台，六室、三卫、三庭，高档仿古红木家具、一律进口豪华家用电器，电视墙是水印仿明代的一幅丈二大的山水画。沙发背后是两米四高，十六开的书架，书架上装满了古今中外的精装名著。莫东生告诉她，他父母另有房子住着，因此，自己是这套房子唯一的主人。

晚饭时喝了酒，彼此微醺，人便处于极度的亢奋状态，一切都在非理性，很自然的状态下发生了，莫东生把软瘫如泥的沈亚楠抱到了床上，沈亚楠本能地哭了，哭得很伤心。

风雨过后，沈亚楠痴呆呆地坐在床边。

"你刚才一点不像平时的你。"莫东生说。

"我刚才什么样，平时又是什么样？"沈亚楠低着头，伤感地问，声音是惨淡而凄楚的。

"平时的你斯文、安静，还有点看不起人，刚才的你像个迷途的羊，失去母亲的孩子。"

"你！"

"不过，我喜欢斯斯文文的你，也喜欢羊羔一样的你。"他赶紧抱住她说，"斯斯文文的你，让我在朋友面前挣足面子，羊羔一样的你勾人的魂儿啊！"

沈亚楠没搭理他，忽地一下站起来，从衣架上拿下她的外衣，拎起她的包，飞快地逃出莫东生的家门。她知道，她踏上了一条荒芜而污秽的世俗之路。她已失去最珍贵的东西了。最珍贵？她还有资格说最珍贵吗？最珍贵的，因了她，在雪蛤、羊绒衫的攻击下丢盔弃甲！

一颗泪珠从沈亚楠的眼角滚落下来。

沈亚楠一夜之间发生了判若两人的变化，让夫子庙里的人惊愕得瞪大眼睛。时令刚进入冬季，她已穿上白色貂皮短大衣，配一条银灰色的齐膝连衣裙，脚蹬一双尚未在县城普及开来的黑色长筒皮靴，脖子、耳朵、手上的铂金首饰，银光闪闪，叮当作响。连她的神情也发生了变化，不再单纯，见人客套地应酬着，遇到麻烦事躲着走，背地里嘲笑某个人的穷酸，在女同事面前有了故作的矜持、高傲，还有一丝若隐若现的显摆。

沈亚楠回来办理停薪留职手续。莫东生说："你那个班就不要上了，坐在家里，喝着咖啡，听着音乐，写着文章，当专业作家吧。一月下来就那几个银子，把人还绑在办公室，不值得，我随时想亲一下你都不方便。文学创作是一项灵感式的劳动，你能写则写，不能写就算了，我养你。"

"原来你看不起我，看不起我的职业，原来你以前说的都是假的！"沈亚楠圆睁双眼，语气凌厉。

"我怎敢看不起我家最有文化的人呢？宝贝，我是想让你好好享受生活，不想让你上班受累。"这就是莫东生，一个善于察言观色、巧嘴八哥的男人，他知道如何抓住女人的心安抚她们。可女人偏偏吃这一套，也许女人有个共同的软肋——易被甜言蜜语哄骗。沈亚楠也不例外的属于这类女人，最终答应他停薪留职。

沈亚楠最后一次走进创作组的办公室，是在办理了停薪留职手续后。那天，她最后一次抹了桌子和柜子，最后一次拖了地。在清理自己的东西时，看见那本陶哲之送她的西蒙诺夫诗集，拿起来，翻到《等着我吧》，熟悉的诗句扑入眼帘，往日的一幕幕浮现眼前。沈亚楠红了眼圈，她迅速将诗集放在陶哲之的办公桌上，快步走向门口。在跨出门的瞬间，终于热泪滚滚而下。她心中默语着："别了，陶哲之，我无法等你，毕竟我是一个有血有肉的女人！别了，西蒙诺夫，我不能永远生活在浪漫的、理想的、虚无漂渺的天国!”

半个月后,沈亚楠嫁给莫东生。那天,夫子庙里的人多半没去喝喜酒,他们说:“去了对不起陶哲之,也对不起自己。”夫子庙的人在这件事上,不约而同地表现出文化人固有的值得称颂的东西。

“婚礼场面很大,许多商界有头有脸的人都去了。”夫子庙里去喝喜酒的人回来说。

沈亚楠再没回过夫子庙,夫子庙的人也似乎忘了她。

六

陶哲之风风火火走进夫子庙时,大家正站在院里晒太阳聊天。下午四时,阳光已是强弩之末,可人们仍旧珍惜那带着暖意的光辉。

仿佛谁暗中规定了似的,每天上午十一时、下午四时左右,夫子庙的人不约而同走出办公室,在院子站一站,转一转,互相打声招呼,说几句寒暄的话。夏天,站在古柏下乘凉,冬天,站在太阳下晒一晒,春秋两季,则是看看花,闻闻花香,望望天上云卷云舒。

一身风尘、胡子拉碴、发梢齐耳的陶哲之从大门外走进来,一阵寒暄后,院子里的人突然默不作声。陶哲之开玩笑说:“我才离开半年,茶就凉了?”依然静默,空气凝重得让人窒息。陶哲之疑惑地朝自己办公室走去,关着的门让他有一丝恐慌,打开门,一股霉味扑鼻而来,桌上、柜子上积了一层薄薄的灰尘,君子兰叶片发黄、耷拉着,西蒙诺夫也蒙上灰尘。

西蒙诺夫?西蒙诺夫怎么会在这儿?一种不祥的感觉攫住了他。

一双温暖的手按在他的肩头,陶哲之回头看见了老馆长那双深邃而关切的眼光。

几个小时后,陶哲之走出办公室,走出夫子庙。第二天,他照常上班下班,照常坐在办公桌前忙碌,只是他不再说笑,没了笑脸,也绝口不提沈亚楠。以前那个高大俊朗的男子,一下子变得灰暗、落魄,没了精神,人也似乎老了十岁。

腊月将近的一天，老馆长和陶哲之接到省电视台打来的电话，说省台计划春节后拍摄《葫芦岛人家》，希望剧作者配合云云。

这天，空中飘着小雪，急性子的孩子已开始燃放鞭炮，营造出些许年的味道。这样的气氛，这样似曾相识的景象，使陶哲之冰冷的心涌动一丝暖流。“应该告诉亚楠，让她也高兴。”他对自己说。他走出办公室，走到院子，隐隐约约的，一团火红的云朝他靠近，却总是和他隔着一段距离。于是，他追着那团忽隐忽现的红云出了夫子庙，走到大街上。

陶哲之是在穿越大街时出事的。当时，一辆大货速度极快，司机发现有人穿越，急忙采取紧急措施，但还是没来得及，还是眼睁睁看着他软软倒下。他倒下的那刻，脸上开满了红色的花朵。

没人知道他为什么穿越街道，更不知道他是被一团红云牵引着穿越大货呼啸而来的街道。陶哲之就这样走了。小县城的一代诗魂，就这样陨落了。埋葬陶哲之那天，省作协，省剧协，省群艺馆等上级领导单位和文友发来唁电，派人送来花圈，县政协副主席、文化局局长、文联主席等，参加了他的追悼会。

沈亚楠是在送葬人群纷纷离去之后，一个人扑向陶哲之的坟头的。

七

《葫芦岛人家》如期拍摄，沈亚楠终止停薪留职，提前上班，作为文化馆的派出代表，跟随摄制组协助拍摄工作。

完成拍摄那天，莫东生在离婚协议书上签字，同意离婚。“我算明白了，我费尽心机得到你人，可永远得不到你的心。陶哲之死了，我连你的身体也得不到了。”莫东生一副大彻大悟的神情。

夫子庙的破败终于引起有关方面的关注，省文物局划拨巨款维修古庙。可以想象，几年后，古老的夫子庙一定会重现古朴典雅的美轮美奂，成为枫城一处耀眼的人文景观。文化大院的人为此而兴奋着。

举行夫子庙维修启动仪式那天，一袭红色长裙的沈亚楠悄悄退出人群，走出夫子庙，她要将这好消息告诉陶哲之，让他和她和大家一起享受这巨大的欢乐。因为对于枫城文化人来说，这毕竟是一件天大的喜事，为什么不告诉他呢？

静宜的烦恼

一

金城是个小城，小到男人从街头点支烟，迈着八字步慢悠悠地晃，还没抽完就到了街尾，小到女人在家里往衣襟洒香水，满城都弥漫着香气。小城虽小，却有它的好处，小得玲珑，小得清秀，在山水合围中像倚在母亲怀抱的小家碧玉一般。更让小城人引以为傲的是小城有梅岭山森林公园。

东出县城，沿着一条宽阔的水泥路盘旋前行，无边绿野逼人而来，桃林、杏林挂满青果，鹅卵石铺就的小径在松涛、竹海间蛇一样蜿蜒穿行，松鼠和野兔时不时从眼前倏地窜过，山花点缀其间，鸟雀的鸣叫声在林子间此起彼伏，成对的喜鹊在树枝上嬉戏。特别是一早一晚，朝阳落日辉映，林子间明明暗暗闪闪烁烁变幻着亮度和色彩，梅岭山酷似神话境地。

神话般的梅岭山颇为小城人青睐，尤其近几年，每逢节假日，人们蜂拥而至，尽情享受这块神仙境地。也难怪，整日生活在布满汽车齿轮城市的男男女女，腻歪了噪音和尾气，能不为梅岭山心向往之。

杏子由青而黄，桃子晕开一抹腮红，静宜决定上梅岭山。

二

太阳西斜了，微黄的阳光照在林子西方的树叶一边，林子深处，阳光不能抵达处，翠色欲滴，吐出浓郁的芬芳。大道两旁，不时有金黄的迎夏花从竹林中探出头，放出晚香。走在翠荫下，一阵阵凉爽的风，带着林子间的香气扑面吹来，惬意得很。游人陆续下山，而此时上山的，多是一对对恋人们，要么牵着手，要么紧依紧偎着，缓缓而行，在一抹斜阳下，简直就是一幅甜蜜的爱的画面。

静宜就是这时走上森林公园的。一袭无袖银灰色长裙，胸前和后背露出一段白皙、光洁的肌肤，头顶淡灰色的软檐帽，脚穿同色平底凉鞋。这样的形象，这样的时间，独自上山，引来路人纷纷注目。静宜缓缓而行。太阳已是一轮鲜红的圆球，缓缓地滑向西边的山头，西天因此而成一片橘红的云锦。阳光已是强弩之末，照在脸上不再有烧灼感，静宜摘下帽子，让风飒飒吹起她的长发，她感到彻底的凉爽，头脑也异常清醒。

终于来到梅岭山，了却一桩心愿。一抹微笑在黄昏的梅岭山上绽放。女人真是容易满足，一个小小愿望的实现，就能获得幸福的感觉。可做了丈夫的男人，再也不愿用一点点心思揣度妻子的心事，再也不愿细致入微地了解她的感受和需要。女人只好郁闷着、烦恼着，渐渐的，绕指柔变为百炼钢，一怒之下孤军奋战了。

满城人纷纷涌上梅岭山的景况，勾起静宜对不太遥远的过去的回忆：那翠苍苍的林海，那带着甜味的风，那弥散芬芳的空气，以及和心爱的人漫步林间耳听鸟鸣、夏虫声的美妙。特别是林海深处的青龙潭，又叫浴仙池，传说中仙女沐浴的深潭，留下了她的初吻的浴仙池……一时间，静宜的心里涌动着恋爱时的激情与浪漫。

“好几年没去梅岭山了，真想上山走走。”静宜热切地望着谷逸生，却看见谷逸生眉头一皱。静宜将后面的话吞回肚子，觉得自己脑子进水了，竟然指望他陪自己上梅岭山寻找逝去的已往。

晚饭后，静宜对正打手机的谷逸生说：“我出去了。”

谷逸生看她一眼，继续对着手机说话。

傍晚的梅岭山，融进夕阳金色的余晖中，显得柔美、温暖，高出林子的松树，像黑色剪影一般贴在那瓦蓝色的天穹上。看着周围熟悉的景致，往日美好的一切，美好的景色，美好的情感，美好的生活，重新变得生动起来。原来自己还是年轻、有激情的，潜藏在内心深处对美好事物的感知依然敏感。静宜为自己高兴。

此时,若谷逸生在身边,会理解她、懂得她的感受和需要吗？也许有了隔阂的男女,需要一个点明对方心事的环境,这种环境足可以使彼此看透,一刹那间便有了谅解、体贴。自己与谷逸生之间还能有这样的默契吗？静宜的心一沉,刚才的兴奋如退潮的海水又回到心底。

静宜落寞地抬起头,却看见一个高高大大的男人挡在面前,她吃惊地退后一步。

三

张立仁意外地看到艾静宜从兴奋到意兴阑珊到落寞到惊讶瞬间万变的表情,这让他有种无意偷窥别人隐私的不安,可同时他也看见缄默、心事重重的艾静宜,他认识的艾静宜何曾有过如此落寞寡欢的时候。

“踏着夕阳一个人上山吗?”话出口,张立仁悔得肠子都青了,这不是废话嘛。

“是。”静宜含笑望着他,本想问他怎么在这儿,话到嘴边敏锐感到,人活在世上怕都是有些隐私的,何况结了婚的男女呢。她不想了解他多深,也不想让他了解自己多深。于是,两个人都不再说话,默默地往前走着。

“梅岭山真美!”张立仁低声赞叹。

夕阳坠落西山,晚霞完全沉入山与天的相接处,透过林梢,可望见一轮模模糊糊的月亮从云层里钻出,四周是一圈淡蓝色的光,照得近处、远处的林子都是淡蓝色。静宜脱口而出:“真的很美。”说完,便有酸溜溜的感觉,脸颊即刻热起来。

“我也算是文人,想当年我还是学院诗刊的编委之一呢,时不时地在诗刊发一首诗。十几年教书匠当下来,竟没一点诗性了。可这儿真美,竟让我想起了许多古诗词,比如‘深林人不知,明月来相照’‘一树梨花一溪月,不知今夜属何人’,小艾,李商隐有首抒写女性情绪的诗,你记得吗?”张立仁回过头问静宜。

“我是凡夫俗子,不懂诗。”静宜含笑摇摇头,心里却嘀咕,“李商隐写女性的诗很多,谁知你说哪首?”

“艾老师谦虚,我只有班门弄斧了。其中两句是‘云母屏风烛影深,长河渐落晓星沉’。”

“原来是这首。”静宜想,后两句应该是“嫦娥应悔偷灵药,碧海青天夜夜心”,可她依然不出声望着张立仁。

张立仁侃侃而谈,“诗言志,诗也抒情,在这点上,我最欣赏柳永的词,比如‘衣带渐宽终不悔,为伊消得人憔悴’,比如‘长是夜深,不肯便入鸳被。与解罗衫,盈盈背立银红,却道你先睡’,比如‘酒力渐浓春思荡,鸳鸯绣被翻红浪’,简直就是诗言情的经典句子。”

静宜由衷佩服,她没想到张立仁肚子里竟装了这么多古诗词。谷逸生多长时间没和她进行这样轻松雅致的谈话了呢?从什么时候开始,谷逸生漠然的眼神,让她汹涌而出的话语戛然而止。于是,两点一线的生活轨迹,洗洗涮涮、吃饭睡觉的生活内容,将自己塑造成围着丈夫、女儿转的贤妻良母。曾经的自己在心里发誓,未来的日子,一定不让自己太过庸俗,要保持自己内心丰富和精致的情调。即使不能精致,也不要被粗糙的日子磨平了性情。言犹在耳,可理想中的自己在哪儿?

“小艾,你还要走吗?”张立仁叫了一声。

静宜一惊,看看一对对恋人都在下山,说:“不早了,该回家了。”

两人至岔路口分手。张立仁目送静宜渐渐走远,若有所思。

谷逸生照例不在家,女儿贝贝在她外婆家,二百八十平米的大房子便显得空荡荡。静宜径直走进卧室躺在床上,拿起遥控板打开电视,调出一个频道,一望便知是韩剧,情节发展缓慢,剧中女主角贤淑、温顺、委屈求全、终得善果,这是韩剧模式。不想看。换个频道,却是造型现代、夸张的江湖侠客,侠女一律浓妆艳抹,或发嗲,或野蛮。更不想看。一个频道一个频道地换下去,终是没有可看的,便关掉电视,闭上眼睛。

一声很响的关门声惊醒静宜,看看床头柜上的闹钟,已是凌晨了,她知道是谷逸生回家了,连忙钻进被窝,闭上眼睛。

一会儿,谷逸生蹑手蹑脚走进卧室,揭开被子躺下,不一会儿,便响起鼾声。

静宜再也无法睡着，睁开眼睛，看天花板，用心捕捉夏虫的鸣叫声。夜，在似有似无的虫鸣声中向不可知的深处滑去。

四

静宜一大早起床，做好早点，谷逸生却不吃，说要陪客户在酒店吃。"早说不吃，我就不做了。"静宜不满地嘟囔一句。上午，要上一节观摩课，还得补做一个课件，所以，饭也不吃，匆忙离开家到学校去。

这节观摩课的效果远不如她以前任何一节课，课前导入呆板、生硬，学生回答问题完毕，却忘了让学生适时坐下。听课的老师颇有微词。

静宜坐在办公桌前，十指交叉撑住下颌。她非常恼恨自己，怎会将课上得这样糟糕？她是喜欢教书的，尤其站在讲台上，看着台下几十双渴求的眼睛望着自己，师者的神圣感就会油然而生，所有的失意和不愉快都会悄然而逝。可今天怎么啦？自己竟然如此恍惚。

"静宜，发生什么事啦？"同事李静娴也是听课者，紧跟着走进来，双手按住她的肩膀。

"昨晚睡得晚，头晕。"静宜说。

"失眠了？眼圈有些发青，像涂了眼影一样，倒是别有一种韵味。"静娴坐到她面前，审视她的脸，"谷逸生欺负你了？你也别太温良恭俭让了，该厉害时还得厉害一些，别让他骑在你的脖子上。"

"静娴，是不是时间一长，一对相爱男女就像陌生人一样？"静宜闷声说。

静娴瞪着一双大眼，"莫非他心里另有人？看你俩平日举案齐眉的，还以为……没想到……"

"不是你想的那样，是……唉，我不知道该怎样说，就像……像住在一间旅馆的两个萍水相逢的人。"

"哦，我明白了。你是说，他不再为看你笑脸而穷其所能逗你开心；不再为陪你逛商场放弃可能到手的大宗订单；不再整夜拥你入怀，而是匆匆完事后掉头睡去……一句话，他不再宝贝你了，我说的对吧。”静娴看静宜虽没点头但也不否认的样儿，接着说，“有什么关系呢，他审美疲劳了，自有人认为漂亮，追着看。”

静宜忍不住带笑打量静娴。静娴说不上漂亮，却自有一种狐媚味从她体内溢出。个儿不高，却很丰满，卷发在头部右上侧挽了个松松的发髻，透明的奶油色皮肤，上翘的饱满的唇尖，笑时微微上挑的眼角，无论春夏秋冬，衣着永远鲜亮、新潮，使她充满迷人的魅力。“你呀，倒真是漂亮、性感得很，我要是男人，肯定被你迷死了。”静宜笑着说。

“笑了？这就好。”静娴手抚静宜的脸颊说，“多美的脸蛋，天生的美人胚子，还怕谷逸生不爱？”

静娴上课去了，静宜对着镜子整理弄乱的头发。长长的卷发披在耳后，配上她高挑的身材，更显飘逸。白皙润洁的皮肤如奶酪般细嫩。五官精致，尤其眼睛，流露出无限的宁静与柔情，显得格外动人。

看着镜子，静宜不明白，这样的自己，谷逸生咋会不愿看呢？

五

周末，静宜被楼上关门声惊醒，看看表，已经过了和静娴约定的时间。匆忙梳洗一番，赶到会合地点。

“这么磨蹭！”静娴将手腕伸向静宜，“看看，几点了？不是说好早八点在这儿会合吗？”

静宜刚张口，却意外发现张立仁笑吟吟走来，吃惊地张开嘴巴。俩闺密周末野游，为什么让大男人加入？静宜微微有些不悦。

静娴说：“听说有你大美女同行，张主任便要求加入。我想我俩再美，也只是两朵单调的花，有张主任这绿叶点缀，花儿会更美。”静娴嘻嘻笑着，促狭地眨着眼睛。张立仁迅速看了静宜一眼，眼中有期待，也有不安。这稍纵即逝的一眼，刚好落进静宜眼中，她便藏起不悦，点点头。

早晨的梅岭山，是清新、宁静的，林荫道上，静娴和静宜牵手而行，张立仁笑眯眯跟在旁边。静娴唱着歌,“你曾对我说,相逢是首歌,眼睛是春天的海,青春是绿色的河……”初升的阳光下,梅岭山美丽、圣洁而风雅,晨风送来新鲜的绿叶和青草的气息,草叶上滚着一颗颗亮晶晶的露珠,带着露水的花儿更娇艳。

在静娴的歌声中,静宜忘了刚才的不快,突然悟到,自己还年轻,需要快乐,需要友谊和朋友,需要偶尔的疯傻笑闹,需要年轻人一样的银铃般的笑声。于是,她不再克制,轻松地说笑。静娴更是快乐,时不时扯开嗓子叫一声,“哎……”张立仁笑眯眯的,眼光不时落在静宜脸上。

下山路上,静娴对静宜说:“你今天的气色好极了,白里透红,像熟透了的桃子,眼珠亮晶晶的。如果我不了解你,一定觉得你在恋爱。因为只有恋爱中的女人才最美丽动人。”

静宜说:“我过了恋爱期,倒是你分外漂亮呢。”

“真的?那你就当我在恋爱。”静娴像小姑娘一样咯咯地笑着。

心突然被触动,尘封心底的和谷逸生恋爱的细节一一呈现。那爱就像密封在玻璃瓶里的玫瑰花瓣,多年后启封,花瓣依旧艳红、鲜丽,散发馥郁香气。

当年的谷逸生不算高大壮硕,可他儒雅、脱俗的气质足以迷人,尤其女人一样秀美的大眼睛以及脸上那种让人醉心、心疼的温柔让众多女子为之倾倒。谷逸生却选择了爱她,她也爱上他,如同他爱她。

那时,在他二十多平米的宿舍,他们黏在一起一说就是大半天。她说上学时的逸闻趣事,说工作中的酸甜苦辣,说父母姐弟邻里故事,说晚上做的梦。他也说,说他遥远的老家亲人,说他作为父母的长子如何协调弟弟、弟媳同父母之间的关系,说他工作中的措施与创新、无奈与坚持,说他不成功的初恋故事。最后补充说,那时与别人接触全是因为静宜还没出现。

俩人在一起有说不完的话,刚刚分开,又通过电话、短信传达彼此的情意。

一天,静宜正在读门房师傅刚送来的《读者》,谷逸生发来短信:出差,晚归。念!顷刻,相思如潮。静宜回复:发来正阅的爱因斯坦与玛加丽塔冲破政治上的桎梏相爱的故事，以伴君行。于是，静宜用无数条短信将这个鲜为人知的恋情故事发给谷逸生。良久，手机提示音响起，已阅，感动！静宜眼中亮光一闪，她知道谷逸生那双深情的大眼睛已是潮润，她了解善感的他是与她同声同气的。

那时，他只爱她，她也只爱他，俩人发誓要一辈子相爱，直到太阳照在俩人墓草萋萋的坟头。这样坚实的感情基础，她和谷逸生怎能不相爱一辈子。她需要朋友和快乐，他一个大男人哪儿能没有自己的朋友与活动场所，怎能要求他整天围着自己转。何况，他的事业需要应酬，常常晚归纯属正常。

一刹那间，静宜谅解了谷逸生。今晚就和他谈谈，谈谈他们的过去，谈谈她今天的感悟。对，就是今天。静宜兴奋地想，一幅恢复如初的琴瑟和谐的画面在她的眼前铺展开来。

静宜做好了饭菜，有谷逸生爱吃的糖醋鲤鱼、酸辣肚丝、清炒小青菜，还有一盆丝瓜肉丝汤。手机铃声响起，谷逸生告诉她不回家吃饭。静宜一下子没了食欲，也懒得收拾饭碗、菜碟，任其搁在餐桌上。

失落地坐在客厅看肥皂剧，看访谈节目，看热热闹闹的娱乐频道。直到时针指向10时，静宜关了电视，洗漱一番上了床。

迷迷糊糊中，听见卧室门被推开，静宜睁开眼睛，看见谷逸生坐在床边脱衣服，她从背后搂住他说："我等了你一晚上。"

"等我干什么？"谷逸生回头看她一眼。

"我想和你说说话。"静宜看着谷逸生的眼睛。

"说什么？"他又看她一眼。

"逸生，今天我一直想你，想我们以前的日子，想……"

"又来了。"谷逸生紧皱眉头，掰开她环在自己腰间的手，不耐烦地打断她的话，"老夫老妻的，还说这些。我累了，让我休息。"

静宜睁大眼睛看着他，这是他吗？是那个抱着她凝神听她絮絮叨叨说个不停的谷逸生吗？黑暗中，静宜如在大海行船一般，一阵阵眩晕，心里突然一片虚空。她放下手臂，将身子缩进被子里。

身边响起谷逸生的呼噜声。静宜看着天花板，眼角慢慢渗出泪水，这就是她要的幸福吗？早晨醒来，静宜的眼睛肿得桃子一般，用冰袋冷敷后，才到学校。

上午没课，静宜在办公室备课。“你的眼睛怎么了？”张立仁进来，看了她一眼，有些吃惊地说。

静宜眼窝一热，抬头望天花板，拼命忍着，不让泪水流出。张立仁站了一会儿，说：“有事要我帮忙就说一声。”

晚饭后，静宜看都没看在书房上网的谷逸生，走了出去。谷逸生的冷漠挑起了她的自尊和孤傲。

走到街上，静宜悲哀地发现，原来自己竟没合适的地方可去。还是上山吧，只有梅岭山才能接纳自己。

傍晚的梅岭山，山风徐徐，静宜的长发被吹起，心中的委屈在这少人行的林荫道上随着热泪哗哗流淌。泪眼朦胧中，看见有人递给她纸巾，说：“别难过了。”

是张立仁。看着张立仁温厚、关切的眼光，静宜觉得他是可以信任的。这位教务处副主任，年近不惑，风流倜傥，为人谦和，彬彬有礼。虽然私下有人颇不以为然，可他人缘好，朋友很多，校内校外都有。同事几年，俩人关系不亲不疏。静宜点点头。

默默走了一段路，张立仁说：“人人都有烦恼，我也不例外。我妻子在行政单位，虽说不是单位一把手，可整天忙得晕头转向。不是开会，就是下乡检查工作。我爱她，也很想和她像别的相爱男女一样，朝朝暮暮厮守，享受有妻有子的天伦之乐。可是，我连和她一同吃饭都是奢望。今年，她干脆脱产在北京学习，已经去了半年。白天还好，忙工作，忙家事，可长夜的寂寞有谁知道？”张立仁的声音微微有些颤抖。

他的话让静宜非常意外，她无论如何也没想到，整天笑眯眯、乐呵呵的张立仁心里藏着这么多苦衷。静宜满腹怅惘，人生怎都是这样不完美？

张立仁顿了一下，接着说："小艾，人生不像我们看见的那样光鲜、完美，都有缺憾。就说静娴吧，她爱上一个浪漫而身无分文的艺术家。她也许得到了想要的爱情，可漫长人生路，她注定将走得比别人艰难。"

"她爱上一个画家？"静宜了解静娴，她从小生活在爱的氛围中，是个爱情上的理想主义者，这么多年寻寻觅觅，终于在而立之年找到所爱。静宜为静娴感到欣慰，同时又莫名地为她担忧，画家能给她希望的爱吗？

"小艾。"张立仁俯视静宜的眼睛，说："第一次在这儿看见你，我就知道你有烦恼，今天又看见你的泪，就更知道我们同病相怜。我一直欣赏你，也很敬重你，如果不嫌弃，让我做你兄长一样的朋友吧。心情不好时，找我聊聊，或者陪你在山上走走，散散心。"

张立仁说得真诚、恳切，静宜看着他，眼窝一热，点点头，叫了声大哥。

七

"你真爱上一个画家？"静宜看着走进办公室的静娴。

"老张告诉你的？"静娴端起茶杯喝一口，说，"是，我爱上了画家。他是我一直在寻找的理想爱人，是我爱的和爱我的男人。"

"不害臊，还没结婚就男人长男人短。"静宜故意撇撇嘴。

"哦，老张最近和你走得很近啊！"静娴突然说，"直觉告诉我，他对你有非分之想。"

"别把人想得太坏。"静宜涨红了脸，"我还不至于认人不清。"

"作为朋友，我提醒你，和他交往你得小心一点，他和你交往是有目的的。有人说他貌比潘安，心如蛇蝎。"静娴放下茶杯，给静宜的杯子倒满水端给她，"好了，不说了，这杯茶就当我给你赔不是。"

静宜不再绷着脸："说说你的画家吧，他有多好，值得你这样爱他。"

"他是个才华横溢、风流倜傥的画家。能和他相爱，是我一生中最幸福的事。他非常爱我，决不允许我受一点点伤害，他说，如果有人胆敢欺负我，他会拼命保护我的。我相信他为了我可以去死。静宜，和他在一起，我才知道男人和男人是不同的，有的只适合仰视，有的只能远望而不可近观，有的看一眼就会噩梦连连。可我的他是上帝赐给我的亲密爱人，和他在一起，我才觉得自己是个真正的女人。他让我享受到人世间最浪漫的激情。”静娴似乎看着静宜又似看着静宜身后的地方，温柔、深情地说。

“一个春雨淅沥的周末，我们到了梅岭山深处的卧佛寺附近，那儿，大片的桃花正在怒放，地上的草叶滚着亮晶晶的雨珠，白雾在身边飘游。他说这美景和身边心爱的女人，给了他灵感，他要立刻将这一切变成一幅画。他说那将是他最满意的作品。我坐在湿漉漉的草地上，微仰着头，斜睨雨中作画的他，心中涌动着绵绵不尽的爱意。突然，他扔下画笔，扑过来……我们在湿漉漉的草地上拥在一起，他的嘴吻住了我的唇，一股比翠峰茶更清醇的味儿让人欲醉，我的舌头与他的紧紧地长久地纠缠一起，快要窒息似的……那儿真好，杳无人迹，他说我忘情的叫声足以穿透梅岭山而不顾忌被人听见。那是我的第一次啊！”静娴的声音梦呓一般，脸上是梦一般的甜蜜。

“你呀，你呀，你们打算什么时候结婚？”

“为了他的事业，我们暂时不结婚。他是自由职业者，没有固定收入，我要尽我所能支持他实现成为中国的高更的理想。”

静宜爱怜地拍拍静娴的头，“让我怎么说你呢，你呀，为自己选择了一条付出和吃苦的路。”

“我心甘情愿哦。”静娴微笑着，目送静宜走出办公室。

静宜时不时上山散步，每次都能遇上张立仁。有时她也会想，世上哪儿有这么巧的事？可又一想，即使约定的又如何，张立仁是她异姓的大哥，再说，他的妻子是那么出色的女性，他还能看上谁？于是，静宜不再心生不安、戒备，与张立仁越来越熟稔，说话也越来越风趣、机智，散步、聊天就成了极愉快的活动。静宜本来就善于表达，一些琐屑的事，她都能说得娓娓动听，引人入胜。每当这时，张立仁都表现出极大的兴趣和热情，这鼓励了静宜，使她的的表述更流畅，更生动。

张立仁的饭局很多，他做东的次数也多，偶尔的，也会请静宜和静娴一起吃饭。一天下午，张立仁请静宜、静娴一起吃饭，可静娴有事，因此，只有静宜与他共进晚餐。那次，张立仁喝了很多酒，一瓶酒喝得快要见底，一张脸便似血一样红。静宜劝他少喝，他端起杯子红着眼睛说："你这样关心我，我喝得高兴。"头一仰，一饮而尽后，又忧伤地说，"妹子啊，说句心里话，别看我朋友成群，可有谁把我当盘菜？就连我妻子也无暇顾及我，关心我的只有你。有时候，我也想不通，明明知道都是些酒肉朋友，还时不时要请他们吃饭。谷逸生因为生意要应酬，前几天，他还请我们吃饭、K歌了，不过做成这单教学仪器生意，也值了。可我为什么？虽说我不用为了生意应酬，可男人活的是一张脸啊！末了，我还是要埋单。"张立仁一把抓住静宜的手，红着眼珠盯着她，"妹子，我也是为你醉酒！"

静宜惊得猛地抽回手，端起酒杯抿了口酒，又望着张立仁，目光慌张、锐利而刚烈。

张立仁抢着说："你别多想，我的意思是说，看着你生活得不快乐，我心痛，你是我的妹子啊！"张立仁眼泪鼻涕直往下流，"妹子，女人是经不起折磨的，心里烦恼、忧伤，脸上就老得快。谷逸生肯定对你不好，所以，你孤独、寂寞，他根本不懂得你这样的少妇是不能没有爱和理解的。"

静宜先是因为误解了张立仁而面带愧色，接着，张立仁又句句说到她的伤心处，她忍不住低声啜泣。

不知不觉的，吹面而来的风不再灼热，一场浓雾把秋天带来了。在浓雾的笼罩和浸润下，树叶无声变黄，悄悄飘落，飘落在屋顶和大街小巷里。

晚饭后，静宜在河堤散步。抬头看天，晴朗的天空不知什么时候漫上几块鸽灰色的云团。莫非积了一个夏天的雨，今晚要下吗？便急急忙忙跑回家。

客厅没人，走进书房，电脑开着，却不见人。电脑都没关，也许自己后脚刚迈出门槛，谷逸生便拔脚离开。静宜咧嘴一笑，那笑有些无所谓，有些无奈。

坐下，看远山的呼唤——谷逸生的QQ好友栏里，紫色精灵的头像不停闪动，拿起鼠标，想删除，突然心里一动，何不看看谁和他聊，聊什么？鬼使神差一般，点击那闪动的头像，查看聊天记录。

"逸生,我想你!"一颗鲜红的心格外刺目。一阵眩晕,她定定神,继续看。

"你好!为什么叫我逸生?做为我的员工,你应该称我谷总。"

"因为我爱你。"

"我有女人。"

"我不管,我就要爱你。我会等你离开她,和我在一起。"

"别等我。你还是找一个和你一样年轻的小伙子相爱吧,我无福消受……"

窗外,狂风呼啸着滚过,一阵电闪雷鸣后,大雨倾盆而下。

八

谷逸生停好车,抬头看见家里的窗户亮着灯光,在这风雨交加的晚上,他感到了温暖。

很久没有这种感觉了。此时,他心中生出渴望,渴望和静宜守在家里。

他爱静宜,为了她生活得更好,为了女儿将来上一个好学校,他辞去工作,经营文体用品公司。没开公司时,认为经商不是太难做的事,等到辞职进入商界,顿时明白了其中的千难万险。他没有退路,唯有拼命才有生路。他身心俱疲。

几年过去,公司有了一定规模,他买了车,一家人也从八十平米的小房子住进二百平米的大房子。可是,谷逸生像绑在滚滚向前的战车上的勇士一般,停不下前行的脚步,他一桩接一桩地做着生意,并为此亢奋、焦虑、急躁和郁闷。他哪里还有余暇顾及静宜和家事。再说,他也没有觉得这样有什么不对,欲望横流的商海,每天都在上演着逢场作戏的男欢女爱,唯有他坚守着自己的情感道德底线,他让她和女儿在这小城生活得像贵族,她还有什么不满足的呢?

可是此刻,望着那扇亮着灯光的窗户,谷逸生突然感到,让女人,一个他爱的女人,每夜孤灯独守是一件多么残忍的事!他心中有了愧疚,并因此更清楚地知道,他爱她,她依然是他心中那个宁静、温柔的女人,没有谁能取代她走进他心中。

走进家门,谷逸生感到了异样。空气中弥漫着丝丝紧张,所有房间的灯全都打开。卧室地板上,俩人的结婚照躺在地上,已成碎片。一股热血快速冲上脑门,荡涤心中那股久违的温情,气愤代替愧疚。“艾静宜,你发什么疯?不想过了明说,用不着拿照片出气!”谷逸生铁青着脸吼道。

“是我不想过,还是你不想过?不是有人在等你吗?”静宜一字一句地说:“你和那个紫色精灵一样没廉耻!”

啪!谷逸生一巴掌抡出去,静宜脸上立刻红了一大块。空气凝滞了,俩人同时愣住。静宜怔怔地望着谷逸生,仿佛挨打的不是自己,又仿佛在体味第一次挨打的滋味。

看着静宜一脸的无辜和惶恐,谷逸生的心揪成一团:“静宜,我……”静宜捂住发红的半边脸颊,像看陌生人一样看着他,然后夺门而出。

街上到处都是水,雨倒是停住了,迷雾开始下沉,从雾幕后面浮出一钩残月,凄凉地照着夜晚的小城。静宜茫然走着,刚刚打她的人是那个痴痴地看着她,轻声叫她“我的月亮”的谷逸生吗?是那个听见医生宣判她不是肿瘤,只是轻微增生后长出一口气说“老天可怜我们”的谷逸生吗?往日的情爱渐次浮现眼前,更凸显她有家难归的凄凉惨淡。在这无人的街头,一种大孤独从心底倏然升起,静宜悲哀得泪流满面。

她拨出静娴的电话,电话接通,却突然不想说话。挂掉电话,并随手关机。

街上的香樟树在街灯下洒下斑驳的影子,昏暗而诡异。踩着斑驳的树影,静宜像走在她的情路上,明明暗暗,悲喜忧乐。其实,她对生活要求不高,不需要大房子,只要能容身即可;不要吃燕窝鱼翅,只要吃饱就行;不要穿伊芙心悦、宝姿,只要随流就行。她只要谷逸生理解她体谅她,时不时回家陪她一同吃饭,深夜回家能给等他的她一个温情的拥抱,然后听她几句呢喃碎语,并容忍她小小的放纵和撒娇……可是,这些愿望他都不愿满足她,竟然还打了她!

她做错了事？她是胡搅蛮缠的市井女人？她依附于他而生存吗？什么都不是，他却打了她。

悲愤使静宜心碎，她泪如泉涌。

“小艾，出了什么事？”张立仁匆忙赶来。

静宜吃了一惊，迅速转过身抹去脸上的泪，竭力平静地说：“我没事。”然后，匆匆走开。

“出了什么事？如果相信我就告诉我。”张立仁跟在后面说，他的声音有着不容置疑的力量。静宜脚步踉跄，走到一棵香樟树下，背对着他无声抽泣，身子抖得像一片风中的落叶。

张立仁真正动了怜爱，轻声说：“小艾，说出来吧，看看我能帮你做什么。我不是你的大哥吗？”

静宜慢慢平静下来，从她和谷逸生相识相爱说起，直到刚才落到脸上的那个耳光。一边说，一边泪雨纷飞。

“这个谷逸生咋这么狠心？女人是用来疼的，不是用来虐待的。”静宜梨花带雨模样，格外动人，激起了张立仁对谷逸生的愤恨。他忍不住将手搁在她挨打的脸颊上，轻声说：“还疼吗？别再哭了，小心哭坏眼睛。”

静宜突然打了一个寒噤，仿佛一股寒意浸入体内，眼泪凝结在脸颊，思维也似冻结了一般。

张立仁还在说：“他怎么下得了手？心疼死了。”说话间，快速将静宜搂在怀里。张立仁相信自己的判断，眼前这个女人在情感上已走投无路，而且她性情柔弱、多愁善感，不像静娴，性子刚烈、倔强，而且还有一个画家横在中间。张立仁相信自己现在是静宜唯一的依靠，于是，他热烈地搂住静宜，越搂越紧。

静宜一边奋力躲避他要吻她的嘴唇，一边大声叫：“不！”

“小艾，我已喜欢你很长时间，谷逸生不爱你，让我来安慰你。”张立仁气喘吁吁地说。

静宜拼命挣扎，却敌不过那双被情欲烧得有力的手臂。情急之下，她狠力咬住他的肩膀，张立仁疼得大叫一声放开了她。

“为什么这样？你是我大哥啊！”静宜退后一步，颤声质问。

“大哥？你还真拿我当大哥？我是你哪门子大哥？我陪你散步，陪你说话，陪你吃饭，让你开心，不是只为做你有名无实的大哥。”

静宜震惊得无言以对。路灯下，张立仁因为愤怒面部肌肉痉挛、纠结在一起，眯着的眼睛藏起了平日的温厚、和善，变得冷冰冰的。她迷惑了，这是梅岭山上那个安慰她开导她的大哥吗？他的脸怎么像川剧中的变脸，说变就变？

“本来我没奢望得到你的爱，可你诱惑了我。你出现在我面前的形象是凄楚动人的，叫我大哥，诉说心中的苦衷，索取我的关爱和安慰，答应和我做朋友。你不做我的情人，为什么要以情人的姿态出现？哦，我明白了，谷逸生不要你了，你玩这一手是为了报复他？”张立仁愤恨地说，眼里喷火一般。

昏黄的路灯下，静宜一阵阵发冷，她感到自己快要崩溃了。她一直相信人与人之间有真挚友情存在，无论男人与男人，女人与女人，或男人与女人。可现在自己建构的这座理想阁楼伴随着自己的心理崩溃轰然坍塌成一片废墟！

静宜内心波翻浪涌，却一句话也不说。她和他没什么好说的。她对他根本谈不上爱与不爱，她还爱着谷逸生，没有谁能取代他走进她心里。她只希望那个紫色精灵是一厢情愿的单相思，她相信自己与谷逸生目前的状态，只是一小节不和谐的音符，过去了，就会好的。

谷逸生和静娴终于在青龙潭找到了静宜。

这时，东天泛出鱼肚白，在熹微的晨光里，青龙潭如梦如幻，充满仙境的圣洁。那一挂瀑布从天而下，落在潭中，溅起无数水花，像朵朵白梅晶莹而多芒，潭水绿得奇异而圣洁，就连崖壁生着的草和树叶都显出圣洁般的绿。静宜闭眼蜷缩在潭边的大石上。谷逸生眼圈红了，叫了声静宜，再也说不出话。

静宜醒了，跳起来，扑在静娴怀里，放声大哭，身子筛糠一般。

“我们到处找你，找遍了金城的大街小巷。还是谷逸生知道你，他说你一定在这儿。”静娴抚着静宜的背说。

"静宜,我错了。"谷逸生哽了一声,"我爱你。"

九

整整一上午,静宜心里有些不安,想找静娴说说话,她却请了病假。

静宜越来越不安。办公室的老师看她的眼光充满疑惑,校园里正聊天的老师看见她走近,互相搭讪着散开。周一例会前的十几分钟,照例是老师们谈天说地、传播逸闻趣事的时间。此时,张立仁在高声说话。"我这个人呀,没多大能耐,可老天照顾我。我有一个好老婆,贤惠、勤快、能干,我是衣来伸手,饭来张口,所以,我才能像柳下惠一样坐怀不乱。哈哈哈!开个玩笑。工作呢,这几年各年级的统考成绩在那儿摆着,有目共睹。当然,离不开各位的努力。总之,我春风得意,人生路上洒满阳光。"

张立仁腆起微微隆起的肚子靠在椅背上,口若悬河,像一个获得丰收的农民张扬着心中的满足、得意。若是以前,静宜会带着欣赏的眼光旁观,可现在她分明感到一股阴森森的眼神从那双笑眯眯的眼里溢出。

晚饭后,静娴打来电话,约静宜上山转转。

静娴的变化让静宜大吃一惊。她的脸庞瘦了一圈,紧绷的奶油色皮肤变得灰暗、干枯,没了光泽,眼角新添了几丝皱纹,映衬得眼睛黯淡无神。"怎么病了几天就变成这样?"

"最近的金城新闻你看没看?深圳某公司董事长应邀考察金城时,聘本县一画家为公司广告策划部经理。"静娴答非所问。

"这和你生病有什么关系?"静宜不解地望着她。

"董事长是个风韵犹存的女人,画家就是他——一个愿意为我死的人。哈哈哈!为了他的绘画事业,他献身富有的女董事长。"静娴的笑阴损怨毒,在那张蜡黄的脸上绽放成一朵正凋零的凄艳的花。静宜看得惊心。

"张立仁哪儿好?你投怀送抱遭人拒绝?"静娴忽然说。

静娴的刻薄激怒了静宜,她锐声尖叫:"你满嘴喷粪!"

"我满嘴喷粪?你去打听打听,学校还有谁不知道。我早就提醒过你,他和你交往是有目的的。”

静宜恍然大悟。她问静娴:“你信吗?狼披上外婆的大襟衣衫,外孙们都会被它迷惑,对它敬若神明,直到掉进它的陷阱,被它吞噬。好在你没有掉进它的陷阱。”

俩人不再说话。

晨雾升起,周围的景色在朝阳下生动起来。

“真美!”静娴轻叹。

“是,梅岭山很美,可有人卑鄙地利用了她。”静宜自语般说。

十

静宜走进家门时,谷逸生正阴着脸坐在客厅的沙发上,茶几上的烟灰缸已堆满烟头。

“过来坐会儿。”谷逸生突然说。

静宜回身倒了杯水,坐在谷逸生对面,“说吧。”

看着静宜没事人一般,谷逸生气得血脉贲张,一把抓起她,狠命地摇晃着,声嘶力竭地吼,“艾静宜,我真是看错你了,到了现在,你还在装模作样!我一直认为你是孤芳自赏的,谁知你和别的女人一样,也是耐不住寂寞的!你知不知道,今天在酒店吃饭,听见邻桌的张立仁含沙射影吹嘘自己面对你这个大美女的诱惑却不动声色时,你让我羞耻得无地自容。那一刻,我真想把你生吞活剥了!我怎么会爱上你这个女人?”谷逸生将静宜摔在沙发上,朝门口走去。

长卷发乱成一团,在这团乱蓬蓬的发丛中,是静宜充满血丝的眼睛,纸一样白的脸。“嘭”的关门声传来,静宜从突如其来的混乱中清醒,她知道现在最重要的是和谷逸生说清楚,她也知道和他说清一切,还原事实的本来面目,是一件多么困难的事。可是,尽管困难,还得要努力去做,因为她还爱着谷逸生。

夏雪的小年

一

夏雪在三十六岁那年冬天,被几个警察带走。

那天是腊月二十三,农历小年。

一连几天都是阴霾天气,西风漫卷,凄凄迷迷,却总也不下雪。水果刀刺进贾偲瑥的心脏,一声脆响,刺穿那层薄薄的云翳,终于下雪了。雪花在空中荡悠悠地飘着,渐渐狂乱。半个小时后,雪下疯了,眼前呈现出一片白色。

贾偲瑥一声惨叫,慢慢的,慢慢的,他变得软塌塌的,瘫在沙发上。这一瞬间,整个世界都在发呆。夏雪的脑子一片空白,她迷茫地看着贾偲瑥,那张脸没有痛苦,没有欲望纠结,一脸的平和。刚才这张脸还充满着混浊不清的贪念和情欲,他用铁钳一样的双手卡住她,使她不能动弹,一张像老太婆一样厚厚的嘴唇急切地在她脸上、脖子上舔舐。夏雪摇晃着脑袋,拼命挣扎,却终究身单力薄,敌不过欲火焚身的贾偲瑥。他紧紧吻住她的嘴唇,吻得她透不过气来。他将她挤压在沙发上,撕扯她的衣服,把她剥成一段葱白……

夏雪不明白,那软塌塌的腹部怎会发出金属的脆裂声。直到这时,夏雪都不敢相信自己能这么狠。贾偲瑥信吗?夏雪想,他也不会信的。耳朵里有东西发出碎裂声——一声心脏碎裂的声音仿佛从地层深处传来,她迷茫了。

沙发上的贾偲瑥睡着了般,夏雪却没有想象中复仇后的快感,恐惧和孤寂就在这时漫上她的心头。

夏雪走出办公室，在风雪弥漫的大街上，拿出手机，拨出了报警电话。

二

回到家，夏雪收拾了几件换洗衣物和洗漱用品，便坐在沙发上等着，她知道警察很快就会到来。

没人可以道别。父母那儿能瞒多久是多久，女儿和前夫艾剑峰住在孩子的爷爷奶奶家。屋里空荡荡的，连空气的分子质量都比往日小了许多。窗外传来零星鞭炮声，有些许年的味道。

夏雪比艾剑峰小一岁，俩人在同一条街上长大，小学中学都是在一起上的，直到考上大学才分开，算得上是青梅竹马，两小无猜。小巧玲珑的夏雪，弯眉圆脸，眼睛秀丽，眸子亮而灵动，肌肤像她的名字一样白皙莹润，笑盈盈模样可人。她是父母眼里的乖乖女，夫妇俩爱若掌上明珠。夏雪，夏天的雪花，父母能不珍爱有加？

若说夏雪是玉女，艾剑峰就是金童了。身高1米80的他，俊朗、帅气、玉树临风。高中毕业后，夏雪考上医科大学，艾剑峰上了政法学院。拿到入学通知书那天，俩人便私定终身。毕业后，夏雪进了市二院做了医生，艾剑峰做了法官。工作不久，俩人就结了婚。

婚礼上，新娘笑靥如花，甜蜜幸福，生活的扇面在她面前铺开，呈现满眼鲜花。可是，这桩因爱结成的婚姻却在新婚夜埋下了隐患……

半夜，夏雪从梦中醒来，看见艾剑峰靠在床头抽烟，喷出的烟圈在他眼前舒卷成一个一个的云团，遮住了他阴沉的脸，她看不清。

“你怎么不睡？”夏雪问他。

“你睡吧，我睡不着。”声音干巴巴的，可睡意朦胧的夏雪没注意。

睡意袭来，夏雪不一会儿又沉入梦乡。夏雪像所有漂亮女人一样娇气，加上教师父母的遗传，率性天真，单纯善良。在这人生大喜的洞房花烛夜，她无论如何都没想到她亲爱的丈夫艾剑峰的心里盘踞着一个可怕的问题：初夜，夏雪为什么没见红？

艾剑峰不相信也不愿相信夏雪婚前不洁。他永远都会记得在刚刚过去的癫狂迷乱中，她的脸是多么生动，娇羞、恐惧、惊奇、渴望、拒绝、痛苦和明知前面是火坑也要跳的奋不顾身的表情变化是多么圣洁。她是他最美丽、圣洁的新娘。可是，他还是忘不了那个问题：她为什么不见红？其实，这个问题问问夏雪就可迎刃而解：初夜不见红是极正常的现象。许多女性的处女膜可能因骑车、跳舞等剧烈运动而破裂，可有些女性的处女膜弹性好，即使有了性生活也不会破裂。可是，艾剑峰不想问，他怕伤了夏雪的心。这样，初夜的疑惑埋在心里，终于酿成一颗毒瘤，要了他们婚姻的命。

三

人的心理真是很微妙，总觉得爱情和字画不同，在字画上盖的印章越多，字画越值钱，而在爱情上仿佛就容不得别人先占有过。高大英俊的艾剑峰，其实心眼儿特别小，新婚夜的疑惑，让他感觉自己的婚姻危机四伏。

有爱的女人正如一朵盛开在春阳里的花朵无法闭合那样，夏雪在爱的阳光里怒放着，艳艳地灼人。新婚的幸福、快乐让夏雪久久沉湎其中，一点儿也没察觉艾剑峰的心理变化。他在中院做法官，工作忙，应酬也多，可他不放心夏雪，尽量不在外应酬，按时回家。他想漂亮女人比丑女人难于守住自己，他得帮她守着。他让她下班直接回家，少在外耽搁。他从电信局调出她的通话记录，然后一一打过去，若是异性，必得质问对方同夏雪的关系。她和闺蜜们正逛商场，他一个接一个地打来电话，女友多心，说艾剑峰怕她们欺负她或是怕她们带坏了她。开始她以为是艾剑峰太在乎她，爱她太深。可后来发生了一件事，让她感觉并非如此。

一次，科里的江文请夏雪和一帮年轻的男女同事吃饭，正在酒酣耳热之际，艾剑峰不声不响走进来，坐在一边，无论夏雪和同事怎么招呼，他总是沉着脸不理不睬，弄得大家很扫兴。夏雪脸上挂不住，只得和他先走，回到家和他吵了一架，问他为什么这样做，他说是保护她，她太漂亮，是个男人都想和她上床。

夏雪哭笑不得，便尽量不在外逗留，遇着休息日，就安安静静待在家。于是，好几年相安无事。这样倒是成全了夏雪，工作之余有了更多的时间阅读最新医学杂志，研究医学理论，业务提高很快，是医院最年轻的副主任医师，慕名找她治病的人越来越多。

一天上午，科主任找夏雪谈话。主任是贾偲瑥，也是医大毕业的，不过比她早毕业十年，应该是她的学长。第一次见贾偲瑥，他就表现出学长的热情。近不惑之年的贾偲瑥，粗壮、敦实的中等个儿，略略突出的啤酒肚，皮肤是偏黑的小麦色，细长的眼睛藏在浮肿的眼泡下，若不是时不时地眨一下，还以为他时刻在闭目养神。而且，窄小的额头，厚厚的嘴唇，使他的面相少了阳刚气，多了老太太的慈祥、厚道。这和她心中高挑、瘦削、苍白、架副眼镜的科主任形象大相径庭，她因此看低了他，少了敬畏之心，却多了亲切，仿佛他是邻家大哥，而不是令人生畏的科主任，她一下子没了初入社会的年轻人在前辈、领导面前的拘谨、胆怯。在以后的日子里，她看得出贾偲瑥对她的赏识与关照，这使她欣慰，也使她对他充满感激和敬重。

“主任，您找我？”

“嗯，坐下说。”贾偲瑥示意夏雪坐在他旁边，继续说道，“我们科的唐副主任马上要退休，院里决定，他空出的位置，将在我们科室以竞争上岗的方式产生。我叫你来，就是想告诉你，参加竞选吧。”贾偲瑥说完，右手拍拍夏雪搁在桌上的手背。

夏雪一下子明白最近一段时间科室气氛有些诡异的原因了。以前大家见面随意说笑欢闹，最近看谁都是一副高深莫测、心怀鬼胎的样子。难怪有人说同事是做不了朋友的，因为彼此存在着利害冲突，更别说做知己了，做知己是需要距离的，互相知根知底的，只能成敌人。

“小夏，有什么想法，说说。”贾偲瑥问她。

“主任，我只想做个好医生，其他的没想过。”夏雪看着贾偲瑥认真地说。

贾偲瑥劝她说：“我知道你淡泊名利，可能成功竞选副主任一职，也是对你的医术和人格魅力最权威的肯定和认同。你愿意看见一个没有作为的平庸的人占据这个位置吗？在我们科，你业务过硬，为人正派，最具有希波克拉底的‘纯洁与神圣的行医精神’,是最合适的人选。我希望你能参加竞选。权力是强烈的催情剂,会让人充满生命的激情,会让人永远年轻。小夏,这是一个机会,一定要把握住。”

夏雪点点头,为了不让学长失望。

夏雪答应参加竞选,贾偲瑥赞许地点点头,接着提醒她说:“职场、官场都一样,任何一个职位的升迁,没有哪一次完全是靠综合实力胜出的。虽说我对你竞争副主任是支持的,可是,竞争上岗是天时、地利、人和等各种力量博弈的结果,这些力量有明的,也有暗的,各种力量此消彼长,结果难以预料。你为人单纯、善良,可是,你是强有力的对手,别人会对你产生防范之心,你要心里有数。还有,该做的工作还得提前做。”

对贾偲瑥的话,夏雪有些不以为然,不就是一个副主任嘛,有必要如攻城略地一般处心积虑,像搞阴谋诡计似的鬼鬼祟祟。

贾偲瑥看透了她的心思,叮嘱她:“小夏,别把我的话当耳边风。我是把你当妹妹看待的,否则,我会三缄其口。你业务好,可在这专业人员成堆的单位,谁愿意承认自己技不如人,从而白白地把升迁机会拱手让你?”

夏雪脖子一缩,脸一红,说她很感谢学长对她的照顾,她会认真考虑他的意见。

晚上躺在床上,想着竞选的事,想着贾偲瑥一直以来对她的关注与提携,不为别的,单为主任的知遇之恩,她也得认真对待竞选。艾剑峰洗完上床,钻进她的被窝。夏雪知道这是他求欢的信号,可她心思不在这上面,跟不上他的节奏。艾剑峰一下子萎缩了,恼怒地翻身下来,说她这是在外面吃饱了。夏雪骂他胡说八道,然后告诉他白天的事。

“哦,有这么好的事?他为什么帮你?他是想追求你吧。”艾剑峰疑惑地问。

“说什么呢?别把好心当驴肝肺。他是我学长,于情于理,他帮我都说得过去。何况,我业务好。睡吧,别胡思乱想了,除了你和女儿,我谁都不爱。”

窗外,深蓝的天空,有几颗星星闪烁,从窗缝吹进的五月的夜风,清凉里面已经有醺然的暖意。夏雪和艾剑峰相拥而眠，夜色就在他们的一粗一细的鼾声中变得深沉。

四

十多年过去了，贾偲瑥清晰地记得初见夏雪时的情景。

那天，夏雪出现在他的办公室，他惊为天人。她美丽的脸上有一种纯净的天真。这种天真使她的面部泛出一层非现实的、超凡脱俗的光辉。贾偲瑥在这一刻感到胸口有一股热血涌到喉口，电击一般。

然而，贾偲瑥毕竟不是一个毛头小伙子，瞬间的怦然心动，脸上却维持着科主任对一个新人、学长对一个学妹应有的热情。他可不想在一个小姑娘面前失态，从而被她误认成轻浮、浅薄之辈。贾偲瑥成功了，他的热情、忠厚使他成功地获得了夏雪对他的信任，这种信任既融入了对师长的尊敬，又夹杂着对长兄的亲近。这让他很受用。他对她似乎有了兄妹之情。他为她提供进修学习的机会，为她争取项目研究经费，他为她取得的成功而自豪，为她得到患者的好评而高兴。

午夜梦回，听着睡在身旁的老婆发出男人一般的打鼾声，夏雪的影子就出现在他眼前。头一偏，巧笑倩兮，眼波流转。那双晶亮的眸子，似乎蕴藏着有穿透力的情感，仿佛只待自己轻轻一点，就会奔涌而出。身下疲软的物件竟有些蠢蠢欲动。于是，他知道了，他没那么高尚，他对她好是有目的的。

拜伦说"男人的爱情是男人的一部分，女人的爱情是女人生命的整个存在"。贾偲瑥一向认为女人是那么的不重要，只是人生的风景，给人轻松的心情，与生死沉浮无关。虽然他爱女人，但这爱不是他的人生大业，连附加都谈不上，何况对夏雪的爱里更多地掺杂着肉欲成分。因而尽管这种感情让他煎熬，他也是不会轻举妄动的。他懂得小不忍则乱大谋的道理。他还有当副院长、院长的可能，他不能因为一个女人而丧失继续上升的空间。这是他做人的原则。一个男人如果没有这点自制力，不能在纷繁复杂、瞬息万变的形式下审时度势、杀伐决断，他就成不了大事。

当年，虽然长相差了点，可他忠厚、老成持重，又有一张医大文凭，是院里几个长相不错的护士的首选对象。没想到他没接受她们抛出的绣球，却很快成了院长的乘龙快婿。院长千金在院办室上班，比贾偲瑥大三岁，身高体胖，皮肤黝黑，一双小眼睛点缀在葵花般的大脸盘上，有些不太协调。别看她的长相让人不敢恭维，脾气也坏，说话尖酸刻薄，动不动就给人甩脸子，可找对象的标准还不低，高不成低不就的，成了时下所说的剩女。模样好坏有多大关系呢？关了灯没什么区别。贾偲瑥对他的铁哥们说："对于我这背无大树的农家子弟来说，这是唯一的机会。"

婚后的贾偲瑥，整天乐呵呵的，一张脸似乎时刻荡漾在春风里，他使新媳妇相信，娶了她是他最大的幸福，也使院长相信把女儿的终身托付给他算是选对了人。做了院长女婿的贾偲瑥，事业如芝麻开花节节高。他用几年时间先做了心脑血管科副主任，几年后又做了主任。此时，他岳父退休，可影响还在，有消息灵通人士称他将是主管业务的副院长候选人之一。贾偲瑥明白，这是他人生又一个关键时刻，他岂能因小失大？

今晚，躺在夜色里，想着白天谈话时，注意到夏雪的脸依旧如初见时一样。时光真是偏心，似乎专门去抢别人的容颜，却对她手下留情。她的脸找不出一点她几十年的生活经历，那是心地单纯的人才能保持的青春。他翻了个身，手碰到老婆裸着的背，很糙，他知道不光是她的皮肤，她的一切，都是女娲粗制滥造的杰作。他突然怀疑为了所谓的人生目标，让这样一个女人相伴终生是否愧对自己？他的坚持和克制到底有多大意义？人生苦短，一路且行且歌，沿途诸多精彩与他擦肩而过，他还要为所谓的原则、目标放弃多少美丽风光？

五

贾偲瑥叫来夏雪，从抽屉拿出一张购物卡，放在她手边，说："张院长病了，去看看吧。"

"这么多，这不是变相买选票吗？我不要。"夏雪看一眼卡上的面额，吃惊地将卡还给他。

“你不懂,这是与领导进行良性沟通的最佳方式。在我们院里,张院长拥有话语权,搞定了他,你的竞选就有了最有力的保证。这可是每个候选人都在想着的事,你不做,别人一样会做的。”贾偲瑥说着,将她的手连同那张温馨卡握在手心,摇了摇。

夏雪突然紧张,抽出手,说:“谢谢主任,我不要。”

夏雪去南方商城兑换一张500元面额的购物卡,又在医院门前的花店买了一只花篮,便匆匆赶往住院部大楼。

夏雪知道,她兑换的购物卡数额与当下流行的公关行情相距甚远,可她不想为了心脑血管科副主任随大流,她想为自己留下一些什么,比如医者的神圣、人与人之间的真诚等。她此番行动更多的是表达对这位蜚声国内外的内分泌专家的关心。她敬重他,不光因为他是院长、医学权威,更因为他严谨、求实的科研态度。

“张院长,祝您早日康复!”夏雪将花篮递给迎上来的一个笑吟吟的温婉、清秀的中年女士。

“小夏来了。”张院长对她介绍说,“这是你嫂子方云。”又对方云介绍,“这是我们院最年轻的心脑血管专家夏医生,夏雪。”

“在我的印象中,专家好像都像你似的满头白发,没想到还有这么年轻、漂亮的。”方云拉着夏雪的手,端详着她的脸,赞叹说,真是人如其名。

夏雪红了脸,将购物卡塞在方云手里,说道:“嫂子,这个……给张院长买点补品。”方云再三推让,夏雪窘得脸更红了,逃一般出了病房。

贾偲瑥看见她,问:“看过张院长?”

“看过了。”夏雪怕他还要问别的,便要离开。

“小夏,还有一件事。”贾偲瑥叫住夏雪,“我明天上午有一个手术,可市电视台明天要来采访我,只好你来做。”夏雪答应着离开。

手术病人是一个心肌梗塞患者。上午,夏雪为病人做最后的术前检查。

“夏医生,能不能和您谈谈?”有人问。

“对不起,我马上要为病人手术,请不要打扰。”夏雪头也不抬,冷冰冰地说，“这是个大手术，要对病人施行坏死心肌切除和主动脉——冠状动脉旁路移植手术。如果手术成功，就能挽救这位垂危病人的生命。”夏雪很清楚，术前检查对手术成功的意义有多重要，她不放心别人做。

几个小时后，病人被推出手术室，推进病房，夏雪随后走出来。“手术做得真漂亮。”实习医生钦佩地望着夏雪的背影。

夏雪没想到电视台“走进市第二医院”的系列节目之一，竟是“穿裙子的华佗”。

几天后，夏雪的妈妈打来电话，说在电视上看见她了。妈妈说没想到她穿白大褂竟然很漂亮，而且多了些神圣的味道，让人不得不肃然起敬呢。妈妈很兴奋，说自己的老同事都在夸奖夏雪，妈妈说为有她这样的女儿骄傲。

江文说：“这帮做新闻的真是绝了，夏医生就说了一句话，拍的镜头还是夏医生冷冰冰的形象，就完成了一期人物访谈，而且挺深刻。”江文眨眨眼，附在夏雪耳边小声说：“人家本来是采访贾头儿的，谁知看见美女，就拔不动脚了。你抢了贾头儿风头，小心他不高兴。”说完江文扮个鬼脸笑着离开。

贫嘴的江文一向没正型，夏雪没把他的话放在心上，可是这次她觉得有点不对劲。夏雪知道这次采访，贾偲�是做了充分准备的，她也知道这次采访对他意味着什么。

贾偲�叫夏雪到他办公室去，手指点着办公桌面说：“你看看，把你宣传成什么了？市二院心脑血管科只有你一个人，没别人了？谁安排采访那几个病人？谁同意采访科里那几个人？”

夏雪说：“主任，我不知道，我也没有接受采访。”

“好了好了，我没有说你。”贾偲瑛懊丧地摆摆手，又说，“这样也好，为你的竞选增加了砝码。”

窗外吹进的风有了丝丝凉意，住院部大楼前的梧桐树叶也呈沉郁的暗绿色。

已是深秋了，心脑血管科的副主任竞选落下帷幕，夏雪击败另外两名竞选者，成了心脑血管科副主任。半个月后，新的业务副院长走马上任，是院里肿瘤科主任，他是国内很有影响的肿瘤专家。

贾偲瑁说到南方某城参加一个学术会议，一走就是半个月。

“贾头儿散心去了。”江文踱到夏雪的办公室说，“贾头儿仕途受挫，让他很不爽。”

“你又胡说八道，主任到南方参加学术会去了。再说，不就是一个副院长嘛，有必要沮丧到散什么心?”夏雪不以为然地说。

“夏大主任，这你就不懂了。”江文从茶儿的果盘里拿起一个苹果，又拿起水果刀，边削边说，“他做了副院长，就能做院长，在一个城市也就有了属于自己的一亩三分地，在这片土地上，他就能纵横驰骋，挥洒男人的豪气、霸气。”江文咬了一口苹果，接着说，“遗憾的是，贾头儿的对手太强大，而贾头儿发表在《中外医疗》《中国卫生产业》等医学杂志上的几篇论文，还是在网上花钱找人代写的。也是，贾头儿忙于编织社会关系网，哪儿有时间、精力搞业务。”

“江文，你不要再说了，我不想听。”夏雪打断江文的话，她不喜欢背后说三道四。再说，江文说得太离谱，主任怎么可能是那样的人?

六

贾偲瑁从南方回来，打电话让夏雪去他家一趟。

“有多要紧的事，不能等上班后说?”夏雪心里疑惑，还是急忙出门打车去。

夏雪哪儿想到，一趟南方之行，彻底颠覆了贾偲瑁二十多年坚守的做人原则，不，应该是与副院长一职的擦肩而过，使他多年的坚守、忍耐之堤轰然坍塌。

回来的晚上，他刚上床，老婆就往他怀里钻，或许半个月没见了吧，显得有些渴望。贾偲瑁厌烦地推开她，翻过身留给她一个后背。一会儿，身后传来嘤嘤哭声，他越发烦躁，用被子蒙住头，老婆的哭声却越来越大，他转过身将她揽在怀里，手在她的后背上摩挲着，说他在外面跑了半个月，很累，希望她体谅自己。贾偲瑁温言细语，目光却冷冰冰的。怀里的哭声渐渐没了，屋里静下来，进而响起了鼾声。他将胳臂从老婆的脖子下抽出，侧身躺着。他的内心一片灰败，仕途已到尽头，这个城市再也不会有属于他的一片天空。还有什么属于他？身边这个女人吗？路灯的光透过窗帘漫进来，女人随着鼾声嘴巴一张一合，显出几分丑陋。贾偲瑆厌恶地翻转身……

夏雪坐在贾偲瑆对面的沙发上，她的对面是一扇落地玻璃窗，暗花的窗帘拉得严严实实。夏雪莫名地不安，起身说："主任，没要紧事我先回去了。"

贾偲瑆按住她的肩膀，说："别把我这儿当成龙潭虎穴。我叫你来是有话要给你说。"贾偲瑆坐回原处，看着她说："我一直觉得我俩很有缘。我们都毕业于医大，先后来到市二院的心脑血管科成了同事，又做了正副主任。上天安排了这么多的缘分，我们的关系怎能不进一步发展呢？雪，十几年了，我为你做了能做的一切，你能有今天，不都是因为我吗？"

夏雪惊愕得睁大眼睛，听着贾偲瑆一声声地叫她雪，浑身起鸡皮疙瘩。她竭力平静地说："主任，我非常感激你，可我们不是校友吗？我一直以为你对我做的一切是学长对学妹特别的关心和照顾，与爱不爱是两码事……"

"对我来说是一码事。"贾偲瑆打断她的话，握住她的手说，"雪，人生苦短，你要等到什么时候才接受我？等到牙掉了、白发苍苍、腰背佝偻了吗？"

世上果然没有免费的午餐，天上也不会无缘无故掉馅饼。夏雪抽出自己的手，迅速站起来，说："贾主任，我说明三点，首先，我有今天的成绩，和你的关心与帮助分不开，但更多的是我自己努力的结果；其次，你帮了我，我会以其他方式感谢你；最后，我从未想过要和你怎样，以前不想，今后也不会想。请你尊重我。"说完，快步朝门口走去。

贾偲瑆抢先几步，一把将她搂到怀里，心急欲炽，气喘吁吁地说："雪，试一试，试着接受我，说不定你会爱上我的。"一边说一边用力将她朝卧室拖。

夏雪吓得抖个不停，拼命扭动身体，试图挣脱他的搂抱，说："你打消那个念头吧，永远都不会有那一天。"

贾偲瑆的脑海轰然一声炸响，他崩溃了，一泄千里，钳住夏雪的双臂无力地垂下来。夏雪在瞬间一愣后夺门而出。

真是知人知面不知心，看起来蛮忠厚的人，竟有这样的非分之想。夏雪慌慌张张跑出贾偲瑥家，心里咚咚跳个不停。

提前回家的贾偲瑥老婆，看见夏雪从她家楼道跑出，刚想开口喊叫，突然多了个心眼，匆忙上楼回家。

“夏雪干什么来了？”前院长千金拉开紧闭的窗帘，不动声色地问。

“她和你说什么了？”贾偲瑥一边迅速整理纷乱情绪，一边强作镇静。

“她慌慌张张的，哪儿会看见我。”声音突然提高，语气凌厉逼人地说，“你对她做什么了？”

“我不是走了半个月嘛，她来看我。”贾偲瑥字斟句酌地说，“她说上班的第一天起，就欣赏我，崇拜我。她竟然……算了，不说了。我说了她几句，说得有些重。好了，好了，你就当什么也没发生，我的好老婆。”

贾偲瑥知道，此刻让两人的下半身说话，比用上半身说管用。他一把将半信半疑的老婆拉进怀里吻着，抚摸着，她的情绪瞬间就被调动起来。贾偲瑥竭尽全力，总算哄得老婆开心，不再对夏雪来家的事追根究底。

七

夏雪不再与贾偲瑥独处，彬彬有礼的态度下掩藏着冷淡。这让他又羞又恼。

他走进夏雪办公室，说要和她谈谈。夏雪冷着脸，说如果不是工作上的事，她和他没什么可谈的。然后拉开门，做出送客的姿态。贾偲瑥悻悻地出去，心存的最后一丝幻想破灭，心里的爱与渴望变成怨恨。

当夏雪与贾偲瑥冷冰冰对峙时，也是有关她的谣言四起的时刻。起初听的人半信半疑，他们也都知道，自己所听见的那些耸人听闻的私情，其实，只有那么一点实情。那一点实情其实很简单，就是人之常情的一种。可不停止地继续传播。那一点点的实情，经过反复咀嚼成了传言，使那一点实情在传播中失去了真面目。

谣言四起时，夏雪浑然不知。心脑血管科的人似乎身藏珠宝却又忍不住要炫耀似的，当着夏雪的面，端着脸，一言不发。背地里却你言我语，诟啐谣诼。除了工作，科里的人似乎躲着夏雪，明明聊得热热闹闹的，远远看见她，便都散了。

周末，科里同事婉拒她去农家乐玩一天的邀请，接受贾偲瑥在金城酒店的宴请。江文有些不忍，想说什么，看看旁边的贾偲瑥，却欲言又止。

这天，方云打电话给夏雪。

方云见过夏雪后，对她很有好感。漂亮、单纯，一点儿不世故，也不颐指气使，年纪轻轻的，在自己的专业领域有了不俗的成绩。也许夫唱妇随吧，方云特别看重事业上有追求的年轻人。

方云说是几个朋友聚聚，请她拨冗参加。夏雪心想：去了合适吗？再说自己还有事。

夏雪沉吟间，方云又催促道："小夏不给嫂子面子？"

夏雪说："怕耽搁久了，误嫂子的事。"

方云让院长等她一起走，自己先去陪客人。方云说："今天都是我的朋友。"

夏雪和院长走进金城酒店，乘电梯到八楼的包间。电梯门徐徐关闭的瞬间，夏雪看见走进大厅的贾偲瑥。座上客人因为方云的介绍，对夏雪极尽热情。宾主尽欢，兴尽而散。

夏雪看见贾偲瑥那会儿，贾偲瑥也看见了她。贾偲瑥也是和一帮朋友来这儿吃饭的，看见夏雪和院长，大吃一惊后，顿然醒悟。他心里酸溜溜的，继而嫉妒、愤怒，原来夏雪拒绝他，是攀上院长这根高枝儿了。所谓的竞争上岗，是院长为夏雪出任心脑血管科副主任布的局，而他只是这盘局中的棋子。可笑他浑然不知，还掏心掏肺地献计出力。院长口口声声称她是市二院最年轻的心脑血管专家，想干什么？想让她取他而代之？想让他与副院长一职擦肩而过？贾偲瑥明白了，上次的电视采访并非记者随兴更换采访对象，一切都是既定的，是为夏雪成功竞选的刻意安排。真阴险！贾偲瑥恼羞成怒，一张脸气得煞白。

心里有事，闷着头喝酒，不等酒宴结束，贾偲瑥就醉得不省人事。半夜里仿佛五脏六腑都要吐出来似的。吐完了，又昏睡过去，等他再醒来已是翌日中午。这一场醉酒，让贾偲瑥从里到外都变了个人。

魔钻进他心里。

什么是魔？佛教经典《大智度论》曰："问曰：何以名魔？答曰：夺慧命，坏道法功德善本"。即魔使人的智慧、道德、教养、善良的天性毁掉，荡然无存。

八

江文是在浏览网络八卦时，看见搜狐网转帖署名江湖侠客的《美女主任的发迹史》帖子的。

帖子称陕西金城第二医院心脑血管科的夏雪，依仗年轻貌美，献身现任院长，取得副主任医师职称，任心脑血管科副主任一职。帖子还说，夏雪曾为争取出外深造和副主任医师资格，向心脑血管科主任、副主任投怀送抱，遭拒绝，因此怀恨在心，巧使美人计，使得医术医德俱佳的主任惨遭院长打击报复，副主任被逼无奈提前退休。帖子详细描述了夏雪与院长之间的两性关系，极具写实性。帖子最后说现任院长不光好色，而且敛财有方，几乎每个科、室主任和副院级领导的任职，都是用金钱砸来的。

江文大惊失色。百度一搜，各大网站及各地方网站几乎都已转帖，还有不计其数的跟帖，骂声一片。江文犹豫片刻，拿出手机，发了条短信给夏雪：快上搜狐网。

走出手术室，夏雪在办公室的椅子上坐下，看看日历，想起今天是她和艾剑峰的结婚纪念日。十四年前的今天，她俩结为夫妻。十四年过去了，女儿紫嫣都十岁了，可艾剑峰依然在她晚回家时，盘诘不停。"也不看我脸上生出多少沟壑？谁能看上啊。"夏雪摇摇头，嘴一撇，笑笑。还是打个电话给他，这样的日子，他是很重视的，不哼不哈的，他又会唠叨个不停。

夏雪看见了江文的短信。带着疑惑上网后，便看见网上正疯传的帖子，一时愣住了，大脑一片空白，一个个方块字像一只只蝌蚪在显示器上腾挪跳跃。过了好一会儿，夏雪才摆脱混沌状态，才明白帖子说的那个卖身求荣的女人是她，而那个没有廉耻的院长就是她崇拜、敬重的医学权威。她明白是谁将她敬爱的院长变成色狼，使自己变成了放荡女人。

热血冲上夏雪的头顶，她冲出住院部，冲进院党委书记的办公室，请求一脸愕然的女书记查出帖子的发布者，还她和院长的清白。

“别冲动，理智点，坐下说。”书记冷静地问，“什么帖子？是在网上吗？”泪水一下子涌出眼眶，夏雪抽泣着说了事情的大概内容。她说发帖子的一定是贾偲瑥。夏雪说了那天在贾偲瑥家发生的一切。

“没有证据、证人证明帖子是贾偲瑥发的。”女书记请夏雪相信她会认真对待这件事，让她耐心等待调查结果。

夏雪耷拉着头，走在大街上。下午五点的太阳有点意兴阑珊的，风贴着地吹，吹起她的裙摆，她的心中一片黯淡。

艾剑峰已经回到家，他对走进门的夏雪说，他把女儿送他父母家了，他有话和她说。

夏雪茫然地看着他：“说什么呢？”

“你不知道我要说什么？贱货！投怀送抱没人要的贱货，你还问我说什么。”艾剑峰咆哮着，扑过去，一把抓住夏雪的长卷发，抬手就打。

“贱货，我是贱货？”夏雪一阵眩晕，眼前金星闪烁。夏雪明白了，网络时代，再也不是人尽皆知唯余家人未知的时候，在这座城市，她的“发迹史”也许早已妇孺皆知。还说什么呢，说她无辜，被人诬陷、诽谤？谁信呢？说什么都是多余。

她本是想回家寻求慰藉的，可是，她忽略了一个做丈夫的男人的感受，更何况无事都要怀疑三分的小心眼丈夫，看见那样的帖子，杀了她都是有可能的，又怎能为她遮挡外面的风雨？

夜色降临，屋里暗下来，夏雪躺在卧室床上，艾剑峰靠在客厅沙发上。屋里死一样的静寂，只有客厅里烟头燃烧时的亮光一闪，表示这屋里还有活人。

九

病房传来争吵声，又是乔亚丽！夏雪皱了皱眉头，让人把乔亚丽喊出来。

原来乔亚丽给病人静脉注射时，一不留神，针头刺穿血管壁。病人说她打针时还和别人聊天，说她把人命当儿戏。她却说跑针是正常现象，他太娇气。

“这一个月，你和病人吵了几次?”夏雪生气地说，“你是医护人员，应该和病人建立良好的医患关系，想方设法减轻病人的痛苦。静脉穿刺时，最好能一次成功，如果不能，要尽量安抚病人，消除他们的心理恐惧，进行二次穿刺。可你竟和病人吵起来。太不像话了!”

“先管好你自己吧。”乔亚丽斜着眼睛，撇着嘴说，“别以为别人都不知道你那副主任是怎么得来的，还在我面前做道学先生。”

“你……”夏雪像被电击了般，愣住了。

“说什么呢，小乔，没大没小的，给夏主任道歉。”贾偲瑥从后面走来。

乔亚丽没吭声。

“小姑娘不知轻重。夏主任，原谅她年轻，说话没分寸。”贾偲瑥看着夏雪认真地说。

夏雪脸色苍白，身子打摆子一样抖着。突然，快步走回办公室，身后传来贾偲瑥和乔亚丽的说话声，“贾主任，你就是太善良太老实了，所以才吃亏。”乔亚丽说。“吃亏是福嘛，小丫头。”贾偲瑥回应着。

不远处，江文心情复杂地看着这边，摇摇头，走进医办室。

下班了，夏雪离开办公室，穿过住院部大楼，朝门口走去。几个护士从身边经过后，指指点点，说的话顺风飘来几句:

“认识她吗? 心脑血管科的夏雪。”

“哦，就是网络上的‘女主任’。难怪有人攻击，还真是靓女。”

“靓女又怎样? 被人臭成这样，以后还怎么见人呢?”

……

夏雪被绊了脚似的踉踉跄跄，迎面吹来的风里像裹着无数小刀，剪光院子里梧桐树的叶子，只留下光秃秃的枝条在风中摇晃着。夏雪在风中走着，她不知道要去哪儿，家是冰冷的，她不想回去，漫无目的地走，走着，走着，她来到城外的小河边。其实，许多烦恼的日子，她都会来这儿，看看清澈的河水，纠结的心会慢慢舒展开来。可今天的小河"瘦"了许多，像一条柔弱的小溪，失去往日的欢快与灵动，显得那样无助，让人看了心疼难过。

夏雪在河边坐了很久。

屋里一团漆黑，艾剑峰还没回家。那天后，他不再按时回家。他接受所有吃饭、唱歌、浴足、按摩的邀请，常常醉醺醺回到家，躺下就睡着。半夜醒来，他一把揪起她，像审贼似的审问她勾引男人的细节。夏雪歇斯底里大叫："我没有，没有，你要我说多少遍才肯信？你是不是逼疯我才罢休？"见她伤心哭泣，他才嘟囔着睡下。

有时他回家早，便在她回家之前，看着进门的夏雪，黑着脸盘问她又和谁鬼混了，抬手就是一耳光。这时，她觉得他倒不如醉酒回家的好。

今晚，艾剑峰又在夏雪睡着后回家，带着酒意，不多，刚够热血沸腾。借着透过窗帘漫进来的路灯的微光，艾剑峰看见夏雪姣好的脸盘和被子下那具凹凸有致的身体，他的身体突然变得坚挺。他迅速脱光自己，揭开她的被子，可在进入她的瞬间，他萎缩了。

网上的帖子横在眼前，让他无能为力。

夏雪在他像一滩泥一样摊在她身上时醒来，她理解他此刻内心的恐惧，她温柔地抚摸着他，小声呢喃："剑峰，我还是以前的我，我从来没有背叛过你。"

他猛地翻身下来，一把抓起她摇晃着，推搡着，惊恐而愤怒地吼着："都是你，让我变成废人！"

夏雪愣愣地看着他，泪水慢慢渗出眼角。

十

一夜没睡，夏雪眼圈发青，眼睛酸涩，在门诊部前遇见江文，江文同情地说："没睡好？想开点，事情总会水落石出的。"夏雪咧开嘴角笑笑，不语。

"帖子肯定是贾头儿发的。以前那些关于你的谣言，都是从院办室他老婆的嘴里传出来的。有人问起，他不置可否地笑笑，或说得吞吞吐吐的，让人产生无限联想。他不是君子，所以没人愿意得罪他而亲近你。"江文看见夏雪两眼含泪，忍不住说。

"我知道帖子是他发的，可我还是很感激你，在众叛亲离的时候，还有你愿意和我说这些。"夏雪说得有些哽咽。

"我不愿看见一个好人被整，还蒙在鼓里。"江文又说他今天说的话不想让贾偲瑥知道，他不想成为下一个被打击报复的对象。

下班前，夏雪去了一趟女书记的办公室。

女书记吃惊地看着她，才过了多少天啊，这个漂亮女子就变得消瘦、憔悴，眼角有了细纹，眼睛变得更大，显得很深，仿佛两座坟冢，里面埋藏着悲哀、屈辱、痛苦和忧伤。女书记很痛心，但她知道，浅薄的同情、叹息是无法抵达那坟冢深处的，只有将事情的真相调查清楚，才是爱护她的最好办法。她告诉夏雪调查还没结果，但组织上一定竭尽全力调查此事，必要时会请公安刑警介入调查。

什么时候调查出结果呢？夏雪想，一桩没有证据、证人的案子，可能没有那一天吧。恍恍惚惚中，夏雪走回办公室，艾剑峰已在等候她。

"签字吧。"艾剑峰递过来离婚协议书。

"为什么？"夏雪睁大一双眼睛。

"雪，签吧。再耗下去，我们都给毁了，还有女儿，你愿意别人对着她指指点点吗？"艾剑峰痛苦地说。

夏雪看着艾剑峰，她爱了十几年的男人，那张写满痛苦、无奈的胡子拉碴的脸，她的心尖锐地痛起来，大颗大颗的泪珠从眼里滚落下来，渐渐地，泪流成河。压抑着不哭出声来,她全身抽搐得厉害。

艾剑峰不忍看她,转过脸,说:“不是我心狠,雪,为了女儿,我没有别的办法。”

夏雪和艾剑峰在腊月二十三那天办了离婚手续。房子归她,女儿归艾剑峰,他说这是为女儿着想。十四年的婚姻,留给她的只有那个空荡荡的房子。夏雪想,真是竹篮打水一场啊!站在街头,夏雪茫然四顾,哪儿是妥帖安放她灵魂和身体的地方?

看着夏雪一天天憔悴下去,贾偲瑥在复仇的快乐后,反而有一丝失落和隐隐的心痛。他想他是爱过这个女人的。他还想他是否对她狠了点?可谁让另一个男人染指她,挡了他仕途升迁的道?一时间,他又怒火中烧,无法自持。

夏雪失魂落魄走来,贾偲瑥不由自主跟着走进她的办公室。

她瘦了,白皙的圆脸拉长了,没了光泽,眼睛像一口盛满苦难、忧伤的深井。贾偲瑥一阵心痛,“这一切都是谁的错?我吗?”

夏雪回头,看见站在身旁的贾偲瑥,立刻跳起来,说:“你来干什么,看我笑话吗?我们离婚了,你的目的达到了,你满意了吧。你这个魔鬼,你不会有好结果的。”夏雪咬牙切齿,眼喷怒火,恨不得立即将他连根拔除。

贾偲瑥一把抱住她,说道:“我不想这样,雪,只要你接受我,我会原谅你、补偿你。我爱你……”

爱?在毁了她后,竟然还说他爱她?他真以为法律管不着,道德不谴责,无法惩治他的恶行,他就可以为所欲为?这个伪君子,这个卑鄙的小人,简直可恶至极。夏雪抬头看着贾偲瑥的眼睛,此刻,那双眼睛燃烧着浑浊不清的贪念和情欲。“你死了这条心吧,即使世界退回洪荒时代,只有你和我两个人,我也不会爱上你,接受你。”夏雪愤怒地说。

夏雪歇斯底里地吼着,拼命挣扎着,反而使贾偲瑥的欲望之火越烧越旺,他越搂越紧,嘴唇贪婪地吻着她裸露在外的每一寸肌肤。他将她狠狠地挤压在沙发上,双手撕开她的衣服,一具冰清玉洁的躯体横陈眼前,贾偲瑥有些眩晕,紧接着,他大睁双眼贪婪地看着,呼吸渐渐急迫起来……

衣服被撕开的瞬间，夏雪羞愤地闭上眼睛，等她睁开眼，便看见一个白晃晃的怪物，百般猥亵自己，贪婪而龌龊，令人作呕，她嫌恶地侧过头去，看见了水果盘里一道金属的闪光……

一声震彻心扉的凄厉惊叫在耳边响起，夏雪惊恐地看见贾偲瑥慢慢闭上眼睛，手垂了下去。她感觉到自己每一块肌肉，每一条纤维都僵住了，血液从她的血管里流到手脚末端带来阵阵刺痛。只一会儿，这种状态消失殆尽。

夏雪看见窗外雪花飞舞。

十一

夏雪跟着几个警察走出家门，走上大街。雪花还在狂乱飞舞，有不怕冷的孩子在街边放鞭炮，于是，空气中有了年味。也是，今天是农历小年，是祭灶君吃糖瓜的日子，从这天开始，年味会越来越浓。小时候，妈妈每在这天拿出糖瓜祭灶君，说是为了让他“上天言好事，回宫降吉祥”。祭完灶君，妈妈就会让夏雪把糖瓜吃掉。一抹微笑出现在夏雪脸上，一双晶亮的眸子汪着泪水。

女书记在夏雪即将迈进公安局大门的刹那间匆匆赶到。书记说公安局已经查出那篇帖子是贾偲瑥发的。书记为夏雪的冲动、轻率深感惋惜、遗憾。为什么不再等等呢？女书记痛心疾首，泪流满面。夏雪与书记分别的瞬间，眼泪骤然而出，如泄闸的洪水一泻千里。是快慰？是追悔？也许，其中滋味只有夏雪知道。

雪还在纷纷扬扬地飘……

余淑媛的无奈

引子

除夕，余淑媛站在老家三楼阳台上，看着枫镇上空绽放的礼花，嗅着空气中欢乐、喜庆的气息，心里却充满苦涩，礼花绽放的瞬间，清晰地映照出时光在她美丽、稚嫩的脸上刻下岁月走过的痕迹。

今夜，万家欢乐，家家的电视正在直播央视春晚。周杰伦的一曲《青花瓷》，仿佛清冷透亮而又蜿蜒回环的山泉溪涧，流入家家欢歌笑语，声声入耳。可是，余淑媛的家却是空旷、寂寥的，没了小军，没了父亲，也没了一拨一拨拜年的人。母亲也因身体不适，早早回了卧室。

想到母亲，余淑媛便觉得让母亲在这样的晚上独自躺在冷冰冰的卧室，是一件多么残忍的事。便离开阳台，到母亲卧室去。

母亲侧身朝里躺着，睡着了般。二十多年了，在枫镇一直活得自在甚至有些嚣张的母亲，此刻，在床头灯微黄的灯光下，她瘦削的背影显得那么寂寥、孤独，余淑媛一直忍着的泪突然一下子落下来。

曾经她的家是别人眼里最幸福的家，她和小军过着被同龄人艳羡和嫉妒的生活。在别人眼里，她们住漂亮的大房子、出行有名车代步、进出金城的高级会所、任意购买价格昂贵的奢侈品。生活的艰辛远离他们，大学毕业，不愁就业，金城建筑行业龙头——盛大地产公司的大门时刻为他们敞开着，弟弟小军是公司未来的掌门人。而与他们同龄的众多的大学毕业生，挤破脑袋也找不到一份像样的工作，终日过着朝不保夕的生活，更不用说车和房了。

可是，余淑媛并不为此快乐，如果能够选择，她宁愿不做富二代。人们哪儿知道这个群体光彩照人的背后，承载着超负荷的压力。他们要学会更多的面对世俗，面对挑战，他们得舍弃选择的权利，只有无奈接受。

余淑媛知道，中国第一代富人产生在上世纪八十年代改革开放之初，他们敏锐，有魄力，但大多受教育程度不高，他们的孩子，其中的极小部分变成了受教育程度虽然很高，但个人素质却较低的“富二代”。而媒体，尤其网媒不时曝出“富二代”拿钱摆平交通事故后，世人眼里的“富二代”就是爱飙车、爱闹事、爱炫富、爱享乐的民营企业继承人，是挥金如土、骄奢淫逸的纨绔子弟。正如金城人常说的“一只老鼠害了一锅汤”，“富二代”的群体形象因此跌入谷底，倍受指责。

但是，余淑媛不是，她也不该遭受白眼。她安静、聪慧、有思想、肯上进，对生活有自己的定义，对未来有自己的梦想。她是善良的，有一副菩萨般的慈悲心肠。

在省城上学的那几年，每到周末，她都和几个要好的同学去逛街，去美术馆看画展，去图书馆看书。一天，她们在繁华的的东大街漫步，感受都市的时尚与活力，释放一周的疲倦。可是，一处不和谐的景观，破坏了余淑媛快乐的心境。在民生商城前，一棵国槐树下，一个没了双腿的老人，趴在地上，面前放着一个装了几张五角、一元、五元的大瓷碗。老人深深低着头，偶尔抬起来，望望身边走过的行人。微风拂过，她花白的头发在头顶飞舞，偶尔抬起的脸上，是无助的眼光、悲苦的神情。余淑媛心中最柔弱的那根神经被深深触动，她眼圈红了，拿出随身带的所有的钱，放进那个瓷碗。

如同潘多拉打开了宙斯送给她丈夫的魔盒，灾难降临了，余淑媛眼睁睁看着一切发生却无力阻止。她仿佛跌入黑暗的地狱，看不见希望在哪儿，不知道明天会怎样。可是，生活容不得她彷徨、退缩，她的肩上承载着一个企业、一个家族的责任，还有父母的希望。

一

列车徐徐驶进金城车站，车厢抖动了一下，停了下来。西北大学新闻专业在读研究生余淑媛，拎着一只小巧的拉杆皮箱，走下车厢，在站台上略作停留后，抽出皮箱的拉杆，然后往出站口走去。

从火车上下来的男男女女，一窝蜂般跑过她身边，又忍不住回头望望她。

余淑媛是美丽的，她的美是静物的美。同学相会，亲友欢聚，她置身其中，微笑着，轻易不会开口说话。与她那些善于辞令、个性奔放的女同学相比，她的恬淡、温和更有一种让人着迷的、渐已远去的典雅味道。窄窄的微尖的鹅蛋脸白得晶莹剔透，细细的、眼角稍稍上翘的眼睛黑亮有神。额如蟹壳般光洁，黑发瀑布一般从脑后垂下腰间。窈窕的身段，穿一条白色无袖长裙，让她如仙子一般飘逸。

父亲余满堂的司机老张在站前广场等着，看见她，便迎过来，接过她手里的皮箱，打开后备箱放进去。余淑媛在弯腰上车的瞬间，又有了那种熟悉的如芒刺在背之感。

五年前，西大录取通知书一到，父亲就决定让老张开那辆加长版凯迪拉克接送她上学。余淑媛拒绝这样安排。她不愿顶着富二代炫目的光环走进大学校门，一开始便与同学隔膜着，让自己孤绝于友情之外。她愿安安静静地在这所西北名校，度过她最美好的一段人生岁月。可是，父亲不放心她只身一人挤火车。他说："火车上什么人都有，三教九流，鱼龙混杂。我的女儿怎能和那些人混杂一起？有老张接送，我放心。"父女各持己见，后来，还是母亲从中协调，让老张只在金城车站接送。

即使这样，余淑媛还是为每一次上下凯迪拉克时，被周围投射来的目光灼伤。那是怎样的目光啊！那混合着艳羡、妒忌、仇视的目光，让她或平静或愉悦的心情陡然消失。可是，今天与往日不同，那种不愉快的感觉，被老张异乎寻常的凝重神色逼退。

上课前，父亲打来电话，让她赶下午两点四十九分那趟车回家。她想说，若没什么要紧的事，她放了暑假再回去。可是，父亲不容分说挂了电话。她怔怔地站在那儿，不知所以。爸今天怎么啦？一丝疑惑像一片云飘过她心的明净天空，然而，瞬间消失。

此时,坐在车上,余淑媛回想起上午父亲的电话,被她忽略的细节突然浮现脑海:父亲在电话里的声音是沙哑的。余淑媛的心陡然狂跳起来,身体也有些微微的颤抖。

“张叔,我爸……妈……没事吧。”她抖着声音说。

“没事。”老张手把方向盘,眼睛望着前方。

“哦。”她长出了一口气,靠在椅背上,她想多了。

“媛媛。”老张声音低沉地说,“你是大学生,能看开世事,回家后好好劝劝你爸妈。”

“我爸妈怎么啦?我家出了什么事?”她一下子坐直身子,双手攀住老张的椅背,刚放下的心又揪了起来。

“你回去就知道了。”老张沉默了一会儿说。

二

金河从秦岭流出,流至枫镇,竟紧贴着白山绕一大弯,弯出了一块硕大的盆地。不知从哪年哪月起,这盆地上便有了人家,一年一年的,青瓦泥墙的屋舍便连成四、五里长的街巷,鸡鸣狗吠,人欢马叫。白山其实不白,漫山的枫树,到了深秋,枫叶红了,丹霞一片,美不胜收。也不知从哪朝哪代起,这儿就叫了枫镇。

余满堂没有像别人那样,暴富后将家搬进市区高档住宅区,乡下的老房子只在逢年过节、清明等日子,为祖宗上坟时住。余家依然住在枫镇,只是老房子几经翻修,成了一栋极其豪华的乡间别墅。

不仅仅余满堂不愿住进城里,妻子张桂花也不愿离开枫镇。枫镇好,山青水秀,空气清新,西康铁路金城车站就在镇子北街头。再说,开车进城只需四五十分钟,简直就是城中村。近几年,市里几家大型企业纷纷迁至枫镇,一些有钱的城里人,为了躲避市区越来越严重的空气污染,也在枫镇买地盖楼,将家安在这儿。于是,枫镇地价节节飙升,枫镇村主任也成了举足轻重的人物,一届下来,轻轻松松就能挣几十万。因此,每到换届前后,竞选村主任的热闹景象简直可与美国竞选总统相媲美。

镇上，家家有人进工厂做工，家家拆了旧房盖新楼。学校、幼儿园、商场、超市、酒店、餐馆、发廊、美容院等，或应时而生，或扩大规模。山水田园的枫镇一下子变得热闹、时尚了。

余家别墅位于金河畔，与镇街隔开约五百米距离。门前，有一架紫藤，蓊蓊郁郁的，每当夏日午后，紫藤下一片绿荫，微风拂过，芳香四溢。可是，今天紫藤绿荫下，多了一具水晶冰棺，周围层层叠叠地放着花圈，数不清的挽幛、挽联在楼前飘拂，悲哀弥漫在空气中。

余淑媛下车后，有些晕眩，她定一定神，揉揉眼睛，这是她的家吗？

可是，金河在门前悠悠流淌，对面白山上硕大的白火石在阳光下熠熠闪光，余淑媛不得不相信，这一片冰天雪地就是她亲爱的家。

院子里，许许多多似曾相识的面孔在她眼前来来去去，可是，爸，妈，小军，你们在哪儿？她觉得身体轻飘飘的，在这片熟悉而陌生的世界飘荡。咚！她撞上冰棺，好奇地透过PC玻晶板柜面向里张望。

“小军……”一声肝胆俱裂的惨叫，余淑媛灵魂崩溃，抓住冰棺的双手松开了，身体摇摇晃晃，慢慢地，慢慢地，向后倾倒……

“媛媛。”姑姑余春花凄厉的喊叫声仿佛远在天外，跌跌撞撞奔来的余满堂骤然花白了的头发恍若云里雾里般模糊，只有两岁的小军蹒跚着脚步的样子异常清晰，他扬起一张胖乎乎的脸，用肉嘟嘟的手，指着飘着几块鸽灰色云团的天空，奶声奶气地问她，“姐姐，谁把天抹脏了……”

啪！一滴水落在脸上，接着，一滴接一滴地落下来。下雨了吗？她睁大眼睛，父亲悲愁的面容、姑姑泪水纵横的脸，渐渐清晰起来。她想起家中正遭遇的惨事，悲哀便如滔天巨浪般汹涌而来。“爸！”她挣出姑姑的怀抱，哭倒在父亲怀里。

“小军啊，我的儿，是哪个挨刀的王八蛋害死了你？你告诉妈，妈去和他拼命！”

余淑媛还没走进母亲的卧室，便听见她嘶哑、悲愤的哭声。“妈！”余淑媛扑到床前，抱着母亲嚎啕大哭。

夜深人静，有微凉的风拂过，院子不再如白日般燥热。母亲被骤然而至的悲伤压垮了，躺在床上输液，父亲也被余淑媛劝着躺到床上。余淑媛坐在冰棺前，陪着小军。冰棺里的小军，睡着了般。那些充盈而抽搐奋胀、情绪激烈得不顾性命的神色，一扫而光了，这会儿完全像个孩子般纯洁。微微卷曲的亚麻色头发，有一绺覆盖着皱痕全消的前额，眉目清秀。淡粉色的T恤，白色长裤，看着很阳光。动不动就咬牙狠狠紧闭的嘴唇，这时线条舒展开来，变得平和。

"哦，小军，你这样子，怎么能让我相信你已死于非命?"泪水又涌出眼眶，凝成一颗颗泪珠，滑下眼角，从她冰凉的脸颊上滚落下来。

三

小军为了一个女子死在凌晨的夜店。余春花握住余淑媛的手，说:"这孩子太争强好胜了，为了一个女人使强斗狠，结果搭上自己一条命，太不值了。"余春花的泪哗哗地往下淌。

余春花是余满堂唯一的妹妹，金城师范毕业后，做了几年小学教师，后来，余满堂的建筑公司缺少帮手，她便辞职做公司的办公室主任。从一个小小的建筑公司发展到今天金城地产行业的龙头企业，余春花功不可没。十几年来，她用心辅佐哥哥余满堂和几个叔伯兄弟，克服重重困难，创造出盛大今天的辉煌，却不求回报。为了盛大高层的和谐，为了盛大的发展，她拒绝余满堂升她做总经理的提议，依旧在办公室主任的位置上兢兢业业地工作着。

余春花从不后悔自己的选择。她觉得无论在什么位置，她都属于盛大，属于风云变幻的商海，都能为脚下这片土地奉献自己的光和热。她爱侄儿侄女，像爱自己的儿女一样，虽然小军是她们余家的独苗，但她的爱是均等的，绝不会像哥嫂那样厚此薄彼。小军的死，她很悲痛，可是，她还得忍住悲伤，照顾哥嫂，料理丧事。

此刻，看见余淑媛抬起一双红肿的眼睛，疑惑地看着自己，余春花便用面巾纸擦干净脸上的泪水，待情绪平复后，将小军死因告诉她。

小军比余淑媛小三岁，在临江市一家私立大学读企业管理专业。和余淑媛的平民风格相反，他是走贵族路线的，开雷克萨斯上学，穿 GiorgioArmani 时装，腕上是一款他刚上大一时父亲送给他的限量版的欧米茄腕表。小军是英俊的。亚麻色的头发漂亮得令人目眩，光洁白皙的脸庞，有着棱角分明的冷峻，眉目清朗，鼻梁高挺。在他身上，既有聪慧与灵秀的特质，又有着更多的狂傲不羁、邪魅冷酷。

在临江市，小军像在金城一样，动不动逃课去飙车、进出高级会所、购买奢侈品。因出手阔绰，有了一帮同学做跟班，出出进进的，常有三五人簇拥着。时不时带人到夜店 K 歌、喝酒，酒后与人发生口角、大打出手也是常有的事。

六月的一个晚上，他照例载了几个同学去了常去的那家夜店，点了杰克丹尼。杰克丹尼色泽深厚，口感馥郁、芬芳，虽然有点干辣，可这正是美国人的特点：实在、纯正。再与可乐交融在一起，更有味道，轻松畅快，乐在其中。小军第一次喝杰克丹尼，便喜欢上了它，而且越喝越上瘾。

如同很多在酒吧喝酒的男人一样，小军在夜店喝酒时，把杰克丹尼当成自己，把可乐当成女人，这种看似毫不相干的结合让夜店的气氛更加暧昧。此时的小军，一边喝着兑了可乐的杰克丹尼，一边注视舞池中央一个穿黑吊带裙的妖冶女子。变幻莫测的灯光下，伴随明快的音乐节拍，黑衣女子像蛇一样扭动性感身躯，浓妆艳抹的脸上，两只熊猫一样的大黑眼圈里射出放浪、妖冶的眼光，紧紧勾住了余小军。好几个晚上了，他都坐在这儿喝酒，看黑衣女子跳舞，而黑衣女子也频频向他抛媚眼。

终于，杰克丹尼在血液里燃烧。小军走进舞池中央，搂住黑衣女子的纤纤细腰，激情地、踉踉跄跄地舞动起来。黑衣女子乜斜着他，双手搂住他的脖子，清淡的香奈儿味儿伴着女子诱人的体香扑面而来，小军的呼吸变得粗重，像带电的风抚在她的脸上，刺激得她如传说中的狐狸精般妖冶极了。小军一把将黑衣女子拉进怀里……突然，小军被蛮横地拉开，有人骑在他身上，狠命击打他的头部、脸颊。在瞬间的愣怔后，小军奋力掀翻骑在他身上的人——一个唇边有黑痣的男人,爬起来,扑倒"黑痣",这时,他的同学也冲了过来,照着"黑痣"一阵拳打脚踢。紧跟着又过来几个年轻男子,与小军他们厮打起来。舞池一下子乱成一锅粥,跳舞的男女惊叫着朝外跑。混乱中,小军看见一把尖刀朝自己刺来,明晃晃的,晃得他睁不开眼睛,接着,"噗"地一声响,心脏一阵锐痛,眼前便开满红色的小花……

"小军可是我们二房的独苗啊!"余春花泣不成声,"上辈人做了什么孽,要报应在他头上?他还是个孩子!难道……冥冥中的报应真的会降临?"余春花打了个激灵,二十多年前的那件事浮现她的脑海……多少年了,余春花想起那件事就心有余悸,余家完成资本的原始积累手段是肮脏的,可尽管这样,也不该报应在一个孩子身上。

"不可能,不可能。"余春花摇摇头自言自语道,赶走突然闪现的念头。

"姑姑,你怎么啦?"余淑媛关心地看着余春花。

"没什么,媛媛。"余春花看着余淑媛,自言自语地说。

余淑媛默默不语,父母二十多年的宠爱,造就了小军骄纵、任性、为所欲为的个性,最终送了命。她为父母感到悲哀。

四

枫镇人历来重男轻女。谁家媳妇生了女儿,不光自家人,连邻居也会背过面,咕哝一句赔钱货,更不用说家里的公公、婆婆和丈夫的态度了。可如果生了儿子,便燃放鞭炮,摆宴庆贺。镇街东头的周平安媳妇一连生了两个女儿,周平安的脸便阴得能滴下水。生第三胎时,她没告诉家里人,挣扎着烧好一锅开水,滚水里煮了剪刀,然后躺到床上。等到周平安从地里回家,她已经收拾利落了自己和孩子,疲乏地躺在床上。周平安一看又是女儿,骂骂咧咧地摔门走了出去。

虽说二十世纪八十年代后,枫镇人对生男生女不像以前那么在意,可余家两代单传,因此,余满堂便多疼爱了儿子,而张桂花则一味溺爱,哪怕他要天上的星星,她也会搭架通天的长梯为他摘的。好吃的、好玩的,包括上学后的文具等等，先紧着他，得让他先挑，剩下的才给余淑媛。“弟弟小，你是姐姐，得让着他。”张桂花常常这样对女儿说。

一次，正吃饭时，小军要用小铜勺交换姐姐的不锈钢小勺，余淑媛不同意，梆地一声，头上挨了小铜勺一击，疼得她眼泪直往下掉。还没醒过神，手中小勺被一把夺走。

“怎么打姐姐了？”余满堂在小军头上拍了一下。

小军哇地一声大哭，张桂花一边哄着小军，一边抱怨余满堂下手重，回过头，又瞪了余淑媛一眼，说道：“当姐姐的，都不知道让着弟弟！”

余满堂对她说：“弟弟小，不懂事，你要让着他，等他长大了，就不和你争了。”正作势哭着的小军，从指缝里看见淌眼泪的姐姐，冲着她得意地伸伸舌头。

这样的时候，余淑媛总是哭着去找姑姑余春花。这时的余春花还是枫镇小学教师，她有许多书，包括《安徒生童话》《格林童话》等。“我家的小天使什么时候变成爱哭的胖胖熊了？”余春花用手绢轻轻擦去侄女脸上的泪水，逗着她。正哭着的余淑媛“噗嗤”一声笑了。见她破泣为笑，余春花说：“这就对了，我们不做爱哭的胖胖熊，我们要做快乐的小公主。”然后，余春花抱起余淑媛，放在自己的腿上，给她讲故事，安琪儿啦，豌豆公主等等，她绘声绘色地讲述，一下子吸引了余淑媛的全部注意力。

……她把这刀子远远地向浪花里扔去。刀子沉下的地方，浪花就发出一道红光，好像有许多血滴溅出了水面。她再一次把她迷糊的视线投向这王子，然后她就从船上跳到海里，她觉得她的身躯在融化成为泡沫……

一天，余春花给她讲海的女儿的故事。她年轻的银盘般的脸盘笼着忧伤，秀美的眼睛闪烁晶莹的泪花，她柔美的音色忧伤地讲述小人鱼为了深爱的小王子的幸福不惜牺牲自己的情节，深深地感动了小小的余淑媛，她美丽的眼睛淌下滚滚泪珠，早已忘记了自己的委屈。

上学后，学会读书写字了，她便自己从书架上拿书，津津有味地读，读书多了，渐渐心胸豁达，不再计较生活中的小委屈。因为与书中人物比，比如卖火柴的小女孩，她很幸福，毕竟父母是爱她的。她的阅读习惯就是在这时养成的。这很重要。因为对一个审美观、道德观、人生观正处于形成时期的余淑媛来说，人类社会的一些共同的基本准则，如正直、勇敢、忠诚、互助；人类最美好的感情，如母爱、爱情、友情、手足之情，以及对美和理想的永恒追求，都能潜移默化地影响她的心灵，帮助她抵御世俗的种种侵染，从而建立起自己的审美观、道德观和人生观。

哦，扯远了，还是说小军吧。

家里宠着他，枫镇的孩子们被父母管教得也让着他，村支书、村主任的儿子，怎么能不让呢？被宠坏了的小军，异常顽皮，在学校里也是有恃无恐的。枫镇九年制学校的学生来自周边十个村子，地理环境和经济条件因素决定了枫镇村学生在外村学生面前有绝对的优越感，小军则君临于所有学生之上。甚至对有些老师，他也是不屑一顾的。小军最不喜欢上的是语文课。因为教语文课的贾老师，戴一副高度近视镜，讲两句，得看书本，凑得很近，眼镜都要抵到书本上了。小军极厌恶他这样子，书本都没背熟，还上讲台？弄得老让人看他弯腰撅臀的。于是，他起身从后门走出去，临下课时，又从后门进来回到座位上。

这天刚下课，镇街东头的长宽跑来对小军说张家耀和余淑媛吵架。

“张家耀是哪儿的杂种？”虽然在家里，小军倚仗父母的偏袒，常常给余淑媛委屈，可一听有人欺负他姐，便气冲冲的，狠狠咬紧嘴唇说。

“是从桑树坪来的，和你姐同班。”“走，去看看他长了几个脑袋。”小军手一挥，身边的长宽等人跟上便走。

“姓张的，你还想不想在我枫镇上学了？”小军左手叉在腰上，站在比他高了一头的张家耀面前，右手指着他的鼻尖，狠巴巴地说。不等张家耀开口，跟来的长宽等人已扑上去，一阵拳打脚踢，打得他嘴脸乌青。

“住手！”急急赶到的余淑媛，气急败坏地挡在张家耀面前，“我们只是争论一道几何题的多种解法，你凭什么打人家？”

小军一听不是长宽说的那回事儿，转过身，扬长而去。

放学回家，余淑媛说给母亲，让管管小军。

“他还不是为了你？真不知好歹。”母亲白了她一眼。

开始,老师们对小军的要求还是严格的,不许上课睡觉,不许随意走出教室,不许欺负同学,并时时家访,与家长沟通,期望取得家长配合,共同教育小军。

余满堂是没有时间的,老师们常常面对的是张桂花。通常在一个母亲眼里,自己的孩子哪儿哪儿都好,何况一向溺爱儿子的张桂花呢。老师说小军上课时间随意出教室,学习时间难以保证。

“我儿子有多动症。”张桂花急忙解释。

“小军仗势欺人……”

张桂花打断老师的话,说:“小孩子在一起打打闹闹的,都动了手,咋能说我儿子就是仗势欺人?”

张桂花一味护短,老师们便没了那份心劲儿。张桂花也给余满堂说枫镇老师教学水平低,若让儿子继续留在枫镇,会耽误他前程的。于是,上初三那年,小军转学到金城一中读书。这一年,余满堂和几个叔伯兄弟合伙经营的建筑公司,发展成盛大地产公司,成为金城地产界的龙头企业。作为盛大董事长的余满堂无心他用,便辞去枫镇村支书、主任职务,全力经营盛大。好在女儿从小到大,没让余满堂夫妇多操心,儿子小军顽劣异常,可他在父亲面前又斯文又听话,母亲又从不将小军的劣行说给余满堂,余满堂便放心地将教养儿女的责任交给张桂花。

转学到金城,小军见到了一个远比枫镇广阔、多彩的世界,它有着十里洋场般的灯红酒绿,充满着令青春躁动的少年们血脉喷张的魅惑力。小军如鱼得水,很快融入其中,与一群外表漂亮的富二代成了莫逆之交,很快就学会摆阔、炫富、闹事找刺激、带小女生到宾馆开房间等等,并且有过之而无不及。

小军在金城的所作所为,也曾传到在市中学读书的余淑媛耳朵。周末回家,余淑媛当着母亲的面,指责小军,却被母亲呵斥:“我还没死,轮到你管教他?你弟弟不就多花了几个钱嘛,值得你在家大吵大闹。”余淑媛一气之下,转身到金城去找父亲,可父亲去了外地,便峡峡地回到学校。

终于,小军惹出事端。高二那年,小军晚自修时溜出学校,与几个同学在夜店喝完酒开车回家。夜晚的大街,行人稀少,也少了长龙般的车流,酒精作用下的小军热血沸腾,极度兴奋中,以一百二十码的车速在街上狂奔。红灯亮了,一个骑电动车的女子停在前面不远处,一点儿也没觉察到危险正向她奔来。仿佛刮过一阵龙卷风般,她被一股强力高高抛起,又被重重摔下……小军愣了片刻,进而有些怕,若那女子死了还好,若没死,残了,岂不是要被她赖上,无休止地付给她医药费?这样一想,便一踩油门,仓皇逃走。

第二天,小军被带到校长办公室,一名警察正等着他。

那女子被撞得大腿粉碎性骨折,疼痛中,还是记住了肇事车的车牌号。

余满堂上下打点,付给女子一笔不菲的赔款,小军只在派出所待了两天便被放出来。

从此,小军更加有恃无恐。

五

杀害小军的元凶被捕归案。

临江市来了两名刑警对余满堂说:"嫌犯拒不承认他置被害者于死命。"嫌犯说:"当时场面很乱,他的哥们儿,余小军的人都动了手。怎么能确定我那一拳就要了他的命?就因为那骚货是我的前女友?"唇边有颗黑痣的嫌犯说:"其实,我早就玩腻了她,余小军要她,我巴不得呢。可一位大哥说我扔了她之前,她还是我的女人,她和别的男人在我面前调情,这是骑在我头上拉屎撒尿,是个男人都不会咽下这口气!我一想,是这么回事儿,于是,便想教训他一下,只是想教训他,可没想要打死他,谁知哪个王八蛋用刀捅死了他。"

"问他那位大哥叫什么名字,干什么的,他们怎么认识的,'黑痣'一概不知,只说在夜店认识的。案子目前尚未了结。"临江刑警说。

停尸冰棺十天的小军,终于入土为安。

小军下葬那天,来了许多人,谁也没注意,人群外一个戴墨镜的黑衣男子,远远注视着葬礼的冷冷神色。

送走小军后，余淑媛回省城参加期末考试，同车返回的还有王扬。

王扬是余淑媛的大学同学，毕业后，参加公务员考试被录取，分配到金城市桦树湾镇做副镇长。个子高高的王扬，清瘦，俊朗，一副黑框近视镜经营出一身的沉稳、儒雅。同学四年，王扬对余淑媛一直没有特殊的表示，可毕业后，貌似内敛、沉稳的他却开始热烈地追求她。每天给她写一封情书，表达他火热的激情。他在信中写他对她的爱对她的思念，也写他的工作，写他工作中的酸甜苦辣。这在互联网时代、在许多同龄人忘了许多汉字写法的今天，采用经典的手写书信传情达意，显得那样的不合时宜而又充满浪漫气息。余淑媛心动了。说到底，温柔似水、闲花照水般沉静的余淑媛骨子里是浪漫的。

“……我想你。我想念那个安静沉稳、容光焕发地在街上走过，宛如清新怡人的白玉兰一样的你，我想念你从身边走过带给我的那种舒心和惬意的感觉。这样想你的情绪，时不时突兀而至。在办公室，在严肃的会场，它像一个调皮的天使，在我的眼前歪着头，眼睛眨呀眨，让我沉醉其间而忘记正在做什么。下村走在山道上，它像花香随风而至，像山谷的雾岚迎面袭来，像林中的鸟鸣在耳畔惊起。我给自己说可以想你但不能让思念如决堤之山洪泛滥，将自己湮没其间。可我无法克制自己的相思之情，于是便对自己说，什么都不管了，放任自己的心去想你，酣畅淋漓地漫无边际地想你……”

当王扬这样深情、诗意而又火辣辣地表白时，余淑媛彻底被征服了，她觉得她生命中的另一半、她的白马王子来到了。

“执子之手，与子偕老。”驱车数百里，匆匆赶到省城与她相会的王扬，狂喜地看着她的眼睛说。

余淑媛乌黑的大眼睛浸在泪花中，就像星星沉落深潭。所有的女人，都喜欢这类同于谎言的山盟海誓，因为女人是需要美丽动听的语言来滋润的。虽然我们知道，所有的山盟海誓都是过眼烟云，可此时此刻，它们是真诚的。它们像一江春水缓缓流过她的身体，她的血脉，她的心和魂。

余淑媛恋爱了，在她读研的第一年年尾。从此，王扬像一只蝴蝶，在省城与桦树湾间飞来飞去。

“宝，张开嘴。”西大不远处的餐馆里，王扬夹一块松鼠鱼喂余淑媛，“你身体瘦弱，要多吃点。来，再吃一口。”

“你也吃嘛。”余淑媛娇嗔地说，夹了一块红烧排骨喂王扬。

晚上，俩人去体育场转悠，又去了附近的超市。在超市，王扬买了余淑媛爱吃的鱼片、鱿鱼丝、牛肉干、洽洽瓜子、可居蒜茸花生，当然还有爱意浓浓的德芙巧克力后，才牵着余淑媛的手送她回学校。

此时，大街不再如白日般拥挤、噪杂，街灯明亮而柔和，从浓密的国槐枝叶间渗下月光细碎、温柔的影子，与万家灯火相融，温馨弥漫在空气中。余淑媛双手抱住王扬的左臂，抬头望他。

“累了？”王扬温软的声音透着爱怜，“来，我背你走。”

“不用。”娇柔的声音，拒绝得软弱无力。

“来吧，别硬撑了。”王扬弯下身背起她。

余淑媛软软的趴在王扬的背上。她柔软丰盈的身体贴在他的后背上，就像柔软的花藤缠着他，她将脸埋在他的颈窝，沉溺在他散发出的陌生而浓烈的异性的气息里。

交往时间长了，余淑媛便越发感到王扬的好。她在他面前，就是一个娇柔的小女人，被他宠，被他爱，由着性子在他面前耍赖、撒娇、任性，而他从未对她的任性变过脸、皱过眉。

这次余家突遭祸事，王扬正在市里开会，得知消息后，匆匆请假赶到枫镇，帮着料理丧事。王扬的到来，给了余淑媛莫大的安慰，让她锥心的痛苦得到缓解。

“媛媛，弟弟走了，你还有我。”王扬对悲伤的余淑媛说。余淑媛的眼泪又涌出来，濡湿了王扬胸前的衬衣。

丧事完毕，王扬不放心她一个人走，便送她回学校。

早晨八点左右，一辆保时捷卡宴停在金城电视大楼前，身穿乳白色套裙

的余淑媛从车上下来后，回头弯下腰向车里招招手。

“媛媛！”已经开出去几米的卡宴又倒回来，王扬将头伸出车窗外说，炖好的鸡汤在冰箱，记得每天早晨热一碗喝，不要空着肚子上班。

“嗯，知道了。你小心开车，到了给我电话。”余淑媛说完，卡宴一溜烟离去。

算起来，余淑媛在市电视台工作已经一年了。研究生毕业，她违背父亲让她进盛大任职的意愿，考进金城电视台新闻部，做了记者型主持人，实现了她做媒体人的夙愿。不久，又与王扬领证结婚。这一对俊男靓女的婚事，曾在金城风传一时。小镇上的镇长王扬娶了美丽而有才华的余淑媛，这羡煞了多少未婚、已婚的男子，何况余淑媛还是一个标准的富二代，且不说别的，单是金城高档住宅区一套二百平米的大房子和一辆保时捷卡宴的陪嫁，就足以让普通的工薪族们望尘莫及。“王扬这小子可真走了时运、桃花运！”艳羡者在背地里不无嫉妒地说。

不管外面如何议论，两个当事人倒真是搭上顺风车一般，感情融洽，甜蜜恩爱，各自的事业也风生水起。先是王扬的副镇长去了“副”字转了正，再是余淑媛做的一期新闻访谈节目《拴娃的悲哀》，获当年“全省广播影视奖电视新闻类节目”一等奖。清新自然柔和亲切的余淑媛，在节目中是冷静客观的，言辞间富有对社会公平和正义的探讨。她对被访者充满人文主义的关怀，她用真诚的内心去打动观众，从不去刻意地矫情或迎合世俗的品味，这使得观众越来越喜欢她，节目收视率一路飙升，而睿智、敏锐的她也成了金城的明星人物，有了众多粉丝，成了台里重量级的女主持，颇受领导器重。

“小余，今天出去采访吗？出去的话，给你派那辆沙漠王。”台里办公室主任徐丽亲昵地说。余淑媛摇摇头，笑微微说：“谢谢徐姐。”心里却质疑这份热情，我和她没这份交情啊！

“余姐，不，该叫余副主任。”和她一前一后进部里的姚姗姗右手轻拍嘴巴，说，“今后请多关照。”

“说什么呢？姗姗。”余淑媛眉毛轻皱，微笑说，“关照你是领导的事，我拿什么关照你？”

“余姐，我俩谁跟谁，还跟我这儿装？谁不知道你是台里新定的部里副主任候选人之一？虽说是候选人之一，可谁能竞争过你？不说别的，单是你父亲在台里投的巨额广告费这一项，就无人可敌！余姐，你命好，含着金汤匙出生，人生路上还一路绿灯。你就偷着乐吧。”

姚姗姗不无嫉妒地一气说下来，却没发现余淑媛微微变了脸色。

“小余，到我办公室来一下。”新闻部李主任在电话里说。

“这期节目不错。”余淑媛一进门，主任对她说，“面对一个被逼至绝境而想要自杀的老实巴交的农民，你的眼神、话语充满惋惜、痛心、悲悯的情感，观众看到这儿，心灵无不被触动。小余，好好工作，台里准备往你肩上压担子，你要做好承担更多工作的心理准备。”

“哦。”余淑媛恍然大悟，原来徐丽的热情、姚姗姗的副主任一说源自这儿。可做不做副主任，对她来说无所谓，便说：“谢谢主任鼓励，我还年轻，需要再锤炼，希望主任和部里的老师多多指点。”

主任满意地点点头。

余淑媛朝自己的办公室走去。短短一段走廊，余淑媛走过了一段欣慰、委屈不平的心路历程。主持《揭秘真相》，获得观众认可、肯定，可在有些人眼里，她的成功与她的努力并无多大关系。他们只看见镁光灯下她光彩照人的形象，却不知道她刚进台里度过的一段痛苦的适应期。她竭尽全力地去学习。亲自做策划，观摩同行的节目，上机编节目，经常熬夜到凌晨一、两点。即使得了一等奖，她也没有摆脱紧张和不安。可这些都被有意无意地忽略，只将她富二代身份放大。

然而，当她踏进办公室，坐在办公桌前，所有的——好的不好的情绪，统统抛到脑后，脑子里只有节目、策划案。

七

王扬开车离开电视大楼后，直奔市中心广场，去接顾晓菲。

行至广场，王扬靠边停车。

“早晨好，羊咩咩！”顾晓菲欢快的声音在耳边响起，人也坐在了副驾驶座上。

“不许叫我羊咩咩，叫镇长！”王扬作势板起脸。顾晓菲歪着头，笑嘻嘻盯着他，王扬终究撑不住，“噗嗤”一声笑了，一踩油门，车子朝北驶去。

顾晓菲是镇长助理，也就是王扬的助理。她是去年分配来的。先在党政办帮忙，后来做了镇长助理。她妩媚艳丽，一头乌发用卷发棒简单卷几下，发辫随意扎起来，从一侧搭在肩上。身材精巧玲珑，走路轻盈跳跃。她爱说、爱笑、爱玩、爱唱，与谁都是一副热络样儿。在一帮成熟透了的镇政府人里，显得心无戒忌、调皮而又憨态可掬。开会前，或无事时的扎堆聊天，总有人说笑话，逗得顾晓菲笑得喘不过气，伏在身边任何一个——或五十岁的老李或三十岁的何翔身上或腿上，直嚷嚷笑得肚痛。

僻远的镇政府大院里，大多是男人。女人，尤其年轻、漂亮的女人多在城里和交通、经济条件相对好的乡镇上班，只有没门路的，才会到桦树湾这样的地方解决就业问题。还有一些有门路的，也到这里过渡一下，为向上走镀金。至于顾晓菲属于哪种情形，说法不一，有人说她是没门路的，理由就是一年前，她还是金城酒楼的服务员，可有人说她大有来头，有个神秘的大人物做干爸。无论她是哪种情形，她的到来，给镇政府大院增添了许多快乐。乡镇工作繁杂、琐细、单调、无趣，因而活泼、大方的顾晓菲，像一枚开心果，走到哪儿，哪儿就有了笑声。人人喜欢她，喜欢与她一起工作，一起疯傻笑闹。

王扬也喜欢下村、出差时带着她，觉得有她同行，如同一个可人的小花旦在身边云绕、莺声燕语，终日心情愉悦，即使遇着一些难缠的烂事，有她在身边，他也能心平气和地处理妥当。

做了助理的顾晓菲比在党政办忙得多，再也没时间与人疯傻笑闹、扎堆聊天了。

桦树湾镇地处金城市最南端，远离穿越金城的襄渝铁路和316国道，只有一条乡村土路与市区相连，乡镇经济相对发展滞后。王扬上任伊始，岳父余满堂为了他尽快出政绩，请了前主管经济的副市长，为桦树湾镇的发展出谋划策。

“桦树湾山清水秀，风景秀美，适合发展山水旅游产业。”前副市长开门见山地说。

“哦。”王扬望着他，听他往下说。

“桦树湾境内的翠云山，有片数百亩的大草甸，林深洞幽，碧草连天，山下桦林河潺潺流过。那里还有大禹治水憩息、老子讲经说道、张良僻谷隐居、刘邦寻访张良等著名人文景观。既有自然风光，又有人文景观，这是桦树湾天赐的旅游资源！”前副市长感慨万端，“要做就做大，以翠云山为中心，整合山、水、人文旅游资源，延伸旅游产业链条，形成旅游景观集群，实现山、水互动，人文与生态相融，打造集观光、休闲、养生于一体的旅游胜地，这样就迎合了现代都市人走出都市，走进自然，与山水相亲的休闲理念，一定能吸引省内外游客前来观光旅游，到时候，桦树湾想不发展都难。”

王扬茅塞顿开，豁然开朗，连连点头称是，随后便开始做发展桦树湾山水旅游产业的系列工作。请专家论证、做规划、申报立项等等都已完成，这次王扬带顾晓菲去省城，是去有关方面争取资金扶持。

有美同行，君心飞扬。数百公里路程，仿佛眨眼即到。王扬怎么也没想到，争取资金之事竟办得非常顺利，更没想到的是他的助理顾晓菲，在关键时刻，发挥了一个美丽女性的公关优势，那带些调皮的笑脸，那适度的小体贴，那张口就来的金城民歌声的悦耳，无形中化解了一些显现的、潜在的阻力。或许，应该说，是因了顾晓菲，难办的事才变得顺利，这可人的小花旦。

事情出人意外的顺利，王扬心情好极了，第二天，便带着顾晓菲游览省城几处有名的景点，黄昏到了展示盛唐文化的主题公园——大唐芙蓉园。夜幕降临，园内华灯齐放，流光溢彩，亭台楼阁美轮美奂，恍惚间，王扬、顾晓菲仿佛梦回盛唐之绚烂光华，而王扬便觉得自己就是那拥有三宫六院的唐明皇，这样一想，再看依伴身边的顾晓菲，更觉得如国色天香、风情万种的杨玉环一般。王扬陶醉了。

因是晚间，游人稀少，偌大的园子，仿佛只他二人，缓缓地行，细细地品，只觉得那唐风古韵可随手拈来。一色红的仿唐建筑群，简约而又雍容、华贵、典雅，甬道两边的宫灯灯光柔媚，散发出一种暖暖的、暧昧的氛围。这样的氛围，这样的时刻，容易催生人心底潜藏着的欲望。王扬大胆握住顾晓菲的手，一把将她拉进怀里。“晓菲！”王扬叫着，眼底一小簇火焰嚯嚯地燃烧着。顾晓菲似乎早有预料，知道这一刻终会到来，并做好了迎接此刻的准备，她既不惊慌也不迟疑，只将坚实、高耸的胸脯抵在他的胸前。

“我早就喜欢你了，晓菲，我真的喜欢你。”王扬喃喃地说。

“我也是，我也……”顾晓菲的嘴唇被王扬吻住，便吞回没说完的话，和王扬激吻在一起。

八

金城的汛期开始于八月。

早晨开始，金城普降暴雨。根据汇报，雨下得最大的是金城最北端的拴马镇，好几个村被洪水淹没。其中唐河梁村灾情最重，山洪下来，全村的房屋被冲垮，撤到安全地带的村民无家可归，急待救援。

早晨上班后，得知消息的余淑媛向台里要求现场采访报道，获准后，带上摄像等人立即出发，前往拴马镇。大雨如注，沙漠王的引擎声被雨声淹没。暴雨冲毁了路面，好几处出现塌陷、山石堆积的状况，沙漠王小心翼翼绕行，还没到拴马镇，出现大面积塌方，汽车过不去了，他们只好下车，穿上雨衣，冒雨赶往镇上。

镇政府只有一人留守，其余干部分成几个小组奔赴各村查看灾情，组织救灾。余淑媛决定去灾情最重的唐河梁村现场采访，请留守干部在附近为他们找一个向导。

雨在头上瓢泼一般浇着，眼前是泛着白雾的雨帘，不远处，河道里山洪的咆哮声震耳欲聋，山路泥泞，余淑媛一路跌跌爬爬，成了泥人，手也不知什么时候剐破了，钻心地疼，然而，余淑媛却没一丝沮丧，反而热血沸腾，充满献身伟大事业的大无畏精神，如同那些活跃在战火纷飞战场上的战地记者。但凡选择做记者的人，天性中具有英雄主义的品格，这种人生来就是要为一种激情事业献身的。外表文静、柔弱的余淑媛，就是这样的人，她骨子里厌恶庸常、鄙俗，向往崇高、有意义的人生，这也许就是当年高考填报志愿时，父亲要她学经济管理，可她坚持填报西大新闻系，只在后来作为补偿自修企业管理的原因吧。

余淑媛她们到唐河梁已是午后，情况同在台里听到的一样，山洪在唐河梁村肆虐，哗哗的雨声同山洪的咆哮声汇成一片，房子被淹没，没有一间幸免。早已到来的镇书记李儒等人与村干部正紧急商量救急的办法，组织抢险。村里大部分年轻人出外打工，留下来的大多是老人和孩子。李儒只得与附近几个村联系，请他们组织村里的青壮年前来支援。

余淑媛立即开始现场采访报道。“我是金城市电视台记者余淑媛，我现在的位置是拴马镇唐河梁村后的山上，我的前方，洪水肆虐的地方就是唐河梁村……”

余淑媛的救灾报道在晚间的黄金时段播出，正是人们吃晚饭时。倾盆大雨中，披着雨衣的余淑媛神情凝重地现场报道，一场突如其来的暴雨，袭击了金城，其中拴马镇唐河梁村受灾最严重……房子被冲垮，牲口被冲走，庄稼被淹没，顷刻间，数千人无家可归……

正吃饭的金城人停止咀嚼，全神贯注地盯着电视屏幕，大雨如注，山洪奔涌，老人和孩子望着淹没的家园哭天抹泪，浑身是泥、手脚受伤的李儒低沉、有力的说着：“不要哭，家还会有的……”

有人放下碗，拿起电话，拨打屏幕下方的救灾热线。市里救灾办公室的电话铃声响起来了，紧接着又响起来，最后，响声不绝……

余淑媛一直在拴马镇跟踪采访、报道救灾情况，直到村民开始重建家园，才回到市里。六天里，余淑媛瘦弱的身躯，苍白的面容，沙哑的声音，每天都会出现在屏幕上，她的拴马镇抗洪救灾系列报道成了全市关注的焦点。

回到家，她立马躺下，整整睡了一天一夜。

这一天一夜，她的手机、家里的座机响了一遍又一遍，都没吵醒她。她睡得太沉了。她太累了。六天来，在风雨中采访报道时，她没有丝毫困意，相反精力充沛，精神亢奋，思维敏捷。当一切结束，精神便松弛下来，极度的困倦感立刻袭来。

当王扬打不通余淑媛的电话,只好赶回家时,余淑媛还在酣睡中。他洗干净她脱下的脏衣服,熬了她喜欢喝的绿豆稀饭,又打扫了所有房间的卫生,然后坐在床边,静等她醒来。

窗外,大街上的香樟树叶在雨后明丽的阳光下闪着耀眼的光芒,蝉在枝叶间一声声鸣叫,阳光穿透玻璃照进房间,照着沉睡中的余淑媛。她侧身睡着,越发显得腰肢纤细,腰际间凹进去的曲线,仿佛金城市南端的梅岭山坡,坡势蜿蜒、柔曼、美妙。穿一条淡绿丝绸睡衣,更烘托得她肤如凝脂。此刻,她一定做了一个甜美的梦,脸上笑意盈盈,樱桃小口翘翘的,嘴唇上的小绒毛在阳光下清晰可见。

王扬忍不住在她光洁的额上轻吻着,轻轻的,生怕惊醒了她。他是在乎她的,即使与顾晓菲纠缠着,他在乎的女人还是她。这不光因为她给了他男人最珍视的初夜(余淑媛之前、之后的几个女人,没有谁给他处女的身子),还因为她耀眼的公众形象和富二代身份能带给他想要的一切!

“老公,抱一抱!”余淑媛睁开眼睛,惊喜地看见王扬坐在身边,她伸出双臂向他撒娇。

王扬从遐想中回过神,伸手将她抱在怀里。“宝,瘦多了,还累不累?”抚摸着余淑媛的脸颊,王扬心疼地苦着脸。

“你一抱就不觉得累了。”余淑媛依偎在他怀里,开心地说。

王扬手机铃声响了,是卡朋特的《昨日重现》。他看了看,挂掉。

“谁的电话?怎么不接?”余淑媛不解地问。

“不管,一接准有事,我怎么陪你?”

正说着,《昨日重现》又起,王扬拿起手机挂掉电话,并随手关掉。

九

电话是顾晓菲打的。

在王扬休假时打他电话,顾晓菲是第一次。王扬与顾晓菲之间是有默契的，不在对方休假时打电话，不影响彼此的工作和生活。没想到才过了几个月，这种默契被顾晓菲打破。

王扬很生气。

王扬一直觉得顾晓菲是一个简单、没遮拦的人，疯疯傻傻，随随便便，谁都可以在她身上捞一把。和这样的女人打交道，大可不必有后顾之忧，不必担心她会影响他的仕途、清誉，更不用担心她会觊觎余淑媛妻子的地位，因为他觉得她是没长性的，总有一天，她对他会失去兴趣而另投他人怀抱。

可是，顾晓菲却在他今天回家后不停地打电话，如果他不是果断关机的话。她想干什么？王扬不得不重新审视与顾晓菲的关系。的确，在喜欢品味不同的女人、如同喜欢品味不同牌子的咖啡带来的不同感官刺激的王扬这样的男人眼里，顾晓菲是尤物，漂亮，性感，最重要的是她在床上的热情和机敏，能给男人强烈的感官刺激，令男人销魂。但她不是一朵供在佛座前尚未开放的莲花，不能像磁石一般牢牢吸住男人的心灵。

正如拜伦说的那样，“男人的爱情是男人的一部分。”王扬一向认为女人只是人生的风景，给人轻松的心情，与生死沉浮无关。爱情不是他的人生大业，连附加都谈不上，何况与顾晓菲这样逢场作戏的关系呢。当断不断，反受其乱。他年轻，学历高，可是，这在年轻化、知识化的金城政界，根本算不了什么。真正能为他提供上升空间的是他的岳父余满堂。余满堂与金城政界有着千丝万缕的联系。已升任省委某部副部长、原金城市委书记贾德铭与他称兄道弟，现任金城市市长胡舟之他可亲昵地直呼其舟之。王扬从副镇长升任镇长，也是岳父在常务副市长跟前说了一句话。他若想走得更远，就不能因为顾晓菲而得罪余满堂，从而丧失继续上升的空间。当初，他抛弃交往一年的女友，转而追求余淑媛，其中最重要的，就是看中了余家与金城政界的密切关系。

王扬虽出身农家，但有一位饱读诗书做过多年公社文书的祖父，洞悉世情，深谙为人为官之道。受其熏陶，王扬读了不少书，其中不乏写古时官场、权术类的。结合读书体会，王扬觉得要想改变命运，飞黄腾达，大可将人视为工具，尤其是女人，但不要被他们察觉到。所有地位高的、能被利用的人，都应当神灵膜拜,以妾妇之道侍奉,等他们为自己的卑躬屈膝付出了巨大的代价,便甩开他们一走了之;藏起私生活中不堪的一面,只将英俊、风度、诗意、才华表现出来,如同拿破仑说的,“藏在家里洗脏衣服。”这样,才会得到社会的尊重。残忍吗?卑鄙吗?不,为了出人头地,必须这样。

得疏远那个女人。何况,她神秘的干爸到底是谁?若是金城政界某一大佬,那他真是枉费了祖父多年的教诲,也枉读了那么多写权术的书。

王扬在心里做了决断,人也一下子轻松了。晚上,与余淑媛共赴爱河时,他格外温柔。或许有些日子没在一起了吧,彼此都有些渴望。虽然王扬并不缺少床笫之欢,而顾晓菲在床上小母马般的癫狂也足以令他酣畅淋漓。可与余淑媛在一起,他依旧显得迫切。是余淑媛给他的与顾晓菲截然不同的三月江南的新鲜感,还是极力取悦余淑媛的心理因素?他们每一次的床笫之欢都很和谐,而在余淑媛的心里,从性的角度看,他也一直是干净、温存而有力量的好男人。此刻,他双手环抱着余淑媛,悉心地抚爱她,能感觉到细小的惊栗在她皮肤上出现,看不见的风暴正在她身体深处生成,起伏的小腹是蝴蝶轻轻扇动的翅膀。高潮来了,王扬用稍稍带点儿施虐的假动作夸张他的兴奋,而余淑媛也压抑不住地低低呻吟……

不久,镇政府人员的工作有了微调,顾晓菲不再是镇长助理,继续回到党政办。

十

农历十月初一是寒衣节。十月一,烧寒衣,寄托着今人对故人的怀念,承载着生者对逝者的悲悯。这一天,余家人不管多忙,不管在哪儿,都要赶回枫镇,祭奠余淑媛的爷爷奶奶和其他祖宗。否则,就是一种极其不孝的表现,来年会遭到报应,列祖列宗会遗弃你自私的灵魂!

这一天,余淑媛早早赶回枫镇,与父亲、姑姑一起到白山半山腰上坟,上香、磕头、烧纸钱。一阵微风拂过,纸灰蝴蝶一般袅袅婷婷升上空中,余淑媛看得出了神,是列祖列宗以这种方式知会后人收到钱了吧。回过神,觉得可笑，自己不是彻底的唯物者吗？怎会有这样的想法？

望望左右，父亲和姑姑已不在身边，余淑媛知道，他们到北山脚下那座荒坟去了。每年清明、寒衣节，上过祖坟后，他们都会去那儿，烧一些纸钱，鞠三个躬，待上几十分钟。那是谁的坟？为什么他家子孙不来上坟而父亲和姑姑来？余淑媛心存疑惑，可看看父亲他们苦涩的脸色，她将疑问吞回肚里。今天，她再也压抑不住满腹的好奇心，跟着去了北山脚下。

北山脚下，一座没有碑石的坟茔，四周荒草丛生，稀微的西风从远处吹来，夹着枯黄的叶子，在空中打着旋，旁边，一棵不知名的树上，光秃秃的枝条在风中颤动。满目萧索，凄凉惨淡。坟前一堆尚未烧尽的灰烬还冒着一丝青烟，表明已有人来过。余满堂和余春花站在坟前，深深低下头。

"冯哥，我和妹妹看你来了，来给你赎罪。"余满堂满脸愧疚。

"冯大哥，请你饶恕我哥、饶恕我们余家吧。这么多年，哥哥一直活在罪责中，一直想补偿大嫂和海子，可一直找不到他们。我哥说，等明年春天，他要亲自去南方找他们，你放心吧。"余春花含着泪说。

不远处，一个戴墨镜，身穿黑色皮衣的男子站在一棵柿树后，望着坟前的余满堂，眼睛射出仇恨的光芒。

背后传来脚步声，黑衣男子竖起衣领，匆匆离去。余淑媛只看见一个黑色的背影迅速掠过。

"爸！姑姑！"听见余淑媛喊叫，余满堂、余春花悄悄擦去眼角的泪，"这坟里是谁？是我家的亲戚吗？为什么你们从没告诉我？"余淑媛终于开口问。

"媛媛，别问了，我以后告诉你。"余满堂艰难地说。

余淑媛求助地看着余春花，余春花说："媛媛，听你爸的。"余淑媛更是云里雾里一般，但有一点她明白了，这坟里的人一定与她们家有着隐秘的、让爸难以启齿的关系。

十一

上坟回来，余满堂把自己关在小客厅里，谁也不见。二十多年了，每次上坟回来他都这样,家里人习惯了,都不去打扰他。

小客厅烟雾弥漫,烟灰缸装满烟头,余满堂站在落地窗前,望着楼下不远处的砖厂。那儿是他的发祥地,见证了他发家致富前的打拼、奋斗,也见证了他攫取第一桶金的罪恶……二十多年了,那件可怕的事常常出现在他的午夜梦魇中,折磨着他,让他不得安生。商人是逐利的动物,他却是乐善好施的。为枫镇修建广场、购置健身器械,为金城一中、二中、三中建教学楼、学生宿舍楼,在风景秀美的梅岭山腰修建阳光敬老院,资助三十多个贫困家庭的孩子上大学等,被媒体称为"金城第一慈善家"。可谁知道他做慈善是为了偿还良心债,是为了寻求灵魂的安宁?

几个钟头过去后,余满堂从小客厅出来,去了金河边。

余淑媛和余春花正坐在岸边青石上促膝交谈。

初冬的金河秀气了许多,往日的欢快、灵动不见了,像一个柔弱、娇羞的小家碧玉一般,在初冬温暖的阳光下,闪烁着星星点点的细碎光斑。对面漫山的红叶和蓝天、白云、掠过水面的小鸟,倒映在水里,如诗画般生动、美丽。不远处,一棵棵有着巨大树冠的老柳树,安详地静立在沙滩上,连成三里多长的柳树林,像一条玉带束在枫镇与金河之间,给小镇增添了说不尽的雅韵。

余淑媛从小喜欢在河边玩,喜欢在柳树林里和小伙伴们捉迷藏,喜欢坐在厚厚的落叶下听虫蛙的鸣叫,喜欢赤脚从沙滩走进水里,看鱼儿抢食她投进去的饼干屑,感受它轻啄脚背、脚踝的酥痒。偶尔,父亲也会在夏天的夜晚带她和小军去金河,父亲在水里教小军游泳,余淑媛坐在水边,将一双脚浸泡在水里。这时,水面上是满镇灯火密密、匀匀的影子,像熟透的果子滚了满河水。长大了,她常常独自去河边,或读书,或看着水上波动的景色遐想。有时,姑姑余春花也会在闲暇时悄然来到她身边,带给她意外的惊喜。

对余春花,余淑媛怀着深厚的感情。某种程度上,她取代了张桂花在余淑媛心里的地位和作用。在余淑媛成长的路上,余春花给了她慈母般的关爱和导师般的教导作用。除了余满堂,她还是余淑媛在家里最崇拜、敬重的人。她做事干练、有魄力,却很低调,绝不像母亲张桂华那样,头脑简单,为人做事张扬、跋扈。从小到大,余淑媛有什么话都愿和余春花说,而姑姑总能给她中肯、有益的意见或建议。

“媛媛,辞职到盛大任职,你考虑得怎样了?”余满堂坐在她俩对面一块石头上说,“盛大最终要由你掌管,早来晚来都要来的。再说,我和你姑的年龄一天天大了,趁我们还不老,带一带你,将来把盛大交给你也放心。”

“我刚才也和媛媛说这件事呢,媛媛舍不得现在的工作。”余春花理解地看了看余淑媛,对余满堂说,“做一名新闻记者,是媛媛的理想。现在让她为了家族事业放弃理想,确实难。”

“媛媛,爸不是不通情达理。为了你在电视台能有一个好的工作环境,我不是将原来在省台做的广告放在你们台了吗?可是,你不是普通人家的女孩子,你是我余满堂的女儿,是盛大唯一的继承人!如果小军在,爸也不勉强你。”余满堂声音哽了哽,眼圈也有些红。

“爸!”余淑媛叫了声,低下头。余春花安慰地握住余满堂的手。

“你自修的企业管理专业什么时候毕业?”过了会儿,余满堂问余淑媛。

“再有大半年毕业。”

“好!拿到毕业证就辞职过来。”余满堂不容置疑地说。

余淑媛看看余满堂,又看看余春花,什么也没说。

十二

时光飞逝。不知不觉间,冬尽腊至。

天快亮时,余淑媛梦见自己乘坐的船正颠簸在海浪上,船身摇摇晃晃……醒来,发现床在摇,天花板也在动。她知道某个地方地震了,金城有了震感。起床,打开电视,调频至央视早间新闻……距离金城最近的思源省亚林县发生7.0级地震……成都、重庆及陕西的宝鸡、汉中、安康、金城等地均有较强震感……

余淑媛一边梳洗、妆扮,一边听着电视里的声音,心中除了对亚林县牵挂外,一点也没预感到今天的新闻对她有什么不同寻常的意义。

穿上雪白羽绒服，戴上白色绒线帽，蹬上白色长筒靴，拎起父亲今年送她的 LV 包，余淑媛走出门去上班。门外，是一个银白的世界。鹅毛般的雪花在空中狂乱飞舞，草坪、花园、高楼、大街，全都覆盖上一层厚厚的雪。

嘀！手机接收信息的提示音响起。余淑媛脱下手套，翻看信息。一条彩信，一幅羞于目睹的床照赫然显示屏上。羞恼之下，欲按删除键时，突然发现男人后颈上一块暗红色的胎记，余淑媛一愣，世上有这样巧的事？王扬的后颈上就有一块暗红胎记。余淑媛的心狂跳起来。再看，那赤裸着身体狂吻怀里裸体女人的男人，不是王扬还能是谁。这是梦？还是现实？余淑媛迷茫了，身边匆匆走过的人群，驶过的车辆，也都像电影一样虚幻。

……当我们默默相对时，眼神的交流成了我们思想忠实的媒介，这时，我们的灵魂合二为一了，毫无障碍，无需用接吻来诱发，我们细细品味着沉思的魅力，灵魂里荡漾着同样的梦，仿佛一齐沉入明澈的金河，出水时已是冰清玉洁，超凡脱俗，我们用目光相互乞求，悠悠岁月中，你能永伴我身边吗……

"这邮件是王扬昨晚发来的吗？如果不是，为什么自己竟能一字不差记住？可如果是，那床照作乐的男人是谁？"

余淑媛的世界一下子坍塌了，混乱了，如同这雪下疯了的世界。她没想到，天塌地陷竟然是轻轻的"嘀"地一声响，世界便粉尘一样四散开来，她孤零零地被抛在这样一个白茫茫的空间里，时间融化变形，成一线晶亮的金属溶液，滴在她的皮肤上，她迟钝地看着时间一点一点渗进她的身体里去了，神经末梢从皮肤里挣扎出来，变成根根透明的尖刺，漫卷的西风掠过，皮肤上的尖刺发出铮铮的声音，那不是真实的，是幻觉中的幻觉。

这个地震后的早晨，电视台的人看见直着眼睛走来的余淑媛，整个人就跟外面的世界一样凄凉、惨淡。直到走进办公室，余淑媛才回到现实。一颗冰凉的泪珠从眼角慢慢滚落下来。

"早晨地震时，绿川小区一栋楼垮塌，死了七个人。"门外传来说话声。"绿川小区可是市府建设的廉租房小区，这条新闻大有文章可做。"有人意味深长地说。

绿川小区？余淑媛打了个激灵，绿川小区不是盛大承建的项目吗？她急忙拉开门出去，门外空无一人。余淑媛拨打父亲电话，却无人接听，又拨余春花电话，同样无人接听。她一遍遍拨打他们的电话，中午时才拨通余春花的电话。

“事情比较复杂，市里调查组正在调查。”余春花沉吟着说，“你别着急，急也没用，耐心等结果吧。”

余淑媛站在办公桌前，感觉却是站在悬崖边——头晕、心慌、手脚发麻，一身一身地出虚汗，胸口却似抱了冰块一样，又沉又冷。她终于没能撑住，慢慢地，慢慢地，倒在地板上……

余淑媛病倒了。等她痊愈，已是年关岁尾，绿川小区的案子，也尘埃落定。付出了巨额赔偿款，作为盛大地产公司董事长余满堂，因授意该项目负责人——盛大副总经理余谭才，在承建绿川小区时偷工减料，致使工程留下安全隐患，造成重大安全事故，现已刑事拘留。

王扬在得知绿川楼房垮塌、余淑媛发病后赶回金城。看见那条彩信，他一愣，立刻明白是顾晓菲携怨报复他。王扬怒火攻心，脸色青一阵白一阵，咬牙切齿地在心里骂一句：“臭婊子，给我来这一手！”然后对余淑媛说他无辜，说是那个女人勾引他。王扬说他和那个女人是逢场作戏，他怎么会喜欢那个女人呢？为了得到一份工作，和干爸——副市长睡觉，是下作、卑鄙；背着干爸，又和别人上床，是不忠不义，他怎么会喜欢这样的女人……

余淑媛有些奇怪，和王扬恋爱、结婚几年了，今天才发现他镜片后的眼珠会滴溜溜地转，破坏了黑框眼镜经营出的一身儒雅和沉稳。她为他感到遗憾。至于王扬还在喋喋不休地说什么，她却一句都没听进去。

余淑媛淡漠地说：“离婚吧。”

王扬一愣，紧接着说：“媛媛，看在我们相爱的份上，你就原谅我这一回吧。”

“还是别糟蹋‘爱’这个词了，抽个时间，我们到民政局把手续办了。”余淑媛恹恹地闭上眼睛。

十三

二十多年前，你爸爸承包了生产队以前废弃的砖窑开砖厂。开始，砖的销路很好，因为枫镇方圆上百里地就我们一家砖厂，常常砖还没出窑，就被人预订。

你爸爸既兴奋又着急，忙得两头不见天。他把大量精力都投入到生产现场，还得跑信用社、税务所、运输公司等各个部门。

那时，为了心中的梦想，他不知疲倦地奔波着，生活充满了希望。有了希望的人，就会对他所做的事产生激情，并义无反顾地为此付出一切！

可是，好景不长。

一个南方人租了北边柳溪村一块地，也开了砖厂，烧得砖比我们家的好，砖厂的规模也比我们家大。你爸爸去柳溪看过，也向那个南方人请教过烧砖技术。一来二去的，你爸和那个南方人熟了，俩人也有了交情，外乡人称你爸余弟，你爸叫他冯哥。有时，南方人也会让妻子炒几个家乡菜，俩人喝几杯，他六岁的儿子海子在一旁给他们斟酒。

可是，来枫镇买砖的人越来越少了，后来竟没一个人来。一辆辆拉砖车经过枫镇去了柳溪。每天，太阳还没从白山背后升起来，北边的柳溪就传来制砖机轰隆隆的响声。我们家的砖厂冷冷清清的，工人们辞工去了柳溪，雇的烧砖师傅也走了。

你爸在竞争中失败了。当技术、设备及经营理念远远落后于人的时候，失败在所难免，可他却将这一切归咎于那个南方人。人性的丑恶在对利益的追逐中显露出来，偏执、狭隘、冲动催生了魔鬼，罪恶就这样产生了……

一个没有月亮的深夜，一包炸药将南方人的制砖机炸成一堆废铁。南方人从沉睡中惊醒，看着废了的制砖机，心里明白，是谁为什么要炸毁它。他更明白，这里待不得了，他乡非家乡啊！可起身回南方时，气血攻心，病倒了，再也没起来，永远留在了柳溪……

在余春花的办公室，听着姑姑对二十多年前往事的陈述，余淑媛惊得一下子坐直身体，睁圆了一双大眼睛。原来，余家原始资本积累的完成竟如此残酷、惨烈，带着浓烈的血腥味！

“那个炸毁砖机的人就是我爸，所以，你们每年都要去给外乡人上坟？”余淑媛扬起泪流满面的脸，疑惑地说，“可是，绿川的事和南方一家人有什么关系？”

“他儿子海子回来了！”余春花将余满堂的手机递给余淑媛，“你看看就明白了。”

余淑媛疑惑地接过手机，看屏上显示的短信：姓余的，相信报应吗？如果死了儿子还不信的话，等着瞧！哦，忘了告诉你，我是海子！冯海子！还是你堂弟余谭才的合作伙伴！手机显示接收短信的时间是八个月前，也就是绿川小区交付使用的那天。

“你怀疑绿川事件是冯海子和谭才叔合谋的？可谭才叔为什么这么做？作为公司高层，他挣得钱够他家几代人花的。”余淑媛气愤而不解。

“媛媛，人性有贪婪一面，对金钱、权利的追逐永远没有满足的时候。表面看盛大是辉煌的，董事会里都是余姓人，一团和气，可是，辉煌之下暗流涌动，危机重重。为了争夺权利，拉帮结派，明争暗斗。余谭才早已不满足做公司副总经理，他想做总经理，甚至有朝一日做董事长。他完全有理由与冯海子合作，栽赃陷害你爸爸，达到他不可告人的目的。可是，当时你爸爸根本没想到他们会在绿川小区做手脚，也没想到那条短信意味着什么。”余春花一口气说了许多。

“这就是中国传统文化中的糟粕部分。目前，中国家族企业的弊端已经暴露出来，照你说，我们盛大的弊端更是深入骨髓？如果再不进行大手术，你和爸爸几十年的奋斗成果岂不是毁于一旦？”

余春花目光炯炯地盯着余淑媛，说：“媛媛，我希望你辞职到盛大，尽快熟悉盛大，以便掌管盛大，这也是你爸爸一直希望的。”

余淑媛若有所思。

腊月二十三，农历小年，余淑媛带了些吃的、喝的，还有一条软中华、几身换洗衣服，去探望父亲。天阴沉沉的，拂过面颊的风锥心刺骨，可仍然有不怕冷的孩子在街边放鞭炮，于是，空气中有了些许年味。

余满堂隔窗望着女儿明显消瘦的脸颊上滚落的泪珠，心痛地说："闺女，都是爸爸的罪过，让你跟着受煎熬。"

"爸，二十多年前的事，我们该受到什么惩罚就接受什么惩罚，可绿川事件你为什么不说出真相呢？你这样做，不是对坏人的姑息与纵容吗？"余淑媛含泪说。

"佛家讲因果轮回。世人谁也逃不脱善恶报应。二十多年前，我欠了债，今天该我还了。"余满堂泪流满面。

"爸，你别太自责。"余淑媛将手伸进窗子握住父亲的手。

出了拘留所，余淑媛沿着河堤走。天空宁静而肃穆。河边上，那些落去叶子的老柳树，在冬天的冷风中抖动着细瘦的枝丫。走在刺骨的寒风里，余淑媛的心里也清清冷冷地灌满了冷风一般的宿命感。

十四

余淑媛睁开眼睛，看见自己窝在母亲床前的沙发上，身上盖床被子。她知道，是母亲为她盖上的。小军死后，彻骨的痛苦让张桂花反省，她终于明白，是她对儿子的溺爱害死了他，也明白了，对女儿，她没有尽到做母亲的责任。她为此后悔、内疚，便想方设法弥补余淑媛。可余淑媛怎么会怨母亲呢，反倒对母亲更孝顺、体谅了。

此时，余淑媛怕惊醒熟睡的母亲，轻轻掀开被子站起来，走到阳台上。

天快亮了，那森冷的蟹壳青色的天底下，黑魆魆的楼房也看得清楚了。余淑媛推开玻璃窗，冷冽的空气扑进来，令她精神一振。新的一年，她的生活将有全新的改变。理想让位于现实，梦想留存心底，这是她的宿命。可是，即使这样，她也将全力投入盛大，延续盛大辉煌，做一个真正的企业家，为社会承担责任，为富二代群体正名！

看看表，时针指向七点，她回房梳洗。今天是大年初一，她有许多事要做，要去给姑姑还有那些叔叔们拜年，还要去看父亲。

二十分钟后，余淑媛走出大门，走进寒风拂面的早晨。

补记

在余淑媛、余春花的劝说下，余满堂向公安机关说明事实真相，余谭才最终向公安机关坦白接受冯海子贿赂，并与之合谋在承建绿川小区中违规操作、作伪证嫁祸余满堂的事实并接受法律制裁。二十年前余满堂炸毁制砖机那件事，因过了追溯时效，不再追究。余满堂获释回家几个月后，在余淑媛陪伴下，余满堂在浙东一座城市找到冯海子的母亲，忏悔当年罪过，跪求原谅。回到金城，又去拘留所看了冯海子。冯海子承认是他当年怂恿"黑痣"等人杀害了小军。余满堂淌下了眼泪，最后说："冤冤相报何时休？小军已经没了，只愿海子及活着的人好好生活。"

余淑媛在新年第一天上班的早晨，向台里递交了辞职申请。台长从一沓文件中抽出一份给她，说："就要宣布你为新闻部副主任了。现在辞职，不觉得遗憾?"余淑媛苦笑，一脸的无奈。

余淑媛做副总经理两年后，做了总经理。余满堂终于同意，并与余春花合力支持余淑媛对公司用人制度、管理机制、激励机制及人浮于事等现象进行大刀阔斧的改革。两年后，余满堂退休，董事长由余淑媛担任。做了盛大掌门人的余淑媛，心里又有了想法：在盛大地产公司，引进职业经理人制度，构建企业更合理、科学的经营结构。

竞　聘

一

每年元旦节假后上班的第一天，滨江省历史博物馆都会召开全馆职工总结大会，聆听时任馆长客观、热情又鼓舞人心的总结与展望。年年如此，已成惯例。

在这可容纳上千人的多功能会议厅的讲台上，宋文哲已做了五年总结报告。数月来，文博系统内一直流传着他晋升省文物局副局长的传言，近日，终于以红头文件的形式定格为事实。博物馆工作尚未交接，宋文哲便文物局、博物馆两头跑，馆里工作由副馆长张仕林主持。谁将继任馆长？似乎毫无悬念。

元旦后，照例召开全馆职工年终总结大会。会议由张仕林主持，另一位副馆长周鼎做总结。台下起了嗡嗡声，宋文哲晋升了，他不做总结，也该是名次排在周鼎之前的张仕林，或其他几位副馆长，怎么会是排名最后的周鼎？

台下如此反应，并非周鼎在他们心中是平庸无能之辈，恰恰相反，周鼎在博物馆人的心里是不平凡的，用优秀来形容他还嫌这俩字俗了点。他在朱文声大师门下读的博士，专攻青铜器研究，他的论著《商周青铜器》颇得导师好评，而用来怡情的古典文学他也并非只知皮毛。如此的专业和文学底蕴，使他的表情沉厚而稍带一丝忧郁，即使温文的微笑也显出淡淡的忧伤。在大家眼里，这位周副馆长不是人情练达、适于在庸常生活中周旋的人，他只适合高居于象牙塔内，远离俗世烟火。因此，他端坐台上做这颇具标志意义的总结报告，不由得令人联想到继任馆长的人选问题，从而感到匪夷所思。因为与其他几位副馆长相比，周鼎最不具做官的潜质。

到底谁是继任馆长？扑朔迷离，扑朔迷离啊！疑惑也好，不解也罢，周鼎的报告内容扎实，条理清晰，赢得听众热烈掌声。宋文哲给予精彩点评。

“嘭”地一声，会议厅大门被人撞开，一个男人冲进来，对着人群大喊大叫：“王瑶，你死在哪儿？给我滚出来……”王瑶煞白着脸愣在那儿，突然惊醒后，迅速跑过去，将他拽出门外。

董艳琳跟着快步走出去。

台下立刻骚动起来。宋文哲皱了皱眉头，与张仕林耳语几句，张仕林便匆匆走出去。

会议结束，人群朝外涌，周鼎询问经过身边的一个小伙子，小伙子告诉他，刚闯进来的那个人是财务部主任王瑶的丈夫。

“王瑶的丈夫？”周鼎有些吃惊。

二

年终会上台下众人的疑惑，也正是周鼎心里存着的疑问。虽然宋文哲尚未有丝毫表示，可周鼎总觉此事非同一般。同时，脑子里浮现出张仕林的影子，竟无端有些心虚。毕竟同事近二十年，关系处得不好不坏，年终总结报告的事，虽非他之故，可周鼎觉得似乎他在以卑劣手段谋求本该属于张仕林的东西。

周鼎想和张仕林解释解释，便走进张仕林的办公室。

余光中，瞥见周鼎进来，张仕林佯装不见，转过身子去书柜拿书。

“仕林，忙什么呢？”周鼎走近他的办公桌。

听见周鼎的声音，张仕林拿着书转过身子，满脸堆笑叫周鼎，从办公桌后走出来，迎着他，伸手握住他的手，连声招呼他坐下，又倒杯茶给他。待坐定后，连声感慨女人遇人不淑是人生之大不幸，接着将王瑶婚姻状况约略说一遍。王瑶的丈夫是她在金城一家饭店打工时的同事，王瑶是客房部服务员，她丈夫是那儿的保安。后来王瑶通过应聘，成了我们馆财务部的员工，两年后晋升为财务部主任。王瑶的丈夫自知身份卑微，两人地位悬殊，便成天疑神疑鬼。今天一大早，一个匿名电话将他召回滨江的家，没见着王瑶和匿名电话中的男人，怒火中烧的他赶到会场大闹。

“遇人不淑，遇人不淑啊！”说完后，张仕林又连声感叹。

周鼎张了张嘴，却终究不知说什么。

“你来的正好，我正准备让人给你送去。”张仕林在一摞文件里翻了翻，抽出一份看了看，递给周鼎。

周鼎接过的是一份《关于博物馆馆、部、室领导竞聘的通知》。这次报名条件对任职经历几乎没有要求，但对职称、有无研究专著及论文发表的刊物级别有明确规定。看来博物馆要走专家治馆的路线。

报名条件看似很宽松，似乎是一场人人皆可参与的人民战争。可滨江博物馆人经见得多了，形形色色的改革将起初天真的幼稚、兴奋消磨殆尽，再没人会相信权力斗争是一场波澜壮阔的人民战争。该谁参与谁参与，大多数人作壁上观，只希望战争要具观赏性，悬念迭生的情节推进中，伴之以厮杀的血腥味和阳光背后阴谋与背叛的气息。这算是对不能参与战争的旁观者的补偿吧。只是竞聘的形式还是要的，竞聘的过场还是要走的，基本原则是不可改变的。

周鼎没向张仕林作任何解释。

张仕林的热情、心无芥蒂让周鼎自惭形秽。周鼎觉得与张仕林相比，自己太狭隘了，他觉得自己简直跟不上时代的脚步满脑子江湖义气的封建余毒。他是以小人之心度君子之腹呢，简直玷污了张仕林的境界。

经过宋文哲的办公室，周鼎探头往门里看看。室内无人。还没搬完的办公室，显得空旷而凌乱。周鼎突然想到，宋文哲安排他做年终总结，是让他在全馆面前亮相，为他竞选馆长做铺垫？可是，张仕林才是宋文哲的人，宋文哲怎会青目于他？

周鼎是个淡泊的人，从不为名利所动，从未觊觎过馆长一职。他的大半辈子都献给了滨江博物馆收藏的青铜器，他的商周青铜器研究成果得到国内外同行的赞赏，可他依然平和淡然，像生在丛林深处的耐阴植物——青苔，低调而不事张扬。他虽为博物馆的副馆长，但不善也不愿陷身于事务性工作和抛头露面的迎来送往。他活在自己的世界，偶尔的，翻弄翻弄温庭筠的《花间词》、李渔的《闲情偶寄》等怡情悦性。或许，正因为他是这样的，才不被别人惦记和忌讳。如果将滨江博物馆比作丛林，那周鼎就是丛林中的植物，处于食物链中的最底端，那些尖牙利爪的食肉动物和猥琐的小爬虫还惧怕他什么？

周鼎疑惑而不解地看看手里的文件，渐渐释然了，毕竟在学术领域，馆里无人与他匹敌，宋文哲力举他也说得过去。宋文哲到底是做学问出身的。

三

周鼎送一位外省同行至大门，回办公室时，经过解说员临时休息室，听见室内正聊得热热闹闹：

“……啊！她就这样将自己献给了那个男人……”

“一个宾馆服务员，用自己的身体，迅速完成身份转换，鲤鱼跳龙门，成为省城一白领，她是计算了得失的……”

“也是，能被他看上，也算她前世修来的福分，他可不是谁想扯上关系就能扯上……”

“隔墙有耳，小心有人听了，告诉她与他……”

“他们知道又怎样？难道还怕了他或她？我告诉你们，有把柄在我们手里，她和他屁都不敢放一个……”

门里说得越来越不堪，周鼎皱起眉头，推门进去，正说得沸沸扬扬的解说员们，一下子惊愕地闭上嘴巴，惶恐地看着周鼎。周鼎拨通宣教部电话，要求主任立刻赶到临时休息室。周鼎说：“解说员是博物馆的形象大使。可是，利用上班时间，搬弄是非，将自己混同于茶楼酒肆、引车卖浆之徒，你们如何担当传播历史文化之大任？”

周鼎对匆匆赶来的宣教部主任董艳琳提出两点指示，一是要求在场的解说员写一份深刻检查，二是宣教部开展队伍整顿，重点对解说员的思想素质和业务素质进行整顿。整改方案及总结报馆办室备案。

不等董艳琳表态,周鼎已走出门外。董艳琳追上周鼎,检讨宣教部工作滞后,说是解说员当中有一部分是刚从社会上招聘的。本来部里已经做了方案,对她们进行分批培训,可一直没抽出时间。她表示尽快落实周馆长指示,整顿队伍。周鼎摆摆手,让她回去。

一直看着周鼎渐行渐远,董艳琳才转身回到临时休息室。“老老实实告诉我你们刚才说的什么,否则,别想我帮你们。”沉默一会儿,有人简要说了刚才的谈话内容。“这儿是什么地方?能容你们聊天说是非?这是博物馆讲解员等待上岗的场所,是游客常常光顾的地方。”董艳琳恨声道,“你们没长脑子吗?”一帮年轻女子面面相觑,看着董艳琳不吭声。

董艳琳气恼交加,不光因为今天的事暴露了宣教部的问题,且问题正好暴露在周鼎的眼前,而是因为那帮解说员作践的是她的朋友王瑶。在她领导的宣教部,竟然非议自己的朋友,让别人、让王瑶听见了怎么想?还以为她对王瑶只是面上的好,背后不知怎么挤兑人家呢。

王瑶和董艳琳是一前一后来到滨江博物馆的,虽说性格迥异,但因为都来自于市县,在人地生疏的省城,年龄相仿的两个人便成了关系要好的朋友。

想起王瑶,董艳琳禁不住生出怜惜。王瑶的外公是文革前省社科院的一名研究员,文革开始后,他作为第一批反动学术权威被打倒,紧接着被关进监狱,一年后病死。外公死后,外婆带着王瑶母亲投奔金城远亲。十年后,为外公平反昭雪的省城统战部的人找到她们,表示尽量满足她们回省城定居、工作及其它愿望。外婆和王瑶母亲在痛哭一场后,表示外公沉冤得以昭雪她们已经满足,没有别的要求。此时,母亲已在金城一个镇中学做了语文教师,并与教数学的父亲结婚并有了王瑶。而且,外婆也习惯了小城和谐、安宁的生活,喜欢上小城清新的空气和秀美的景色。于是,省城来人在惋惜之后便回去交差。

王瑶财校毕业后,做教师的父母却为她敲不开任何一家事业或行政单位的大门。郁闷之下,王瑶便跑到饭店打工,被一饭店保安纠缠,与他做了夫妻。两年后，她过五关斩六将，考进省博物馆。可那个愣头青保安，耳根子软，听了不三不四人的挑唆，丢下工作跑来闹。好不容易在馆里站稳了脚跟，又传出这样的闲话。董艳琳叹口气，道："真是好男就怕选错行，好女就怕嫁错郎。得告诉王瑶，让她心里有数，免得突然听见接受不了。唉，这个倒霉的落难公主。"

回到办公室，周鼎还余怒未消，静心一想，若竞选成功，岂不常被这些事占据时间和精力？他是靠研究青铜器吃饭的，不能进行文物研究，他靠什么安身立命？他有些后悔决定竞选馆长。

无论周鼎后悔与否，他都已被绑上战车，成为众矢之的。一只黑手已悄悄拉满弓弦，嗖地射出一箭，正中靶心。

有人在滨江博物馆网上传了一张照片，照片上周鼎亦如平日般温文微笑着，他的眼前是一个长发遮面的半裸女人，女人张大性感红唇仰首向他，背景是一片下着雨的山坡草地，潮湿而暧昧，性感而刺激，令人生出无限遐想。旁有文字说明：青铜器专家周鼎的浪漫情事。

跟帖很多，骂声一片。有网友说道德沦丧，连学术权威也陷入"艳照门"，变身为丛林中的食肉动物。也有网友怀疑此人用心险恶，居心叵测，"艳照门"纯属恶意中伤，因为尽管女人半裸，可周鼎却是衣衫整齐，且照片上俩人姿势生硬，一看就是拼接而成……

周鼎一气之下向公安机关报了案，关掉手机，将自己关在青铜器保管室。不断有记者到博物馆采访周鼎不得，便找到馆办室。馆办室主任代表博物馆以周鼎留下的"此照片纯属虚假"的话回应。

博物馆人在热议一番"艳照门"后，逐渐冷静下来思考：谁上传了照片？此人居心何在？"不惮以最坏的恶意来推测别人"的博物馆人，渐渐将"艳照门"事件与目下馆长竞聘一事联系在一起，那个躲在阴暗角落上传照片的人的面孔逐渐明晰起来。

四

"艳照门"毁了周鼎清誉，也将张仕林置于尴尬地位。

在滨江博物馆，几乎人人都知道，张仕林是宋文哲的人。张仕林从走进博物馆那天起，就对宋文哲忠心耿耿，唯他马首是瞻。宋文哲对张仕林也是信任、器重的。可俩人却因一件说大不大说小不小的事有了嫌隙。其实，此前宋文哲对张仕林已有许多不满，这些琐屑微末的不满积攒起来，就生成了销蚀大厦的白蚁，摧毁了俩人之间忠贞、信任之堤坝。平日里，张仕林利用掌管行政、财务、后勤之便，在馆里广结善缘，比如公派外出学习、消除请假记录、报销超标的鞍马车船费、调派公车私用、处理不好消化的发票等等，有了令人不敢小觑的人脉，大有一人之下，万人之上之势。这些事，有些宋文哲不知道，有些知道了，他也从不过问。

那天也是活该有事。博物馆曾与省电视台计划拍摄一部三集宣传片，一直没敲定计划。摄制组来馆商讨那天，宋文哲正在国外参加一个学术交流活动，张仕林想反正是好事，再说以前也向宋文哲汇报过，便做主定了时间完成了拍摄。片中凡采访博物馆领导的镜头都是张仕林。

宋文哲回来看了片子后，脸便沉了下来，说："看看，把你拍成什么人了？副馆长做了多年，还这么沉不住气！想要进步得快些，没错，可用不着这么张扬！"

张仕林心一沉，知道犯了官场大忌。他后悔不迭，找机会就向宋文哲检讨自己的错误，态度沉痛得痛哭流涕，行事上越发忠顺、谨慎。宋文哲面上一副释怀的样子，可张仕林知道，在心里他已被宋文哲踢出了自己人的圈子。

周鼎被钦定做年终总结报告，张仕林认为这是宋文哲向全馆人表态。这恩宠、殊荣本应属于他张仕林，却因他大意失荆州，让这书蠹捡了个便宜。张仕林不无嫉妒地想。周鼎成为他的强劲对手，他很不服气。是，论学术成就，他不如周鼎，这些年他只顾经营人际网络，荒废了这一块。可周鼎除了埋头弄学问，还有什么能耐？与他的境界宏阔举重若轻比起来，周鼎在为人处事上简直平庸不堪！如果周鼎做了馆长，成了他的顶头上司，他会多不甘心！可他能将周鼎怎样呢？周鼎的背后站着宋文哲，他如何能与之抗衡？何况，得罪了宋文哲，于他百害无一利。除非，他离开省馆，可是，他又能去哪儿？只要呆在国内文博界，他便走不出宋文哲的影响范围。

此时，“艳照门”横空出世，表面上给周鼎带来麻烦，可并不能置周鼎于死地。此事若张仕林做，必是一刀毙命，怎能做这种三岁小儿才做的蠢事？可暗访博物馆人，有谁认为此事能与他脱了干系？这藏在阴暗角落放暗箭的声名，他想不担也不行了。

左也不行，右也避不开，张仕林烦躁地踱到窗前朝楼下望去。楼下是花园，东北角有一座酴醿架，架下摆满了盆花。花丛中有石儿，围着石儿有四个石凳，每到初夏，荼蘼花开，一朵朵小白花纷披垂挂，花香清幽。总有人坐在那儿，聊天、赏花。以前，董艳琳常常喜欢坐在那儿，一任花香浸润自己。偶尔，仰首一笑，她知道他在玻璃窗后看她，那笑容就因有了观众或灿烂或妩媚。

“怎么又想起那个女人？那个像枣红马一样的女人？”张仕林皱了皱眉头。

张仕林与董艳琳的相识是在金城梅岭山庄召开的一次会议上，那次会议主题好像是研讨市县博物馆如何适应新形势，他与周鼎是主办方邀请的文博专家。

董艳琳是这次会上为数不多的几个女性之一，风雅而妩媚，热情而活泼，走到哪儿，哪儿都围着一群崇拜者。这个漂亮的三十岁女子，身材高大、丰满、优美，长发乌黑、卷曲，坦露出稍嫌尖窄而突出的脑门，肤色蜜蜡般动人，东方式美人脸——鹅蛋脸，一张红唇丰腴诱人，微突的大眼睛迸射出异乎寻常的火花，笼罩着激情狂飙。张仕林为之心旌摇荡。

一日晚饭后，张仕林和周鼎在山庄外散步。走得远了，回头看山庄已在脚下的山岚中，若隐若现，海市蜃楼一般。拐个弯恰与董艳琳相遇。“是你？一个人散步？”张仕林诧异中不乏惊喜。

“两位老师也出来了。”董艳琳大大方方招呼他们，并说她愿意给两位做向导，游览这金城的森林公园。张仕林满口答应。周鼎淡漠地看她一眼，说他要回去准备明天的发言，让她陪张副馆长转转。董艳琳面部线条一僵，又很快绽出笑容，让周老师请便。

一连几天，晚饭后，张仕林与董艳琳出外散步。一日午后，会上安排自由活动，俩人便提前出门，走得更远了些。

正是深秋，满山黄栌叶都红了，丹霞一片，美不胜收。俩人兴致高涨，一直攀上梅岭峰顶。站在峰顶，董艳琳眺望园内风光，双目晶亮动人，脸颊红扑扑的闪着夺目的光泽，胸前两座丘壑也因为剧烈运动而微微颤动着。浑身的血液似燃烧了一般，张仕林被窒息理智的激情弄得失魂落魄。董艳琳回头看看他，妩媚一笑。似得到鼓励一般，张仕林勇敢地走近她，一把将她揽进怀抱……

半年后，董艳琳调到滨江博物馆宣教部，一年后，做了宣教部主任。倒是张仕林与她的关系，却是冷了下来。经历了频繁约会，疯狂做爱，到激情退却、保持距离，至普通熟人一般，张仕林终于明白，不是时间无情，不是时间改变了他对她的感情，使他对她感觉麻木不再敏感，而是自始至终都是她在迎合他，或许也有性的需要。当她不想再迁就，高涨的情欲便如落潮之水迅速退去，曾经的刻骨铭心、癫狂迷乱便化为过眼烟云。

张仕林至今难以释怀对董艳琳的怨恨。这个像枣红马一样的女人，在床上的癫狂、机智与贪婪，几乎荡涤了他对女人所有的激情。他恨她弃他如敝履，却依旧对她充满向往。

五

董艳琳喜欢站在办公室玻璃窗前，望着后楼五层的一个窗户。那是周鼎办公室的窗户。

对于周鼎，董艳琳自以为了解很多。她毕业分配到那家市博物馆，几乎人人都在向她述说省馆青铜器权威专家周鼎的种种，周鼎的博学，周鼎的成就，周鼎对新人不近人情的苛刻，以及周鼎不食人间烟火的笑话等等，可没人告诉她，周鼎温文尔雅的书卷气和脱俗的略带忧郁的微笑。

研讨会上猛一见周鼎，董艳琳吃惊不小，他哪儿是从千年时空隧道走出的文物，也并非是带着铜框圆镜的书蠹，而是雅致的、清高的学者，有着一头自然卷发的面容清癯、忧郁的中年男人，一个让女人见之倾心的魅力男人。

董艳琳心动了。

很久没有一个男人让她动心。董艳琳是经过千沟万壑翻着跟头过来的人，对男女之间那点禅机是参透了的。

董艳林爱过一个男人，是那种掏心掏肺的爱，那个兼着她的上司的男人，对董艳林也是山盟海誓的。俩人幽期密约，男人在她耳畔柔声低语山无棱天地合乃敢与君绝时，董艳林幸福得浑身颤抖，那一刻，让她为他死都愿意。终于，他们被人堵在屋里，董艳林坦然相对，毫无羞耻之色，而平日看去强大的男人，此时，却萎缩一角，灰头土脸，让董艳林顿生怜惜之心。董艳林毅然与丈夫结束关系，带着重生的欣喜投奔他时，那个曾经信誓旦旦对她负责到底的男人，看都不看她最后一眼，逃离了她。

董艳琳将自己关在房子三天三夜后，走出门已是脱胎换骨的人了。她再也不相信爱情，也不再相信任何人。与虚幻的情感相比，董艳琳倒觉得金钱、权力是实实在在可以掌控的。看透了这些，董艳琳活得现实、理性，也活得洒脱、轻松。在对金钱、权力追逐的同时，她也懂得疼惜自己。人生苦短，花颜易逝。今朝有酒今朝醉，莫使金樽空对月。遇着看着顺眼的、豪绅显贵的，说得好听点，她毫不吝啬于赏心悦目，进而两情相悦了。

周鼎不光让董艳琳赏心悦目，他的学术成就带给他的强大的影响力，更让董艳琳着迷。董艳琳早已不满足于做一个市馆普普通通的小职员，她向往着在更大的天地做一个让人仰视的人。董艳琳感到周鼎便是能帮她实现愿望的人。

董艳琳一旦决定便即刻行动。她让会议主办方的朋友，将她的房间安排在周鼎的隔壁；出行游览与周鼎同乘一车；餐厅就餐与周鼎同席……早晨就餐时，她一袭白底绣红花的真丝旗袍，一双白色高跟皮鞋，袅袅婷婷而来，成为餐厅的焦点；白天开会时，她身着一套质地精良的乳白色套裙，庄重、雅致，与气氛相得益彰；晚饭时，她换了一条酒红色宽松休闲裙，同色高跟凉鞋，变身成妖娆、美艳的妇人；等到周鼎、张仕林晚饭后走出山庄散步，见到她，又是一身紫色运动装、白色运动鞋了。董艳琳像万花筒般变换着形象，令人目不暇接,为这稍显单调、沉闷的学术研讨会,增添了几丝亮丽的色彩,惹得一帮研究出土文物的先生“老夫聊做少年狂”了。

董艳琳如此声张做势,周鼎却似若无睹一般。周鼎不仅看不见董艳琳如花般多变的美丽姿容,就连她去拜访他,他也表现得热情乏陈,竟在后来频频看表,董艳琳只好礼貌离开,不打扰他。

在山庄外与周鼎、张仕林相遇,是董艳琳做的最后的努力。董艳琳知道周鼎、张仕林晚饭后必出山庄散步,而且路线也必是上山这一条。于是,便提前出门,等在路上,看见他们,做出偶然相遇的样子。周鼎拒绝的瞬间,她的精神几近崩溃,笑容凝固在脸上,心似乎跌到冰窖。那是怎样的目光啊,那目光充斥着深邃、平静,不妨再加些骤然而至的冰冷!多亏了多年历练,她才没当场失态出丑。周鼎的淡漠,让董艳琳明白,他只是她的水中月镜中花,可望不可即,她终究是做了一件劳心费神、轻贱了自己的无聊蠢事。

此时,张仕林的钟情,便成了安慰受伤自尊心的良药。何况,除了周鼎,张仕林的气度、地位和影响力,是本次参会的市县文博人无法相比的,或许他能帮她实现进入省城的愿望。董艳琳没有丝毫犹豫地投进了张仕林炽热的怀抱。

董艳琳与张仕林真应了《红楼梦》中的一句话:“假作真时真亦假,无为有处有还无。”而周鼎对于董艳琳应在一句俗语“得不到的,永远是最好的”。主动示好被人漠然置之,对于女人、尤其是漂亮得处处得异性宠爱的女人来说,简直就是奇耻大辱,而这种耻辱又无法与人说,只能埋在心底,酝酿、发酵,渐成大恨,而且这恨中还包含了寄予她企图落空的恼怒。董艳琳后来与周鼎同在一个单位,不可能不见面,见了面不能不摆出一副淡定状态。有时董艳琳也觉得不可思议,身怀大恨竟能显出一副淡然模样,这淡定之下,她是怎样的怨恨与酸楚,要在日复一日中磨蚀和坚定成淡然的矜持?董艳琳不知道。

董艳琳知道的,是周鼎激起了她的征服欲,她有多恨周鼎,就有多想征服周鼎。反之,她有多想征服周鼎,就有多恨他。可几年前董艳琳知道她是无法报仇雪耻的。那年元旦,馆里中层以上领导聚餐,宋文哲及几位副馆长分坐在不同桌上，周鼎坐在她这一桌。席上，周鼎温文微笑着与每人碰杯，与董艳琳喝了一杯后，董艳琳说她要与周副馆长再喝一杯。周鼎淡淡地说："我这点酒量，能不能喝完这一圈还两说呢，这一杯就免了吧。"说完，端起杯与王瑶喝。王瑶说她不喝酒，周馆长就少喝一杯吧。大过节的不能不喝。周鼎认真地说："这样吧，我们以茶代酒，共饮一杯，以贺佳节。"王瑶与周鼎相视一笑，各自喝下一杯果汁。

席上气氛依旧，可董艳琳却觉得有些异样。周鼎和王瑶说话不多，仍旧是淡淡地温文地微笑着，可董艳琳分明感到，周鼎温文的微笑不再是她看见的漫无目的的、飘渺的，而是有对象的专注。他的眼睛也在微笑——一种对于美的由衷赞赏的笑。

而王瑶，董艳琳好像第一次发现，她的一举手，一投足，都那样迷人，是那种远去的有教养人的典雅韵味。她安静地坐在席上，话说得不多，吃饭的仪态雅得不可形容，抿紧嘴唇，慢慢地咀嚼。偶尔回答别人的问话，也是温文尔雅、轻言细语的。

慢慢的，一桌人欣赏的眼光落在王瑶身上。她雪白的肤色，细细弯弯的眼睛，穿一件高领黑毛衣，雪白丝巾一直垂到膝盖。一股逼人的气息使得董艳琳晕眩，她努力挣扎出笑意，说："你们看看，王瑶像不像葛拉齐亚？"话说出口，董艳林后悔得简直想扇自己一嘴巴。席上大多数人不知道葛拉齐亚，唯有周鼎微笑着点点头，再有就是王瑶，董艳琳从王瑶的神情中看出她是读过《约翰·克里斯多夫》的。王瑶说别人说她像《丑女无敌》中的林无敌。王瑶是聪慧的、明智的，她知道自己是美丽的，便将自己往丑女人说。周鼎又一次赞赏地看了看她。

后来董艳琳回忆那天一些零碎的细节，片段的话语，一切都让她感到莫名的刺痛。女人如王瑶这样是不必显露出自己读过多少书，那些书都在她的言行举止中。她也不必显露出她的美丽与聪明，因为显露了，她懂得她就孤立了。在这藏龙卧虎的滨江博物馆，她一弱女子能立足尚属不易，怎禁得起招致别人嫉恨？

后来，董艳林与王瑶、周鼎聚在一起，总能看见周鼎停留在王瑶身上欣赏的目光，每当这样的时候，王瑶都回报以浅浅的微笑和充满敬意的问候。此情此景，董艳琳感到刺目惊心。

虽然王瑶极力掩饰她的聪明与美丽，可是，她怎么也没想到，她的不显露却已经显露出很多，她不想招人嫉恨的愿望已成泡影。不知从哪天起，一只巨手在暗里拨弄着她的生活，让她平静而单调的生活骤起波澜，不得安稳。

周鼎依旧埋头做学问，依旧温文的微笑里带着些许忧郁，依旧时不时走出省城，走出国门，参加同行间学术交流活动。而且，见了董艳琳依旧淡漠的样子。这让她恨至绝望，回头再看张仕林却如草芥一般，对张仕林也因此冷下来。她知道张仕林恨透了她，可她有什么办法呢？她不爱他，何况她要的东西那么多，张仕林给不了，她只能离开他。

周鼎的办公室内似有人走动，是周鼎吗？此刻他心情如何呢？董艳琳带着繁复的心情望着对面那间玻璃窗户，拿出手机拨通一个电话，柔声说：“你好，我的大主任，我托人买了一支野参，给你补补身子……”声音渐渐低下去，最后只剩下含混不清的呢喃低语。

六

有敲门声传来，周鼎打开门，是馆办室人来收报名表。周鼎说他不用交了，来人理解地点点头，又疑惑地摇摇头。他矛盾的表情，多少反映了眼下博物馆人对他的态度，好奇、不解、同情、关切，还有鄙夷、轻视、疏远、质疑。“艳照门”事件后，博物馆表面上平静如水，没人大惊小怪，也没人异样地看他。但周鼎知道，平静的表象下是汹涌起伏的波涛，还有凶残的撕咬、吞噬。他为此窒息得透不过气。

周鼎逃一般离开办公室，在楼下花园遇见董艳琳。只一眼，董艳琳就敏锐得感觉到周鼎内心的惶恐，先是吃惊地睁大了眼，接着关切地说他沧桑了，憔悴了，头上都有了白发。周鼎笑了笑，笑容惨淡，如掠过脸颊的萧萧冬风。

什么也没说，周鼎裹着萧萧冬风走了，撇下专程等他的董艳琳。董艳林追上去，拦在他前面，说："周馆长，你不觉得网上照片与张馆长有关吗？你若因此在竞聘中失利，他可是最大的利益既得者……"

周鼎似没听见般从她身旁绕过去。他不想和她说什么，不想和任何人说什么，再说她极度张扬的个性像极了天津的杨柳青画，而不是像他喜欢的国画中的工笔画。他一向不喜欢杨柳青，不喜欢抢眼的大红大绿。他喜欢工笔画的清丽、淡雅、意境幽远的格调，如工笔荷花、兰草、水仙等。周鼎初次见到董艳琳，就感到她夸张的炫目形象就像色彩浓艳的杨柳青。喜欢清丽也罢，喜欢浓艳也罢，属萝卜青菜各有所爱，周鼎大可视而不见，可这浓艳总在他眼前晃悠，这就让他很不舒服。他本来就不想去开那个会，怕无端浪费时间，可拗不过文物局一纸通知，只好勉为其难了。于是，白天开会，晚上闭门谢客，为写作一本论著查阅资料。董艳琳登门拜访，向他请教，请他指正她的研究论文。周鼎心中叫苦不迭，无奈之下，只好放下手中的活儿，与她应酬，阅读并修改她的论文。有时她到他的房间纯粹闲聊，他心里烦躁，面上便带了轻慢之色。好在她也知趣，便不再打扰他。

宋文哲要见他。"为什么不交报名表？"宋文哲劈头就问刚进门的周鼎。

果然如他所料，安排他做年终总结就是宋文哲为了支持他竞聘馆长。可惜他要辜负这知遇之恩了。周鼎说他不想竞选馆长了。

"为什么？为那张照片？"宋文哲说，"公安局不是已经查清那照片是拼接的吗？"

周鼎说他不想把时间、精力荒废在竞聘上。

宋文哲说他胡闹，说他耐受力太弱，说他没有大局意识。又说他目光短浅，不参与竞选，是默认了照片的事？

周鼎一声不吭，宋文哲也不说话，过了会儿，周鼎轻叹口气，说："好吧。"

张仕林匆匆进来，看了周鼎一眼，对他点点头，然后对宋文哲说："后勤部的王瑶跳江自杀了。"周鼎变了脸色，宋文哲站起来说："一起去看看"。

周鼎跟在宋文哲、张仕林后面匆忙出门。

江边，黄色沙粒组成的沙滩上，一群人围着被一片白布覆盖着的王瑶。

西风从远处吹来，夹着雪粒，还有枯黄的叶子，在空中打着旋，一直吹落到覆盖王瑶的白布上。寒气真是深了，秋天残留的树叶终于落光了，光秃秃的枝条在风中颤抖，满目萧索，凄凉惨淡。人生的风景，正如同这树叶一样，从春到秋到冬，竟是一眨眼般，匆匆而去。更不用说如王瑶这样正值青春年少，人生的长度生生被截掉了的呢。

周鼎默默无语，为一个熟悉而美丽的生命的陨落在心里唱着挽歌。他不想说什么，他知道在死亡面前——一个年轻生命的死亡面前，活人的任何语言都显得轻佻、残酷。

不能承受的生命之重。

“我才知道，王瑶有严重的抑郁病，一直在服药，曾经还住院治过一段时间。我真混哪，还一直和她闹。是我逼死了她。”那个保安一脸悲苦，像孩子一样哭泣着。

早知今日之痛，何苦当初难为她。谁能说得清，今天的凄凉惨淡与当初他的轻信、暴戾没有丝毫瓜葛？周鼎悲悯地看着那个做丈夫的男人，心生万端感慨：活着，是多么艰难的事！人的一生不过几十年而已，几十年行走过来，谁的人生不是千疮百孔？谁又不是怀揣无法命名的痛苦暗自饮泣吞声？可人不仅不彼此体谅、垂怜，反而互相为难、互相折磨、互为炼狱。何苦呢？

人群中，董艳琳隔着人丛冷冷地望着周鼎失魂落魄的脸，一个念头迅速产生，她的身子微微颤抖一下，她咬咬嘴唇似下决心般，朝周鼎走去。

“真没想到她这么年轻就走了。周馆长，她怎么就得了抑郁病？她有什么解不开的心结不能和我们说说？”董艳琳泪汪汪地和周鼎打招呼。

一股热辣辣的液体从心里涌上眼底，眼睛涩涩地有了潮气，周鼎仰首看天，默不作声。

七

周鼎和宋文哲、张仕林分手后，没有再回博物馆，而直接回了家。

家里没人，女儿远在大洋彼岸的美国读书，妻子蓝珍在网上曝出艳照后，一气之下住到公司宿舍，拉开了与他冷战的序幕。蓝珍离家出走，周鼎不担心她居无定所，食不果腹。她是公司老总，宿舍装修得像酒店的套间，生活设施一应俱全。关键是他担心她又能怎样，艳照赫然摆在网上，像一根刺扎在心里，刺一日不拔出，她的心病一日不能除，冷战还得继续。虽说公安部门已经查出艳照是假的，可她信奉苍蝇不叮无缝之蛋，博物馆那么多人，为什么偏偏是周鼎陷进艳照门？

从冰箱拿出牛奶在微波炉热了，又拿了块面包，周鼎将自己关进书房，埋进故纸堆中，弄起完成了一半的《关于商周青铜器铭文研究》。

座机响了，周鼎接听，一个自称网媒记者的人说网上有篇贴文，里面提到周鼎，他说他想就此事采访周鼎。周鼎来不及气愤记者的无孔不入，便上网搜索他说的贴子。

搜狐网上，一篇题为《亡人遗书》中写道：

……由被人轻视的宾馆女变身都市白领，这一华丽转身得力于滨江博物馆副馆长周鼎。没有他，我现在依然在金城那家小宾馆叠被铺床、端茶递水，依然与丈夫“贫贱夫妻百事哀”……可我并不因此感激他，这是我应得的，是我支付身体换来的……我改变了命运，成了梦寐以求的上等人，却自觉卑贱早已植入血液，无法祛除……

周围是一张张殷勤的笑脸，可我总看见他们背过身去却是一双双鄙夷的眼光。他们在窃窃私语什么？说我光鲜的现在有着不堪回首的过去吗？那些背后诟谇谣诼别人的人，只是因为出生在好人家，就注定他们终生生活在别人仰慕、艳美的目光中，对闯进他们生活圈子的底层人有权排斥、质疑和鄙视。可是，他们难道没有干过见不得阳光的勾当吗？他们只不过像拿破仑说的，躲在家里洗脏衣服罢了。处处标榜贞洁且对性事冷淡的一家文化传媒公司的艾副总艾莉珍，不是也被人拍到与一个流浪画家在情天欲海闪转腾挪的瞬间，而他们用以销魂荡魄的床是雨中的山坡草地铺了块塑料布……

生活乱成一团麻，紧紧缠着我的脖子，要使我窒息而死。羞愤使我产生复仇欲，我要向这不公平的世界复仇。我奋力抬起耷拉着的脑袋，红唇白齿，口吐莲花，编制一出出蜚短流长、绯闻艳史……极度亢奋后，却是无尽的厌倦与空虚……

电视上，一俗艳女子正在解说一段佛家心经，“去吧去吧 到彼岸去吧 走过所有的路到彼岸去 彼岸是光明的世界”。这段释文的原文该是“揭谛 揭谛 波罗揭谛 波罗森揭谛 菩提萨婆诃”吧。是啊，我已走过所有的路，该去彼岸——那个光明的世界……

座机铃声响了一次又一次，终于，周鼎从软椅中抬起身子，一把撤掉插线，用力大了些，耳机掉下来，悬在空中。

周鼎蜷在书房的椅子上睡了一夜。他是被蓝珍开门声惊醒的，醒来就看见家里那只大的旅行包鼓鼓囊囊的。

“我回来拿我的东西。”蓝珍说，“若不是董艳琳打电话，我还不知道你上了亡人遗书。”蓝珍猛地抬起头，逼视他，“周鼎，王瑶死了，你还能如此心安理得？你还是人不是？”蓝珍语气凌厉地说完后，眼神渐渐黯淡下来，不无伤感地说：“周鼎，我们离婚吧。”说完便朝门口走去。一会儿传来关门声，决绝的关门声，印证蓝珍此时离去的决绝。

桌上摆满书籍纸张，贴有《亡人遗书》的网页还挂在那儿。周鼎茫然四顾。冬日淡白的阳光穿透玻璃窗照着天花板一角，一只蜘蛛正在结网，快要将那一角网住，一只小飞虫从房子另一角快速飞来，刚一撞上网就被黏住，小飞虫拼命挣扎，试图脱离，却被一直窥视着它的蜘蛛一口吞住。

手机铃声响起，是陌生号码，周鼎犹豫片刻接听，脸色大变。他抓起车钥匙冲出门。

蓝珍出车祸了。送她到医院的交警说她在十字街口闯红灯，与迎面而来的一辆公交车相撞。有什么十万火急的事？连命都不要……

交警还在说着，周鼎却一句都没听见，他直直地站在手术室门前，透过门上那块玻璃往里看，可他看不见蓝珍，也看不见身穿白大褂的医生和护士，只隐隐约约看见一只蜘蛛在眼前结网。周鼎知道自己已经被一张巨大的网黏住，在深不见底的网络深处，藏着一个吞噬活人的怪兽，它抽丝剥茧般，将自己快要吞噬掉。

手术门开了，一辆手术车推出来，蓝珍头上、脸上缠满纱布，两只眼睛却睁得大大的看着周鼎。周鼎提着的心一下子放下来，眼底竟有些湿润。医生说蓝珍只是皮外伤，可伤口愈合得一段日子。医生还说蓝珍很幸运，许多车祸者可没这么好的运气。周鼎握住蓝珍没扎针的手，蓝珍挣扎着，周鼎用力握住不放，蓝珍不再挣扎，满心的气愤化作一颗委屈的泪从眼角慢慢滚下来。

周鼎走进宋文哲的办公室时，宋文哲正准备差人去叫他。“蓝珍的伤好得怎么样？怎么搞的嘛，蓝珍离家出走出车祸，关键时刻，净是些乌七八糟的事，先是照片，又是亡人遗书。”宋文哲脸色很不好看，显然很生气，却又不像完全是生他的气。

周鼎垂下眼睛，不吭声。

“《亡人遗书》又是像‘艳照门’一样炮制出来的？你总得有个说法，给我一个交代：你与王瑶的死无关……”

“我无法证明。”周鼎倦怠地说，“我来就是告诉您，我放弃竞选。”

宋文哲一愣，眼里闪过一丝不易觉察的不忍与无奈，沉默一会儿，叹了口气，说：“事已至此，我也不再勉强你做自己不愿做的事。”

张仕林看见周鼎时，他正从宋文哲办公室出来，灰头土脸，落寞寡欢。才多长时间呐，周鼎就像董艳琳说的沧桑了，憔悴了，而且，眼里的忧郁深重了。张仕林幸灾乐祸之余又生出恻隐之心。张仕林已经探知，宋文哲力保周鼎是宋文哲的意思，文物局金局长及金局长背后的人另有其意。周鼎连曝两次丑闻，因此，宋文哲弃他不顾也说得过去。这一来，张仕林对周鼎有了同是天涯飘零人之感，这种感觉多少冲淡了被宋文哲抛弃后的心酸、委屈和失落。

一家酒店的小单间里，周鼎和张仕林相对而坐。菜吃得不多，酒喝了不少。俩人各怀心事喝着闷酒，好一会儿，张仕林说：“我把报名表交了。”周鼎没吭声。“你不想知道我申报什么职位？”张仕林看着周鼎不无伤感地说，“我申报副馆长职位。”

周鼎愣了一下，他没想到张仕林会放弃馆长一职的竞选。论张仕林的人脉、势力，他没有理由这么快放弃。那么，他这么做是要告诉自己，他与“艳照门”、“亡人遗书”无关吗？说实话，周鼎从未怀疑张仕林，他对张仕林还是了解的，就算在竞聘一事上做手脚，他也不会做得如此拙劣，这简直是掩耳盗铃、欲盖弥彰。

周鼎端起酒杯与张仕林碰了碰，一饮而尽。

张仕林说：“周鼎，网上那些事，看开点。男人嘛，被人编几段风流韵事有什么要紧？唐伯虎因风流才子之名反而家喻户晓。”

周鼎说那些破事他已不当回事。这次，他连报警的念头都没产生。他不想为自己辩解了。随它去吧。有些东西他本是不想要的，放弃了，就不会再有吞噬自己的东西，而且一身轻松。

“周鼎，你真是醉了，吞噬你的东西在哪儿？我怎么看不见。”

“我没醉，醉的是你……”

从酒店出来，不知是醉还是累抑或别的什么，俩人的步子都有些歪歪斜斜的。

八

春节后，博物馆中层以上领导的竞聘曝出冷门，原宣教部主任董艳琳击败竞争对手，脱颖而出，成为馆长，周鼎、张仕林依旧是副馆长。会后，张仕林邀周鼎一同走。

张仕林说：“走吧，喝一杯去。”

周鼎说：“改天吧，蓝珍在家做好了饭等我回去。”

董艳琳看着张仕林、周鼎，有一瞬间竟然走神了。董艳琳仿佛回到那年她与他们在梅岭山庄后的小路上相遇时，她的强颜欢笑、张仕林的惊喜、周鼎的淡漠，一一呈现在眼前……正在离开的两个人，一个是她爱而不得的人，一个是爱过她的人。无论爱也罢，被爱也罢，都被她毫不留情地伤害。还有王瑶……这能怪她吗？她和他们不同，她不是这个世界的宠儿，不能指望这个世界为她准备好想要的一切。所有她想要的，她得自己努力争取。

她终于又一次获得成功。可为什么这次成功没有她臆想中的愉悦？

有人在大声喊叫董馆长，董艳琳猛然惊醒，急忙收敛心神，收回眼光，微笑着接受台上台下的祝贺。

古城情事

一

朱秀屏是在开元商城认识孟成林的。

那时,朱秀屏刚从大学毕业不久。毕业即失业,这在本科生、硕士生都为就业烦恼的时代,何况她一个毫无社会背景的二本本科生呢。朱秀屏心里清楚得很,她所在的金城市,任何一家机关事业单位的大门都为她紧紧关闭着。回山坳里的家吗?朱秀屏绝不甘心。难道十年寒窗苦,只落得从穷山沟出来,又回到穷山沟,然后,像姐姐一样,嫁给一个满脑子高粱花的乡下人,在生儿育女、养鸡喂猪的庸常生活里了却一生吗?这不是她想要的人生。她的人生应该和哥哥姐姐不同,因为她和他们是不一样的。

于是,回到省城——一座以周、秦、汉、唐等13个朝代或政权在此建都或建立政权而闻名于世的古城,几经周折,朱秀屏到开元商城HugoBoss男装专柜做了店员。一口标准的普通话,一脸春风拂面般的微笑,让那些悠闲逛商场的男女,不自觉放慢了脚步,走进店里。HugoBoss专柜人气上扬,带动销售额也一路飙升,不用说,朱秀屏的薪水也随之上涨,除去房租、饭费等开支,还有盈余,还能给母亲寄回去一点,为自己添置一两件服装批发城的时装。

一个中年男人在一款西装前停住了脚步。朱秀屏见状,走到他身边,轻声说:"先生喜欢这款西装?您很有眼光!HugoBoss是崛起于上世纪70年代的德国品牌,在国际男装市场上占有举足轻重的地位。不论设计或形象都非常男性化,而且是那种很注重社会认同的男性形象。特别是西装,它是许多中高级主管心目中的标准典范,并且,在品质和做工上,维持欧洲最大男装生产商的一流水准。”

朱秀屏看看面前的男人，提起衣服在面前展开，并说道：“要不要试试？如果 HugoBoss 能将您的风度、气质完美呈现，那么，这件衣服与先生有缘了，我得劝您买了，衣卖有缘人嘛。”

“说得有趣，那我就试试？”一口地道的金城方言。

“您是金城人？”朱秀屏有些惊讶，“我也是金城人。”这后一句话是用金城话说的。

“哦，是老乡啊！你好，老乡！”男人看着她，脸上有了他乡遇故知的笑容。站在他面前的是一个美丽的女孩子，肤色粉嫩细白，晶亮的眼睛小飞鱼般灵动，尖尖的鼻子刀削似的精巧。她的穿着与别的店员无异，一样的黑色连衣裙，一样的黑色高跟鞋，脖子上系同样的酒红色斜纹丝巾。可在这个男人眼里，她却穿出了别样的韵味。女人的裙子，长一分短一分，松一分紧一分，效果是不一样的。朱秀屏的衣裙裙摆在膝盖以上几公分处，长短恰到好处，露出大半截白皙、修长的双腿，而修身的款式，将她丰满的胸线和收缩有致的腰腹勾勒得十分突出，整个人看上去，婀娜得很，也挺拔得很。

“真难得，他乡遇故知。”中年男人再次握住朱秀屏的手，“认识一下，我叫孟成林。”

朱秀屏“哦”了一声，打量这个叫孟成林的男人。他大约四十出头，个子不高，顶多算中等，五官却是轮廓分明：浓眉，大眼，下巴结实有力。小腹微微隆起，黑发里夹杂些白发。如果忽略岁月在他身上留下的这些痕迹，他看起来还是帅气的。

出于礼貌，朱秀屏告诉孟成林她的名字。

“秀屏——孟成林念着，是草头萍吗？”

秀屏说：“是‘曲槛小屏山六扇’的‘屏’。”

“哦。”孟成林颇有些意外地看看她，很雅致的名字。然后说他是来开会的，晚上出来转转，没想到遇到老乡。

又有顾客光临，朱秀屏迎上去，孟成林朝她挥挥手，离开 HugoBoss 专柜。

这是一次极平常的偶遇，如果没有有心人的刻意等待、寻觅，朱秀屏转身便与孟成林成陌路。可是,一次又一次的偶遇呢?

二

朱秀屏郁闷极了,上午刚上班,一个女顾客拿着一件黑色T恤要求退货。

“还是世界奢华顶级大牌,品质这么恶劣!是不是高仿的HugoBoss?”女顾客声音不高,冷冰冰地说。她大概三十多岁,可也说不准。漂亮女人的年龄是个谜,看着像二三十岁,其实,可能四五十岁,就像某些当官的收入,明里一个数,暗里又是一个数,家人或许都搞不清楚,清楚的只有他自己。女顾客身上虽然珠宝皆无,但衣着考究,全身上下都是那种色泽素雅、价值不菲的名牌。此刻,她坐在沙发上,一张脸像冬天北方的冰雕。

T恤是昨天女顾客买走的,回家后,让她老公试穿后,才发现领口处有色差,比周围颜色浅。秀屏看了看,领口处颜色确实浅,很浅的,不仔细看,和别处没有两样。难怪在接货、售出时没发现。她知道麻烦了。女顾客买T恤那会儿,她有事出去了两个小时让店里的同事替她一会儿,她是店长,私自外出,若这事闹大了,她会被解雇的。为了私自外出的事不暴露,她必须息事宁人,买下那件体恤。至于店里衣服是不是国内哪个小服装厂高仿的HugoBoss,只有老板心里清楚,她没必要弄得像小葱拌豆腐似的一清二白。她不是怕得罪老板,她是不想失去这份干得好好的工作。工作两年多就做了店长,换一家,不一定有这份好运,再说,也不一定能找到比这儿好的工作。可是,一千六百多呐,想想都肉痛。开元是以“成功”“精英”类社会高收入群体为受众对象的商场,而HugoBoss品牌是为钱来得容易又多得花不出去的人准备的,对朱秀屏这样家境寒微的打工妹来说,这店里,这商场的衣服,是敬而远之的,从未奢望拥有一件。

朱秀屏家在金城乡下一个叫朱家砭的小村子。出金城市区,顺着金河朝北走三十里,往东一拐,更深的山坳里,散落着几十户人家,这就是朱家砭。朱家砭是个穷村子,地少人多,几乎家家都有人出外打工,村里的孩子长到十六七岁，便跟着父亲南下北上，打工挣钱。可朱秀屏例外，上了小学上中学，中学毕业后又读大学。村里几乎家家拆了旧房盖新楼，可朱家依旧蜗居在祖父留下的几间旧房子里，父亲和哥哥姐姐挣的钱，除了买化肥、油盐酱醋外，大都用来供她读书。朱秀屏读大二那年，父亲从一个建筑工地的脚手架上跌下地，摔死了。父亲死了，家里的日子更难了。

虽然毕业了，朱秀屏每月领到手的那点工资，除了交房租、吃饭，给母亲用作家用的钱没有多少。现在，却要花高价买一件用不着的衣服。可不这样做，又有什么办法呢？

下了班，秀屏拎着T恤袋，走出商场，朝西大街走去。男朋友打电话，说来接她吃饭，然后送她回家。朱秀屏的家在西郊，是一间租来的十平米的房子，房子放一张小床、一个简易布衣柜和一张桌子就已满满当当，厨房、卫生间与人共用。房子小，那一块儿治安也差，朱秀屏几次在街上被几个混混拦住调戏，好在她反应机敏，几次都摆脱掉，于是，她下了班就待在房间里，再也不敢出去。再加上进城路远，坐公交车得一个钟头才能到开元。穿着高跟鞋一路站下来，真是受罪。

红灯亮了，秀屏停下脚步，唉了一声，暂时不去想今天的倒霉事，看眼前潮水般经过的车阵，辨认起小车的车牌标志。长城、长安、比亚迪、丰田、大众、保时捷、陆虎、宝马、凯迪拉克、雷克萨斯等等，各种各样，让人目不暇接。什么时候能开上自己的车呢？哪怕是辆小QQ呢？秀屏阴了脸，就凭每月微薄的收入，想都别想。进而撇嘴一笑，真是浪漫，什么状态下都能让幻想展开翅膀飞翔。

“小朱？”有人在叫她，叫声里有一丝试探，“朱秀屏？”

她循声望去，一个中年男人走近她，她不认识他。她怔住了，疑惑地问：“我是朱秀屏，你是……”脑子高速运转起来，将记忆中众多形象透过记忆网加以筛滤，可是，没有一个具象与眼前的他相重合。

“开元、HugoBoss西装。”中年男人提示道。

这金城方言说的两个元素，一下子使一个似乎逝去的具象，从记忆深处跳出来，“哦！”她恍然大悟，“是你，那个老乡！”

“是我，孟成林。”孟成林笑笑说，“没想到还能见到小老乡。”

“真是没想到。”秀屏有些兴奋。沮丧之际，见到老家人，是一件让人高兴的事。“孟叔，这次还是来开会？”绿灯亮了，秀屏一边过马路，一边乖巧地改了称呼。

孟成林落下一步，听见朱秀屏叫他孟叔，刚想开玩笑，“难道我就这么老？”一抬头，脸色大变，要说的话也吞了回去。一辆黑色奥迪疯了般冲了过来，距离他们大约五米左右，他已能感觉到高速奔驰的汽车在周围空气中形成旋风般的气流，也似乎听见汽车引擎嘶叫着的声音。孟成林从最初的紧张中冷静下来，决定他要采取的行动。

生死攸关时刻，女人和男人的反应是大不相同的。朱秀屏没听见孟成林回答，回头却看见他异常严峻的神情。顺着他的视线，她看见了令她魂飞魄散的景象。“天哪！”她大叫一声，傻了一般，站在那儿，一动也不动。

孟成林快速弄清了眼前的形势，朝前跑不死即伤，退回去尚有生机。他果断地张开双臂，一把抱住朱秀屏，将全身力气集中在右腿，用尽全力右脚蹬地，旋转一百八十度，再将全力集中在双臂，将她推出去两三米，最后顺着惯性，他顺地一滚，滚到了马路边。被水泥台阶挡住的那一瞬间，他看见呼啸而过的奥迪驾驶室里，那张稚嫩的娃娃脸上惊恐万分的表情。

孟成林坐起身，摇摇脑袋，确定没有受伤，便站了起来。

这时，马路对面一个脸色苍白的小伙子——朱秀屏的男朋友跑过来，扶起躺在地上的朱秀屏。刚才那惊心动魄的一幕发生时，他正好赶到马路对面，他绝望地闭上眼睛，不敢看即将发生的惨剧。周围一片寂静，他奇怪地睁开眼睛，没有血肉横飞，没有车毁人亡，只有朱秀屏和一个男人躺在马路边。

孟成林过来了，朱秀屏就像看见上古的天神、欧洲中世纪的骑士一般。“孟叔，你救了我。”她抖着声音，“今天要不是你，我就被撞死了……”泪水一下子流出眼眶，她哽咽得说不出话来。

看着那张煞白的脸，那抖动的眼睫毛上挂着的泪珠，孟成林的心像被揪了似地疼了一下。“说什么傻话，你才多大？阎王爷眼里没你。”他呵呵笑着，说了句玩笑话，试图驱走她心中残留的恐惧。

辖区交警向他俩了解情况，他们才知道，那辆奥迪车上的驾驶员是一个十二三岁的学生，他没学过开车，好奇心驱使他偷着把他爸的车开出来兜风，谁知开出一段后，车突然失控了，闯了大祸，人也吓坏了。至于怎么处置他，交警没说，他们也懒得问了。大难不死，还有什么不能了呢？

三

朱秀屏提着一篮水果站在病房门口，一眼就看见躺在床上的女人从身体深处流露出的憔悴与哀怨。她很瘦，白色被子下的躯体几乎是没有起伏的一条线。眼睛大而无神，眼角的皱纹像一条抛物线。脸色枯黄，烫染过的头发干枯、蓬乱，随便抿在耳后。如果她脸上少些褶皱，头发平整些，眼里少些哀愁，可以让人想象到她年轻时的清秀。

“小朱来了。”孟成林从床边一张椅子上站起来，接过她手里的果篮放在墙角，推过椅子让她坐下，对床上的女人说，“这是在省城工作的我们金城的闺女秀屏。”又回头对朱秀屏说：“这是我妻子，不成样子吧，都是长年生病闹的。”

朱秀屏连连摇头，说：“没有没有，姨看起来还是挺精神的。”女人嘴角抽了抽没吭声。朱秀屏关切地看着女人，说：“医院的饭菜没味，想吃什么，告诉我，我给你买。”

聊了会儿，朱秀屏见女人露出恹恹之色，便起身准备离开。

“这就要走？”孟成林对女人说，“我送送小朱。”

“不用送了，孟叔，你回去照顾病人吧。”医院大门口，朱秀屏对孟成林说。

“她有保姆照顾。”孟成林说，“她照顾她几年了，比我照顾得好。那天吓坏了吧，我请你吃饭，为你压惊。”

“要请也是我请你，你救了我的命。”

“跟孟叔客气什么，再说，我的工资比你高。”孟成林自然地、没有丝毫猥亵地揽住她的肩膀，走到停车场一辆丰田霸道旁，打开车门，让她坐到副驾座上，自己走到另一边坐进驾驶室。

车在街上穿行一阵后，在南粤海鲜馆门前停下。孟成林带朱秀屏走进去，已有服务员彬彬有礼地过来招呼，带他们到靠窗的卡座上。孟成林点菜，坐在对面的朱秀屏拘谨地望望周围，又看看对面的孟成林。孟成林偶尔抬头征求她的意见，声音低沉而柔和，有一种不易觉察的温暖，让她自在、安适，也让她想起她的父亲。

家里穷，朱秀屏读书一直读到大学，哥哥姐姐怨父母偏心，左邻右舍也冷嘲热讽朱家父母，穷得房都盖不起，还让一个赔钱货读书。

在外边听见别人闲话，朱秀屏哭着跑回家，说："不读书了，回家干活。"

"屏儿，不要管别人说什么，你好好读书。读到哪儿，我和你妈供你到哪儿，只要你以后能有个好前程，吃碗轻巧饭，我们累死都愿意。"父亲怜爱地看着小女儿说。

也不怨朱家父母偏心，与哥哥姐姐不同，朱秀屏天生体弱，动辄感冒，稍稍吃得不合适，便上吐下泻。再说，几个儿女中，只有朱秀屏生得像门前池塘里的荷花，又好看又水灵，衬得哥哥姐姐又粗糙又木讷。这样的女儿，朱家父母如何舍得让她吃苦受罪，不仅不让她辍学，而且尽家中所有，供她花销。金城乡下有句俗语"贫家养娇儿"。如果山里能飞出金凤凰，秀屏就是父母娇养的一只金凤凰。

朱秀屏眼里有了薄薄的泪光，她侧过头悄悄抹去。

菜上来了，他们开始吃。可是，孟成林发现朱秀屏对着牡蛎、蛏子、虾等害羞地笑着。"怎么不吃？"他不解地问。

"我不知道怎么吃。"朱秀屏小声地说，脸也飞上一片红晕。

孟成林笑笑，说："我教你。"心里涌起疼惜和喜欢的感情，多真诚、单纯的姑娘。

孟成林觉得老天薄待他。他自以为对优秀女人从不缺乏鉴赏力，尽管她们从未将目光投向他。他生在偏僻的乡下，从小到大，贫困像影子一样如影随形，他终年被自己的窘迫与羞怯所困扰。他喜欢漂亮、知性的女人，她们受过良好的教育，有丰富的内心世界，眼中时时闪着动人的光彩，可在大学期间，因为穷，没有一件像样的衣服，他终日像只乌龟缩在人后，从不敢挺直身子将目光聚焦校园里那些美丽出众的女人。

偶尔，孟成林会在周末登上市中心那座建于明朝的钟楼，像那些有美女陪伴的多金男人一样，昂首挺胸俯视这座千年古都，大大方方细观夹杂在人流中那些美丽女人的姿容。可她们毕竟是镜中花水中月。那些他触手可及的能追求的女同学，却总是有着这样那样让他不满意的地方，小腿肚子太粗，身材胖得走样，说话声音大，像菜市场和人讨价还价的女摊贩，一点都不像知识女性。

一直过了婚娶年龄，还是没有他看着顺眼的城里女人走近他，于是，遵从父母之命，娶了邻村姑娘小凤。温柔、朴实、羞涩的农村姑娘自有其动人之处，结婚之初，他们过了一段一生中最好的日子。贤惠的小凤心甘情愿臣服于他，难以克制地仰慕讨好他，自觉将自己放得很低，营造俩人间的不平等，让他做足了大丈夫，享受到临驾于人的惬意，让他忘掉了贫穷，忘掉了因为贫穷而生出的卑微。

可是，这样的日子没过多长时间，儿子出生了。儿子的出生，将原有架构在虚幻上的幸福表象撕掉，露出婚姻、生活的疮疤丑陋。生产后的小凤，三天两头生病，即使在小诊所治病，也是一笔不菲的开支。靠他的工资养家已捉襟见肘，更不用说买房。儿子已读小学，一家人还住在租来的房子里。他不得不在外面兼职，赚钱养家，看人脸色，仰人鼻息。

那是一段很纠结的日子，他疲惫而厌倦。而本来少言寡语的小凤，更像哑巴一样，终日在屋里悄无声息地走来走去。有时，他从外面回家，猛然看见她倚在沙发里的身体瘦骨嶙峋，他不由地战栗一下。他没想到，她已经那么瘦，彻底失掉了女性的特征，皮肤是蜡黄色的，额上、眼角的皱纹像菊花一般。孟成林感觉那不是活人，而是一个浓重的阴影。此时，孟成林忍不住生出逃离的冲动。

他不记得从什么时候开始，命运有了转机。只记得调到市城建局基础设施项目处后，生活的扇面在他面前铺开，呈现满眼鲜花。他虽然只是一个小科长，可神通广大，没有他办不了的事。表弟想从县上调到市里工作，他从中周旋，不日如愿以偿。同事的孩子要上重点小学，他打一个电话，问题就解决了。一年后，一名副局长退下来，空出了一个名额，没有任何悬念，孟成林填补了这个空缺。金城有句俗语“好事来了门板都挡不住”。副局长当了两年，局长调任别处一把手，孟成林的副局长去掉副字转了正，做了金城市城建局一把手，这一年他刚至不惑之年。

春风得意，官运亨通。美中不足的是老婆一直病恹恹的，医生说是消化系统问题，还有中度抑郁。可这有什么呢，他已今非昔比，有条件为她请医吃药，请专人照顾她的衣食起居。他尽可忙他的，一天两天，甚而十天半月不着家是再平常不过的事。至于夫妻间的事，除了新婚时热烈过，婚后十五年里，他和老婆的床笫之事都是零星的，蜻蜓点水一般，聊胜于无。买了大房子后，他与她干脆分室而居了。只是看见她被病痛折磨得没了人样儿，心里会生出怜悯。

除此之外，孟成林再没不称心的。可是，曲终人散或醉酒后的午夜梦回，睁眼望望四周，黑得伸手不见五指。忽然间，觉得非常寂寞，非常孤独。他辗转反侧，夜不能寐。时间在流逝，曾经登楼远眺的少年已经走远。揽镜自照，黑发中已见白发，对衰老的恐惧倏忽而至。

他曾遵从情欲，也为了摆脱午夜情绪，与欢场女人有过一夜情。黑夜里，他一边浑身颤抖地流着汗，一边低声谴责自己，真是堕落了，告诫自己下不为例。这样的堕落像吸毒后出现的幻觉，让他在那一瞬间忘了孤独、寂寞以及对衰老的恐惧。可是，幻觉消失，他感到更加虚妄。

孟成林觉得这种状态持续下去，他会早衰，无论身体还是心理。

直到在开元遇到朱秀屏。她的美丽，她谈吐的不俗，以及那句“曲槛小屏山六扇”，让他有种“梦里寻他千百度，蓦然回首，那人却在灯火阑珊处”的感觉。午夜梦回，浮现眼前的是朱秀屏青春勃发的可爱形象。她的一颦，一笑，一个转身，一个回眸，似乎都在告诉他，生活是多么美好，未来是多么美好。

孟成林期待着与朱秀屏再次相遇。

孟成林没想到他会再次偶遇朱秀屏。他本来是到开元商场碰运气的，看看能否见到她，谁知冥冥中，神灵早已安排他与她在十字街头相遇，并让他上演一幕英雄救美的壮举。事后想想，他救人是一种下意识的举动，一种做人的本能。在危急时刻，如果他弃她逃生，他会鄙视自己的。但不可否认，他的英雄举动与朱秀屏还是有关系的。她是他魂牵梦绕的女子啊，他怎能眼睁睁看着她尸横街头、香消玉殒。

此时，正是春天，窗外，白玉兰在绽放，草坪的鹅黄已变得碧绿，丁香花馥郁的芬芳弥漫在空气中。远离老婆病恹恹的愁容，眼前是朱秀屏鲜嫩如葱白、精彩得令时光也不敢停下脚步与之媲美的青春容颜，一种光明快乐的感觉从孟成林的心底油然而生。那是他喜欢的美片即将放映时的轻松愉快，也是充满欢乐的远足的开始。他深深地望了她一眼，她真是太美了，他想，人生真是充满玄机，谁能想到茫茫人海里自己竟能邂逅朱秀屏，并与她坐在这儿优雅地品尝美味。

四

快下班时，朱秀屏接到哥哥打来的电话，说母亲生病住在金城市医院。问什么病，哥哥说瞎瞎病，她便知道是癌症了。

朱秀屏回到金城，去了市医院，在一间六人间的病房看见母亲。褶皱纵横的脸，比以前又瘦了许多，眼窝深陷，像老家门前那口干枯了的荷花塘，此时，这双眼睛紧盯着走进门里的朱秀屏，嘴唇抖了抖，叫了声屏儿，一颗眼泪从她眼角滚了下来。

心像被钝器击打了般，猛地一痛，朱秀屏扑过去，抱住母亲，失声喊叫："妈，你哪儿疼？怎么瘦成这样？"一阵大哭后，猛地直起身，跑出病房。她要去找主治医生，问问母亲的病。

"你母亲是宫颈癌。"主治医生看着她说，"尽快筹钱吧，手术越早越好。"

"所有费用加起来，得多少？"

“手术费、住院费、治疗费等等，大约七万元，还不包括后期可能要做的化疗、放疗费用。”

如何从医办室走出来？朱秀屏记不得了，只记得七万这个数字。七万呐，可她能拿出的只有三千元，其中两千元还是男朋友给她的。给男朋友打电话，让他想办法吗？可她知道，没用。工作了几年，他没攒下钱，手里仅有的钱已全给了她。他家和她家情形相似，如果有钱，他早就张口借了。

“我和你姐凑的一万元用完了。”哥哥看着她说，“我是再也拿不出来了。”

走进病房，坐在母亲床沿，默默看着睡着的母亲。她已然是风烛残年的老人了，可透过岁月留在她身上的深重痕迹，尚能看出她年轻时的秀美，细细弯弯的眉毛，小巧挺直的鼻子。朱秀屏记事起，母亲才三十，可记忆里，她从未年轻、漂亮过，终日眉头紧锁，一脸忧愁，衣服颜色总是深色的，一年四季都能穿的那种颜色。朱秀屏突然明白，母亲秀美的姿容生生被贫穷扼杀了。母亲是一个心性高的人，一心要将日子过得比别人强，一生苦做，却一生也没逃离贫穷。

父亲死后，哥哥姐姐让朱秀屏辍学，再也供不起她了。可一向柔弱的母亲突然变得坚强，她坚持要朱秀屏读完大学。难道母亲在自己身上寄托了她无法实现的理想，所以，再难也要供自己上学？

“我可怜的妈！”泪水突然涌出，朱秀屏掩面而出，拿出手机，拨出一个号码。“秀屏。”孟成林温和的声音里不乏惊喜，“你在哪儿？”朱秀屏泣不成声，说：“我在医院……”

手术很成功。从重症监护室出来，朱家母亲没再回原来的六人间，转到一间单人病房。孟成林说：“病房人多，吵得很，对病人养病不利。再说，家人陪护，单人间也方便。”

孟成林几乎天天来医院，对朱家人来说，他像是从天而降的救星，除交了足够的医药费，又买了一大叠餐票给了朱秀屏。

“别人送了一套化妆品，你拿去用吧。”孟成林走进病房，递给朱秀屏一个包装精美的大盒子。

“天呐！雅诗兰黛！我们商场就有卖的,可我做梦都没想到拥有。”朱秀屏眼里掠过惊喜。

“孟局长,又让你破费了。”母亲不安地说。

“女孩子不比男孩子,身上穿的脸上用的千万不敢马虎。”孟成林认真地对朱家母亲说。

“唉,可怜她生在我们这样的贫家小户,只有受苦的命。”母亲的脸罩上阴影。孟成林说:“有一个哲人说过这样的话,人的一生只有三声:生出来的‘哇’的一声,是哭,那是‘苦啊苦啊’的意思,也就是说,人生下来就是要受苦的。你看,不光是秀屏受过苦吧。”

“还有两声呢?”朱秀屏正要拆开化妆盒,听他讲的有趣,便停下手问道。

“然后是‘啊’的一声,是看透人生的恍然大悟的声音。最后是‘咣’的一声,棺材板盖上的声音,也就是盖棺定论。”孟成林慢悠悠地说着,看见朱秀屏心悦诚服的样子,便庆幸平日里多看了一些书。

“孟局长真有学问,懂得真多。”母亲崇敬地看着他。

“谢谢孟叔。”朱秀屏打开包装,拧开一瓶柔肤水,放在鼻子下闻闻。

“屏儿,你孟叔对你胜过你没用的爸妈。这次要不是你孟叔,我只有回家等死了。”母亲感激地看着孟成林说,“孟局长,你的大恩我们一时半会儿也报答不上,你要是不嫌弃,就让屏儿做你的干女儿,孝顺你。”

孟成林一愣,进而咧开嘴角,说:“我怎么会嫌弃呢？秀屏这孩子,懂事,有礼貌,比我那个儿子强多了。”

“那就好。”母亲说,“屏儿,快叫干爸。”

“干爸。”朱秀屏有些不好意思地叫了声。

“哎。今天没准备礼物,改天一定补上。”孟成林说。

母亲术后恢复得很好,朱秀屏便想回省城上班,她怕丢了工作。“妹子,你上班去,妈有我们。”哥哥再也不用为母亲的住院费发愁,便主动承担陪护任务。

孟成林开车送朱秀屏到火车站,下车时,给她一个信封,鼓鼓囊囊的。“拿去买两件好点的衣服。”他拍拍她的手背说。

“我不能要你的钱，借你的那些钱还不知道什么时候能还呢。”说着，将信封退回去。

孟成林说：“那钱你什么时候有什么时候还，我不急着用。”又不容分说拉过她的手，将信封连同她的手一起握住，摇了摇，放开。

手搁在一双厚实的手心，紧挨着装钱的信封，朱秀屏的心在晕眩中掠过温暖的感觉，这是父亲应给予儿女的强大、踏实、可靠的感觉。此刻，她真想缩成一个袖珍人，钻进他短袖T恤的口袋。孟成林掉转车头，朝她挥挥手准备离开，却突然看见她眼里的泪花，心里大惊，又猛地一痛。他猛踩刹车，朱秀屏却匆匆离开。

前来接站的男朋友，左手接过朱秀屏手里的包，右手自然揽过她的肩膀。“饿了吧，想吃什么？哨子面还是鸡汤刀削面，还是回家给你炒俩菜吃米饭？我买了肉。”

“想吃海鲜。”朱秀屏脱口而出。

“啊！”男朋友惊愕得张开嘴巴。

“逗你玩呢。”朱秀屏瞥了他一眼，“再说，你请得起吗？”

“别小看人，总有一天，我请你到南粤海鲜馆。”男朋友搁在她肩膀上的手狠狠地向下压了压。南粤是省城有名的海鲜馆，擅长正宗港式大菜和海鲜粤菜，在食客中享有美誉。

39路车到了。

朱秀屏说累了，要回去睡觉。一扭身上了公交车，男朋友紧跟着挤上去。

五

晓峰，就是朱秀屏的男朋友，三年前汉源师院毕业的，毕业后直接到省城，做了漂一族。工作换了好几个，哪一个都做不长，最近又炒了家广告公司。

“你这样不好。”朱秀屏说，“不停跳槽，没积累，升不了职。”

“有什么办法呢！一月就那点可怜的薪水，还要给人当牛做马。累都不说了，靠那点收入，什么时候才能攒够房子的首付？朱秀屏，你记住，我是千里马，总有一天，我会找到供我驰骋的那片广袤草原。”

“我等着。”朱秀屏撇撇嘴。

朱秀屏和晓峰是在东城一个公交站认识的。那是她刚毕业那年的暑假。一天，她乘公交车去东郊一家家具厂应聘，刚下车，肩上挎着的小包被一个贴着她走的纹身男子抢走。“站住！还我包！”朱秀屏边喊边追赶纹身男。可是，哪儿追的上啊！仿佛眨眼间，纹身男就从她的视野里蒸发掉，令她疑惑刚才的一切是否发生。这种意识模糊的状态没持续多久，她就清醒了，她遭人抢劫了，被抢走的包是她的全部家当——五百元钱，还有身份证、手机等。

夏日的天娃娃脸，说变就变。刚刚还是烈日当空，一眨眼，黑云翻滚，暴雨如注。裹挟着尘土的瓢泼大雨披头而来，泪水混合着雨水在朱秀屏的脸上恣肆横流，浑身被雨淋得湿漉漉。雨滴从她的裤脚滑落到地上，摔成无数的小水滴。不一会儿，阵雨过去，破碎的云团匆匆逃奔，云缝中的天蓝得炫目，阳光又是毒辣凶狠了。朱秀屏就站在这七月的阳光下，被暴虐，刚刚淋得透湿的衣裤被晒干后，有了一道道的污渍印迹。

身边走马灯似的行人，谁也没多看她一眼，谁也不问问她遭遇了什么。这就是现代都市，一派歌舞升平、欣欣向荣的盛世景象，却也掩藏着无数不为人知的罪恶与冷漠。

朱秀屏就那样孤零零地站着，悲伤而无助。一顶遮阳帽戴在她头上，紧跟着一瓶水搁在她手里。“喝点水吧。”一个年轻的声音说。

朱秀屏转过头，看见一张同样年轻的脸——晓峰的脸在俯视着她。这张脸写满同情，朱秀屏一下子哭出声，像看见了亲人一样地哭起来。远离亲人的孤苦，求职无门的郁闷，被人欺侮的委屈，一齐涌上心头，直哭得花颜失色，树上的鸟儿不忍谛听飞向远处。先天体弱的她，遭遇抢劫后又遭雨淋日晒，这一场痛哭，也让她体力耗去不少，她力不能支，头有些晕，脸色变得惨白，慢慢地，慢慢地，她朝后倒去。

晓峰一把抱住她，拦了一辆出租车，将她抱进车里，告诉司机，开到附近的医院。出租车停在一家小区诊所门前。“不是大病，这儿就能治，大医院麻烦，收费也高。”司机看着晓峰说。

医生说朱秀屏是中暑了，打点点滴就可以了。晓峰长吁了口气。

打完点滴，晓峰把朱秀屏送回西郊的家。

他简直不相信这是一个女孩子的家。房子本来小，随处丢置的衣物、化妆品、空方便面袋，让这十平米的空间更显得狭小。“懒丫头。”晓峰摇摇头说着，让朱秀屏靠在床上休息，他动手整理。

“嗯？什么味儿？”晓峰猛地拉开桌子抽屉，几双脏了没洗的长筒袜赫然出现眼前。朱秀屏一头扑过去抢袜子，脸也羞得绯红。

“你呀，一点儿生活能力都不具备。”晓峰意味深长地望着她，“看来，得有个人照顾你。”

脸上的红晕渐渐褪去，朱秀屏认真打量起晓峰。这是一个充满阳光的小伙子，脸色红润，泛着健康的光泽。面容清秀，身材颀长。尤其那双眼睛，水一般碧清、明亮、纤尘不染。上学时，她喜欢海子的诗，几乎着了魔似的喜欢“我有一所房子，面朝大海，春暖花开”“谁的声音能抵达秋子之夜，长久喧响，掩盖我们横陈于地的骸骨”这些句子。因为这喜欢，也喜欢了他这个人，便到处搜罗他的资料，包括他的照片。照片上的海子有一双迷人的眼睛，像他的诗歌一样充满忧郁，忧郁得带了阴气，让她感到压抑。而晓峰的眼睛，却是明亮的，带着一股活力，光彩照人。

这一刻，她心里掠过一股温柔、羞涩的情感，漫过了她心灵的角角落落，滋润着她，震撼着她。褪去的红晕又漫上脸颊，不经意间，她看见镜子里自己的那张潮红的脸、晶亮的眼神和上下起伏的胸口。我上洗手间。为了掩饰，她转身出了门。

一来二去，朱秀屏和晓峰好上了。俩人好上后，晓峰只要不加班，总买菜带过去做饭，稍带洗了她换下的衣服。晚上，俩人牵着手，在人潮涌动的商业街、广场徜徉，在街头烧烤摊吃一串烤羊肉串，喝一杯冰糖雪梨汁。隔上一段时间俩人便看场电影。进场前，晓峰买来爆米花、冰激凌等零食，让她一边吃着一边看。这样的日子,朱秀屏感觉还是惬意的。如果没有后来,朱秀屏会忘了她对自己的人生设计——华贵典雅的生活,会和晓峰在这个城市结婚、生子,平平淡淡、安安稳稳地过下去。可是,生活没有如果,它总要出其不意地给人展示其多彩、诡异的一面,让本来简单的方程式变得复杂难解……

一个多小时后,俩人到了西郊朱秀屏的住处。放下包,晓峰叮咛朱秀屏上床躺会儿,他赶紧去做饭。一阵忙活,饭菜端了上来,一盘豆芽青椒肉丝,一盘清炒小青菜,一盆丝瓜虾皮汤,两碗米饭。吃完饭,洗了锅碗瓢盆,朱秀屏催促晓峰回家,说:“走吧,一会儿赶不上末班车了。”

“我今晚不想走。”晓峰坏笑着说,“我快饿死了,你不饿?”像往常一样,他晚上住在这儿时,总在上床前营造气氛,而朱秀屏也总是乐意配合的。可是,今晚她神情倦怠,不肯多说一句话。晓峰明白,这段日子,她为了母亲的病,已是心神俱疲。便心疼她,不再坚持。

晓峰将风扇风速由高档调至低速,转过身,在她额上亲了下,说:“好好睡,我走了。”

“嘭”的关门声后,晓峰的脚步声渐渐远去。朱秀屏关掉屋里的灯,侧身睡去。

不知不觉,只见哥哥进来说:“妹子,医生说妈必须手术,要不癌细胞扩散得快,妈就没几天活头了。”朱秀屏恍惚记得妈是患了癌症,一听就慌了,忙说:“那你跑来干什么?还不让医生赶紧给妈手术。”哥摊开手说:“要钱呐。没钱不给做。”“多少钱?我们凑凑。”朱秀屏急忙穿鞋下地。“十万。我是一分都没有,你看着办吧。”哥说完,扬长而去。恍惚间,姐拉长脸说:“你从小到大吃偏食,全家挣的钱都花给了你。公平地说,妈这次的手术费也该你掏了。再说,我们兄妹三个,妈最疼你,你能看妈生病不管?”恍惚中仿佛看见死去的父亲站在面前,含泪说:“屏儿,你明事理、孝顺,和你哥姐不一样,你救救你妈。”朱秀屏噗通跪在他面前,放声大哭。朱秀屏明白,说她没法救妈的话是没人信了,只有找晓峰,看看他有办法没有。这样一想,便看见晓峰站在面前,说:“屏儿,我就这么多钱,全给你。”说着,递过一沓百元钞票,大概有三四千块吧。朱秀屏立眉瞪眼地说:“你打发乞丐哪!”手一抡,将晓峰手中的钱打落在地。晓峰急赤白脸地说:“你叫花子还嫌饭冷?爱要不要。”说完,气哼哼地要走。朱秀屏气得浑身乱颤,抖着声音说:“晓峰,我今天才知道你是无情无义的人。”说完,大哭。晓峰唉了一声,回头对她说:“你要我怎么样呢?我把心都给你吧,你就知道我是不是无情无义。”说着,一把抓开胸口,掏出血淋淋、颤巍巍的一团东西,递给她。朱秀屏骇得魂飞魄散,一会儿又大哭。又恍惚看见孟成林走进来,笑嘻嘻说:“多大的事儿,就哭成泪人儿,真是小孩子家,没经见过事。来,擦擦小脸儿。”孟成林递给她面巾纸,又说:“你别怪晓峰不帮你,也别说他无情。你要理解他。他要是有钱,能不拿出来吗?其实,晓峰已经很不错,倾囊而出了,他只是没能力罢了。屏儿,你要记住,人只有拥有足够多的财富,才能慷慨待人。你年轻,还不懂这些,晓峰也不懂。”朱秀屏哽咽着说:“照你说的,我妈就没救了?”“说什么孩子话?你有我。”突然听见手机蜂鸣声响起,一睁眼,原来做了场梦。

喉间还在抽泣,枕头上已经湿透,手机还在锲而不舍地震动着。朱秀屏见是同学陈梅的电话,便调整了气息。“喂!”一如平日的柔和,“啊!你要结婚?祝贺祝贺!好,一定,一定。拜拜!”放下电话,朱秀屏没了丝毫睡意,只听见外面淅淅飒飒,像风声,又像雨声。又听见远远的吆呼声,再听,却是隔壁合租者睡着了后的鼾声。不时经过小区的车声也传入耳中。不知不觉,她又朦胧睡去。也不知睡了多久,清脆的鸟叫声又吵醒了她。小区的树上——冬青树、银杏树、石榴树上,不知栖息了多少鸟儿,啾啾唧唧,叫个不停。一抹清光从窗帘缝隙间透进来。天亮了。

站在陈梅婚后新家的客厅,朱秀屏拘谨得手都不知道放哪儿。

屋里低回着莎拉·布莱曼的《告别的时刻》。华丽的水晶吊灯,清一色的地中海家私,高尚、典雅中散发着古老尊贵的田园气息和至高的文化品位,以鹅黄色抛光背景墙砖装饰的电视墙,与浪漫的白色情怀淡淡地融为一体。酒柜里陈列着高高低低形色各异的酒瓶，散发着优雅的格调。低调的奢华，与品味同行。

在中央空调徐徐吹出的冷气中，陈梅体贴地牵着朱秀屏，参观她的家。

美好的音乐让人动容，让人的心无限遐想，人们往往能在动听的旋律中找到寄放灵魂的地方。莎拉·布莱曼的天籁之声让朱秀屏的心舒缓，她不再拘谨得无所适从。

这是一套二百多平米的复式房，客厅、餐厅、咖啡厅三厅设计，中西双厨、双主卧。在其中一间浓浓书卷气的主卧里，一架钢琴、两柜书、一盏大吊灯，和一抹不经意的主人气度，由内向外散发。

再回到客厅，朱秀屏恢复如常。陈梅端出两杯咖啡，递给她一杯。“噗！”朱秀屏将喝进口的咖啡吐了出来。

陈梅递给她纸巾，说：“苦吧。开始，我也喝不惯，可老公在国外几年养成了喝咖啡的习惯，说夜里加班时喝它提神。慢慢的，我也习惯了。”

“他现在还工作到深夜？”朱秀屏擦擦嘴唇，疑惑地问。

“以前给别人做事，现在是给自己做。”陈梅轻声说，“自己开公司，要做的事更多了，所以，晚上常常加班到深夜。”

俩人正聊着，陈梅丈夫开门进来，在门口弯腰换鞋。一米八的个头，一身大品牌的装束，一头板寸浓密黑亮。看侧影就非常尊贵。“梅，家里有客人？”他迎着她们走过来。气度轩昂，又斯文儒雅。他三十岁左右，方方的下巴，棱角清晰的脸盘，双目炯炯，浓黑的眉毛剑一般伸向太阳穴。

“老公，这是我中学同学秀屏。”陈梅迎上去，接过他手里的包，给他介绍。

“你好！”他向朱秀屏伸出手，彬彬有礼。

“你好！”朱秀屏慌乱地站起来，却碰翻了放在茶几上的咖啡。她羞惭得绯红了脸。

他与陈梅对视一眼，说：“你们谈，我去洗洗。”

朱秀屏没等陈梅丈夫回到客厅，便告辞离开。

她放慢脚步，细细打量这省城著名的富人别墅区。别墅区位于南山脚下，一条小河从庄园外蜿蜒流过。庄园内，流水，小桥，假山，雕塑一应俱全。草坪里草色青青，花圃内，名花异卉盛开，一条条鹅卵石铺就的甬道向不同方向蜿蜒延伸，一座座风格迥异的白色小楼掩映在葱茏的绿树中。听不见吵闹声，也看不到裸着上身打牌的人。偶尔有人从身边经过，都是神态安详，脚步轻盈。这里和她租住的地方完全是不同的世界。

陈梅的婚礼在金帝酒店举行，金帝是驰名省内的五星级酒店。朱秀屏那天有事没到场。现在她倒很庆幸没能到场。她可以想象到金碧辉煌的大厅里，参加婚礼的人，或气宇轩昂，或温文尔雅，或华丽雅致。她若置身其中，将如何自处？物以类聚，人以群分。朱秀屏一直以为财富是划分人的阶层的唯一标准。但是，今天她才意识到财富的划分是相对的，意识形态及生活方式的区别则是绝对的。不同文化阶层的人，有不同的生活行为和生活需求。因此，住在这里的该是财富精神及地位身份同属一类的人。

陈梅是朱秀屏中学时的同学。与朱秀屏不同，她出身良好。父亲是金城市副市长，母亲是金城学院教授，从小生活在优越、充满爱的氛围里，使得她拥有了阳光、健康的心态。她虽然有一个当官父亲，还有一个高级知识分子的母亲，可她从不居高自矜，颐指气使。她热情、善良、仁爱、聪慧，读书也用功，各科成绩都不错，毕业时，高考分数远高于一本线，上了京城一所重点大学。本科毕业，又读了研究生。本来俩人再无机缘联系，谁知毕业后，都到了省城，只是陈梅在高校工作，朱秀屏在商场打工。

陈梅知道朱秀屏也在省城后，曾一次次邀约聚会，大都被她婉拒。陈梅不知道朱秀屏为什么不愿见她，她自觉中学时俩人关系不错。朱秀屏家距学校很远，周末常常不回家，陈梅就把她带到家里吃住，时不时的，还给她一些零花钱。

陈梅哪儿知道，这些正是朱秀屏不愿再见她的缘故。被助的人心理很复杂，自卑、心虚、懦弱、感恩戴德，生活在这样的心情里，人会变得敏感多疑，何况朱秀屏天生自尊，她比任何人都渴望一种体面、心安理得的生活。可到了今天，她的处境并没多少改观，受人之恩无以回报，让自尊又自卑的她见了陈梅何以自处。

朱秀屏想不通老天为什么如此厚待陈梅？给了她高贵的出身、繁花似锦的人生，又给了她出色的丈夫。可自己除了容貌清秀外，有什么呢？出身寒微，工作低下，漂泊不定的生活，两手空空的男朋友，如果命里没有奇迹发生，那么，她的一生一眼就可看到头了。一眼能看到头的人生多么惨淡，朱秀屏心情坏极了。

手机在包里震动着发出蜂鸣声。

“屏儿。”电话那头是孟成林低沉、柔和的声音，“你在那儿别动，我马上来接你。”

朱秀屏坐在庄园外小河边的石凳上等孟成林。庄园背后，巍峨的南山绵亘不绝，多情的白云给一座座青山绕上了梦一般的白纱。脚下是清澈的欢快流淌的小河，倒映着垂柳婀娜多姿的倩影。河边，几个老者在垂钓，神情怡然。午时的风悠悠吹来，带着南山的清凉和草木的清香。朱秀屏顿觉神清气爽，心情也好了起来。

七

群星演唱的《北京欢迎你》在车里萦绕。

“北京奥运会还没开呢，满大街都在唱北京欢迎你，连干爸也跟风。”朱秀屏侧过头对孟成林说。

“不是再有半个月就开了吗？你不喜欢，就换一首。”孟成林换了首张信哲的《爱如潮水》。

不问你为何流眼泪
不在乎你心里还有谁
且让我给你安慰
不论结局是喜是悲
走过千山万水
在我心里你永远是那么美……

干净、没有杂质的音色，让朱秀屏想起空灵这个词语，而心灵也随之发生共鸣。突然，歌声里加入了另一个声音，低沉、浑厚，带着磁性的声音，是孟成林的声音。

……

我的爱如潮水

爱如潮水将我向你推

紧紧跟随

爱如潮水它将你我包围

……

朱秀屏惊奇地看着孟成林，她没想到他唱歌这么好听。

"经常有人请去 KTV 唱歌，没办法，只好跟着哼几句。"孟成林看她吃惊，解释说，"怎么样？唱得还不算太差吧。你到这儿干什么？我有个同学住这儿。"

"住在白玉兰吗?"

"嗯。"朱秀屏情绪一下子低下来，刚刚的活泼不见了，沉默下来。

"不高兴?"孟成林看看她说，"不想说就不说。现在我带你去吃饭，然后再带你去个地方。"

车在一家餐馆前停下，孟成林带朱秀屏走进去，上到二楼。与坐满人的楼下比，二楼很安静，朱秀屏感觉很温馨。服务员带他们进了一间小单间，然后拿了菜单给他们。孟成林点了许多菜，有荤有素。朱秀屏最爱吃的是烧牛排、咖喱鸡和蟹黄羹，尤其烧牛排和蟹黄羹最鲜美可口。

"喝点酒。"孟成林倒了两杯红葡萄酒，递给朱秀屏一杯。

"什么酒?"朱秀屏端起杯子闻闻，有点香。

"你先喝一口，我告诉你什么酒。"孟成林端起杯和朱秀屏碰了一下。

"有点涩，还有点甜，嗯，香味绵长。"朱秀屏一边慢慢喝着一边慢慢说。

"不错，还知道品酒。"孟成林开心地笑了，"这是原装进口的拉菲红酒，产地法国。”

“啊！是法国酒？不是吧。”朱秀屏惊得瞪大了眼睛。

“准确地说，是法国拉菲传说波尔多法定产区红葡萄酒。”孟成林笑得更开心。

朱秀屏一口喝干杯子里的酒，举杯说：“我还要喝。”

“慢点喝。”孟成林给她倒上酒说：“大口喝的是白酒，红葡萄酒要小口喝，要慢慢地品，要观色、闻香、品味。首先是观色。把酒倒入无色葡萄酒杯中，将杯子举齐眼的高度观察酒的颜色。好的红葡萄酒呈宝石红色，澄清得近乎透明。次一点的酒或加了其它东西的红葡萄酒，颜色不正，亮度也差。”

孟成林举起手中的高脚杯说：“我们今天喝的酒不错，酒色红得很正，亮度也好。其次是闻香。好的红葡萄酒香气较淡，表现为酒香和陈酿香，没有刺鼻的怪味。最后是品味。将酒杯举起，杯口放在嘴唇之间，并压住下唇，头部稍向后仰，把酒吸入口中，轻轻搅动舌头，使酒均匀地分布在舌头表面，然后将葡萄酒控制在口腔前部，稍后咽下。”

孟成林举杯为朱秀屏做示范，就这样……

朱秀屏很聪明，几杯酒下肚，就像一个经常喝酒的人那样熟练地品酒。一杯一杯地喝下去，朱秀屏感觉脚像踩在云上一样飘飘忽忽，让自己郁闷难抑的恶劣心情也淡化了。

“屏儿，不能再喝了。”孟成林收了酒杯。

“干爸，人和人的差别怎么这么大？同样是女人，同样长得不难看，为什么陈梅的命那么好？要什么有什么，而我什么都没有。就因为我是穷二代？就得永远处在社会的最底层，没有资源，没有人脉，永远是最弱势群体，最辛苦，赚钱最难吗？那些有地位、有权力、有资源的人，谁也不愿搭理我，我一个本科毕业生，落得在商场当营业员的命运，而那些民办学校、技术学校等等烂校毕业的，只是因为有个当官的爸妈、有权的三姑六姨，就能堂而皇之地在国家机关单位，做体体面面的公务员。我算是看明白了，这个社会所有的机构，都是为那些拥有权力和金钱的人服务的。”朱秀屏抬眼看孟成林，脸色绯红，眼神迷离，泪水滴答答落在桌子上。

看着眼前伤心的朱秀屏，孟成林想起以前的自己，同样的无助、悲伤，只是他比她还多了对生活的绝望。孟成林理解她，他不认为她是一个虚荣和现实的女孩子。人人都在追求幸福的生活，只是这个社会还缺乏应有的公平与公正，不是每个人都能轻易得到一份满意的生活。若没相遇也就罢了，遇上了，孟成林决定以自己的能力给她一份满意的生活。孟成林轻轻擦去她的泪，说：“只要你想要，你也什么都会有的，屏儿，命运掌握在你的手里，谁也左右不了你的生活。”

“你不知道啊，陈梅家超大，超豪华，超有品。”朱秀屏嘴里嘟嘟囔囔着，头慢慢伏在桌上。

叫来服务生买完单后，孟成林半扶半抱着朱秀屏下楼，打开车门，将她放进副驾座上，驾车离去。

车子停在市中心一个小区，孟成林抱着朱秀屏打开一套房门，把她放到卧室床上。回客厅倒了杯水，扶起她的头，将杯口放在她的唇边，“喝了这杯水。”他轻柔地说。

放下杯子，又将她的头放在枕头上。

“哎呦，头好疼。”朱秀屏叫了一声。

孟成林坐在床边，将她抱在怀里，用拇指轻轻按揉她的太阳穴。渐渐的，朱秀屏安静了，蜷缩在他的怀里睡着了，眼睛闭上了，眼圈红着，睫毛上还挂着几颗泪珠，哭过的娇俏的脸，涂上腮红般，粉嫩嫩，红艳艳，嘴唇红润鲜艳，像颗汁水饱满的红樱桃。朱秀屏的头在他怀里拱了拱，孟成林爱怜地抱紧了她。此刻，孟成林觉得她像一只玲珑、柔软而又毛茸茸的猫，抱着她就像抱着说不出的敏感和暧昧。他心头骤然一热，心脏也跟着突突地跳起。他低下头，想亲吻她鲜嫩的脸、红嘟嘟的樱唇……

嘤咛一声，朱秀屏在他怀里挣了一下。他松开了手，他有些看不起自己。在她醉得不省人事时，要了她，和街上小流氓有什么区别？

这样一想，那种热乎劲儿慢慢过去了，变得可有可无。孟成林给她盖好薄被，离开这间房子，在客厅的沙发上躺下。

朱秀屏一觉睡醒，天已大亮。目之所及皆是气魄、华贵，便疑是陈梅家，可又不太像，恍惚记得她是离开了陈梅家的，摇了摇宿醉后糨糊一样的脑袋，坐起身发怔。

门外有了动静，脚步声由远而近，卧室门开了，孟成林站在门口笑呵呵地说："小醉鬼，早晨好！"

孟成林一身休闲装的样子，让朱秀屏大为吃惊。宽松的卡其色裤子，浅色套头衫，很时尚的法式款，纯棉质地，一股阿玛尼味道在他周身弥漫。"好帅！"她情不自禁地叫了一声。

孟成林笑呵呵地说："帅什么，就图个舒服。"

"这是哪儿？"朱秀屏说，"我怎么会睡在这儿？"

走出去的孟成林又回头说："还记得昨天吃饭前我说要带你到一个地方吗？"

"嗯。"

"这儿就是我昨天说要带你来的地方。"孟成林把一把钥匙递给她，说，"搬过来住吧，你那儿太远了，再说治安也不好，我不放心。这套房子是我刚刚装修好的，我现在用不上，又不愿租给别人，你住过来，还能帮我看着。"

"可是，可是……"

"没有可是。哦，物业费我缴了一年，到了明年，我再缴。"孟成林又温柔地说，"去洗洗吧，我等你吃早餐。"

这是一套一百多平米的房子，明亮的三室两厅，精致的中式装修，清一色的实木家具散发着幽幽雅雅的贵族气质。"我真的可以住在这儿？我不是做梦吧。"朱秀屏眼里是梦幻般的眼神。

"我什么时候骗过你？傻瓜。"孟成林亲昵地捏捏她的鼻子，"快吃饭吧，吃了饭，还要帮你把东西搬过来。"

布衣柜是用不着了，床、桌子是房东的，再说那边什么都有，她提着衣服过去就能住。

上车前，朱秀屏回头望了望，这个她深深鄙视却又不得不屈居在这儿的、充满农民工小商贩等底层人气息的地方，此刻，她对它有了一丝留恋。可是，这种情绪只存在一会儿，就被对新生活的好奇所代替。

等到晓峰赶过来,小屋已人去屋空。

八

按照朱秀屏电话里指点的,晓峰找到了她的新家。

“你好!”晓峰对前来开门的孟成林说,“我们见过。”孟成林点点头说:“请进!”

晓峰走进来后,孟成林倒了杯水给他,朝关着的卧室门喊一声:“屏儿,客人到了。”

卧室门开了,朱秀屏从里面走出来。一件果绿色衬衣,束在白色哈伦裤裤腰里,头发一律往后梳,束了一个高高的马尾,露出她白皙、光洁的前额和脖颈,像只骄傲的天鹅。晓峰只觉得那抹明艳的果绿在这华宅里缓缓铺展开来,他似乎闻到一股新叶的清香。原来华丽的衣服可以让女人更美。朱秀屏虽说穿什么都不难看,可这身款式新潮,质地、面料考究的衣服,让她多了几分典雅和贵气。

朱秀屏对晓峰笑笑。

“准备好了?那就走吧。”孟成林看看朱秀屏赞赏地点点头,回过头对晓峰说,“晚上我请你们吃饭,祝贺屏儿乔迁新居。”

“还是我请吧,您帮了她这么多,我应该表示表示。”晓峰连忙说。

车子停在南粤海鲜馆门前,朱秀屏轻车熟路地上了二楼,晓峰和孟成林跟在后面。

点的酒菜上齐了,孟成林端起酒杯说:“为屏儿开始新生活干杯!”

“谢谢干爸。”朱秀屏笑吟吟举杯与孟成林碰,俩人喝光了杯中酒。“你怎么不喝?”朱秀屏问闷头不响的晓峰。晓峰一口喝干。

三个人开始吃海鲜。孟成林剔了一壳蟹黄蘸了姜醋放进朱秀屏面前的小碟子里,说:“吃点醋,消消毒,肚子也不会痛。”又招呼晓峰,“别客气。”

从坐在这间小房子开始,晓峰一直没说话。他看着孟成林细心地照顾朱秀屏吃喝,时不时亲昵地看着她的吃相,看着朱秀屏时不时地冲孟成林甜甜一笑，心安理得地接受孟成林的照顾，如同心安理得地享受他给她提供的一切。

朱秀屏是个爱美、又没生活能力的女子。不会做饭，也不做饭，总是吃快餐、方便面。小屋脏乱，脏了的衣服，放几天又穿在身上。和晓峰好了后，晓峰为她做饭、洗衣，陪她逛街，省下钱为她买喜欢的衣服鞋子，每当这时候，她甜媚地给他一个吻，而晓峰也认为爱她就要为她做一切，从不要求回报……

“来，吃虾。”孟成林将剥好的虾搁在朱秀屏的醋碟里。

晓峰突然感觉他才是多余的人。

吃完饭后，晓峰抢着买单。接过单子，晓峰傻眼了，他口袋里的钱不够为这顿饭买单。

“我来吧。”孟成林微笑着说，“你是客人，咋能让你破费？”他掏出一张卡递给服务生。

晓峰不觉红了脸，默不作声地跟在他们后面下楼，走到车前，他说：“你们先走，我转转。”便头也不回地朝另一个方向走去。

“你什么意思？”朱秀屏跳下车，气呼呼地喊叫。

“屏儿，你陪晓峰转转。”孟成林说。虽然孟成林是多么想和她单独在一起，可他还是让朱秀屏去陪那个失意的人。朱秀屏不清楚，孟成林却清楚晓峰此刻的感受。男人活的是一张脸，晓峰当着自己，失了脸面，他怎么能不恼羞成怒？

朱秀屏在常去的烧烤摊前找到晓峰。桌上搁着一堆空啤酒瓶，他还在喝，看见她，便瞪着充血的眼睛说：“你来干什么？看一个多余人丢人现眼后是什么德行吗？”

“你发什么疯？干爸好心请我们吃饭，你什么态度？”

“干爸，叫得那么亲热，你怎么不知道脸红？”他哼哼一笑，太阳穴上的一根筋老树根似的凸出来，轻蔑？嫌恶？抑或愤怒？

“你说清楚，我为什么要脸红？”朱秀屏气急败坏地说。

“我老家门前有棵松树，树上缠满凌霄藤。松树很老了，比我爷爷的爷爷的爷爷还老，凌霄藤沿着它褶皱纵横的树干攀援上升，长得郁郁葱葱，每年夏季都开满橘红色的红，很艳丽，很养眼。”晓峰说，“朱秀屏，你知道大家都把老树、藤叫什么？叫小蜜傍大款。”

啪！朱秀屏狠狠地给了他一巴掌。

晓峰一把攥住她的手，瞪着血红的眼睛说：“朱秀屏，你不就是贪图那男人的房子和钱吗？好啊，我成全你，从今天开始，你走你的阳关道，我走我的独木桥。滚！”说完，一把推开朱秀屏，踉踉跄跄又坐回去。

“你！”朱秀屏被他一搡，摔倒在地，爬起来，哭着跑了。

晓峰端起一杯酒，还说新恋爱观有三：送送房，送送车，多点实惠；买买花，赏赏景，多点浪漫；实在没钱，那也好办，当牛做马，任劳任怨，奉献真情，一生爱恋。切！不靠谱，当牛做马、任劳任怨、奉献真情哪儿敌得过送送房、送送车。

九

当夕阳隐没在地平线下之后，残留的火红光芒迫不及待地变成了紫色，紧接着黑暗笼罩了四周，黑夜立即降临。

朱秀屏停下脚步，才发现她只顾哭，一不留神跑进一条陌生的破旧巷子。这条狭长的巷子两边，杂乱无章地排列着高高低低的老房子、破房子。巷子里古槐繁茂的枝叶挡住了路灯的光，但朱秀屏仍能从那狭长的过道、狭长的四合院依稀看见明清建筑的影子。这里曾经车水马龙、衣香鬓影，那歪斜的门窗，虫蛀空了的柱子，彩绘斑驳的廊檐，长满瓦霜的房顶，记录了那曾经的灯火繁华、富贵荣昌。可是，现在它沉寂、晦暗，静观危险一步步逼向这个无意闯进来的姑娘。

“哎呀呀，哪儿来的美女？”三个叼着烟的小混混嬉笑着朝她走来。“嗨，别吓着美人呀！”

“你们想干什么？”朱秀屏颤抖的声音，像哗啦啦在风中抖动的庄稼叶，“再过来，我要报警了。”

"我们好怕哦。"三个小混混围住了她,一个抢了她的包,一个扯她的衣服。"哥们动手啊,弄到城外去,好好玩玩。"拿着一条绳子的对那俩人说。

"有人吗?救命啊!"朱秀屏惊恐的喊叫声,在这空寂的巷子里,像一滴水滴进海绵里一样被吸纳得无声无息。"干爸,救救我。"她绝望地闭上眼睛。

突然,正在捆绑她的三个混混丢下她跑了。朱秀屏睁开眼睛,一股强光——车的灯光刺得她又闭上,等她再次睁开眼,便看见孟成林那张因愤怒、紧张、心疼扭曲得变形的脸。"屏儿,他们对你干了什么?"

朱秀屏一边摇头一边哭。孟成林长出一口气,扶她到车上坐下。"你下车后,我不放心你,就一直跟着你。可是,你怎么跑到这儿来?"

朱秀屏靠在椅背上,不出声地哭着。她怎么跑到这儿?难道不是因为他吗?因为他,她被人轻蔑、羞辱后,还差点让几个小流氓糟蹋。可是,这能怪他吗?他没有对不起她。他救过她的命,给予她的,是她的亲人,包括男朋友晓峰都无法给予的帮助。

朱秀屏能想象到,他能解决她所有棘手的问题,满足她大大小小的物质请求。他无所不能,又儿女情长,他对她的体贴与呵护是细致的。是的,就是呵护,带着宠溺的呵护,像父亲对女儿,又像男人对他喜欢的女人。她能感觉到他悄悄注视她的目光中流露出的爱意,隐藏着一股若有若无的欲望,在远处像水一样温柔地一波波地拍打着她的身体。她假装若无其事,耽溺于这暧昧不明的情感。

而晓峰呢,像夏日的阳光,明快,通透,感情热烈奔放,爱恨分明。如果没有孟成林,他的爱,可能会让她忽略他物质的贫乏,嫁给他,与他共度一生。然而,孟成林出现了,带着成功男人大气磅礴的气度和父亲一样的温暖,走进她的生活,揭开梦想生活的一角,扰乱了她的心。

和晓峰一起过简单、困窘的日子,复制母亲的人生?还是像棵凌霄藤依附在一棵根深叶茂的大树上,享受尊贵人生?从母亲生病以来,朱秀屏一直矛盾纠结着,对晓峰便也渐渐冷了下来,不再与他如胶似漆、一有机会便粘腻在一起,他来看她,也不再答应他晚上留宿的要求。

其实,朱秀屏对孟成林不算了解,她只知道他是金城城建局大权在握的人,有求于他的人很多,即使他在省城短暂逗留期间,也有人驱车跟来,谋求见面。连省城一些设计、建筑行业大佬们也为见他一面费尽周折。其次,她还知道他有个病歪歪的妻子,一个学业优秀的儿子。再多的,她就不知道了。但是,这已经足够了。如果她忽略他黑发中夹杂的根根白发,对他微微凸起的腹部和额头眼角的皱纹也视而不见,她几乎能看见他年轻时的模样,英俊、幽默、健谈、善解人意……一个有着无限可能性的男人。

她侧过头,悄悄看着他的脸。时光像水一样淌过这张脸,留下些匆匆走过的痕迹。但是,痕迹不深,浅浅的,淡淡的,反倒带着年轻男人没有的稳健、自信、强大、有力的成熟魅力。此刻,朱秀屏的心有些飘逸和温暖,她竟想伸手摸摸那浓密的头发,还想要他。是的,她想要他,没有欲望,只想和他拥抱在一起。

她看得出他喜欢她。二十七岁了,她怎么不懂得一个成年男人对一个年轻女人的一味付出,真是干爸对干女儿的情感使然?只是因为晓峰,她才假装糊涂。可是,现在晓峰和她分手了,她还有什么顾虑?顾虑没有名分吗?如果名分就是婚后在菜市场和菜贩子为一角两角争得面红耳赤,在家里和丈夫为一日三餐吵闹不休,直到把促成俩人结合在一起的爱情消磨殆尽;如果名分就是为了攒够房子首付,她不敢要孩子,有病不敢请假,电影院、美容院、美发厅在哪儿,旅游的乐趣是什么,她统统无从得知;如果名分就是等到还清房贷,她头发白了,背也驼了,一生即将谢幕,那么,这样的名分不要也罢。

"屏儿,晓峰对你怎么啦?为什么他不跟着你?刚才多危险,我要晚到一会儿……我真不敢往下想。"孟成林看她一眼说。

朱秀屏眼圈一红,止住的泪又涌了出来。孟成林伸出右手,犹豫一下,握住她的手,默默的,不说一句话,又松开手,将她搂在怀里。靠在孟成林的怀抱,朱秀屏哭得更厉害,先是哽咽不止,然后放声大哭。

他半扶半抱着把她抱进房,用脚带上门,抱着她坐在沙发上,而她的舌头已经在焦急地寻找他的,温热而生动。

孟成林的脑子几乎混沌一片，理性倏然逝去，他热烈地回应她的亲吻，深情地呼唤，“屏儿，我的宝贝，我的最爱……”

“晓峰。”迷醉中，朱秀屏习惯地叫一声。

像正在奏着的琴弦突然断裂，又像正在激越地吹响的铜号戛然而止，孟成林一下子从混沌中清醒过来，汩汩冲向大脑的血慢慢回流。他起身对她说：“洗洗，早点睡吧。”

朱秀屏愣在那儿，有些尴尬。

“你只是和他赌气，你还爱着他，我不能乘人之危。”孟成林说完，回到房里，关上门。

十

晓峰一觉睡醒已是第二天中午。窗帘没拉，午时的阳光直射进来，屋里一片狼藉，昨夜吐出的秽物，从枕边一直撒到床前地板上，连他穿在身上的衣服都撒得斑斑点点，经过一夜发酵，散发着浓浓馊味。

闭眼赖在床上，醉后木木的脑子渐渐清晰，昨晚发生的事，像电影的快进镜头，在脑海掠过。“小蜜傍大款？”他一个激灵坐起身，“我说过这样的话？真要命！”他迅速起床，以最快速度收拾了房子，冲了澡，换上一套干净的衣服，急急出了门。

屏儿一定气坏了。他喝了酒，失去理智，只图痛快，胡言乱语。虽然这段时间她不让他碰她，他心里和身体都憋着一股火，可也不能拿她当出气筒。晓峰很后悔。其实，秀屏除了懒得打理家务外，还算是个不错的女孩子，人长得漂亮，内心也丰富，对生活也没过分的要求，穿服装超市买的衣服，和他在拥挤的小吃店里吃面，戴不值钱的塑料耳坠、玻璃珠项链，看到一身品牌的贵妇，也会艳羡，跟他发牢骚，可谁也不当真。

那么，昨晚他邪火上升，是因为孟成林吗？因为他为秀屏一掷千金的阔绰？他对秀屏的体贴入微？还是他给予他的热情却不失高高在上的态度？晓峰弄不清了。可即使如此，他是秀屏的干爸，他有能力为秀屏做一切，自己有必要发那么大的火、说那么难听的话吗?

晓峰撇撇嘴,表示对自己的轻蔑。得赶紧道歉,否则,这姑奶奶还不知要怎样惩罚自己。晓峰上了一辆出租车,前往开元商城。匆匆赶往 Hugo Boss 专柜,朱秀屏的同事显然认识晓峰,告诉他朱秀屏辞职了。

“什么时候?”晓峰大为惊讶。

“上午,一个先生陪着她,还来同我们告别。你不知道吗?”

顾不上回答那个姑娘的问话,晓峰转身离开。边走边拨打朱秀屏电话,电话通了却无人接听,手机丢了?还在生他的气?心里七上八下地离开商城,拦了一辆出租车,朝市中心腹地那个小区驰去。

一遍遍地按门铃,却没人开门。他怏怏下楼,快要走出小区时,看见一幅情侣相亲相爱的画面——孟成林一手拎着几个购物袋,一手搂着朱秀屏的肩膀过来了。俩人都没看见他,孟成林在讲着什么,引得朱秀屏歪着头看他,一脸调皮、可爱。阳光下,那张粉脸闪着亮晶晶的光泽。

直到快撞上,俩人才看见挡在面前的他。

朱秀屏一下子拉长了脸。“你不是和我分手了吗?你不是让我滚吗?你还来干什么?”她红了眼圈。

“小伙子,爱一个人,就要为她着想,迁就她,容忍她,给她幸福和快乐。你怎么反倒让她伤心?你不懂得女孩子是用来疼的,不是用来作践的?好好想想,你都给了屏儿什么。”孟成林说完,又对朱秀屏说:“好好谈谈,别置气。”

孟成林朝晓峰点点头,朝电梯走去。

晓峰看着朱秀屏,用充满愤怒和伤痛的眼神死死盯着她。

“你!”朱秀屏恨恨地回瞪他一眼。

“我怎么啦?我没本事让你吃得好,穿得好,住大房子,不会哄你开心,又没车带你去兜风,还缺少自知之明,穷光蛋一个,还不知放你一条生路,让你去找自己的幸福。”不过,我放不放手都无所谓了,你已经找到幸福了。”晓峰痛苦、悲哀地说。

朱秀屏终于感到晓峰的伤痛。“我没有,我没有。”她急切而又委屈地说，“晓峰，不是你想的那样。”

晓峰直愣愣瞪着眼看她，然后转身朝外走，像醉酒的人那样，脚步踉跄。正是下午上班时间，人们从电梯出来，匆匆朝外走，又突然回过头看看他，然后又匆匆走了。下午两三点的太阳晒着他，身上的汗一股一股地冒出来，又啪啪啪打在地上，溅起点点水星。

有朋友打电话问他在哪儿，说要找他说事。他让朋友开车来接，他在小区门口等。

晓峰恍恍惚惚朝小区门口走去，脑子里飞沙走石一般。天天和你说爱，时时靠在你的怀里，粘腻得让你厌倦，只要一想着她，就有一朵俏丽的百合花在夜里炫目地开放的女人，突然间就离你而去。你受用了几年的那个身子，那奶酪般的肌肤、饱满的双乳、修长细腻的大腿，都不再属于你。曾经与你海誓山盟，哄得你为她掏心掏肺、当牛做马的女人，在金钱、豪宅、钻石、珠宝面前低下了她高贵的头颅。她爱过他吗？或许她爱过，只不过爱得很肤浅，很蜻蜓点水，很点缀。这根底不深的爱，在丰厚的物质面前，立刻人仰马翻，尸横遍野。可是，有几个女人能抵挡钻石、豪宅的诱惑？品质高贵的时装又有哪一个女人不喜欢？有几个女人不喜欢生活得体面、安逸而心甘情愿吃苦受累？当梦想中的一切以温情脉脉的形式奉献眼前，有几人能抵挡如此诱惑？毕竟，追求物欲的满足是人的本能。朱秀屏也不例外。只是她获得方式不可取，有些不光彩，还有些损人利己，可是，在这充满物欲的世俗社会，这又算得了什么。

朋友说有间咖啡店转让，问晓峰愿不愿和他联手接过来。地段不错，在一条文化步行街上，来来往往的是些讲究品味和环境的文化人，想来生意不会差。朋友边开车边说：“我们现在就去那儿看看。”

晓峰闭着眼靠在椅背上说：“好。”晓峰想，也许忙碌能让他忘掉撕裂心肺的痛。

朱秀屏追到小区门口，晓峰已坐上朋友的车离开。她拦一辆出租车，去了晓峰工作的公司。“他没来上班。”办公室的人说。她立刻去了他南城的家——与人合租的房子，可是，她一遍又一遍地按门铃，却无人开门。

这是他曾一次次恳求她、她却不愿搬来的家，可是，从此这扇门再也不为她打开了。朱秀屏突然感到失去的悲哀，身子一软，坐在地上，过去的点点滴滴像一幅幅画全都浮上脑海。偶尔吃一次鱼，他将剔了刺的肉，一块块放进她的碗，却夹了没了肉的鱼头放进嘴里吮咂，说他最爱吃鱼头。舍不得抽好点的烟，省下钱，给她买女孩子中流行的金属发卡。天不亮就陪她逛街，为了帮她寻找《废都》中的鬼市。累了，赖在他背上，让他背着她上楼……

朱秀屏泪流满面。她不知道自己怎么啦，昨天还想要离开的人，现在却为他的消失而伤心欲绝。她爱晓峰，却又迷恋孟成林给予的温暖感觉，渴望着他的怀抱。她真是贪心的人，什么都想要，可是，她想得到就能得到吗？

楼梯间有了脚步声，是这儿的人下班回来了。朱秀屏站起身下楼，在一座亭子里坐下，这儿正好看到晓峰家的窗户。

夕阳坠落，夜幕降临，小区里散步的人都回家了。一个个窗口亮起了灯，离她最近的窗户里传出电视声。时间在分分秒秒逝去，人家窗户里的灯光渐次消失，只有小区里的路灯还散发黄晕的光。晓峰回来了，带着一身酒气。

“晓峰，我不想离开你，只要你愿意，我明天就和你去领证。”朱秀屏拦在晓峰面前，哽咽着说。

晓峰怜悯地看着哭泣的朱秀屏，平静地说：“我知道你现在对我还有些不舍、留恋，可这些情绪很快就会过去，你会被新生活所吸引。何况在我心里你已经上了别人的床，我还怎么和你在一起？勉强在一起了，我对你已没了信任，我们会整天生活在猜疑、争吵中，彼此伤害，感情消磨殆尽，最后还是分离。何苦呢？不要再来找我，我明天就搬家。”说完后，轻轻推开她，朝楼梯间走去，头也不回。

“不！”朱秀屏不甘心地拉他的手，却被他一把挡开。不一会儿，他的脚步声消失在楼梯间，只有夏夜的微风轻轻拂过她的面颊。她双手捂住脸蹲在地上，无声抽泣，肩头一耸一耸的。

隐在窗帘后的晓峰看着楼下的朱秀屏，泪水奔腾而出。

很晚了,朱秀屏还没回来,孟成林打她电话,电话通了,却听不清她说什么,孟成林感觉是夜店之类的地方。他分析位置要么在市中心,要么在晓峰住的南郊。于是,他开车在这两个地方找,几乎找遍市中心和南城所有的夜店,最后在南城一家酒吧找到她。她已经喝醉,却还在吆喝服务生给她拿酒。

孟成林带朱秀屏离开。她已醉得迈不开脚步,孟成林只好把她抱上车,放在座上,让她靠着。独自一人喝了这么多的酒,他知道她正在经历什么。若是别的痛苦,他愿意代替她,可这种苦痛无人能替代,只有她自己承受。此时此刻,他所能做的,就是在一边默默地关心她、照顾她。

停好车,孟成林将朱秀屏抱回家放在床上,又拧了湿毛巾为她擦洗了手和脸。想起蜂蜜水能缓解醉酒后的不适感,便到厨房冲了一杯端进来,喂她喝。孟成林刚把她的头放回枕头,"哇"地一声,一滩带着酒气的秽物从朱秀屏的嘴里喷出来,正喷在他的脸上、衣服上,床上也是。一阵呕吐后,朱秀屏轻声呻吟,身子蜷缩成一团。

孟成林将自己和朱秀屏擦洗干净,换了床单和被褥,坐在床边陪她。夜已经很深了,四周寂然无声,朱秀屏气息均匀地睡着了。他也靠在床头睡着了。等他醒来,天色已从窗帘缝隙间透进来。他起身想回房间躺一会儿。

"不要走。"朱秀屏睁开眼睛,抱住他的手臂。"成林。"她低低柔柔地叫。

孟成林一愣,紧接着,一颗心飞上天空,绽放出朵朵鲜花。他张开双臂,将这日思夜想的小女人紧紧地、紧紧地抱在怀里。

十一

金城市政府驻省城办事处门前,朱秀屏从奶白色宝马 MINI 驾驶座上下来。

一身乳白春装的朱秀屏,戴一副遮住大半张脸的茶色遮阳镜,长发飘飘,看上去窈窕得很,也飘逸得很。她一路走过,便有年轻女人投来艳羡的目光,这让她感觉非常舒服。她自觉已是跃上枝头的凤凰,至于做麻雀的历史她已渐渐忘却。

朱秀屏现在是公务员了,她是到办事处上班的。在商场待了几年,与各色人打过交道,朱秀屏不知不觉练就了交际能力,因此,办事处对外宣传和接待工作很适合她,而她也确实做得很出色。朱秀屏很满意这份工作,不光体面,月工资也比在商场多。虽然她不缺钱(孟成林走时给她留了一张卡,里面最少十万元),可朱秀屏领工资时的喜悦一点也不亚于过去。

记得第一次在办事处领工资后,她兴奋地打电话告诉母亲,母亲竟高兴得哭了,说她死了也安心了。"说什么呀,妈,你要健健康康地活到一百岁,让我好好孝顺你。"然后,跑到邮局,将刚领到手的工资全部寄给母亲。

朱秀屏的工作又轻松又愉快。下了班,找一家不错的馆子吃饭,然后,开车在街上乱转,尽情演绎信马由缰、天马行空等等词语的内涵,这份惬意简直无与伦比。没有特殊情况,孟成林每到周末便过来与她团聚。可也说不准,偶尔的,也会在周二或周三晚上,不打招呼就过来。"想你想得不行。"孟成林说。

"怕我红杏出墙吧。"朱秀屏撇了撇嘴又撅起来,那娇娇嗲嗲的模样,惹得孟成林抱住她就要求欢。

朱秀屏也会下班后和同事去吃饭,然后去夜店玩。有一次,孟成林打电话给她,从电话里听见喧嚣声,就问她在哪儿,她说在夜店,孟成林一声不吭挂了电话。她知道他生气了,他说过不喜欢夜店那种地方,酗酒、打架、吸大麻,一群醉生梦死的人。

朱秀屏告辞回家。行至途中,孟成林又打来电话,让她别玩得太晚,影响明天工作。

"怕大爷您不高兴,我已经在回家路上。"朱秀屏不高兴地说。

"不高兴?屏儿,我是担心你,总怕我不在你身边时,你有什么闪失。"孟成林的声音绵软得像天上的云。

刚刚硬邦邦的朱秀屏一下子软下来,在电话里和孟成林缠绵。"屏儿,你开着车,我们不能再说电话,先挂了啊。"

晚上十点钟，正是夜生活开始的时候，街上车水马龙，行人摩肩接踵，一幅活色生香的景致。汽车排成长龙，蜗牛一般爬行。朱秀屏一边跟在前面的车后缓缓移动，一边看着窗外人群中相伴着的男女，心情突然有点低落。此刻，她多想依傍着一个人，漫步在都市红尘，享受常人的欢乐和幸福！

将钥匙插进锁孔，还没转动，门开了，孟成林笑吟吟站在眼前。朱秀屏惊得瞪大了眼睛，进而欢呼一声，扑进他的怀抱，双手搂住他的脖子，腻在他身上。

“小傻瓜，钥匙还插在门锁里。”孟成林笑呵呵地说。

当散发着沐浴露清香的朱秀屏走进卧室时，孟成林正靠在床头等着她。

朱秀屏和他在一起大半年了，每一次他总会带给她新奇的感觉，让她神魂颠倒。她至今想起俩人第一次在一起的情景仍然会羞红了脸。

这让她感觉不可思议。她以前可对他没有欲望啊！

那晚上，她抱住他手臂不让他走。他狂喜地抱住她，一遍遍地说他爱她，很温柔地亲吻她、爱抚她，从额头到腰腹，从脖颈到后背，一遍一遍的，指尖轻轻地似触非触爱抚着，研磨她的感觉，使她对他的感觉苏醒了，并且越来越敏锐，在她禁不住呻吟出声时，他才一跃而起，进入她，与她合二为一……当终极快乐到来时，她忍不住尖叫出声。事后很长时间，她都不敢看他的眼睛，怕他笑话她。

可是，孟成林怎么会笑话她呢？朱秀屏太不了解男人了。对于男人来说，眼看着心爱的女人原来紧绷的身体，在他的爱抚下，柔软起来，逐渐享受到性爱的愉悦，是最快乐、自豪的事。这充分证明了他的身影已深植她的心里，也让他感觉白己依然充满活力，依然年轻，而令他更加自信了。

此刻，看着半裸的他，朱秀屏的心嘭嘭嘭地跳个不停。孟成林起身走近她，将她抱到床上，环拥着她。他端起床头柜上一杯红酒，喝一口，再慢慢送进她的嘴里，舌尖轻触她的嘴唇，在她口腔里缠绵一会儿，然后，再喝一口送进她的口中，又给她一个温柔的湿吻，一口一个吻，直到将两杯酒喝完。她脸若桃花，眼神如梦如幻。孟成林收了酒杯，俯下头，深深地、深深地、吻住她的嘴唇，狂热地亲吻她，那股吸附力强大得仿佛要把她吸进他的身体内。

她晕眩了。晕眩中,身体也似着火了般滚烫起来,每一个毛孔都充塞着对他的渴望……

风息浪止。她四肢舒展横卧床上,姿态松弛温顺,生动诱人,毫无一丝紧张与矜持以及反抗的意识。她头发散乱,脸色绯红,两颗眼仁晶亮得像玛瑙一般,浑身都是汗,身体在灯光下亮晶晶的。

孟成林心中涌起满腔的爱恋。“屏儿,你不知道我多爱你。”孟成林靠过来抱住她,“我很爱你,你是我的初恋。”

“我是你的初恋,那你家里的女人呢?”

“她不是初恋,也不是爱人。”孟成林沉吟了一会儿说:“她是老婆。”

“嗯?”朱秀屏疑惑地看他。

“她是我最灰暗人生的佐证。”孟成林眼里的神色暗下来。

城市终于从喧嚣中沉静下来,进入睡眠状态。偶尔的,从大街上传来车声,反倒更显出夜的寂静。孟成林低沉的声音在静夜中显得格外苍凉。他给朱秀屏说他困窘的青少年时代,说他调到市局之前的纠结、绝望。说他只有站在钟楼上才有勇气挺直身体,坦然注视大千世界的芸芸众生(他没有说他对漂亮女人的渴望);说他遵从父母之命,娶了不爱的小凤的无奈与悲哀。

“那时,我三十多岁,可是,放眼望去,我一眼就望到四十年后的自己,真是活得没劲,我死的心都有过。想到未来,真的想颓废,但是,想想儿子,又不能颓废。”孟成林轻声说。

朱秀屏深深叹口气,她没想到成功男人孟成林竟走过一段灰暗的岁月,那远比她苦得多。若不是真的爱她、相信她,他怎么能冲破大男人不把虚弱、软弱、脆弱显露在女人面前的禁忌,将一切悉数告诉她?这可是有损他形象的。

朱秀屏的心一下子变得很柔软,她伸手抚摸他的额,希望捋平他因为皱眉而显出的川字纹。

孟成林握住她的手,欣慰地说:“现在好了,有了你,我再也不孤单,不寂寞,生活也有了目标,再也不是盲目的。屏儿,你就是老天为了弥补我,送给我的天使,我的宝贝。”

朱秀屏被感动了，她知道孟成林喜欢她，对她好，没想到他对她这么深情。她抬起头亲吻他，把吻痕印满他的额头、脸颊、耳垂、脖子、胸脯……

孟成林无限满足地闭上眼睛，任由朱秀屏腻在他身上爱抚他。这可爱的小女人，无论她是弱者的无助，还是小女人的媚态；无论她抬眼崇拜地看他，还是撇嘴斜睨他；无论她欢呼雀跃着扑向他，还是撅嘴生气不理他，都让他欢喜。他像回到二十多岁，周身散发着荷尔蒙的气息般将掩藏已久的情欲尽情散发出来，再温柔地看着她冲向巅峰时的欲罢不能和欢愉中的呢喃呓语。

他精力充沛，充满热情，对她提议的任何活动都感兴趣。他们会在周日，穿着运动装骑着自行车去郊游。晚霞满天时，手挽着手，在没有改造的老巷子漫游。

他也会带她走进百年剧院，去欣赏原汁原味的老戏，去电影院看二十岁的小年轻们喜欢的国外大片……这些平日他觉得索然无味的事，现在都变得有意义了，充满实实在在的快乐。

十二

日子水一样流过。

朱秀屏的生活渐渐规律起来。周一至周五，她一人过，周末，孟成林便过来住两天。有时，他要有事，周末也就过不来。白天她挤在人丛里，到处晃荡，整个人晕乎乎的。

黑夜降临，朱秀屏回到家，独自面对空荡荡的房子，她的心也是空荡荡的。漫漫长夜，她躺在客厅的沙发上看电视，看着看着就困了，躺在沙发上就睡。睡着睡着，又醒了，就给孟成林打电话。

“你怎么还没睡？”显然刚刚结束应酬的孟成林说。

“我难过。”她说，“我特别难过。”

“好好的，为什么难过？”孟成林温柔地问。

“所有的事都让我难过。希望在哪儿啊，我看不见，而且，我越来越爱你,可你已在疏远我,总有一天,你会告诉我,你不爱我了,让我离开你,那时我怎么办?”忧伤在她心中漫溢,她忧伤地诉说着。孟成林轻声责备一句,又温柔解释说:“屏儿,我爱你,这点你不用怀疑。可你要知道,我不光是你的爱人,我还有一个社会角色,这个角色让我有许许多多的不得已,你要理解。”

夜色温柔,忧伤也似乎很温柔,而且无所不在。孟成林握着手机,柔声说:“屏儿,你知道柴可夫斯基有个情人叫娜杰·塔吗?娜杰·塔作为大资本家梅克的遗孀继承了万贯家财,而当时的柴可夫斯基只不过是一个名不见经传的音乐教师,贫困潦倒,为生存身心受到了超常的戕害。娜杰·塔张开她温暖的羽翼,为柴可夫斯基的艺术生命撑起了一片明朗的天空,成就了一个伟大的音乐家。这两位终生没有见过面的精神恋人,在书信中向彼此袒露了纯真的灵魂。他们虽然完全融合,却又保持着绝对的纯洁。一个钟情的人之所以爱,并非因为他钟情的对象以其美德吸引了他,而是因为出于本性,因为他不能不爱。柴可夫斯基在信中这样说。柴可夫斯基在生命的最后时刻,万分痛苦、疲惫不堪,却又极其清晰地反复呼唤着情人的名字娜杰·塔……最后咬着牙,充满复杂的情感说道,冤家……”

“俩人终生未曾谋面,却相爱终生。屏儿,你怎么能因我周末不能和你相聚就怀疑我对你的情感呢?”

夜色愈发温柔,城市安静下来。窗外,亮着车灯的汽车快速驰过。一道光,又一道光,如一把把刀,迅速切开夜色,夜色又迅速愈合。

当初夏到来时,孟成林带朱秀屏去了深圳。

天蓝海阔,花红叶绿的南中国,美不胜收。欢乐谷、世界之窗、锦绣中华民俗文化村、青青世界、野生动物园……到处都留下他们欢乐的足迹。

“想不想看真正的大海?”孟成林问朱秀屏。

“做梦都想啊,我们现在就去,好吗?”朱秀屏突然想起来此目的,急急说。

“我不说,你都忘了吧。”孟成林宠溺地捏捏她的鼻子。

下了车,美丽的小梅沙呈现眼前。她三面青山环抱,一面海水蔚蓝,一弯新月似的沙滩镶嵌在蓝天碧波之间。她无闹市的繁华与喧嚣，却有美丽的阳光、沙滩与海浪。延绵近千米的的沙滩洁净，呈金黄色，海滨浴场洁净开阔，蓝色的大海碧波万顷，茂盛的椰树婆娑起舞。这东方的夏威夷，让朱秀屏情不自禁喊道："大海，我来了！"

旅游旺季还没到，游客不是太多。房子是孟成林提前预定的，三星级酒店的海景房。俩人洗了澡，换上干净衣服，去附近的海鲜店吃海鲜。鲍鱼、扇贝、牡蛎、虾等，都比在省城吃的个儿大得多，让朱秀屏惊讶得瞪大了眼。

到达小梅沙公园，沙滩上已撑了十几把太阳伞。孟成林买了游泳圈、草席，又租了把太阳伞撑在沙滩上。朱秀屏的泳衣是穿在里面的，俩人脱了外套就冲下海。看着海浪涌上来，朱秀屏吓得要往回跑。孟成林抓住她说："别怕，有我。"因为朱秀屏第一次下水，所以，孟成林带着她在靠边处冲浪。一波波的海浪打来，人根本招架不住，朱秀屏一声声尖叫着，却又感到非常刺激，又一次次地抱着游泳圈和孟成林冲进去。

"感觉到冲浪的乐趣吗？"孟成林大声喊叫。

"感觉到了，很刺激，很好玩。"朱秀屏兴奋地说。

天气不错，海面上波涛起伏，浪头一个接一个，那些勇敢的冲浪者迎着风浪向前冲，身子随着浪的起伏而起伏，海面上星星点点，构成一幅美丽的图画。

累了，坐在太阳伞下休息一会儿，接着又冲下海。两个多小时过去后，朱秀屏累坏了，孟成林也是。回到酒店，冲个澡，俩人美美地睡了一觉，醒来已近黄昏。在一家中餐馆吃过饭，天已黑尽，朱秀屏挽着孟成林的胳臂，赤脚在沙滩上漫步。海风吹来，带着大海的味道——很舒服的咸腥味，还有海浪声，组成小梅沙美妙动听的小夜曲。此时此刻，孟成林也好，朱秀屏也好，都暂时忘了大海、沙滩外的世界，沉浸在眼前的愉悦中，惟愿这美妙的金沙滩长得没有尽头，俩人就这样依傍着，彼此温暖着，一直走下去。

朱秀屏抬头看孟成林。

"看什么？"孟成林拍拍她的脸颊。

"没什么。"朱秀屏心里暗数着，如果数到十，潮来了，那么她和他就能长长久久。“一、二、三……十，潮来了！”朱秀屏叫出声。

“潮来了也这么高兴，真是孩子。”孟成林不解却也很开心。

十三

第二天，看完海上日出，孟成林和朱秀屏回到深圳市区。

晚上，孟成林带着朱秀屏去南国饭店招待客人。这是一家四星级酒店，他们定的是一间豪华包间，镀金的餐具，挂着水晶流苏的吊灯，踩上去无声无息的厚绒地毯，空气里弥漫着檀香的气息。特制的圆形餐桌，可容纳二十个人就餐。可现在，桌子中心摆放着名贵的花草，占去了桌子面积的二分之一，而沿桌只放了四副金光闪闪的杯盘。这一切都让朱秀屏感觉到高贵。

孟成林和朱秀屏到了不久，两位客人到了。确切地说，客人只有副市长甄鸣音，展丽莹是金城市城建局办公室主任，算不上客人。甄副市长人很随和，饭桌上谈笑风生，不时夸夸两位女士的美丽。看样子，孟成林和他交情很好，他一直称孟成林老弟，而且，俩人谈兴很浓，说到精彩处，甄副市长会仰面大笑，孟成林也会击节喝彩。

孟成林端了杯酒说道：“甄市长，感谢您对城建工作的指导和支持，更感谢您多年来对我的栽培，在我心里，您不光是我敬重的市长，还是我敬爱的兄长，我敬您！”

“呵呵，支持你是应该的，都是为金城市嘛，至于栽培嘛，就不用说了，谁让你是我的兄弟。”甄副市长端起杯和孟成林碰了碰，一饮而尽。

“吃菜吃菜，您二位吃点菜再喝。”展丽莹用一双公筷为俩人分别夹菜，又夹了块鹿肉放进朱秀屏的小碟里，“吃啊，小朱，别客气。”

朱秀屏连忙说：“谢谢展主任！”她抬眼看对面的展丽莹，都说女人看女人，看不出美丽，可是朱秀屏看却看出她的魅力。看样子，展丽莹有二十八九岁，可听孟成林说她已经三十五岁了。她的气质中有文艺范儿，有蕴藉浪漫的风度，有温柔甜媚的一面。而且，仔细看，她举手投足间神情很笃定，眼神中有种锐利坚硬的东西，这让她比其他漂亮女人多了一种独特的魅力。

"小朱,想什么呢?"甄副市长亲切地对朱秀屏说。

"屏儿,承蒙甄市长的关怀,你到了办事处工作。来,我们一起敬甄市长喝杯酒。"朱秀屏端起杯和孟成林站起来敬酒。

"呵呵,客气了。"甄副市长笑呵呵地说。

"展主任,我还要敬你一杯,感谢你在工作上对我的大力支持。"孟成林和展丽莹碰杯喝酒。

展丽莹对甄副市长说:"我要好好敬孟局长两杯酒,您不知道孟局长多照顾我。"

"我很惭愧,没照顾好你,反而是你支持了我。你能力强,干什么都很出色,有你这能干的办公室主任,我真是幸运得很。"孟成林说:"我要敬甄市长,感谢组织上为我们局派来这么一位优秀的干部。"

"你孟局长不就想要灌醉我嘛。"甄副市长笑呵呵地说。

"屏儿,你敬展主任一杯。"孟成林对朱秀屏说。

朱秀屏赶紧端杯:"展主任,我敬您。"

展丽莹说:"都是姐妹,不用客气。"

"酒是好东西,能增进彼此的感情。看看,两位女士喝了酒就成了姐妹。"甄副市长感慨道。

"我倒觉得酒和男人的关系更密切。我以前单位有个同事爱喝酒,中午、晚上都要喝,每次喝不多,也就一二两,每次喝完酒都是很舒适、很惬意、很潇洒的样子。后来,因为胃不好,老婆让他戒了酒。他不喝酒后,整个人都蔫了,再也没有以前的状态了。"展丽莹说。

"呵呵,有意思。"甄副市长说,"所以,男人应该喝酒、抽烟,哪怕他玩弄权术搞阴谋,也是他男性生命状态的体现。"

孟成林拍手赞叹:"甄市长说得太有哲理了!"

甄副市长谈兴更浓了,"男人与酒的关系是很密切的,翻开中国历史,凡是有酒的章节,几乎都与男人有关系,可以说,历史上有名气的男人都与酒有不解之缘。比如屈原、刘邦,还有曹孟德,他的'何以解忧?唯有杜康'一直流传至今。"

“对对对。”孟成林也兴致昂扬了,“古中国的鼎盛时期唐朝,就出了很有名的‘酒中八仙’,有人将他们编成《八仙歌》在坊间传唱,于是八仙之名就传了下来。《八仙歌》的内容是:一仙贺知章:知章骑马似乘船,眼花落井水底眠;二仙汝阳王:汝阳三斗始朝天,道逢曲车口流涎,恨不移封向酒泉;三仙李适之:左相日兴费万钱,饮如长鲸吸百川,衔杯乐圣称避贤;四仙崔宗之:宗之潇洒美少年,举觞白眼望青天,皎如玉树临风前;五仙苏晋:苏晋长斋绣佛前,醉中往往爱逃禅;六仙李白:李白一斗诗百篇,长安市上酒家眠。天子呼来不上船,自言臣是酒中仙;七仙张旭:张旭三杯草圣传,脱帽露顶王公前,挥毫落纸如云烟;八仙焦遂:焦遂五斗方卓然,高谈阔论惊四筵。”

“还有荆轲。”甄副市长不甘示弱,又想起了一个,“‘日与狗屠及高渐离饮于燕市’‘已而相泣,旁若无人’。后来刺杀秦始皇未果,名垂青史。”

“竹林七贤的代表人物刘伶,想必几位都清楚吧,他的《酒德颂》是千古绝唱。‘天生刘伶,以酒为名’,每每外出喝酒,必带一小童背锨相随,‘死便埋我’之语旷世骇俗。每逢喝醉了酒,他就会把衣服裤子脱个精光,在屋里一边喝一边疯狂地裸奔。其实,刘伶在文学史上的名气,得益于他醉酒的故事,仅凭诗才,恐难传下来。”甄副市长仿佛进了书袋。

朱秀屏没想到这位副市长不光会喝酒,而且还真有学问,以前她只知道孟成林懂得多,现在看来,能当官,定然不是草莽之辈。

“听君一席话,胜读十年书啊!”孟成林高唱赞歌。展丽莹端起酒杯敬酒,说是佩服得五体投地。

甄副市长喝了酒,带着歉疚说:“我们只顾说话,把小朱冷落了。小朱,你也说说看。”

“我不敢在三位领导面前班门弄斧。”朱秀屏微笑着说。

“屏儿,甄市长是一个很宽容很厚道的领导,即使你说错了,他也不会批评你。”孟成林一旁鼓励朱秀屏。

朱秀屏带着崇拜的眼神看着孟成林说:“甄市长,您让我受益匪浅,我要说了,领导们别笑话我。酒和男人有着密切的关系,这是不争的事实。其实,女人有时也需要借酒消愁,‘险韵诗成,扶头酒醒,别是闲滋味。征鸿过尽，万千心事难寄’，也向往‘红泥小火炉，绿蚁新焙酒，晚来天欲雪，能饮一杯无’的意境。”说完看了看孟成林。

“说得好，小朱。”甄副市长用一种惊讶和赞赏的目光看了看朱秀屏，暗暗叹服孟成林的眼光。

甄副市长看了看表，说：“酒是好东西，能使男人更具阳刚气，能让女人更有阴柔美，可是，什么事都要有个度，爱酒不醉就是一种境界，古人也说过‘花看半开，酒饮微醺’嘛。现在已经十点，我们干了这杯，休息吧。”

四个人端起杯子，一饮而尽。

告别甄副市长、展丽莹，孟成林和朱秀屏回到宾馆的房间。

直到躺到床上，朱秀屏才将一晚上的疑问，一股脑儿搬出来，说道：“你知道展主任和甄副市长在这儿？他们怎么会在一起？你不怕他们知道你有我？”

“我知道他们在这儿，因为是我安排展丽莹陪甄副市长来深考察城建项目的，我也是来考察的。”孟成林眨眨眼一笑，一副好孩子偶尔干了坏事的神情接着说，“展丽莹是甄副市长安排到城建局的，而且，不久就是副局长。之前，她在金城饭店打工，偶然结识在饭店接待客人的甄副市长，被他看中，先安排在市府做打字员，后来到市府接待办待了几年，最后派到我们局。他们知道我有你，只会更信任我。屏儿，要在一个圈子混，你就得和别人一样，别人有的你没有，别人做了你没做，他们就会认为你和他们不是一路人，不相信你，你会被踢出圈子的。”

“嗯？”朱秀屏迷惑地看着孟成林。

“好了，你不需要懂这些，只知道我爱你就行了。”孟成林抱住她说。

十四

朱秀屏家房出水，孟成林送朱秀屏回了趟朱家砭的家。

丰田霸道后备箱装满烟、酒、礼花炮、鞭炮。“买这么多东西？你不是已经让我给了哥十万块嘛。”朱秀屏嗔怪着。

“他是你哥,我大舅子,给他再多,我也舍得。”孟成林嘿嘿地笑。

朱秀屏撇嘴睨他一眼。

腊月二十三,正是阴历小年,在外打工的人都回来准备过年,平时冷冷清清的朱家砭一下子变得热闹起来,朱秀屏家的院坝围满了人,新房前铺了厚厚一层鞭炮碎屑。

孟成林将车停在新房前,把后备箱的炮仗取出点燃,噼里啪啦的放炮声引出朱秀屏的哥和侄儿,父子俩跑到车跟前招呼孟成林。母亲站到门上,朝新房张望。朱秀屏赶紧跑到她身边搀扶她。

“屏儿,快招呼你干爸到家坐。”母亲说。

朱秀屏垂下眼说:“我先扶你回去坐着。”

屋里火盆边坐着朱家的亲戚们,母亲坐下后,对他们说:“屏儿的干爸就差生了她,待她就像亲闺女一样,没少给她钱用,身上穿的,脸上抹的,啥都给她买,就连她的工作都是他安排的。我常给屏儿说,以后出嫁了,你不认我这亲妈都行,必须要认你干爸。人呐,得有良心。”母亲身子虚得很,这一番话说得喘嘘嘘的。

亲戚们都说是,又夸朱秀屏生得好,命好,奉承朱秀屏母亲说:“你就享小女儿的福吧。”

朱秀屏感觉脸发热,便借故走开。

朱秀屏的哥陪孟成林进来,稍稍坐了会儿,孟成林说单位忙,要赶回去。

“那怎么行?怎么说,也吃过饭再走,再忙也不差这会儿。”一家人极力挽留,但孟成林执意要走,便作罢。

朱秀屏在家和母亲睡一床。没有外人在跟前,母亲很忧虑朱秀屏的婚事。“你过了年就满三十,你二爸家的焕桃比你小一岁,可儿子都七八岁了。”母亲叹口气说。

“妈,省城跟我一样大没结婚的,多了去,你就别为我操心。”朱秀屏安慰母亲说。

“可你老了咋办?屏儿,嫁人不为别的,就为自己有亲人。妈总要离开你的,你哥你姐有人家的日子,你老了,没个一男半女的,多孤单啊,你想没想过?”母亲的眼角滚下一颗泪珠。

“妈,我没说不嫁人,有了合适的,我就结婚。”朱秀屏赶紧说。

朱秀屏回到省城的第二天,有中学同学到办事处找她。八九年没见面,俩人都挺兴奋。下班后,朱秀屏请他在一家餐馆吃饭,俩人边吃边聊,聊得很投机。

“可惜这次见不着陈梅。”他惋惜地说。

“都硕士了,还跑到南京读什么博。”朱秀屏批评说。

“这你就不懂她了。从不放弃对理想的追求,永远进取,这就是陈梅。”同学夹了根海蜇丝在嘴里咀嚼着说,“她是我们同学当中唯一的官二代,可她身上那些可贵的品质——质朴、高贵、进取、不俗、悲悯等等,是我,是你,是许多同龄人身上都不具备的。”

朱秀屏没接他的话。她心里不悦,可又不得不承认他说得对。

晚上没事,在家上网,搜狐网上一个帖子吸引了朱秀屏,金城市副市长一行名为赴欧洲考察学习,实则游历德国、法国、西班牙、葡萄牙、荷兰、奥地利、比利时欧洲七国。有知情者称随行者除几位男性官员,另有一名神秘女子随行。网友展开人肉搜索,搜索出副市长和神秘女子的姓名、身份。朱秀屏大吃一惊,副市长是她见过的甄副市长,而神秘女子就是展丽莹。网上还曝出展丽莹由打工妹到政府工作人员的华丽转身与甄副市长的关系等等。跟帖很多,说什么的都有。

朱秀屏急忙拨打孟成林电话,通了后急忙说:“你看到搜狐网上的帖子吗?就是曝副市长出国游的帖子。”

“我看见了。不光搜狐网,各大网站都转了。”孟成林说,“这个帖子成了金城街谈巷议的焦点话题,很糟糕。”

“连孟成林都说糟糕,看来情况很严重。”朱秀屏莫名地担忧,这件事会发展成什么样?

“你别操心了,也不要和人议论,这件事会有人管。”孟成林叮嘱她。

周末,孟成林没有过来,接着是春节,朱秀屏回了朱家砭。直到假期结束后的周末,孟成林才过来与她团聚。小别胜新婚。像隔了一个世纪似的,俩人格外缠绵,夜里直到折腾得都气喘吁吁的,才静静躺下说话。

“网上的那条帖子没了。”朱秀屏说,“我每天都上网看的。”

“找人删的。”孟成林说,“这段时间,甄副市长瘦了一圈,展丽莹就更不用说了,仿佛一夜之间,岁月把那个三十六岁的女人还原成了她应当拥有的容貌,她变得潦草、凌乱,显出颓唐之势。”

“太可怕了。”朱秀屏说,“不过,帖子删了,都过去了。”

“是,都过去了。”孟成林附和着说。

“妈要我结婚。”朱秀屏突然想起来,抬头看着孟成林说,“她怕我老了没人管。”

“嗯?”孟成林一愣,盯着朱秀屏看了会儿,移开眼光,看着天花板,愧疚地说,“屏儿,对不起。”

“说什么对不起啊,我愿意。”朱秀屏更紧地偎在孟成林的怀里。

十五

小区里,海棠花、紫藤花、杜鹃花、郁金香、虞美人、牡丹等等盛开,群芳争艳,大街上的国槐树绽开一树树新绿,拂过面颊的风也带着温热的气息。古城又迎来一个春天。

周日早晨,孟成林对朱秀屏说:“世园会开幕了,我带你去看看。”

孟成林说这话时,朱秀屏还躺在床上。“我懒得动,哪儿也不想去。”朱秀屏闭着眼说。

“去看看吧,机会难得。”孟成林哄着她。

“我听说了,全世界的人都跑来了,人山人海的。”朱秀屏睁眼看看孟成林说,“要去你自己去,我不想被人挤来挤去的。”

“好好好,不去就不去。”孟成林顺着她说。没办法,小女人就是小女人,他得顺着她,而不是让她顺从他。

手机铃声响,孟成林拿着手机走出了卧室。

“屏儿,局里有事,我得回去处理。”孟成林进来了,歉疚地为她掖掖被角。

“你走吧。”朱秀屏幽幽叹口气。

孟成林心有不忍地俯下身抱抱她。

孟成林走了，屋里一下子显得空荡荡的，朱秀屏的心也空旷得像这房子。她寂寥地看着卧室的门，希望孟成林会突然改变主意，从那儿进来。可是，她知道不会。最近一段时间，他这样突然离开的次数越来越多，这让她很郁闷。而她对他却越来越依赖，无论是精神还是身体。她希望每天和他一起吃饭，一起讨论家事，每晚都和他睡在一张床上，俩人一起逛街、看电影，欣赏明星演唱会。她觉得这才是爱情，才是她要的生活。

朱秀屏突然感到恶心，她急忙朝卫生间跑，一阵呕吐，将早晨吃下去的东西全吐了出来。

慵懒地躺回床上，闭上眼睛，突然又睁开，她想起这月的例假已经推迟大半个月，这可是从来没有的事，几年都没事，难道现在……朱秀屏打了一个激灵。

“嗨，拆迁拆出存折。”正在浏览网页的同事大声说，“我给你们念念，事情发生在本省金城市。在一栋旧房拆迁的废墟上，两个拆迁工发现了藏在一个旧暖水袋里的九十万元存折，两个人为争夺打起来，其中一人被打成重伤，此事被媒体曝光，当地公安局、检察院已介入调查。”

“存折的户主会是什么人呢？”另一个同事也在浏览。

“不是大款，就是高官呗。”先前读新闻的同事说。

胃里翻江倒海，朱秀屏拼命抑制住呕吐的感觉，快步朝卫生间走去。

勉强挨到下班，朱秀屏回到家就躺到床上。胃很空，也很难受。要是孟成林在身边，有他嘘寒问暖，她一定不会这么痛苦。她又想起他。

手机蜂鸣声起，是孟成林的电话。“屏儿，你在哪儿？”

“我在家。你周末能过来吗？”朱秀屏期待地问。

“这段日子，我太忙了，简直分身无术，等忙完这段时间我就过去。现在你听我说话，我有事要交代你。”孟成林顿了顿说，“左边床头柜抽屉有一包东西，里面有你现在住的房子的房产证，我已经过户到你名下。还有一张存折，你一定要收好，如果哪一天我不能照顾你了，办事处的工作你就辞了，用那些钱租个店面做生意。”

“我不要钱，多少都不要，就要你陪着。”朱秀屏撒着娇。

“屏儿，别任性，记住我说的话。”孟成林第一次严肃地跟她说话。

“你什么意思？哦，你是用这些东西打发我吗？我不稀罕！”朱秀屏生气得扔掉手机。可是，没摔坏，有电话打进来，它在地板上转圈儿发出蜂鸣声。她知道是孟成林的电话，赌气不接。

阳光穿过白纱窗帘照着屋里的木质器具，反射出金属的光泽，渐渐显得黯淡，阳光已趋于微弱，房间里的黑暗到来了。朱秀屏哭够了，朦胧睡去，脸颊上留下斑斑泪痕。

到了周末，孟成林没过来，只打了个电话。后来，人不过来，电话也没有。朱秀屏深夜睡不着时，也曾冲动拨打他的电话，可电话通了却无人接听。这可是以前从没有的事。以前，只要是她的电话，无论什么时候，他都会接，若正在开会，他会挂掉电话，发短信解释原因。

现在他像空气一样看不见摸不着，连声音都吝啬给予。也是，俩人在一起三年了，新鲜感没了，促使俩人结合在一起的爱情变成同情，欣赏变成包袱，他还有什么心情去承受俩人相处的时光。如果继续坚持下去，他会被她拖累死，同时也把所有的美好情感杀个精光。

这不是朱秀屏想要的，她决定与他断得干干净净。

在医院妇产科门外，她坐在椅子上等着，一些大肚子孕妇也在等着，她们是丈夫陪着来做产检的。这种时刻，朱秀屏多么希望她和那些孕妇一样，有一个男人陪在身边，疼爱自己，和她一起陪伴孩子成长并分享所有快乐时光。可是，她却因为他弃了她要杀死自己的孩子。她心痛地将手搁在小腹上，隐约感觉腹中的胎儿动了，一种从未有过的最温柔的情感——母爱，像水一样弥漫她的身心。

当护士叫她号时，她已走出医院。

夜里两点钟，孟成林打来电话，朱秀屏摁了接听键，却一声不吭。“屏儿，我知道你生我气，不愿和我说话，我理解，是我对不起你。我错了，一开始就错了，我不该把你扯进我的生活，又把你丢下，让你忍受寂寞和孤独。如果没有我，你一定过得比现在好。”孟成林柔肠寸断，“我真后悔，为什么贪恋局长位子，舍不得离开经营多年的金城，带你到一个你喜欢的地方去生活？为什么不硬着心肠离婚，给你一个名分？你是我在这世上最爱的女人，我却害了你、毁了你一生。”

“你出了什么事？告诉我啊！”孟成林令人心碎的哽咽声，让朱秀屏坚硬的心又变得柔软，她心疼得泪流满面。

孟成林极力平静下来，问起她的生活。

朱秀屏说：“我怀孕了。”

“嗯？”孟成林非常震惊，“你怀了我的孩子，我们的孩子？”

“是我们的孩子。”

“我们有孩子了。”孟成林低声说，“突然又提高声音，屏儿，听我的，赶快去做掉，再大就来不及了。”他的心在滴血。

“为什么要做掉？他是我的孩子，你不要，我要！”朱秀屏后悔刚才一时心软，谅解了他，他根本就是不想承担责任的男人。

“屏儿，未婚生子会被人歧视的，你还怎么嫁人？”孟成林悲凉地说。

朱秀屏猛地挂了电话。

孟成林忍了半天的泪奔涌而出。

十六

朱秀屏的肚子一天天大了，修身的衣服穿不成了，便请了长假待在家。她清楚，她已经被孟成林抛弃了。肚子越来越大，那是腹中的孩子向世人昭告，他是一段孽缘的产物。

她独自应对一切。没人为她做饭洗衣服，她得挺着大肚子去超市买米买面，买油盐酱醋。她将孤独地在产床上痛苦呻吟。这是她应得的报应，她怨不了别人。

周末是她和孟成林团聚的日子，可现在她孤零零蹒跚在街头。身边走过一对又一对幸福的情侣,越发衬出她的孤独无依。她走进开元商城,在HugoBoss男装专柜逗留,眼前浮现出当年年轻、优雅的自己,而那注定命运的情景此时也浮现在她的脑海,“哦,是老乡啊”“认识一下,我叫孟成林”……

朱秀屏长时间踟蹰在这儿,引得那些年轻店员看了看她,她们根本没想到这个憔悴黯然、身材走形、满脸妊娠斑的女人,曾经是HugoBoss专柜容颜亮丽的店长。

黑夜降临,屋里弥漫着寂寥和冷清,朱秀屏逃一般跑出家门,到人流涌动的大街上去。城市的夜晚,华灯璀璨,一派迷人风光。朱秀屏像幽灵一样在街上漫游,走过一条条大街,穿过一条条小巷,她的脚肿了,走不动了,便朝一家咖啡馆走去。

咖啡馆里放着悠扬的钢琴声,温暖、明亮的灯光穿梭于微隙的气息,舒淌,漫长,把天地间一切空虚盈满。朱秀屏朝咖啡馆的大门迈进一只脚,却像被施了定身法似的定住,她看见晓峰坐在卡座上,笑吟吟地和对面一个斯斯文文的客人在说话。一个笑容灿烂的女孩子端一杯咖啡轻盈地走过来,递给那位斯文的客人。晓峰起身和女孩子并肩离开,他侧过头亲昵地看了女孩子一眼,女孩子回他一个甜媚的笑容。朱秀屏的眼泪不合时宜地流下来,她收回迈出的脚,转身离开。泪水哗哗地淌下来,在这人流如潮的街头,没人看见她的泪,甚至没人注意她的存在。

门铃声一遍遍响着,将朱秀屏从梦中惊醒。她看看表,已是中午十二点,便起床去开门。偌大的城市,除了陈梅,没人会来她家。可陈梅还在南京,会是谁呢?

打开门,朱秀屏看见两男一女三个陌生人站在门口,便要关门。女的对她说:“我们是金城市检察院的,专程来向你了解情况。”说着向她出示了证件。朱秀屏侧过身让进他们。

两男一女检察官坐在沙发上,朱秀屏怔怔地站着,她不知道检察院的人找她干什么。

“请问,你是朱秀屏吗?”其中一男的严肃地问。

朱秀屏愣怔怔地看着他们点点头。女检察官让她坐下说话。“你据实回答就是。”她语气温和地说。

“孟成林伙同他人，在承包工程、办理规划审批、处理违规行为、安排工作等方面为他人谋取利益，从而收受巨额贿款。这些赃款的一部分，他拒不交代去向。经调查，他用其中的一部分在省城购买了一套房子，那套房子已经过户给他人。你是那套房子的新户主。请配合调查，出示你的房产证。”男检察官一脸肃容。

朱秀屏晕眩了，有一阵子，她只见那男检察官嘴巴上下飞动，他的声音却很遥远，听不清。

“你怎么啦？”女检察官看朱秀屏的身子往地板上溜，急忙拽住她。

“他已经被抓进去了？”朱秀屏慢慢清醒，望着女检察官，声音微弱地问。女检察官的温和让朱秀屏觉得她可亲近。女检察官点点头，说：“虽然不知道他为什么不交代那部分赃款的去向，可能他想保护谁的利益吧。可是，他的抗拒态度，决定法官对他的量刑会从重考虑的。”

朱秀屏摇摇晃晃站起来，走进卧室，拿出孟成林留下的那包东西，交给女检察官。“这些能为他减轻罪行吗？”朱秀屏惨白的脸上滚下一颗颗泪珠，“都是我拖累了他，如果不是因为我，他不会收别人这么多钱。”

“一个傻女人。”女检察官动了恻隐之心。她说在量刑时会考虑的。又问朱秀屏，“你知道最近金城那件贪腐大案吗？”朱秀屏摇摇头。女检察官说，“作为城建局局长的孟成林与金城市副市长甄鸣音等人几年前就结成了利益同盟，利用手中权力为个人谋利。”

“你有段时间没上网了吧。”女检察官看看朱秀屏的肚子说，“几月前网上曝出拆迁拆出存折，就是指甄鸣音家。他老婆将存折藏在旧热水袋里，搬家时忘了带走，致使罪行暴露。甄鸣音名下的房产有十二套，另有存款两千万。我们在查他的同时，查出孟成林、展丽莹等人和甄鸣音有着千丝万缕的关系，副局长展丽莹除了利用职权牟利，还与甄鸣音配合，‘情妇收钱，贪官办事’，通过提拔他人和为他人安排工作等，大肆聚敛财物。而孟成林，一个市城建局局长，竟然贪腐上千万。”

两个男检察官在检查、登记包里的东西，一本房产证，一张三百万元的存折。其中一个哼了一声说："他对她倒有心。"

两男一女检察官走了，朱秀屏窝在沙发上死了一般。

办事处打来电话，说根据上级指示，她被除名了，让她去办事处办理相关手续。意料中的事，朱秀屏一点儿也不震惊。

十七

朱秀屏又回到西郊那间十平米的小屋。一桌、一床、一个布衣柜，什么都没改变，改变的只是时间，时间在朱秀屏的脸上、心上烙下痕迹，那痕迹就是沧桑。

哥打来电话，张口就骂她不要脸，羞死人，认贪官当干爸，又给干爸当二奶，全家人的脸都让她丢尽了，一家老小在村里抬不起头，母亲也活活被她气死。"妈死了，我送她上山，你就死在外头，不许回来丢人现眼！"哥狠狠丢下几句话，就挂了电话。

这时，朱秀屏正挺着大肚子准备穿过街道去对面的蔬菜市场，接到哥的电话，她傻了一般，没有眼泪，没有哭泣，表情空茫，眼睛一眨也不眨，仿佛哥哥电话里说的事与她无关。突然，又像想起此行目的似的，朝大街迈开脚步。

"你他妈的找死啊！"一辆小货车贴着她猛然刹住，司机将头伸出车窗外，气急败坏地骂她。

朱秀屏回头想看看骂她的人，却眼前一黑倒在车前。

"干什么？想讹我？"司机气冲冲跳下车，却看见她眼睛紧闭，面色惨白如纸，便知道不是诈死，而她掉在地上的手机正旋转着发出蜂鸣声……

朱秀屏慢慢睁开眼睛，映入眼帘的，除了一色白的房子，还有关切地俯视着她的陈梅。"我为什么在医院？你怎么也在这儿？"她疑惑地问。

"你总算醒了。"陈梅长出一口气说，"你的事我都知道了。从南京一回来我就给你打电话，接电话的是送你到医院来的司机师傅。你可把我们吓坏了，那位司机师傅还以为跳进黄河也洗不清了，医生检查后说你是由于情绪过分激动、紧张，导致血压上升、心跳加快、心肌收缩增强，从而诱发心肺不适而晕倒的，司机师傅才放心。”

朱秀屏的眼泪突然涌出来，哽咽着说：“我气死了我妈，那个世上最疼我的人。”说完放声大哭，狠命捶打她的腹部，“为什么不让车撞死我？没有家，没有亲人，什么都没有了，我还活着干什么。”

“你会弄掉孩子的。”陈梅抓住朱秀屏的手说，“你还有孩子，还有我这个老同学。再说，你失去的东西本来就不属于你。”

朱秀屏的哭声低下来，变成抽泣。

陈梅看她渐渐平静，轻声说：“我是你的同学，也是你的姐妹，没人比我更了解你。你、我都是心怀理想的人，也都为了各自的理想付出了努力。可是，在追求理想的人生路上，你丢掉了最珍贵的东西——真爱和奋斗精神。是，不付出即可拥有梦想中的一切的人很多，可我们不能因为这种不正常现象的存在而随波逐流。我们总得为自己坚持点什么，比如做人的原则，比如对理想的坚守。秀屏，我们还年轻，即使做了错事，还有大把的时间改正。莫泊桑说过这样一句话，‘生活不可能像你想象得那么好，但也不会像你想象得那么糟。’相信我，只要肯努力，失掉过去的一切，未来不会像你想象得那么糟。”

出院时，陈梅要接朱秀屏到她家养着，朱秀屏婉言谢绝，回到西郊的小屋。

“不能再依赖别人。”朱秀屏在心里说。

夜半醒来，听着窗外秋风拂过树梢的声音，想象落叶在风中飘零的萧索、惨淡，抚摸像小山一样高高隆起的腹部，朱秀屏的眼泪从眼角滑出，滴到枕头上，发出嘀嗒声，在这寂静的夜晚显得格外清脆。

闺　蜜

一

三十六岁那年，安蓝认识了龙宇飞。

关于三十六岁的女人，用杜牧的“狂风落尽深红色，绿树成阴子满枝”来形容，最厚道。而“夕阳西下几时回”“无可奈何花落去”，带些贴心贴意的体恤和怜悯。这让三十六岁的女人，尤其那些欢场女子，近乎绝望了。因而青楼女子也好，良家妇女也罢，在三十六岁上都要举行一个仪式，一个热闹得近乎烈火烹油般的仪式，祭奠就要逝去的青春年华。

只是厚道也罢，怜悯也罢，对安蓝而言，说话者离她远，远得他们的理论都与她无关。可同事吴虹的说辞却与她关联着。吴虹说：“三十六岁是女人人生途中一道坎，站在坎边的女人，是西斜的太阳了。”

说这话时，吴虹三十八岁。吴虹是金城中学的音乐教师，不光教学生唱歌，还是学校每年一度校园艺术节的策划、编导。搞艺术的吴虹，自然与别人不同，先不说她婉约有致的姿态和抬手目视之间的妩媚，单是她装饰过的脸与另类的服饰，就和别的老师有了区别。这个妖娆的妇人，一张脸小小的，涂着咖色眼影的眼睛长而媚，尤其眼尾，直扫入鬓角里去。挺直的鼻子，涂着唇彩的嘴小而肥圆。下颌尖尖的，越发显得那张小小的脸，猫一样妩媚、可爱。她穿一件齐腰的黑色立领上衣，一条黑色肥腿裤子，裤脚处点缀着一朵红花两片绿叶。

学校里的老师，尤其是女老师，怎么也不明白，那么静的安蓝——无论读书、写字、织毛衣，都能静在那里让人去画肖像的她，竟做了吴虹的朋友。或许都是单身女人——一个死了丈夫，一个被丈夫所弃，俩人惺惺相惜吧。

"谁知道呐。"女老师们摇摇头。

然而,尽管吴虹课余时间几乎黏在安蓝那儿,一边吃安蓝做的梅菜扣肉和啤酒鸭,一边对安蓝怀着曲折的心绪。在吴虹看来,自己虽是美人,却已美人迟暮。安蓝姿色虽略逊她一筹,却比她小了两岁。时光对女人而言,那是一寸光阴一寸金,寸金难买寸光阴的。莫说两年,就是两天,都要锱铢必较的。于是,吴虹的心不时泛出醋意,不自觉地便远了安蓝,当然是心理上的远,面上仍是一团火似的。

安蓝三十六岁生日是吴虹陪她过的。一瓶张裕解百纳见底后,安蓝便现出动人的粉面桃腮。安蓝这份动人的颜色,不仅仅因为酒精的缘故,而更多的是因为刚刚收到的一条短信。这条短信是人在外地的龙宇飞发的:亲爱的,生日快乐!吴虹本来还因为安蓝年华渐老,有一种兔死狐悲的感伤,可看见她眼尾、唇角不自觉露出的幸福时,她忍不住在意念中掏出鱼肠剑——专诸刺杀王僚的鱼肠剑,狠狠刺她一下,"蓝子,从今儿起,你这盘菜凉了。"吴虹伤感地说。

安蓝没感觉到吴虹的伤感,而且,她也不伤感,有什么伤感呢?她这盘菜正被龙宇飞温得热热的,他让安蓝觉得她正是女人最好的时候。二十多岁呢,显得青涩,与陆明一起生活的那些年,又显得潦草,不精致。

龙宇飞是安蓝在网上认识的。

安蓝不信网络情缘。不说网媒不时曝出的网恋骗局,痴情小丫头们背着父母,百里千里去赴约,却不是遭遇变态色狼,就是原本网上翩翩公子变异成耷眉耷眼、鹤发豁牙的糟老头,落得或被谋色或被谋财或被害命的结局,单她身边就有实例。安蓝一个远房亲戚的侄女——一个政法学院毕业的在中院领薪水的漂亮小母亲,突然有一天,抛下一切,远赴千里之外的南国,投奔热恋网友,再也没回过金城。有人说,那开放的繁华之地和网上那甜言蜜语的心上人,在得到她后,又弃了她,生活无着,不得已做了欢场女子。也有人说,她早已不在人世。

尽管觉得网恋不靠谱,安蓝却不排斥在网上溜达,在论坛和人聊电影,聊小说诗歌。不过,她听得多,说得少。墨子,哦,就是龙宇飞,他在网上侃侃而谈、语含机锋，他谈得都是形而上的东西，高雅的东西。他懂《诗经》，懂《楚辞》，懂杜甫国破家亡的伤怀，懂李白寄情于山水的浪漫。他温文谦逊，彬彬有礼。安蓝被他深深吸引，不知不觉的，俩人的关系进入到男女之间的暧昧阶段，镜花水月一般。男女间这种说不清道不明的关系，很微妙，也让彼此很沉醉。一个含义丰富的眼神，一句语义双关的话，都令一颗心如鹿撞般跳动不已。于是，隔空清聊便移到现实，感情迅速升温。

“《法制报》的小贾说有一天，他看见一个小青年正在街上晃着，举起手机摇一摇，几分钟后，便带着一个十六七岁的少女，进了一家小旅馆。”吴虹一边说着，一边夹了块松鼠鱼送进嘴。

“花一样的女子啊！那么鲜嫩的身子，哪能随便在一张被无数臭哄哄的身子玷污了的床上，让一个面目模糊的男人践踏？”安蓝皱着眉头嘟囔。

同往常一样，每当安蓝悲天悯人时，吴虹嘴角往上一挑，唇部就成好看的弯月。安蓝知道，吴虹又在嘲笑她的迂腐了。以前，吴虹嘲笑人时，嘴角朝下撇，牵动眼角也往下耷拉，显得脸过分地长。后来，她听说，经常撇嘴，会加速面部肌肉下垂，人会老得快，所以，吴虹的嘲笑就像赞美的微笑了。

“都后现代了，还抱着那散发尸臭味的观念不放。时代变了，道德观也得跟着变。二十岁时的人生观、道德观，哪能和三十六岁时的一样呢？世上有什么东西是不变的？女人的容貌会变老，衣服的颜色会褪掉，就连男人手机存的靓照，都由老婆换成别的女人的裸照，何况人的想法。亲爱的，你说呢？”吴虹揽过安蓝的肩膀，揶揄道：“要与时俱进哦，否则，在别人眼里，你就是怪物。”

二

安蓝以前不上网。

她哪儿有时间上网啊，每周十五节课，每天平均三节，上课、备课、改作业，还要参加各种教研活动。每天六点起床后，人就像陀螺不停地转。回家后的时间，也不属于她，那是属于丈夫和女儿的。做他们喜欢吃的饭菜，为女儿辅导作业，给书房的丈夫泡一杯清明前的巴山银针，有时还得为丈夫的客人送一盘洗净、削好的水果。哦，安蓝的丈夫是金城学院最年轻的教授、研究明清文学的陆明，他尤其偏爱曹公的《红楼梦》，因而常有红学家、红学爱好者来家和他高谈阔论。

吴虹对此很鄙视。一个中学语文老师，生生将自己弄成了家庭主妇！可鄙视归鄙视，却并不妨碍吴虹往安蓝家跑。安蓝家吸引她的，不光是啤酒鸭、梅菜扣肉，还有书房那群人的滔滔宏论。

说起来，吴虹也算是曹公的粉丝。吴虹不爱读书，中国四大古典名著只读了《红楼梦》，而且，读过不止一遍，其他三部，都是草草浏览几页就放下了。在她看来，《三国演义》《水浒传》《西游记》是写男人的书，且是写给男人的书，而《红楼梦》是写女人的书，是给女人写的书。多情的曹公用一部《红楼梦》写尽女人的美。一部温柔的《红楼梦》就是一面照女人的镜子，它让照镜子的女人发现自己的美，怎样才美，明白自己的美是给谁看的。

“《红楼梦》通篇写的是贾林之间的倾心之恋，可是，和贾宝玉初试云雨情的，不是黛玉，不是宝钗，而是他的丫鬟袭人。教授，这怎么解释？”一个满头银丝的红学家刚结束论妙玉喝茶的绿玉斗、梅花雪，吴虹便睁大眼睛问道。

在这群人面前，吴虹向来是安静的，再说，也容不得她插嘴。他们你方唱罢我登场，常常是讲完大观园正册里的十二钗，又说副钗，副副钗还没说完，有人就开始讲林如海捐馆扬州城，林家家私怕都落入贾琏手里……这情景简直就是“稻花香里说丰年，听取蛙声一片”。

吴虹清楚，这间书房不是她的音乐教室，她当不了主角。不仅是她，别人也都不是绝对的主角，主角只能是陆明。明白了这些，吴虹便反着来，在一片说丰年的蛙声里，她优雅、端庄地坐在那儿，一种安静的状态。这种以嘈杂为背景的安静，真是万籁俱寂，风月无边，惹得一群大小红学家在谈论红学的间隙，忙中偷闲瞥她一眼。

只有陆明对她视而不见。

陆明是典型的学院派男人，干净、安静，十指白皙、修长，而且，除了谈论学问，大多时候他是冷漠的，这让他对女人充满杀伤力。女人呐，说白了，就是贱。像花蝴蝶一样围着她转的男人，根本就瞧不上眼。正眼也不看她的男人，倒容易得到她的青睐。像陆明这样男人中的翘楚，学院里暗送秋波的女教师、女弟子更是不在少数，可他通通视若无睹，即使对最漂亮的女弟子，他也是一张北极冷脸。倍受打击的女弟子们，私下骂他是不解风情的老男人、老古董，可是见过安蓝后，便释然了。有那样安静、温婉的女人陪在身边，他哪儿能不弱水三千，只取一瓢饮。

陆明对戏子一向存有偏见。吴虹不是戏子，可在陆明看来，那一身刺目的桃红柳绿和眼角频频飞出的眼风，活脱脱就是台上甩着水袖的小旦。“你怎么有这样的朋友？”陆明嫌恶地对安蓝说。

可是，生生把自己弄成戏子的吴虹，竟然读过《红楼梦》！陆明诧异地看了她一眼。

“警幻仙子说他‘意淫’，鲁迅说他‘爱博而心劳’，都概括了贾宝玉这个形象的主要特征，即对女性的同情、尊重、热爱和崇拜，反映了他的人本主义理想。当然，他生活在上流社会，不可避免地沾染了贵族公子的习气和观念。他对许多少女都有爱。明明爱着黛玉，可看见‘肌肤丰泽’的宝钗，又‘不觉动了羡慕之心’，一时间‘呆了’‘怔了’，目眩神迷。然而，贾宝玉博爱、多情，却又不同于贾珍、贾琏等对女性的玩弄。”说起学问，陆明侃侃而谈，从黛、钗、湘，到晴雯、紫鹃、鸳鸯、平儿、香菱和一些小丫头，再说到袭人的性格、心机、忠心和她的温顺柔和、宽宏大量。

“袭人是宝玉最贴身的侍女，也是他最可靠的女人。纵观大观园里，只有袭人一个人对宝玉的付出是无条件的爱。宝钗的爱，黛玉的爱，都不如袭人无怨无私。当宝玉梦游太虚幻境，被许多夜叉海鬼拖进迷津，吓醒后，又是袭人搂住他，给他安抚的。所以，袭人成了与宝玉肌肤相亲的第一个女人。”陆明一口气讲了一个多小时，才住了口，接过吴虹递过来的茶杯，啜了口茶水。

“我终于不再纠结宝玉背着黛玉，与袭人初试云雨情了。教授讲得真好。”吴虹对陆明一笑，那飞出笑意的眼睛像一道流光，柔美艳情。

这妩媚，只是吴虹的习惯。不过，她眉眼之间的生动只对男人，对女人却是心不在焉的敷衍，或言辞间暗含不屑和锋利。当然安蓝除外。和许多漂亮女人一样，吴虹习惯了享受三千宠爱于一身，习惯了享受男人停留在她身上含义丰富的眼神。男人花蝴蝶般绕着她翩飞，是她最幸福的时刻。哪怕一个歪瓜裂枣的男人，只要在别的女人面前作蝴蝶状，哪怕这个女人是她好姐妹，她也必得用手段夺过来，让他翩跹在自己身边。尽管她对其中大部分男人没有想法，可她喜欢男人——顺眼的、歪瓜裂枣的男人，对她有各种各样的想法。这不关风月，也与道德无关，这与拉康的镜子理论有关。拉康说人和人的关系，其实是人和镜子的关系。男人的眼睛就是一面镜子，能照出女人的美丑。吴虹是把男人当镜子了。

前夫就是她婚前花蝴蝶中的一只。当初追她时，他是拼了血本的。冬天，早早买了水貂大衣送给她。夏季怕她热了，无论多忙，都要开着他的卡宴接送她上下班，即使出差，也托了别人接送。黄金白银的首饰，送了一堆。吴虹终于敌不过物质的诱惑，便弃了众多蝴蝶，跟了他。谁知几年后，他便以她的这一嗜好作托辞，找了一个更年轻的女人便和她离了婚。吴虹也不怎么痛苦，反正她对他谈不上爱不爱，那一点点痛苦，也只是因为被弃的不甘。安逸的生活倒没多少改变，除了现住的房子，前夫给她了五十万。

吴虹不担心再嫁无门，不说别的，单是她这样的风韵，还愁找不到如意郎君？何况，从中学开始她就没少追求者，现在少了婚姻约束，成了自由人，那还不是蜂飞蝶绕。

谁知离婚后的吴虹，还在花样年华里，却仿佛农贸市场中午十二点卖剩下的歪瓜裂枣，只有包摊贱卖的份儿了。没有蝶绕蜂飞的景象，连以前那些追随她的爱慕目光也倏然消失。也有主动追求她的男人，可不是老就是小。二十多岁的，和她艳遇一场后，再难觅踪迹。四五十岁的男人，已呈暮春气象，吴虹不屑一顾。总不能为了嫁出去，和一个半大老头相伴一生。吴虹不由得感慨，女人和男人真的不一样，离了婚，男人是单身贵族，身后跟了一串青翠欲滴的小女子，可女人无论年龄大小，都如二手房一般，身价大跌，更不说能得到新房应有的礼遇和尊敬。

罢了，罢了，还是今朝有酒今朝醉，明日愁来明日愁罢。

不知不觉间，吴虹就将自己蹉跎到三十八岁。结不了婚，并不等于她身边没有男人。身边男人来来往往，吴虹的心情也就起起伏伏，悲喜交错。

心情不好的时候，吴虹就往安蓝家跑。两家本来离得不远，上下楼住着。吴虹放学回家，经过楼下安蓝家，安蓝招呼一声：“一起吃吧。”便走进去，和安蓝一家围桌而坐。汤盆碗碟冒着热气，氤氲中，陆明静静地吞咽饭菜，安蓝时不时为大家盛汤盛饭。这景象让吴虹有些恍惚，仿佛看见《甄嬛传》中碎玉轩的四郎、嬛儿和槿夕。

更多的时候，吴虹安之若素，嬉笑自如。十天半月的，吴虹给安蓝的女儿买些零食啊衣服鞋的。吴虹懂人情世故。

尽管读了《红楼梦》的吴虹，让陆明诧异得看了一眼，可私下里，陆明还是让安蓝远离吴虹。“我不想自己妻女染上风尘气。”陆明正色道。

“我怎么能不知道学校老师是如何议论她、议论我和她的关系。”安蓝叹口气说，“可她一个人怪可怜的，除了我，也没个真心待她的朋友。”

终究还是有些变化。吴虹在陆明眼里不再是空气，吴虹来家了，路上遇见了，他都会点点头。不过，也仅止于点点头。

三

琐碎平安的日子让人感觉安宁而倦怠，以为岁月会永远这样无声无息地流淌过去。安蓝以为她和陆明有漫长的一生要相守。可是，生活总会安排一些意外的事，令人猝不及防，比如突然发生的汶川地震，比如突然死机的电脑，比如突如其来的死亡。

陆明死于车祸。学院教师不坐班，可那天上午他有一节课要讲，所以吃完早餐，便步行去学院。陆明在金城中学的家离学院不远，因而他走得很悠闲。谁也没想到，一辆失控了的摩托车冲上人行道，迎面扑来，撞死了他。

没有任何征兆，这天塌地陷的一天，就降临了，带走了安蓝的快乐、幸福和忙碌、辛劳。悲伤压倒了她。她是优秀的语文老师，她的课堂充满青春的激情，就连枯燥的汉语知识，也能讲得让学生不感乏味。可是，陆明死了，她的课讲得乱无章法，讲得随兴，跑野马一般。讲《孔乙己》，她能扯到《范进中举》，进而扯到《红楼梦》的"苦绛珠魂归离恨天，病神瑛泪洒相思地"，及至讲到"只听得远远一阵音乐之声，侧耳一听，却又没有了。探春李纨走出院外再听时，惟有竹梢风动，月影移墙，好不凄凉冷淡！"时，竟大放悲声。不得已，学校批了长假，让她回家休息。

休假的安蓝，什么事也干不了，眼前的事丢三落四，从前的事却越来越清晰。每天她要做的事就只剩下这一件，在每个房间长久盘桓，寻找陆明生活的印证。到处都是他的痕迹，他换下的外套还没送去洗衣房，他的拖鞋还摆放在玄关，卧室大床上，还有他的味道——一种带着一丝细微烟草味的、让她感觉干燥暖和的味道。

黄昏，夕阳还没有完全沉暗，路灯光色在这时候显得暧昧，初上的路灯光和最后的天光在相互抵消，反倒增加了晦暗。路上的车拥塞得可怕，风过处，灰尘飞扬。恍恍惚惚间，安蓝的耳畔响起书房的高谈阔论声，她循声走进书房，那声音却戛然而止。书桌上，放着一本翻页的书，桌面上是他没写完的文章，往日坐得满满的一圈真皮沙发，空空如也。

风从开着的窗户吹进来，狂猛中夹着细微，夹着凄凄切切的如泣如诉，仿佛谁站在窗外娓娓诉说，往事都已升华散尽，凝成了看不见的纯净气体。陆明不存在了，以前的那些人也都不存在了，只有一片实实在在的苍白，白得凄凉惨淡，让人心寒。安蓝一头扑倒在沙发上，放声大哭。

陆明是安蓝的初恋。俩人相爱时，陆明上大四，安蓝是刚进校的大一新生。开学那天，安蓝拎着拉杆箱，像受惊的小兔子般怯生生站在校园里左顾右盼。这小兔子般的胆怯、安静一下子打动了正经过她身边的陆明，他对她生出怜惜。"同学，你好！需要我做什么吗?"陆明走近安蓝。

安蓝一惊，回过头，看见一个高个儿男生站在面前，那么娴雅、俊朗，一双深邃的眼睛关切地看着她。此时，一个可怕的震颤从她体内穿过，像一股有无数伏特的电流一般，把她击倒。她的脑子一下子变得空白，呼吸急促起来，脸也火烧火燎的。她知道她的脸肯定红得像血一样了，她看了他一眼就低下头，嗫嚅着："我找宿舍。"

声音小得近乎耳语，可是陆明听见了。他怜惜地看着她，这是一个可爱的少女，美丽而可爱。她的眼睛很大，很清澈，像婴儿的眼睛，没有一丝云翳和尘垢。她的眼睛也很黑，黑得深沉、柔软，望不到底，也很静，可以半天不动，陆明便知道她的心也一样是静的，因为只有心地纯净的女子才会静成那样。此刻，这个可爱的少女，绯红着脸站在他的面前，两只幼鹿一样受惊的大黑眼睛看了他一眼，失措中隐含顾盼。

安蓝和陆明相爱了。可是，恋爱的日子，分离多于相守。相爱一年，陆明大学毕业去了外地读硕士。也正因为聚少离多，反倒让恋情更浓，爱得更深。陆明研究生毕业到金城学院做了老师，安蓝一毕业，便回到金城嫁给他。

婚后的生活，安静、温和、婉约，散发出中国文化特有的墨香。就连做爱都是那么从容，那么温暖，那么委婉，是烟花、三月、江南，让他们事后想起《忆江南》这样的词牌名，或柳永这样的婉约派词人。

新婚的日子平静而安适，平日各自上班，周末不外出的话，一人捧一本书看。往往是安蓝先放下书，为俩人操持像模像样的午餐、晚餐。安蓝的菜做得不错，虽说结婚前很少做菜，可她家学渊源，她母亲做的一手好菜，那做菜的天赋早已潜伏在她血液中，一旦下厨，做的菜即使无法和母亲比，可比学校别的女老师做得好多了，就连菜苔炒腊肉都炒得不一般。绿色的菜苔一截一截亮晶晶的，腊肉肥的透亮，瘦的深红，仿佛身世非凡的世家子弟，华丽而高贵。莲藕炖排骨、清蒸鲈鱼、莲子百合银耳汤的，安蓝变着法儿做给陆明吃。这样的日子，陆明很享受，安蓝也很耽溺。时间长了，不光买菜、做饭，洗衣、收拾屋子都是安蓝做，惯得陆明连碗也不洗，碗一推，扭身就进了书房。

做惯了的人都是存在主义者，存在的，一定有存在的道理。女人就是这样，爱一个男人，愿意为他做一切，吃多少苦都愿意。若不爱，小小的付出都不愿意。安蓝爱陆明，为了成全他的事业，研究生不读，教务主任也不做，甘愿做相夫教子的平凡女人。陆明倒也不辜负她，教学之余，潜心做学问，砖头厚的论著出了好几本，在学界有了不小的名气。

成了教授的陆明，更加风神疏朗、飘逸潇洒，走到哪儿，都有粉丝追捧，男的女的都有。可安蓝不担心他会移情别恋。她知道他是清高的，清高的人眼光高，轻易不会爱上一个人，若没爱情，又和别人在一起，在他看来纯属动物间的苟合。更不用说，他和风月场中的女人有什么瓜葛。“我陆明再放纵，也断然不会堕落到去青楼找刺激。”陆明不屑地说。安蓝也会在俩人夜里缠绵时，玩笑般地说那些粉丝秀色可餐，若不尝一口，岂不是暴殄天物？每当这时，陆明都会用力搂紧她，说他只喜欢吃篮（蓝）子里的青菜。

安蓝婚后养成枕着陆明胳臂睡觉的习惯，若非如此，便会整夜失眠。上床后，偎在他的怀里，那份温馨和爱意一下子裹住了她，让她沉溺。这样的时候，陆明会在她耳边喁喁低语，那吹进安蓝心中的情话，像薄酒微晕，让她很快进入梦乡。他也会搂着她聊天，聊的内容随兴而博杂，古今中外、文史哲理、逸闻趣事都有。

一天夜里，俩人做完夫妻事，陆明搂着安蓝说：“一僧人与一士子同宿夜航船。士子高谈阔论，僧畏慑，拳足而寝。僧人听其语有破绽，乃曰：澹台灭明是一个人两个人？士子曰：自然是一个人！僧笑曰：尧舜是一个人两个人？士子曰：自然是一个人！僧笑曰：这等说来，且待小僧伸伸脚。”陆明说完，将安蓝枕着的胳臂抽回去。

安蓝听得入神，听到末句，突然醒悟他在打趣她，假装生气，握起拳头捶打他。陆明说：“压麻了，换个胳臂吧。”一番玩笑后，陆明拥着安蓝睡去……

安蓝陷在往事中不能自拔，往日每一份甜蜜都让她加倍痛苦。没有什么能消解她的痛苦。父母要接她回去，可她哪儿都不去，他们只带走了外孙女。她不吃不喝，整夜整夜睡不着。因为哭得太多，眼睛又红又干，里面像有一团火在燃烧。

有敲门声传来。吴虹看见前来开门的安蓝，不觉大惊，才几天呐，她竟然憔悴得没了人样，像秋风中一片飘零的枯叶。为一个男人值得伤心至此吗？

想到陆明，吴虹面呈微愤，哪怕他在她床上多么癫狂、亢奋，可人面上，尤其当了安蓝面,对她待理不理的。他心里终究只有安蓝。男人说到底都是自私、虚伪的。陆明这样的男人照样如此,面上一副清高样儿,鄙视金钱,远离女人,内心和俗常男人一样,渴望着他们渴望的一切。这样的男人,反倒不如她身边走过的那些男人。那些男人一样自私,却比他真实。

“蓝子,看你这样儿,我很难受。”吴虹心里鄙视着陆明,对着安蓝却红了眼圈,“人死不能复生。蓝子,你要节哀。”

安蓝哀戚地看了吴虹一眼,那楚楚可怜的模样,竟打动了吴虹。吴虹终于知道,为什么安蓝虽说姿色逊于她,却得男人怜爱的原因。安蓝这样婉约、静美的女子,在男人眼里是楚楚可怜的,能让男人一见就生怜惜、呵护之心,从而不忍离弃。而吴虹从来不知道“可怜”为何物。原来男人可以把销魂的激情,把头晕目眩的拥吻给吴虹这样的女人,而必须把其余的一切,爱恋、诗意、呵护、宠溺等等,给安蓝这样的女子。她们的可怜激发了他们深藏内心的骑士精神,使他们毫不犹豫地将自己给她们。原来在男人这儿,和谁春宵一度是一回事,和谁过一生是另一回事。与他过一生的女人,必定是他爱怜至极的女人。

四

“蓝子,吃碗热汤面吧。”吴虹端来一碗面。

“我吃不下。”安蓝摇摇头。

“你不要小命了?”吴虹厉声说,“吃不下去也得吃,女儿已没了父亲,你想让她再失去母亲,成为孤儿?”

安蓝身子一颤,泪水便从她肿了的眼里流出来,流得越来越快,渐成一条滔滔而下的泪河。

吴虹伸出双臂将安蓝抱在怀里。这悲伤的小女人,此刻,竟让她动了一点真心。人啊,作为一个生命个体,是由很多因素组成的,比如品质、才华、智慧、性情、性格、责任、认知、生存能力、相融能力等。安静、谦和又善意的安蓝,与同事关系融洽衬得她人缘稀薄,而安蓝珠圆玉润的生活又衬出她生活的灰暗。吴虹的心情呈起起伏伏、喜乐交错的状态，固然是身边男友的来来去去造成的，可与安蓝也有莫大的关系。

尤其对她不理不睬的陆明像镜子一样，让她变丑了，变老了。这让她感到羞辱和恐惧，也让她愤怒。于是，一个月白风清的夜里，吴虹拔出鱼肠剑，一剑刺死了他。"我得不到的，谁也别想拥有！"她在心里大声喊叫。然而，她还心存指望着，指望陆明朝秦暮楚喜新厌旧见异思迁。于是，她没事人一般，依然与安蓝亲密相处，时不时吃安蓝做的饭菜，依然黄昏时端坐在安蓝家的书房，营造一片无边风月。

意料之中的事发生了。陆明看了吴虹一眼，并因她而大发宏论，这让她的心骤起喜悦狂潮，她拼命抑制住身体因为兴奋而起的颤抖，让体态与神态更优雅妩媚。她相信此刻的她妩媚到家了，可以倾城倾国，任何男人，包括情坚如铁的男人的心，也忍不住要风生水起。

终于有一天，陆明走进吴虹的家。四目对视之间，吴虹得意一笑，两只火焰般妖媚的眼睛充满激情地打量他，两片多情、贪婪、红艳的嘴唇娇嗔地嘟起。"你这勾魂的妖精！"陆明将她扑倒在床上，一边吻她，一边解除她身上的所有羁绊。

"我妖我的，跟你有关吗？"吴虹一边热烈回应他，一边娇滴滴说。她打开自己，任他长驱直入。她的妖冶、放恣，让陆明心中的激情之火熊熊燃烧起来，他疯狂地撕扯她，碾压她，恨不得将她碾成齑粉。俩人你来我往地折腾着，不知折腾了多少回合，如同刚刚结束一场海啸，又一场海啸来到……

"我和蓝子，谁好？"完事后，吴虹猫一样慵懒地看着陆明说。

"不许提她。"陆明神色一变。

"为什么？"吴虹不依不饶。

"没有为什么，就是不许提。"陆明生气地掀开被子，穿衣下床，朝门口走去。女人真是天真，什么事都要问个为什么，可对于男人来说，根本不想回答女人的为什么，除非她能接受那血淋淋的事实。

可吴虹不天真，稍稍动动脑筋就明白了，刚刚结束的性爱欢乐，源自他的身体潜能，源于背叛和对道德的践踏。陆明如此，她又何尝不是因为他是安蓝的丈夫而激情高涨呢？

书房，陆明依然和他的客人侃侃而谈，他的目光一次也没投向吴虹。可吴虹知道，这是做给安蓝和外人看的。此一时彼一时，陆明现在的淡漠在吴虹眼里，已非教授的矜持与高傲，而是可恨可叹的虚伪。尽管如此，她对他依旧充满渴望，他在床上的骁勇、霸道和他此刻的冷淡，都让她难以释怀，并因此让她臣服。

一次做爱后，陆明告诉她，这是最后一次。

"为什么？"她不明白，还躺在她床上，他竟能说结束的话。

"我对不起安蓝。"陆明神色黯然，"和她在一起，我不能了。我承认，我是贪心的男人，爱着安蓝，却又同别的男人一样贪恋你的身体。"

陆明说："不能再继续下去，否则，会出大事。"

吴虹一听，脸色变得煞白，没有一丝血色，怔在哪里，神情木然。不过，失神的时间不长，一抹忧伤伴随血色慢慢回到她脸上。这是第几次被人扔掉？

吴虹记不起来了。她只知道，痛苦是不怕积累的，若痛苦积累到了一定程度便走向淡化，人就会麻木。也是，痛苦集腋成裘，还有什么不能承受？她历尽劫波，看透世事，相信命里有时终须有，命里没有莫强求。因而对男人，她从来就没打破原有围城自己走进去的打算，而是同那些男人一样，多是"移船暂相问，或许是同乡"，然后，在匆匆萍聚时把生米做成熟饭，从不痴缠，癫狂只在床上。相逢开口笑，过后不思量。

可是，这次有些异样，有些"千金纵买相如赋，脉脉此情谁诉"的况味。看见陆明、安蓝伉俪情深的景象，一丝嫉恨便油然而生……

生活的吊诡之处，就在于吴虹恨不得陆明死时，陆明被撞死了。此刻，她搂着陆明的未亡人，冰释了心中那份嫉恨，只剩下对安蓝的真情，还有一丝愧疚，并因此对她格外疼惜。翠玉一样的女子，在未来混凝土搅拌机一样的岁月，如何才能不被搅碎？

"蓝子，吃点东西吧。"吴虹眼里有着罕见的温柔。

安蓝抬起红肿的眼睛，看了看吴虹，接过碗筷。

五

几年过去了,安蓝失去陆明的悲伤似乎淡至无了,只是睡眠还是少。

也是,没了爱人的怀抱,安蓝如何睡得着。失眠的人度夜如年,夜是一秒钟一秒钟数过去的,一夜数了多少个一秒钟,不得而知,只清楚每一秒的滴一下嗒一下,让夜有了质感。人人都说人生短暂,可对于失眠的人来说,数着秒针度夜使生命成了一件很漫长、很漫长的事。

安蓝就是在这样的晚上,看到网上正在疯传的泼硫酸事件的帖子。帖子标题下,一张被毁了容的女子照片,令她惊心,长发覆盖不住那近似鬼一样的脸,一只眼睛眼睑合在一起,一只眼睛大而无神,茫然地瞪着她,似乎在问,为什么会这样？帖子称:“医院病历记载,双眼强酸烧伤,左眼失明(摘除);双眼睑、颜面、鼻、下颌、双手烧伤,瘢痕增生挛缩畸形。”

“是谁、为什么要残忍地毁掉一个女人?”安蓝急切地搜阅相关帖子。

“2001 年的一天,滨江县卷烟厂 29 岁女工甄琴下班坐班车回家。就在刚拐弯时,突然一个身影闪了出来,一股呛鼻的液体迎面泼过来。甄琴大声尖叫,她感觉脸上的皮肤似乎烧焦了……”

“闺蜜汪芳用硫酸泼了她……”

“性格偏执的她怀疑闺蜜和前夫有染……”

多么可怕的偏执！仅仅怀疑就毁了一个人。二十九岁啊,正是女人最好的年华,可她什么都没了,没了如花似玉的容貌,没了活色生香的烟火日子,她该怎样度过那漫漫人生？而泼硫酸的女子,又经历过怎样的内心煎熬才能决绝地把硫酸泼向昔日闺蜜？

“女人呐!”安蓝长叹一声,迅速在键盘上敲下自己对事件的感慨,发到常去的一个论坛。

“你很善良。”很快有人回应。

凌晨两点,竟有人和她一样睡不着,而这个人就是墨子。

人生真是充满玄机。只是这时的安蓝,还不知道这个叫墨子的人,将会在她今后一段人生中扮演何等重要的角色。此刻的她,只知道深夜出现的这个人,让她有了同是天涯沦落人的感觉。

“睡不着?”墨子问。

“是。”迅疾回复。

“偶尔吗?”墨子又问。

“不,每晚。”

“可怜的小姑娘。”墨子跟着发来难过的表情。

突然,心里一酸,安蓝很久没有了的泪水一下子涌了出来。

“我唐突了? 怎么不说话?”墨子连珠炮似地发来消息。

“没。困,睡了。再见!”安蓝哽咽着,敲出几个字,躺到床上,呜呜咽咽,声不成声,调不成调。

天亮了,安蓝顶着黑眼圈去上班。初春清早的冷风里,心里也清清冷冷地灌满了冷风一样的哀伤。

拿出手机看时间,屏上显示有 QQ 离线消息,是墨子昨夜发的“好睡”俩字。

有一点点温暖。这个世界,竟有一个陌生人关心着她。进而好笑,网上轻描淡写聊了几句,竟有此感慨! 尽管自嘲,夜里上网,还是悄悄潜在论坛,听墨子和众人聊小说聊电影,偶尔的,她也插上一句。

又是一个晚上,大伙儿谈论的是李安执导的电影《色·戒》,谈王佳芝对老易的复杂感情,谈关键时刻王佳芝临时变计放走了老易,谈张爱玲与《色·戒》的关系,谈得风生水起,荡气回肠。

“不喜欢汤唯演的王佳芝,又要革命,又要粉红色大钻戒。以至于她是来诱杀汉奸的,却在关键时刻临时变计放走了老易。”秦时明月说。

“张爱玲在小说里有细致的描述,王佳芝并不在乎老易送她钻戒,而是在一种恍惚、紧张、拘束的气氛中,把 11 根金条的钻戒和老易对她的情分等量齐观了,以为这个人是爱他的,于是先前爱国、杀汉奸的信念彻底垮塌,她沉迷在‘真爱’的幻觉里,放走了敌人。”安蓝敲出上面一段话。秦时明月对《色·戒》的解读,安蓝实在听不下去了,而张爱玲曾感叹的“女人……女人一辈子讲的是男人，念的是男人，怨的是男人，永远永远”的句子又从记忆里浮出，她忍不住敲出上面一段话。

“《色·戒》是张爱玲的‘忏悔之作’，李安早就看出来，明写易先生，暗写胡兰成，倾注了自己的全部感情。小说中‘色’的描写偏重情感演绎，她要着重表现的是‘色’中之‘戒’，戒女人对男人的依赖感，戒男人对女人的控制欲。”墨子侃侃而谈。

安蓝又悄悄藏起来。

可是，有人不让她藏。

“蓝子，在吗？”墨子一番挥手指点江山后，私信于她。

“嗯。在欣赏你的慧言慧语。”安蓝动动手指，发去一句话。

“真乖。抱抱。”墨子说。

安蓝怦然心动。虽然在网上聊了很久，俩人已经很暧昧，可是，这么直白的话却是墨子第一次对安蓝说。虽然是虚拟世界的男人，发来的没有生命的文字，却同从前陆明在她耳畔说的一样真实，似乎他就在她耳边喁喁低语，用亲昵的语气，亲昵的眼神。

早春清冷的夜里，一个男人的绵绵情义，让安蓝目眩神迷，心旌摇荡。只是惯有的矜持拘束着她，她不发一语，却发了首《寂寞在唱歌》给他：

天黑了
孤独又慢慢割着
有人的心又开始疼了
爱很远了　很久没再见了
就这样竟然也能活着
你听寂寞在唱歌
轻轻的 狠狠的
歌声是这么残忍
让人忍不住泪流成河

谁说的

人非要快乐不可
好像快乐由得人选择
找不到的那个人来不来
我会是谁的谁是我的
你听寂寞在唱歌
温柔的 疯狂的
悲伤越来越深刻
怎样才能够让它停呢
……

六

安蓝三十六生日的第二天，打电话给吴虹，请她吃晚饭。吴虹兴冲冲地去了。进门后，才知道这顿饭不只请了她，还有一个陌生人——一个风流倜傥的陌生男人，大概三十八九岁的样子。

安蓝介绍说："他是龙宇飞，一个画家。"又给龙宇飞说："吴虹，我的同事，也是朋友。"龙宇飞彬彬有礼站起来，握住吴虹伸过来的手，打了招呼。

吴虹盯着龙宇飞，妩媚一笑。她没想到安蓝家突然空降了一个男人，他风采照人，男子气十足。他那陕南人纯净的肤色和黑色的头发像透过水晶折射的阳光一样在闪烁。他看上去没有任何做作的痕迹，像北极一样纯净。可是，凭着她阅人无数的眼光，她看出他静态中存在着贪婪扑食的习性。他的图腾是狼。

吴虹脸上的笑更妩媚了。吴虹虽是音乐教师，向学生传授高雅的音乐艺术，那也只限于在课堂上，出了校园，同那些茶楼酒肆、引车卖浆的妇人没什么两样，有了男友，藏着掖着几天，就要急急忙忙向安蓝炫耀。可安蓝不一样，一向锦衣夜行，若非交往到一定程度，她是不会把男友带出来的。如此看来，安蓝和他交往时日不短了。

"吃块鱼。"安蓝夹了一块松鼠鱼放在龙宇飞的碗里，又舀了鸡汤给吴虹，“多吃点。”安蓝的声音带着爱情给予的温柔。

这个温柔的琉璃一样的女人，这个在美好婚姻里坐井观天了许多年的蠢女人，伤害就在前边等着她，可她一点都没觉察。告诉她，这个彬彬有礼的男人是一只温和、微笑着的狼？吴虹第一次吃安蓝做的饭菜味同嚼蜡。

“什么情况？不会是名草有主吧。”趁着龙宇飞上卫生间的机会，吴虹低声问。

“怎么会呢，离了。”安蓝同样低声说。

饭后，三个人去歌厅唱歌。一进门，吴虹关掉包间的大灯，让光线变得梦幻般迷离。吴虹是麦霸，唱歌也是本行，清丽婉转的，柔媚抒情的，凄清哀怨的，曲曲唱得动人，而那穿着开叉很高的无袖旗袍的细腰，软洋洋地凹着，整个人像一条游龙在迷离的光影里游荡着。

安蓝唱的是一首老歌，邓丽君的《万语千言》，龙宇飞和吴虹伴舞。龙宇飞高出娇小的吴虹很多，迷离灯光下，吴虹像吊在龙宇飞的脖子上，看上去俩人贴得很近，直到乐音终止才分开。

夜里，龙宇飞关灯躺下，伸手去抱安蓝，安蓝一声不吭挣开，背对他躺着。龙宇飞自言自语，“夜真黑，难怪哲人说，一个人的一生，实际上就是从母亲的子宫到棺材的过程，这段过程就是从黑暗到黑暗的过程。”

见安蓝不动，龙宇飞在她耳边低声说：“宝贝，怎么啦？如果是我错了，你说出来，我改正。”

“还用我说，你一点儿都没感觉？”说到底，安蓝是个见不得别人为难的人，“看看你俩在歌厅那样儿。”安蓝转过身子。

“你吃她的醋？在你眼里我格调那么低？”龙宇飞作恍然大悟状，然后很温柔地将安蓝搂在怀里说，“麻衣相上云：斜倚门儿立，人来侧目随。推窗轻咳嗽，无故整裳衣。见人频掠鬓，腿摆无定期。咬牙并剔指，定是万人妻。看看她那做派，简直就是一朵交际花。她要那样腻歪，我能怎样？再说，她是你朋友，我能不礼貌些？”这样说着，他手上的语言变得更温存。

安蓝僵硬的身体渐渐变得柔软，急促的呼吸声摩挲着龙宇飞的脸颊、耳轮，他一下子变得狂野，先前的怜香惜玉没了，在安蓝的胸口、肩胛处留下青

紫的齿痕，手指拂过，一阵隐秘的愉悦的疼……

早晨，龙宇飞还在沉睡，安蓝轻手轻脚穿衣下床，梳洗后，收拾房间卫生。过时的衣服鞋、旧了的桌布、一些陈年的坛坛罐罐，统统装进一个大袋子。想了想，又将装了半瓶硫酸的瓶子拿出来。

“怎么单单把它拿出来?”龙宇飞说。

“吓我一跳。”安蓝抬头看龙宇飞披着睡衣站在眼前，说，“这是装修这套房子时，托人弄来清除滴在地板上的油漆的硫酸。你不是说要买房子吗?以后或许还用得着。”

龙宇飞点头说“是。”又搬过安蓝的肩膀说，“昨夜好不好?”安蓝一下子绯红了脸。不等她回答，龙宇飞坏笑着走开了。

时间过得很快，转眼间，春夏转为秋天。仿佛一个深秋的早晨，雾天雾地，校园的香樟树从每片叶子上向下滴水。

客厅，龙宇飞为吴虹送上一杯茶。吴虹看着龙宇飞，眼睛迷迷蒙蒙的，本来要装困惑，结果成了诱惑。又“噗嗤”笑出声。脂粉把五官描得太分明，远观妩媚，细观也透着与岁月对抗的紧张。可这一笑，就不明显了，只是有了风尘气。美人迟暮。可这迟暮美人，因了这点风尘气，在男人眼里依然妖艳。

龙宇飞体贴地说：“刚下课，喝杯茶润润喉。”

安蓝在厨房忙碌着，碟子和碗发出快乐的声响。一会儿，饭菜上桌，三人围桌而坐。

“明天我有事，改天去领证吧。”龙宇飞对安蓝说。吴虹飞快瞥了龙宇飞一眼。

“嗯?”安蓝神色一凛，很快舒缓，“什么事？我能帮什么忙吗?”

“不用，你忙你的。”龙宇飞夹了青菜给安蓝。

第二天是周六，安蓝做完家务，就坐在书房弄起开了头的教学论文《〈林黛玉进贾府〉教学细节谈》。行文中，需要支撑论点的理论，便打开陆明的电脑，寻找他的论文。很久没人动这部机子了，安蓝神色黯然，眼圈也有些红了。开机才知道，他的硬盘里还有未发表的红学论文，一边唏嘘感叹，一边找寻需要的文章。

突然，一个文件夹怎么也打不开，难道加密了？什么文件需要加密？她一下子变得紧张而惶恐。密码是他的生日？不对。是她的吗？也不是。女儿的？还是不对。

窗外，阳光西斜，照着高大的香樟树，也照在电脑桌上的全家福。安蓝将陆明、女儿和她的生日敲进去，文件夹打开了。

似一道强光直射过来，刺激得安蓝闭上眼睛。一张男女纠缠在一起的裸照赫然出现在电脑屏上。照片上的女人，一头黑发摊在枕上，一双眼睛斜睨着，微微侧着身子，男人倚在女人身后，脸埋在女人的颈窝，右手与女人的左手十指相扣。一阵晕眩掠过，安蓝忽然觉得胸口针扎似的锐疼，一口血喷出来，喷到全家福的陆明脸上。

照片上的男女是陆明和吴虹。

七

安蓝颓然地坐在皮转椅上。

窗外，起风了，风扬起地上的灰尘，似乎要隔着窗玻璃向她扑打过来，将她那张陡然憔悴、黯淡了的脸埋藏在昏暗中。她心灰意冷，悲从中来。她一直引以为荣的婚姻生活，谁知早已是四面露风的茅屋，而她用心爱着的却是与人共享的夫。这个博学多才、风度翩翩的人，用轻飘飘的誓言哄了她十几年。十几年了，她承担了他的声名，他的自负，他的自恋，他的自私和懒惰，心甘情愿在这个婚姻里流落，劳作，消磨着青春和对生活的信心。

一切都因吴虹而起，一个流连在她的家，享受着她营造的温馨，承受着她真诚的怜悯和友情的女人，不光让她蒙羞，让陆明形象变得龌龊，也让她对这个世界失去信任，让她原本浸透了青春期的明亮目光里，染上后青春期的忧郁、悲观。这个世界到处都是悲剧。

安蓝终于理解了萨特的哲学命题：他人皆地狱。一切罪恶的源头都是那个女人，那个浓妆艳抹甩着水袖的女人，那个口口声声做她闺蜜的女人。

闺蜜？闺蜜在何处？恍恍惚惚中，照片上纠缠一起的男女活起来了，吴虹妖艳风骚的脸，陆明抽搐变形的脸，交错着浮现眼前……一股热血冲上头顶，安蓝风一般冲上楼，站在吴虹门前，却在举手敲门之际，迅疾转身，下楼。等她再站在吴虹门前时，右手拎着一只玻璃瓶。

门开了，看到安蓝，吴虹没有惊讶，也没一丝慌乱，衣服纽扣也没系整齐，露出胸口一小块青紫齿痕。安蓝朝吴虹举起了瓶子，却突然看见她身后的沙发上，坐着龙宇飞。脑子突然断了电，空虚而苍白，手里的瓶子掉在地上，伴随尖利的咣当声，碎了一地。安蓝浑然不觉，呆呆地，任那无色液体四溅开来，在水泥地面上泛起无数冒白烟的泡……

后记

2007年春,因朋友推荐,我的叙写纯美爱情的微小说《月夜》在《太极城》发表。

听到这个消息的那天,太极城春意正浓,数不清的奇花异卉在祝尔慷广场竞相绽放,而我,正徜徉在花丛中,赏花、闻香。

以后的许多年,当我想起那天——想起簇拥我的万紫千红,想起获知《月夜》发表后字的惊异、喜悦,都不由地感慨,人生真是充满玄机,当不可能变成可能,谁能否认冥冥中神灵早已安排好每个人的一切呢?比如,女主人公文轩的情感故事在花事正盛时面世,是否就注定了女人将成为我稚拙文字的抒写中心?

于是,感性的我,忽略了自己知识储备有限、认识水平浮浅、生活阅历不够、生命体验不深、写作准备不足和不懂艺术审美写作规律的先天不足,像小马驹一样在文学道路上恣意撒欢,一点儿都不自觉其姿态是多么可笑和浅陋!如此可笑,必然招来非议。

时至今日,摒弃彼时不冷静的情绪,反而意识到,那些传至我耳中蕴含恶意的言论,让我突然不再感性而是变得理智了。面对春风中摆动着纤细小手的麦苗,我应该像一位诚实的农夫,为了农历五月真正意义上的收割,在寂寞的磨刀石上精心打磨自己最好使的镰刀。美丽的布谷鸟,只有麦浪翻滚如潮时才为庄稼人歌唱。

一晃八年过去,如白驹过隙。这些年,我一直工作在偏安于

老城之巅的博物馆,每天接触的都是异时空的物件,这让我远离现实纷扰,在工作之余,以观者的姿态,冷静、客观地审视我的同类,审视她们的生活、她们的情感,尤其她们在情感世界的沉浮起落、悲欢离合。

爱情是什么?自从爱情进入到人们的意识中后,人们对爱情的寻找一直都在。我觉得,真正的爱情应该包含两个因素,一个是审美,就是互相吸引;一个是情欲,它是一种能量和热情。它与物质形态的东西无关,也不能简单地归于道德,它需要遵守自己的诺言,才会获得快乐。王安忆说:“无论时代环境怎么变,爱情的本质还是一样的。只是处境不同,面临的问题也不同。”先前有先前的问题,现在人的“爱情”,无论是情欲、审美、性,都不严肃了,与过去时代的爱情比,品格大大下降。如此爱情中的女人,她们情感世界的纯美、恬静、伤感、无奈、挣扎与沉沦,就成了我抒写的中心。在这部集子里,我写了爱的美好,爱的坚守,爱的脆弱,以及爱被欲望吞噬终究在这个时代的消解、毁灭……写作的过程,有感动,更多的却是忧伤。有文学前辈评价我近几年的小说有点感觉。这感觉有多少?我妄猜不得,但是对我的鼓励和启迪却是不用猜的,那就是面对生活的无私馈赠,更要像懂得感恩的农夫一样,努力地辛勤耕作,还要有咀嚼需要的牙齿和品尝需要的舌尖。

这几年我参加了市上组织的一些文学活动,也有小说获政府文艺精品奖、文学刊物年度奖。每当翻看那些活动合影,看见自己拘谨的身影置身其中,我没有过多的兴奋,更多的是紧张与反思。合影中,安康当代文坛明星闪烁,群雄争辉,而我有几星光泽,我心里很清楚。这样的时刻,我常会想起儿时草坪铺上夏夜的萤火虫。因为自觉渺小、卑微,身处其中,自始至终我都会悄然隐于人后,明确着属于自己的坐标。这个坐标就像我的一亩三分地,播了种子,需要冷静和默默的守候。秋天太远了,收获只是念想。

于是,我发现编选自己的小说集原来并非易事。丑媳妇难见公婆,而终究要见公婆的丑媳妇凭的是抛却容貌外的内在魅力。可是,我这“丑媳妇”又有几分内在魅力?惶惑中,我为这部选集定了时间段和标准,收入集子的,主要是2010年以后发表在各刊物上的小说。其中刊发于《延河》的短篇小说《职称评审中的风波》《逝去的蝴蝶胸针》获市县政府文艺精品奖,发于《章回小说》的中篇小说《月落桂园》获瀛湖文学奖一等奖。这些小说是否意味着对先前小说的超越和突破?我不知道。我只知道写作这些小说的灵感因何而生。我在一次获奖发言时说,“此刻站在这儿的不仅仅是我,还有那个在时空隧道里渐行渐远的哀怨的少妇——蒋云氏,以及桦树湾、竹筒河——这养育了我小说主人公的旬阳山水”,“是我的家乡给了我源源不断的写作素材,是那片土地上的清风、明月、山川、河流给我的文学世界注入了源源不断的生机与活力。”

生活给予了我很多,而我的文学思考太少,太不到位。任意一朵生活的浪花蹦进脑海都足以变成小说,可悲的是任凭生活的滔天巨浪在脑海中山呼海啸,我却不能用足够的勇气和态度以文学的名义去拥抱它,可见自己属于文学的神经总是迟钝,究其原因,既有文学修养的先天不足,更有惰性作祟。

渴望听到布谷鸟最动听的歌唱,我知道这像是梦中呓语。然而,日子太粗糙,若不想被琐碎和庸常磨去内心那一点点精致的情调,就必须给自己建起一座乌托邦式花园,让精神从混凝土搅拌机一样的岁月中挣脱出来,有个聊以慰藉之所在,而遥不可及的布谷鸟的歌声就是这座乌托邦式花园。

我必须在这里按照时间顺序感谢为这部集子付出心血的师长和朋友们。我要感谢摄影家、《阳光报》记者潘定安先生,没有他最初的力推,就没有我的处女作《月夜》的面世,也就没有这部集子的诞生;我还要感谢陈欣明老师、吴建华老师、张虹主席、惠建宁老师、李焕龙主任、姚维荣教授、龚仕文老师给予我写作上的关注、指导和鼓励;谢静女士、唐友斌先生、陈宏波先生一直以来的关注、支持和帮助也必须感谢;感谢刘国强馆长和远在冀北的李沐心馆长、省城的徐生博士、武汉的陈小痕女士、北京的罗拉女士的关注与支持;我必须要感谢我的爱人对我那些稚拙文字的包容,感谢他在我精神晦暗时给予的理解、鼓励和呵护、支持。他始终如一的精神照耀,是我深感温暖、快乐之源泉,伴着我走过人生风雨如晦的日子抵达阳光明丽的今天,乃至未来每一个阴晴不定的日子。愿苍天见怜,许我来生与他接续此生情,与他相知相伴,相恋相惜。

最后,我要感谢远在省城的评论家鹿志峰先生,感谢他在百忙中屈尊为我作序,先生这一善举,我视为一种鼓励和鞭策,对我的作用将是显而易见的。

梁　玲

2015年10月